Hubert Berger

Richard. Sechzehn. Panzerjäger.

Hubert Berger

Richard. Sechzehn. Panzerjäger.

Das bewegende Schicksal eines
Lechfelders im Zweiten Weltkrieg

© 2017

Herstellung & Verlag:
BoD-Books on Demand • Norderstedt

Lektorat:
Alexandra Steiner

Satz:
Hübenthal Werbung & Grafik GmbH • www.hw-agentur.de

Covergestaltung:
St. Thomas Werbeagentur GmbH • www.stthomas.de

Bildnachweis:
Berger Verlag

2. Auflage

ISBN 978-3-74-606287-7

Die Namen der amerikanischen Bomberpiloten und einzelner Kriegskameraden sind frei erfunden. Übereinstimmungen mit Lebenden oder bereits verstorbenen Personen wären rein zufällig.

Vorwort

Bei einer Veranstaltung im Jahr 2008, in deren Mittelpunkt die Geschichte unseres Ortes Lagerlechfeld stand, kam ich mit Richard ins Gespräch. Wir beide kennen uns schon viele Jahre und sind gut miteinander befreundet. Auf meine belanglose Frage, wie er denn den Krieg als Jugendlicher in Lagerlechfeld erlebt habe, begann er zum ersten Mal davon zu sprechen. Seine bewegende Erzählung fesselte mich immer mehr und so lief es mir im weiteren Verlauf des Gesprächs eiskalt den Rücken hinunter. Als er nach einer Stunde seine Kriegserlebnisse mit dem Satz „So viel Glück wie ich gehabt habe, kann sich niemand vorstellen" beendete, hatten wir beide feuchte Augen.

Das Gespräch ließ mich nicht mehr los. Spontan entschloss ich mich, seine Kriegserlebnisse, die er als 16-Jähriger durchgemacht hatte, zu Papier zu bringen. Geholfen haben mir zwei Tagebüchlein, die Richard auf eine besondere Art über den gesamten Kriegsverlauf mit Kommentaren versehen hatte. In der Folgezeit trafen wir uns mehrmals und verinnerlichten den Stoff. Die Geschichte von Richard stimmt genau mit den Aufschreibungen seines Tagebuches überein.

Hubert Berger, im November 2010

18. März 1944,
Lagerlechfeld

„Hinlegen, die Ohren zuhalten und den Mund weit geöffnet halten", diese Aufforderung wiederholt der Pilot einer Fw 200 Condor immer wieder. Parallel dazu höre ich die Bombeneinschläge immer näher kommen. Auch der waldige Moosboden vibriert mittlerweile so stark durch die zahlreichen Einschläge um mich herum, dass es mir richtig unheimlich ist. Gesteigert wird mein Empfinden noch durch disharmonische Geräusche, die durch die herabfallenden Splitter- und Sprengbomben verursacht werden. Der nun kaum auszuhaltende Lärm verstärkt sich noch durch den Beschuss der 8,8-cm-FlaK-Geschütze zu einem ohrenbetäubenden Geräusch, das sich wie das schlimmste Inferno anhört. Durch den direkten Bodenkontakt meines Körpers spüre ich das dumpfe Dröhnen der Einschläge immer intensiver und es ist nur noch eine Frage der Zeit, bis eine der gewaltigen Sprengbomben meinen jugendlichen Körper in tausend Fetzen zerreißen wird. In dem absoluten Chaos wiederholt Hauptmann Schmittmann immer wieder und jetzt schon sehr verzweifelt seine Anweisungen, sich flach an den Waldboden zu pressen und die Ohren mit den Handflächen fest zu umschließen. Auch die Aufforderung mit dem Öffnen des Mundes erneuert er bei jeder weiteren Anweisung, um die Druckwellen, die durch das Zerbersten der ersten Bäume in unserer unmittelbaren Nähe schon sehr stark wahrzunehmen sind, auszugleichen. In Erwartung des sicheren Todes stammle ich trotz meines halb geöffneten Mundes ein weiteres Gebet zum Himmel. Ein fürchterlicher Gestank verbreitet sich in Windeseile über uns. Dieser resultiert aus mehreren gewaltigen Explosionen, die sich in unserer unmittelbaren Nähe ereignen. Schwarz-grauer Rauch erschwert das Atmen jetzt noch mehr, ich versinke in eine kurze und befreiende Ohnmacht, die aber nicht aus körperlichen Schmerzen, sondern aus einer großen Panik und der absoluten Todesangst entsteht.

Durch ein Rütteln an meiner Schulter werde ich wieder in diese schreckliche Welt zurückgeholt. Hauptmann Schmittmann und seine fünf Besatzungsmitglieder schleppen sich mit mir durch einen kleinen Wald, der als Windfang vor Jahren gepflanzt worden ist, weiter nach Süden. Die Besatzung wird von dem ersten Bombenangriff auf Lagerlechfeld genauso überrascht wie ich und kann gerade noch vor den herannahenden amerikanischen Bombenverbänden mit seinem Aufklärungsflugzeug, einer Fw 200 Condor, zur Landung ansetzen. Obwohl einige Sprengbomben die Landebahn schon erreicht haben, gelingt es dem jungen Piloten, sein Flugzeug sicher zu landen. Der einzige Schutz, der am Rande der Rollbahn zu sehen ist, ist dieser kleine Wald, in dem wir gerade um unser Leben kämpfen. Der Windschutz, der einige hundert Meter von der ausgerollten Maschine entfernt ist, wird von der Besatzung im Laufschritt erreicht, bevor der Bombenteppich ihre Aufklärungsmaschine in Schutt und Asche legt.

Ich, Richard, fünfzehn Jahre alt und Schreinerlehrling, fahre an diesem Samstag mit meinem Fahrrad aus der Arbeit kommend nach Hause, um mit meinen Eltern zu Mittag zu essen, als mich dieser Angriff der amerikanischen Air Force auf der Straße von Klosterlechfeld nach Lagerlechfeld genauso überrascht wie die Besatzung des Aufklärungsflugzeugs Fw 200 Condor. Der schützende Wald liegt gute zweihundert Meter von der Ortsverbindungsstraße entfernt, als ich am Himmel die gut sichtbaren silberfarbenen fliegenden Festungen der amerikanischen Air Force sehe, wie sie bereits in einiger Entfernung ihre tödliche Fracht entladen. Das ist für mich das Zeichen, um mein Fahrrad in den Straßengraben zu werfen und schnellstens Richtung Wald zu laufen. Dort treffe ich auf die gerade gelandete Besatzung, die ich noch von meinem Rad aus beim Landanflug beobachten konnte. Der beißende Geruch, die zerborstenen Bäume, die vielen Bombentrichter und das Abwehrfeuer der im Umkreis platzierten FlaK-Batterien deuten noch nicht auf ein Ende des Bombenhagels hin. Im Gegenteil! Hauptmann Schmittmann versucht die Situation richtig einzuschätzen und uns zu beruhigen. Er, gerade zwanzig Jahre alt, zittert am ganzen Körper genauso wie alle anderen vor Angst, und versucht nur aufgrund seines militärischen Rangs weitere Anweisungen zu geben. Der Schock, der immer noch in ihm sitzt, verhindert ein befreiendes Weinen. Mit zittriger Stimme und weichen Knien führt er uns weiter durch das Chaos. Das beherzte Schießen der umliegenden FlaK-Batterien, die im Umkreis des Flugplatzes Lagerlechfeld stehen, kündet den nächsten Pulk der amerikanischen Bomber an. Nur: In welche Richtung sollen wir laufen? Der Drang, möglichst schnell den Ort des Grauens zu verlassen, steckt zu diesem Zeitpunkt in jedem von uns, ein zweites Mal laufen wir um unser Leben, um dem Bombenterror endgültig zu entkommen. Die Entscheidung, nach Süden zu laufen, beschert uns aber in den nächsten Minuten weitere schlimme Momente. Der zweite Bomberpulk, bestehend aus sechzehn fliegenden Festungen des Typs Boeing B-17 Flying Fortress, platziert seine todbringende Fracht genau über uns. Das vor Minuten Erlebte bricht ein zweites Mal über uns herein. Die gleichen Anweisungen und Kommandos erreichen meine Ohren, doch die aufsteigende Panik lässt mich gegen alle Anweisungen einfach weiterlaufen, ohne auf irgendwelche Gefahren zu achten. Meine nicht mehr auszuhaltende Angst vor dem Tod entwickelt in mir den Drang, vor der Gefahr wegzulaufen. Und so bin ich nicht mehr zu halten. Über mir öffnen sechzehn amerikanische Bomber ihre Schächte, um ihre tödliche Fracht über dem Flugplatz Lagerlechfeld abzuwerfen. Genau viertausend Meter unter den in der Sonne silbern leuchtenden fliegenden Festungen beginnt nun mein zweiter Wettlauf mit dem Tod. Das Pfeifen der immer näher einschlagenden Bomben und das harte, dumpfe Abwehrfeuer der im Umkreis platzierten FlaK-Batterien flankieren den beherzten Lauf um mein Leben.

Das eben Erlebte noch vor Augen laufe ich unter Schock so schnell ich nur kann. Von den in unmittelbarer Nähe einschlagenden Sprengbomben werde ich mehrmals zu Boden gerissen und von umfallenden Bäumen fast erschlagen. Selbst diese lebensgefährlichen Bedrohungen werden von mir ignoriert, panisch laufe ich weiter durch die vor Sekunden entstandenen Bombentrichter, die zwei bis fünf Meter tief und im Durchmesser meist zehn Meter breit sind. Gliedmaßen, viele menschliche Körperteile säumen mittlerweile den Weg meines Laufs gegen mein Sterben. Der Schock in mir verdrängt diese grausamen Anblicke und so laufe, robbe und hangle ich mich immer weiter. „Weg, nur weg hier", mache ich mir Mut, um meinem Schicksal doch noch zu entrinnen.

Minuten später werde ich von einem herabfallenden Ast an der Schulter getroffen und erneut zu Boden gerissen. Unfähig aufzustehen, spüre ich meine Erschöpfung und nehme ganz bewusst meine Umgebung wahr. Die Blitze in der Luft und der hochspritzende Schmutz lassen langsam nach, und so ist nur noch das verzweifelte Feuern der FlaK-Batterien zu hören. In dieser kurzen Ruhepause bemerke ich neben meinem rasenden Herzen nur noch das Zittern meine Hände, die unkontrolliert mit hoher Frequenz an einen Stein klopfen. Von der Besatzung des Aufklärungsflugzeugs Fw 200 Condor höre ich momentan nichts mehr. „Wo bin ich?" Mit der Frage, die ich an mich selbst richte, will ich wieder in die Normalität zurückkommen. Es gelingt mir nicht. Allmählich meldet sich mein Körper, der mich an die letzten Minuten erinnert, bei denen ich doch die eine oder andere Blessur abbekommen haben muss. Eine Platzwunde am Kopf, Abschürfungen an den Händen, die Hose an mehreren Stellen aufgerissen, und selbst die Schnürsenkel sind kaputt.

Mit der Einschätzung meiner Situation bin ich noch nicht ganz fertig, als der Boden wieder anfängt zu beben. Der dritte Pulk der ersten Bombergruppe ist jetzt an der Reihe, um seine Arbeit zu verrichten. Gefangen in einem Bombentrichter und eingeklemmt unter einem großen Ast, bete ich unter Tränen, die jetzt endlich meinen Schockzustand etwas auflösen. Meine Verletzung am Kopf schmerzt. Und die dritte Welle hat es in sich. Neben den Sprengbomben kommen diesmal auch Splitterbomben zum Einsatz, die alles in ihrer Nähe vernichten und bei Menschen schlimmste Wunden hinterlassen. Mit geschlossenen Augen und der Hoffnung, auch diese dritte Attacke gut zu überstehen, klammere ich mich ein weiteres Mal an mein noch so junges Leben. Das Vibrieren der Erde und das Hochspritzen von Erdfontänen kommen diesmal nicht so nah an mich heran, deshalb kann ich mich nach kurzer Zeit von der Spannung etwas lösen. Ein weiterer Angriff mit dem vierten Pulk, der glücklicherweise etwas weiter entfernt seine tödliche Fracht abwirft, beendet diesen so brutalen Angriff auf Lagerlechfeld um 14 Uhr 19.

Dabei hat der heutige Morgen doch ganz gut angefangen. Meine Mutter hat um 5 Uhr 30 das Feuer im Herd entfacht, und so war es schon ein bisschen warm in der Stube, als ich mich kurze Zeit später an den Küchentisch setzte. Die Schale mit warmer Milch schmeckte an dem Morgen wie immer und die frisch gebackene Nudel gab meinem Magen eine gute Grundlage. Neben meiner Mutter Maria saß noch mein Vater Peter am Tisch. Er war auf dem nahe gelegenen Flugplatz als Zivilangestellter beschäftigt. Mein Vater erzählte, dass durch die Bombardierung der Augsburger Messerschmitt-Werke deren Versuchsabteilung auf das Lechfeld verlegt wurde. Das hatte zur Folge, dass die Sicherheitsvorschriften auf dem Flugplatz noch einmal verstärkt wurden. Pünktlich um 6 Uhr 30 musste ich an meinem Ausbildungsplatz sein, deshalb musste ich mich sputen, um mich nicht zu verspäten. Als ich die Haustür öffnete, erschrak ich auf einmal. Es hatte über Nacht richtig geschneit. Die Schneedecke hatte eine Höhe von über zwanzig Zentimetern, und ich hatte große Mühe, mit meinem Fahrrad durch die frühmorgendlichen Straßen von Lagerlechfeld zu fahren. Ohne Licht am Fahrrad musste ich verdammt aufpassen, dass es zu keinen Zusammenstößen mit mir entgegenkommenden Radfahrern kam. Da sehr viele Menschen aus Schwabmünchen auf dem Flugplatz Lagerlechfeld arbeiteten, kamen mir mehrere Radler ohne Beleuchtung entgegen. Glücklicherweise schepperte bei meinem bereits in die Jahre gekommenen Gefährt das Schutzblech so laut, dass mich jeder, der mir entgegenkam, bereits aus sicherer Entfernung hörte. Nach zehn Minuten erreichte ich Graben, einen Ort, der zwei Kilometer westlich von Lagerlechfeld liegt. Bevor ich am Ende des Ortes eine leichte Steigung erklimmen musste, kam wie jeden Tag eine weitere Prüfung auf mich zu. Beim Anwesen der Familie Renner wartete ein Hund auf mich, um mich täglich aufs Neue zu verfolgen. War der Weg trocken, konnte ich den weißen Spitz jedes Mal abhängen, nur bei dieser Neuschneelage wurden die Karten noch einmal neu gemischt. An diesem Morgen gelang es dem sprungfreudigen Vierbeiner tatsächlich, mich in die Wade zu zwicken. Nur durch einen Schlag mit meiner Ledertasche auf seine Schnauze konnte ich mir das Tier noch vom Leibe halten und meinen Weg fortsetzen. Nach geraumer Zeit konnte ich nach dem Sonnenaufgang die Umrisse von Schwabmünchen erkennen. Keine Wolke an diesem Morgen am Himmel zu sehen, und so freute ich mich schon auf den freien Nachmittag, weil ich mit meinen Eltern mit dem Zug nach Augsburg fahren wollte, um mir eine neue Hose zu kaufen. Bei der Polizeistation fuhr ich auf die Hauptstraße Richtung Süden und erreichte nach zweihundert Metern die Apothekergasse, an deren Ende damals die Schreinerei Schrott stand.

Gerade hatte ich mein Rad hinter dem Gebäude abgestellt, als der Schweighart Ludwig, mein Ausbildungsgeselle, mich in die Schreinerei beorderte. In der Vorkriegszeit fertigte das Geschäft Möbel in jeder Form und war mit dieser Arbeit voll ausgelastet. Seit Kriegsbeginn mussten spezielle Möbelteile für den Ernstfall hergestellt werden. Durch die Angriffe auf Augsburg und München in den vorangegangenen Wochen hatte sich der Schrecken sehr schnell an die Heimatfront verlagert. Bei den überraschenden und überflüssigen Attacken auf die Zivilbevölkerung in den Städten gab es unzählige Opfer, wodurch es notwendig wurde, vermehrt Särge und Grabkreuze herzustellen. Verstärkt wurde der Bedarf auch durch die immer größere Zahl gefallener Soldaten aus Schwabmünchen, die auf der ganzen Welt an jeder Front kämpfen. Und so gehörte es zu meinen Aufgaben, mit einem Handwagen, auf dem ein leerer Sarg befestigt war, zu den Anwesen zu fahren, um mit meinem Gesellen, dem Schweighart Ludwig, Verstorbene abzuholen und ins Leichenhaus zu bringen. Uns war es strengstens untersagt, neugierigen Schwabmünchnern die Identität der Toten preiszugeben. An jenem Samstagmorgen hatten mein Geselle und ich den Auftrag, einen 60-jährigen Bauern vom Unteren

Markt ins Leichenhaus zu transportieren, der bei einem Fliegerangriff von einer Spitfire auf dem Feld so schwer verletzt wurde, dass er ein paar Tage später verstarb. Diese Art der willkürlichen Attacke verunsicherte die Schwabmünchner Bevölkerung zunehmend. Das Leid in den Familien bekam ich fast täglich zu spüren, und so war ich heilfroh, als ich eine Stunde später mit dem Handwagen wieder in der Schreinerei ankam. Durch diese Tätigkeit wurde ich immer mehr mit den Grausamkeiten des Krieges konfrontiert. In der Schreinerei waren neben mir und dem Schweighart Ludwig noch zwei weitere Gesellen, die sich mit ähnlichen Tätigkeiten zu beschäftigen hatten.

Nach der Brotzeit, die ich auf der Werkbank im Schneidersitz verbrachte, widmete ich mich wieder meiner Tätigkeit, die für den heutigen Samstag noch das Anfertigen von Grabkreuzen vorsah. Da sich diese Tätigkeit in letzter Zeit immer mehr anhäuft, fertigen wir immer zehn Kreuze. In die Arbeit versunken, erkannte ich auf der großen Uhr über der Hobelbank, dass es bereits kurz vor ein Uhr mittags war, und ich meine heutige Arbeit allmählich beenden konnte. Am Ende eines jeden Arbeitstages müssen alle Werkzeuge an die dafür vorgesehen Haken gehängt werden, die Späne werden in den Sägemehlschacht gekippt, und auch die Fenster werden mit einem feuchten Lappen abgewischt. Froh gestimmt meldete ich mich nach den Aufräumarbeiten beim Meister, damit er mein wöchentliches Putzen noch einmal nachkontrollierte und mich dann ins Wochenende ziehen ließ. Um seine Autorität weiter aufrechtzuerhalten, fand Herr Schrott wie fast jeden Samstag auch heute wieder ein paar Späne im

Hobelschacht. Nach dem Beheben der Mängel zog ich die Jacke über, setzte die Mütze auf und verließ meinen Arbeitsplatz, um schnellstens nach Hause zu radeln. Da sich die Temperaturen mittlerweile in Plusgrade umgewandelt hatten, war es für mich nicht mehr möglich, denselben Weg nach Hause zu fahren. Die einzige geteerte Straße führte über Untermeitingen, und so musste ich einen Umweg von zwei Kilometern in Kauf nehmen.

18. März 1944,
amerikanische Air Base Nähe London

*A*m Morgen des gleichen Tages, nur über eintausend Kilometer entfernt, starten auf einem Feldflugplatz in der
Nähe von London siebenhundertachtunddreißig viermotori-
ge Bomber der 8. amerikanischen Air Force. Die 1. Division
soll mit einhundertzwanzig B-17-Bombern den Flugplatz
Lagerlechfeld bombardieren. Die 2. und 3. Division hat ähnliche Ziele in Süddeutschland zu vernichten. Zum Schutz
begleiten einhundertzwanzig Lockheed P-38 Lightnings und
zweihundertfünfzig Mustang-Jäger den gewaltigen Verband
auf das Festland. Sie kommen gemeinsam über Frankreich
zum Schwarzwald, wo sich die Divisionen trennen. Die
vierhundertneunzig fliegenden Festungen werden von achtzig
Jägern begleitet, die deutsche Abfangjäger von dem Verband
fernhalten sollen. Über Straßburg wird der gewaltige todbringende Verband zum ersten Mal von einer deutschen Jä-
gereinheit angegriffen und in starke Flügelkämpfe verwickelt.
Aus der Bomberformation werden zwölf B-17-Bomber durch
die deutsche Jägerstaffel herausgeschossen, und nur durch verstärkten Einsatz der Mustangs und Lightnings gelingt es dem
Verband, den todbringenden Kurs zu halten. Geführt wird
die 1. Division von Major Donald Painter, der am frühen
Morgen bei der Einsatzbesprechung den Befehl bekam, den
Flugplatz Lagerlechfeld anzugreifen. Der Flugplatz war bis
zu diesem Zeitpunkt kein Angriffsziel für die amerikanischen
Streitmächte gewesen, da dort nur Piloten für den Feindflug
ausgebildet worden waren. Das änderte sich jedoch schlagartig, als die deutsche Luftwaffe die Erprobung des Wun-

derflugzeugs, der Me 262, nach Lagerlechfeld verlegte. Vor diesem Flugzeug haben die amerikanischen Luftwaffenoffiziere großen Respekt, und so wird vom Geheimdienst bereits der Flugplatz Lagerlechfeld durch Aufklärungsflugzeuge und spezielle Spionagetrupps besonders überwacht. Die Me 262 galt als das erste Düsenflugzeug, das in der Lage wäre, die amerikanische Übermacht aufzuhalten. Dieser Sachverhalt steht an diesem Morgen im Mittelpunkt des taktischen Angriffsziels. Major Donald Painter gilt als einer der erfahrensten Bomberpiloten der Air Force, und durch seine besonnene Art versprechen sich die Kommandanten selbst bei großen Verlusten einen erfolgreichen Einsatz. Ihm folgt Captain Joshua Sudderland, der den zweiten Pulk anführt. Der dritte und vierte Pulk, die ebenfalls je dreißig Bomber vom Typ B-17 in ihren Reihen haben, werden von den Captains Lance Mattmuller und Mike Landers in den Führungsmaschinen geflogen. In der morgendlichen Besprechung, bei der neben Donald Painter noch die drei Captains anwesend sind, wird der Flugplatz Lagerlechfeld zum Hauptziel erklärt. Von der militärischen Führung wird insgeheim mit großen Verlusten gerechnet, da die deutsche Abwehr mit ihren Jagdfliegern und Jägern noch sehr präsent ist. Und so erfahren die Piloten, dass es am Rhein zum ersten Aufeinandertreffen mit den Jägern kommen könnte. FlaK-Beschuss wird aus den Ballungsräumen Stuttgart und Freiburg erwartet. Mit dieser schweren Bürde macht sich die erste Besatzung der amerikanischen Air Force zwei Stunden später auf den Weg. Zwischen 8 Uhr 35 und 10 Uhr 10 startet das amerikanische Bomberkommando mit einer schier unendlichen Anzahl von Bombern nach Deutschland. Die schützenden Jäger, die Lightnings und die P-51 Mustangs, stoßen etwas später zu den gigantischen fliegenden Festungen dazu und schwenken gegen elf Uhr in Richtung Frankreich ein. Zu dem Zeitpunkt fliegen noch alle siebenhundertachtunddreißig Bomber in einem Verband. Dieser gigantische Block trennt sich über Frankreich in mehrere Gruppen und so beginnt für Major Donald Painter die schwierige Phase des Unternehmens. Seinen vier Pulks unterstehen noch fünfundvierzig Jäger, die sich schützend um die schwerfälligen fliegenden Festungen verteilen. In jedem B-17-Bomber sitzen sechs Bordschützen, die in ihren Kanzeln bei extrem wenig Platz wohl den kräftezehrendsten Job zu verrichten haben. An dem wunderbaren Samstagvormittag ist keine Wolke am Himmel, als die Gruppe um Major Donald Painter in den deutschen Luftraum einfliegt. Die zwölf Bomber, die über Straßburg aus ihrem Verband herausgeschossen wurden, schwächen die 1. amerikanische Division nur bedingt, und so fliegt der ganze Tross unbeirrt weiter Richtung Bodensee und schwenkt kurz vor den Alpen in Richtung Füssen ein. Der erste Pulk um Major Donald Painter bekommt kurz nach dem Richtungswechsel erneut mit den deutschen Jägern Kontakt. Schwere Luftkämpfe entwickeln sich zwischen den Mustangs und der deutschen Messerschmitt Bf 109. Da diese Maschinen fast leistungsgleich sind, gibt hier nur das fliegerische Können den Ausschlag über Leben und Tod. Hektischer Funkverkehr entwickelt sich durch die sofortige Kampfaufnahme, und der Bordfunk bringt die ganze Hektik und das fast verzweifelte Schreien und Stöhnen an das Ohr von Major Painter. Donald versucht mit Durchhalteparolen seinen Flügelmännern Mut zuzusprechen und fordert permanent das strikte Einhalten des Kurses, der sie zum Flugplatz nach Lagerlechfeld bringen soll. Über seinen Kopfhörer vernimmt er verzweifelte Hilferufe. Links und rechts sieht der

Major, wie seine Bomberpiloten mit ihren schweren Maschinen in unkontrollierten Sturzflügen auf die Erde zusteuern und wenig später mit einer enormen Stichflamme am Boden zerschellen. Jede fliegende Festung ist mit sechzehn Mann besetzt. Und bei jedem Bodenblitz ist das Schicksal der Besatzung besiegelt. Der erleichterte Blick auf die weißen Fallschirme ist an dem Tag nur selten, und so ist dieser Angriff der deutschen Jäger für den amerikanischen Verband sehr schmerzhaft. Obwohl sich die Mustangs mit der Bf 109 packende Kämpfe liefern, kommen immer mehr deutsche Jäger an die schweren Maschinen der Air Force heran und schießen mit ihren Bordwaffen unerbittlich Lücken in den fliegenden Verband. Sergeant Paul Mustang feuert mit seinem MG, das sich unter dem Rumpf des silberfarbenen Bombers in einer engen Glaskugel befindet, wie ein Verrückter auf alles, was sich in unmittelbarer Nähe befindet. Sein Problem ist, dass er sich in einem Hängekorsett kopfüber den angreifenden Jägern stellen muss. Gerade die Führungsmaschine ist als Kommandostand der Angreifer ein begehrtes Ziel der Deutschen. Deshalb hat Major Donald Painter die besten Bordschützen in seiner Führungsmaschine versammelt, um die todbringende Fracht auch im Zielgebiet unterbringen zu können. Mit diesem massiven Widerstand hat er nicht gerechnet, und so stellt er seinen geheimen Auftrag immer mehr infrage. In der Phase, als die schrecklichen und verzweifelnden Schreie seiner Besatzung im Verband immer intensiver sein Gemüt belasten, versinkt er für kurze Zeit in die Vergangenheit.

Diese schrecklichen Schreie wecken in ihm Erinnerungen an ein Erlebnis, bei dem er als 15-jähriger Schüler als erster an ein brennendes Haus kam, in dem sich noch kleine Kinder befanden, die sich nicht selbst in Sicherheit bringen konnten. In seinen Gedanken sieht er sich noch einmal beherzt eingreifen, indem er die Tür eintrat und mit einem feuchten Tuch, das er sich vor dem Mund hielt, das lichterloh brennende Gebäude entschlossen betrat, mit letzter Energie vier kleine Kinder vor dem sicheren Flammentod rettete und dann anschließend in das nahe gelegene Krankenhaus miteingeliefert wurde. Die Ärzte diagnostizierten bei ihm eine schwere Rauchvergiftung.

Blitzschnell ist er durch diesen Gedanken wieder in der Realität. Ein beißender Rauch entwickelt sich schnell in der Pilotenkanzel, die durch einen Treffer der Messerschmitt Bf 109 in den Versorgungsschacht verursacht wurde. Kopilot Walter Landers versucht mit allen Mitteln, den Schwelbrand zu löschen. Der Handfeuerlöscher ist bereits vollständig geleert, als er mit seiner Pilotenjacke das letzte Glimmen erstickt. Nur langsam verflüchtigt sich die nebelartige und beißend riechende Luft aus der Pilotenkanzel, und so verliert sich zumindest für kurze Zeit die entstandene Panik. Major Donald Painter muss jetzt handeln und den vorgesehenen Kurs schnellstens verlassen, um die Verluste noch in Grenzen halten zu können. Achttausend Meter unter ihnen plätschert die Iller, ein Fluss, der in den Alpen entspringt und einhundert Kilometer weiter in die Donau fließt. Diese optische Wahrnehmung macht sich der Major zu eigen, um irgendwie aus dem Inferno zu entfliehen. Sehr schwerfällig kommen seine Piloten der Bomberdivision seinem Befehl nach, da sie sich durch die beherzten Angriffe der deutschen Jäger immer weiter von ihm entfernt haben. Des Weiteren hat keiner der Pulks mehr seine Anfangsformation. Das ist die größte Gefahr für jeden fliegenden Verband, wenn einzelne Bomber, die in einer V-

Formation fliegen, Lücken aufweisen. Und so erweist sich der Befehl als schweres Unterfangen, da sich der mittlerweile weit auseinandergezogene Bomberverband nicht schnell schließen kann. Der dreißig Minuten anhaltende Luftkampf und die Kurskorrektur nach Norden zwingen die deutschen Abfangjäger so allmählich zum Landen, da ihre Spritreserven langsam aufgebraucht sind. Kurz bevor die Iller in die Donau mündet, können sich in achttausend Metern Höhe die fliegenden amerikanischen Bomber wieder einigermaßen organisieren und nach den großen Schadensmeldungen neu formieren. Von den einhundertzwanzig gestarteten B-17-Bombern sind zu diesem Zeitpunkt nur noch einhundertundsechs einsatzfähig. Abgeschossen oder notgelandet, angeschossen und wieder zurück nach England, oder so weit abgedrängt, dass ein Aufschließen zum Bomberverband unmöglich ist. Das große Glück für den Verband ist die Tatsache, dass keine der vier Führungsmaschinen getroffen wurde und so zumindest das richtige Anfliegen auf den Flugplatz in Lagerlechfeld weiter gewährleistet ist.

18. März 1944,
Schwabmünchen

Durch Sonnenschein und mit leichtem Rückenwind fuhr ich zur gleichen Zeit mit meinem Fahrrad die Bahnhofstraße in Schwabmünchen stadtauswärts. Die gut ausgebaute Straße brachte mich schnell zur Kreuzung Bahnhof, Malzfabrik und Hochfeldstraße. Auf Höhe der Hochfeldstraße sah ich mehrere Militärlaster fahren, die in die Einfahrt der Spinnerei und Weberei Holzhey einbogen. Ganz genau wusste ich es nicht, aber in der Bevölkerung tuschelte man von einer zusätzlichen Produktion der Firma Messerschmitt aus Augsburg. Die Firma Messerschmitt ist eine der größten Rüstungsfabriken im süddeutschen Raum. Bekannt geworden ist der Konzern durch die schnellen Kampfflugzeuge, die in der ganzen Welt im Einsatz sind. Die Schwabmünchner Bevölkerung ist über die Entscheidung der Gauleitung nicht gerade glücklich, da immer mehr Rüstungsbetriebe im Umkreis von den feindlichen Bomberverbänden angegriffen werden. Und so war es eigentlich nur noch eine Frage der Zeit, bis auch Schwabmünchen als Angriffsziel der feindlichen Verbände feststand.

In Gedanken verstrickt verließ ich nun Schwabmünchen und fuhr Richtung Untermeitingen. Man konnte fast sagen, dass ich sehr unrund fuhr, da meine Fahrradreifen von vielen Gummistreifen belegt sind, die das Fahren zu einer recht unruhigen Angelegenheit machen. Trotzdem war ich froh, noch so einen fahrenden Untersatz zu haben.

Nach drei Kilometern kam ich an eine leichte Linkskurve, in deren Nähe schon seit einigen Wochen eine FlaK-Batterie mit sechs Geschützen im Boden verankert ist. Heute war sie zum ersten Mal mit mehreren Soldaten belegt, die in voller Kampfausrüstung ein hektisches Treiben veranstalteten. Mich interessierte das natürlich und so stieg ich von meinem Rad ab und wollte mir das Ganze aus der Nähe ansehen. Doch nach kurzer Zeit scheuchte mich ein Feldwebel mit kurzen harten Worten von der Anlage weg. Durch den Sachverhalt und das Knurren meines Magens willigte ich in die Aufforderung ein und stieg wieder auf mein Rad, um meinen Nachhauseweg fortzusetzen.

Als ich fünf Minuten später Untermeitingen erreichte, erkannte ich auch dort ein hektisches Treiben. Dieses wurde noch verstärkt, als die Sirene, die auf dem Schulgebäude befestigt ist, mit lauten und schrillen Tönen einen Luftangriff ankündigte. Nicht beunruhigt, aber etwas nachdenklich setzte ich meine Fahrt nach Lagerlechfeld fort. Nach weiteren fünf Minuten erreichte ich Klosterlechfeld. Jetzt wurde ich auch ein bisschen unruhig, da ich aus Norden kommend eine ganze Wagenkolonne sah, die sich in Windeseile vom Flugplatz Lagerlechfeld wegbewegte. Mein Problem lag darin, dass ich genau in diese Richtung fahren musste, um in Kürze mit meinen Eltern das Mittagessen einnehmen zu können. Der Verkehr an der Kreuzung in Klosterlechfeld wurde von Herrn Gulden geregelt, der mir gut bekannt und außerdem noch als Feuerwehrkommandant tätig ist. Er riet mir dringend von einer Weiterfahrt nach Lagerlechfeld ab, da der gesamte Flugplatz bereits geräumt worden war. Er hatte mich auch schon fast überzeugt gehabt, als ich über dem Waldstück, das nördlich des Flugplatzes liegt, eine Fw 200 Condor im Landeanflug erkennen konnte. „Herr Gulden, Sie wollen mir doch nicht erzählen, dass bei einem Bombenangriff auf den Lagerlechfelder Fluglatz noch deutsche Flugzeuge zum Landeanflug ansetzen?" Mit dieser schlagfertigen Antwort hatte er nicht gerechnet, und so ließ er mich schweren Herzens gewähren und rief mir noch nach, dass ich mich auf dem schnellsten Weg nach Hause begeben solle.

Ab jetzt trat ich etwas fester in die Pedale und kaum hatte ich mich von Herrn Gulden entfernt, hörte ich schon die ersten Flugzeuge über mir mit ihrem monotonen Dröhnen. Was ich zu dem Zeitpunkt noch nicht wusste war die Tatsache, dass dies die 8. Bomberdivision war, die nicht Lagerlechfeld als Angriffsziel hatte, sondern die Dornier-Werke in Oberpfaffenhofen. Meine Heimfahrt gestaltete sich schwerer als erwartet. Da der Flugplatz geräumt wurde, kamen mir laufend Militärlastwagen entgegen, und deshalb musste ich die Straße für kurze Zeit immer dann verlassen, wenn mich gerade ein Lkw passierte. Als ich auf Höhe der Tutscheckstraße war, sah ich westlich der Bahnlinie die ersten Schmutzfontänen, die nach den Einschlägen der Sprengbomben meterhoch in die Luft spritzten. Das war für mich jetzt endgültig ein Zeichen, die Straße zu verlassen und Richtung Osten in ein Waldstück zu laufen, das als Windschutz dient. Die Fontänen kamen immer näher, und ich rannte so schnell ich nur konnte. Auch der Geruch von frischer Erde erreichte meine Nase und so war ich heilfroh, als ich die ersten Bäume des Waldes erreichte. Aus Richtung Flugplatz sah ich, wie die Besatzung des soeben gelandeten Aufklärungsflugzeugs im Laufschritt zeitgleich auf mich zukam und ebenfalls noch rechtzeitig das Waldgelände erreichte. „Hinlegen, den Mund offen halten und die Ohren zuhalten!"

18. März 1944,
Dinkelscherben

Zur gleichen Zeit visiert die 1. Bomberdivision unter dem Kommando von Major Donald Painter, dicht gefolgt von der 8. Bomberdivision, mit seinen verbliebenen einhundertundsechs B-17-Bombern sein Angriffsziel an, den Flugplatz Lagerlechfeld. Beim Uhrenvergleich der vier Führungsmaschinen, achttausend Meter über Dinkelscherben, stehen alle Pilotenuhren auf 14 Uhr. Nach den Berechnungen des ersten Bordoffiziers Handerson müsste die erste Bombe exakt um 14 Uhr 5 den Flugplatz Lagerlechfeld erreichen. Nach dieser Festlegung leitet der Major den Großangriff auf den Flugplatz Lagerlechfeld ein. Mit laut aufheulenden Motoren erreichen sie schnell die für sie vorgesehenen Angriffshöhen, und von nun an lässt sich die todbringende Fracht nicht mehr aufhalten. Major Donald Painter sinkt mit seinen verbliebenen Piloten, die dem ersten Pulk angehören, auf fünftausendsechshundert Meter, um dann genau um 14 Uhr 1 mit einem Rauchzeichen alle weiteren Mechanismen einzuleiten, die den Angriff zum Erfolg führen sollen. Genau um 14 Uhr 2 kommen die fliegenden Festungen der 1. amerikanischen Bomberdivision in den FlaK-Bereich des Flugplatzes Lagerlechfeld. Die im großen Bogen um den Flugplatz verteilten Abwehrstellungen beginnen, mit allen ihnen zur Verfügung stehenden Abwehrgranaten zu feuern. Parallel dazu wird vom Führungsflugzeug eine Unmenge von lametaähnlichen Streifen abgeworfen, die alle deutschen Höhenmessgeräte in die Irre führen sollen. Dieses Täuschungsmanöver verfehlt seine Wirkung zumindest bei der Führungsmaschine. Eine FlaK-

Granate explodiert in unmittelbarer Nähe, durchschlägt die Scheibe und verletzt Donald Painter schwer an der linken Schulter. Hektisch und sorgenvoll wird die Wunde vom Funker Mike Fuller notdürftig versorgt. Und auch der kalte, böige Wind, der jetzt frontal durch das zerborstene Frontfenster die Gesichter der Piloten erreicht, macht das weitere Unterfangen nicht gerade leichter. Unabhängig von dieser Aktion öffnet Daniel Smith, erster Bombenschütze, punktgenau die Halterungen der fünfhundert Kilogramm schweren Sprengbomben, um sie ihrer schmerzhaften Verwendung zu überlassen. Dies geschieht genau über Kleinaitingen, ein Dorf, das zwei Kilometer Luftlinie vom nördlichen Teil des Flugplatzes Lagerlechfeld entfernt liegt und durch Einbeziehung des Windes als Ausgangspunkt gewählt wurde. Alle anderen Bombenschützen des ersten Pulks verrichten ihren Job nach dem gleichen Strickmuster, und so legt sich der Bombenteppich in einer Breite von tausend Metern über den nördlichen Teil des Flugplatzes. Die Mischung aus Spreng- und Splitterbomben hat verheerende Folgen für alle am Flugplatz Verbliebenen. Genau eine Minute versetzt und in einer Höhe von sechstausend Metern beginnen die Bombenschützen des zweiten Pulks mit dem Öffnen der Bombenschächte und lassen ihre tödliche Fracht einen Kilometer südlicher auf den bereits nach der ersten Bombenwelle erheblich beschädigten Flugplatz nieder. Der dritte und vierte Pulk verrichten ihren Job genauso professionell und platzieren ihre Vernichtungswaffen immer um eintausend Meter versetzt nach Süden punktgenau in ihre vorgegeben Ziele.

Um 14 Uhr 19 des 18. März 1944 liege ich immer noch benommen in einem nach frischer Erde riechenden

Bombentrichter und zittere noch von dem Eindruck der schrecklichen Geschehnisse in den letzten Minuten, die ich über mich ergehen lassen musste.

In der zugigen Pilotenkanzel kämpfen die Sanitäter um das Leben von Donald Painter, dessen linker Arm nicht mehr zu retten ist. Dem Tode sehr nah, erreicht die überforderte Besatzung fünf Stunden später ihren Heimatflughafen, westlich von London. Schwer verletzt überlebt der Major diesen Feindflug und wird Monate später aus der US-Air Force in den vorzeitigen Ruhestand entlassen. Donald und Richard kannten sich nicht und keiner wusste etwas vom anderen. Beide hatten zur selben Zeit am selben Ort ein grauenhaftes Erlebnis, das wohl keiner jemals vergessen wird.

Von Schmutz, Ästen und Metallsplittern übersät komme ich langsam zu mir. Um mich herum riecht es nach Verbranntem. Die Luft ist mit Rauch und Staub vermengt und gibt mir gerade so viel Sauerstoff, um noch atmen zu können. Langsam rapple ich mich auf und versuche aus dem Bombentrichter zu entkommen. Mein Taschenmesser hilft mir bei der Befreiungsaktion. Mit ihm kann ich einen zehn Zentimeter dicken Ast durch wiederholtes Einkerben zum Brechen bringen und so rutsche ich aus der Bodenmulde, die mich in den letzten Minuten gefangen gehalten hatte. Ich bleibe noch ein paar Minuten am Boden sitzen und versuche das gerade Geschehene zu verstehen. Ganz allmählich höre ich wieder Geräusche um mich herum. Sanitäter, Feuerwehrleute und einige Soldaten hetzen an mir vorbei und versuchen, Verletzten zu helfen. Laute Schreie und leises Wimmern erreichen meine Ohren. Meine Platzwunde am Kopf versorge ich selbst, indem ich mein Halstuch sehr fest mehrmals um den Kopf wickle. Die Abschürfungen am Schienbein und am Knie sind nur oberflächlich. Das Schlimmere ist der große Fetzen, der mir aus der Hose herausgerissen wurde. Auch die Jacke wurde in Mitleidenschaft gezogen und so stehe ich in Lumpen gehüllt vor einer Kraterlandschaft, aus der ich mich nur mit viel Glück befreien kann. Schwarz-grauer Rauch weht von Osten kommend fast gespenstisch über uns hinweg und bringt so eine beängstigende Stimmung über mich. Auf der vierhundert Meter entfernten Verbindungsstraße zwischen Klosterlechfeld und Lagerlechfeld erkenne ich die ersten Militärfahrzeuge, die sich wieder dem Flugplatz nähern. Ich will mich gerade auf den Weg machen um mein Fahrrad zu suchen, als mich ein Uniformierter mit einem roten Kreuz am Ärmel anspricht und mich auf meinen notdürftig gestalteten Verband aufmerksam macht, der sich mit Blut gefüllt hat. Binnen Minuten bekomme ich einen Druckverband angelegt, der die starke Blutung zum Stillstand bringt. Dort, wo ich mein Fahrrad vermute, liegt es nicht mehr. Mehrere Meter weiter sehe ich meinen Drahtesel, der wohl von einem Bombensplitter getroffen wurde und sehr deformiert ist. Ausgerechnet die Nabe aus dem Vorderrad wurde herausgeschossen, und so trage ich die Reste neben der Straße nach Hause. Direkt auf dieser zu gehen wäre viel zu gefährlich, denn alle Fahrzeuge, die vor dem Angriff den Flugplatz Richtung Klosterlechfeld verlassen haben, kehren wieder zurück, und so ist dies eine lange Schlange verschiedenster Gerätschaften. Nachdem die Gedanken langsam klarer werden, versuche ich diese zu sammeln und erhole ich mich von meinem Schock. Das Schicksal meiner Eltern ist von großer Unsicherheit geprägt. Unsere Wohnung im Alten Lazarett liegt mitten in Lagerlechfeld, und da die anfliegenden Verbände aus Westen kommend ihre Bombenlast fallen gelassen hatten, war gerade dieses Haus im Mittelpunkt des Geschehens. Auf meinem Weg dahin überquere ich die Eisenbahnlinie etwas nördlich vom Reschhaus und erschrecke sehr, als ich die zerbombten Eisenbahnschienen sehe, die zum Teil senkrecht in die Luft ragen. Der Rauch verdeckt immer noch weite Teile des Orts und so erkenne ich auf Höhe des Hauses Höchtl, dass zwischen dem Café Weyand und dem Kolonialladen Kirchmeier eine größere Menschenansammlung hektisch auf der Straße Verwundete versorgt. Der Weg ist mit Splittern, heruntergerissenen Ästen und anderem Unrat übersäht.

Ich bin noch fünfzig Meter entfernt, als mir mein Schulfreund, der Wagner Ernst, entgegenkommt und mich stürmisch begrüßt. Hektisch und schnell erzählt er mir das Geschehene und begleitet mich zum Unfallort. Ich übergebe dem Ernst mein deformiertes Rad und haste im Dauerlauf um die Menschenansammlung herum, um mein Elternhaus zu sehen. Es steht, es ist nicht getroffen worden. Wahnsinnig erleichtert laufe ich wieder zum Ernst zurück, der immer noch am Unfallort steht. Getroffen wurden zwei Gäste des Café Weyand, die genauso von dem Angriff überrascht wurden wie ich. Es wird schnell die Schwere der Verletzungen erkannt und so wird Herr Füchsle beauftragt, die beiden mit seinem Pferdefuhrwerk ins Lazarett zu bringen. Sofort werden die Betroffenen auf einen Pritschenwagen gelegt und notdürftig gesichert. Mit einem lauten Peitschenknall und schneller Fahrt verlässt das Gespann den Unfallort in Richtung Kaserne, als uns allen der Atem stockt. In voller Fahrt fährt, oder man konnte schon fast sagen, fliegt der Wagen über eine scharfe Bombe, die noch auf der Straße liegt. Ein lautes metallisches Geräusch begleitet das Gespann mit der Granate unter einem der Räder, das dann aber endlich nach mehreren Metern von der Straße geschleudert wird und im Straßengraben landet. Nachdem ich das gesehen habe, bin ich mit meinen Gedanken sofort wieder bei meinem Martyrium, das ich erst vor Minuten hinter mich gebracht habe.

Ernst und ich bringen mein zerbrochenes Rad nach Hause und gehen dann anschließend im Ort auf Erkundungstour. Mein ursprünglicher Ausflug mit meinen Eltern nach Augsburg fällt heute aus, da die Bahnlinie mehrmals getroffen wurde. Ernst erzählt mir seine Geschichte von dem aufregenden Samstagmittag. Er war nach dem Fliegeralarm mit den meisten Leuten von der Straße in den Bunker gegangen, der für den Ernstfall vor Jahren gebaut wurde. Er erzählt mir, dass er ganz schön Angst hatte, als er das Geräusch und die dumpfen Einschläge im Bunker mitbekommen hat. Ich will ihm mehrmals meinen unvorstellbaren Kampf um mein junges Leben erzählen, aber er ist so aufgekratzt, dass er mich gar nicht zum Reden kommen lässt. Nachdem wir die Schäden im gesamten Gebiet inspiziert haben, kehren wir wieder in unsere Straße zurück. Bevor wir uns verabschieden, merke ich in mir einen enormen Druck, der wohl meinen bis jetzt andauernden

Schock beendet. Als mich dann der Ernst noch fragt, wo denn ich den Angriff miterlebt habe, bricht es voll aus mir heraus. Unter Tränen und lautstark schreie ich ihn an. Ich kann mich nicht bremsen. Wellenartig platzt es aus mir heraus. Ich schildere ihm in den nächsten Minuten mein Erlebtes und sinke dann kurze Zeit später in seine Arme und weine bitterlich. Zu diesem Zeitpunkt weinten große Buben nicht und so ist der Ernst sehr überrascht, als er mich so sieht. „Bin ich ein Idiot", kommt es aus ihm heraus, „du hast doch eine blutige Kopfwunde und deine Hose und Jacke sind total zerrissen!" Er ist durch die Art, wie ich meinen Überlebenskampf geschildert habe, sehr geschockt, nur mir tut es gut. Mir tut es verdammt gut, denn so kann ich zumindest mein erstes Kriegserlebnis verarbeiten.

Meine Schilderung zu Hause bei meinen Eltern fällt dann schon etwas gemäßigter aus. Aber auch hier fließen ein paar Tränen und mir tut es gut, als mich meine Mutter in den Arm nimmt und mir über die Haare streicht. Da wir am Samstagabend immer unseren Badetag haben, erkennen meine Eltern meine Wunden und so wird auch ihnen schnell bewusst, dass ihr Filius heute doch einiges mehr erlebt haben muss als ursprünglich gedacht. Die Platzwunde am Kopf ist drei Zentimeter lang und klafft immer wieder auf. Selbst die Schrammen an meinen Füßen haben eine besorgniserregende Tiefe, die meinen Vater dazu bewegen, mich am nächsten Tag ins Lazarett zu schicken. Beim anschließenden gemeinsamen Abendessen fallen mir mehrmals die Augen zu und so ist es nicht verwunderlich, dass ich mich so langsam auf mein Zimmer verziehe und ins Bett gehe. Die vorhandene Müdigkeit hat aber keine Chance gegen die innere Unruhe in mir. Durch meine Zugehörigkeit bei der Hitlerjugend habe ich in den letzten Jahren eine harte Erziehung genossen, bei der man sich keine Blöße geben darf. Und gerade diese Blöße habe ich heute gezeigt, als ich in Ernsts Armen zu weinen begonnen habe. „Das ist peinlich, Richard", höre ich meine innere Stimme sprechen, und dementsprechend schäme ich mich jetzt. Dass ich heute mehrmals um mein Leben gekämpft habe, wird von mir verdrängt und so sehe ich mich schon als „Weichei" vor meinen Kameraden stehen. „Hoffentlich verpetzt mich der Ernst morgen nicht", mit dem Gedankengang versuche ich mich zu stabilisieren. Mit dem Wunschgedanken fallen mir so langsam die Augen zu, und so kann ich tatsächlich schlafen. „Hinlegen, die Ohren zuhalten und den Mund öffnen!" Dieses laute Kommando schreckt mich Minuten später wieder auf. Zudem bemerke ich meinen nassgeschwitzten Schlafanzug, der sich nach kurzer Zeit sehr klamm anfühlt und meinen kalten Schauer, der mir noch einmal den Rücken hinunterläuft, noch unterstützt. Was ist aus den Soldaten geworden, die mit mir heute um ihr Leben gekämpft hatten? Leben sie noch? Ich weiß es nicht! Dieses Nichtwissen zehrt zusätzlich an meiner Psyche und so ist an ein Weiterschlafen momentan nicht zu denken.

Meine Gedanken schwenken ein bisschen in die Vergangenheit und lassen mich den Glauben an unsere Wehrmacht nicht infrage stellen. Wie toll waren die Veranstaltungen im Fliegerhorst vor dem Krieg. Riesige Sportfeste mit sensationellen Darbietungen begeisterten uns junge

Buben so sehr, dass wir den Sportlern gerne nacheifern wollten. Auch die mächtigen Aufmärsche signalisierten uns eine unwahrscheinliche Sicherheit und wir genossen das Protzen mit dem Machtgehabe in vollen Zügen. Ja, der Standort Lagerlechfeld ist schon etwas Besonderes. Viele prominente Menschen kommen auf das Lechfeld, um sich mit den Größen des Militärs sehen zu lassen. Politiker, Filmschauspieler, Nationalspieler und Helden aus dem Ersten Weltkrieg kommen sehr gerne zu uns. Dieses Flanieren der Berühmtheiten gibt unserem Ort einen Hauch von der großen Welt. Ich hätte mir niemals vorstellen können, einmal in so ein Inferno hineingezogen zu werden, wie es mir heute widerfahren ist. Der Krieg ist doch so weit weg. Das Erlebnis des letzten Tages – es ist bereits nach Mitternacht – bringt bei mir einen Umdenkprozess ins Rollen. Ich bin jetzt gefordert und will mich gleich am Montag früh als Freiwilliger registrieren lassen. Wir haben doch alle in diesen Jahren gesagt bekommen, dass wir die Herrenrasse sind und dass nur wir in der Lage seien, die Welt zu regieren. Durch den innerlichen Zwist, den ich jetzt mit mir aushecke, werde ich wieder richtig wach und kann durch mein leicht geöffnetes Zimmerfenster unseren Wasserturm mit seiner Randbeleuchtung gut erkennen. Dieses imposante Bauwerk hat den verheerenden Fliegerangriff ohne Blessuren überstanden. Das ähnelt fast einem Wunder, denn alles andere um ihn herum ist zu Schutt und Asche gebombt. Dieser in den Trümmern stehende Koloss festigt in mir noch einmal den Entschluss, mich in Kürze als Freiwilliger zum Kriegsdienst zu melden. Mit weiteren positiven Gedanken bekräftige ich meinen gefassten Entschluss und versinke zum zweiten Mal in den Schlaf.

Aber auch die zweite Schlafphase dauert nicht so lange, und wieder kommt es durch die Kommandos des Condor-Piloten zum schreckhaften Erwachen. Jedes weitere Einschlafen wird in dieser Nacht mit einem schreckhaften Aufwachen beendet.

19. März 1944,
Lagerlechfeld

Als der Tag sich bei mir durch die Sonne, die durchs Fenster scheint, bemerkbar macht, habe ich einen richtigen Brummschädel. Die gestrige Attacke war stärker, als ich mir selbst eingestehen will. Selbst mein Vater hat das erste Mal ein Einsehen mit mir, und so brauche ich an dem Sonntag nicht in das drei Kilometer entfernte Klosterlechfeld zu laufen, um dort als Ministrant die Heilige Messe mitzugestalten. Diesen Umstand nutze ich am Vormittag, um mein Fahrrad, das mir gestern die amerikanischen Bomber auseinandergeschossen haben, zu inspizieren. „Die Schweine", sage ich laut zu mir, als ich den Schaden begutachte. Die Achse des Vorderrads wurde genau getroffen und so flogen alle Speichen aus der Felge und es war somit an ein Fahrradfahren in nächster Zeit nicht zu denken. „Aber lieber die Vorderradachse als ich." Dieser Gedanke erinnert mich noch einmal an mein unvorstellbares Glück, das mir gestern widerfahren ist. Gerne würde ich heute noch einmal meine Neugier befriedigen und erneut durch den zerbombten Ort ziehen, um mir alle Zerstörungen anzusehen. Doch das starke Kopfweh und die schmerzenden Beine bringen mich nach kurzer Zeit wieder in mein Bett zurück.

Ein Fliegerjournal vom Fliegerhorst durchstreife ich anschließend, um meine Gedanken ein wenig zu zerstreuen, als meine Mutter ins Zimmer kommt und mich in den Arm nimmt und fragt, ob ich nicht die ganze Geschichte von gestern noch einmal in Ruhe erzählen will. Sie hat natürlich als Mutter erkannt, dass ich den starken Jungen nur gespielt habe. Meine Sensibilität ist ihr bekannt und so nutzt sie den Zeitpunkt, als mein Vater in der Kirche ist, um mich aus einer unsichtbaren Fessel zu befreien. Es tut mir gut, als sie sich auf mein Bett setzt, meinen Kopf in ihren Schoß legt und diesen leicht streichelt. Im Geborgenen liegend lasse ich noch einmal jede einzelne Bombe um mich herum fallen und schildere noch einmal sehr emotional meine gestrigen Erlebnisse. Vom Verlassen meiner Lehrwerkstatt in Schwabmünchen über das Vorbeifahren an den FlaK-Batterien, die Diskussion mit Herrn Gulden und dann das Erkennen der ersten Bombeneinschläge westlich von Lagerlechfeld. Der Lauf zum schützenden Windfang, der aus großen Fichtenbäumen besteht, wird von mir schon erregter berichtet, und als die ersten Einschläge um mich herum die Erde aufwirbeln, schießen die Tränen nur noch so aus mir heraus. Im weiteren Verlauf meiner Schilderung tropfen mir die Tränen meiner Mutter auf die Stirn. Als ich nach geschätzten zehn Minuten mit meiner emotionalen Berichterstattung am Ende bin, spüre ich den Arm meiner Mutter sehr stark um meinen Körper geschlungen. Ihr ist das Ganze sehr nahe gegangen und sie will mich gar nicht mehr loslassen, um mich nicht doch noch zu verlieren. Das Gespräch bringt mir wieder mehr Kraft, um das Vergangene besser verarbeiten zu können.

Das anschließende Mittagessen, bei dem mein Vater wieder zu Hause ist, verläuft wie all die anderen ganz normal. Nachdem meine Mutter am Sonntagnachmittag meine

Hose und meine Jacke in mühevoller Arbeit wieder zu-
sammengeschneidert hat, kann ich am morgigen Montag
wieder in die Arbeit fahren.

20. März 1944, Schwabmüchen

Mein Vater leiht mir sein Rad, und so stehe ich am Montag früh um sechs Uhr dreißig wieder in der Schreinerwerkstatt Schrott in Schwabmünchen. Natürlich muss ich mir einige dumme Kommentare anhören, die sich auf meinen „Kopfschmuck" beziehen. Da ich aber seit meinem Gespräch mit meiner Mutter wieder gefestigt bin, kann ich den Provokationen gut aus dem Weg gehen und mich wieder ganz normal meiner Arbeit widmen. Aber irgendwie ist es jetzt nicht mehr so, wie es einmal war. Der Flugplatz von Lagerlechfeld galt bei mir als nicht angreifbar, und so muss ich mich korrigieren und auch die Versprechungen, dass Deutschland nie angegriffen werden kann, sind jetzt nicht mehr zu halten. Die Zeitungen sprechen von einem heimtückischen Angriff auf den Heimatflughafen Lagerlechfeld. Auch im Radio wird der Angriff als feige und hinterlistig angesehen. Da uns als Hitlerjungen immer wieder eingetrichtert wurde, dass der Krieg die Heimatfront nie nie erreichen würde, stellen sich bei mir die ersten Fragen, ob die Einschätzung des Gruppenführers wohl noch richtig sei. Im Ortsbild von Schwabmünchen sehe ich in der Zeit vermehrt Soldaten, die eine Gliedmaße verloren haben. Diese sitzen oft im Goldenen Engel, einer Gastwirtschaft mitten im Ort, in der ich täglich mein Mittagessen einnehme. Mein Vater zahlt einmal im Monat meine Zeche. Geführt wird das Gasthaus von der Resi und ihrer Schwester. Da der Mann von der Resi an der Ostfront kämpft, bleibt ihr nichts anderes übrig, als selbst das Haus zu führen. Mir schmeckt es dort immer gut und die halbe Bier dazu bringt mich dem „Erwachsenwerden" auch ein Stück näher. Der Krieg zeigt ganz offen seine grausame Seite an den jungen Soldaten, die an den Fronten gekämpft haben und jetzt als Krüppel wieder in ihre Heimat zurückkommen. Junge Männer in den besten Jahren sind durch ihre Verletzungen gezwungen, auf vieles zu verzichten, und so zeigt sich das Leben von seiner grausamen Seite. Mein verzweifelter Kampf um mein Leben und der Anblick der jungen Soldaten mit ihren Verstümmelungen entfacht in mir eine Wut gegen unsere Feinde. Insgeheim beschließe ich wieder, mich nach meiner Lehre freiwillig zum Kriegsdienst zu melden. Diesen Gedanken muss ich aber noch für mich behalten. Denn weder meine Eltern noch mein Lehrherr wären begeistert, wenn ihr Sohn und Geselle an die Front ziehen würde.

4. Juli 1944,
Harburg

Gerade in meiner neuen Findungsphase bekomme ich als Hitlerjunge eine Einladung, für vier Wochen in das Wehrertüchtigungslager nach Harburg zu gehen. Durch die Dominanz des Militärs muss mich mein Lehrherr freistellen. Zwei Wochen später fahre ich mit dem Zug und einem Koffer in der Hand nach Harburg. Am Bahnhof werden wir bereits von einem Feldwebel erwartet. Kurze Zeit später marschieren wir bereits durch Harburg zur hoch gelegenen Burg. Für mich ist es schon sehr beeindruckend, in welch geschichtsträchtigen Räumen wir uns da aufhalten dürfen. Selbst die Stallungen, die für uns umgebaut wurden, haben wunderbare Gewölbe aufzuweisen. In Stockbetten schlafen über einhundert Jungen in meinem Alter. Der Speiseraum ist im denkwürdigen Rittersaal untergebracht und so wird jedes Essen zu einem Erlebnis. Die schweren Eichentische, die Stühle mit den hohen Lehnen und das Geschirr mit dem Besteck sind sehr edel und wertvoll. Was aber das Ganze noch krönt, ist das Essen selbst. Wenn man aus einem Haushalt kommt, der nur durch rationiertes Einkaufen das Essen zubereiten kann, ist der tägliche Essensgang schon etwas Besonderes. Am nächsten Tag werden wir eingekleidet, bekommen einen großen Rucksack, in dem wir die ganzen Sachen verstauen und tags darauf geht es zum ersten Unterricht.

Rund einhundert 15- bis 16-Jährige sitzen auf ihren Stühlen im Schulungsraum, als die schwere Eichentür aufgeht und ein General der Reserve den Raum betritt. Mir wird es ganz schön warm, als ich den mit vielen Auszeichnungen behängten General so nah vor mir sehe. In Lagerlechfeld hatte ich schon mal Kontakt mit einem Hauptmann oder einem Oberst. Doch jetzt so einen berühmten Menschen vor mir zu haben, das beeindruckt mich schon sehr. Nach seiner Begrüßungsrede werden wir in vier Gruppen aufgeteilt und den Scharführern übergeben. Die Scharführer sind Offiziere, die an der Front verletzt wurden, und nach einem Lazarettaufenthalt noch einen Genesungsurlaub in der Heimat vor sich haben. Wir werden im Schießen, im Morsen, im Umgang mit dem Kompass und im Erkennen von Feindflugzeugen ausgebildet. Diese verdeckte Grundausbildung, die sich hinter dem Wehrertüchtigungslager versteckt, wird von uns jungen Burschen mit vollem Eifer und Ehrgeiz bestritten. Nimmt man das gute Essen noch dazu, so ist dies zumindest für mich meine intensivste Jugendzeit. Natürlich hat jeder Scharführer einiges von der Front zu erzählen. Jeder auf seine Art, aber alle mit dem Ziel, uns junge Burschen für das Kämpfen an der Front zu begeistern. Lange brauchen sie nicht, denn nach kurzer Zeit werden freiwillige Aufnahmescheine verteilt, die in kürzester Zeit von uns allen unterschrieben werden. Das Schöne daran ist, dass jeder die Möglichkeit hat, sich bei seiner Wunscheinheit zu verpflichten. Durch meine Mitgliedschaft in der Hitlerjugend erhalte ich gelegentlich Zeitungen, in denen deutsche Eliteeinheiten vorgestellt werden. Schon vor Jahren liebäugelte ich mit der Panzerdivision Großdeutschland. So ist es für mich klar, dass ich mich den anderen anschließe und mich freiwillig melde. Ich kann meinen Jugendtraum erfüllen und zu einem späteren Zeitpunkt zu meiner Wunscheinheit einrücken. Das Gute daran ist, dass meine Eltern sehr weit von mir entfernt sind und von meiner kühnen Entscheidung nichts mitbekommen.

Das tägliche Kriegstraining wird von mir mit großer Begeisterung wahrgenommen, wie zum Beispiel das Schießen im Schießgarten, bei dem man mit einem Gewehr durch einen unübersichtlichen Parcours geschickt wird, und in dem schwierigen Gelände erheben sich blitzschnell bewegliche Ziele, die aus Pappsoldaten bestehen. Unsere Aufgabe liegt darin, diese Soldatenattrappen schnellstmöglich zu erkennen und sie sofort mit unserer Farbmarkierung zu treffen. Der einhundert Meter lange und sechzig Meter breite Parcours hat es in sich. Hat man einen übersehen, so wird man ebenfalls mit Farbe besprüht. Jeder Farbpunkt auf unserem Arbeitsanzug würde im Krieg für uns den Tod bedeuten. Die meisten von uns jugendlichen Kriegern haben mehr als zehn Markierungen erhalten. Mein Lauf durch den Kriegsschauplatz gelingt mir sehr gut. Mit nur drei Farbtupfern gehöre ich zu den Besten.

Dieses gute Abschneiden führe ich auf unsere Schießübungen in Lagerlechfeld zurück. Dort hatten wir Buben einen alten Karabiner gefunden, mit dem wir in den Schützengräben Richtung Graben mehrmals unsere Nachmittage verbrachten, um Schießübungen zu veranstalten. Da bei dem Gewehrfund noch eine volle Patronenkiste dabei war, hatten wir viele Möglichkeiten, auf Blechdosen, Flaschen oder Holzbretter zu zielen. Ob der Schrott Lenz, der Graf Schorsch, der Wagner Ernst oder ich geschossen haben, spielte keine Rolle, die Hauptsache lag in dem Neuen, das unseren Freizeitablauf einen neuen Kick gab.

Aufgrund der besonderen Vorbereitung kann ich in den Wäldern um Harburg eine gute Figur abgeben. Auch beim Laufen nach Kompass in der Nacht stelle ich mich geschickt an, und so erreichen wir als erste Gruppe das Ziel. Ich erkenne bei mir sehr schnell, dass ich mich in einer Gesellschaft sehr gut bewegen kann. Dieses Gefühl bestätigt mich noch mehr in meiner Entscheidung, als Freiwilliger in den Krieg zu ziehen. Zudem habe ich noch persönliche Gründe, gegen den Feind zu kämpfen. Mein persönliches Erlebnis bei dem schlimmen Fliegerangriff auf Lagerlechfeld hat mich noch nicht in Ruhe gelassen und so kämpfe ich nachts noch öfters meinen Kampf ums Überleben, wie mir meine Kameraden am darauffolgenden Morgen bestätigen. Diese Höllenqualen und diese Ausbildung erwecken immer mehr den Soldaten in mir, der unser deutsches Vaterland zu beschützen hat.

Als es nach vier Wochen wieder nach Hause gehen soll, habe ich trotz vieler körperlicher Anstrengungen über sechs Kilogramm zugenommen. Dies führe ich auf das wunderbare Essen zurück, das wir tagtäglich bekommen haben. Beim Abschlussappell, der wieder von dem General a.D. gehalten wird, entwickelt sich noch einmal bei uns Buben ein enormer Drang, Deutschland zu verteidigen. Die Durchhalteparolen, die jetzt im Sommer 1944 immer öfters im Volksempfänger zu hören und auf Plakaten zu lesen sind, rütteln bei uns die „Jetzt erst Recht!"-Mentalität wach. Ich sehe mich schon gedanklich in einem Panzer der Division Großdeutschland sitzen und kämpfe gegen die Eindringlinge an der Ostfront, die Russen. Die Soldaten der Sowjetunion werden uns als grausame Barbaren geschildert, die nur verbrannte Dörfer zurücklassen. Doch bevor ich meine Traumvorstellung verwirklichen kann, gibt es noch eine tolle Überraschung. Alle einhundert Buben bekommen von den Scharführern neue Uniformen. Wunderbare Kleidungsstücke zieren unsere jungen Körper, und jeder von uns strahlt nur noch. Diese überraschende Einkleidung wird nur an eine Bedingung geknüpft: Unser kompletter Zug wird mit mehreren Lastwagen nach Augsburg gefahren, wo eine riesige Demonstration stattfindet.

2. August 1944, Augsburg

Als wir am Stadttheater ankommen, trauen wir unseren Augen nicht. Die Prachtstraße vom Stadttheater bis zum Adolf-Hitler-Platz ist mit Tribünen bestückt, die von einer nicht endenden Menschenzahl besetzt ist. Auf einer Empore stehen Fanfarenbläser mit schneidigen Uniformen, die uns mit ihrer Art der Darbietung durch Mark und Bein gehen. Unser Zug vom Wehrertüchtigungslager Harburg steht an den Treppen des Kulturtempels, und wir erleben das erste Mal eine Veranstaltung der deutschen Wehrmacht hautnah mit. In unseren Gesichtern spiegelt sich die Zuversicht und Entschlossenheit, die vom Gauleiter der Augsburger NSDAP in seiner Rede von allen Anwesenden gefordert wird. Parallel zu seiner feurigen Rede fahren gepanzerte Fahrzeuge die Prachtstraße ab. Unter dem Beifall der geschätzten zwanzigtausend Menschen entwickelt sich eine nicht erwartete Euphorie, die den Schluss der Propagandarede mit minutenlangen „Heil Hitler"-Rufen skandieren. In der ganzen Zeit suchen SS-Soldaten in der Menge nach jungen Burschen, um sie zu rekrutieren. Meterlange Schlangen stehen an den offenen Mannschaftswagen der SS, um sich ebenfalls rekrutieren zu lassen. Nach der Veranstaltung müssen wir unsere Prachtuniformen wieder abgeben und so gehe ich in den alten Sachen schon etwas enttäuscht auf den Bahnhof von Augsburg, um mit der Lechfeldbahn meine Heimreise nach Lagerlechfeld anzutreten.

Bei der Fahrt bleibt mir natürlich nicht verborgen, dass in den Orten Inningen, Bobingen und Oberottmarshausen Gebäude durch Fliegerangriffe beschädigt worden sind. Als ich in Lagerlechfeld aussteige, fallen mir die vielen uniformierten Soldaten auf, die wohl den Bahnhof vor Zerstörung schützen. In Harburg wurden wir mehrmals belehrt, dass die Engländer verstärkt Einzelkämpfer einsetzen, um strategische Einrichtungen in die Luft zu sprengen. Der fünfminütige Nachhauseweg mit dem großen Rucksack auf meinem Rücken fällt mir sehr schwer, da ich jetzt schon über achtzehn Stunden auf den Beinen bin. Die Begrüßung meiner Familie ist sehr herzlich, denn in den vier Wochen durften wir keinen Kontakt mit unserem Zuhause pflegen. Meine Schwester, meine Mutter und mein Vater freuen sich so sehr, dass zum ersten Mal Tränen bei einer Begrüßung fließen. Das Drücken und in den Arm nehmen bringt auch meine Gefühle zum Schwanken. Mein Aufenthalt in Harburg im Rittersaal war sehr aufregend und spannend, aber jetzt zu Hause kommt wieder das Gefühl, das Heimat heißt, zum Vorschein, und das ist mit Abstand das Schönste, was ein Mensch empfinden kann.

Obwohl ich hundemüde bin, kann ich an dem Abend meinen Mund nicht halten und erzähle alle abenteuerlichen Geschichten, die ich in den Wäldern von Harburg erlebt habe. In der noch verbleibenden kurzen Nacht schlafe ich ohne Unterbrechung bis zum nächsten Tag um zehn Uhr. Das gemeinsame Frühstück am Sonntagmorgen verpasse ich, da mein Vater Messner in der Wallfahrtskirche Maria Hilf in Klosterlechfeld ist und deshalb bereits gegen sieben Uhr unser Haus verlässt. Meine Mutter sorgt sich schon ein bisschen um mich, da sie mich in den letzten Wochen nicht zu Gesicht bekommen hat. Spiegeleier, Schinken, frisches Brot, das sie wegen mir am Morgen gebacken hat, stehen auf dem mit einer schönen Tischdecke gedeckten Tisch bereit, als ich verschlafen in der Küche erscheine. Wir unterhalten uns sehr angeregt und in unserem Gespräch kann ich leicht ängstliche Untertöne meiner Mutter heraushören. Die Berichte, die täglich vom Volksempfänger gesendet werden, haben sich verändert. Wurden früher immer die Erfolge von Eroberungen euphorisch dargestellt, so kommen in der letzten Zeit eher Berichte von Niederlagen der tapfer kämpfenden deutschen Truppen. Auch das Ausrufen des totalen Krieges, das Goebbels dem deutschen Volk über den Volksempfänger in jede Stube bringt, verunsichert meine sensible Mutter zusehends. Sie bittet mich innigst, mich auf gar keinen Fall freiwillig zur Wehrmacht zu melden. Der Ausspruch ist nicht ganz unbegründet, da sich die Todesmeldungen von vielen jungen Menschen, die auf dem Lechfeld wohnen, immer mehr häufen. Die Bitte verbindet sie noch mit einer Umarmung und einigen Tränen, die langsam über ihre Wangen laufen. Da liege ich nun in den Armen meiner Mutter und fühle mich als der Retter der Deutschen und muss jetzt klein beigeben. In der Phase kann ich auf gar keinen Fall mein Geheimnis lüften, da meine Mutter wohl einen Nervenzusammenbruch erleiden würde. Nach dem Abwischen der Tränen auf ihren Wangen nimmt sie die Tageszeitung in die Hand und zeigt auf die vielen jungen Menschen, deren Bild vom gestrigen Aufmarsch in Augsburg groß zu sehen ist. Schnell versuche ich meine Mutter auf ein anderes Thema zu bringen, da ich natürlich auch auf dem Foto bin, das die erste Seite der *Augsburger Allgemeinen* mit einer übergroßen Aufnahme ziert.

Das Leben ändert sich jetzt in Lagerlechfeld. Jede Nacht gibt es mindestens einen Fliegeralarm. Bei allen einfliegenden Verbänden muss man damit rechnen, dass Lagerlechfeld noch einmal Ziel eines Bombenangriffs sein könnte. Die nächtlichen Sirenen bringen unser ganzes Haus kurze Zeit später in den Schutzraum im Keller. Mit Decken und dem Nötigsten steigen wir jede Nacht in die Notbehausung, ohne dass nur eine Bombe auf den Flughafen geworfen wird. Nach einigen Wochen vernachlässigen wir die nächtlichen Störungen und bleiben trotz der lauten Alarmierung im Bett liegen. Dies wird nicht von allen Mitbewohnern so gehandhabt und es entstehen erste Spannungen im Haus. Im Sommer 1944 kostet mich diese Nachlässigkeit beinahe das Leben. Nach einem weiteren Fliegeralarm mitten in der Nacht und der Aufforderung meiner Mutter, mit in den Schutzraum zu gehen, reagiere ich nicht. Ich bleibe in meinem Bett liegen. Durch das leicht geöffnete Fenster meines Zimmers sehe ich den Wasserturm, der immer noch in der Nachtbeleuchtung steht. „Im Fliegerhorst ist noch keine Verdunkelung angeordnet", entgegne ich ihr, eher aus Faulheit als aus Überzeugung.

Kaum habe ich den Satz ausgesprochen, erhellt ein greller Lichtblitz mein Zimmer. Die Scheiben in den Rahmen zerbersten und Möbelteile fliegen über meinen Kopf durch den Raum. Durch ein schnelles „Decke über den Kopf ziehen" will ich mich spontan schützen und kauere mit angezogenen Beinen im Bett. Als ich kurze Zeit später die Laken wieder nach unten schlage, sehe ich die totale Verwüstung in meinem Zimmer. Nichts steht mehr am Platz. Die Vorhänge schwingen an der zerborstenen Deckenbeleuchtung, Glasscherben sind im ganzen Zimmer verstreut, alle Teile, die auf dem Regal standen, befinden sich am Boden. Das einzige, das heil bleibt, ist mein Bett mit mir drin. Ich sehe die Verwüstung, kann aber nicht reagieren, da ich noch unter Schock stehe. Sekunden später stehen meine Eltern in der ausgehängten Tür. Entsetzen steht in ihren Gesichtern, als sie mich mit unendlich vielen Glasscherben in meinem Bett sehen. „Was war das?", sprechen wir drei fast zeitgleich aus. Das Gröbste wird noch in der Nacht entsorgt und notdürftig repariert. Danach gehen wir noch auf die Straße, um nach dem großen Krater zu sehen, der diese Druckwelle wohl verursacht hat. Weit brauchen wir nicht gehen. Keine hundert Meter nördlich stand bis vor ein paar Minuten noch ein elektrisches Umspannungshäuschen. Von dem Gebäude ist nichts mehr zu sehen. Der Volltreffer hinterließ ein fünf Meter tiefes Loch und zerstörte alles im Umkreis von fünfzig Metern. Nach einer kurzen Zeit verlassen wir den Bombentrichter und gehen immer noch geschockt und hundemüde wieder nach Hause.

Am nächsten Morgen wird das ganze Ausmaß erst richtig deutlich. Laut Aussage der SS-Pressestelle flog die amerikanische Luftwaffe einen Großangriff auf München. Ein Spezialbomber der Staffel sollte aus strategischen

Gründen den Wasserturm des Flughafens Lagerlechfeld vernichten und warf vier Luftminen ab, die alle eine verheerende Sprengkraft besaßen. Luftminen werden gegen Gebäude eingesetzt, die mehrstöckig sind und durch die enorme Druckwelle vernichtet werden sollen. Die ersten zwei verpufften westlich der Wirtschaft Tiroler Hof. Die dritte traf das Elektrohäuschen und vernichtete es total. Die vierte bohrte sich neben den Eisenbahnschienen kurz vor dem Gasthof Kronprinz als Blindgänger in den Boden. Obwohl es bei dem Angriff keine Schäden bei der Bevölkerung gibt, hat er eine große Wirkung auf unsere Moral. Wir haben das Gefühl, dass wir den gegnerischen Bomberverbänden mittlerweile schutzlos ausgeliefert sind, obwohl gerade auf dem Lechfeld so fieberhaft an der Wunderwaffe, der Messerschmitt Me 262, gearbeitet wird. Die weiteren Nächte zehren sehr an unseren Nerven. Auch wenn es einmal eine Nacht gibt, bei der kein Alarm ausgelöst wird, ist die Anspannung enorm. Nur langsam kann ich mich mit der neuen Situation abfinden. Durch meine tägliche Fahrt mit dem Fahrrad nach Schwabmünchen bin ich auf dem offenen Feld mehrmals „der Hase" für feindliche Jäger, die bei ihren Streifzügen auf alles schießen, was sich bewegt. Normalerweise sind es Militärkonvois, Züge oder Truppenbewegungen. Haben sie noch nichts vor ihre MGs bekommen, so haben sie durchaus Gefallen daran gefunden, auf frei fahrende Radfahrer zu schießen. Zweimal kann ich mich gerade noch vor diesen Wahnsinnigen retten.

10. Oktober 1944,
Lagerlechfeld

Der letzte Zwischenfall dieser Art ereignet sich an einem schönen Spätherbsttag. Diesen will ich gleich nach meiner Ankunft meinen Eltern berichten, als mir meine Mutter bereits vor dem Haus mit einem eingeschriebenen Brief entgegenkommt. Ihre Miene und mein schlechtes Gewissen, das mich schon eine geraume Zeit gedrückt hat, sagen mir, dass dies der Einberufungsbescheid vom Kreiswehrersatzamt ist. „Du dummer Bub, was ist nur in dich gefahren, um so eine Entscheidung alleine zu treffen", schluchzt sie, nimmt mich in ihren Arm und fängt richtig zum Weinen an. Sie hält mich sehr lange, und ihre Art des Drückens weckt in mir ein Gefühl der Einsicht, mich wohl zu schnell entschieden zu haben.

Als mein Vater wenig später nach Hause kommt, bekräftigt er noch einmal die Kritik meiner Mutter in verschärfter Form. In der anschließenden Diskussion verteidige ich meinen Entschluss und „bocke" bei vernünftigen Argumenten meiner Eltern. „Es hilft ja nix", höre ich kurze Zeit später meinen Vater etwas einlenkend sagen, „du hast ja schon unterschrieben." Mit diesem Resümee beendet mein Vater meine umstrittene Entscheidung und gibt mir jetzt mehrere nützliche Tipps, um das Ganze gut zu überstehen. Mein Vater liest den an mich gerichteten Brief uns allen laut vor. Neben den üblichen Einführungen konzentriert er sich auf den Termin und den Ort. „Der Reichsarbeitsdienst ist am 15. Dezember 1944 in Dettendorf bei Rosenheim anzutreten. Bitte melde Dich bei der Kommandantur ..." Sofort holt meine Mutter den Reichsatlas aus der Kommode, um nach dem Ort Dettendorf zu suchen. Mein Vater markiert die Stelle und schildert anschließend seine Kriegserlebnisse das erste Mal in Kreise seiner Familie. Ich denke, er will mich jetzt irgendwie unterstützen, nur weiß er nicht so richtig wie. Der Abend ist noch lange und so gehen wir an diesem ereignisreichen Tag erst gegen Mitternacht ins Bett. Das heutige Erlebnis mit meinem übermächtigen englischen Gegner kann ich nicht mehr erzählen, und so versinke ich kurze Zeit später mit meinem Geheimnis in den Schlaf.

Als ich am nächsten Morgen aufstehe, bin ich ein anderer Mensch. Ich fühle mich auf einen Schlag erwachsen. Mein großer Stolz wird nur von der Unsicherheit des Unbekannten ein bisschen eingeschränkt. Die Geschehnisse um mich herum schätze ich viel kritischer ein, und auch meine Fantasie passt sich meinem Erwachsenwerden an, indem ich mich schon in diversen Schlachten kämpfen sehe. Bei meinen Freunden bin ich natürlich das große Thema. Der Graf Schorsch, der Wagner Ernst, der Fischer Toni, der Jerabek Oskar und der Bucher Franz staunen nicht schlecht, als ich ihnen mein Geheimnis verrate. Da wir alle in der Hitlerjugend sind, können wir uns alle ein Bild von meiner mutigen Entscheidung machen. Auch bei der ersten Versammlung der Hitlerjugend wird beim Appell mein Name genannt und ich darf einen Meter vortreten. Der Scharführer berichtet vor dem ganzen Zug über meine mutige Entscheidung, dem deutschen Vaterland in seiner schlimmsten Zeit zu helfen. Seit dem Tag bin ich erster Ansprechpartner bei allen Übungen, die wir als Hitlerjugend durchführen. Diese Welle der besonderen Beachtung genieße ich eine gewisse Zeit und verdränge meine kleinen Bedenken. Den neuen Sachverhalt muss ich meinem Arbeitgeber sofort mitteilen. Von der Seite bekomme ich keine Unterstützung. Im Gegenteil: Mein Lehrherr, Herr Schrott, gibt mir schon etwas lautstark zu verstehen, dass ein vernünftiger Mensch wohl nie so eine Entscheidung treffen würde. Zudem stehe ich noch in der Ausbildung und würde meine Gesellenprüfung im Juni 1945 abgelegen. „Du dummer Bub, was hast du dir nur dabei gedacht?" Mit der eher schon etwas resignierten Frage will er mich nicht beleidigen, nein, er hat Angst um mich, dass mir bei dem, was ich vorhabe, etwas zustößt. Nach ein paar Tagen ist mein Verhältnis zu meinem Lehrherrn wieder normal. Nachdem auch der Pfarrer von Klosterlechfeld – ich bin ja dort Ministrant – von meiner neuen Aufgabe gehört hat, zitiert er mich in die Sakristei, um mit mir darüber zu sprechen. Die Intension seiner Botschaft trifft die Einschätzung meines Lehrherrn im Kern, er verwendet dafür nur andere Worte. Nur das, was er zwischen den Zeilen sagt und mit seinen Blicken noch unterstützt, erreicht mein „schlechtes Gewissen" und gibt ihm wieder neue Nahrung. Nach der verordneten „geistigen Waschung" sind meine unterdrückten Zweifel wieder größer geworden. Aber ich habe mich schon zu weit aus dem Fenster gelehnt und kann meinen Entschluss nicht mehr rückgängig machen.

Da im ganzen Reichsgebiet junge Buben rekrutiert werden, gibt es ein Sondergesetz, das allen Lehrbuben, die noch keine Gesellenprüfung abgelegt haben, die Möglichkeit gibt, diese vor ihrer Einberufung doch noch abzulegen. In einem Schellverfahren dürfen vier weitere Schreinerlehrlinge und ich bei der Schreinerei Müller in Königsbrunn die Gesellenprüfung ablegen. An zwei Tagen muss ich eine kleine Kommode nach Zeichnung anfertigen. Die Prüfung lege ich mit der Note Zwei ab und bin jetzt dem Erwachsenwerden noch einmal ein Stück näher gekommen.

Bevor ich dann am 15. Dezember 1945 eingezogen werde, muss ich mich noch bei meinen Freunden, Bekannten, dem Lehrherrn, der Hitlerjugend und auch beim Pfarrer verabschieden. Als ich dann an dem besagten Tag mit meinem Rucksack um 6 Uhr 30 zum Bahnhof gehe, bin ich innerlich wieder gefestigt. Zu Hause habe ich mich gebührend verabschiedet. Mein Vater gibt mir noch ein kleines silbernes Kreuz in die Hand und fleht mich an, ja „keinen Helden zu spielen". An diesem Morgen nimmt er mich ganz innig in den Arm, sagt kein Wort und hält mich. Er drückt mich fest an sich und beendet nach etwa zwei Minuten und mit der Aufforderung „Richard, du kommst mir wieder zurück" unseren persönlichen Abschied. Sein fester Blick, der das erste Mal durch Tränen etwas verwässert ist, will mich einfach nicht loslassen, und so ist es ganz gut, dass meine Mutter mich an ihre Wange drückt und mir noch viele liebe Worte ins Ohr flüstert. Diese morgendliche Rührung engt mich irgendwie ein und so unterbreche ich die Verabschiedung mit den Worten: „Mutter, ich muss auf den Zug." Sie übergibt mir noch ein Foto, das meine Eltern, meinen Bruder Hans und meine Schwester Jolanda in Pose stehend zeigt. Zu dem Zeitpunkt weiß ich noch nicht, wie wertvoll dieses Bild für mich im Verlauf des Krieges werden soll. Von meinen Geschwistern kann ich mich nicht verabschieden, da sich diese schon seit Jahren im Krieg befinden. Mein Bruder in Russland, meine Schwester in Wien.

So stehe ich nun vor dem Bahnhofsgebäude und warte auf meinen Zug. Den Freifahrtschein nach Dettingen bei Rosenheim habe ich noch rechtzeitig vom Kreiswehrersatzamt bekommen. Zur meiner großen Freude erscheinen der Wagner Ernst und der Fendt Toni ebenfalls, um nach Landsberg zur Pflugfabrik zu fahren. Beide gehen in dem Industrieunternehmen zur Lehre als Mechaniker. Kaum haben wir drei Platz genommen und uns noch einmal über meine schwere Aufgabe unterhalten, als der Zug bereits in Kaufering einfährt. Dort muss ich umsteigen und Richtung München weiterreisen. Verabschieden tu ich mich von meinen besten Freunden wie ein „harter Hund", indem ich ihnen noch einmal versichere, mich voll einzubringen und die Feinde wieder aus dem Deutschen Reich zu jagen. Innerlich gerührt nehme ich das „Servus, Richard!" auf und steige aus dem Zug. Dem in Richtung Landsberg fahrenden Zug schaue ich noch eine ganze Weile hinterher und gehe dann ganz bedächtig auf den nächsten Bahnsteig, um in den in Kürze eintreffenden Zug nach München zu steigen. Der von Lindau kommende Eilzug ist völlig überfüllt, und so muss ich im Durchgang stehen bleiben. Eine Unmenge von Uniformierten sitzt inmitten von Pendlern, die täglich in die Landeshauptstadt zum Arbeiten fahren.

Jetzt weiß ich, dass ich ab jetzt ganz allein auf mich gestellt bin. Die große Unruhe, die durch die vielen Gespräche der Fahrgäste im Wagon ist, nehme mich nur am Rand wahr. Ich sinniere so vor mich hin, als ich an der Schulter gezupft werde. „Die Fahrausweise, bitte", sagt der schon betagte Schaffner ganz höflich zu mir. Als ich ihm ganz stolz meinen Bahnbeförderungsschein vom Kreiswehrersatzamt zeige, stutzt er. „Ja Bub, du bist doch noch ein Kind! Was willst du denn schon bei der Wehrmacht?" Der sicherlich gut gemeinte Rat des Schaffners ist mir sehr peinlich, denn schließlich bin ich schon einen Meter achtundsiebzig groß, und die um mich herumsitzenden anderen Fahrgäste schauen nach der Aussage alle auf mich. „Ich ... ich habe mich freiwillig gemeldet", stottere ich mit gebrochener Stimme. „Ja du dummer Bub, der Krieg ist doch schon lange verloren. Steig in Geltendorf aus und fahr mit dem nächsten Zug wieder zurück nach Hause", schnauzt der Kartenzwicker zurück. Schnell entwickelt sich eine Diskussion in meinem Umfeld, wo pro und kontra sehr kontrovers diskutiert werden. Natürlich gehe ich nicht auf den Vorschlag des Alten ein und setze meine Bahnfahrt wie geplant fort.

Fast wie geplant muss dann der Zug in München-Pasing stehen bleiben. Nach Auskunft der Bahnpolizei sind die Gleise bis zum Hauptbahnhof nach dem nächtlichen Fliegerangriff auf München nicht mehr befahrbar. Alle Reisenden müssen den Zug verlassen und selbst schauen, wie sie ihre Reise fortsetzen können. Ich wende mich an einen Leutnant der Luftwaffe und schildere ihm meine Situation. Dieser bringt mich an eine Sammelstelle für Wehrmachtsangehörige. Es stellt sich nach kurzer Zeit heraus, dass ich nicht der Einzige im Zug bin, der zum Reichsarbeitsdienst nach Dettendorf einberufen wurde. Acht Kameraden aus dem Allgäu und ein Unteroffizier sind jetzt bereit, den Weg mit mir zu Fuß weiter zu bestreiten. Unser Ziel ist der Bahnhof in München Ost. Und so laufen wir an dem kalten Dezembertag durch München. Wir passieren eine Unmenge von Kontrollstellen, sehen viele große Gebäude in Schutt und Asche liegen und viele Menschen auf den Straßen, die irgendwie die Stadt verlassen wollen. So habe ich mir München nicht vorgestellt. Aber jetzt zu uns Freiwilligen, die wir immer noch gewillt sind, unser Vaterland zu retten. Mir tut es gut, mit gleichgesinnten Hitlerjungen zu sprechen. Die anderen, die aus Immenstadt, Kempten, Sonthofen und Memmingen kommen, sind ebenfalls voll motiviert, und so haben wir genügend Gesprächsstoff, um den nicht ganz einfachen Weg durch München zu bewerkstelligen.

Nach drei Stunden gelingt es uns tatsächlich, den Bahnhof in München Ost zu erreichen. Dort ist ebenfalls eine große Betriebsamkeit zu erkennen. Alle Züge müssen hier neu aufgestellt werden, um den Weitertransport der Reisenden zu gewährleisten. Wir müssen am eigenen Körper erfahren, dass die Organisation überfordert ist. Statt in den Personenzug nach Rosenheim müssen wir in einen Güterwagen einsteigen. Ohne Fenster, ohne Heizung, ohne Sitzbänke, ohne Toilette und mit über sechzig zukünftigen Soldaten im Wagon, rollt der Zug dann endlich in Richtung Rosenheim ab. Die von meiner Mutter mit dicker Baumwolle gestrickten Fäustlinge tun meinen

Händen gut. Auch die schwarze Pudelmütze mit einem weißen Bommel schützt meinen Kopf vor den Minusgraden, die mittlerweile im Zug herrschen. Mir wird schnell klar, dass sich die kriegerischen Handlungen auch in Oberbayern festgesetzt haben. Kaum sind wir zwanzig Minuten gefahren, müssen wir wieder anhalten. Ein Bahnschiene liegt verbogen und nach oben stehend im Kiesbett. Was ich noch nicht weiß ist die Tatsache, dass die Züge bereits Ersatzschienen dabei haben, um sich durch so unvorhergesehene Ereignisse selbst helfen zu können. Die knapp einstündige Reparatur wird von MG-Schützen auf beiden Seiten geschützt. In der Zeit kann es durchaus vorkommen, dass sich einige feindliche Jäger in dem Gebiet aufhalten und so doch großen Schaden verursachen können. Nach weiteren kurzen Unterbrechungen erreichen wir im Dunkeln den Bahnhof Rosenheim gegen achtzehn Uhr. Dort steht bereits ein Wehrmachtlaster, der uns acht Heranwachsende aufnimmt und in die Ausbildungsstätte Dettendorf bringt. Nach zwölf Stunden ist mein erster Tag als werdender Soldat noch nicht beendet. Wir müssen noch in die Kleiderkammer, um unsere Ausrüstung in Empfang zu nehmen. Erst dann bekommen wir nach so langer Zeit etwas zu essen. Wir acht Neuankömmlinge werden in eine Stube gesteckt und schlafen alle nach kurzer Zeit ein.

15. Dezember 1944,
Dettendorf bei Rosenheim

Durch einen Schrei, der mir durch Mark und Bein geht, werde ich am nächsten Morgen um fünf Uhr geweckt. „Arbeitsdienst aufstehen!" Nach kurzer Orientierungslosigkeit erkenne ich meine neue Behausung und laufe einfach meinen anderen Kameraden nach. In dem spärlich eingerichteten Waschraum kommt frisches Gebirgswasser aus den Hähnen, das nur knapp über dem Gefrierpunkt liegt und mir somit alles abverlangt. Das anschließende Anziehen auf dem Zimmer wird zügig durchgeführt, um nicht schon jetzt unangenehm aufzufallen. Ich muss lachen, als ich meine Kameraden in deren neuen blauen Arbeitsanzügen sehe. Durch den schon weit fortgeschrittenen Krieg ist die Kleiderauswahl nicht mehr sehr groß und so müssen wir das nehmen, was gerade noch in der Ausgabe ist. Doch das Lachen bleibt mir fast im Halse stecken, als mich ein Vormann des Arbeitsdienstes in voller Lautstärke anschnauzt: „Können Sie nicht grüßen, Arbeitsdienstleistender?!" Als ich ihm mit „Guten Morgen, Herr Vormann" den sehnlichst erwünschten Morgengruß endlich gebe, fällt dieser aus allen Wolken. „Das heißt ‚Heil Hitler, Herr Vormann‘, Sie Nachtwächter!" Mit „Jawohl, Herr Vormann, Heil Hitler, Herr Vormann", kann ich mich stotternd aus meiner misslichen Lage doch noch befreien.

Nach meinem kleinen Zwischenfall treffe ich meine Stubenkameraden an der Essensausgabe. Der Speiseraum ist riesig. An der Decke hängen große Kronleuchter, die den Raum sehr hell erleuchten. Da in Dettendorf vier Arbeitsdienstkompanien gleichzeitig junge Menschen ausbilden, versammeln sich beim Essen einhundertsechzig Soldaten. Eine Schale Milch, ein Stück Schwarzbrot und Marmelade stehen auf dem großen Tisch, an dem zwanzig junge Männer Platz haben. Das Missgeschick ist meiner Stube nicht verborgen geblieben, und so kommen einige Seitenhiebe in verbaler Form auf mich zu, mit denen ich aber gut umgehen kann.

Nach fünfzehn Minuten geht es dann auf die Stube. Dort werden wir von unserem neuen Ausbilder begrüßt und in die Organisation der Einheit eingebunden. Die dreißigminütige Belehrung beinhaltet alles Organisatorische, von den Essenszeiten über die Nachtruhe bis hin zum Zimmerreinigen. Eine Stunde später stehen wir schon auf dem Exerzierplatz und hören kurze laute Kommandos. Wir werden der 3. Arbeitsdienstkompanie zugeordnet. Das Marschieren im Zug gelingt uns sehr gut, da wir alle schon einmal in einem Vorbereitungslager waren. Auch die schwierigen Befehle wie „Linksschwenk, Marsch" werden von uns gut gelöst. Kräfteraubender sind die Übungen, die nach dem Mittag unsere Ohren erreichen: „Tiefflieger von links, Tiefflieger von rechts." Bei jedem Kommando müssen wir uns schnellstmöglich auf den Boden werfen. „Die Kompanie aufstehen!", so folgt im Minutenabstand ein weiteres Kommando, das uns Tiefflieger von links und rechts ankündigt. Dieser Drill geht stundenlang mit den stupiden Kommandos weiter. Wenn man bedenkt, dass jeder von uns noch einen zwanzig Kilogramm schweren

Rucksack auf dem Rücken hat und das Gelände mit Wasserpfützen übersäht ist, so ist klar, dass der Abend nach dem Reinigen der Kleidung und dem gemeinsamen Einnehmen der Mahlzeit für jeden gelaufen ist.

Als uns am nächsten Morgen um 5 Uhr 30 das unüberhörbare Wecken aus den Federn reißt, spüren wir jeden Knochen unserer Körper. Ich fühle mich so richtig beschissen. Auf dem Weg zum Frühstücken kommen wir an unserem Wochenplan vorbei. Es versammelt sich bereits eine kleine Traube um den Befehlsplan. Als ich daran vorbeigehen will, schreit mir mein Kamerad Valentin aus Immenstadt entgegen: „Richard, heit mias ma dreißg Kilometr marschira!" Ungläubig hören meine Ohren die Worte meines Kameraden. Allein die Vorstellung, dass ich heute mit meinem maroden Körper so ein Strecke in Angriff nehmen soll, bringt meine Psyche in schwere Bedrängnis. Nur aufgeben, nein, das will ich auf gar keinen Fall. Dieser Gewaltmarsch dient nicht nur der körperlichen Ertüchtigung und der Kondition, nein, bei solchen mehrmals an die körperlichen Grenzen gehenden Aktionen möchte man den Willen des einzelnen brechen. Der Abend des 17. Dezember 1944 ist geprägt von großer Betriebsamkeit im Sanitätsbereich. Mehr als die Hälfte unserer 3. Ausbildungskompanie hat sich die Füße wund gelaufen und ist nur unter großen Schmerzen in die Kaserne zurückgekommen.

In der Art geht die erste Woche weiter und nur schwer können wir uns an diesen Drill gewöhnen. Erschwert wird das Ganze noch durch dreißig Zentimeter Neuschnee, den es zwischen dem 19. und 20. Dezember schneit. Am 22. Dezember 1944 haben wir das erste Mal frei. Diese Woche hat uns acht sehr zusammengeschweißt. Wir haben in etwa alle die gleichen Voraussetzungen und ergeht es mal einem von uns nicht so gut, dann helfen wir, ohne auf uns selbst zu schauen. Diese Hilfsmaßnahmen sehen so aus, dass wir den Rucksack, das Gewehr oder andere hinderliche Sachen auf die ganze Truppe verteilen. Obwohl alle körperlich am Ende sind, sorgt das Gefühl des Zusammenhalts bei uns allen für gute Stimmung. In dieser Woche geht jeder von uns mehrmals an oder sogar über seine Grenzen hinaus. Und nur so ist es zu erklären, dass wir Ziele erreichen, an die wir nie geglaubt hätten.

Durch diese anstrengende Woche kommen wir dem „Erwachsenwerden" wieder ein Stück näher. In der zweiten Woche setzen wir uns mit der Waffenausbildung auseinander. Jeder Grenadier hat ein Gewehr. Zudem hat jeder Zug noch ein Maschinengewehr. Das Gewehr hat vierzehn Einzelteile und das große Maschinengewehr vierundzwanzig. Nach dem Erklären der Funktionen geht es in die praktische Ausbildung über. Diese sieht vor, dass wir das Gewehr so schnell wie möglich auseinanderbauen können, es dann schnellstmöglich wieder zusammensetzen, um es anschließend wieder funktionsfähig zu haben. Nach zwei Stunden wird der Raum verdunkelt und wir müssen die gleiche Geschicklichkeit ohne die Augen, nur mit dem Tasten der Hände erreichen. Das Maschinengewehr wird von jeweils drei Soldaten auseinander- und zusammengebaut. Unser Ausbilder war Einzelkämpfer in einer Eliteeinheit und hat schon ganz viele Auszeichnungen an seiner Uniform hängen. Er begründet dieses erschwerte Handeln mit einer Situation, die es uns zu jeder Zeit ermöglichen soll, eine schussbereite Waffe erfolgreich zu ziehen. Bei der Übung habe ich ein besonderes Geschick. Um das Ganze noch interessanter zu gestalten, veranstaltet unser Ausbilder einen Wettbewerb, bei dem immer zwei von uns gegeneinander beim Waffenauseinander- und -zusammenbauen antreten. Der Verlierer muss aufhören, der Gewinner tritt wenig später gegen einen weiteren Gewinner an. Nach vier erfolgreichen Duellen trete ich gegen den letzten verbliebenen Sieger, meinen Stubenkameraden Franz aus Sonthofen, an. Das mit Spannung erwartete Finale endet mit einem Patt. Wir beide werden gleichzeitig fertig. Das Schulterklopfen meiner Kameraden, aber auch der Respekt, den ich dem Franz zolle, stärken mein Selbstvertrauen enorm. An dem Abend ist noch ein Kameradschaftsabend in der Mannschaftsunterkunft angesagt. Dort gibt es reichlich zu essen und zu trinken und nicht nur mir fehlt das richtige Maß, rechtzeitig aufzuhören. Hundemüde und mit vollem Magen fallen wir gegen Mitternacht in unsere Betten.

Der Morgenappell verlangt die ganze Disziplin von uns allen, da von unseren Ausbildern keine Gnade zu erwarten ist. Heute, am 23. Dezember 1944, trainieren wir das Marschieren mit dem Kompass nach Marschzahlen. Nach einem zweistündigen Marsch erreicht unser Zug ein Waldgebiet südlich von Rosenheim. Drei Mann bilden eine Rotte, und in der Zusammensetzung gibt es unterschiedliche Routen abzulaufen. Jede Rotte hat drei Kontrollpunkte anzulaufen, bevor es dann zum gemeinsamen

Ziel, einer alten Burgruine, geht. Die theoretische Beleh-rung haben wir in den letzten Tagen erfahren. Mit dem Valentin und dem Sepp gehe ich als vierte Gruppe los. Ne-ben unserem Rücksack und dem Gewehr bekommen wir eine Karte und einen Kompass. Auf der Landkarte sind drei Kreuze rot markiert. Die dazugehörigen Marschzah-len sind ebenfalls auf der Karte ersichtlich. Nach dem Ein-norden des Kompasses geht es dann endlich los. Erschwe-rend kommt noch hinzu, dass wir von den Ausbildern auf keinen Fall gesehen werden dürfen. Fichtenzweige werden an den Anzügen befestigt. Mit Ruß wird das Gesicht ge-schwärzt, und alles andere, das unsere Tarnung auffliegen lassen könnte, wird entfernt. Unser Kurs bringt uns ins Unterholz, und von dort geht es weiter zu einer Bachmün-dung, die wir nach zwanzig Metern kreuzen. Dann robben wir eine Anhöhe hinauf. Hintergrund dieser Bewegungs-form sind Geräusche, die wir am Bach hören und aller Wahrscheinlichkeit nach von den Ausbildern kommen. Als wir diese Strapaze hinter uns gelassen haben, gelangen wir an unseren ersten Streckenposten, der uns registriert und weiterschickt. Die beiden anderen Anlaufpunkte er-reichen wir ohne große Probleme. Zu verdanken haben der Valentin und ich es dem Sepp, dessen Vater eine Jagd in der Nähe von Oberstaufen hat. Sie wohnen aber auf einem Bauernhof bei Ach, einem verträumten Bergdorf. Kompass und Himmelsrichtungen sind ihm sehr vertraut und so lotst er uns in Indianermanier gekonnt durch das unbekannte Waldgebiet. Als wir Minuten später als ers-te das gemeinsame Ziel erreichen, sind wir total ausge-pumpt aber glücklich, diese schwierige Aufgabe gekonnt gelöst zu haben. In unregelmäßigen Abständen erreichen die anderen Rotten nacheinander das Ziel. Das zweistündige Nachhauselaufen empfinde ich als Triumphmarsch. Durch die letzten gelungenen Aktionen kommt bei mir eine schöne innere Zufriedenheit auf.

Vor lauter Euphorie erkenne ich am nächsten Morgen zunächst nicht einmal die Bedeutung des Datums. Es ist Weihnachten, es ist der Heilige Abend. Am Vormittag haben wir noch Unterricht. Dem SS-Hauptsturmführer sieht man die Enttäuschung sichtlich an, an so einem Tag Dienst schieben zu müssen. Es geht um Gehorsam, um das Befolgen der Befehle und um den Glauben an den Endsieg. Der uneingeschränkte Wille, unserem Führer Adolf Hitler mit all unseren Mitteln blind zu gehorchen. Hauptsturmführer Schmitz berichtet über den größten Feldherrn aller Zeiten, wie es ihm immer wieder gelingt, das deutsche Volk von Erfolg zu Erfolg zu führen. „Deutschland ist Adolf Hitler und Adolf Hitler ist Deutschland", mit den Worten beendet er seinen zweistündigen Vortrag vor uns Heranwachsenden zwischen sechzehn und achtzehn Jahren. Wir sind alle sehr beeindruckt und unser Wunsch, endlich mit der deutschen Wehrmacht gegen den Feind ins Feld zu ziehen, wird durch diese Rede noch weiter untermauert. Den Nachmittag können wir auf unserer Stube verbringen. Wir haben bis zum 25. Dezember zwölf Uhr frei. Durch die fanatische und emotionale Rede des SS-Offiziers sind wir noch eine geraume Zeit geblendet. Der Andreas organisiert uns einen kleinen Weihnachtsbaum, den wir mit unseren Kerzen, die wir im Sturmgepäck haben, schön zieren. Selbst gemachte Papiersterne und glitzernde Patronenhülsen ergänzen den besonderen Baum zu

69

einer einzigartigen weihnachtlichen Stimmung. Alle acht Rekruten sitzen im Schneidersitz um den gerade beschriebenen Baum. Durch das gemeinschaftliche Singen verlieren wir so langsam die Worte unseres SS-Offiziers, die eigentlich an so einem Tag nicht an unsere Ohren gelangen sollten. Die Gesichter meiner Kameraden leuchten richtig geheimnisvoll in dem schummrigen Licht der umfunktionierten Kerzen. Nach dem zehnten Weihnachtslied ist der Heilige Abend endlich bei uns allen angekommen. Einige erzählen Geschichten aus ihrer Heimat, ihrem Elternhaus, und so prägt die langsam hereinbrechende Dunkelheit unsere Feier mit melancholischer Stimmung. Je länger unser toller Haufen zusammensitzt, desto mehr merke ich bei mir, aber auch bei den anderen, dass wir noch keine Kampftruppe sind, sondern immer noch junge Burschen, die sich immer mehr selbst Mut machen, um die unsichere Zukunft irgendwie zu meistern.

Als sich unser Haufen so langsam auflöst, liegt der Valentin noch am Boden und weint ganz leise vor sich hin. Er ist mit seinen Gedanken zu Hause. Der Sohn eines Landwirts hat erst vor zwei Wochen einen Bruder bekommen, der ihm sehr am Herzen liegt. Als wir uns noch eine Weile unterhalten, kommen die gleichen Gefühle bei mir hervor. Steht der Christbaum wieder vor dem Fenster, gibt es trotz der schlechten Zeit ein Stück Fleisch zu essen, sind mein Bruder und meine Schwester bei meinen Eltern. Je länger ich mich von meinen Gefühlen treiben lasse, desto trauriger werde ich. In diese sentimentale Stimmung mischt sich meine innere Stimme hinein. Ich habe sie seit meiner Einberufung nicht mehr gehört. Ihr haben die Worte des

SS-Offiziers nicht gefallen, die heute mein Ohr erreichten. „Vergiss nicht deinen Glauben! Du weißt genau, dass es über allem Irdischen noch einen gibt, der größer und stärker ist als alles andere! Denke daran, dass er neben der Stärke auch Barmherzigkeit und Güte zeigt, was man von dem Erwähnten nicht gerade behaupten kann!" Ich bin jetzt froh, diese Stimme zu hören und so kann ich mich noch einmal neu orientieren. Mit der Erkenntnis schlafe ich langsam ein, obwohl um mich herum meine jungen Kameraden noch einige Tränen vergießen und mit ihrem Schluchzen das Heimweh an Weihnachten nicht ganz verbergen können.

In der zweiten Woche lernen wir, wie man Stellungen und Unterstände baut. Nur mit leichten Spaten in der Hand geht es wieder Richtung Wald, den zweistündigen Marsch können wir schon fast auswendig, und so kommen wir entspannt an unserem Ziel, einer leichten Bodensenke, an. Unsere vierzig Mann starke Gruppe wird in fünf Untergruppen aufgeteilt. Wir müssen einen Befehlsstand für zwanzig Mann errichten, der vor Maschinengewehrfeuer und leichten Mörsern sicher sein soll. Die Skizze, die uns gereicht wird, besitzt die wichtigsten Merkmale, und so fangen wir geordnet mit dem Fällen von Baumstämmen an. Die Sägen und Äxte sind vor Ort und so nutzen wir die Hilfsmittel, um unsere Aufgabe gut zu verrichten. Nach sechs Stunden bricht die Dunkelheit herein und wir bauen ein Biwak vor Ort. Sechs Mann schlafen in den Zelten, zwei halten Wache. Alle zwei Stunden wird gewechselt. Nach sechs Stunden komme ich an die Reihe. Ein bisschen Probleme habe ich schon mit dem Wechsel der Parole. Diese Absprache ist nötig, um den „Feind" von uns zu unterscheiden. In der sternenklaren Nacht habe ich mit dem Valentin einen abgesteckten Bereich zu bewachen.

In so einer Nacht haben sich junge Leute viel zu erzählen. Und so ist es auch bei uns. Valentin offenbart mir seine intimsten Geheimnisse. Diesen Vertrauensbeweis gebe ich ihm gerne zurück, da mir der Valentin ebenfalls sehr sympathisch scheint. Ich erfahre in diesen zwei Stunden die ganze Problematik eines Bergbauern mit allen seinen Vor- und Nachteilen, seine Naturverbundenheit und die Liebe zu den Allgäuer Waldtieren. Die zwischendurch geforderte Parole haben wir stets parat. Die geschätzten fünfzehn Grad minus überziehen meine Augenbrauen mit einer leichten Eisschicht, und auch das Atmen verursacht ein Kratzen im Hals.

Mit Beendigung unseres Wachabschnitts wird in einer Lichtung ein heißer Tee angeboten. Zum Essen gibt es eine Schneckennudel. Die Pause stärkt uns auch mit jedem Schluck aus unserer Blechtasse, und so spüren wir ein angenehmes Gefühl in unserem Körper. Nach einer kurzen Lagebesprechung gehen wir wieder an unsere Aufgabe heran. Für den Führungsstand schlagen wir acht große Fichten um. Nach dem Entasten sägen wir die Stämme auf die benötigte Länge zurecht. Nach weiteren fünf Stunden steht das Gerippe.

Die nächsten Tage und Nächte verlaufen in ähnlicher Form, und so können wir nach sieben Tagen unser Werk vollenden. Als weitere Übung besetzen wir den Stand, und eine andere Gruppe versucht uns aus der neu gebauten Wehranlage herauszubringen. Dieses Scheingefecht überstehen wir ganz gut und so sind wir alle froh, als es nach der langen Zeit wieder zurück ins Wehrertüchtigungslager geht.

Nach weiteren vier Tagen haben wir unseren nächsten vormilitärischen Abschnitt beendet, und so ist es an der Zeit, uns dem nächsten zu widmen mit meinen Sieben Schwaben. In den nächsten Wochen sind lange Nachtmärsche mit gelegentlichen Stoßtruppeinlagen geplant. Im Speisesaal ist unsere ganze Truppe mit über einhundertsechzig Mann anwesend, als der Ausbildungsfeldwebel uns die Einzelheiten erklärt. Kurz vor der Pause gegen zehn Uhr wird ruckartig die schwere Eichentür von einem SS-Standartenführer aufgerissen. „Heil Hitler, Männer!", schreit der große Blonde mit den polierten hohen schwarzen Stiefeln sehr hart und energisch in den Raum. Wir schrecken auf, da wir durch den wenigen Sauerstoff müde auf den Stühlen sitzen. Drei weitere SS-Soldaten stehen dem Hochdekorierten zur Seite. Nach einer kurzen Rücksprache mit unserem Ausbildungsfeldwebel übernimmt der Obersturmführer der Waffen-SS das Wort im Saal. Seine zwei Begleiter lesen Namen von einem Teil unseres Ausbildungsregiments vor. Etwa siebzig Rekruten müssen sich kurz danach im Vorraum aufstellen, um einen folgenschweren Befehl entgegenzunehmen. Drei meiner Stubenkameraden und ich gehören auch zu den Aufgerufenen. „Durch die sich immer mehr zuspitzende Lage und zum Schutz unseres großen Führers Adolf Hitler wird die

Hälfte aller Soldaten des Wehrertüchtigungslagers Dettendorf zur Unterstützung mit sofortiger Wirkung an den Obersalzberg zur Führerfestung versetzt. Soldaten, die ihr vor mir steht, ihr habt euch schon frühzeitig entschieden, euch freiwillig zu melden, um euer Leben zum Schutz des deutschen Volkes einzusetzen. Durch eure vorbildliche Einstellung könnt ihr in Kürze beweisen, was in euch steckt." Die flammende Rede dauert noch eine ganze Weile. Der anderen Hälfte der Rekruten, mir und meinen Kameraden, wird mitgeteilt, dass wir morgen früh um sechs Uhr abmarschbereit vor der Kaserne zu stehen haben. Die Verbliebenen können ihre Wehrertüchtigung noch einige Zeit in Dettendorf weiterführen. Unser neuer Marschbefehl jedoch führt uns nach Wenigentaft in Thüringen. Ein kleines beschauliches Dorf, das bis dahin keinem von uns bekannt ist.

Mit großen Militärlastern werden wir an dem verschneiten Montagmorgen nach Rosenheim an den Bahnhof gefahren. In der Zeit meiner Wehrertüchtigung geht der erbitterte Krieg schonungslos weiter. Das bekommen wir in Rosenheim hautnah mit. Der strategisch wichtige Verkehrsknotenpunkt ist schon mehrmals Ziel der englischen Jäger geworden, die nach den Zurückeroberungen von Frankreich und nach der Landung in Italien fast ohne Gegenwehr den süddeutschen Raum mit ihren blitzartigen Angriffen terrorisieren. Bahnhöfe, Straßen und Gleisanlagen gehören zu den bevorzugten Zielen. Zu alledem werden aber auch immer mehr Sabotageaktionen durch den Widerstand verübt. Bevor es in Richtung München losgehen kann, hat unsere Gruppe noch schwer zu arbeiten.

Mit Unterstützung der wenigen Bahnarbeiter räumen wir den gesamten Schienenbereich von heruntergefallenen Oberleitungen frei. Diese nicht gut organisierte Aktion verzögert unsere Abfahrt um fünf Stunden. Nach einer kurzen Speisung aus einer Gulaschkanone setzt sich der stark schnaubende Zug endlich in Bewegung. Die völlig überfüllte Dampflok kämpft sich diesmal ohne Zwischenfälle nach München durch. Die verschneite Landschaft verdeckt die größten Schäden unter ihrem weißen Kleid. In Oberhaching müssen wir die Lok wieder verlassen. Diese Tatsache signalisiert mir, dass die Angriffe auf München in den letzten Wochen weiterhin in aller Brutalität geführt wurden.

Nach zwei Stunden erreicht unsere Gruppe den Stadtrand von München. Die Landeshauptstadt wirkt auf mich sehr gespenstisch. Das wird durch die hereinbrechende Dunkelheit noch verstärkt. Unsere siebzig Mann starke Gruppe marschiert in der Dunkelheit durch diese Geisterstadt. Die nächtliche Ausgangssperre beschert uns an allen Straßenecken eine Kontrolle durch den neu ins Leben gerufenen Bürgerselbstschutz. Trotz alledem erreichen wir gegen zweiundzwanzig Uhr den völlig zerbombten Hautbahnhof. Zu unserem Entsetzen müssen wir feststellen, dass aus dem Bahnhof in absehbarer Zeit wohl kein Zug mehr fahren wird. Unser Marschbefehl legitimiert uns, die Nacht in den Ruinen zu verbringen. Das Schlafen in der eisigen Januarnacht im Jahre 1945 fällt uns jungen Burschen sehr schwer. Kein Essen, keine warmen Getränke, und auch die Bekleidung schützt uns nicht von den geschätzten zwanzig Grad minus. Hinzu kommt noch ein kalter Ostwind, der unseren zugigen Schlafplatz noch kälter erscheinen lässt. Die von meiner Mutter gestrickten Handschuhe und auch die schwarze Mütze mit dem weißen Bommel sind durch nichts zu ersetzen. In dieser Nacht bekomme ich kein Auge zu und so bemerke ich eine Vielzahl von nächtlichen Nagern um mich herum. Ratten spazieren richtig frech auf den Geröllhaufen herum, ein Igel wurde wohl durch die Bombardierung aus dem Winterschlaf gerissen und bewegt sich orientierungslos in dem Areal. Mäuse und versprengte Feldhasen komplettieren das tierische Nachtleben auf dem Bahnhof. In der Dämmerung erkenne ich Mitarbeiter des Roten Kreuzes, die einen großen runden Topf auf Rädern in die leere Bahnhofshalle rollen. In kürzester Zeit ist der Wagen von Hunderten von Menschen umzingelt. Durch unser Kochgeschirr, das wir immer am Mann haben, erhalten wir einen großen Schöpfer mit Pfefferminztee. Diese Verköstigung tut meinem Wohlbefinden mehr als gut und so bin ich wieder bereit, unserer angeordneten Versetzung zu folgen. Ein Hauptsturmführer der Waffen-SS erklärt dem Gruppenführer unseren weiteren Marsch zum nächsten Bahnhof mit fahrbereiten Zügen.

Minuten später stehen wir abmarschbereit vor der Bahnhofsruine und marschieren weiter in Richtung Hauptbahnhof. Auch der Westen von München ist gezeichnet von den Bombenangriffen der Alliierten. In den zerbombten Straßen kann ich mehrere Frauen und Kinder erkennen, die nach irgendetwas Essbarem suchen. Mir ist klar, dass die Not bei der Bevölkerung jetzt angekommen ist. Die wenigen Geschäfte, die noch nicht in Schutt und

Asche liegen, sind geschlossen, da es keine Großhändler mehr gibt, die sie beliefern können. Obwohl wir sehr schnell mit unserer Gruppe im Schritt sind, schwenken meine Gedanken nach Hause. Steht mein Elternhaus noch? Leben meine Eltern noch? Was ist mit meinen Geschwistern? Wie oft wurde Lagerlechfeld in meiner Abwesenheit bombardiert? War unsere Wunderwaffe, die Me 262, schon einsatzbereit? All diese Gedanken schwirren mir im Kopf herum. Das zerbombte München zieht meine Moral noch weiter nach unten. Selbst der Befehl „Ein Lied!" kann unsere Gedanken nicht zerstreuen, und so singen wir, ohne uns daran zu erfreuen. Der schneidige Marsch ähnelt in der Ausführung eher einem Trauergesang. Meine Euphorie, Deutschland mit meinen Kameraden noch zu retten, ist nicht mehr erkennbar. Die riesige Bahnanlage in München wurde bis jetzt von den Bombenangriffen verschont. Mehrere Tausend Soldaten, Zivilisten, Bauern, Gefangene und Verwundete versammeln sich vor dem Bahnhofsgebäude. Nur mühsam kann die Ordnung gehalten werden. Verwundete warten auf Sanitäter, Soldaten aller Waffengattungen warten auf ihre Züge. Und in all diesem Durcheinander stehen wir jungen Burschen auf dem Weg nach Thüringen. Die lange Wartezeit können wir zur Essensaufnahme nutzen. Durch die Zerstörung der Bahnlinie München-Regensburg mussten wir einen Umweg einplanen.

Nach weiteren zwei Stunden geht es dann endlich weiter. Im Personenzug geht es nach Augsburg. Der total überfüllte Zug muss kurz vor der Einfahrt in den Augsburger Hauptbahnhof wieder stehen bleiben. Wir erkennen Soldaten, die mit Gefangenen die Gleise ins Kiesbett setzen. Zum Glück können wir sitzen bleiben. Den einstündigen Stopp überstehen wir ohne Probleme. Kurz nach zwölf Uhr schnaubt unsere alte Dampflok wieder los, und so sehen wir vom Zug aus das zerbombte Augsburg. All die schönen Bauten, die ich als Kind noch gut in Erinnerung hatte, sind zerfallen, und so mache ich mir noch mehr Sorgen um Lagerlechfeld und mein Elternhaus, da mein Heimatort nur zwanzig Kilometer von Augsburg entfernt ist. Am Oberhausener Bahnhof stoppt unser Zug noch einmal kurz. Durch das Fenster sehe ich meinen alten Schulfreund, den Graf Schorsch. Schnell springe ich auf und winke ihm zu. „Schorsch, Schooorsch!", schreie ich richtig laut. Er hört und sieht mich nicht. Jetzt bin ich richtig enttäuscht, denn er hätte meine offenen Fragen beantworten können.

„Im Oberhausener Bahnhof wurden unserer Lokomotive drei Wagons vorangestellt. Diese Handhabung hat folgenden Grund", höre ich einen schon etwas älteren Mitfahrer sprechen. „Die feindlichen Flugzeuge bombardieren immer öfters die fahrenden Züge. Ihr Hauptaugenmerk liegt immer bei der Dampflok. Wenn sie das große Ungetüm nicht direkt getroffen haben, so reicht es schon aus, wenn sie mit einer fünfhundert Kilogramm schweren Bombe ein großes Loch in den Bahnkörper sprengen. Das hat die Folge, dass die Dampflok auch ohne direkten Treffer fahruntüchtig gemacht wird. Diese drei Wagons sind mit Ersatzschienen und schweren Gerätschaften beladen, um gleich vor Ort den Schaden zu reparieren. Diese Praxis hat sich schon mehrmals bewährt!" Durch die Belehrung des alten Feldwebels der Luftwaffe wird es im Abteil richtig ruhig. Mit der neuen Erkenntnis setzen wir gemeinsam die Fahrt fort. Unsere Fahrt zum Reichsarbeitsdienst Wenigentaft führt uns über Regensburg nach Hof und dann weiter nach Erfurt.

Nach einer guten Stunde - wir zockeln gerade durch die Hallertau - beginnen plötzlich die Bremsen zu quietschen. Hektisches Treiben entsteht im ganzen Zug, und binnen einer Minute kommt unser schwerfälliges Transportmittel zum Stehen. Durch laute Kommandos scheucht man uns schnell aus den Wagons. „Luftangriff, alle weit vom Zug entfernen!" Diesen Spruch wiederholt der Gruppenführer der mitfahrenden Schutztruppe immer wieder sehr laut und energisch. Wir verteilen uns in den umliegenden Sträuchern der Umgebung und warten auf das nahende Inferno. Parallel dazu werden die Maschinengewehre auf den Dächern der Wagons platziert. Kaum ist die Einsatzbereitschaft signalisiert, hört man schon die ersten Geräusche am Himmel und fast zeitgleich sind sie schon über uns. Es ist eine Rotte mit fünf Spitfire-Jagdflugzeugen, die nach einer kurzen Erkundung sofort unsere Lokomotive angreifen. Für mich ist es gespenstisch, wie unsere Lok mit den Wagons auf den Schienen steht und sich mit den drei Maschinengewehrnestern gegen die übermächtigen Gegner wehrt. Nach einer Schleife am Himmel und dem Sinkflug auf maximal zwanzig Meter donnern die fünf Kampfmaschinen über den Schienen auf unseren Zug zu. Die drei MG-Nester sind jeweils am Ende zu zweit und an der Spitze des Zuges mit einem platziert. Ihr Schutz besteht durch eine aufklappbare scherenartige

Metallkonstruktion, die zumindest den Schützen von einem Direktbeschuss bewahren soll. Diese Prävention wird noch durch Sandsäcke unterstützt, die vor dem Schild aufgebaut wueden, um Querschläger zu vermeiden. Mit Leuchtspurmunition eröffnet der Leader der angreifenden Rotte das Feuer, um die Richtung vorzugeben. Die in kurzen Abständen fliegenden Jäger schießen, was das Zeug hält. Der kaum noch auszuhaltende Lärm steigert sich noch, als die drei MG-Schützen ihr Feuer erwidern. Die „ZwiSoLa", wie sie bei uns jungen Soldaten genannt wird, hat ebenfalls eine enorme Durchschlagskraft. Und so entwickelt sich ein unerbittlicher Kampf. Nach der ersten Angriffswelle sind nur noch zwei Stellungen mit ihren Zwillingssockellafetten einsatzbereit. Die Maschinengewehre der Spitfire haben den zweiten MG-Schützen irgendwie getroffen. Der leblose Körper liegt ohne Deckung auf dem Dach des Wagons, als die zweite Welle schon wieder ihren Angriff einleitet. Der erste MG-Schütze zieht seinen Kameraden zu sich heran, und so ist er zumindest nicht mehr in der Schusslinie. Vorsichtshalber strecke ich meinen Kopf nicht mehr so neugierig in die Höhe, da sich die Querschläger und Splitter immer mehr meinem Liegeplatz nähern. Fest an den Boden gedrückt liege ich in einem Hopfenfeld, das im Winter nur durch seine hohen gerüstartigen Holz- und Drahtgeflechte erkennbar ist. Einige dieser Spannvorrichtungen zerbersten und bedecken mich. Das Gefühl meines schlimmen Erlebnisses vom ersten Bombenangriff auf Lagerlechfeld bohrt sich blitzschnell in mein Gedächtnis, und so wird mir die Situation unheimlich. Zweihundert Meter vor uns tobt nach wie vor ein Kampf ums Überleben. So tapfer möchte ich auch einmal sein, wenn ich gefordert bin, denke ich für mich, als ich zu sehen bekomme, wie das einzige noch funktionierende MG-Nest sich weiterhin erfolgreich wehrt. Bei der dritten Angriffswelle gelingt es unseren Soldaten, eine Spitfire zu treffen. Dieser Jäger dreht qualmend ab, und kurze Zeit später hören wir einen Knall, dem zeitnah eine dunkle Rauchwolke folgt. Dieser Verlust der britischen Jägerrotte bewegt die anderen vier Angreifer zum Abdrehen, und so kommen wir langsam und noch etwas unsicher aus unseren Verstecken heraus.

Uns zeigt sich ein Bild des Schreckens. Von den sechs MG-Schützen leben nur noch zwei. Des Weiteren wurde ein unbeteiligter Mitreisender von einem Splitter an der Halsschlagader so unglücklich getroffen, dass er Minuten später verblutete. Bei mir und meinen jungen Kameraden entwickelt sich eine bis dahin nicht gekannte Wut auf die Engländer. Vier Kameraden und ein Unbeteiligter wurden durch diesen Überfall schlagartig aus ihrem Leben gerissen. Als der ranghöchste Offizier die vier Erkennungsmarken der getöteten Soldaten von ihren leblosen Körpern entfernt, läuft es mir eiskalt den Rücken hinunter. Dem mitfahrenden Gleisreparaturtrupp gelingt es tatsächlich, die demolierte Strecke binnen einer Stunde wieder fahrbereit zu machen. Die fünf Getöteten werden in Decken gehüllt und mit zwei Soldaten am Unglücksort zurückgelassen. Im wieder fahrenden Zug ist es jetzt ruhig geworden. Ich will mit niemandem sprechen, da mir die erschreckenden Bilder immer noch im Kopf umherschwirren. Auch wird das Platzangebot weiter reduziert, da der Fliegerangriff drei Wagons fahruntauglich geschossen hat.

10. Januar 1945,
Regensburg

Regensburg erreichen wir mit zweistündiger Verspätung. Der Bahnhof ist noch nicht durch Angriffe der Alliierten zerstört. Unsere Dampflokomotive wird abgehängt und in die Bahnmeisterei gezogen. Wir haben jetzt zwei Stunden Zeit, um uns etwas zu erholen. Valentin, Franz und ich diskutieren mit unserer Gruppe noch einmal unsere gefährliche Zugfahrt. Wir können das gerade Erlebte nur schwer verstehen, da wir in unserer Ausbildung, von den Volksempfängern und auch in allen Zeitungen mit ganz anderen Information übersäht wurden. Tief in mich gekauert sitze ich auf meinem Rucksack, als ich mir Gedanken über die nicht übereinstimmende Realität mit dem gerade überstandenen Angriff mache. Schnell bin ich in meiner Gedankenwelt versunken und hinterfrage das eine oder andere, das an Propaganda mein Ohr erreicht hat. Der Glaube an den Endsieg, der, ja der ist schon noch vorhanden, aber dieser schöne, mit schnellen Erfolgen glorreiche Eroberungskrieg ist sehr weit weg von Deutschland, den kann ich aufgrund der letzten Wochen nicht sehen. Warum liegen unsere Städte in Schutt und Asche? Warum ist die Bevölkerung von Kälte und Hunger bedroht? Meine innere Stimme stellt mir weitere kritische Fragen, die ich ebenfalls nicht beantworten kann. Gerade in meine Findungsphase hinein höre ich eine verzweifelte Stimme eines jungen Soldaten, die in etwa das in Worten ausdrückt, was ich mir gerade denke. Bereits nach kurzer Zeit wird Clemens Rottahler, wie unser Mitstreiter heißt, von einem in der Nähe stehenden SS-Soldaten energisch attackiert. „Soldat, halten Sie Ihren Mund, was Sie sagen, ist Wehrkraftzersetzung und darauf steht die Todesstrafe! Stellen Sie sich hin, wenn ein ranghöherer Soldat mit Ihnen spricht!" Mit der zweiten Bemerkung verschärft er die Situation noch weiter. Energisch geht unser Gruppenleiter zwischen die beiden. „Herr Oberfeldwebel, der Junge hat es nicht so gemeint, er hat gerade sein erstes schlimmes Kriegserlebnis hinter sich!" „Das interessiert mich nicht!" Mit diesen Worten schreit er noch lauter unseren Ausbildungsleiter an. Aufgrund der Auseinandersetzung werden natürlich alle umliegenden Soldaten hellhörig und lauschen dem sich noch weiter steigernden Wortgefecht. Nur wenigen meiner jungen Kameraden ist bekannt, dass Clemens in der letzten Woche vor seiner Einberufung seine zwei älteren Brüder in Russland verloren hat und das der Grund war, sich freiwillig zu melden. Und jetzt das, denke ich bei mir, als der nicht mehr zu bremsende SS-Soldat mit dem Ruf „Wache!" mehrere Soldaten einer Sicherungsstaffel zu sich kommandiert und Clemens festnehmen lässt! Die Unruhe, die bei uns aufkommt, wird gleich im Keim erstickt und mit den Worten herausgeschrien: „Sollte einer von euch auch nur ein Wort dieses Vaterlandsverräters wiederholen, so lasse ich ihn ebenfalls verhaften!" Dieser eindeutigen Aufforderung beugt sich auch unser Gruppenführer, denn er weiß genau, dass er hier den Kürzeren ziehen und sonst mit Clemens abgeführt werden würde. Ich bin geschockt! Dass einer von uns so schnell in die Kriegswirren hineingezogen wird, obwohl wir noch nicht direkt auf den Feind gestoßen sind. Wir fühlen uns wie ein Hühnerhaufen, dem gerade aus der Mitte ein Huhn vom Fuchs geraubt wurde. Unsere Gedanken sind alle bei Clemens, aber wirklich helfen können wir ihm nicht. Schnell verliere ich ihn aus den Augen und auch mir steht der blanke Zorn im Gesicht. Keiner traut sich die Frage stellen: „Was passiert jetzt mit unserem jungen Kameraden?", da jeder im Unterricht bereits gelernt hat, was mit Soldaten geschieht, die zur Wehrkraftzersetzung aufrufen. Sollte das Schnellgericht Clemens tatsächlich verurteilen, so würde er innerhalb von acht Stunden standrechtlich erschossen. Ich verdränge das Schicksal meines Kameraden und habe nur noch Wut und Entsetzen für alle SS-Soldaten übrig. Durch den Vorfall sehe ich jetzt alles mit anderen Augen.

Nach einer Stunde geht es mit dem Zug weiter nach Hof. Das Betreten des Zuges fällt uns dieses Mal schwerer als sonst. Man hat uns einen Kameraden ohne nachvollziehbaren Grund entzogen. Der Fliegerangriff und die Verhaftung von Clemens geben mir heute wenig Spielraum, noch an den Endsieg zu glauben. Ich suche nach einer seelischen Sicherheit, die ich hier im Wagon aber nicht finden kann. Und so tauchen meine Gedanken in die Vergangenheit ab. Mit geschlossenen Augen nehme ich das Ruckeln der Eisenräder auf den Schienen am Rücken war. Die Dampflok zockelt an die Front und meine Gedanken begehen Fahnenflucht, indem sie nach Hause aufs Lechfeld schwenken. Ich weiß nicht mehr, warum ich mich an das Neumeier Haus erinnere, in dem ein über Deutschland hinaus bekanntes Künstlerpaar wohnt, wenn sie von ihren erfolgreichen Tourneen zurückkommen. Als Astal und Asita begeistern sie das Publikum. Sie treten in allen großen Zirkuskuppeln der Welt auf. Sie haben atemberaubende Kunststücke mit Affen, Schlangen und Hunden in ihrer Darbietung. Wir Kinder freuen uns immer, wenn die zwei auf dem Lechfeld sind und uns einige Kunststücke vorführen. Astal – ich kenne seinen richtigen Namen nicht – geht immer mit einem kleinen Klammeraffen auf der Schulter zum Kronprinz, einer alt eingesessenen Wirtschaft. Wir Buben schleichen den beiden hinterher und verhalten uns ganz ruhig, um so das eine oder andere Kunststück sehen zu können. Astal geht mit seinem Äffchen von Gast zu Gast und lässt den talentierten Vierbeiner alles zeigen, was er drauf hat. Nach der einstündigen Vorführung gehen die beiden noch einmal mit einem Hut durch die Tische und sammeln die freiwilligen Gaben ein. Wenig später laufen wir mit den beiden wieder zurück zum Neumeier Haus. Auf dem Weg dürfen wir Kinder mit dem Äffchen lustige Spielchen machen. Meist gibt es noch eine zehnminütige Zugabe vor der Haustür, bevor der Künstler uns wieder loswird. Danach schlendere ich mit meinen Schulkameraden, dem Jerabek Oskar, dem Fischer Toni, dem Bucher Franz, dem Graf Schorsch und dem Wagner Ernst auf die Wiese westlich vom Lazarett, um noch eine Weile Fußball zu spielen. Wir spielen immer drei gegen drei, wobei sich die Mannschaften jeden Tag anders aufstellen. Als Ball muss immer ein fest geschnürter Wollknäuel herhalten, den wir täglich neu wickeln müssen. Wir sechs sind alle gleich gut oder schlecht und so gibt es immer knappe Spielausgänge. Als Tore dienen zwei Kartoffelkörbe. Ich will gerade ausholen und dem Graf Schorsch durch die Füße spielen, als mich an der Schulter ein fester Griff packt ...

„Richard, aufwachen!", höre ich meinen Wehrertüchtigungsleiter leise sagen. Mit einem weiteren Klaps auf meinen Kopf bin ich wieder in der Realität. Langsam kommen die schrecklichen Erlebnisse wieder in mir hoch. In Dreierformationen stellen wir uns am Bahnsteig auf, um über das weitere Vorgehen informiert zu werden. Die Dunkelheit ist über die Stadt hereingebrochen und so sieht der leicht beschädigte Bahnhof in Hof fast gespenstisch aus. Nach einer geregelten Essensaufnahme nehme ich mit meinen Kameraden die neuen Befehle entgegen. Der Zug, der mich und die anderen an unseren Zielbahnhof Erfurt bringen soll, steht am Nebengleis bereit. Das Thermometer zeigt zwölf Grad minus an. Für unseren letzten Streckenabschnitt stehen nur noch Güterwagons zur Verfügung, in die man einige Strohsäcke hineingeworfen hat, um nicht auf dem eiskalten und vereisten Dielenboden zu stehen. An ein Sitzen ist nicht zu denken. Der Wagon riecht fürchterlich nach Ammoniak. Als wir – immer achtundvierzig Personen in einem Wagon – verteilt sind, geht die Zugfahrt in die dunkle Nacht endlich los.

Eng aneinandergekauert stehen wir an der in Fahrtrichtung zeigenden Wand, um bei ruckartigen Bremsvorgängen nicht durch den Wagon geschleudert zu werden. Im Kreise meiner Kameraden fühle ich mich jetzt ein bisschen geborgen und so langsam kehrt wieder die Ruhe in mir ein. Wir ertragen zusammen die Strapazen in den nächsten Stunden. Von Minute zu Minute frieren wir mehr und das zuerst kribbelnde Gefühl an den Zehen geht nach einer geraumen Zeit in eine Versteifung über. Durch unseren Atem werden die Metallbeschläge schnell mit Eis überzogen. Die gelegentlichen Stopps verlängern unser Martyrium weiter, und so gehen wir wieder an unsere Grenzen, um allein die Zugfahrt zu überstehen. Erleichtert wird Minuten später das große Wagontor von außen aufgezogen. Im Nu springen wir hinaus und versuchen unsere Steifheit mit Bewegungen zu lockern. Diese Aktion wird durch ein lautes „Wehrarbeitsdienst stillgestanden!" jäh beendet. Kurze Zeit später stehen wir mit unseren Rucksäcken in Reih' und Glied vor einem Feldwebel, der uns mit zackigen und markanten Befehlen den weiteren Ablauf ankündigt. Es ist jetzt bereits nach Mitternacht, als Militärlaster uns aufnehmen und in Richtung Wenigentaft bringen. Die einstündige Fahrt wird mehrmals durch Kontrollen unterbrochen. Völlig am Ende betrete ich mit meinen Kameraden gegen 1 Uhr 30 unsere Unterkunft. Das Verteilen der Bettwäsche und die Aufteilung in die Stuben bekomme ich nur noch am Rande mit. Das Schlafen in dem Stockbett auf einer harten und stark riechenden Seegrasmatratze genieße ich mit meinem ausgehungerten, durchgefrorenen Körper. Ich bin zu müde um zu träumen, obwohl mir diese Horrorfahrt heute mehrere Albträume anzubieten gehabt hätte.

12. Januar 1945,
Wenigentaft

Und da ist er wieder, der Weckruf des Kompanievor-manns: „Abteilung aufstehen!" Dem folgt noch ein schriller Ton aus einer Trillerpfeife, die durch die kahlen Gänge unserer Unterkunft noch mehrere Echos entstehen lässt. Jetzt den Willen aufzubringen und tatsächlich aufzu-stehen kostet mehr Überzeugungskraft als alles in meinem bisherigen Leben Erfahrene. Meine innere Einstellung scheint meinen maroden Körper irgendwie zu überreden, ihr zur folgen. Und so stehe ich vor dem Stockbett und schüttle meine noch nicht zum Aufstehen bereiten Kame-raden wach. Ein dumpfes Gefühl an meinen Füßen beun-ruhigt mich und so greife ich mit meinen Händen nach meinen Zehen und fühle keinen Druckpunkt. Sie sind taub! Schnell und etwas geschockt laufe ich in den Wasch-raum und lasse extrem kaltes Wasser über die regungslos Stummel fließen. Nichts tut sich! Im Wechsel knete ich an ihnen, um dann wieder kaltes Wasser über sie laufen zu lassen. Den Vorgang lasse ich unzählige Male über mich ergehen, aber es tut sich nichts. Zudem muss ich dazu tun, denn alle anderen sind schon auf dem Weg in den Speiseraum, um zu frühstücken. Etwas unaufgeräumt be-trete ich den großen hellen Raum und geselle mich an den Tisch von Valentin und Franz. Die richten meinen blauen Arbeitsanzug, den Trillich, noch etwas zurecht, bevor wir uns anstellen, um unser Frühstück entgegenzunehmen. Hektisch und immer noch beunruhigt vertraue ich mei-nen beiden Freunden mein Geheimnis mit den reglosen

Zehen an. Valentin ist zuversichtlich, mir helfen zu können. „Richard, du musst deine Zehen später mit Schnee einreiben, dann kommt das Gefühl wieder zurück!" Etwas verunsichert, aber die letzte Chance nutzend, verlasse ich als erster des Speisesaal und laufe barfuß einige Runden im Schnee vor unserer Unterkunft. Meine vorbeilaufenden Kameraden denken sich wohl, dass da einer nicht mehr richtig tickt, und dementsprechend lauten auch ihre Kommentare. Nach drei Minuten gehe ich wieder auf die Stube und warte auf ein Kribbeln im Zehenbereich. Es tut sich immer noch nichts!

Fünf Minuten später stehen wir im Freien in Dreierreihen vor unserem Gruppenführer zum morgendlichen Appell. Nach dem Zählen und dem Tagesbefehl werden wir noch auf gewisse Verhaltensregeln hingewiesen. Und jetzt fangen meine Zehen an, sich wieder als ein Teil von mir zu fühlen, indem jetzt ein nicht auszuhaltendes Kitzeln und Jucken mein Stillgestanden in große Gefahr bringt. Meine Zehenspitzen quälen mich so sehr, dass mir Tränen aus den Augen auf die Wangen kullern. Die Schmerzen der Zehen und die Freude über die Zurückgewinnung meiner Gliedmaßen drücken gemeinsam auf meine Tränendrüse und so lasse ich es einfach laufen. Im Verlauf der Belehrung wird immer mehr das Thema Front genannt. Da unser Wehrarbeitsdienst an der östlichsten Ausbildungsstätte zu leisten ist, müssen gewisse Vorkehrungen getroffen werden, um im Ernstfall schnellstmöglich die kämpfenden Truppen zu unterstützen.

In unserem neuen Ausbildungslager steht in den ersten Tagen das Schießen mit allen möglichen Arten von Schusswaffen im Vordergrund. Etwas überrascht nehme ich mit meinen Kameraden die Gewehre in Empfang, auf denen in kyrillischer Schrift mehrere Wörter eingraviert sind. Der Obervormann vom Schießstand klärt uns Grünschnäbel dann auf, indem er uns sagt, dass dies Beutewaffen der Russen seien. Das robuste und etwas klobige Gewehr hat einen enormen Rückschlag, und wenn der Schaft nicht mit voller Kraft an die Schulter gedrückt wird, kann es sein, dass man sich beim Abdrücken das Schlüsselbein bricht. Diese Probleme interessieren mich überhaupt nicht. Ich will einfach nur schießen, um meinem Wunsch so schnell wie möglich zu verwirklichen: erster MG-Schütze in der Eliteeinheit Großdeutschland zu werden. Das schneidige Barett und die schwarze Uniform haben mir als kleiner Junge schon besonders gut gefallen. In der Zeitschrift *Stürmer* waren Berichte über Deutschlands erfolgreichste Panzereinheit mehrmals zu sehen, und deshalb ist es seitdem mein Wunsch, meinen Vorbildern nachzueifern. Mein Schießbuch sieht nach einer Woche hervorragend aus. Von allen zweihundert Schützen bin ich ganz vorne mit dabei. Beim auf Scheiben schießen aus unterschiedlichen Entfernungen kann ich alle hinter mir lassen. Beim Reaktionsschießen im Schießgarten kann ich als dritter den Parcours durchlaufen. Hier kommt mir die Übung im Wehrertüchtigungslager Harburg entgegen, da wir damals ein ähnliches Gelände zu durchlaufen hatten. Damals noch mit Farbmarkierung, jetzt mit scharfer Munition. Nachts müssen wir abwechselnd Wache laufen, da immer mehr Sabotageakte von Untergrundkämpfern verübt werden. Dieses erste Mal an kriegerischen Aktionen beteiligt zu sein macht mich wieder etwas nachdenklicher. Alle sechs Stunden laufe ich mit Valentin und meinem russischen Gewehr einen bestimmten Weg ab, für den wir die Verantwortung tragen. Die Streifengänge verlangen uns beiden alles ab. Kein Feuer, keine Gespräche und überhöhte Wachsamkeit prägen unsere Streife. Mit jeder gelaufenen Streife werden wir selbstsicherer und so finden wir sogar Gefallen an den spannenden Aktionen. Motiviert durch meine guten Schießergebnisse kann ich die Tage leichter ertragen. Mein Heimweh kann ich größtenteils ablegen, auch sonst bewege ich mich gut in der Gemeinschaft und so bin ich fast ein bisschen traurig, als es zu Ende geht.

Nach zwölf Tagen werden wir als kriegstauglich und kampffähig entlassen. In meinem Schießbuch werden meine Leistungen noch gesondert erwähnt. Mit stolzer Brust lese ich den vom Kommandant unterzeichneten Eintrag. Wir werden jetzt nach Hause entlassen und dürfen uns dort zwei Wochen ausruhen, bevor wir in unsere Stammeinheit versetzt werden. Meine Laune wird nur durch die vor uns liegende Zugfahrt zurück nach Bayern getrübt, da wir mit der Hinfahrt doch schwierige Situationen zu überstehen hatten. Nach zwei Tagen stehe ich wieder vor der Haustür meiner Eltern in Lagerlechfeld. Solch ein Glücksgefühl kenne ich bis dahin noch nicht, als mich meine Mutter in ihren Arm nimmt und mich einfach nur an sich drückt. Dies löst bei mir große Gefühle aus und so laufen meine Tränen, ohne Halt zu machen. Wir brauchen nichts zu sagen und doch weiß jeder vom anderen, wie gut es tut, sich wieder in den Armen zu halten. Die Umarmung bei meinem Vater wird von mir in Soldatenmanier durchgezogen. Ein fester Händedruck, ein klarer Blick in die Augen und ein leichtes Klopfen auf die Schulter.

23. Januar 1945,
Lagerlechfeld

Am Kalender an der Wand steht der 23. Januar 1945. Durch das lange Gespräch am Abend werden mir traurige Informationen schonend beigebracht. In meiner Abwesenheit sind sechs Soldaten aus Lagerlechfeld an unterschiedlichen Frontabschnitten gefallen. Aber auch das Leben in und um Lagerlechfeld hat sich gewaltig verändert. Fast jede Nacht gibt es einen Fliegeralarm. Das bedeutet aufstehen, seine Wertsachen und das Nötigste zusammenpacken und in den Keller hinabsteigen. Dort mit den anderen Hausbewohnern warten und ausharren. Das monotone Brummen der überfliegenden feindlichen Bomberstaffeln gehört in dieser Zeit zur Normalität. Das wird nur unterbrochen von Gebeten der Alten und Kindergeschrei. Der Rest döst nur vor sich hin. Kommt dann endlich die Entwarnung, dann zieht die Karawane wieder zurück. Ich muss mich in der nächsten Zeit erst einmal daran gewöhnen. Nach drei Tagen des Eingewöhnens arbeite ich wieder als Schreiner in Schwabmünchen bei meiner Lehrfirma. Durch die kurzen Nächte und die frostigen Temperaturen am Morgen verlangt das Leben an der Heimatfront einiges von mir ab. Durch meine Abwesenheit kann ich bei den meisten Menschen, die mich umgeben, eine besorgniserregende Wandlung erkennen. Die Zuversicht aus dem letzten Jahr ist vollkommen verschwunden, meine Arbeitskollegen erzählen aus ihren Familien, am Stammtisch beim Goldenen Engel und auch bei belanglosen Gesprächen mit der Kundschaft geht es immer um die sich langsam abzeichnete Niederlage und die Sorge, wie es anschließend weitergehen soll. Diese Hoffnungslosigkeit trifft mich völlig unvorbereitet und so kommen bei mir auch wieder Zweifel auf, ob das Ganze sich überhaupt noch zum Guten wendet. Nachdem die Firma Messerschmitt einen Teil ihrer Produktionsstätten nach Schwabmünchen verlagert hat, kommen die ersten Gerüchte auf, dass dies ein lohnendes Angriffsziel für die Alliierten sei. Ich sitze zwischen zwei Stühlen! Was soll ich machen? Wem soll ich glauben? Ich weiß es nicht und so verdränge ich meine durchaus vorhandenen Sorgen. Zu Hause spüre ich die Angst meiner Eltern um mich. Ihnen ist klar, dass ich in den nächsten Tagen mit meinen sechzehn Jahren nach Cottbus an die Ostfront eingezogen werde. Aus Erzählungen von heimgekehrten Soldaten kann man nur erahnen, welche Gräueltaten die Russen an deutschen Soldaten und der Zivilbevölkerung verüben. Und genau in der Zeit soll ich dort hin, wo der Russe unaufhaltsam ins Deutsche Reich eindringt. Gespräche mit meinen Vater tun mir gut. Er weiß mehr als ich, und deshalb versucht er meinen Ehrgeiz zu bremsen. Wir führen abends stundenlange Diskussionen und unterhalten uns intensiv über alle relevanten Themen. Mein Vater und ich rücken noch näher zusammen und so hat er mit mir und ich mit ihm einen kompetenten Gesprächspartner. Die persönlichen Gespräche stärken mein Selbstvertrauen wieder und so kann ich gut damit umgehen, als mir meine Mutter Tage später meinen Einberufungsbescheid vor unserem Haus übergibt. Meine Spannung ist enorm groß, ob ich auch zu meiner Wunscheinheit nach Cottbus eingezogen werde. Mit einem lauten „Ja!" gebe ich meinen

Gefühlen Ausdruck und so bin ich richtig stolz, in der deutschen Eliteeinheit meiner Pflicht nachgehen zu dürfen. Schnell schaue ich auf den Kalender, der in der Küche hängt und kann feststellen, dass ich bereits in zwei Tagen meinen Dienst antreten werde. Von dem Augenblick an ist die Euphorie größer als meine aufkommenden Zweifel.

Die im Einberufungsbescheid vorgegebenen Sachen packe ich am gleichen Abend noch in meinen Rucksack. Ich spreche an diesem Abend sehr viel und lasse meine Familie fast nicht zu Wort kommen. Sie erkennen meine positive Stimmung und freuen sich nach außen mit mir, nur innen, da sieht es ganz anders aus. Diese Bedenken, die sie mir nicht zeigen, bekomme ich nachts zufällig mit, als ich nach einem kurzen Toilettengang am Schlafzimmer meiner Eltern vorbeigehe. Ich höre meine Mutter schluchzen, was nur durch wellenartiges Weinen unterbrochen wird. Minutenlang stehe ich vor der Tür und weiß nicht, was ich machen soll. Mein Vater tröstet sie sehr liebevoll, und gerade diese nicht typische Haltung spiegelt bei ihm ähnliche Gefühle. Ich gehe weiter und kann durch meine innere Bereitschaft, diesen schweren Gang an die Front zu gehen, den Rest der Nacht noch einigermaßen schlafen.

Mein Vater hat sich frei genommen, um seinen Filius gebührend zu verabschieden. Meine Schwester ist bereits Tage zuvor als Luftwaffenhelferin wieder nach Wien abkommandiert worden. Das gemeinsame Frühstück genießen wir drei wie früher, und bevor es zum Abschied wieder sentimental wird, nehme ich die Situation in die Hand, indem ich meine Mutter in den Arm nehme, sie küsse und mich kurze Zeit später meinem Vater widme, ihm tief in die Augen sehe und ihm einen schneidigen Händedruck gebe. Mit einem lauten „Danke" und "ihr bringt mich nicht los" packe ich meinen Rucksack und gehe ohne mich noch einmal umzudrehen auf den Bahnhof.

Mit feuchten Augen stehe ich alleine auf dem Bahnsteig in Lagerlechfeld und warte auf den Zug, der mich zuerst nach Augsburg und – wenn nichts dazwischenkommt – bis zu meiner Einheit nach Cottbus bringen soll. Das Gespräch mit dem Bahnvorsteher Müller in der morgendlichen Dunkelheit ist gut. Er macht mir noch einmal richtig Mut und verspricht mir, wieder da zu sein, wenn ich den Krieg erfolgreich überstanden habe. Gekonnt bringt er die laute Dampflok mit seiner roten Kelle zum Stehen. Kurze Zeit später pfeift er mit seiner Pfeife, und mühsam kommt der Koloss mit seinen Wagons in Bewegung. Das silberne Kreuz, das mir mein Vater zu meiner Einberufung zum Wehrarbeitsdienst als Glücksbringer geschenkt hat, habe ich an eine Halskette gehängt. Dieses kleine Symbol begleitet mich jetzt auf meinem schweren Weg nach Osten. Im Augsburger Bahnhof ist schon eine große Betriebsamkeit zu erkennen. Beim Umsteigen kann ich eine große Zahl von SS-Soldaten erkennen, die jeden Soldaten kontrollieren und nach den Papieren fragen. Diese gespenstische Stimmung schlägt sich auch auf mich nieder. Ich denke an meinen Kameraden Clemens, der bei meiner letzten Fahrt in Regensburg ohne ersichtlichen Grund abgeführt wurde. Ich habe seitdem kein Lebenszeichen von ihm gehört. Widerwillig lasse ich mich kontrollieren und kann ohne Beanstandung wieder weiter. Auf dem Bahnsteig, in den in Kürze der Zug nach Cottbus einfahren soll, stehen eigentlich nur Soldaten. Ich stehe noch keine zehn Sekunden auf dem Bahnsteig, als mich ein adretter Unteroffizier anspricht und sich als Koordinator für Frontfahrten vorstellt. Unaufgefordert übergebe ich ihm meinen Einberufungsbescheid und warte auf seine Reaktion. „Bitte im hinteren Bereich bei Feldwebel Obermeier melden", spricht er, händigt mir meinen Bescheid wieder aus und wendet sich sofort dem nächsten jungen Burschen zu, der mit einem Rucksack und mit fragendem Blick ebenfalls den Bahnsteig betritt. Ordnungsgemäß melde ich mich bei dem Feldwebel und zeige ihm meinen Einberufungsbescheid. Er hakt mich in seiner Liste ab und schickt mich weiter zu einer Gruppe junger Soldaten, die sich am Ende des Bahnsteigs angeregt unterhalten. Ihre Neugier ist groß und sie fragen mich, wer ich sei und wohin ich müsse. Als ich ihnen mit „Hermann-Löns-Kaserne in Cottbus" antworte, ist sofort das Eis gebrochen und so beteilige ich mich an der lockeren Diskussion, wo jeder Junge seine Geschichte erzählt. Alle haben schon auf irgendeine Art mit den Geschehnissen des Krieges zu tun gehabt. Bevor ich meine Erlebnisse den neuen Weggefährten erzählen kann, kommt Feldwebel Obermeier mit einem weiteren jungen Burschen herangelaufen. „Unsere Gruppe ist vollzählig", spricht er in die Runde. Anschließend gibt er uns eine grobe Vorschau. Binnen einer halben Stunde ist der ganze Bahnsteig mit Soldaten besetzt. Sehr enttäuscht sehe ich unsere Dampflok mit den Wagons in den Bahnhof einrollen. Keinen einzigen Personenwagen habe ich gesehen und so stimme ich mich auf eine weitere „rustikale" Fahrt ein. Da hilft es auch nicht, dass Soldaten in die leeren Wagons mehrere Büschel Stroh werfen. Nach einer kurzen Essensausgabe werden wir in die Transportwagen verfrachtet.

Gegen 8 Uhr 30 verlassen wir den zerbombten Augsburger Hauptbahnhof Richtung Berlin. Achtundzwanzig junge Burschen und der gerade zwanzigjährige Feldwebel Obermeier kauern im letzten Transportwagen auf Strohballen und Rucksäcken. Das monotone Geräusch der Radlager tickt wie eine alte Uhr und verlässt uns die ganze Reise über nicht mehr. In dem gespenstisch anmutenden Wagon, in dem kein Fenster das Tageslicht zu uns hereinlässt, kommen nur wenige Gespräche zustande. Jeder von uns hat mehr mit sich selbst zu tun. Das Ganze wird noch durch die Kälte erschwert, die durch den Fahrtwind immer schneller in unseren Wagon eindringt. Man kann gut beobachten, wie sich alles Metallische in kürzester Zeit mit Reif überzieht. Jeder Nagel, der die Bretter der Außenwand zusammenhält, jeder Beschlag, der die Ecken des Wagons verstärkt und das große Schloss, das zur Verriegelung der großen Schiebetür dient. Von Minute zu Minute vergrößern sich die vielen Kristalle auf den metallischen Untergründen durch unser Ausatmen. Durch die Ritzen am Boden kann man die Schwellen der Gleise schnell vorbeihuschen sehen. Das wird nur durch kurze Stopps des Zuges unterbrochen. Bei jeder Bremsung kommt bei mir wieder die Angst vor einem erneuten Fliegerangriff der britischen Air Force hervor. Die Kälte wird mit zunehmender Fahrt immer unerträglicher. Obwohl keiner meiner Mitfahrer den anderen kennt, rotten wir uns ganz eng aneinander, um keine Erfrierungen zu erleiden. Zwischen Stroh, Rucksäcken und den wärmenden Körpern meiner Mitstreiter fallen mir die Augen zu und so wechsle ich von einem Moment zum anderen von einem eisigen Transportwagen in das beheizte Schwimmbad von Lagerlechfeld.

Meine Gedanken im Traum bringen mich in meine Kindheit zurück, bei der doch noch alles so schön und harmonisch war. Das Freibad wurde im Zuge der Bauarbeiten für den Fliegerhorst Lagerlechfeld errichtet. Nach der Eröffnung können wir Buben die tolle Badeanstalt im Sommer fast täglich besuchen und uns dort voll austoben. Schnell kommen mir die Erlebnisse wieder ins Bewusstsein. Die Sprünge vom Dreimeterturm, das Wetttauchen mit meinen gleichaltrigen Freunden, das Ablegen des Freischwimmerscheins und die Wasserballspiele mit der Hitlerjugend. Auch die Schwimmwettkämpfe der stationierten Einheiten vor Tausenden von Zuschauern mit den hervorragenden Ergebnissen sind mir wieder gegenwärtig. Überhaupt sind die Veranstaltungen im Fliegerhorst Lagerlechfeld für uns junge Buben faszinierend. Vorführungen von Motorradstaffeln, bei denen sich bis zu zwölf Soldaten auf einem Motorrad aufhalten, Turnvorführungen von allen Meistern des Deutschen Reiches, Autorennen mit den schnellsten Autos der Welt, den Silberpfeilen von Mercedes-Benz und der Auto Union. Am meisten freue ich mich immer auf die Standortmeisterschaften im Fußball. Dort bekommt man auch Nationalspieler zu sehen, die gerade in Lagerlechfeld stationiert sind. Wir dürfen sogar einmal im Monat ins Truppenkino, wo wir Heinz

Rühmann und Ruth Leuwerik in Tonfilmen bestaunen können. Ja, das Leben in Lagerlechfeld ist für uns Pimpfe sehr aufregend und interessant. Das Ganze wird nur noch von den Schießübungen auf dem Schießplatz in Schwabstadl überboten. Als Mitglieder der Hitlerjugend ist es uns erlaubt, in Begleitung eines Erwachsenen einmal in der Woche auf Zielscheiben und Pappsoldaten mit dem Kleinkaliber zu schießen. Durch die Mitgliedschaft in der Hitlerjugend hat man einige Privilegien, die das Leben etwas erleichtern. Unser Schulleiter und Hauptlehrer Scherm ist ein großer Parteiredner und so ist es nicht schlimm, wenn ich einmal die Hausaufgaben vergesse und als Grund einen Arbeitsdienst bei der Hitlerjugend angebe. Gemeinsames Zelten im Wald, Orientierungsläufe, das Bauen von Blockhäusern in den Lechauen, Ausflüge in die Alpen zum Bergsteigen und das ständige Trainieren, um gegen die anderen Hitlerjugendverbände der umliegenden Dörfer gut zu bestehen. Zudem schauen wir in der zackigen Hitlerjugenduniform sehr schneidig aus, und die Mädchen werfen schon einmal den einen oder anderen Blick auf uns pubertierende Buben. Ein weißes Hemd, ein rotes Halstuch und eine schwarze Hose machen fast schon Männer aus uns. Gerade als sich meine Gedanken der blonden, mit ihren zwei Zöpfen sehr lieb aussehenden Hilde nähern, werde ich durch eine Vollbremsung unseres Zuges jäh aus meinem Traum gerissen.

Etwas benommen und verunsichert nehme ich wieder Kontakt mit der Realität auf. Das Gute ist, dass sich meine Hände und Füße sehr warm anfühlen, was wohl durch unser Ineinanderkauern zustande kommt. Schlecht ist, dass mich nach dem Öffnen des großen Wagontors die eiskalte Luft schnell wieder in die grausame Realität zurückholt. „In Dreierreihen aufstellen, Marsch, Marsch!", schreit unser Feldwebel Obermeier laut in die frostige Kälte hinein. Schnell springen wir aus dem Wagon und stehen nach kurzer Zeit in der gewünschten Formation da. Mitten in einer nicht endenden Schneelandschaft fangen wir an mit Körperertüchtigungen, die uns unser Feldwebel vormacht. Grund für die spontane Sporteinlage ist ein schlimmer Fliegerangriff auf Regensburg, der die Infrastruktur wohl schwer beschädigt haben muss. Nach einer halben Stunde können wir wieder einsteigen, und im Schritttempo geht unsere Fahrt weiter. Von Weitem kann man die Stadt Regensburg erkennen, über der dicke Rauchwolken nach oben ziehen. Unsere Einfahrt in den Bahnhof wird immer wieder durch kurze Stopps unterbrochen. Ein Vorkommando räumt die verschiedensten Gegenstände von den Schienen. Nach unruhigen dreißig Minuten rollt unsere Dampflok in den teilweise zerbombten Bahnhof ein. Kurz nach unserer Ankunft werden wir zum Arbeitsdienst abkommandiert. Mit bloßen Händen schleppen wir defekte Eisenbahnschienen aus dem Gleisbett, stützen Wände vor dem Umfallen ab und räumen Schutt von den Gleisen. Unser nicht geplanter Aufenthalt in dem zerbombten Bahnhof dauert bis zum späten Abend. Dann geht es endlich weiter.

Unseren Wagen können wir nicht verlassen, und so stellen wir uns auf eine kalte Fahrt durch die Nacht ein. In dem großen Durcheinander kann unser Feldwebel einige Decken vom Roten Kreuz organisieren. Der warme Tee und das trockene Brot bringen unsere müden Knochen nur bedingt wieder in Form und so sucht sich jeder von uns einen Schlafplatz am Rücken eines Kameraden. Die Kälte und das laute Schlagen der Wagenräder verhindern in den nächsten Stunden das Schlafen auf den Strohballen. So unterhalten wir uns über unsere bisherigen Erfahrungen mit der militärischen Ausbildung. Die meisten meiner Mitstreiter sind ebenfalls im Wehrertüchtigungslager gewesen, und auch die schnelle Grundausbildung im Wehrarbeitsdienst ähnelt der meinen. Der Sepp Kober aus Stadtbergen, der Lorenz Hinterbrandner aus Täfertingen, der Hurler Adolf aus Schlipsheim und ich kommen so langsam ins Gespräch. Da wir alle in der Hitlerjugend aktiv sind, können wir uns gut austauschen und auch den Willen zum Endsieg kann man uns vieren gut ansehen. Es tut mir gut in der Runde mitzudiskutieren, da ich mit den dreien meine Vorstellungen konkretisieren kann. Jeder erzählt von seinen Erlebnissen und jeder von uns übertreibt ein bisschen, um in der Gruppe eine gute Figur abzugeben. So erzählt der Hurler Adolf von seinen Schießkünsten, wo er sagenhafte neunhundertneunundneunzig Ringe von eintausend möglichen erzielt hat. Der Kober Sepp kann drei Minuten tauchen ohne zu atmen, und auch der Hinterbrandner Lorenz vergisst es nicht, mich mit seiner Geschichte zu beeinflussen. Und so bin ich am Zug und – um nicht von vornherein als Verlierer dazustehen – helfe der Wahrheit etwas nach. Ich erzähle meinen genau zuhörenden Kameraden von meiner Fingerfertigkeit, dass ich innerhalb von nur zehn Sekunden eine Pistole auseinander- und wieder zusammenbauen kann. Unter dem Erzählen bekomme ich bereits ein schlechtes Gewissen, doch ich denke, da jeder meiner Mitgefährten etwas nachgeholfen hat, ist meine Geschichte gerade passend, um im „Club der Angeber" aufgenommen zu werden. Trotz unserer Mutmachgespräche ist es uns etwas unheimlich in dem Wagon. Einige meiner Kameraden fangen an, im Schlaf laut zu reden, und so erreichen meine Ohren große Ängste meiner fast noch kindlichen Gefährten. Dieses Fantasieren ist ein lauter Hilfeschrei nach Geborgenheit und nicht gedacht, um an die Ostfront zu fahren und gegen die Russen zu kämpfen, die uns immer als barbarisch kämpfende Ungeheuer dargestellt werden. Unser junger Feldwebel beruhigt meine Kameraden nach ihren unruhigen Traumerlebnissen so gut er kann, aber die daraus resultierende Angst kann er nicht vertreiben. Die nicht endende Zugfahrt verlangt in dieser Nacht alles von uns ab, und so langsam wird es auch mir immer unangenehmer. In unserem total verdunkelten Wagon warten wir sehnsüchtig auf ein Ende der Fahrt. Doch daran ist in nächster Zeit nicht zu denken. Einmal schnell, dann wieder im Schritttempo, später stehen wir und dann geht es irgendwie weiter. Durch die offenen Ritzen in der Wagonwand kann ich so langsam einen hellen Spalt erkennen. Völlig übermüdet, total durchgefroren und mit einem riesigen Hunger sehnen wir uns nach dem nächsten Halt. Doch die Dampflok schnaubt weiter durch den verschneiten Osten Deutschlands. Der einzige Vorteil für uns ist, dass keine direkte Feindberührung stattfindet. Ein entferntes Läuten einer Kirchenglocke, das von einigen von uns wahrgenommen wird, bringt wieder etwas Hoffnung in unsere immer mehr resignierende Stimmung. Aber auch dieses Mal verschwindet das Geläut und wir fahren weiter ins Ungewisse. Keine Gespräche, nur der Wind, der durch die vielen offenen Ritzen pfeift, und das Wimmern und Weinen meiner Kameraden und mir füllen den Wagon mit etwas Leben.

Ohne Zeitgefühl und völlig am Ende reißt das Geräusch des Öffnens der Wagontür mich und meine Freunde aus unserer Lethargie heraus. Beim anschließenden Hinausspringen aus dem Wagon kann ich nur Bäume eines Waldes sehen. Meine Augen halten nach einem warmen, gut riechenden großen Topf Ausschau. Weder meine Nase noch mein Gaumen können befriedigt werden. Stattdessen kommen schneidige Kommandos auf uns zu. Ein Sturmführer der SS erklärt uns, dass die Russen in dem Streckenabschnitt bereits durchgebrochen sind und wir auf keinen Fall weiterfahren können. Nach dem Aufstellen und dem Durchzählen werden wir auf bereitgestellte Militärtransporter verladen. Die Mannschaftswagen haben über der Pritsche nur eine Plane auf ein Metallgestell gezogen. Für uns heißt dies, dass die Kälte uns noch mehr zusetzt. An der Spitze und am Ende unseres Konvois fahren leichte Schützenpanzer mit einem aufgesetzten Maschinengewehr. Unser Platzangebot wird auf die Hälfte reduziert, da jeder Wagon auf einen Truppentransporter verteilt wird. An ein Sitzen oder Schlafen ist jetzt nicht mehr zu denken. Die Angst vor einem überraschenden Angriff der russischen Armee lässt uns für eine gewisse Zeit den Hunger und die Kälte vergessen. Jederzeit können wir in einen Hinterhalt gelangen, bei dem es für uns wohl kein Entkommen mehr geben würde. Und so durchfahren wir unzählige einsame kleine Ortschaften irgendwo im kalten Osten Deutschlands. Das Knurren meines leeren Magens wird jäh unterbrochen, als ich am Ende des offenen Truppentransporters stehe und auf die am Straßenrand stehenden Bäume starre. An jedem Baum hängt ein deutscher Soldat mit einem großen handgeschriebenen Schild auf der Brust: „Ich bin ein Vaterlandsverräter!" Die nicht mehr endende Allee mit den leblosen Körpern verdrängt mein Hungergefühl schlagartig und auch das Empfinden der Kälte ist jetzt kein Thema mehr. Ich bin geschockt. Ganz Alte, aber auch Buben in unserem Alter hängen an den Stricken, die sich gespenstisch im Wind leicht drehen. Nach einer gewissen Zeit der Sprachlosigkeit wird das gerade Gesehene wie wild in unserer Gruppe besprochen. Unser Hass auf die Russen steigert sich ins Unermessliche und wir sind jetzt für Sachen bereit, an die wir vor wenigen Tagen noch nicht einmal im Traum gedacht hätten. Mit einem lauten Pfiff aus der Pfeife des Feldwebels Obermeier unterbricht unser Gruppenführer die emotionsgeladene Gesprächsrunde auf der Ladefläche des Truppentransporters. „Männer, euer Eindruck ist falsch! Die an den Bäumen hängenden deutschen Soldaten sind Feiglinge, die sich unerlaubt von ihrer Einheit entfernt haben!"

In der Hitlerjugend wurde uns das Vorgehen der sogenannten Kettenhunde erklärt und wir hielten das auch für gerecht, doch jetzt, wo man selbst in die Kriegswirren miteinbezogen ist, schockt es jeden von uns. Ich habe meinen Gedanken noch nicht zu Ende gedacht, als Feldwebel Obermeier mit dem Nachsatz kommt: „Dieses Vorgehen wird auch bei euch angewandt, wenn ihr ohne Papiere angetroffen werdet, oder wenn ihr euch in erkennbarer Form an die Heimatfront absetzen wollt!" So, jetzt ist der Krieg in aller Grausamkeit bei mir angekommen, denke ich, und im gleichen Augenblick muss ich mich schon übergeben. Meine Kameraden halten mich an den Schultern uns so kann ich meinen leeren Magen zumindest von der Flüssigkeit befreien. Immer lauter werdende Kampfgeräusche fordern jetzt unsere Aufmerksamkeit. „Schwerer Artilleriebeschuss auf Cottbus!" Mit den Worten unterbricht unser Feldwebel die mittlerweile eingetretene Stille auf dem kalten unbequemen Truppentransporter.

Kurze Zeit später treffen wir in Cottbus ein. Ein völlig zerschossenes Ortsschild bestätigt meine Vermutung, dass Cottbus sich mittlerweile im deutschen Frontabschnitt befindet. Bevor wir den provisorisch eingerichteten Verpflegungsstand sehen können, erreicht unsere Nasen ein gut riechendes Nahrungsmittel. Linseneintopf! Innerlich leer, mit halb erfrorenen Füßen und Händen stehe ich nun in der Reihe von über zweihundertfünfzig jungen Burschen, die immer noch nicht die Hoffnung aufgegeben haben, Deutschland zum Sieg zu verhelfen. Jeder Schritt in der Schlange, der mich näher an die Essensausgabe bringt, wird von mir innerlich genossen. Und nun stehe ich dort, wo ich mich in den letzten Stunden schon mehrmals im Traum befunden habe. Eine junge Rot-Kreuz-Helferin sieht mir wohl meine Gier auf das erste Essen nach so langer Zeit an und gibt mir einen übervollen Schöpfer in mein Kochgeschirr. Seitlich versetzt steht noch ein Wasserkessel mit heißem Tee, bei dem ich mich anschließend bediene. Dieses deftige Essen weckt in mir wieder meine Geister und so sehe ich dem weiteren Verlauf schon wieder positiver entgegen. Großer Umtrieb herrscht am Stadtrand von Cottbus, und so sammeln wir uns in einer verlassenen Schule, um später weitere Befehle entgegenzunehmen. Vom Gefechtsstand wird uns mitgeteilt, dass wir unseren Marsch zu der acht Kilometer entfernten Hermann-Löns-Kaserne vorerst nicht antreten können, da die Kaserne unter schwerem Artilleriebeschuss steht und es so für uns viel zu gefährlich sei, dorthin zu gelangen.

Von den Straßenkämpfen bekommen wir nichts mit, da diese im östlichen Teil stattfinden. Auffällig für mich sind die überfüllten Straßen, die nur in eine Richtung ziehen. Militärlaster, Fuhrwerke mit Pferden, Menschen mit Handwagen, Menschen einfach nur zu Fuß, strömen nach Westen. In jedem Gesicht der vorbeiziehenden Menschen kann man die Grausamkeit des Krieges sehen. Die gebückte Haltung, die starren Blicke und die Angst, dass den Zurückgebliebenen nichts Böses zustoßen wird, begleiten den Fluchtstrom Richtung Westen, der sich immer weiter in die verschneite und eisige Steppe bewegt. Aufgrund dieser enormen Bewegungen kommt bei mir ein leichtes Unbehagen auf. Voll einsatzfähige Truppen verlassen einen schwer umkämpften Ort in Richtung Westen, und wir jungen Burschen bleiben in der Stadt, obwohl wir nicht einmal Waffen haben. Dieser Zweifel wird aber schnell zerstreut, als ein zackiger Hauptmann unser Klassenzimmer betritt und uns Instruktionen für das weitere Vorgehen gibt. Neben der Aufforderung, uns gegen achtzehn Uhr in Bewegung zu setzen, sind es vor allem die Durchhalteparolen, die uns junge Kämpfer schnell wieder in die richtige Bahn bringen. Der rhetorisch perfekt geschulte Offizier zieht meinen aufkeimenden Zweifel binnen kürzester Zeit aus mir heraus und weckt in mir den „harten Hund". In dem einstündigen Einschwören bringt er alles unter, was junge Menschen hören wollen. Obwohl wir keine Waffen bei uns haben, stehen wir gegen achtzehn Uhr voll motiviert und abmarschbereit vor der Schule. Unser Zug mit Feldwebel Obermeier bewegt sich in Dreierreihen als erster in die dunklen Straßen von Cottbus. Der nicht endende Flüchtlingsstrom zieht lautlos an uns vorbei, und nur mit großer Mühe können wir unsere Formation halten. Die vereinzelt an uns junge Soldaten zugerufenen Warnhinweise werden von uns ignoriert.

Knapp zwei Stunden später stehen wir vor einer völlig verdunkelten Kaserneneinfahrt. Wir werden bereits erwartet und so gelangen wir schnell in die Hermann-Löns-Kaserne. Gespenstisch wirkt das vollkommen verdunkelte Kasernenareal, das nur durch Notbeleuchtungen eine kleine Orientierungshilfe geben kann. Ich habe mich so auf diese Vorzeigekaserne gefreut, die ich mehrmals in leuchteten Farben im *Stürmer* gesehen habe. Und jetzt das! Alle fünfzig Meter ist ein MG-Nest im Boden eingegraben, und auch am Kasernenzaun patrouillieren in kurzen Abständen Wachsoldaten das Gelände entlang. Nach zehn Minuten erreichen wir einen großen Häuserkomplex, der von zwei mit Maschinengewehren bewaffneten Soldaten gesichert wird. Der Unteroffizier vom Dienst bringt uns auf unsere Stube. Immer neun Mann beherbergt unser neues Zuhause. Nach dem Ablegen unserer Rucksäcke werden wir in die Kantine gebracht. Noch bevor es etwas zum Essen gibt, werden wir auf die extrem schwierige Situation hingewiesen. Russische Spähtrupps sind in der vergangen Nacht unbemerkt in die Kaserne eingedrungen und haben acht Soldaten die Kehle durchgeschnitten. Ein Großangriff der Roten Armee steht unmittelbar bevor.

Der wenig später zu uns gekommene Kasernenkommandant staunt nicht schlecht, als er uns junge Burschen vor sich stehen sieht. Er hat mit einer bewährten und kampferprobten Einheit gerechnet, die ihm im Kampf um die altehrwürdige Kaserne helfen soll. Er ist so außer sich, dass er uns am liebsten gleich wieder nach Hause schicken will. Zum ersten Mal sehe ich in das Gesicht eines Offiziers, bei dem sich die blanke Angst in seinen Augen widerspiegelt. Nach der ersten Erregung schwenkt er um, und begrüßt uns standesgemäß. Er wünscht uns alles Gute für die weitere Ausbildung in seinem Kasernenbereich. Anschließend werden wir gut verköstigt und in die Kleiderkammer geführt. Dort bekommen wir alle Sachen ausgehändigt, die man braucht, um als Soldat bestehen zu können.

In der bevorstehenden Nacht kommen wir jungen Burschen nicht zum Schlafen. Aus der Ferne sind schwere Artilleriegefechte zu hören. Diese werden immer wieder durch gelegentliche Maschinengewehrfeuer, die von innerhalb der Kaserne kommen, unterbrochen. Und so überrascht uns der heftige Weckruf am Morgen vom Unteroffizier vom Dienst überhaupt nicht. Nach dem Waschen stehen wir zehn Minuten später vor den Mannschaftsunterkünften in unserer Formation. Der diensthabende Feldwebel ruft zum Morgenappell und bringt uns die neuesten Informationen. Da ich im vordersten Glied stehe, kann ich die riesige Kaserne das erste Mal bei Tageslicht sehen und bin überwältigt, welche Ausmaße der Gebäudekomplex hat. Doch durch die in harten, lauten Worten gesprochenen Anweisungen wird der Ausflug meiner Augen jäh gestoppt. „Die Rote Armee hat heute Nacht die Stadt Guben, die nur fünfzig Kilometer von uns entfernt ist, eingenommen und bewegt sich mit all ihrer Kriegsmaschinerie auf Cottbus zu. Der Oberbefehlshaber der Ostfront hat heute Nacht entschieden, dass die Stammeinheit sich sofort nach Dänemark absetzt. Alle weiteren Einheiten stehen ab morgen abmarschbereit vor der Kaserne!"

Bei den über eintausend Soldaten kommt eine große Verunsicherung auf, die sich durch unkontrolliertes Benehmen und zweideutige Äußerungen bemerkbar macht. Aber was bedeutet das für uns? Am Vormittag werden uns Waffen ausgehändigt, die wir im Schnelldurchlauf am Schießstand kurz testen können. Unser junger Feldwebel Obermeier ist mit der neuen Situation auch überfordert und so kommen keine motivierenden Worte mehr an unsere Ohren. Am Nachmittag werden wir für die nächtliche Wache eingeteilt. Unser Abschnitt liegt im westlichen Teil des Kasernenzauns. Jede Stunde ist eine Streife mit drei Burschen unterwegs, um ein Eindringen des Feindes zu verhindern. Im Vorfeld hat man uns gesagt, dass die russischen Spähtrupps weniger mit Pistolen und Gewehren unterwegs seien, sondern nur mit bajonettartigen Messern. Allein die Vorstellung, einem russischen Einzelkämpfer alleine gegenüberzustehen, schnürt mir fast die Luft ab.

Als ich mit zwei Kameraden gegen zwei Uhr geweckt und zu unserem Kontrollabschnitt gebracht werde, bin ich hellwach. Nach der Übergabe der neuen Parole laufen wir seitlich versetzt den dreihundert Meter langen Trampelpfad auf und ab. Absolutes Rauch- und Sprechverbot erschwert unseren Job. Wie teile ich meinen Kameraden eine feindliche Aktivität mit? Solche und ähnliche Fragen schwirren mir laufend im Kopf herum, ohne aber konkret zu werden. An den Enden unseres Abschnitts sind MG-Nester in den Boden eingebaut. Bei jedem Kontakt, der etwa alle fünfzehn Minuten zustande kommt, müssen wir unser verschlüsseltes Wort mit leiser Stimme dem MG-Schützen mitteilen. Bei dem Weg zurück zu unserem Ausgangspunkt kann ich den Flüchtlingsstrom erkennen, der trotz der nächtlichen Gefahren kein Ende nimmt. Die weitere Nacht bleibt von Feindberührung verschont, und so können wir am nächsten Tag das erste Mal mit unserem Gruppenführer über unsere weitere Ausbildung sprechen. Es ist geplant, dass wir in der Hermann-Löns Kaserne in den nächsten vier Wochen einen Grundwehrdienst durchlaufen, der uns dann befähigen soll, uns mit dem Feind an der Front zu messen. Nur durch den Abzug der Stammbelegschaft und dem Versetzen der anderen Einheiten wäre es für uns ein Todesurteil, wenn wir alleine in der Kaserne verbleiben würden. Aus der Situation heraus bekommen wir für den Nachmittag einen neuen Marschbefehl, den wir unmittelbar umsetzen müssen.

Unsere neue Ausbildungskaserne ist jetzt die Generalfeldzeugmeister-Kaserne in Brandenburg. Durch den
Wechsel der Kleidung – jetzt haben wir alle einen schwarzen Arbeitsanzug und Lederstiefel – bekommen wir ein
noch besseres Zusammengehörigkeitsgefühl. Die Gespräche in der Gruppe tun uns Jungen gut, und so langsam
entwickelt sich auch eine gewisse Hierarchie. Alle haben
wir den Drang, Geschichten von zu Hause zu erzählen,
und so kann sich jeder vom anderen ein Bild machen. Für
uns ist es auch wichtig, dass wir zusammenbleiben können. Nachdem wir am Vormittag noch mit organisatori-
schen Details über unsere überraschende Versetzung nach
Brandenburg in die Generalfeldzeugmeister-Kaserne informiert werden, heißt es kurze Zeit später Abschied nehmen. Unser privates Hab und Gut wird in die Turnhalle
zur Aufbewahrung gebracht.

Sechzig Minuten später stehen wir abmarschbereit vor
unserem Unterkunftsgebäude. Der Kasernenkommandant übergibt Feldwebel Obermeier den neuen Marschbefehl, der vorsieht, dass wir mit dem Zug nach Brandenburg gelangen sollen. Die Verabschiedung können wir
bereits militärisch absolvieren, und so gehen wir in eine
unsichere Zukunft. Unser Zug, der in Dreierreihen und
Gleichschritt das Kasernengelände schnell hinter sich lässt,
vermischt sich in den nächsten Minuten mit dem immer
noch anhaltenden Flüchtlingsstrom Richtung Westen.
Achtundzwanzig junge Burschen marschieren in schwarzen Arbeitsanzügen, dunklem Barett, mit dem Wehrpass,
aber ohne Waffen inmitten von Tausenden fliehender
Menschen. Alte, gebrechliche Männer, Frauen mit ihren

kleinen Kindern, Pferde und Ochsenwagen, auf denen nur das Nötigste ist, schlängeln sich durch die völlig zerstörten Außenbereiche von Cottbus. Wir wirken fast wie ein Fremdkörper in dem großen Durcheinander, in dem jeder versucht, irgendwie sein Leben zu retten. Am Bahnhofsvorplatz ist unser Marsch erst einmal zu Ende. Hier gibt es kein Durchkommen, und so warten wir auf das weitere Vorgehen. Unser Feldwebel Obermeier zwängt sich mit dem Marschbefehl durch Tausende wartender Zivilisten zu einem SS-Posten durch. Vor mir spielen sich unvorstellbare Szenen ab. Flüchtlinge, die bereits auf einem der offenen Wagons stehen, werden wieder heruntergezerrt, Kinder werden von ihren Eltern getrennt, herzergreifende Abschiede sind genauso zu sehen wie das brutale Vorgehen der Soldaten, die für das Verladen der Flüchtlinge verantwortlich sind. Nein, das ist nicht mein Deutschlandbild, das in den letzten Jahren bei mir gereift ist. Ich bin erschüttert von dem, was ich da zu sehen bekomme. Als ich noch in Gedanken das Gesehene aufarbeiten will, kommt unser Gruppenführer wieder zu uns zurück. „Soldaten, wir müssen am Bahnhof vorbei, und nach vier Kilometern werden wir dann von einem Zug aufgenommen, der uns dann nach Brandenburg bringen soll."

Nur langsam verstummen die lauten Schreie und das leise Schluchzen der Flüchtlinge in meinen Ohren. Mit zackigem Schritt, aber auch sehr nachdenklich entfernen wir uns vom Bahnhof. Diese von Angst und Not geprägten Gesichter der Menschen bleiben noch eine geraume Zeit in mir und verdrängen zumindest meine eigenen Sorgen. Nach einer guten Stunde erreichen wir den besagten Treffpunkt. Dort steht schon die dampfende Lokomotive mit ihren Wagons, die uns über Frankfurt an der Oder und Berlin nach Brandenburg bringen soll. Der Zug ist mit großen militärischen Geräten wie Geschützen, Raketenwerfern und gepanzerten Wagen beladen, und so ist es für uns gar nicht leicht, einen Platz zu ergattern. Nach fünf Minuten sind wir jungen Burschen im Zug, und wenig später setzt sich der lange Zugtransport sehr bedächtig in Bewegung.

Wir Schwaben haben Glück, dass wir zusammenbleiben können, und so werden wir uns noch vertrauter. Ein großes Thema ist bei uns die Frage nach dem Datum. Durch das hektische Treiben der letzten Wochen ist uns der heutige Wochentag nicht bekannt. Wir einigen uns auf den 28. Februar 1945 und denken, dass dies ein Mittwoch sei. Neben den Gesprächen über das bereits gemeinsam Erlebte mischen sich immer mehr Gespräche über Erlebnisse aus der Kindheit ein. Die Temperaturen sind gestiegen, und so kann man es schon irgendwie in dem zugigen Wagon aushalten. Der Güterwagen hat zwei Luken, durch die man die vorbeistreichende Landschaft ein bisschen beobachten kann. Ostdeutschland liegt unter einer weißen Schneedecke, die nur durch Straßen und Seen unterbrochen wird. Zu unserem großen Glück gehört der Sachverhalt, dass der Bahnhof von Frankfurt an der Oder für unseren Zug noch befahrbar ist und wir somit unsere Reise ohne Unterbrechung weiterführen können. Ab jetzt geht es schnurstracks nach Westen. Zwei Stunden später treffen wir bereits in den Vororten von Berlin ein. Hier wird unser Transport bereits vor dem Bahnhof gestoppt.

Wir und alle anderen Soldaten müssen den Zug verlassen und werden in bereitgestellte Lkw umgeladen. Die schweren Kriegswaffen fahren mit der Dampflok weiter in die Reichshauptstadt, um den Ring um Berlin zu verstärken. Unser Lkw-Konvoi umfährt Berlin und steuert nach einer guten Stunde unser neues Zuhause an. In der Generalfeldzeugmeister-Kaserne herrscht kein hektisches Treiben. Hier werden wir herzlich empfangen und nach einem deftigen Abendessen auf unsere Stuben geschickt.

Das Wecken am nächsten Morgen ist heftig und laut, aber das anschließende Frühstück lässt den ersten Eindruck schnell verschwinden. Die Kaserne ist ein reines Ausbildungsregiment. Stationiert sind in Brandenburg das 2. Ausbildungsregiment der Panzergrenadiere und die 3. Ausbildungskompanie der Panzerjäger. Wir Neulinge werden dem Kommando der Panzergrenadiere unterstellt. Auf dem Kasernenhof herrscht echte Disziplin, denn es muss jeder hochrangigere Soldat ordnungsgemäß gegrüßt werden. Bei einem Nichtbefolgen droht eine zusätzliche Nachtwache. Weiter positiv ist die Stubenaufteilung unseres Zuges. Mit dem Kober Sepp, dem Hinterbrandner Lorenz und dem Hurler Adolf sind auch noch meine bisherigen Weggefährten auf der Stube. Jeden Tag nach dem Wecken geht es im Laufschritt eine halbe Stunde zum Geländelauf. Dem anschließenden Waschen folgt das Frühstück. Minuten später beginnt dann unser Dienst. Die Aufgabe eines Panzergrenadiers besteht neben anderen wichtigen Aufgaben insbesondere in der Erdbewegung. Schützengräben bauen, fehlende Straßen provisorisch fahrbereit machen, und alles, was notwendig ist, um die Infrastruktur eines Angriffs best-möglich vorzubereiten.

Doch noch viel wichtiger ist die Handhabung der Waffen. Da die Panzergrenadiere bei jedem Angriff im Schatten der Panzer mitziehen, ist gutes Schießen lebensnotwendig, um den Krieg unverletzt zu überstehen. Denn wenn ich den Feind nicht mit dem ersten Schuss treffe, dann hat er die Chance, mich zu treffen. Mit den Schwerpunkten beschäftigen wir uns in den nächsten zwei Wochen. Am Vormittag Schießen auf dem Schießplatz, über Mittag gibt es in den Mannschaftsräumen eine Stunde politische Bildung, in der uns die Ideologie der nationalsozialistischen Partei beigebracht wird. Gegen drei Uhr marschieren wir in ein nahe gelegenes Waldstück, wo wir Unterstände, Schützengräben und Höhlen errichten.

Mir macht meine neue Aufgabe so richtig Spaß, denn endlich kann ich meine Stärken in die Ausbildung mit-einbringen. Den anderen ergeht es genauso, und so sind die Abende meist zu kurz, um sich über das am Tag Ge-leistete zu unterhalten. Nach zwei Wochen sind wir ein zusammengeschweißter Haufen, wo sich jeder einzelne auf den anderen verlassen kann. Durch meine guten Schießergebnisse werde ich am Maschinengewehr ausge-bildet. In dem einhundert mal einhundert Meter großen Schießgarten müssen wir in kurzer Zeit möglichst viele Ziele erkennen und mit scharfer Munition vernichten. Der Lauf in gebückter Haltung mit dem acht Kilogramm schweren Maschinengewehr fordert dem Schützen alles ab. Bei jedem Durchgang bin ich unter den besten drei

Schützen, und so steigt meine Chance auf den Posten des ersten MG-Schützen. Als weitere schwierige Aufgabe gilt der Waffendrill. Hier muss man in schnellstmöglicher Zeit ein Gewehr oder eine Pistole auseinanderbauen und sofort wieder zu einem schusstauglichen Gerät zusammenbauen. Durch das abendliche gemeinsame Training auf unserer Stube mache ich mir große Hoffnung, der Beste werden zu können. Da jeder Zug nur einen MG-Schützen in seinen Reihen hat, ist klar, dass nur der Beste das MG bedienen darf. Bei der alles entscheidenden Abnahme bin ich im Schießgarten mit meinem Kameraden Philipp gleichauf. So, und jetzt muss die Handfertigkeit an der Waffe die Entscheidung bringen. Wir müssen das neunzehnteilige Maschinengewehr mit verbundenen Augen auseinander- und wieder zusammenbauen. Obwohl mir die Übung gut gelingt, kann ich nur die zweitbeste Zeit erreichen. Ein klein bisschen traurig bin ich schon, denn es ist immer mein Jugendtraum gewesen. Die gute Fertigkeit mit der Waffe und meine Treffsicherheit bringen mir aber auch einen nicht zu unterschätzenden Vorteil. Ich bekomme eine Pistole, denn MG-Schützen haben kein normales Gewehr wie alle deutschen Landser. Als zweiter MG-Schütze darf ich das Ersatzrohr und den Munitionskasten schleppen. Die Tatsache, dass ich ab sofort eine Pistole an meiner Koppel tragen darf, macht mich noch sicherer. In den weiteren Ausbildungsschritten wird speziell das MG-Schießen geübt. Meine Aufgabe ist es, den Patronengürtel immer im rechten Winkel zu halten, damit es keine Rohrkrepierer gibt. Nach einer Minute Dauerbeschuss muss das Rohr gewechselt werden. Der glühende Lauf kann nur mit besonderen Handschuhen gewechselt werden. Das Wechseln des Maschinengewehrlaufs ist die Schwachstelle eines jeden MG-Nests. Gerade in dieser Zeitspanne legen die feindlichen Scharfschützen ihre speziellen Geschosse auf uns an. Um es dem Feind so schwer wie möglich zu machen, aber auch, um unseren eigenen Selbsterhaltungstrieb aufrechtzuerhalten, perfektionieren wir den Wechsel immer weiter. Neben der lebenswichtigen Aufgabe kommt bei mir und den anderen das Kindliche wieder zum Vorschein. Auf der einen Seite sind wir in der Lage, unser Vaterland zu verteidigen, können aber unsere natürlichen kindlichen Gefühle nicht ganz unterdrücken. Reißnägel werden in der Kantine auf Stühle der Ausbilder gelegt, Zettel mit der Aufschrift „Ich bin ein Mamasöhnchen" werden unbemerkt auf den Rücken eines Kameraden geklebt, und auch die Schuhkreme findet ihren Platz an der Türklinke. Nach knapp drei Wochen Aufenthalt in der Generalfeldzeugmeisterei-Kaserne erhalten wir am Abend überraschend den Befehl, vor dem Mannschaftsgebäude anzutreten. Alle acht Züge mit je achtundzwanzig Grenadieren stehen in Reih' und Glied, als der Kasernenkommandant einen Führerbefehl uns Rekruten laut vorliest.

Tagesbefehl des 01.03.1945: An alle Soldaten der Hitlerjugend und des Volkssturms. Unsere Reichshauptstadt Berlin wird von bolschewistischen Truppen der Roten Armee in den nächsten Tagen massiv angegriffen werden. Berlin ist Deutschland und wenn Berlin fällt, dann fällt auch Deutschland. Wir müssen alle Truppen um Berlin stationieren, um die grausamen russischen Untermenschen zu stoppen. Alle Truppen haben sich unverzüglich in Bewegung zu setzen. Euer Führer Adolf Hitler!

Im Schnellverfahren werden wir vereidigt und zu Panzergrenadieren befördert. Gemeinsam sprechen wir mit zittriger Stimme den Eid auf das deutsche Vaterland. Der Strich auf den Schulterklappen macht uns jetzt zu richtigen Soldaten. Dass wir dies in nur zwei Wochen geschafft haben, liegt mehr an den Umständen als an unserer Klasse. Doch nun heißt es handeln. Unser Feldwebel Obermeier steht uns weiter als unser unmittelbarer Vorgesetzter zur Verfügung. Unsere Mobilmachung ist morgen früh gegen sechs Uhr vorgesehen und so packen wir alles Kriegstechnische in unsere Rucksäcke. Des Weiteren erhält jeder von uns zweihundert Schuss scharfe Munition. In der kurzen Nacht macht keiner unserer Stube auch nur ein Auge zu. Wir sprechen uns Mut zu, geben uns gute Ratschläge und vertrauen unserer jugendlichen Unbekümmertheit.

Der laute Pfiff des Unteroffiziers vom Dienst stört uns am nächsten Morgen nicht, und so nehmen wir bereits Minuten später unser Frühstück ein, um wenig später voll motiviert den Abmarsch Richtung Berlin in Angriff zu nehmen. Bei der Verabschiedung durch den Kasernenkommandanten wird uns noch einmal eindringlich die Wichtigkeit unserer Mission dargelegt. An unsere Tugenden wird genauso erinnert wie an den Glauben an den Endsieg. An der bevorstehenden entscheidenden Schlacht um Berlin wird sich das Schicksal Deutschlands zeigen. Die Rede, die uns jungen Burschen unter die Haut geht, ist noch mit weiteren Durchhalteparolen bestückt und bringt uns in eine fanatische kämpferische Stimmung. Wir können es kaum erwarten, abtreten zu dürfen und uns dem kriegerischen Treiben der Reichshauptstadt zu nähern. Alle neun Züge unseres Ausbildungsregiments haben den gleichen Marschbefehl erhalten: die entscheidende Schlacht um Berlin!

3. März 1945,
Brandenburg

Mit einem neuen Kampfanzug, einem voll gepackten Rucksack und voll bewaffnet verlassen wir unter den Klängen der Standortkapelle unsere Ausbildungsstätte. Wir marschieren durch Brandenburg in Richtung Bahnhof, um von dort mit einem Truppentransport in die noch sicheren Außenbezirke Berlins zu gelangen. Bereits auf der Straße treffen wir wieder auf riesige Menschenmengen, die den Weg in Richtung Westen angetreten haben. Mit allem Hab und Gut, das sie noch auf die Schnelle greifen konnten, ziehen die meist alten Menschen, Mütter mit kleinen Kindern und Verwundeten Richtung Westen. In genau diesen Flüchtlingsstrom gelangen wir, und die Bilder, die wir hier sehen, erhöhen unseren Willen, Deutschland vor dem angreifenden brutalen Russen zu retten. Als wir mit all den Menschen am Bahnhof ankommen, können wir eine große Konfusion erkennen. Zudem haben wir Panzergrenadiere eine Menge Kameraden auf dem Weg zum Bahnhof verloren. Mir ist nicht klar, ob einige meiner Kameraden in dem großen Durcheinander den Anschluss zu uns verloren, oder ob sie sich unerlaubt von der Truppe entfernt haben. Die zweite Überlegung ist naheliegend, da es ausschließlich Panzergrenadiere sind, die aus der Region stammen. Diese spontane Entscheidung kann den Einzelnen das Leben kosten, denke ich und erinnere mich an die vielen deutschen Soldaten, die ich auf der Fahrt zur Hermann-Löns-Kaserne erhängt an den Alleebäumen baumeln gesehen habe. Schnell verdränge ich den Gedanken und stelle mich wieder der Realität. Wild durcheinanderschreiende SS-Soldaten geben auf Lkw stehend laute Kommandos, die aber bei den vielen Menschen auf dem Bahnhofsvorplatz kein Gehör finden. Jeder versucht sich irgendwie durchzuschlagen, und so ist ein Hauen und Stechen um die freien Plätze unabdingbar. Unsere Formation löst sich in kürzester Zeit auf und so stehen wir unsortiert in dem riesigen Durcheinander. Über Lautsprecher wird verkündet, dass alle Züge Richtung Berlin umgeleitet werden, da die Schienen durch amerikanische Luftangriffe an mehreren Stellen schwer beschädigt wurden. Nur mit großer Mühe und unter Anwendung von körperlicher Gewalt gelangen wir in einen der bereitgestellten Wagons. Minuten später setzt sich der völlig überladene Zug in Bewegung. Eine nicht endende Schar von Menschen bleibt auf dem Bahnsteig zurück, die jetzt nur noch von der Hoffnung lebt, einen anderen Zug doch noch besteigen zu können.

In dem geschlossenen Güterwagen kann ich sechs meiner Kameraden erkennen. Eine Kommunikation zwischen uns ist nur schwer möglich, da sich in dem Wagon über einhundert Menschen befinden. Kein Feldwebel Obermeier ist zu sehen. Mit großer Verunsicherung liegen wir zwischen den vielen anderen verzweifelten Menschen. Unsere Uniform, die mitgeführten Waffen und das jugendliche Aussehen grenzen uns vom Rest der Mitfahrer etwas ab. Zwangsläufig kommt eine Kommunikation zustande. Die alten gebrechlichen Mitfahrer erzählen von Gräueltaten der Roten Armee gegenüber der Zivilbevölkerung und geben uns den gut gemeinten Rat, unsere Waffen wegzuwerfen und so schnell wie möglich nach Hause zu gelangen. Aber das steht außer Frage. Erst gestern haben wir den Eid auf unser Vaterland abgelegt. Der Wille zu kämpfen ist nach wie vor in mir, nur die momentane Situation, in einem überfüllten Wagon zu stehen und keine Ahnung zu haben, wo die Reise hingeht, beunruhigt mich zunehmend. Weitere Geschichten von fremden Menschen erreichen mein Ohr und so bin ich nach gut zwei Stunden froh, als unsere schwer schnaubende Lokomotive endlich zum Stehen kommt.

Nach dem Öffnen der großen Wagontür und dem Hinausspringen auf den Bahnsteig richtet sich mein erster Blick auf das Ortsschild des Bahnhofs. „Gera" steht in großen Buchstaben in schwarzer Schrift auf weißem Untergrund. Minuten später treffen wir unseren Gruppenführer Obermeier mit weiteren jungen Panzergrenadieren auf dem Bahnsteig. In Gera hat unser Zug eine größere Pause von vier Stunden. Beim Zählappell auf dem Bahnhofvorplatz sind von den anfänglich zweihundert Soldaten nur noch achtzig übrig geblieben. Neben den Gestifteten müssen auf den Bahnhof in Brandenburg weitere vierzig Grenadiere verloren gegangen sein. Unser Feldwebel formiert aus dem Rest drei neue Züge, und so haben wir zumindest für uns die Ordnung wieder hergestellt. Der in Gera befindliche Befehlshaber der Wehrmacht gibt uns neue Instruktionen, da keine Kommunikation mit der obersten Heeresführung in Berlin zustande kommt. Die ersten Gerüchte vom Fall unserer Reichshauptstadt Berlin machen schon bald die Runde. Im Verlauf unseres Zwangsaufenthalts kommen weitere Einheiten im Bahnhof Gera an. Neugierig erkundigen wir uns nach den Kriegserlebnissen. Eine abkommandierte Panzerbesatzung erzählt von einem grausamen Luftangriff auf Cottbus, bei dem die Hermann-Löns-Kaserne dem Erdboden gleich gemacht wurde. Drei Tage nach unserer Evakuierung nach Brandenburg flogen amerikanische Bomberverbände vier Angriffswellen auf den Militärstützpunkt und brachten den noch anwesenden dreihundert Soldaten den Tod. Neben der schlimmen Meldung ist mir auch klar, dass unsere persönlichen Sachen, die wir in der Kasernenturnhalle gelagert hatten, wohl verloren sind.

Aus den weiter eintreffenden Zügen werden alle Soldaten genommen und auf dem Vorplatz gesammelt. Alle Zivilisten können nach einer kurzen Pause ihre Fahrt in den Westen weiterführen. Innerhalb von ein paar Stunden wird auf dem Bahnhof von Gera eine komplett neue Einheit aus dem Boden gestampft. Über vierhundert Soldaten aus den unterschiedlichsten Waffengattungen besteigen am späten Nachmittag unseren geräumten Zug. Kurz zuvor wird uns von unserem neuen Divisionskommandant Major Hartmann der neue Marschbefehl bekannt gegeben. Das neue Ziel heißt Stein bei Laibach. Wir werden von der Division Wiking angefordert, um die hohen Verluste beim Partisanenkampf zu mindern. Die geplante Fahrt, die über Hof, Regensburg, München, Rosenheim, Kufstein, Salzburg, Brenner, Linz, Veldes nach Stein gehen soll, führt entlang der erweiterten neuen Ostfront und wird uns wohl den einen oder anderen Zwischenfall bescheren, bevor wir unser Ziel erreichen werden.

Nach dem überaus kuriosen Tag sitze ich nur noch mit fünf meiner Kameraden vom Ausbildungsregiment der Panzergrenadiere im Zug. Von allen anderen fehlt jede Spur, und so müssen wir uns schon wieder neu orientieren. Von meiner Stube im Ausbildungslager ist nur noch der Hinterbrandner Lorenz aus Täfertingen bei mir. Zunächst verläuft die Reise auf dem zugigen Wagen der Reichsbahn ganz normal, und so erreichen wir Hof und Regensburg fast planmäßig. Im Bahnhof von Regensburg übernachten wir auf Strohballen. Jetzt bin ich bereits das dritte Mal in dem Bahnhof und kann den Verfall richtig mitverfolgen. Eine reichhaltige Verpflegung und ein heißer Tee lassen mich in der Nacht gut schlafen. Am Morgen kann ich den bei Tageslicht gespenstisch anmutenden Bahnhof noch weiter inspizieren. Für mich ist es unvorstellbar, wie bei den großen Schäden ein Zugverkehr weiter aufrechterhalten werden kann.

Nach der Essensaufnahme und dem morgendlichen Appell besteigen wir wieder unser neues Zuhause für die nächsten Tage und verlassen Regensburg in Richtung München. Durch Arbeiten im Gleisbett müssen wir mehrmals warten und sind natürlich ein großes Ziel für die englischen Jäger und Kampfverbände, die sich in der Gegend nach wie vor aufhalten. Trotz dieser Schwierigkeiten können wir unbeschadet die Münchner Vororte erreichen. Am Ostbahnhof ist dann aber Schluss. Wir müssen den Zug verlassen und marschieren in Divisionsstärke um München herum. Über Riem und Haar kommen wir nach Unterhaching. Dort stehen Transportwagen der Deutschen Reichsbahn zur Abfahrt bereit. Der Tagesmarsch vom Ostbahnhof nach Unterhaching bringt uns jungen Soldaten verschiedenste Meinungen. Da wir jetzt eine durchgewürfelte Gemeinschaft sind, kommen nicht nur Durchhalteparolen an mein Ohr. Vielen Frontsoldaten, denen es wie uns ergangen ist und die nicht mehr zu ihrer Stammeinheit kommen, sprechen ihre Unzufriedenheit laut an und wollen gar nicht so schnell an die Front gelangen. Uns jungen Soldaten raten sie, noch schnell zu verschwinden, um nicht mehr in die Kriegswirren mithineingezogen zu werden. Gespielt habe ich mit dem Gedanken schon, aber die grausamen Bilder an der Allee nach Cottbus haben mich schnell von meinem Vorhaben wieder abgebracht. Lieber will ich vom Feind erschossen werden, als von unseren Soldaten an einem Baum aufgehängt zu werden. Ein alter Hauptgefreiter, der dem Kessel von Stalingrad gerade noch entkommen ist, lässt nicht locker und will mich mit allen Mitteln zum Untertauchen überreden. Er erklärt mir, dass der Untergang des Deutschen Reiches unmittelbar bevorsteht und es sinnlos sei, mein junges Leben noch aufs Spiel zu setzen. Dem Gesicht meines alten Kameraden ist anzusehen, dass der Mensch in den letzten Jahren schlimme Erlebnisse verarbeiten musste.

Je länger wir nebeneinander marschieren, desto mehr entwickelt sich der Gedanke, es doch zu probieren. Geografisch kenne ich mich so gut aus, dass ich wohl ohne große Probleme meine Heimat erreichen würde. Nachts durch die Ruinen durch München. Am Tag im Wald schlafen, und nachts wieder weiter. Richtung Fürstenfeldbruck, dann Moorenweis, später Jesenwang, und am vierten Tag würde ich die Lechauen erreichen. Dort kenne ich mich hervorragend aus, da ich das Gelände aus der Zeit als Hitlerjunge noch gut in Erinnerung habe. Gedanklich bin ich jetzt schon fast zu Hause, aber wie soll ich den Absprung von meinen Kameraden in die Realität umsetzen? Meinem väterlichen Kameraden fällt doch sicher etwas ein, wenn ich ihn darum bitte.

Ich habe den Gedanken noch gar nicht ganz zu Ende gesponnen, als plötzlich von rechts vorne feindliche Jäger am Himmel auftauchen. In dem leicht hügeligen Gelände nördlich von Unterhaching werfen wir uns unmittelbar nach dem Kommando „Kampfflugzeuge von rechts" in den Straßengraben. Ich will gerade meine Waffe auf die schnell heranfliegenden Flugzeuge richten, als mich Helmut, mein älterer Kamerad, ruckartig auf den Boden drückt. Fast zeitgleich höre ich schon die ersten Salven aus den Maschinengewehren der tieffliegenden englischen Spitfires. Schmutz und Dreck werden durch die Vielzahl der Geschosse in die Luft gewirbelt, und auch dumpfe Geräusche von Einschüssen in Körper sind zu hören. Die daraus resultierenden Schreie meiner getroffenen Kameraden gehen mir durch Mark und Bein. Kaum sind die fünf Kampfflugzeuge über uns hinweggerast, sehe ich sie am Horizont, wie sie eine große Schleife fliegen und mit vollem Motorengeräusch erneut auf uns zusteuern. Abermals müssen wir zuschauen, wie die todbringenden Maschinengewehre wahllos auf uns hilflos am Boden liegende Soldaten schießen. Instinktiv halte ich mir die Ohren zu und öffne meinen Mund. Langsam entfernt sich das Geräusch der englischen Jäger, und zögerlich öffne ich meine Augen wieder.

Erde, Blut und Dreck beflecken meinen schwarzen Kampfanzug. Als ich aufstehe, kann ich das ganze Ausmaß des Angriffs erst richtig erkennen. Es stehen nicht mehr alle Kameraden auf. Vierzehn Kameraden fallen bei dem Angriff der englischen Jägerstaffel. Weitere zweiunddreißig Soldaten sind so schwer verletzt, dass sie nicht mehr mit uns weitermarschieren können. In dem ganzen Durcheinander ist mir mein väterlicher Kamerad verloren gegangen. Ich weiß nicht, ob er gefallen oder ob er nur verwundet ist. Diese Unsicherheit und die maßlose Wut gegenüber den englischen Jägern festigen bei mir den Entschluss, auf keinen Fall die Truppe zu verlassen. Meinen einsamen Traum vom heimlichen Türmen vergesse ich schnell und konzentriere mich wieder voll auf meine kommenden Aufgaben.

Eine Stunde später erreichen wir den Bahnhof von Unterhaching. Noch bevor es Nacht wird, besteigen wir einen nur für uns bereitgestellten Zug. Mit dezimierter Mannschaft verlassen wir den Bahnhof von Unterhaching in Richtung Rosenheim. Die Strecke Richtung Alpen wird in den letzten Tagen von mehreren Anschlägen heimgesucht, und so ist für uns höchste Vorsicht angesagt. Auf der Dampflokomotive werden zwei starke Scheinwerfer installiert, um rechtzeitig anhalten zu können, wenn eine Sprengung Schienen aus dem Gleisbett gerissen hat. Die größere Gefahr sind aber die Scharfschützen, die dann den stehenden Zug mit ihren Waffen attackieren. In der Vergangenheit hat das zu großen menschlichen Verlusten geführt. Feldwebel Obermeier spricht mit unserer Gruppe vom Ausbildungsregiment der Panzergrenadiere diesen

Fall an. Sollte vom Beobachtungspunkt auf der Lokomotive, der neben den Scheinwerfern noch ein Maschinengewehr bei sich hat, die Meldung über einen Gleisanschlag zu uns gelangen, dann sollten wir bei verminderter Geschwindigkeit den Zug auf der in Fahrtrichtung rechten Seite verlassen und schnellstens Stellung beziehen. Mit der Anweisung rollt unser Truppentransporter bei höchstens fünfzig Stundenkilometer auf Rosenheim zu. Diese Taktik der Untergrundkämpfer und der feindlichen Stoßtrupps hat verheerende Folgen für die Betroffenen.

Die Hoffnung, dass der Kelch an uns vorübergehen würde, dauert nicht lange. Kurz vor Bad Aibling ertönt der Schrei „Gleisbruch!", und sofort wird eine Vollbremsung eingeleitet, die uns durcheinanderwirft. Wie befohlen springen wir aus dem fahrenden Zug und liegen voll bewaffnet im freien Feld. Geschützt nur durch die Dunkelheit kauern wir mit hohem Puls hinter unseren Gewehren. Das Kreischen und Quietschen der Lokomotivräder verstummt und sofort ist es gespenstisch ruhig. Der große Scheinwerfer, der auf der Lok befestigt ist, schwenkt über unseren Köpfen in die dunkle Nacht hinein. Es hat zunächst den Anschein, dass wir mit keiner Feindberührung zu rechnen haben. Trotzdem liegen wir weiter in Stellung und beobachten unseren Korridor. Mit zunehmender Zeit gewöhnen sich unsere Augen an die Dunkelheit, und so können wir in einiger Entfernung Bäume erkennen.

Nachdem der Zug komplett gesichert ist, nehmen die Gleissetzer ihre Arbeit auf. Zuerst wird der Bahndamm mit Schottersteinen angemessen angehäuft. Parallel dazu schrauben meine Kameraden Schienen aus dem Gleisbett, die sich hinter dem Zug befinden, und tragen sie vor die Lokomotive, um unsere Fahrt weiterführen zu können. Um die Arbeiten ordnungsgemäß durchführen zu können, sind die großen Strahler auf die Baustelle gerichtet. Den riesigen Lichtkegel kann man in der klaren Nacht kilometerweit sehen und so ist die Gefahr noch lange nicht überwunden. Die Zeit will überhaupt nicht vergehen und so zittern meine Finger nicht nur von der Kälte. Ein riesiger Stein fällt mir vom Herzen, als ein Melder uns wieder die Information zur Rückkehr in den Zug überbringt. Erleichtert fahren wir weiter in die Nacht hinein und erreichen wenig später Rosenheim.

6. März 1945,
Rosenheim

Dort können wir in einer alten Bahnhofslagerhalle den Rest der Nacht verbringen. Der kalte Dielenboden kann meinen Wunsch nach Schlaf nicht stören und so fallen mir nach kurzer Zeit die Augen zu. Das unkonventionelle Wecken durch die einfahrenden Züge bereitet mir auch keine Mühe und so sehe ich dem heutigen Tag nach dem Frühstück sehr optimistisch entgegen. In Rosenheim wird unsere Einheit nochmals mit Waffen und Verpflegung ergänzt. Zudem gesellen sich weitere Soldaten zu uns, die von ihrer Einheit versprengt wurden. Jetzt haben wir sogar Männer von der Luftwaffe in unserem Zug. Unsere Abfahrt verzögert sich noch um einige Stunden wegen weiterer Gleisarbeiten auf der Strecke nach Kufstein, und so kann ich die oberbayrische Kleinstadt noch erkunden. Für mich ist es überraschend, dass Rosenheim noch komplett von Zerstörungen verschont geblieben ist. Auch das Leben scheint noch normal zu sein. Und so decke ich mich in einer Bäckerei mit einem frischen Laib Brot ein. Ab heute heißt mein Lieblingsessen „frisches Brot". Das erste Mal seit über drei Monaten kann ich meinem ausgemergelten Körper wieder etwas Frisches, Bekömmliches zukommen lassen. Meinen jungen Kameraden ergeht es ähnlich. Honig, Butter, Käse und Speck werden genauso verzehrt wie Schokolade und Kuchen.

Pünktlich um zwölf Uhr sind wir wieder im Zug, und so geht es mit der schnaubenden Lokomotive wieder weiter.

Riesige weiße Dampfwolken verlassen im Sekundentakt den großen schwarzen Schlund und puffen in die Höhe. Der Komfort hat sich verbessert. Wir sitzen jetzt wieder in Personenwagons und haben zumindest für die nächsten Stunden ein angenehmeres Reisen. Hinter der Lokomotive sind zehn Transportwagons, auf denen kleinere Geschütze, Haubitzen, Tankbehälter und Motorräder befestigt sind. Man merkt unserem Zug an, dass die Strecke Richtung Kufstein ansteigt. Nur mit großer Mühe bringt uns der stählerne Koloss an unser Ziel.

In Kufstein legen wir einen erneuten Stopp ein. Hier wird unserer Lokomotive eine weitere vorangestellt, denn der weitere Weg über Salzburg, den Brenner nach Linz und dann weiter nach Stein bei Laibach beinhaltet mehrere Steigungen. Die Fahrt nach Salzburg geht dann schon rasanter vonstatten. Und so erreichen wir nach weiteren zwei Stunden die schöne Stadt Salzburg ohne weitere Zwischenfälle. Für uns bedeutet der rasche Transport wieder ein geregeltes Schlafen in einer nahe gelegenen Schule. Ab Salzburg wird von der Reichsheeresführung ein Lokomotivennachtfahrverbot ausgesprochen. Der Grund dafür sind die verstärkten Partisanenaktivitäten, die sich in der letzten Zeit in besagtem Gebiet häufen.

Diese Nacht erwischt es mich mit einer Wache. Von zwölf Uhr nachts bis vier Uhr am Morgen laufe ich mit zwei weiteren Kameraden Streife. Diese Maßnahme macht durchaus Sinn, denn in den letzten Nächten platzierten Widerstandskämpfer Sprengladungen unter den Wagons und versahen sie mit Zeitzündern, die dann Stunden später auf offener Strecke explodierten. Das hatte verheerende Folgen für Material und Menschen. Das Streifegehen verlangt uns ganze Aufmerksamkeit ab. Zudem kommt noch das typisch Gespenstische, das einem Bahnhof bei Nacht eine besondere Note gibt. Geräusche sind allgegenwärtig. Tiere, die nach Nahrung suchen, Wagons, die aufgrund ihrer Last stöhnen, Vögel, die aufgeschreckt mit hektischen Flügelschlägen der Nacht kurzfristig wieder Leben einhauchen. Durch gegenseitiges Beruhigen halten wir unseren Puls in einem auszuhaltenden Rhythmus. Mein Problem ist das halbstündige Wechseln der Parole. Diese muss bei Kontakten mit anderen Streifen nach Aufforderung leise genannt werden. In unserer Schicht gibt es acht unterschiedliche Wörter, und mit der langsam aufkommenden Müdigkeit kann das Gedächtnis schon mal eines verwechseln. Bei einem nervösen Kameraden könnte dies unser Todesurteil sein. Denn laut Befehl wäre man verpflichtet, nach der zweiten Aufforderung von der Schusswaffe Gebrauch zu machen. Durch Eselsbrücken lege ich mir die ungewöhnlichen Worte immer zurecht und merke sie mir, um nicht in die Situation zu kommen, erschossen zu werden. Obwohl eine nächtliche Ausgangssperre über der Stadt liegt, gibt es durchaus Bewegungen, die auf hektisches An- oder Abreisen hindeuten. Bei unseren nächtlichen Streifen können wir die Waffensysteme auf den offenen Güterwagen begutachten und uns einen Reim auf unsere kommende Aufgabe machen. Mörser und Granatwerfer sind in großer Anzahl geladen, und im festen Gestell befindet sich die dazugehörige Munition. Die Motorräder für Kradfahrer sind nicht die modernsten, haben aber einige Extras drangebaut bekommen, um kriegstauglich zu sein. Das einzige, das wir nicht erkennen können, ist der zwei auf zwei Meter große Behälter, der mit drei verschiedenen Schlössern extrem gesichert ist. Völlig durchgefroren, mit klammen Fingern und Füßen beenden wir unsere Streife und nehmen, bevor wir uns noch zwei Stunden hinlegen können, eine Tasse Tee zu uns.

Das Aufstehen nach dem Kurzschlaf fällt mir an dem Morgen besonders schwer, und nur nach mehrmaligem Rütteln an meiner Schulter gelingt mir der Vorgang. Jetzt sind wir schon den vierten Tag unterwegs und an ein Ende der Fahrt ist noch lange nicht zu denken. Am Morgen kann man die große Zahl der Soldaten erkennen, die sich im oder vor dem Bahnhofsgebäude befinden. Da unser Truppen- und Waffentransporter noch keine Abfahrtsgenehmigung erhalten hat, versuche ich am Bahnhofvorplatz Kameraden zu finden, die aus dem Augsburger Raum kommen. Leider kann ich keinen ausfindig machen, und so ist meine Sorge um mein Elternhaus in Lagerlechfeld sehr groß. In den letzten Wochen vor meiner Einberufung ist der Flugplatz mehrmals bombardiert worden. Durch meine Ausbildung und die Erfahrungen, die ich bereits mit dem Krieg erleben musste, sind meine Gedanken auf mein Leben fixiert. Was ist zu Hause geschehen? Diese Frage lässt mich jetzt nicht mehr los. Ich mache mir Vorstellungen in jede Richtung. Vom Tode meiner Eltern bis zum Durchbruch unserer Wunderwaffe, der Me 262, die in den letzten Kriegsmonaten vor meiner Einberufung in Lagerlechfeld mehrere Testflüge absolvierte. Obwohl ich erst drei Monate von zu Hause weg bin, fühle ich mich, als ob es bereits drei Jahre wären.

Mein gedankliches Durcheinander wird durch eine dröhnende Lautsprecherdurchsage jäh unterbrochen. „Alle Soldaten des Balkanexpress mögen sich in den nächsten zehn Minuten abmarschbereit am Bahnsteig vor dem Zug einfinden." Diese Aufforderung, die mit einem österreichischen Schmäh in Dialektform gesprochen wird, bringt sofort wieder eine hektische Betriebsamkeit in den Bahnhof hinein. Der kommandierende Offizier verliest alle Namen der Soldaten, die in Rosenheim in den Zug eingestiegen sind. Bei der Wahrnehmung seines Namens muss der Betroffene laut „hier" rufen. Am Ende des Appells fehlt viermal das laute „Hier". Die vier Kameraden haben es in der Nacht vorgezogen, die Truppe zu verlassen und sich auf eigene Faust durch die Wirren des Krieges durchzuschlagen. Die Fahnenflüchtigen werden sofort dem SS-Heimatschutzkommando gemeldet und zur Fahndung ausgeschrieben. Die im Volksmund als Kettenhunde bezeichnete Schutztruppe macht mit den Betroffenen kurzen Prozess. Bei einer Ergreifung würden die eigenen Kameraden am nächsten Baum aufgehängt und zur Abschreckung noch einige Tage hängen gelassen werden. Alleine diese Vorstellung lässt meine kurz aufkommenden Ansätze schnell wieder verschwinden.

Nach dem Aufreger bei der Abfahrt setzen wir unsre Fahrt fort. Als nächstes Ziel steht der Brennerpass auf dem Marschbefehl. Durch die Enttäuschung, keinen Bekannten auf dem Bahnhof von Salzburg getroffen zu haben, schleicht sich mein Heimweh wieder etwas ein. Zuerst gedanklich und später einfach laut redend erzähle ich meinen umliegenden Kameraden von meinen Erlebnissen bei meiner Einberufung auf dem Flugplatz Lagerlechfeld. Ich erzähle – eigentlich nur, um mein Heimweh etwas einzudämmen – von den Versuchen mit der Messerschmitt Me 262. Diese neue Wundermaschine wurde jede Nacht in den Himmel geschickt, um noch die bekannten „Kinderkrankheiten" zu beseitigen. Am Tage wäre es viel zu gefährlich gewesen, diese geheime Wunderwaffe zu starten. Obwohl die größte Geheimhaltungsstufe bei dem Objekt ausgegeben wurde, sickerte doch das eine oder andere zur Zivilbevölkerung durch. Genau diese Gerüchte und meine Fantasie machen den Vortrag im Zug zu einem immer interessanteren Thema. Ich bemerke es, als es immer ruhiger im Abteil wird und alle anderen Gespräche um mich herum langsam verstummen. Selbst ältere Soldaten mit hohen Dienstgradabzeichen lauschen meinen Worten. Jetzt kann ich nicht mehr aufhören, denke ich mir, und so plaudere ich weiter vor mich hin. So langsam erkenne ich die Hoffnung in den Gesichtern meiner mitfahrenden Kameraden. Die Hoffnung und der Glaube an den Endsieg sind in den letzten Wochen nicht mehr so vorhanden. Und wenn dann einer wie ich, obwohl nur Soldat mit niedrigem Dienstgrad, ein Thema anspricht, auf das alle gewartet haben, ist klar, dass dies zum Zuhören anregt. Mit zunehmender Zeit wird der Zuhörerkreis unüberschaubar. Meine Fantasie lenkt mittlerweile die Worte, die ich den vielen Zuhörern ohne langes Überlegen weiter zukommen lasse. Nach zwanzig Minuten geht mir der Stoff aus, und so muss ich meinen Vortrag beenden. Mein Gedanke, jetzt aus dem Fokus der anderen zu verschwinden, trifft nicht die Realität. Aufgrund meiner Worte will natürlich jeder meiner Mitfahrer noch mehr von mir wissen und so bohren sich die Fragen meiner Kameraden in mich. Nur mit großer Mühe und einigen Halbwahrheiten kann ich die Situation überstehen. Was ich eigentlich nicht will – dass mich jeder im Wagon kennt –, ist jetzt nicht mehr zu umgehen. Draußen sehe ich die immer größer werdenden Berge und höre das Schnauben unserer Lokomotiven, die schon an ihre Grenzen gehen müssen, um den Brennerpass mit all dem kriegstechnischen Material zu erreichen. Vierzig Kilometer vor unserem nächsten Etappenziel gibt es einen geplanten Stopp auf freier Strecke. Wasservorrat für die Lokomotiven und weitere Kohlen werden geladen, um das letzte schwere Stück unserer Reise noch gut zu überstehen. Als weiterer Befehl wird angeordnet, dass drei weitere Maschinengewehre auf den Wagons platziert werden. Hintergrund der Maßnahmen sind die vermehrten Angriffe von feindlichen Stoßtrupps, die bei schwierigen Fahrpassagen die Züge mit Mörsern und Granatwerfern attackiert haben.

Und so kommt das, was ich immer vermeiden wollte. Ich werde mit meinem Kameraden Ludwig und einem speziellen Maschinengewehr auf den letzten Wagen geschickt. Das Gewehr wird fest an dafür vorgesehene Halterungen geschraubt. Die Patronenkiste wird leicht versetzt nach hinten platziert. Ludwig liegt auf dem Bauch und hat das Visier immer im Auge. Ich bekomme ein Fernglas, um die unmittelbare Gegend gut beobachten zu können. Meine Aufgabe ist es, bei Feindkontakt den Patronengürtel dem Maschinengewehr zuzuführen. Ludwig hält dann mit allem, was er hat, voll auf alles Bewegliche vor ihm. Diesen risikoreichen Einsatz habe ich nur meiner Geschichte im

Zug zu verdanken. Jetzt erinnere ich mich an die Worte meines Vaters, der mir vor meiner Abreise von zu Hause den Rat gab, mich immer ruhig zu verhalten und nicht aufzufallen. Weder im positiven noch im negativen Sinn. Aber jetzt ist es zu spät.

9. März 1945,
Brennerpass

Mit langsamen, zischenden Kolben bewegt sich unser schwerfälliger Truppentransporter wieder und so setzen wir unser letztes Teilstück zum Brennerpass fort. Nur langsam kommen unsere schwer schnaubenden Lokomotiven in Schwung und so ist unsere volle Aufmerksamkeit gefordert. Der weiße Rauch und das laute Schnauben unserer Dampfloks ist kilometerweit wahrzunehmen. Es ist für jede feindliche Einheit ein Leichtes, uns zu finden und anzugreifen. Erschwerend kommt hinzu, dass die südliche Front in Italien zusammengebrochen ist und die Westmächte Italien erobert haben. Unser ursprünglicher Verbündeter kämpft jetzt gegen uns. Aber das Sinnieren nach dem Warum hilft uns beiden auf dem Wagon auch nicht weiter. Den Körper fest auf das Dach gepresst und den Kopf leicht nach oben gereckt, fühle ich mich wie eine Schildkröte ohne Panzer. Ein Aufrichten oder Hinstellen wäre lebensgefährlich, da im gesamten Gebiet Scharfschützen platziert sind. Feindliche Scharfschützen haben alle nur ein Ziel: das Vernichten von Maschinengewehrnestern. Mit der Erkenntnis in meinem Hinterkopf quält sich unser Zug die immer steiler werdenden Bergpässe hoch. Jederzeit könnten feindliche Soldaten auf unseren langsam fahrenden Transport aufspringen. Meine Augen schweifen deshalb hochkonzentriert durch das Wehrmachtsfernglas. Da ich durch das Fixieren meines Blicks komplett abschalten kann, ist mir die Gefährlichkeit meiner Aufgabe gar nicht so bewusst. Unser Fokus lenkt sich auf alleinstehende Häuser, kleine Baumgruppen und größere Erdhügel. Weitere Gefahr lauert an Brücken und Tunnels, da diese nur schwer einsehbar sind. Zu all unseren Problemen beginnt es jetzt noch zu schneien. Der Schnee, der fast in Regen übergeht, hat richtig dicke nasse Flocken, sodass wir in kürzester Zeit vom Schnee vollkommen bedeckt sind. Durch den nassen Niederschlag ist mein Fernglas bedeutungslos geworden. Die Flocken landen auf dem Glas und laufen nach unten weg. Ähnlich ergeht es Ludwig am Maschinengewehr. Die Vorhalteeinrichtung, bei dem Kimme und Korn sich überschneiden, ist nicht mehr erkennbar. Und so kauern wir zwei nur noch bedingt einsatzfähig auf dem letzten Wagon unseres riesigen Truppentransporters. Meine Hände werden immer klammer und von unten spüre ich mittlerweile die Feuchtigkeit, die meinen Körper so langsam erreicht. Dieses nasskalte Empfinden lässt meinen Oberkörper mehrmals richtig durchschütteln. Aber das Selbstmitleid und Gejammere hilft mir jetzt auch nicht weiter. Auf die Zähne beißen und irgendwie durch, denke ich, und so liege ich weiter in meiner völlig durchnässten Uniform auf dem Dach. Durch mein gefühltes „Erfrieren" lässt die Aufmerksamkeit dem Feind gegenüber selbstverständlich nach und meine ganze Energie benötige ich, um mich irgendwie zu beschäftigen und von meinem Zustand etwas abzulenken. Am Ende meiner Kräfte erreichen wir schließlich nach zwei Stunden den Brennerpass. Durch das Kälterwerden mit jedem Höhenmeter ist meine Uniform auf dem Dach angefroren und nur durch die Mithilfe meiner Kameraden, die mich nun vom Dach holen, kann ich mich aus der misslichen Lage befreien. Genauso ergeht es Ludwig, der mit mir den hinteren Zugbereich abdeckt. Einen Ersatzkampfanzug haben wir nicht dabei und so frieren und bibbern wir beim anschließenden Antreten wie Espenlaub. Nach weiteren zehn Minuten hat unser Rottenführer endlich Einsehen und lässt uns rühren. Ich nutze die Zeit, um mit allen anderen Soldaten, die mit mir auf den Dächern liegen, zu den Dampfloks zu gelangen. Die Kessel der beiden schwarzen schnaubenden Ungeheuer stehen immer noch unter Dampf und so strahlt eine angenehme Wärme auf unsere völlig unterkühlten Körper. Die dummen Sprüche der korpulenten Lokführer und Heizer kommen bei uns nicht gut an und um ein Haar eskaliert die Situation, wenn nicht ein zufällig im Führerhaus befindlicher Unteroffizier dazwischengehen würde. Die Nerven liegen bei uns etwas blank und so braucht es geraume Zeit, bis sich die Situation in den Führerhäusern der Lokomotiven wieder normalisiert.

Nach einer Stunde verlasse ich in einem fast trockenen Kampfanzug die Lokomotiven und geselle mich wieder zu meinen Panzerjägerkameraden. Durch die hereinbrechende Dunkelheit ist heute an ein Weiterfahren nicht mehr zu denken. Da sich an dem wichtigen Verkehrsknotenpunkt weitere Truppentransporter sammeln, kommt bei mir gleich wieder der Gedanke auf, mich nach Soldaten zu erkundigen, die aus dem Augsburger Raum den Brennerpass erreichen. Aber auch diesmal ist meine Suche umsonst. Keiner kann mir einen Hinweis geben, wie es an der Heimatfront aussieht. Die Enttäuschung über meinen Fehlversuch und meine Fantasie malen gleich wieder die schlimmsten Bilder in meine Gedankenwelt. Wie geht es meiner Schwester, die seit einem Jahr in Wien als Flugzeugbeobachterin bei der Luftwaffe im Einsatz ist? Konnte sich mein Vater, der im Fliegerhorst Lagerlechfeld arbeitet, immer rechtzeitig von seiner Arbeitsstelle entfernen, wenn die amerikanischen Bomber den Flughafen als ihr Ziel ansteuerten? Erreichte meine Mutter noch die Lkw, die immer bereitstanden, wenn wieder einmal ein Fliegeralarm ausgelöst wurde, um den Standort noch vor den herabfallenden Bomben zu verlassen? Steht unser Haus im Lazarett noch? Diese Gedanken über die Ungewissheit und das Schicksal meiner Familie drücken meine Stimmung wieder fest nach unten, obwohl sich meine Körpertemperatur wieder normalisiert hat. Nach einer Massenspeisung – ich denke, dass sich über zweitausend Soldaten auf dem Bahnhof am Brennerpass befinden – übernachten wir in unseren Wagons. Aufgrund meiner heutigen Wache auf dem Dach des Zuges werde ich diese Nacht von einem weiteren Dienst befreit. Das warme Essen und der heiße Tee bringen mir eine gewisse Bettschwere bei, die ich auf meinem Rucksack liegend kurzzeitig genießen kann.

Die Nacht, die ohne Zwischenfälle bleibt, bringt meine Lebensgeister wieder zurück und so sehe ich heute die Welt wieder etwas rosiger. Durch Meldungen, die von Zerstörungen der Bahnlinie in Richtung Linz berichten, verzögert sich am nächsten Morgen unsere Weiterfahrt auf ungewisse Zeit. Neben einer Wache, die ich zwischendurch laufen muss, habe ich genügend Zeit, mich der schönen Bergwelt zu widmen. Das schlechte Wetter von gestern hat sich verzogen und der heutige Himmel weist keine einzige Wolke auf. Auch das Thermometer bewegt sich stetig nach oben und man kann schon die ersten Frühlingsboten im nahe gelegenen Wald erkennen beziehungsweise hören. Diese bringen meine Gedanken gleich wieder nach Lagerlechfeld zurück und so tauche ich unter dem Reinigen des Maschinengewehrs in die Welt meiner Kindheit ab.

Durch das Abreißen unserer Kirche in Lagerlechfeld durch die Nationalsozialisten beim Aufbau des Fliegerhorstes müssen wir seit 1937 ins drei Kilometer entfernte Klosterlechfeld zur Kirche gehen. Als Oberministrant von Lagerlechfeld blieb mir nichts anderes übrig, als mich den Klosterlechfelder Ministranten unterzuordnen, um so meinen Messdienst als ganz normaler Ministrant weiterzuführen. Als kirchlicher Höhepunkt ist die Osterfeier Ende März immer sehr feierlich gestaltet. Da die Heilige Messe erst um Mitternacht beginnt, können wir die mehrstündige Messe als Messdiener immer mitgestalten. Für mich heißt das, gegen vierundzwanzig Uhr auf der autofreien Straße nach Klosterlechfeld zu laufen und gegen sechs Uhr früh wieder nach Hause. Vor dem Nachhausegehen aber gibt es dort immer noch ein deftiges Frühstück. Der Nachhauseweg inmitten der Alleebäume auf der menschen- und autoleeren Straße wird nur von den aufwachenden Vögeln begleitet, und so bekommen wir jungen Burschen ein höchst bezauberndes Konzert zu hören.

Und dieses Vogelkonzert erreicht auch heute meine Ohren, und so genieße ich den hereinbrechenden Morgen. Nach dem morgendlichen Antreten wird uns der heutige

Tagesbefehl vorgelesen. Dieser beinhaltet einen Ruhetag, da die Bahnstrecke Richtung Steiermark durch mehrere feindliche Angriffe an mehreren Stellen beschädigt wurde. Und wieder streife ich durch die vielen kampierenden Soldaten mit der Hoffnung, endlich einen aus meiner Heimat zu treffen. Es ist wie verhext! Kein einziger Kamerad kann mir etwas über das Schicksal von Lagerlechfeld erzählen. Nach dem Frühstück aus der Feldküche kann ich – abgesehen von einer zweistündigen Wache – den Rest des Tages nach meinen Plänen gestalten. Das Trocknen meiner Uniform, die am gestrigen Tag mehrmals durchnässt wurde, steht an erster Stelle meines Aufgabenfelds. Dies gelingt am besten auf dem Dach unseres Mannschaftstransportwagons. Hier kann ich die klammen Kleidungsstücke schön ausbreiten und von der schrägstehenden Sonne trocknen lassen. Ich lege mich dazu, stopfe den Rucksack unter meinen Kopf und beobachte die vereinzelt vorbeiziehenden Wolken. Aus meiner Tasche hole ich die Fotografie, die mir meine Mutter am Tage meiner Einberufung gegeben hat. Da steht meine Familie: mein Vater, meine Mutter, mein Bruder und meine Schwester. Was ist mit ihnen geschehen? Diese Frage stelle ich mir mehrmals, ohne auch nur einen Hauch von ihren Schicksalen zu ahnen. Immerhin kämpft mein Bruder schon das vierte Jahr an der Ostfront und wir haben schon geraume Zeit nichts mehr von ihm gehört. Meine Schwester ist nach wie vor in Wien stationiert und bei der Luftwaffe als Flugzeugbeobachterin tätig. Sie nimmt die Radarmeldungen von den Beobachtungsstellen auf und gibt sie den Befehlsständen weiter. Sie hat mich noch einmal kurz vor meiner Einberufung in Ingolstadt getroffen.

Jolanda war hier, um sich in ein neues Radarsystem einzuarbeiten. Sie hatte uns geschrieben, dass ihre Schuhe komplett kaputt wären und es durch die Wirren des Krieges schlecht aussähe, um den Umstand zu verbessern. Deswegen schickte mich mein Vater mit einem alten Paar Schuhe meiner Schwester nach Graben zum Schuster Geierhos. Der alte Geierhos hat den Ruf, eher etwas patzig zu sein, und dem wurde er bei meinem Betreten der Schusterei auch gerecht. Bevor ich ihm mein Anliegen sagen konnte, schnauzte er mich an und gab mir zu verstehen, dass er die Schuhe nicht machen wollte. Nach der zweiminütigen Schimpfkanonade kam ich endlich zu Wort und schilderte ihm mein Anliegen. Irgendwie glaubte er meine Geschichte und so fing er tatsächlich an, die Schuhe meiner Schwester mit einer neuen Sohle zu versehen. Brummelnd übergab er mir wenig später die Schuhe. Die geforderten drei Reichsmark legte ich auf die Werkbank und radelte wieder nach Hause. Jetzt hatten wir nur noch das Problem, wie die neu besohlten Schuhe zu meiner Schwester Jolanda nach Ingolstadt kommen sollten. Da meine Einberufung unmittelbar bevorstand, entschloss sich mein Vater dazu, mich mit dem Versand der Schuhe zu beauftragen. Schweren Herzens ob dieses schwierigen Unterfangens willigte ich ein und machte mich am nächsten Tag mit meinem Fahrrad auf den Weg nach Augsburg. Es war Faschingsdienstag, als ich gegen vierzehn Uhr in den Zug Richtung Regensburg einstieg. Neben den Schuhen hatten meine Eltern Jolanda noch ein Verpflegungspaket zukommen lassen wollen. Gegen sechzehn Uhr kam ich unbeschadet in Ingolstadt an. Jolanda stand bereits auf dem Bahnsteig, als ich mich winkend zu erkennen gab.

Fesch sah sie aus in ihrer Uniform, und die langen Zöpfe standen ihrem etwas eingefallen Gesicht sehr gut. Sie hatte nur eine Stunde Zeit und so konnten wir nur das Nötigste austauschen. Kurze Zeit später umarmten wir uns innig und drückten uns minutenlang, bevor sie mir mit verweinten Augen noch einen lieben Gruß an die Familie zukommen ließ. Sie drehte sich noch mehrmals um, bevor sie auf dem Bahnhofsplatz langsam in der Menschenmenge verschwand. Laut Plan hätte gegen achtzehn Uhr der letzte Zug Richtung Augsburg gehen sollen. Aber heute fiel er aus, und so verbrachte ich die Nacht im Bahnhof von Ingolstadt. Neben mehreren Kontrollen von militärischen Sicherheitskräften kämpfte ich am meisten mit der Kälte, die in dem kalten und zugigen Warteraum mich und die anderen Wartenden nicht zum Schlafen kommen ließ. Durchgefroren und hungrig bestieg ich um sechs Uhr morgens den ersten Zug Richtung Augsburg. Im völlig überfüllten Wagon konnte ich mich aufwärmen und so stieg meine Stimmung wieder in den Normalbereich. In Augsburg angekommen ergriff ich mein abgestelltes Fahrrad und fuhr damit nach Hause nach Lagerlechfeld.

Die Erinnerung von der letzten Begegnung mit meiner Schwester wird durch ein leichtes Brummen am Himmel unterbrochen. Auf dem Rücken liegend kann ich in großer Höhe amerikanische Bomberverbände sehen, die aus Italien kommend in den deutschen Luftraum einfliegen. An dem wolkenlosen Himmel spiegeln sich die fliegenden, silbernen Festungen in der Sonne wie glitzernde Sterne. Es sieht richtig beunruhigend aus, da die Anzahl der Bomber sich häuft und nicht enden will. Zu unserem Glück gehört der Bahnhof auf dem Brennerpass nicht zu ihren Angriffszielen.

Irgendwie teilnahmslos lasse ich meine Beobachtung auf mich wirken. Die Kraft der Sonne reicht aus, um meine gestern so durchnässte Uniform wieder trocken werden zu lassen. Am späten Nachmittag verlasse ich meinen Sonnenplatz auf dem Dach und stelle mich mit meinem Kochgeschirr in die lange Reihe, um Essen zu fassen. Nach dem Linseneintopf und dem heißen Tee bereite ich mir meine Schlafstelle im Zug vor. Beim abendlichen Appell wird uns noch mitgeteilt, dass es morgen früh wieder weitergehen soll. Die Nacht kann ich gut durchschlafen und so bin ich am nächsten Morgen wieder guter Dinge, die Reise gut weiterzuführen.

Durch die unmittelbare Frontnähe – wir sind nur noch durch den Alpennordkamm von den amerikanischen Truppen getrennt – müssen weitere Vorkehrungen getroffen werden. Bevor wir den Bahnhof verlassen, werden unserer Lokomotive wieder drei Wagen vorangestellt, um – wie zuvor schon beschrieben – die Schäden feindlicher Bomberangriffe einzugrenzen.

Über Lienz an der Drau geht es nun weiter nach Laibach, unserem Zielbahnhof. Die Fahrt inmitten der Alpen ist sehr unruhig und wird mehrmals durch Sabotageakte unterbrochen. Durch die mitgeführten Eisenbahnschienen und dem passenden Werkzeug können diese feindlichen „Sticheleien" meist rasch bewältigt werden. Wie ein schwerfälliger Wurm schlängelt sich unser Truppentransport durch die Schluchten und Pässe der nordöstlichen Alpentäler, und so erreichen wir am Morgen des 15. März 1945 unser erstes Ziel Veldes.

15. März 1945,
Veldes

Nachdem wir den Bahnhof gesichert haben, wird das riesige Transport- und Waffenarsenal nacheinander von den Schienen auf die Straße gebracht. Durch die mitgebrachten Lkw und Panzerfahrzeuge können wir als Brandenburger Einheit unseren weiteren Transport nach Stein selbst abwickeln. Stein liegt in unmittelbarer Nähe von Veldes und so erreichen wir nach drei Stunden die Kaserne in Stein. Die von drei weiteren Kompanien bereits belegte Kaserne hat noch genügend Kapazitäten frei, um auch uns zu beherbergen. Unsere Brandenburger Panzerjägereinheit ist mit über dreihundert Mann in voller Kampfausrüstung in die Kaserne bei Stein eingezogen. Traditionell bildet die Truppe ihre Panzerjäger selbst aus. Trotz der misslichen Lage um die brechende Front wird an diesem „Relikt" festgehalten. Durch unsere überstürzte Vereidigung in Brandenburg haben alle jungen Burschen den Dienstgrad eines Jägers erhalten, ohne aber dafür richtig ausgebildet worden zu sein.

Mit der Ausbildung beginnen wir gleich am nächsten Tag. Unser unmittelbarer Vorgesetzter ist Oberjäger Herz, sechsundzwanzig Jahre alt, kämpfte zwei Jahre in Russland und hat neben dem Sturmabzeichen auch das Eiserne Kreuz I. und II. Er hat die schwere Aufgabe, uns das Handwerkszeug zum Überleben im Krieg beizubringen. Die Unterkünfte und das Essen sind gut, und so sehen wir dem Ganzen schon wieder etwas zuversichtlicher entgegen. Schießen, marschieren, kämpfen mit aufgestecktem Bajonett, Handgranatenwerfen und Orientierungsmärsche dominieren in den nächsten Tagen unseren Kasernenablauf. Die Stammeinheit, die einen Tag nach unserer Ankunft sofort an die Front geschickt wird, soll den Loiblpass, der die Karawanken im Osten von Österreich verbindet, sichern, um einen geregelten Rückzug der deutschen Ostfront zu gewährleisten. Alle Einheiten der deutschen Jugoslawienfront müssen durch den Loiblpass, da dies die einzige Verbindung ins Vaterland ist. Dementsprechend hart wird um diesen strategisch so wichtigen Punkt gekämpft. Die sich immer schneller und weiter zurückziehenden deutschen Verbände werden täglich von heimtückischen Partisanenübergriffen weiter dezimiert und so spitzt sich die Lage um den Loiblpass von Tag zu Tag immer mehr zu. Die Geschichten von der Front erfahren wir von den abgelösten Soldaten, die nach einer Woche Fronteinsatz zurück in die Kaserne nach Stein kommen, um sich für ein paar Tage zu erholen. Unsere Jägerausbildung haben wir gute zwanzig Kilometer von der Front entfernt. Jeden Tag geht es um sechs Uhr ins Gelände und gegen neunzehn Uhr kommen wir vollkommen fertig wieder zurück. Das Üben der vier Gangarten zeigt den meisten von uns bald Grenzen auf. Alles mit Rucksack und Gewehr. Die Gangart eins, das Kriechen, bringt uns in gebückter Haltung durch ein Waldstück, das in seinem Zentrum eine zwanzig Zentimeter tiefe und zwanzig Meter lange Pfütze hat. Bei den simulierten Angriffen der Ausbilder mit den unterschiedlichen Kommandos werden wir geschliffen, was das Zeug hält. „Fliegerangriff von rechts", bedeutet für uns, dass wir in voller Montur sofort in den von uns aus gesehen linken Graben stürzen. Egal ob der mit Wasser oder anderen unangenehmen Dingen gefüllt ist. Bei „Maschinengewehrfeuer von zwölf Uhr" und „Partisanen im Hinterhalt" werden ebenfalls die Mechanismen eingeschliffen, die man als Frontsoldat braucht, um nicht gleich in den ersten Kriegstagen zu fallen. Diese Anweisungen kommen den ganzen Tag, und so durchlaufen unsere Körper ein notwendiges Martyrium, das man sich im Vorfeld gar nicht vorstellen konnte. Der eigene Wille übernimmt so langsam das Kommando über Geist und Körper und reagiert auf die nicht endenden Kommandos der Ausbilder. Durch das nasse und mit Pfützen übersäte Gelände saugen sich unsere Kampfanzüge immer mehr mit Schlamm und Dreck voll. Das Kommando zum Sammeln löst bei den meisten von uns einen Jubelschrei aus. Endlich können sich unsere völlig ausgezehrten Körper eine Ruhepause gönnen. Das Sitzen in einer Schlammkuhle ist ein wunderbares Gefühl. Dass ich dabei einen nassen Hosenboden bekomme, wird von mir gar nicht richtig wahrgenommen. Allein das Sitzen, ohne auf ein Kommando reagieren zu müssen, befreit mich wieder von meiner Willenskraft und so kommt meine Normalität wieder zurück. Das Zusammenkauern in dem Schlammloch schweißt uns junge Burschen noch mehr zusammen. Flankiert wird mein Empfinden noch von den kameradschaftlichen Worten unseres Ausbilders, dem Oberjäger Herz: „Jäger, die Strapazen, die wir in der Grundausbildung auf uns nehmen, helfen uns später im Kampfeinsatz gegen den Feind. Alles, was uns in der Ausbildung nicht gelingt, kann in Kürze unseren sicheren Tod bedeuten!" Dieser Appell, den er in zackigem Hochdeutsch an uns richtet, baut uns noch einmal auf und so gehen wir nach der kurzen Essensaufnahme ohne zu Murren mit ihm zur nächsten Übung.

Jetzt geht es über eine zweihundert Meter lange Hindernisbahn. Zuerst muss ich eine zwei Meter hohe Bretterwand erklimmen, danach robbe ich in der Gangart eins durch ein fünf Meter langes Betonrohr. Kaum habe ich meine kriechende Aufgabe erfüllt, wartet schon ein Parcours von Drähten, die im Abstand von dreißig Zentimetern quer gespannt sind. Anschließend stehe ich einem Schlammbecken gegenüber! So, jetzt muss ich meinen ganzen Mut aufbringen, um in das nasse Nichts zu gehen. Mit jedem Meter, den ich weiter hineinwate, versinke ich in der grauen Schmutzbrühe. Nach zehn Metern erreicht das schmutzige Wasser bereits meinen Hals. Mit gestreckten Händen halte ich das Gewehr quer über meinen Kopf. Mein ganzer Körper samt meinem Rucksack bewegt sich langsam und stetig durch die Schlammkloake ans rettende Ufer. Die Temperaturen bewegen sich bei plus zehn Grad. Das Zittern meines Körpers kann ich nicht unterdrücken, und so bibbere ich mit meinen Kameraden um die Wette, bevor wir weiter über einen zehn Zentimeter breiten Baumstamm balancieren müssen. Am Ende der Hindernisbahn stehen weitere Ausbilder von anderen Kompanien, die uns mit Wasserschläuchen vom größten Unrat befreien. Als kurz danach der Befehl zum erneuten Durchqueren des Schlammbeckens meine Ohren erreicht, übernimmt mein Wille wieder das Geschehen. Meine innere Stimme versucht, eine Blockade in meinen Körper zu erwirken. Sie hat keine Chance. Mein eiserner Wille zieht mich ohne Wenn und Aber wieder zu der zwei Meter hohen Bretterwand, und wie von alleine beginnt mein „ferngesteuerter" Körper mit der Wiederholung der unvorstellbaren Strapazen. Diese "immer-weiter-Mentalität" kennt keine Grenzen, und nach der Überwindung des sogenannten toten Punkts ist der Körper in der Lage, Sachen zu schaffen, an die man nicht einmal im Traum gedacht hätte. Unsere Jägerausbildungskompanie schafft es tatsächlich, den Überlebensparcours bis auf ein paar Ausfälle achtmal zu durchlaufen. Der anschließende einstündige Marsch zurück in die Kaserne hat da schon wieder eine erholsame Wirkung. Nach dem Reinigen meines Körpers und der Uniform und noch vor dem Stubendurchgang gibt es das heiß ersehnte Abendessen. Dem Koch in der Küche wurde wohl im Vorfeld signalisiert, dass wir Jungen heute Abend eine spezielle Nahrung brauchen, um uns von alledem zu erholen.

In meinem Stockbett liege nicht ich, sondern eine Kampfmaschine, die durch nichts zu bremsen ist. Wenn ich das meinen Freunden aus Lagerlechfeld irgendwann einmal erzähle, dann glauben die mir das sicher nicht. Der Graf Schorsch und der Bucher Franz, die würden mich einen großen Angeber nennen. Der Schrott Lenz, der würde es mir abnehmen, wenn die anderen nicht dabei wären. Meine Eltern würden vor mir sicherlich lobende Worte sprechen. Aber insgeheim glaube ich nicht, dass sie so etwas ihrem Filius zutrauen würden. „Sie haben ja recht", sage ich laut zu mir, denn selbst für mich ist das Ganze wie ein Traum. Der heutige Tag hat mich militärisch sehr weit gebracht. Neben den unvorstellbaren Übungen kam noch das Überwinden im Kopf dazu. In den extremen Situationen hatte ich mehrmals das Gefühl, dass eine fremde Kraft über mich kam und mir den weiteren Weg aufzeigte. Auf der einen Seite bin ich stolz, doch zum anderen kommt auch ein Unbehagen auf, da ich diese fremde Kraft noch nicht richtig einordnen kann. Mit den Zweifeln im Kopf versinke ich wenig später in die Tiefschlafphase, die erst am nächsten Morgen mit einem durch Mark und Bein gehenden Pfiff beendet wird.

Meine Gliedmaßen werden von mir noch gar nicht so richtig wahrgenommen, als ich mit meinen ebenfalls lädierten Stubenkameraden in den Waschraum humple. Heute meint es der Dienstplan gut mit uns. Nach dem Morgenappell geht es zunächst zur Waffenkammer, wo wir die Gewehre in Empfang nehmen, mit denen wir Stunden später auf dem Schießplatz unsere Ausbildung fortsetzen. Liegend aus fünfzig Metern, dann aus einhundert Metern Entfernung und als dritte Übung sogar aus zweihundert Metern. Als Zielscheiben dienen Pappsoldaten, die alle einen roten Stern auf ihrer Mütze haben. Im Brustbereich ist eine große Zielscheibe aufgemalt, die uns wohl zur Genauigkeit erziehen will. Beim liegenden Schießen kann man den Gewehrkolben auf einen Sandsack auflegen, der das Zielen erleichtert. Wichtig für uns junge Panzerjäger ist, dass wir den Schaft fest an die Schulter drücken, um so einen Rückstoß zu vermeiden. Je fester das Gewehr im Schulterbereich fixiert wird, umso größer ist dann auch die Treffsicherheit. Meine Ergebnisse beim liegenden Schießen können sich durchaus sehen lassen. Von unserem Zug bin ich der Zweitbeste und so habe ich noch einmal ein Erfolgserlebnis. Beim stehenden Schießen haben wir alle unsere Probleme. Durch das freie Halten in der Stützstellung kann man das Gewehr nur ganz schwer ruhig halten, und so ist die Trefferquote bei Weitem nicht so gut wie bei der liegenden Schießübung. Durch mehrmaliges Korrigieren und einiger kleiner Kniffe vom Ausbilder erreichen wir gegen Abend ein zufriedenstellendes Ergebnis. Nach dem Auszählen der gesamten Schusskarten stellt sich heraus, dass ich von den über einhundert Panzerjägern ein gutes Schießergebnis erreicht habe. Der Sachverhalt bringt mich in den Kreis derer, die als Scharf- und MG-Schützen eine weitere spezielle Ausbildung durchlaufen dürfen.

Am nächsten Tag werden die besten Schützen zusammengezogen und weiter an der Waffe ausgebildet. Die restliche Ausbildungskompanie hat einen Zwanzig-Kilometer-Orientierungslauf zu bewältigen. Im kleinen Kreis – wir sind jetzt nur noch zwölf Jäger, die sich mit dem Schießen intensiver auseinandersetzen – werden uns weitere Fertigkeiten antrainiert. Mit diversen Vorhalteeinrichtungen werden Fliegerangriffe simuliert. Auch das Laufen mit dem Gewehr im Anschlag über den unebenen Waldboden braucht unsere ganze Aufmerksamkeit, um nicht die Ziele zu verfehlen. Der gestrige Tag war geprägt von einer übergroßen körperlichen Anstrengung. Heute ist die Konzentration gefragt. Unser Auge wird so sensibilisiert, dass es bei der kleinsten optischen Veränderung über das Gehirn dem Finger am Abzug einen Impuls gibt. Je schneller, desto besser. Dass diese Übung uns später das Leben retten könnte, ist uns noch nicht so bewusst. Diese künstlich eingebauten Bewegungsstellen müssen von uns immer wieder erkannt und mit einem kurzen Feuerstoß aus unserer Waffe getroffen werden. Brauchten wir am Vormittag noch zwei Minuten, um den Parcours zu durchlaufen, so steigern wir uns im Verlauf des Nachmittags auf eine Minute und dreißig Sekunden. Auch die Trefferquote, die noch wichtiger ist, passt sich der läuferischen Verbesserung an. Als wir am Abend die Konzentrationsübung beendet haben, erklärt uns Oberjäger Herz, dass wir heute bei jeder Übung mehr als fünfmal von generischen Partisanen erschossen worden wären. Bei vierzig Läufen durch die Übungsbahn wäre ich heute zweihundertmal erschossen worden. Mein kurz aufkeimendes Erfolgserlebnis wird mit der Aussage jäh abgewürgt und schnell verdrängt. Um die Quote zu verbessern, geht es in den nächsten Tagen noch mehrmals auf das Übungsgelände. Täglich über acht Stunden bewegen wir uns mit voller Konzentration in dem Partisanenübungspark.

1. April 1945,
Stein

Am 1. April, es ist der Ostersonntag, beenden wir unsere spezielle Ausbildung. Bei den letzten Übungen wären wir nur noch „fünfundzwanzigmal vom Feind erschossen" worden. „Diese Quote ist ausreichend, um gegen die Partisanen in Jugoslawien zu kämpfen", erklärt uns der Oberjäger Herz, der jeden Tag mit uns das volle Programm abspult. Nach den ersten zwei Wochen im Ausbildungslager Stein haben wir uns gut eingelebt und so kommt bei mir eine gewisse Zufriedenheit auf. Bis auf das Schicksal meiner Eltern in Lagerlechfeld, von denen ich nach wie vor kein Lebenszeichen bekommen habe, kann ich mit dem bereits Geleisteten zufrieden sein. Der Ostermontag ist ein freier Tag, und so gehen wir jungen Burschen in den Ort, um uns auch dort einmal sehen zu lassen. Stein liegt wunderbar malerisch in der Landschaft und so verbringen wir bei schönem Wetter einen tollen Tag. Die Kontakte zu der Zivilbevölkerung wecken in mir wieder mehr Menschlichkeit und so wird meine Psyche etwas gestreichelt. Das geht mir in den letzten Wochen etwas ab, das normale Unterhalten über banale Themen, bei denen es nicht um das Schießen und Töten geht. In den Gesprächen mit den alten Menschen und Kindern höre ich immer wieder die Hoffnung heraus, dass der lang anhaltende Krieg endlich zu Ende gehen soll. Das Leid hat den Ort mit voller Wucht erwischt. An einer Tafel vor der Kirche ist eine viel zu lange Liste mit gefallenen Soldaten angebracht. Gefallene junge Burschen und Familienväter reißen große Löcher in die Familien. Zudem kommt jetzt noch die Angst bei der Bevölkerung auf, dass sich die „Titos", wie die jugoslawischen Partisanen von uns genannt werden, durch den großen Tunnel des Loiblpasses nach Österreich absetzen könnten. Diese Befürchtung kann ich meinen Gesprächspartnern aber nehmen. Obwohl ich ein Sprechverbot über taktisches Vorgehen habe, signalisiere ich den umstehenden Menschen, dass die Brandenburger Einheit speziell zur Absicherung des Tunnels abgestellt ist. Der Hauptgrund ist aber nicht der Schutz von dem Ort Stein, sondern das Sicherstellen eines geregelten Rückzugs der deutschen Armeen, die sich noch auf dem Balkan befinden und sich so langsam aus Jugoslawien zurückziehen müssen. Durch den Kontakt mit Zivilisten kann sich meine Einstellung zum Krieg etwas relativieren. Das abendliche Essen wird von mir und meinen Kameraden wieder in der Kaserne eingenommen. Ab Morgen wird in der Gruppe mit gepanzerten Fahrzeugen geübt. Den neuen Befehlsplan können wir an der Informationstafel beim Unteroffizier vom Dienst lesen.

Das Aufstehen am nächsten Tag fällt uns allen wieder schwer, und so kommen wir etwas verspätet in den Speiseraum. Meine Stubenkameraden sitzen bereits am Tisch, als ich mich ihnen nähere. Sie drehen mir den Rücken zu, und als ich gerade an ihnen vorbeigehen will, drehen sie sich auf Kommando um und übergeben mir mit einem lauten Geschrei einen Sandkuchen, auf dem mit Nüssen „Richard, alles Gute zum Namenstag" geschrieben steht. „Ja klar", sage ich zu den Umstehenden, „heute ist der 3. April, mein Namenstag!" Irgendwie haben sie in der Küche einen der Köche bestochen, um mich zu überraschen. Das ist ihnen bestens gelungen, denke ich und freue mich riesig darüber.

Nach der tollen Überraschung treten wir wie jeden Tag vor den Mannschaftsunterkünften an, um die Tagesbefehle in Empfang zu nehmen. Wie wir bereits gestern erfahren haben, beginnt heute der zweite Teil unserer Ausbildung. Unser gesamter Zug wird ab heute in acht Gruppen aufgeteilt. Jede Gruppe hat einen leicht gepanzerten Transporter mit einem festen Maschinengewehr auf dem Dach. Neben dem Fahrer und den zwei MG-Schützen besteht unsere kleine militärische Abteilung noch aus zwei Kundschaftern, die unseren Stoßtrupp vor einem überraschenden Feindkontakt schützen soll. Die anderen drei Panzerjäger befinden sich bei schnellerer Fahrt im Wagen. Bei langsamer Gangart sichern sie die beiden Seiten und die Rückseite unseres mobilen MG-Stands. Jetzt kommt das Zusammenwirken aller Beteiligten zu den bisherigen Einzelausbildungsabschnitten hinzu. In der Gruppe muss sich jeder auf den anderen verlassen können.

Bei den ersten Übungen stellt sich sehr schnell heraus, dass wir noch nicht richtig harmonieren. Mehrmals werden wir von unserer Vorhut getrennt und geraten dann zwangsläufig in einen Hinterhalt, der für uns alle tödlich enden würde. In dem großen Areal wird jedem neuen Zug eine eigene Aufgabe gestellt, um sich an das Zusammenwirken zu gewöhnen. Als wir uns am Abend im Speisesaal zum gemeinschaftlichen Essen wieder treffen, hört man von allen Gruppen, dass noch große Anpassungsschwierigkeiten bestehen. Nicht nur die Konzentration dem allgegenwärtigen Feind gegenüber beschert uns Probleme, nein, auch das gemeinschaftliche Angreifen muss noch besser koordiniert werden. Neben dem zielstrebigen Vorwärtsgehen muss auch das Absichern der Kameraden wesentlich besser werden. Ja, diese Themen schwirren an dem Abend immer wieder in unseren Köpfen herum. Das alleinige Wollen reicht nicht aus, um erfolgreich und vor allem verletzungsfrei aus dem Einsatz zurückkommen. Da unser Zimmer auf verschiedene Stoßtrupps verteilt ist, können wir nach dem „Stube abmelden" noch einige Erfahrungen austauschen. An dem Abend wird noch sehr heftig diskutiert, und so ist die Nacht sehr kurz.

Am nächsten Tag besprechen wir nach dem Morgenappell den gestrigen Tag. Gefreiter Weber ist jetzt für uns verantwortlich. Josef Weber kommt aus Garmisch und war schon in der Normandie, um die Landung der Alliierten zu verhindern. Nach dem misslungenen Verteidigungsversuch kam er nach Stein als Ausbilder für angehende Panzerjäger. Er ist eher etwas wortkarg, dafür ist er im strategischen Denken sehr gut. Im Vergleich zum Oberjäger Herz ist das schon eine große Umstellung. Der Oberjäger ist eher eine „Plaudertasche", der sehr viel mit uns spricht, aber nur selten etwas plausibel erklären kann. Der Gefreite Weber wird von seinen Ausbilderkollegen „Einstein" genannt, da er immer versucht, alle Ungereimtheiten aufzuarbeiten und sie anschließend zu analysieren. Man merkt unserem neu zusammengestellten Zug nach ein paar Tagen an, dass sich hier doch einiges getan hat. Unsere Übungen im Trainingsparcours werden immer besser, und nach vier weiteren Tagen funktionieren die lebensnotwendigen Mechanismen schon so gut, dass uns der Gefreite Weber signalisiert, uns schon bald im nahe gelegenen Frontabschnitt einzusetzen. Auf der einen Seite macht uns der Vorschlag sehr stolz, doch zum anderen kommt ein leichtes Unbehagen auf, schon jetzt gegen die jugoslawischen Partisanen kämpfen zu müssen. Meine Aufgabe als zweiter MG-Schütze ist es, bei einem Feuergefecht den Munitionsgürtel immer griffbereit und schussnah zu platzieren. Ein eigenes Gewehr habe ich nicht, denn auf dem Panzerwagen wäre so eine Waffe sehr umständlich gewesen. Aus diesem Grund bekomme ich eine Pistole, die mir beim Nahkampf helfen soll, zu bestehen. Es ist eine belgische Waffe, hat ein Magazin mit acht Schuss und liegt gut in der Hand. Zudem bin ich der Koordinator unseres Stoßtrupps.

Mit der neuen Erkenntnis vergehen die beiden nächsten Wochen sehr schnell. Sehr überraschend und nicht erwartet bekomme ich das erste Mal nach über drei Monaten einen Brief aus meiner Heimat Lagerlechfeld. Am 20. April erreicht mich der Brief meiner Eltern, der noch an die Brandenburger Kaserne adressiert ist. Allein das Gefühl, etwas aus der Heimat in der Hand zu halten, beschert mir ein großes Glücksgefühl. Ich muss den Brief zuerst noch in die Tasche stecken, denn am Vormittag sind wir wieder draußen im Gelände und perfektionieren weiterhin unsere Abläufe. Da passt es ganz gut, dass unser Stoßtrupp für die kommende Nacht als Wache eingeteilt ist. Aus diesem Grund bekommen wir nach dem Mittagessen frei, um uns auf die lange Nacht vorzubereiten.

Ganz vorsichtig öffne ich den Brief mit meinem Klappmesser, und mit erhöhtem Herzklopfen beginne ich den von meiner Mutter geschriebenen Brief zu lesen. Abgeschickt wurde er am 29. Januar.

„Mein lieber Sohn, ich hoffe, dass Dich meine Nachricht bald erreicht. In Lagerlechfeld ist es nicht mehr so wie es einmal war. Durch die erfolgreiche Erprobung der Me 262 ist Lagerlechfeld eines der Hauptangriffsziele der amerikanischen Air Force geworden. Fast täglich wird Fliegeralarm ausgelöst und es steht im Flugplatz kaum noch ein Stein auf dem anderen. Der Flugbetrieb ist nicht mehr richtig aufrechtzuhalten. Im Wald von Kaufering wird mit Unmengen von Arbeitern und Gefangenen ein Stollen in die Anhöhe getrieben, der weitere Starts ermöglichen soll. Das Großobjekt prägt den ganzen Lebensraum im Umkreis. Alles Verfügbare wird in den gerodeten Wald geschickt. Menschen, Maschinen, selbst Landwirte mit ihren Traktoren werden täglich für die Großbaustelle abgestellt. Deiner Schwester und Deinem Bruder geht es an ihren Frontabschnitten gut. Dein Vater muss momentan im Fliegerhorst die Aufräumarbeiten mitkoordinieren. Die Versorgung mit Lebensmitteln kommt langsam ins Stocken, da alles Verfügbare unmittelbar an die Frontsoldaten weitergeleitet wird. Viele Lagerlechfelder Piloten haben ihr Leben verloren. Gestern kam am Bahnhof ein Zug mit gefallenen Piloten an. Unter großer Anteilnahme und mit allen militärischen Ehren wurden die Toten in den Fliegerhorst gebracht. Auf jedem Sarg war eine Reichskriegsflagge befestigt, die den Heldentod eines jeden Piloten dokumentierte. Dort wurden sie aufgebahrt und heute unter den Klängen der Militärkapelle mit einem Zapfenstreich beerdigt. Hinter den acht Särgen standen jungen Witwen und weinende Mütter der Gefallenen, die sich ein letztes Mal von ihren Männern oder Kindern verabschiedeten. Obwohl ich die Piloten nur flüchtig gekannt hatte, musste ich weinen, da sich meine Gedanken zu dir drängten. Lieber Richard, wo Dich der Brief auch immer erreichen wird, spiele nicht den Helden. Du bist mit Deinen sechzehn Jahren doch noch ein Kind. Du bist unser Kind. Ich umarme Dich in meinen Gedanken und hoffe es später mit meinen Armen noch einmal wiederholen zu können. Liebe Grüße von uns allen und einen immergegenwärtigen Schutzengel wünschen Dir Deine Eltern."

Mit diesen Worten beendete meine Mutter den Brief aus der Heimat. Ein, zwei Tränen laufen über meine Wangen, als ich den Brief wieder zusammenfalte und in meine Brusttasche stecke. Es ist schön, die Worte meiner Mutter zu lesen, wie sie mir ihre ganze Liebe schenkt. In der nachdenklichen Phase hole ich mein Familienfoto heraus und lasse mich gedanklich in die Vergangenheit abgleiten, wo mir einige Jugenderlebnisse wieder gegenwärtig werden. Diese intensive Beschäftigung mit meiner Familie und den neuesten Ereignissen aus Lagerlechfeld bringen mich gedanklich ein wenig von der Front weg. Selbst das Bedürfnis nach einem Gebet kommt in der Stimmung bei mir hervor. Das Beten habe ich schon fast vergessen. Doch der heutige Tag bringt mich wieder auf den richtigen Weg zurück. Gerade bei dem, was mir in nächster Zeit bevorsteht, ist ein besinnliches Nachdenken unabdingbar.

Nach einer Stunde verlasse ich meine Stube und geselle mich zu meinen Jägerkameraden im Gemeinschaftsraum. Vier spielen Schafkopf, zwei lesen Bücher. Auf der Eckbank sitzen die restlichen Jäger, die sich in eine rege Diskussion über das zuletzt Erlebte einlassen. Viel Hoffnung, aber auch Nachdenkliches kann ich heraushören. Nach außen hin will jeder von uns den starken Mann zeigen. Doch beim ersten Hinterfragen kommen sehr schnell die ersten Zweifel auf. Wir Heranwachsenden wurden doch von klein auf mit der Lehre des Nationalsozialismus großgezogen. In der Schule, im Reichsempfänger, im Jungvolk, in der Hitlerjugend und auch im Alltag gab es nur ein Thema. Deutschland, Deutschland über alles! Gegen siebzehn Uhr gehen wir in den Speiseraum, um das Abendessen zu uns zu nehmen.

Unsere Wache beginnt um achtzehn Uhr und endet gegen sechs Uhr. Mit sieben weiteren Panzerjägern beginne ich pünktlich meinen Wachdienst. Zuerst bekommen wir aus der Waffenkammer unsere Munition mit den speziellen Pistolen. Fünfzehn Minuten später melden wir uns beim wachhabenden Offizier. Der Oberfeldwebel zeigt uns den zu sichernden Abschnitt. In Zweiergruppen sichern wir unseren drei Kilometer langen Kasernenabschnitt ab. Vier Panzerjäger können schlafen, zwei weitere haben Bereitschaft. Für mich und meinen Kameraden heißt das, dass wir nach unseren zwei Stunden Wache vier Stunden schlafen können und dann noch einmal zwei Stunden als Bereitschaft zur Verfügung stehen müssen. Obwohl die Nacht ohne Zwischenfälle verläuft, merken wir die letzten Stunden. Die Aufmerksamkeit beim theoretischen Unterricht wird mehrmals durch ein leichtes Einnicken erheblich gestört. Aber irgendwie bringen wir den Tag dann doch noch hinter uns. Der Unterricht wird noch die nächsten drei Tage weitergeführt, wobei nicht nur Waffenkunde und Marschieren nach Kompass auf dem Unterrichtsplan steht. Die psychologische Seite ist bei allen aufgeführten Beispielen unauffällig verpackt. Die wenigen Zweifel, die uns noch begleiten, werden scheibchenweise beseitigt. Unsere Stärke, die wir noch nicht richtig einschätzen können, wird uns immer wieder vor Augen gehalten, um ja keinen Zweifel beim Einsatz hochkommen zu lassen. Ich merke es bei mir am Ende jeden Tages. Da sind alle Vorbehalte wie weggeblasen.

28. April 1945,
Loiblpass

Und so vergehen der 23., der 24., der 25. und auch der 26. April. Innerlich gestärkt und voller Tatendrang erhalten wir am 27. April 1945 unseren Marschbefehl an die Front. Am Samstag, dem 28. April, verpacken wir unsere komplette Ausrüstung auf die Planwagen. Durch verstärktes Feindaufkommen verzögert sich unser Transport um einen Tag. Die Division Wiking wird zur Verstärkung herbeibefohlen. Diese Einheit verfügt über mehrere Panzer mit enormer Feuerkraft. Mit der Verstärkung soll es gelingen, den Tunnel zum Loiblpass wieder freizukämpfen. Dieser Tunnel ist strategisch gesehen die wichtigste Verbindung, die das Deutsche Reich mit den Karawanken in Jugoslawien verbindet. Der knapp eintausendfünfhundert Meter lange Tunnel beinhaltet noch einige Gefahren, da er einige geheime Zugänge hat. Partisanenüberfälle werden täglich gemeldet und so gestaltet sich unsere Fahrt, die wir nach zwei Tagen Verspätung endlich antreten, als sehr problematisch.

Behindert wird unser Fronttransport durch entgegenkommende Krankentransporte, die immer mehr verwundete deutsche Soldaten von der Front ins gesicherte Hinterland bringen. Mit schweißgebadeten Körpern erreichen wir nach einer Stunde die andere Seite des Tunnels. Dort werden wir gestoppt, da die feindlichen jugoslawischen Partisanen uns mit einem Mörserhagel empfangen. Die Passstraße verläuft auf gut eintausend Metern parallel zum

Berg. Auf dem achthundert Meter entfernten gegenüberliegenden Bergmassiv sind die Stellungen der jugoslawischen Partisanen, die von den mittlerweile eingetroffenen russischen Verbänden mit modernsten Waffen ausgestattet wurden und uns das Leben sehr schwer machen. Durch massives Sperrfeuer unserer Panzer auf die gegnerischen Stellungen verstummt das Zischen mit anschließendem Explodieren der Mörsergranaten. Diese fünfminütige Feuerpause nutzen wir Panzerjäger von der Einheit Brandenburg, um in einen geschützten Bereich zu gelangen. Dort wird unser Fahrzeugkonvoi sofort in Empfang genommen und fronttauglich getarnt.

Wir jungen Burschen bleiben noch auf unseren Fahrzeugen sitzen und beobachten das hektische Treiben in dem Befehlsstand. Unser Gruppenführer Gefreiter Weber meldet sich vorschriftsmäßig beim Kommandostand an, um uns einsatzbereit zu melden. Ein mürrischer Oberfeldwebel fährt unserem Ausbildungsgefreiten sofort in die Parade und schnauzt ihn gleich an, dass er im Frontabschnitt keine lauten, zackigen Meldungen machen solle. Nachdem das geklärt ist, kommt der Oberfeldwebel auf uns zu und mustert einen nach dem anderen sehr sorgfältig und macht anschließend aus seinem Herzen keine Mördergrube, als er fast erschrocken in unsere Augen sieht und uns total enttäuscht zu verstehen gibt, dass er mit uns nichts anfangen könne. „Kinder gehören nicht an die Front, was denken die sich eigentlich!" Fast schon etwas resigniert befiehlt er unserem Gruppenführer, dem Gefreiten Weber, zu sich in den Befehlsstand. Eingeschüchtert durch die äußeren Umstände, aber auch durch den nicht vielversprechenden Empfang des knorrigen alten Oberfeldwebels warten wir auf unsere kommenden Aufgaben.

Nach einer Stunde eilt unser Gruppenführer in gebückter Haltung zu uns zurück. Auf dem kurzen Weg ist er im Visier eines feindlichen Scharfschützen, der auch sofort auf den Gefreiten Weber eine Salve abschießt, ohne ihn aber zu treffen. Josef, wie er mit Vornamen heißt, übermittelt uns mit zittriger Stimme den Stellungsbefehl. Dieser sieht vor, dass wir die im Berg eingearbeiteten Stellungen beziehen und von dort aus die Passstraße sichern. Diese Straße darf auf gar keinen Fall in Feindeshand fallen, da der komplette deutsche Rückzug aus Jugoslawien nur noch über den Pass möglich ist. Die eingegrabene deutsche Einheit hat acht MG-Stellungen um den Eingang des Tunnels platziert und verteidigt diesen strategischen Punkt bereits seit über zwei Wochen. Große Verluste durch die ortskundigen Partisanen schwächen den Verband sehr, und nur deshalb werden wir als unterstützende Einheit angefordert. Zeit zum Eingewöhnen ist nicht vorhanden, und so werden wir in Achtergruppen mit einem ortskundigen Melder in die einzelnen Stellungen gebracht. Neben einer Pistole bekommen wir noch Handgranaten und einen Dolch für den Nahkampf vom Waffenoffizier ausgehändigt. Die Munition und die MGs wurden von einer Gebirgsjägereinheit unter großen Verlusten bereits in den Berg gebracht.

Nach fünfzehn Minuten setzt man uns in der Stellung ab. Meine Augen sehen acht total ausgezehrte deutsche Landser, die schon lange keinen Schlaf mehr hatten. Die Rotte ist schon über vier Jahre im Einsatz und weiß über jedes

Detail des Krieges bestens Bescheid, und trotzdem haben sie große Verluste erlitten. Die kriegsmüden Soldaten mustern uns sehr genau und sind ebenso überrascht, dass man so junge Burschen an die gefährliche Front geschickt hat.

In den nächsten zwei Stunden betreut uns noch ein alter Feldwebel, der uns die wichtigen Kleinigkeiten des Überlebens wiederholt ans Herz legt. In besonnenen Sätzen versucht er uns „jungen Wilden" den Eifer etwas zu nehmen. Er erzählt von den letzten Wochen und gibt uns ohne Umschweife zu verstehen, dass seine Einheit sich halbiert hat. Von zweihundertvierzig Soldaten sind allein in den letzten zwei Wochen über hundert Soldaten den Heldentod gestorben. Die weitere Belehrung erfolgt im Stile eines Vaters, der seinen Kindern den Ernst der Welt erklärt. Er fleht uns an, immer unseren Kameraden den Rücken freizuhalten und in keiner Phase des Einsatzes eine leichtsinnige Aktion zu starten. Er zeigt uns die Stellungen der feindlichen Scharfschützen, indem er einen Helm auf seinen Gewehrkolben hängt und diesen nur einen halben Meter nach oben hält. Binnen Bruchteilen von Sekunden hört man den Einschlag am Helm. Diese Demonstration ist nur eine von vielen kniffligen Situationen, die uns in der nächsten Zeit noch bevorstehen. Neben den Scharfschützen sind nachts noch die Einzelkämpfer aktiv. Jede Nacht wird ein MG-Nest von solchen Übergriffen bedroht.

Als unser väterlicher Kamerad uns nach knapp zwei Stunden allein lässt, steigt mein Puls immer mehr in die Höhe. „Wer schläft, ist tot", mit diesen Worten verabschiedet sich der Feldwebel Abel Ludwig von uns und hofft, uns morgen früh bei der MG-Nestübergabe unversehrt anzutreffen. Panzerjäger Bernhard ist erster MG-Schütze. Ich bin der zweite MG-Schütze. Der Christian und der Dieter sichern uns auf der rechten Flanke, der Erich und der Franz auf der linken Seite. Der Georg und der Isidor sitzen leicht versetzt hinter uns, um uns von hinten zu beschützen. Der Bernhard und ich sind für das MG verantwortlich und haben den Befehl, auf alles, was sich vor uns bewegt, sofort zu schießen. Die langsam hereinbrechende Dunkelheit erschwert unseren Einsatz um einiges. Von unseren Vorgängern werden wir noch eingewiesen, um unseren Stand herum einige Stolperfallen einzubauen. Je besser wir sie platzieren, umso höher ist unsere Überlebenschance. Wir spannen hauchdünne Drähte kreuz und quer um unsere Stellung und versehen diese mit kleinen Glöckchen. Bei einem Geräusch ist dann die ganze Aufmerksamkeit von uns allen gefordert. So in den nächsten zwölf Stunden sind wir jetzt auf uns allein gestellt. Bernhard und ich wechseln uns im MG-Stand jede Stunde ab und so bleibt unsere Konzentration bestehen. In der ruhigen Nacht werden wir nur durch gelegentliche kurze Feuerstöße aufgeschreckt, die in unserer unmittelbaren Nähe zu hören sind. Danach kehrt sofort wieder Ruhe ein.

Es ist eine gespenstische Stille, die unsere komplette Konzentration auf Spannung hält, um jederzeit schussbereit die angreifenden Partisanen bekämpfen zu können. Auch unsere Kameraden wechseln jede Stunde unter Berücksichtigung der geltenden Parole ihren Einsatzort. Die weiterhin spontanen kurzen Feuerstöße aus dem Mündungsfeuer der MG-Stellung halten mich weiter hellwach. Ich muss jederzeit damit rechnen, dass ein bestens getarnter jugoslawischer Partisan nach meinem Leben trachtet. Gegen Mitternacht fällt uns der Einsatz immer schwerer. Der jetzt über uns stehende Vollmond erschwert die Aufgabe zunehmend, da sein Schein auch unsere Stellung immer mehr ausleuchtet. Wir können nur hoffen, dass die feindlichen Einzelkämpfer unsere Stellung nicht einsehen können. Ein normales Sprechen ist strengstens verboten. Und so verständige ich mich mit dem Bernhard über Handzeichen und leises Flüstern.

In den nächsten Stunden ist es mehr ein Kampf gegen den Schlaf als gegen den allgegenwärtigen Feind. Irgendwann in den frühen Morgenstunden muss ich den Kampf gegen das Schlafen verloren haben. Durch einen heftigen, extrem lauten Feuerstoß aus unserem MG werde ich schlagartig aus dem Schlaf gerissen. Ich liege nur zwei Meter neben dem MG, als Bernhard auf den Abzug drückt und auf ein Rascheln im unübersichtlichen Waldgebiet schießt. Da wir in unserem Munitionsgürtel zwischendrin Leuchtstoffmunition platziert haben, kann ich gerade noch erkennen, dass ein Angreifer nach hinten wegspringt oder fällt. Sofort ist unsere Gruppe wieder hellwach. Mit einem schlechten Gewissen meinen Kameraden gegenüber reiße ich mich noch mehr zusammen, um eine Wiederholung meines Sekundenschlafs zu vermeiden. Sehnlichst erwarte ich den Sonnenaufgang und unsere Ablösung, denn mein Körper ist nicht mehr in der Lage, sich bei einer erneuten Feindsituation richtig dagegenzustellen.

Meine Hoffnung wird bald erhört und schon zeigt sich am gegenüberliegenden Bergkamm die Sonne. Mein Magen knurrt mittlerweile schon so laut, dass uns die feindlichen Linien leicht ausfindig machen könnten. Hungrig, frierend, übermüdet und leicht geistesabwesend höre ich unsere Ablösung kommen. Nach einer kurzen Kommunikation zwischen Bernhard und der eintreffenden Ablösung treten wir vollzählig mit dem Melder den Rückzug ins Basislager an. Nach kurzer Zeit haben wir die Anhöhe hinter uns gelassen und können uns endlich ausruhen. Doch bevor es soweit ist, müssen wir noch zum Morgenappell antreten. Mit acht Gruppen à acht Panzerjägern sind wir gestern Abend in die Stellungen gegangen. Nach dem Kommando des Unteroffiziers vom Dienst stellen wir uns vor dem Behelfsstand auf, um die Vollständigkeit zu überprüfen. Beim Vorlesen der Namen muss man mit einem kurzen „Ja" antworten. An dem Morgen fehlen viele „Jas". Jedes Stummbleiben nach dem Aussprechen des Namens bedeutet, dass ein junger Panzerjäger den Heldentod starb. Von den vierundsechzig jungen Soldaten stehen heute früh nur noch neunundvierzig in der Formation. Gefreiter Weber übergibt dem Unteroffizier vom Dienst fünfzehn abgetrennte Blechstreifen. Mit einem kurzen Innehalten wird der Toten gedacht, bevor es in ein bunkerähnliches Gebäude geht, um unser Frühstück einzunehmen. Schwer betroffen und völlig am Ende bringe ich keinen Bissen herunter. Der Hunger ist riesengroß, doch mein Körper ist noch so geschockt, dass er nichts in sich hineinlässt.

Kurze Zeit später können wir abtreten und uns aufs Ohr legen. Durch den Verlust meiner fünfzehn Kameraden kommt die allgegenwärtige Angst in mir wieder auf. Allein der Gedanke, dass ich in einer anderen MG-Stellung als

Wache eingeteilt worden wäre und so jetzt nicht mehr am Leben wäre, bereitet mir schon einige Sorgen. Obwohl ich einen großen Hunger habe und die Müdigkeit mich fast umwirft, kann ich weder essen noch schlafen. Das Ruhen auf einem Feldbett in dem bunkerähnlichen Unterstand bringt meine Fantasie wieder ins Rollen und so verdränge ich die gestrige Nacht, indem ich mich gedanklich wieder mit meiner Kindheit in Lagerlechfeld auseinandersetze.

Das Schießen mit den gefundenen Gewehren und den Platzpatronen machte uns Heranwachsenden einen großen Spaß. Leidenschaftlich schossen wir aufeinander, ohne an den grausamen Ernstfall zu denken. Gestern Nacht hat mich die Vergangenheit wieder eingeholt und mir auf ganz drastische Weise gezeigt, welches große Leid der Krieg jederzeit bringen kann. Nach weiteren Gedanken löst sich in mir endlich die Spannung. Ohne mein Dazutun laufen mir die Tränen über die Wangen und nässen mein Kopfteil. Wenig später hat mich der Schlaf endlich erreicht und so entgleite ich für die nächsten Stunden in eine entspannte Phase.

Irgendwann am Nachmittag erwache ich aus meinem Tiefschlaf, weil sich mein Magen immer noch nicht beruhigt hat. Durch das mitgenommene Frühstück habe ich die sofortige Lösung für mein Hungerproblem. Hastig beiße ich in das Brot, um kurze Zeit später in die extra Wurst zu beißen. Durch meine Stärkung und einen heißen Malzkaffee nehme ich die Umwelt wieder in mir auf. Sehr gefasst beobachte ich den Abtransport der jungen toten Körper meiner Kameraden. In den Leichensack werden auch die ganzen übrigen Habseligkeiten des Getöteten gesteckt. Nach kurzem militärischem Gedenken werden die Säcke aufgeladen und abtransportiert.

Moralisch habe ich mich bereits mit meinen Panzerjägern auf eine weitere Horrornacht in den jugoslawischen Bergen eingestellt, als sich folgende Meldung im Lager schnell herumspricht: Die MG-Nester im Hang können nicht mehr gehalten werden, da der Gegner zunehmend die Stellungen am Tag mit Mörsern und nachts mit Partisanenangriffen schwächt. „Der verdammte Bergkamm hat uns schon mehr als zweihundert Soldaten gekostet!" Mit diesen Worten bekräftigt Feldwebel Abel seine Entscheidung, die Stellungen aufzugeben. Da die angeforderte Unterstützung von der einhundert Kilometer entfernt kämpfenden Wiking-Einheit noch nicht eingetroffen ist, sieht der Befehlsstand keine andere Möglichkeit, als sich nach Loitsch zurückzuziehen. Nachdem die Soldaten aus ihren Bergstellungen zurückgebracht worden sind, holen die in unmittelbarer Nähe kämpfenden Gebirgsjäger die komplette Munition und die schweren Maschinengewehre zu Fuß vom Berg zurück. Zwei Gruppen sichern unseren planmäßigen Rückzug Richtung Loitsch. Wichtig für uns ist das rechtzeitige Ankommen in der neuen Stellung noch vor dem Dunkelwerden. Gegen siebzehn Uhr erreicht ein großer Tross von etwa zweihundertfünfzig Soldaten Loitsch. Nach kurzem Eingewöhnen werden wir auf unsere neue Aufgabe vorbereitet.

2. Mai 1945,
Loitsch

Über den Sender Radio Belgrad fängt unser Funker eine Meldung ab, die niemand glauben kann. Sie wird auch nur hinter vorgehaltener Hand weiter gegeben. „Adolf Hitler ist heute im Kampf um Berlin den Heldentod gestorben." Die Information verbreitet sich in Windeseile im ganzen Unterstand und wird auf das Heftigste diskutiert. Ich schließe mich denen an, die diese Meldung als Propaganda bezeichnen, gesendet nur, um uns zu demoralisieren. Der neue Standort liegt immer noch mitten am Berg und kann nach wie vor von den feindlichen Verbänden mit Granaten beschossen werden. Im gegenüberliegenden Bergmassiv haben sich die jugoslawischen Partisanen eingegraben und stören immer wieder und empfindlich mit ihren plötzlichen Angriffen den deutschen Rückzug. Der Vorteil unserer neuen Stellung besteht darin, dass wir über dreihundert Meter höher liegen und somit die feindlichen Bewegungen leichter erkennen können. In unserem Rücken fällt der Hang über zweihundert Meter steil ab. Ein Angriff des Gegners über die Flanke scheint uns eher unwahrscheinlich. Die Größe unsere Gruppe wird auf sechs Panzerjäger reduziert, was für unser jetziges Aufgabengebiet Sinn ergibt.

Am Abend werden wir neu zusammengestellt. Neben dem Bernhard und mir gehören unserer neuen Rotte noch der Christian, der Dieter, der Erich und der Franz an. Unserer MG-Mannschaft wird die linke Flanke zugeordnet. Die neue Stellung befindet sich, gut in die Landschaft eingebettet, ganz oben auf einem Hochplateau, die zu bekämpfenden feindlichen Mörserstellungen liegen, durch ein tiefes Tal getrennt, nur zirka zweihundert Meter gegenüber, wie man auf der Landkarte ersehen kann. Auch unsere strategischen Aufgaben werden uns noch am gleichen Abend erläutert. Wir fungieren als Scharfschützen, die nur auf die Gelegenheit warten sollen, einen oder mehrere Partisanen aus der gesicherten Stellung herauszuschießen. Nach einer sättigenden Essensaufnahme lege ich mich in mein Feldbett und darf die ganze Nacht durchschlafen, da ich dieses Mal keine Wache habe. Vor einer Woche noch hätte ich sicherlich Skrupel gehabt, mit Zielfernrohr auf Menschen zu schießen, aber nach den hinterlistigen nächtlichen Partisanenangriffen und dem Tod meiner Kameraden bin ich mir sicher, meine Aufgabe nicht nur im Sinne des Befehls, sondern auch ohne schlechtes Gewissen ausführen zu können. Mit dieser innerlichen Klärung sinke ich langsam in den Schlaf, der auch die ganze Nacht nicht durch kriegerische Handlungen unterbrochen wird. Zum ersten Mal nach langer Zeit kann ich eine ganze Nacht durchschlafen.

Das Wecken geschieht in einer unaufgeregten Art. Mit einem Rucken an der Schulter und einem „Guten Morgen" werden wir in die Realität zurückgeholt. Ein flüchtiges Waschen an einem Bach bringt meine inneren Gedanken wieder ins Lot. Das Essen wird schnell hinuntergeschlungen, denn es geht in unsere neue Stellung in den Karawanken. Unser Sextett ist noch gut motiviert, wir haben keine Probleme, die Bergstellung zu erreichen.

Jeder packt so tatkräftig an, dass unser neuer Stützpunkt noch vor dem Mittag steht. Christian erkundet mit dem Präzisionsfernglas die gegenüberliegende Bergkette. Er kann eine große Betriebsamkeit der gegnerischen Verbände erkennen. Über eine Stunde beobachtet er deren Frontabschnitt und skizziert für uns einen Plan mit den vermuteten Stellungen, von denen die gefährlichen Granaten auf uns abgefeuert werden. Mehrere Lkw fahren am gegenüberliegenden Bergkamm von einer vermuteten Mörserabschussbasis zur anderen. Jeder Lkw verrät uns somit eine Stellung der jugoslawischen Partisanen. Unter uns, am Fuße des Hanges, verläuft die hart umkämpfte Straße, die nach wie vor von unseren Truppen als Haupttransportweg genutzt wird. Die Befehlsvorgabe lautet: reagieren, nicht agieren. Für uns heißt das, erst wenn vom Feind das Feuer eröffnet wird, sollen wir angemessen reagieren. Der unten im Tal verlaufende Rückzug will nicht enden und so ist es nur noch eine Frage der Zeit, bis die feindlichen Granatwerfer das Feuer auf die sich zurückziehenden Soldaten eröffnen werden.

Gerade habe ich meinen Gedanken zu Ende gebracht, als schon die ersten Granaten im Tal einschlagen. Mit einem Satz werfen sich unsere Soldaten in den Straßengraben. Die Mörsergranaten fliegen in hohem Bogen durch die Luft und schlagen fast senkrecht im Boden ein. Für unseren MG-Stand ist jetzt klar, dass wir das Feuer auf die jenseits des Tals stationierten jugoslawischen Partisanen eröffnen müssen. Kurze präzise Feuerstöße aus der Mündung des Maschinengewehrs erhöhen den ohnehin schon heftigen Gefechtslärm noch um einiges. Bernhard ist sehr konzentriert und hält immer wieder voll auf das markierte Gelände. Ich bin damit beschäftigt, die Patronengürtel schussbereit zu halten. Nach sechshundert Schuss muss der Gürtel gewechselt werden. Alle drei Minuten ist es soweit. Während dieser Zeit ist unsere Stellung sehr anfällig. Franz und Dieter schießen in der Wechselzeit mit ihren Gewehren über das Tal. Dieser Austausch des Patronengürtels wurde schon tausendmal von mir geübt, sodass wir nach kurzer Zeit wieder feuerbereit sind.

Die kurzen Unterbrechungen werden von Christian dazu genutzt, mit seinem Feldstecher die gegnerische Stellung zu beobachten. Er signalisiert uns, dass da drüben absolute Stille herrscht. Wir bleiben ruhig und wägen ab, was in nächster Zeit auf uns zukommen könnte. Das Sperrfeuer auf die Soldaten, die immer noch unten im Straßengraben liegen, lässt ein bisschen nach. Bernhard und ich sind uns nicht ganz sicher, wie es weitergehen soll. Von den zwei Stellungen, aus denen gerade noch wie wild Granaten abgeschossen wurden, hören wir jetzt nichts mehr. Diese haben wir in den letzten Minuten sehr intensiv beschossen. Christian kann durch sein Präzisionsfernglas erkennen, dass sich ein paar der Gegner aus den Stellungen zurückziehen. Die Granatwerferstellungen sind normalerweise mit acht Partisanen belegt. „Fünf Titos ziehen sich zurück", meldet er uns mit leiser Stimme. Was ist mit den anderen? Diese Frage stellen wir uns sofort und sind etwas unsicher. Haben wir sie mit unserem Maschinengewehr außer Gefecht gesetzt? Sind sie schon früher aus der Stellung geflohen, oder waren die Stellungen nur mit ein paar jugoslawischen Partisanen besetzt? Allein diese Ungewissheit lässt uns wieder konzentriert zu Werke gehen. Unser MG-Stand ist westlich von der feindlichen Mörserstellung platziert. Die Sonne steht am 2. Mai 1945 gegen fünfzehn Uhr hinter uns und scheint mit zunehmender Zeit immer mehr in den Gegenhang. Unsere Augen sind immer noch auf das Ziel gerichtet. Bei der geringsten Bewegung der Partisanen im Gegenhang würde Bernhard „voll reinhalten". Jetzt hilft uns die Sonne. Durch ihre Wanderung am Himmel strahlt sie jetzt alle metallischen Gerätschaften der jugoslawischen Partisanen an. Das Reflektieren einer Mündungsklappe von einem Granatwerfer können wir auch ohne das Fernglas von Christian gut erkennen. Ich klopfe Bernhard auf die Schulter und zeige mit meiner rechten Hand auf das angestrahlte Ziel des Feindes. Wir versetzen unser Maschinengewehr um einen Meter, richten es in der Höhe neu ein und füllen unseren Maschinengewehrzuführungsgürtel mit sechshundert neuen Patronen. Nachdem ich ihm mit einem kleinen Kopfnicken meine Bereitschaft signalisiert habe, drückt er auf den Abzug. Mit Dauerfeuer trommeln unsere Geschosse auf das glänzende Mörserabschussrohr in der gegenüberliegenden Stellung. Bernhard verändert seine Einstellung nicht und so sehen wir nach kurzer Zeit eine riesige Explosion. Der komplette Gefechtsstand fliegt in die Luft. Ob wir feindliche Partisanen getroffen haben, können wir nicht erkennen. Dass aber die feindliche Stellung noch eine Granate auf deutsche Soldaten abschießen wird, ist ausgeschlossen.

Die dunkle Rauchwolke ist im gesamten umkämpften Gebiet noch lange zu sehen. Uns jungen Panzerjägern bringt diese Aktion enormes Selbstvertrauen. Wir wissen nicht wirklich, wie wir mit dem Volltreffer umgehen sollen, aber alleine die Genugtuung, dass wir selbstständig in der Lage sind, erfolgreich zu agieren! Die Gefechte nehmen mit dem Hereinbrechen der Dunkelheit weiter ab und so hört man nur gelegentlich noch einen Feuerstoß aus einem Maschinengewehr.

Durch Melder, die unsere Stellung noch vor der Nacht erreichen, gibt es frische Verpflegung und die Order, die Nacht über die Stellung zu halten. Dieses Unterfangen bringt bei uns wieder mehr Unbehagen in die Gruppe. Durch unsere kriegsnahe Grundausbildung reagieren wir sofort und wickeln unser MG in eine Decke. Anschließend vergraben wir das sperrige Teil in der Nähe unserer Stellung. Wir selbst verteilen uns im großen Bogen. Unsere schwarze Uniform hilft uns bei der Tarnung enorm. Jeder einzelne Panzerjäger reibt sich den lehmigen Dreck ins Gesicht, um auf gar keinen Fall durch ein nicht getarntes Gesicht von den Partisanen entdeckt zu werden. Von älteren Kameraden, die schon Jahre im Krieg stehen, erfahren wir, dass Dreck am besten mit Urin im Gesicht hält. Um einem Erkennen durch jugoslawische Partisanen aus dem Wege zu gehen, biesle ich in den sandigen Untergrund und reibe mein Gesicht nach kurzer Überwindung mit der schlecht riechenden Masse ein. Wir graben uns im Sechseck, zirka zweihundert Meter um unseren Gefechtsstand herum, ein. Jeder von uns kann den verlassenen Stand einsehen. Mit Gewehr oder Pistole sucht sich jeder ein passendes Plätzchen, um ungeschoren die Nacht zu überstehen. Viel wichtiger als die Feuerwaffe ist das Feldmesser, das alle Panzerjäger immer bei sich tragen, um im Nahkampf zu bestehen. In unserem verlassenen MG-Stand liegen nur noch Dinge, die nicht lebensnotwendig sind. Diese bedecken wir mit einer Plane und beschweren sie mit Steinen, damit der aufkommende Wind sie nicht davontragen kann. Und so liege ich jetzt voll eingegraben in einem Erdloch und versuche meine Gedanken so zu bündeln, dass mich nicht jedes nächtliche Geräusch in Anspannung hält. In der Einsamkeit der dunklen Nacht kann man nicht unterscheiden, ob es sich bei einem Geräusch um ein Reh oder einen Partisanen handelt. Solange ich nicht laut zum Schnarchen anfange, müsste mich meine Tarnung von allen Gefahren fern halten, denke ich bei mir und versinke in ein wachsames Dösen.

Gedanken von meiner Kindheit durchstreifen mein Gehirn und bringen meine momentane Situation mit diversen Bubenstreichen in Verbindung. Einmal beim Kartoffelklauben auf dem Feld vom Bauer Reiß verbuddelten mich meine Kameraden, als mich mein großer Bruder suchte und nach Hause bringen wollte. Ich lag in einer Mulde, als der Schorsch und der Franz meinen Körper komplett mit Humus überdeckten und mir in meinen Mund eine Kartoffelstaude steckten. Die Tarnung war so gut gelungen, dass mich mein Bruder tatsächlich nicht sah und den Weg nach Hause ohne mich antrat.

Und genau in dieser Stellung liege ich jetzt auf dem Rücken, eingegraben im waldigen Boden, mit einem Geäst auf dem Kopf. Der Vollmond kommt so langsam über den Bergkamm herüber. Man kann jetzt unsere MG-Stellung gut einsehen. Unsere Plätze liegen im Schatten, und so geben wir kein Angriffsziel ab. Neben anderen Geschichten aus meiner Kindheit überkommt mich so langsam die Müdigkeit, die mich in einen leichten Schlaf versetzt. „Knacks", hört mein Ohr unmittelbar in meiner Nähe! Mir bleibt fast das Herz stehen. Im Augenwinkel sehe ich einen Schatten, der nur zwei Meter von mir vorbeihuscht. Durch ein leichtes Drehen meines Kopfes kann ich drei weitere jugoslawische Partisanen erkennen, die in gebückter Haltung auf unseren MG-Stand zuschleichen. Den roten Stern auf dem Helm kann man gut erkennen, da der Mond genau auf die Lichtung scheint, wo unser MG-Stand platziert ist. Neben dem Stern kann man die Klingen der Dolche gut sehen, die sie zwischen den Zähnen eingeklemmt haben, um mit den Armen besser robben zu können. Vor lauter Angst vergesse ich fast das Einatmen und so stelle ich sofort auf Bauchatmung um, da ich in der jetzigen Situation keinen einzigen Laut von mir geben darf.

Zwei der vier Partisanen haben zusätzlich Gewehre bei sich, auf dem ein Bajonett aufgesteckt ist, um im Nahkampf erfolgreich zu sein. Die vier bewegen sich langsam auf unsere Stellung zu. Mit Handzeichen bereiten sie den todbringenden Angriff vor. Jetzt liegen sie nur noch drei Meter vor dem mit Sandsäcken aufgetürmten MG-Stand entfernt. Die äußeren jugoslawischen Partisanen haben die Bajonette, die anderen nehmen ihre Messer aus dem Mund und halten den Griff mit der zwanzig Zentimeter langen Klinge fest in ihren Händen. Durch unsere Abdeckung, die wir vor dem Verlassen unseres Stands über die Patronenkisten gespannt haben, verrät sich dem Gegner noch nichts.

Mit dem Heben der rechten Hand eines der Partisanen wird der Überraschungsangriff eingeleitet. Wie vier gereizte Panther springen die jugoslawischen Partisanen in unseren Stand und stechen mit allem zu, was sie zur Verfügung haben. Die metallischen Geräusche sind weit zu hören und so hoffe ich, dass meine fünf Kameraden zumindest jetzt wach sind und keine unüberlegten Aktionen starten. Außer einem „Pičku mater!" höre ich nichts, und im Schatten des angrenzenden Waldes verschwinden die vier in der Dunkelheit. Erst jetzt merke ich, wie verkrampft meine Hand das Messer umschlungen hat. Ich kann den Knauf gar nicht loslassen, so fest ist er von meiner Hand umschlossen. So langsam kommt mein Puls zur Ruhe und die normale Atmung setzt wieder ein. In der Nacht kommt es zu keiner weiteren Überraschung mehr, und so buddeln wir uns nacheinander frei und sichern noch unser Umfeld ab, bevor wir wieder unsere Stellung beziehen.

Nachdem wir die schwarze Plane entfernt haben, wird uns erst richtig bewusst, wie knapp wir dem Tod entronnen sind. Die schweren Blechkisten sind von den aufgesteckten Bajonetten mehrfach durchstoßen worden, und auch die weiteren Abschürfungen an den Patronenkisten hätten sicherlich ausgereicht, um unser junges Leben zu beenden. Zu meiner Überraschung haben Christian und Dieter den kompletten Angriff verschlafen. Während dem Aufbauen unseres Maschinengewehrs schildert jeder von uns seine Version der feindlichen Attacke. Zwanzig Minuten später ist unser Gefechtsstand wieder einsatzfähig, und so beobachten wir die feindlichen Stellungen, ohne große Bewegungen festzustellen. Drei Gebirgsjäger bringen mit einem Muli etwas zu essen und einen lauwarmen Malzkaffee. Aus einer Ledertasche wird uns der Tagesbefehl des Gefechtsstandes übergeben. Feldwebel Abel Ludwig unterschreibt mit seiner tollen geschwungenen Schrift unsere neue Aufgabe für den heutigen Tag. Da wir gestern den jugoslawischen Partisanen doch beträchtliche Verluste beifügen konnten, müssen wir heute mit vermehrten Gegenattacken rechnen. Aus diesem Grund verlegen wir unser MG um zwanzig Meter nach vorne, unmittelbar vor die steil abfallende Schlucht, die uns nach wie vor vom Feind trennt. So richten wir nach den neuen Erkenntnissen unser MG nicht mehr in den Gegenhang. Nein, wir platzieren es so, dass wir den Hang hinunterschießen können. Das hastig heruntergeschlungene Essen liegt uns noch fest im Magen, als wir unsere Einsatzstrategie festlegen. Christian steigt mit seinem Fernglas auf den Baum, der unmittelbar an unserer MG-Stellung steht. Von dort aus kann er den ganzen Hang gut einsehen und uns somit frühzeitig warnen. In der dreihundert Meter tiefen Schlucht liegt ein riesiger Felsbrocken in einem Flussbett. Das ist der Orientierungspunkt für alle weiteren Aktionen und wird als zwölf Uhr markiert. Wie beim Zifferblatt der Uhr werden alle Abweichungen mit Uhrzeiten benannt. Ein leichtes Versetzen nach rechts ist ein Uhr, eine leichte Abweichung nach links bedeutet elf Uhr. Die Anzahl der angreifenden Partisanen skizziert er mit Strichen. Den ausgefüllten Zettel lässt er dann an einer Schnur, die er mit einem Stein beschwert hat, nach unten in den MG-Stand ab. Dieses Himmelfahrtskommando bedarf unserer ganzen Aufmerksamkeit, da wir unmittelbar an der Bergkuppe sind.

An dem schönen Morgen, es ist der 3. Mai, ist es zunächst sehr ruhig. Weder im gegenüberliegenden Bergmassiv noch in der unter uns liegenden Schlucht tut sich etwas. Jederzeit kann ein Scharfschütze von der anderen Seite uns ins Visier nehmen und unserem Leben ein plötzliches Ende bescheren. Dieter bleibt bei Bernhard und mir in der Stellung. Erich und Franz sind versetzt getarnt im Gelände. Unsere lockere Stimmung in der Stellung ändert sich schlagartig, als uns der erste Stein vom Baum erreicht. Achtung! Auf zwei Uhr sehen wir acht Striche auf dem Zettel stehen. Ich stelle sofort eine Gegenfrage. Wie weit ist die Entfernung zu uns? Dieter zieht am Strick, und so zieht Christian den Zettelstein wieder nach oben. Sekundenbruchteile später kommt er wieder zurück. „Zweihundert Meter", steht gut lesbar darauf. Unsere Gespräche werden wieder leiser und so ganz sicher sind wir uns auch noch nicht, wann wir das Feuer eröffnen sollen.

Von unserer Stellung aus können wir noch nichts erkennen. Der Hinweis auf zwei Uhr bringt unser Maschinengewehr in eine andere Position. Erich und Dieter beobachten den linken Sektor von der Schluchtkante aus. Ich bin mit dem Zurechtlegen des Patronengürtels beschäftigt. Obwohl alles bestens liegt, korrigiere ich aus lauter Nervosität mehrmals die Lage. Fünfzehn Minuten sind seit dem Aufspüren des Feindes mittlerweile vergangen, als ein weiterer Stein unseren Gefechtsstand erreicht. Neben der bekannten Uhrzeit und den acht Strichen steht jetzt die Zahl einhundertfünfzig. Von meiner Ausbildung ist mir noch der Hinweis allgegenwärtig, dass man auf gar keinen Fall das Feuer zu früh eröffnen darf. Den richtigen

Zeitpunkt des ersten Feuerstoßes zu erwischen ist für uns junge Panzerjäger lebenswichtig. Bernhard und ich versuchen, eine gemeinsame Entscheidung zu treffen. Ich flüstere ihm „dreißig Meter" ins Ohr, Bernhard schüttelt den Kopf und zeigt mir mit fünf ausgestreckten Fingern an, dass er den Zeitpunkt bei fünfzig Metern für passend hält. Er deutet mit einer ausholenden Armbewegung an, dass ein guter Werfer durchaus in der Lage sei, eine Handgranate über dreißig Meter in eine Stellung werfen zu können. Durch ein leichtes Verschieben eines Sandsacks kann ich in Richtung zwei Uhr schauen. Meine Augen suchen den ganzen Korridor ab, ohne aber irgendeine Bewegung zu erkennen. Haben sie ihre Richtung geändert? Sind sie wieder nach hinten gerückt? Haben sie sich eingegraben, um ein Basislager auf halber Höhe zu installieren? Ich bin mir jetzt richtig unsicher, da die gut getarnten Partisanen womöglich nur noch achtzig bis einhundert Meter von uns entfernt sind.

Nach einer kurzen Überlegung und einem stetig schneller schlagenden Puls sehe ich in Richtung zwei Uhr, etwa vierzig Meter vor uns, eine frei Stelle, an der das Unterholz nicht mehr so dicht gewachsen ist. Mit einigen Handbewegungen und leisem Flüstern signalisiere ich Bernhard meine neue Überlegung. Nach einem kurzen Innehalten nickt er mir zu und stellt sein Visier auf die Entfernung von vierzig Metern ein. Fast zeitgleich verspüre ich auf meinem Rücken einen kleinen Schlag. Es ist der Zettelstein von Christian. Neben den bekannten Vermerken ist die Zahl fünfzig ganz dick von ihm markiert worden. Ich kann es zunächst nicht richtig deuten. Durch meinen

Schlitz im Sandsackverbund schaue ich genau in Richtung zwei Uhr und kann keine Bewegung wahrnehmen. Mein Unterhemd ist durch die Anspannung und den Zweifel, den Feind nicht sehen zu können, richtig nass geschwitzt. Die linke Seite, die von Erich und Dieter eingesehen wird, ist ebenfalls ganz ruhig. Haben sich die jugoslawischen Partisanen getrennt und greifen uns von den Flanken an? Der Blitzgedanke bringt mich noch mehr aus der Ruhe. Ich sehe uns schon in einem Hinterhalt, als ich am rechten Rand meines Blickwinkels eine kleine Fichte wackeln sehe. Sofort bin ich wieder hellwach. Bernhard sieht nichts, ist aber aufgrund meiner Reaktion sofort im Bilde. Unseren Flankenmännern kann ich mit einem taktischen Zeichen die Gefahrenstelle andeuten. Christian hat perfekt beobachtet und kann jetzt nichts mehr für uns tun.

Immer mehr kleine Fichten fangen an, sich leicht zu bewegen. Vom eigentlichen Feind ist immer noch nichts zu sehen. Wieder ist es still geworden. Meine Augen sind voll auf die kleinen Bäume gerichtet. Die Spannung steigt jetzt noch weiter an. Ist es ein Reh oder ein anderes Waldtier, das sich dort bewegt? Ich weiß es nicht. Was sollen wir machen? Wir verharren in unserer Lauerstellung und warten ab. In dem Moment habe ich das Bedürfnis, einfach hochzuspringen, um der immer mehr einengenden Spannung zu entfliehen. Gott sei Dank kann ich mich noch beherrschen, denn jetzt sehen wir vier schwer bewaffnete Partisanenkämpfer, wie sie in gebückter Haltung sich gegenseitig absichernd den schützenden Wald verlassen und im Zickzack langsam den steilen Berg hochsteigen. Nach kurzer Zeit sind sie voll im Visier unseres Maschinengewehrs. Die Entfernung zu ihnen ist maximal noch dreißig Meter. Normalerweise hätten wir das Feuer schon längst eröffnen müssen. Aber Christian kritzelte ja acht Striche auf seinen Zettel. Uns fehlen also noch vier Striche! Was tun? Bernhard schaut mich kurz an. Meine Augen sagen ihm, noch ein bisschen zu warten, denn er schießt noch nicht. Unser Gegner verharrt an einem alleinstehenden Baum. Minutenlang tut sich überhaupt nichts! Mit einem kuckucksähnlichen Laut gibt die Vorhut den restlichen vier jugoslawischen Partisanen ein Zeichen, zu ihnen aufzuschließen. Genauso geschickt wie die ersten vier Widerstandskämpfer robben die restlichen zu der Gruppe. Mit einem eindeutigen Zeichen signalisiert mir Bernhard, dass wir beim Zusammentreffen der beiden Rotten mit unserem Abwehrfeuer beginnen. Die Zeit scheint nicht weiterzugehen, denn noch sind die vier hinteren Partisanen nicht bei dem Stoßtrupp angelangt. Jetzt sehe ich, dass die Aufsteigenden ein schweres Maschinengewehr bei sich haben. Diesen neuen Sachverhalt lässt Bernhard sofort in seine Überlegung einfließen und verrückt sein MG minimal. Denn eines ist klar, der Erstschlag muss das gegnerische Maschinengewehr sofort außer Gefecht setzen. Ich habe den Gedanken noch gar nicht ganz fertig gedacht, als Bernhard mit dem Zeigefinger den ersten kurzen Feuerstoß auslöst. Die erste Salve sitzt, und so motiviert gibt es jetzt keine Feuerpause mehr. Unser MG rotzt die Patronen nur noch so heraus. Die ersten sechshundert Schuss sind binnen Sekunden auf die feindliche Stellung abgefeuert, und so müssen Dieter und Erich in der Feuerpause mit ihren Gewehren die Partisanen weiter beschießen. In der Wechselzeit für den Patronengürtel kommt kein gegnerisches Geschoss auf unsere Stellung zu. Ohne nachzudenken hält Bernhard mit all unserer Feuerkraft weiterhin auf die unmittelbar vor uns liegende Partisaneneinheit. Wir feuern noch einen dritten und vierten Patronengürtel auf unsere Angreifer. Durch unsere Feuereröffnung haben wir den ganzen Hang wachgeschossen. Überall um uns herum rattern die Maschinengewehre los und so ist es in dem ohrenbetäubenden Lärm schwer, uns ein Bild von dem heftigen Angriff zu machen. Von oben kommt wieder der Stein in unsere Stellung. „Acht leblose Körper, Richtung zwei Uhr, Entfernung dreißig Meter!" Erleichtert sehen wir uns gegenseitig an und liegen anschließend völlig erschöpft in unserer Stellung.

Das Feuergefecht um uns herum tobt noch eine Stunde, bevor es langsam verstummt. Solange wir keinen neuen Befehl haben, gilt es die Stellung zu halten. Wir liegen mit unserem MG am höchsten Punkt der Anhöhe und haben von hinten und links nichts zu befürchten. Die rechte Seite ist durch ein weiteres Maschinengewehrnest, das ungefähr dreihundert Meter entfernt ist, von unseren Truppen besetzt. Unser Hauptaugenmerk gilt weiter dem Gegenhang, in dem man kleine Betriebsamkeiten des Gegners erkennen kann. Durch die hitzigen Feuergefechte um uns herum hat es auf unserer Seite Tote und Verletzte gegeben. Die Sanitäter bringen auf Tragen verwundete Kameraden in unsere Nähe, da unser Standpunkt als sicher eingestuft wird. Obwohl wir unsere Augen auf die feindlichen Linien richten, können wir das Stöhnen und Schreien unserer Soldaten nicht ausblenden. Fehlende Gliedmaßen, blutgetränkte Kopfverbände und Steckschüsse im Körper spiegeln mir die Grausamkeit des Krieges wider. Obwohl wir vor Kurzem ebenfalls Menschen getötet haben, erhöht sich meine Wut gegen die Partisanen noch um einiges.

Über einen Melder bekommen wir die Nachricht, dass wir uns noch vor Anbruch der Nacht in unser Hauptquartier zurückziehen sollen. Gesichert durch unsere Gebirgsjäger verlassen wir unsere Stellung und bewegen uns mit den verwundeten Soldaten und Sanitätern in unser Basislager. Bernhard schultert das Maschinengewehr, ich die beiden Stützfüße und den Patronenkasten. Christian, Dieter und Erich kümmern sich um unsere schwerverletzten Kameraden, damit sie ohne allzu große Schmerzen den Sanitätsbereich im Tal erreichen. Der schwere Abstieg verzögert sich ein wenig, da sich immer wieder feindliche Partisanen in dem waldigen Gelände verschanzen und wahllos auf uns schießen. Durch ein beherztes Eingreifen meiner Panzerjäger verstummen die Gewehrsalven langsam. Eine Stunde später stehen wir ohne weitere Verluste vor dem riesigen Holzbau, der als Kommandostand dient. Nach dem Melden unserer Gruppe können wir uns bis auf Weiteres in unsere Unterkunft zurückziehen. Von einem Funker, der im benachbarten Holzverschlag seinen Funkstand hat, erfahren wir, dass sich die deutschen Truppen den englischen Truppen im ganzen südöstlichen Deutschen Reich ergeben haben. Für uns ergibt der neue Sachverhalt ein enormes Problem. Vor uns die jugoslawischen Partisanen, die nach und nach von russischen Truppen unterstützt werden und uns immer weiter zurückdrängen. Noch ist der eintausendfünfhundert Meter lange dunkle Tunnel offen, um den rettenden letzten

Marsch Richtung Deutsches Reich anzutreten. Der Ring um die Öffnung des Tunnels wird immer enger, und so ist es jetzt ein Wettlauf mit der Zeit. Unser Problem ist, dass wir den kompletten deutschen Einheiten, die aus Jugoslawien immer schneller den Rückzug antreten, durch die Sicherung des Tunnels einen Marsch in die englische Gefangenschaft gewährleisten sollen. Alle Soldaten, denen es gelingt, den rettenden Tunnel zu erreichen, gehen in englische Gefangenschaft. Alle anderen würden von den jugoslawischen Partisanen den Russen übergeben und für lange Zeit nach Sibirien in Gefangenenlager verschleppt werden. Allein dieser Gedanke mobilisiert bei uns noch einmal alle Kräfte.

Nach der Essensaufnahme müssen wir noch einmal antreten. Und wieder werden die abgerissenen Erkennungsmarken vom Gruppenführer dem Lagerkommandanten übergeben. Der heutige Tag kostete vierundzwanzig junge Soldaten das Leben. Nach einem kurzen Innehalten richten wir uns noch einmal auf, bevor der Lagerkommandant erneut das Wort an uns richtet. Mit versteinerter Miene spricht er fast schon resignierend zu unserer Einheit, dass der Tunnel noch maximal acht Tage gehalten werden könne. Im weiteren Verlauf seines Tagesbefehls wird er noch konkreter und offenbart uns, dass wir die letzten sein werden, die den feindlichen Boden verlassen. Der Befehl lautet, dass wir so lange unseren Kameraden den Weg freischießen sollen, bis kein deutscher Soldat mehr auf feindlichem Gebiet ist. Wir wären für den reibungslosen Rückzug der deutschen Armee verantwortlich. Mit diesem Kernsatz beendet er seine Ausführungen.

Unsere Gruppe der Panzerjäger hat in dieser Nacht nur Bereitschaft, und so ist ein Ruhen im Kampfanzug irgendwie möglich. Der nächste Morgen kommt viel zu früh. Beim Morgenappell sind wieder Tote zu beklagen. Diese Meldungen wecken in mir immer ein großes Wutgefühl, das ich nur schwer unterdrücken kann. Bevor wir abtreten dürfen, kommt dem Kommandanten noch die Meldung über die Lippen, dass ein hochrangiger SS-Offizier mit sechs weiteren Soldaten in einen Hinterhalt geraten sei und so von unseren Linien abgeschnitten ist. „Von der Division Wiking ist schon ein Panzer zur Rettung angefordert worden. Er trifft in einer Stunde bei uns ein. Ich brauche für die Rettung noch acht freiwillige Panzerjäger, die im Schutz des Panzers hinter die feindlichen Linien gehen und den Offizier befreien." Jetzt habe ich meinen Vater im Ohr, der mir vor meiner Einberufung den guten Rat gab, nie den Helden zu spielen. Genau dieser Satz hält meinen rechten Arm unten, der in gehobener Stellung den Sondereinsatz bestätigt hätte. Gerade als ich mich durchgerungen habe, den weisen Satz meines Vaters zu berücksichtigen, sehe ich, wie zuerst Erich, dann Christian, später Bernhard und Dieter ihren Arm heben. Obwohl ich mit meinen Augen starr auf den Boden sehe, bemerke ich, dass die Augen meiner Kameraden voll auf mich gerichtet sind. Allen guten Vorsätzen zum Trotz und wie von Geisterhand gesteuert schwebt mein Arm nach oben. Mein Blick ist immer noch auf den Boden gerichtet, als der Kommandant sich für unsere Tapferkeit bedankt und die restliche Kompanie abtreten lässt. „Ich bin doch total bescheuert", sage ich laut zu mir selbst, als ich meine Entscheidung zum ersten Mal reell begreife.

Neben uns fünf Panzerjägern melden sich noch drei weitere Kameraden, die Gefreiten Poppe und Höch und der Obergefreite Ditl. Gemeinsam werden wir in den Kommandostand bestellt. In einem Aufenthaltsraum warten wir auf die Panzerbesatzung der Kompanie Wiking. In dem verdunkelten Unterstand kommt eine besondere Stimmung auf. Ich schaue in die Augen meiner Mitstreiter, kann aber nur Leere erkennen. Alle richten ihren Blick auf den Boden. Ein Scharren von Christian mit seinen Stiefeln auf dem steinigen Untergrund löst die Stille für kurze Zeit auf. Unsere drei neuen Weggefährten liegen auf einer Bank und versuchen noch ein bisschen zu schlafen. Sie sind zwei, drei Jahre älter als ich und haben schon mehr Erfahrung im Krieg sammeln können. Bernhard hat seine Hände im Schoß gefaltet und bewegt zeitgleich ganz leicht seine Lippen. Ein Gebet wäre jetzt sicher angebracht, denke ich für mich und beginne mit einem leisen Vaterunser. Meine Augen schweifen weiter in dem Raum herum. Erst jetzt erkenne ich Kleinigkeiten auf dem Tisch und den Bänken. Mit Messern oder ähnlichen Gegenständen sind Hilferufe und Liebesbekenntnisse ins Holz geritzt worden. „Sollte ich den Krieg überstehen, dann pilgere ich jedes Jahr einmal zum Kloster Andechs! Josef." „Magdalena, ich liebe dich über alles auf der Welt. Sollte ich die heutige Schlacht nicht überstehen, dann bist du in Gedanken ewig bei mir! Konrad." Etwas weiter rechts kann ich noch ein „Scheiß Hitler" erkennen. Mit einem Farbtupfer wurde offensichtlich versucht, es unkenntlich zu machen. Innerlich betend, verfolgen meine Augen weiter die emotionalen Inschriften, vernehmen meine Ohren das Geräusch vom Öffnen einer Tür.

Mit einem lauten „Achtung" schreckt uns der Lagerkommandant in die Höhe. „Soldaten, das ist die Panzerbesatzung, die mit euch heute den schweren Gang hinter die feindlichen Linien geht." Fünf tiefschwarz gekleidete und zackig aussehende Soldaten schauen uns Panzerjäger eher fragend an, als sie die Worte des Kommandanten hören. Mich beeindrucken sie richtig. Die hochrangigen Mannschaftsdienstgrade sind zwischen dreißig und vierzig Jahre alt und schauen verwegen aus. Der Gegensatz von Jugend und Unerfahrenheit zu kampferprobten und gestandenen Soldaten prägt sofort die Stimmung im Raum. Der Kommandant des deutschen Panzers, der vom Dienstgrad über dem des Lagerleiters ist, weigert sich, mit uns dieses schwierige Unterfangen zu starten. Gespannt verfolgen wir das laute Wortgefecht. Geht der Kelch noch einmal an mir vorüber?, denke ich für mich und hoffe, dass die Argumente des Panzerkommandanten ein höheres Gewicht haben. Das Bangen und Hoffen dauert noch zehn Minuten an. Dann ist klar, dass wir jungen Panzerjäger mit der Besatzung des Panzers das Himmelfahrtskommando durchführen werden. Doch bevor es soweit ist, besprechen wir mit der erfahrenen Panzerbesatzung unser schwieriges Unterfangen. Der Panzer IV verfügt neben seiner großen Kanone noch über ein modernes Maschinengewehr, das den unmittelbaren Bereich beschießen kann. Die Vorbereitung unseres Husarenritts dauert noch einmal zwei Stunden. Die Karten werden intensiv inspiziert, der Fahrweg für unseren Panzer IV muss markiert werden, unsere Laufwege sind genau abgestimmt, damit wir uns nicht selbst beschießen. Der Funkkontakt zu den Eingeschlossenen wird immer schwächer, und so ist es jetzt an der Zeit zu handeln. Der eingeschlossene und durch einen Steckschuss verwundete SS-Offizier befindet sich mit seinen sechs Begleitern auf einer kleinen Anhöhe, die dreihundert Meter vom Loiblpass entfernt ist. Von unseren Beobachtern werden wir auf eine kleine Scheune aufmerksam gemacht, aus der immer wieder Feuerstöße zu hören sind. Diese baufällige Hütte befindet sich weitere fünfzig Meter nach rechts versetzt von unserem geplanten Fahrweg. Jeder Panzerjäger hat neben einem Gewehr noch eine Pistole und einen Dolch als Bewaffnung für diesen besonderen Angriff bekommen.

Unsere Strategie ist klar. Nach dem Verlassen der Straße rollt unser Ungetüm auf dem leicht sandigen Untergrund, der mit Latschenkiefern übersäht ist, im Schritttempo in das unwegsame Gelände. Durch den großen Lärm und den schwarzen Rauch aus dem kräftigen Motor lenken wir ganz automatisch die Aufmerksamkeit auf uns. Das große Kanonenrohr und der MG-Stand sollen die Angreifer abschrecken, uns zu nahe zu kommen. Unsere Aufgabe besteht darin, keine jugoslawischen Partisanen an den Panzer heranzulassen. In der Vergangenheit kam es immer wieder vor, dass sich vereinzelte Partisanen gut getarnt vor einen fahrenden Panzer legten, sich „überfahren" ließen und an der Stelle, als der Panzer genau über ihnen war, eine Haftmine platzierten, die dann zeitverzögert den Panzer in die Luft sprengte. Leichtes Gewehrfeuer von rechts und ein paar Mörsereinschläge, die aber ihr Ziel um Längen verfehlen, erwarten uns jetzt. In gebückter Haltung und mit dem Gewehr im Anschlag laufe ich rechts vom Panzer, leicht nach hinten versetzt. Der ohrenbetäubende Lärm des Panzers schirmt alles um mich herum ab. Nur meine Augen sind hochkonzentriert im Gelände unterwegs. Nach gefühlten einhundert Metern bleiben wir kurz stehen. Der Panzerkommandant beordert unsere rechte Flanke nach links, da wir jetzt so langsam in den Schussbereich der verschanzten Partisanen kommen. Unsere Taktik verfolgt den Plan, dass wir den Partisanenstand zunächst ignorieren und erst nach dem Vorbeifahren das mächtige Rohr schwenken, um die Hütte in tausend Stücke zu schießen. Der Grund dafür ist die Einschätzung des erfahren Panzerkommandanten, der aus Hunderten von Einsätzen die Mentalität der jugoslawischen Partisanen genau kennt. „Partisanen sind hinterlistig und feige", mit den Worten hat er uns bei der Vorbereitung auf unseren heutigen Angriff richtig eingeschworen. Bei einem Feuerüberfall geben sich nie alle jugoslawischen Partisanen auf einmal zu erkennen. Erst wenn sie einhundert Prozent sicher sind, dass man sie nicht gesehen hat, feuern sie aus ihren Hinterhalten heraus. Und genau dieses Denken nimmt sich unser Kommandant zurate. Er hofft, dass sie nach dem Passieren unseres Panzers aus dem Hinterhalt ihr Feuer eröffnen. So könnten die Beobachter im Panzer die genauen Standorte notieren und dem ersten Schützen weitergeben. Unsere große Hoffnung und unser Wunschgedanke liegen außerdem noch darin, dass die Partisanen keine Panzerfäuste bei sich haben. In dem Fall wäre unser gesamtes Unternehmen sofort zum Scheitern verurteilt.

Mit unserem Annähern höre ich immer mehr das Pfeifen der MG-Salven, die jetzt unseren gepanzerten Transport mit allem beschießen, was sie haben. Unser Panzer

IV trotzt dem Angriff und bewegt sich immer weiter dem Ziel entgegen. Wir Panzerjäger bewegen uns jetzt langsam vor den Panzer, da wir die feindlichen Hauptlinien bereits überschritten haben. Unsere zwei Beobachter im Panzer erkennen neben der morschen Waldhütte noch drei weitere feindliche Stellungen. Nach weiteren zwanzig Metern stoppt unser Panzer IV, obwohl wir nur noch achtzig Meter von unseren verwundeten Kameraden entfernt sind. Er dreht sein großes Kanonenrohr auf die Hütte und feuert los. Eine Sprenggranate reicht, um das Holzgebäude von der Erde verschwinden zu lassen. Er dreht noch dreimal sein Rohr und feuert in die anderen Stellungen der Partisanen. Wir liegen flach auf dem Boden und beobachten die Volltreffer unseres Panzers. Neben der fehlenden Holzhütte sind noch drei große brennende Löcher in das waldige Gelände geschossen worden. Die wuchtigen Explosionen reißen Bäume, Fahrzeuge und alles im Umkreis von zehn Metern in die Luft. Das Maschinengewehr des Panzer IV eröffnet gleich im Anschluss das Feuer auf alles, was sich danach noch bewegt. Nach einer Minute ist der Spuk vorbei und wir nehmen wieder unsere Stellung am Panzer ein. Durch ein Handzeichen bekommen wir zu verstehen, dass unser gefährliches Unterfangen in die entscheidende Phase geht. Langsam bewegen die schweren Ketten den Kampfpanzer an die kleine Anhöhe, wo die Kameraden immer noch auf unsere Hilfe warten. Zäune und umgefallene Bäume stellen für uns kein Hindernis dar, da der Koloss alles niederrollt, was sich ihm in den Weg stellt. Jetzt sind wir nur noch zehn Meter von der eingegrabenen Stellung entfernt. Uns ist bekannt, dass der SS-Offizier nur im Liegen auf einer Trage transportiert werden kann. Des Weiteren ist uns noch bekannt, dass die restlichen sechs Kameraden nur bedingt lauffähig sind. Bevor wir die schwierigste Aufgabe in Angriff nehmen, beobachten wir noch einmal unser unmittelbares Umfeld. Unsere Vorsicht ist nicht unbegründet, da wir uns an dieser Stelle auf dem Präsentierteller befinden. Eine Lichtung zwischen den Bäumen und noch zehn Meter frei zu laufen. Es ist irgendwie unheimlich. Obwohl wir keine Partisanen sehen und auch alles andere um uns herum ruhig bleibt, habe ich immer das Gefühl, dass wir laufend beobachtet werden. Dieses Gefühl muss auch unser Kommandant haben, denn er versucht unseren Panzer durch verschiedene Wendemanöver noch näher an die Stellung in der Anhöhe heranzubringen. Jetzt sind es nur noch sechs Meter bis zum „rettenden Ufer". Vor uns die Stellung, hinter uns der Panzer, links und rechts auf den acht Metern jeweils zwei Panzerjäger. So sieht unsere Strategie aus, um die Kameraden zu evakuieren. Christian, Bernhard, Dieter und ich haben die Aufgabe, mit einer Trage im Feuerschutz in die Stellung zu gelangen und mit dem verletzten SS-Offizier diese bei passender Gelegenheit zu verlassen und schnellstens zurück in den Panzer zu gelangen. Soweit die Theorie!

Durch ein Handzeichen des ersten MG-Schützen auf dem Dach fangen alle gleichzeitig in ihren Bereich zu schießen an. In dem ohrenbetäubenden Lärm springen wir vier mit unserer Trage aus der Deckung heraus und werfen uns nach ein paar Schritten über die Sandsäcke in die Stellung. Wie erwartet feuert der Feind mit allem, was er hat, zurück. Aber Gott sei Dank erreichen wir alle vier unverletzt unser Ziel. Dieter ist medizinisch in der Lage, den SS-Offizier mit einer Schiene noch weiter zu stabilisieren. Die halbe Miete haben wir. Zuerst springen die sechs Mitstreiter des Offiziers den Abhang hinunter. Einer nach dem anderen hechtet den Hang hinab. Hoffentlich schaffen sie es, denke ich für mich. Wir selbst können den Hang nicht einsehen, da der Winkel nach unten zu groß ist. Unser verwundeter Kamerad wird mit sechs Riemen ganz fest auf die Trage geschnallt. Nach fünf Minuten sind wir soweit, uns aus der Deckung zu stürzen. Wir wissen genau, dass womöglich Hunderte von Gewehrläufen auf die Kante gerichtet sind, über die wir vier mit dem Verletzten gleich springen werden. Mein silbernes Kreuz, das mir mein Vater bei meiner Abreise übergeben hat, hole ich vom Hals und schiebe es in die Brusttasche, sodass es mich noch mehr beschützen kann. Nach einem leisen Gebet warte ich auf unseren Einsatz. Es ist klar, dass, wenn der Panzer mit dem MG und unsere Panzerjäger mit dem Sperrfeuer beginnen, es für uns kein Halten mehr geben darf und wir mit Gottvertrauen in die Tiefe springen müssen. Mit beiden Händen an einem Griff stehe ich vorne links, entschlossen zum Sprung aus der Stellung. Die Zeit will nicht vergehen. Es bleibt aber noch ruhig. Sind die sechs Soldaten sicher im Panzer angekommen?

Diese Frage schwirrt mir noch im Kopf herum, als das Sperrfeuer mit unwahrscheinlicher Intensität beginnt. Mit einem riesigen Satz überwinden wir die Sandsäcke und fallen den Abhang nach unten. „Nur nicht die Trage loslassen, alles andere wird sich schon richten." Mit dieser Erkenntnis befinden wir uns jetzt zwischen den Linien.

Christian glückt der Absprung nicht so gut und er hängt deshalb als weiterer Ballast an der Trage, die mit uns immer noch im umkämpften Bereich liegt. Mit vereinten Kräften gelingt es uns im zweiten Anlauf, die Trage mit dem festgeschnallten SS-Offizier auf den Panzer zu schieben. Hinter den hochgestellten Panzerplatten ist unser Patient jetzt in Sicherheit. Bernhard, Christian, Erich und ich liegen noch einen Meter vor dem Panzer in gebückter Haltung und warten die nächste kleine Feuerpause ab, um ebenfalls auf den Panzer zu gelangen. Je länger es dauert, umso schlechter sind unsere Chancen, noch in Sicherheit zu gelangen. Die Kugeln pfeifen nur so über uns hinweg, und so gestaltet sich unsere Situation immer bedenklicher. Intuitiv robbe ich unter den Panzer und habe zumindest jetzt Schutz vor den feindlichen Kugeln. Nach und nach kommen meine drei Freunde zu mir und so haben wir eine neue Situation geschaffen.

Zum Glück können wir uns mit dem Fahrer verständigen. Wir vereinbaren, dass der Panzer langsam rückwärtsfährt und wir unter ihm weiterrobben. Ein schweres Unterfangen, wie sich kurze Zeit später herausstellen soll. Durch das unwegsame Gelände rutscht der Panzer IV bedenklich, und um ein Haar gelange ich in den Kettentrakt, der mich sicher zermalmen würde. Auf diese Art haben wir jetzt schon zehn Meter hinter uns gebracht, als wir einen zweiten Versuch unternehmen, um endlich auf den rettenden Panzer zu gelangen. Durch ein Handzeichen von mir kommt der Panzer zum Stehen. Wir kriechen unter ihm durch und springen dann einer nach dem anderen auf der Vorderseite auf den stählernen Koloss.

Bernhard ist der erste, dann springe ich, hinter mir zieht sich Christian an der Halterung hoch. Erich fehlt noch. Durch motivierendes Zureden wagt auch er den Sprung auf den Panzer.

Durch die kleine Verzögerung bekommt ein Heckenschütze Erich in sein Visier und drückt ab. Obwohl ich ihn an der Hand schon festhalte, trifft ihn im Rücken eine Kugel. Der Druck durch seine Hand verschwindet recht schnell, und so muss ich alle Kräfte zusammennehmen, um ihn nicht nach unten rutschen zu lassen. Gemeinsam gelingt es uns kurze Zeit später, ihn zu uns heraufzuziehen. Ich sitze gebückt auf dem Panzer und lege Erichs Kopf in meinen Schoß. Mit der linken Hand fixiere ich seinen Körper, mit der rechten muss ich mich richtig festhalten, um nicht bei Vollgas vom Panzer zu fallen. Die kurze Fahrt hat es in sich. Über die dreihundert Meter im unebenen Gelände, dann auf die völlig überfüllte Straße, die nach wie vor mit sich zurückziehenden deutschen Truppen überfüllt ist. Nur mit großer Mühe können wir uns in den Verkehrsfluss einreihen. Die restlichen zwei Kilometer bis zu unserem Gefechtsstand wollen nicht vergehen. Erich liegt leblos auf mir. Ich kann an seinem Rücken die Blutung mit einem Taschentuch und meiner Erkennungsmarke stoppen. Erich atmet leicht, ist aber nicht bei Bewusstsein. Ich versuche, ihm mit Streicheln seiner Wange eine gewisse Geborgenheit zu geben. Die letzten Meter vor unserem Quartier stockt der Verkehr noch einmal. Innerlich will ich beten, dass Erich nicht der Schussverletzung erliegt, nach außen schreie ich die vor uns stehenden Soldaten an, dass sie uns nun endlich vorbeilassen sollen.

Irgendwie haben wir es dann doch noch geschafft, den Panzer mit den Verletzten in unseren Kommandostand zu bringen. Die bereits alarmierten Sanitäter erwarten uns schon und so wird Erich als erster den Rettungskräften übergeben. Der SS-Offizier gibt bei der Übergabe auch kein Lebenszeichen mehr von sich und so bin ich sehr geknickt. „Soll das alles umsonst gewesen sein?", schreie ich ohne Ansatz in die Runde, um meiner Unzufriedenheit etwas Luft zu verschaffen. Enttäuscht, müde und entkräftet liege ich weiter auf dem stehenden Panzer IV, als sich mir zwei Sanitäter eilig nähern und mich fragen, wo ich meine Schussverletzung hätte. „Ich bin nicht verletzt", antworte ich etwas patzig. „Aber deine Hose ist doch mit Blut getränkt", antwortet mir einer der beiden. Jetzt sehe ich es auch. Meine ganze Hose ist rot gefärbt. „Na klar", sage ich, „das Blut ist von meinem Kameraden!" Moralisch und körperlich am Ende, rutsche ich wenig später vom Panzer und stolpere in unsere Unterkunft. Normalerweise hätte sich das Hungergefühl schon lange bei mir melden sollen, aber an diesem Tag will mein junger Körper einfach nur Ruhe. Die zwei Stunden bis zum Abendappell verbringe ich schlafend in meiner blutgetränkten Hose auf meinem Feldbett. Die Ungewissheit über den Zustand von Erich verhindert aber einen tiefen Schlaf. Der Gedanke, dass der hinterhältige Partisan auch mich hätte treffen können, beschäftigt mich in der Ruhephase. Alle Gebete, die mir als Ministrant bekannt sind, bete ich in den zwei Stunden rauf und runter in der Hoffnung, meinem Kameraden helfen zu können.

Kurz vor dem Antreten reinige ich meine Hose und stelle mich mit den anderen Panzerjägern im Karree zum Appell auf. Neben den Tagesberichten unserer Einheit werden wir acht Freiwillige vom Kommandanten für unsere erfolgreiche Aktion gelobt. Doch viel schwerwiegender sind wieder die Übergaben der gebrochenen Erkennungsmarken. Heute fielen einundzwanzig Kameraden für das Vaterland. Beim Vorlesen der Namen höre ich den Namen Erich Ehlers nicht, und so habe ich doch noch einen Hoffnungsschimmer. Ein wenig Brot und eine Bockwurst will mein Körper dann doch noch haben und so nehme ich vor dem Schlafen das Essen zu mir. Die Nacht auf meinem Feldbett gestaltet sich sehr unruhig. Hundertmal spielen meine Gedanken den heutigen Sondereinsatz noch einmal durch, bevor mir doch noch ein bis zwei Stunden Schlaf vergönnt sind.

Am nächsten Morgen führt mich mein erster Weg an das Bett meines Kameraden Erich. Im provisorisch eingerichteten Sanitätsbereich ist noch alles ruhig und so streife ich an den Feldbetten entlang, um mich nach dem Befinden von Erich zu erkundigen. Das Zelt hat auf jeder Seite zwanzig Betten stehen. Nach gut der Hälfte erkenne ich die Sachen von Erich, die vor einem Feldbett liegen. Hoffnungsvoll schwenke ich meinen Blick nach oben, um nach ihm zu sehen. Zu meinem Entsetzen ist das Spannbetttuch bereits über seinen Kopf gezogen worden. „Der Junge ist heute Nacht ganz ruhig eingeschlafen", höre ich einen alten Landser sprechen, der neben Erich in seinem Bett liegt. Wie ferngesteuert gehe ich an die Kopfseite seiner Ruhestätte und ziehe das Spannbetttuch zurück. Erich liegt da, als ob er sich nur ausruht. Er hat ein liebes Engelsgesicht und schaut mich mit großen Augen an. Bevor ich mich verabschiede, schließe ich mit meinen Fingern seine Augen und verlasse unter Tränen den Sanitätsbereich. Das Frühstück schmeckt an diesem Morgen überhaupt nicht. Durch die schlimme Nachricht, die alle meine Kameraden mittlerweile erreicht hat, ist es sehr still an unserem Tisch. Jeder von uns ist mit dem Verarbeiten des sinnlosen Todes unseres Freundes beschäftigt. Uns ist bewusst, dass es gestern jeden von uns hätte erwischen können. Beim anschließenden Morgenappell werden der Truppe noch drei weitere Todesnachrichten überbracht. Die Automation des Stillgestanden schafft mein Körper noch von alleine. Nach dem Ausrichten und der Anwesenheitskontrolle laufen mir die Tränen in großen Mengen über meine Wangen. Heute will ich nicht tapfer sein, nein, heute lasse ich meinen Tränen freien Lauf. Das Weinen tut mir gut.

5. Mai 1945,
Oberlaibach

Nach einigen Minuten habe ich mich wieder soweit im Griff, dass ich am normalen Mannschaftsleben teilnehmen kann. Unser Frontabschnitt hat sich verschoben, und so bekommen wir neue Befehle übermittelt. Heute, am 5. Mai 1945, beziehen wir die Stellung bei Oberlaibach. Unser neu zusammengestellter Zug ist der zweite von noch fünf vorhandenen Zügen, die für das Freihalten des Loiblpasses eingesetzt werden. Seit dem Beginn der Sicherungsmaßnahmen an dem Tunnel, der die deutsche Südostfront mit dem Vaterland verbindet, verlor die deutsche Wehrmacht über vierhundert junge Soldaten. Wir werden auf Militärlastwagen verladen und siebzehn Kilometer weit südwestlich von Laibach abgesetzt. Wir sind ausschließlich für die Sicherung des Bataillons verantwortlich. Durch das Befahren der serpentinenartigen Straße muss man laufend auf der Hut sein, da immer wieder versprengte Partisanen unterwegs sind. Trotz der Gefahr kann man aber auch die wunderbaren Berge der Karawanken bewundern, die sich bis an den Horizont hinziehen.

Nachdem der erste Zug die Sicherung unseres neuen Standorts übernommen hat, fangen wir an, den am Waldrand gelegenen Gebäudekomplex zu erweitern und durch Sperranlagen zu einer kleinen Festung auszubauen. Die Axt ist mir an dem Tag lieber als das Maschinengewehr und so kann ich mich beim Holzbearbeiten richtig auslassen. Mein ganzer Kummer und die Trauer um meinen Freund Erich bewegen mich heute dazu, noch schneller zu arbeiten. Aber auch die Wut über den hinterhältigen Schützen lässt meine Axt noch tiefer in das Holz eindringen. Am Abend haben wir unser neues Zuhause soweit fertiggestellt, dass wir sicher nächtigen können. Obwohl die Tage wieder länger werden, neigt sich der heutige langsam dem Ende zu und durch meine körperlichen Anstrengungen gelingt es mir tatsächlich, die kommende Nacht durchzuschlafen.

Der 6. Mai 1945 beginnt mit einem wunderbaren Sonnenaufgang und so gehe ich zuversichtlich zum Antreten, um neue Befehle entgegenzunehmen. Zum ersten Mal gibt es beim Appell keine Übergabe von abgetrennten Erkennungsmarken. Heute steht kein unmittelbarer Befehl auf dem Dienstplan, wir arbeiten daher bis auf Weiteres an unserem Unterstand weiter. Durch einen Arbeitswechsel nach zwei Stunden können ich und meine jungen Panzerjäger die unmittelbare Gegend etwas genauer unter die Lupe nehmen. Bewaffnet und im Sicherungsverband laufend durchstreifen wir das Waldgebiet. An einer Lichtung können wir den Eingang des Tunnels erkennen, durch den immer noch Hunderte von deutschen Soldaten die Flucht zurück ins Vaterland weiterführen. Wir kundschaften einen Weg aus, der uns im Ernstfall die Möglichkeit einer Flucht offen lassen soll. Durch die neuen Eindrücke kann ich mich weiter festigen. Nur wenn die Gedanken zum Tod von Erich zurückkehren, wird meine heldenhafte Einstellung wieder brüchig. Je mehr der Gedanke mich quält, desto mehr erkenne ich mein Glück, das mich an diesem Tag nicht verlassen hatte. Wie werden die Eltern von Erich reagieren, wenn der Bürgermeister an der Eingangstür klopft, um die schlimme Nachricht zu überbringen? Wie ist es, wenn eine Mutter ihren innig geliebten Sohn verliert, die Geschwister keinen Bruder mehr haben, und wie geht ein Vater damit um, wenn sein ganzer Stolz von heute auf morgen nicht mehr da ist? Ich kann diese Fragen nicht beantworten, denke aber sofort an meine Eltern und daran, wie sie reagieren würden, wenn man ihnen so eine niederschmetternde Nachricht überbringen würde.

Durch einen Klaps auf meine Schulter werde ich wieder in die harte Realität zurückgeholt. Bernhard erkennt wohl, dass ich in Gedanken versunken bin und fragt mich, was ich später einmal machen wolle, wenn ich den Krieg heil überstehen würde. „Eine eigene Schreinerei wäre mein Wunsch", erwidere ich ihm immer noch etwas sinnierend und füge gleich noch hinzu, dass ich da aber ganz neue und moderne Ideen umsetzen würde. „Sportgeräte würde ich gerne herstellen. Ski, Schlitten, aber auch Eishockeyschläger!" Mit der Frage verdrängt er wohl seine eigene Zukunft, da er aus Ostpreußen stammt, und wie er erfahren musste, sind Russen die neuen Bewohner seines Elternhauses. Seine ganze Familie hat sich schon vor Monaten auf die große Flucht begeben. Er hat auch seit dieser Zeit keine Nachricht mehr von ihnen erhalten. Neben dem gerade Erlebten belastet ihn die Zukunft doch mehr, als ich gedacht habe. In dem weiteren Gespräch, das sehr persönlich ist, machen wir uns gegenseitig Mut und geben uns das Versprechen, uns weiter zu unterstützen. Minuten später sind wir wieder an unserem neuen Gefechtsstand angelangt. Es gibt heute keine weiteren Befehle und so ziehen wir uns auf die bereitgestellten Feldbetten zurück.

Nach dem Gespräch mit Bernhard brauche ich jetzt etwas Heimat. Auf dem Rücken liegend halte ich das Foto meiner Familie in den Händen und lasse mich für einen kurzen Augenblick in die Vergangenheit versinken. Leben sie noch? Steht unser Haus im Lazarett noch? Wie geht es meinen Lagerlechfelder Freunden? Was macht der Ernst? Der Schorsch? Der Franz? Und all die anderen? Ich würde viel dafür geben, wenn ich von dieser Seite eine Entwarnung bekommen könnte. Weitere heimatliche Gedankengänge beherrschen die nächsten Minuten. Jetzt sind schon Monate vergangen, in denen ich keine Informationen von Lagerlechfeld erhalten habe. Bevor mich die Müdigkeit wenig später einschlafen lässt, schwirren mir noch einige wilde Gedanken durch den Kopf.

Stunden später werde ich geweckt und mit den anderen zum provisorisch errichteten Gefechtsstand geleitet. Nach dem Ausrichten und dem Feststellen der Mannschaftsstärke verkündet unser Lagerkommandant, dass die deutsche Wehrmacht mit den englischen und amerikanischen Armeen bereits am 6. Mai 1945 einen Waffenstillstand geschlossen hat. Mit der russischen Armee stehen wir weiter im Krieg. Das bedeutet für unsere Einheit, dass wir bis auf Weiteres gegen die jugoslawischen Partisanen mit größter Konzentration und Härte vorgehen müssen. Erschwerend kommt noch hinzu, dass sich vereinzelte russische Kampftruppen den Partisanen anschließen und sie so noch gefährlicher werden lassen. Der Befehl der obersten deutschen Heeresführung für uns lautet wie folgt:

Die Brandenburger Division ist verantwortlich für den kompletten Rückzug aller deutschen Einheiten aus Jugoslawien. Um den Endsieg noch zu erreichen, fordert das Führerhauptquartier von jedem Soldaten einen Kampf bis in den Tod. Das Schicksal des einzelnen muss in den Hintergrund geschoben werden, wenn es um das große Ganze geht. Gezeichnet Führerhauptquartier, im Mai 1945.

Der Führer! Mit dem Befehl wird auch das Gerücht, dass unser Führer Adolf Hitler den Heldentod gestorben sei, entkräftet. Im weiteren Verlauf werden wir noch einmal eindringlich auf die Gefahren hingewiesen, die uns in den nächsten Tagen wohl erwarten werden. Mit diesen nicht ganz so guten Neuigkeiten hole ich mir mein Essen und diskutiere mit meinen Kameraden die neue Sachlage. Im Verlauf des Gesprächs erzählt ein Soldat, den es zu uns verschlagen hat, dass der Sender Belgrad jeden Abend gegen acht Uhr ein Soldatenlied von einer deutschen Sängerin ausstrahlt, das die Herzen aller deutschen Landser gewonnen hätte. Matthias, der als Funker in unserer Runde sitzt, bestätigt das. Obwohl es strengstens verboten ist, hört er über seinen Kopfhörer täglich dieses Lied. Nach einer kurzen Diskussion und dem großen Wunsch nach Herzlichkeit gibt Matthias dem Drängen nach und geht mit uns an seinen Funkstand. Zu unserer großen Überraschung sind hier schon mehrere Soldaten versammelt, die ebenfalls von dem Lied gehört haben. Selbst hohe Dienstgrade stehen vor dem großen Lautsprecher, als der Sprecher des Senders die Sängerin ankündigt. Rhythmische Paukenschläge werden von einer engelhaften Stimme abgelöst: „Vor der Kaserne, vor dem großen Tor ..." Je länger wir ausgehungerten jungen Soldaten das Lied hören, umso mehr holt uns die Sehnsucht nach einem normalen Leben wie vor dem Krieg wieder ein. Die Stimme weckt in mir wieder Gefühle, die ich schon verloren glaubte. Keiner von uns sagt auch nur ein Wort, als das Lied endet. Minutenlang bleiben wir stehen und genießen noch das eben Gehörte. Nur langsam löst sich die spontane Versammlung auf und ich gehe mit meinen Kameraden in unsere Unterkunft. Das Schöne ist, dass ich heute Nacht keine Wache laufen muss und mich mit dem eben Gehörten noch eine gewisse Zeit befassen darf. Die Melodie geht mir nicht mehr aus dem Kopf. Schon beim Weggehen summe ich die Passagen, die ich mir merken konnte, immer wieder. Kurze Zeit später erkenne ich, dass es nicht nur mir so ergeht, denn auf meinem Feldbett liegend höre ich das Summen der anderen Soldaten, denen die Melodie nur so aus der Kehle sprudelt. In unserem Unterstand liegen zwanzig junge Panzerjäger, denen das Lied nicht mehr aus dem Kopf geht. Durch ein mehrmaliges Nachfragen bei den Kameraden gelingt es uns, immer mehr Wortfetzen aneinanderzureihen. Zehn Minuten später schaffen wir es tatsächlich, das komplette Lied mit dem Originaltext leise zu singen. Die ersten Versuche von einigen wenigen, alle späteren Wiederholungen von immer mehr Soldaten – so entfaltet sich ein wunderbarer Gesang nach und nach im ganzen Lager. Beim zwanzigsten Mal singen alle, jeder auf seine Art, mit. Die Sehnsucht, die dieses Lied bei jedem einzelnen entfacht, ist unvorstellbar. So ein Gefühl haben die meisten über Monate nicht mehr empfinden dürfen und deshalb bringt jeder einzelne das Lied mit schönen Erinnerungen in Verbindung. Heute Abend gleiten die meisten von uns sehr liebevoll in den Schlaf. Die ganze Nacht kann man vereinzelt das Lied hören. Immer wieder summt einer meiner Freunde den Ohrwurm.

Der neue Morgen hat eine besondere Stimmung. Der gestrige Befehl vom Führerhauptquartier, der uns ein Kämpfen bis zum Tod befiehlt, hat bei Weitem nicht die Tragweite wie das Lied von „Lili Marleen". Gut gelaunt und summend kann man uns hören und sehen. Dieses Lied beeinflusst unseren Kampfeswillen um ein Vielfaches mehr als der Befehl. Der Morgen des 7. Mai 1945 verläuft weiterhin ruhig. Wir sichern weiter den Rückzug ab. Von den Partisanen hören wir schon den zweiten Tag nichts. Diese trügerische Ruhe ist aber gefährlich. Diese brutalen und hinterlistigen jugoslawischen Partisanen bereiten sicher ein großes Ding vor, denke ich mir, als uns die Tagesbefehle beim Morgenappell übergeben werden. Heute ist unser zweiter Zug mit dem Streifegehen an der Reihe. Bernhard, Christian und ich werden in einen Sicherungsgraben, der zwei Kilometer von unserem Kommandostand entfernt ist, gebracht. Unsere Aufgabe liegt darin, die feindlichen Aktivitäten auf dem Gegenhang zu beobachten. Durch unseren Standortwechsel ist die Entfernung zum Feind auf über siebenhundert Meter angewachsen. Und zu unserem Glück befindet sich dazwischen noch ein dreihundert Meter tiefes Tal, das nur schwer zugänglich ist. Die Ferngläser sind heute wichtiger als das Maschinengewehr. Die Sonne hat sich in unsere

Stellung verirrt und so liegt der waldige Gebirgskamm wunderbar in der Landschaft. Unsere Stimmung ist immer noch von dem Lied der „Lili Marleen" geprägt, und so lässt sie uns den Vormittag richtig genießen. Trotz der lockeren Stimmung ist unsere Konzentration voll gegeben. Bernhard sieht durch seinen Feldstecher größere feindliche Bewegungen im Gegenhang. Zahlreiche große Militärlaster mit feindlichen Hoheitsabzeichen rollen vorbei. Ich notiere die Anzahl und die Gerätschaften auf den Tiefladern. Sechzehn Laster stehen Stunden später auf meinem Zettel. Diverse Mörserabschussrampen und eine große Menge von mobilen Granatwerfern vervollständigen meine Aufzeichnungen.

Mit diesen Neuigkeiten kehren wir nach unserer Ablösung zum Gefechtsstand zurück. Sofort wird die Mitteilung an das Hauptquartier weitergemeldet. Durch weitere Aufklärungsgänge von unseren Stoßtruppen werden unsere Beobachtungen bestätigt. Die versprengten Partisanenverbände bauen eine große Abschussstellung auf. Wir können nur hoffen, dass sich der Bau noch ein bisschen hinzieht, da wir relativ frei im Gelände stehen und uns mit unserem Kommandostand als Ziel regelrecht anbieten würden. Aus der Erfahrung wissen wir, dass die jugoslawischen Partisanen am liebsten nachts angreifen. Diesen Sachverhalt nimmt unsere Kommandozentrale zum Anlass, schnellstens den gefährlichen Platz zu verlassen.

Nach einer Stunde steht unsere Einheit Brandenburg zum Abmarsch bereit. Im Konvoi und bei vollkommener Dunkelheit leiten wir einen weiteren Rückzug ein. Die alten Militärlaster bringen uns sicher in die Nähe von Sankt Veit. Dort müssen wir den Rest der Nacht im Lkw verbringen. Von diesem Augenblick an kommt bei mir das Gefühl auf, dass die weiteren Aktionen wohl vom Zufall getragen werden. Wir, die den Rückzug der deutschen Truppen sichern sollen, sind selbst im Rückwärtsgang. Wir haben die Stellungen in den Bergen verlassen und stehen jetzt selbst im Tal, wo wir den Rückzug eher behindern, als ihn zu schützen. Keiner spricht es aus, aber jeder denkt dasselbe. Auf gar keinen Fall will einer von uns in russische Gefangenschaft geraten. Wir wissen von versprengten deutschen Soldaten, dass alle Gefangenentransporte nach Sibirien geleitet werden.

Am nächsten Morgen werden wir noch einmal diszipliniert, um im weiteren Umkreis des rettenden Tunnels unserer Aufgabe weiter gerecht zu werden. Von einem geordneten Rückzug kann jetzt keine Rede mehr sein. Soldaten, Verwundete, Lkw, Pferde und verschiedenste Gerätschaften ziehen wie eine wilde Horde auf der mittlerweile schwer beschädigten Straße Richtung Deutschland. Keiner reagiert mehr auf Befehle, selbst Androhungen von Erschießungen werden ignoriert. Die schwer gezeichneten Truppen haben wohl ihre aussichtslose Situation erkannt und wollen nun noch das Beste daraus machen, indem sie schnellstmöglich den Weg nach Hause einschlagen. In ihren harten und ausgemergelten Gesichtern kann man den grausamen Krieg regelrecht spüren. Keine Emotion, keine Regung, kein Blick nach oben, nichts, was irgendwie auf etwas Menschliches hinweist. Ich sehe dieses große Elend mit blutgetränkten Verbänden und fehlenden Gliedmaßen wie ferngesteuert an mir vorbeiziehen. Sie sind monatelang im Einsatz gewesen und haben unvorstellbares Leid gesehen und miterlebt. Dieser Entschlossenheit kann keiner von uns entgegentreten, und so lassen wir den ganzen Tross passieren.

8. Mai 1945,
Sankt Veit

Der 8. Mai 1945 beginnt mit einem Morgennebel, und dieses Schummrige hat etwas Gespenstisches an sich. Mir geht es heute nicht mehr so gut. Die positive Stimmung, die uns „Lili Marleen" am Vortag noch geschenkt hat, wird durch die heutigen Bilder einfach weggewischt. Der Alltag und der Ernst des Lebens haben uns in Minutenschnelle wieder eingeholt. Die Brandenburger Kompanie sichert jetzt das letzte Teilstück vor dem Eingang zum rettenden Tunnel. Bis auf Weiteres behalten wir die zwei Flanken der Straße im Auge. Durch unseren ungeplanten Rückzug kommt auch die Befehlskette durcheinander. Nicht alle Panzerjäger wissen über alles Bescheid, und so kommt es mehrmals zu gefährlichen Befehlsüberschneidungen. Auch hochrangige Offiziere, die mit der Restarmee auf dem Rückzug sind, enteignen uns. Sie wollen Uniformen tauschen, und auch alles Essbare wird von ihnen konfisziert. Weiter verworren verläuft der ganze Tag. Verpflegungsstellen werden regelrecht beraubt und auch sonst geht man nicht zimperlich mit dem anderen um.

Abends ziehen wir uns wieder zu unseren Militärlastern zurück, die wir im nahe gelegenen Wald gut getarnt zurückgelassen haben. Zum Glück hat unsere Feldküche noch genügend Lebensmittel, um einen deftigen Erbseneintopf zu kochen. Das Essen bringt uns wieder den Lebensmut zurück, da heute genügend vorhanden ist. Dreimal stehe ich in der Reihe und bekomme auch jedes Mal einen Schöpfer von dem kräftig riechenden Essen. Die anschließende Nacht ist etwas unruhig, da die uns folgenden gegnerischen Einheiten mit ihrem nächtlichen Beschuss mächtig zu schaffen machen. Ihre Zieleinrichtung ist voll auf die Rückzugstraße gerichtet und so verfehlen sie zum Glück unser Nachtlager. Liegend, sitzend oder halb im Stehen verbringen wir die Nacht auf dem Militärlastwagen, der mit einer Plane abgedeckt ist.

Am Morgen spüre ich jeden einzelnen Knochen, und auch der Rücken schmerzt sehr. Die Trichter, die über Nacht von den Einschlägen der Mörsergranaten verursacht wurden, werden beseitigt. Glücklicherweise endet heute der Strom der sich zurückziehenden deutschen Einheiten. Nur noch vereinzelt kommen Soldaten vorbei, die von ihren Einheiten getrennt wurden und sich bis hierher alleine durchgeschlagen haben. Für uns heißt dies, dass wir mit den letzten Soldaten mitziehen und so die Straße aufgeben.

9. Mai 1945,
Krainburg

Am 9. Mai 1945 erreichen wir Krainburg, den Ort, der vor dem rettenden Tunnel liegt. Hier scheint der Krieg Halt gemacht zu haben. Die meisten Häuser stehen noch und irgendwie habe ich das Gefühl, dass es hier noch keinen Engpass von Lebensmitteln gibt. Anlass dieser Überlegung ist eine zurückgelassene Verpflegungsstation, die in den Wirren des Rückzugs offenbar einfach stehen gelassen wurde. Alle sich zurückziehenden deutschen Einheiten profitieren von dem glücklichen Umstand, sich nach so langer Zeit einmal den Bauch so richtig vollschlagen zu können. Neben dem Essbaren ist auch eine komplette Feldküche einfach zurückgeblieben. Zu unserer Aufgabe gehört jetzt auch die kontrollierte Ausgabe des Essens an den Rest der deutschen Armeen, die noch verstreut, einzeln oder in kleinen Gruppen Krainburg erreichen. Vor Tagen knurrte mein Magen noch wie ein Wolf bei Vollmond, und jetzt stehe ich an der Essensausgabe und habe Zugriff auf all die reichlich vorhandenen Köstlichkeiten.

Unser zweiter Zug wird für die nächsten Tage zur Verteilung der Lebensmittel an alle vorbeiziehenden deutschen Soldaten abkommandiert. Neben dem reichhaltigen Essen befinden sich in der Umgebung noch verlassene Häuser, in denen man sich schnell heimisch fühlen kann. Auch das Waschen in einem geschlossenen Raum bringt bei mir wieder heimische Gefühle zum Vorschein. Der unverhoffte Halt mit den neuen Annehmlichkeiten stärkt unser

Selbstvertrauen weiter und so sehen wir wieder hoffnungs-voller in die Zukunft. Aber trotzdem müssen wir laufend auf der Hut sein. Lebensmittel sind auf beiden Seiten der Front sehr gefragt, deshalb ist natürlich auch das Interesse unseres Gegners sehr groß, an unsere Vorräte zu gelangen. Immer wieder hört man kurze MG-Salven durch die her-einbrechende Dunkelheit. Die jugoslawischen Partisanen sind nur in kleinen Trupps unterwegs. Mit maximal vier Mann gehen die Stoßtrupps der Partisanen sehr brutal gegen unsere Einheit vor. Neben den todbringenden At-tacken versuchen die ausgemergelten Gegner auch, an un-sere Vorräte zu gelangen. Und so entwickelt sich die Nacht nicht so, wie wir Panzerjäger uns das gedacht hatten.

Gegen acht Uhr werden die Wachen verstärkt, um uns gegen den fast unsichtbaren Feind besser wehren zu kön-nen. Neben Bernhard und Dieter ziehe ich mit Christi-an an den Kommandostand, der in der Gemeindekanzlei für ein paar Tage provisorisch aufgebaut wurde. Nach der Registrierung bekommen wir noch weitere Instruktionen und einen festen Abschnitt, der von uns vier Panzerjägern zu sichern ist. Neben der normalen Bewaffnung bekom-men wir noch ein Funkgerät ausgehändigt. Mit dem sol-len größere feindliche Bewegungen gemeldet werden. Ein Melder bringt uns an den feindlichen Frontabschnitt und grenzt unsere Aufgabe ein. Unsere Stellung liegt bei ei-ner kleinen Baumgruppe, die in einer Mulde liegt. Diese grenzt an einen Bach, der sich ganz langsam durch die Landschaft zieht. Und genau diesen Bachlauf haben wir zu sichern. Knapp dreihundert Meter weiter auf der Brü-cke ist unser nächster Anlaufpunkt. Unsere Aufgabe liegt darin, dass wir in einem Abstand von dreißig Minuten jeweils mit zwei Mann dem Verlauf des Baches folgen, den Kameraden an der Brücke unsere Parole melden und den gleichen Weg wieder zurückschleichen. Bernhard hebt vier verschieden lange Holzstöckchen vom Boden auf und versteckt sie in seiner großen Hand. „Die zwei längsten und die zwei kürzesten gehen zusammen!" Das Holzstöckchenziehen ergibt, dass ich mit dem Dieter und der Bernhard mit dem Christian auf Streife geht. Als Parole wird noch vor unserer Einteilung „Januar" ausgegeben. Mit jeder vollen Stunde wird der Monat gewechselt. Beginn der ersten Streife ist um einundzwanzig Uhr. Durch das Werfen einer Münze wird der erste Streifengang noch ausgelost.

Dieter und ich sind bereit, die erste Strecke voll bewaffnet und mit großer Unsicherheit in Angriff zu nehmen. Dieter läuft tief gebückt zwei Meter vor mir und leicht versetzt in die dunkle Nacht hinaus. Das feuchte und unwegsame Gelände macht uns ganz schön zu schaffen und so sind wir auf alles gefasst. Nach gut sechzig Metern macht der Bachlauf eine kleine Kurve, um nach weiteren fünfzig Metern wieder in die gleiche Richtung zu fließen. Immer, wenn sich die Wolkendecke öffnet, können wir im Mondlicht gesehen werden. Diese Erkenntnis bringt in mir Angstzustände hervor, die ich aber sofort wieder unterdrücke. Neben dem leisen Rauschen des Wassers höre ich immer wieder Geräusche der Nacht, die ich nicht zuordnen kann. Hoch konzentriert und weiter in gebückter Haltung nähern wir uns der Brücke. Hoffentlich sind dort auch Soldaten unserer Einheit. Mit jedem Meter, den wir näher an die Brücke herankommen, erhöht sich unser Puls. Wir drehten uns mehrmals um, unsere Schritte werden schneller, unsere Nervosität steigt. Der Finger am Abzug meines entsicherten Gewehrs ist sehr sensibel, und würde sich in meiner unmittelbaren Umgebung etwas bewegen, so würde ich sicherlich sofort schießen. In dieser spannenden Situation schießen mir Gedanken an meine Kindheit durch den Kopf.

Als Fünfjähriger nahm mich meine ältere Schwester einmal in die Schule mit. An diesem Tag mussten alle Schüler in ein neues Klassenzimmer umziehen. Die Schülerinnen und Schüler nahmen ihre Stühle und brachten sie in das dreihundert Meter entfernte Klassenzimmer. Neben den Stühlen und Bänken wurden auch viele weitere Sachen mitgenommen. Ich wollte unbedingt mithelfen, und so gab mir die Lehrerin meiner Schwester ein Glas in die Hand, das mit einer Flüssigkeit und einem nicht definierbaren toten Tier gefüllt war. Mit beiden Händen hielt ich den oben verschlossen Behälter in meinen kleinen Händen und achtete sehr auf meine Füße, damit ich auf gar keinen Fall stolpern würde. Als ich im neuen Klassenzimmer angekommen war, schaute ich das erste Mal wieder nach oben und erkannte eine Schlange, die in Spiritus eingelegt war und als Anschauungsmaterial diente. Mit einem lauten Schrei löste ich damals meine Spannung auf.

Jetzt wäre ein Schrei wohl mein Todesurteil. Da mir die Realität sofort wieder gegenwärtig ist, verschlucke ich den ersten Laut und kann somit unsere Tarnung aufrechterhalten. Wir haben inzwischen weitere achtzig Meter hinter uns gebracht, ohne auf Partisanen zu treffen. Obwohl das Rauschen des Baches weiter sehr beruhigend auf uns wirkt, kann ich mein Angstgefühl nicht ganz unterdrücken. Mein Körper fängt an zu zittern. Meine Zähne klappern aufeinander und auch der Finger am Abzug ist jetzt unberechenbar. In dieser Phase, in der ich meinen Körper nicht mehr bewusst kontrollieren kann, nähern wir uns der fast nicht erkennbaren Brücke, die plötzlich vor uns auftaucht. Noch vollkommen konzentriert und ängstlich höre ich aus der Dunkelheit heraus: „Parole!" Neben der leisen Stimme höre ich noch das Geräusch des Gewehrdurchladens, das mir noch einmal die Gefährlichkeit unseres Einsatzes gegenwärtig macht. In den vorüberziehenden Nebelschwaden kann ich schemenhaft eine Gestalt erkennen, die uns die Frage nach der Parole gestellt hat. „Januar", flüstere ich. „In Ordnung", kommt es zurück. Unsere Spannung löst sich und wir schleppen uns in die mit Sandsäcken befestigte Stellung. Ein Unteroffizier fragt uns über Beobachtungen aus, die wir in dem Abschnitt wahrgenommen haben könnten. „Keine besonderen Vorkommnisse", erwidere ich ihm und salutiere. „Soldat, lassen Sie das, wir sind hier im Feindesgebiet, und so ein Gruß kann für uns beide beim nächsten Mal tödlich sein!" Kleinlaut lasse ich die Maßregelung über mich ergehen. In der Stellung sind außer dem Unteroffizier noch acht Soldaten. Neben einem Maschinengewehr und zwei großen Scheinwerfern können wir noch einige Handgranaten sehen. Mit ein paar wichtigen Hinweisen verlassen wir die Stellung und gehen wieder unseren gefährlichen Weg zurück. Weiter ängstlich, aber nicht mehr so unsicher waten wir in dem tiefen Bauchlauf zurück. Jetzt laufe ich in gebückter Haltung leicht versetzt vor Dieter. Neben dem Rauschen des Wassers können wir aus der Ferne unterschiedliche Geräusche hören, die uns weiter zur höchsten Konzentration anhalten. Bei gelegentlichen Aufhellungen kann man die Strömung leicht silbern im Bachbett erkennen. Schnell verdränge ich den melancholischen Anblick und konzentriere mich sofort wieder auf unsere gefährliche Aufgabe. Den Rücken verspannt und vollkommen nass geschwitzt erreichen wir unsere Stellung an der kleinen Baumgruppe. Bernhard fordert die Parole, da er uns in der nebeligen Nacht nicht von den jugoslawischen Partisanen unterscheiden kann. Erleichtert nennt Dieter „Januar", und so gelangen wir fast zeitgleich zu unseren Kameraden. Bernhard und Christian sehen uns die Schwere der Aufgabe an und stellen uns mehrere Fragen. Nach etwa fünf Minuten ist der Wissensdurst gestillt und wir können uns endlich entspannen, ohne jedoch die Aufmerksamkeit zu verlieren. Dieter und ich haben für die zweimal dreihundert Meter über vierzig Minuten gebraucht. Durch unsere Erläuterungen waren noch einmal zehn Minuten vergangen, und so machen sich unsere zwei Kameraden langsam startklar. Wir haben ihnen unsere Beobachtungen weitergegeben, ohne aber unsere große Angst, die uns draußen befallen hatte, zuzugeben. Mit einem festen Händedruck und einem tiefen Blick in die Augen verlassen die zwei unsere Stellung und verschwinden nach kurzer Zeit in der Dunkelheit.

Unsere Aufgabe ist es, alles, was sich um uns herum bewegt, zu registrieren und in dem dafür mitgeführten Buch zu erfassen. Meine Augen haben sich in der letzten Stunde an die gespenstische Nacht gewöhnt und so kann ich verschiedene Umrisse besser erkennen. Mehr beunruhigen mich die Geräusche, die jetzt mein Ohr erreichen. Knacksen, Laute von Vögeln, Waldtieren und mehrere nicht definierbare Geräusche lassen mir keine Ruhe. Der eben erledigte angsteinflößende Patrouillengang löst bei mir noch keine Entwarnung aus. Was hätte in dieser Zeit alles passieren können? Diese Frage beschäftigt mich jetzt sehr und ich kann meine Angst noch nicht ablegen. Durch unüberhörbare Geräusche werde ich schlagartig aus der Lethargie herausgerissen und der grausamen Gegenwart übergeben. Mit der Zeit gesellt sich zur Angst noch die Unsicherheit hinzu und es wird uns beiden noch unheimlicher. Eigentlich unerklärlich, aber ich sehne mich fast nach dem nächsten Gang in die Dunkelheit. Dieses Warten, ohne etwas unternehmen zu können, zehrt so an meinen Nerven, dass ich mich jetzt richtig zusammenreißen muss. Dieter zupft an meiner Schulter und deutet mit seinem Finger in die vor uns liegende Lichtung. Ich erkenne im unebenen Gelände mehrere Bewegungen, die ich aber nicht einer Person oder einem Tier zuordnen kann. Dieter legt sein Gewehr an und nimmt den Bereich ins Visier. Ich versuche mit meinen Augen weiter, das unbekannte Objekt zu identifizieren. Was tun? Diese Frage steht uns beiden jungen Panzerjägern ganz fest ins Gesicht geschrieben. Ich kann nichts erkennen. Am liebsten würde ich aus unserer Stellung schleichen, um dem Ganzen auf den Grund zu gehen. Genau in diesem Moment höre ich das Wort „Parole!" leise gesprochen. Verdammt, denke ich mir, wir haben unsere Kameraden ganz vergessen. Normalerweise hätten wir sie mit der Parole „begrüßen" müssen. „Februar", erwidert Dieter, und so entspannt sich die kurzfristige Verwirrung wieder. Bernhard und Christian schildern uns ihren Streifengang und wirken wesentlich ruhiger als Dieter und ich. Sie haben auf der kurz eingesehenen Lichtung einen jungen Bären gesehen, der sich in aller Ruhe sein Abendessen gesucht hat. Die angegebene Stelle bestätigt unsere Beobachtungen mit dem großen Unbekannten. Der Austausch tut uns gut und so verdränge ich wieder meine Angst und bereite mich mit Dieter auf unseren nächsten schweren Streifengang vor.

Nach dem Verlassen unseres Erdlochs tasten wir uns ein zweites Mal in die Dunkelheit hinein. Diesmal gelingt es mir besser, meine Angst zu unterdrücken. Kein Klappern mit den Zähnen, und auch der Zeigefinger am Abzug scheint mir wieder zu gehorchen. Ohne Zwischenfall und wesentlich gelöster erreichen wir nach zwanzig Minuten unsere Anlaufstelle. Nach der Parole und neuen Instruktionen machen wir uns wieder auf den Rückweg, der uns auch keine großen Schwierigkeiten bereitet. Auch die nächsten Einsätze verlaufen ohne Zwischenfälle. Mit der Parole sind wir inzwischen bei „Juli" angekommen. Der Monat Juli sagt uns, dass es jetzt bereits drei Uhr in der Früh ist.

Wir übergeben gegen vier Uhr an Bernhard und Christian. An die Geräusche der Nacht haben wir uns langsam gewöhnt, wir reagieren auch nicht mehr bei jedem Laut. Wir beginnen uns leise zu unterhalten und können keine unmittelbare Gefahr erkennen. Wir malen uns schon aus, was wir nach dem Krieg alles machen wollen. Gedanklich sind wir schon durch und so kommt die Freude auf ein schönes Frühstück immer mehr in mir auf. Nur ein Blick auf meine Uhr sorgt für eine kurze Verunsicherung. Die Uhr steht bereits fünf Minuten nach vier und unsere Kameraden sind noch nicht zurück. Sollten sie in den nächsten zehn Minuten nicht auftauchen, dann müssten wir dem Kommandostand mit dem Funkgerät die Nachricht übermitteln. Jetzt kommt die Angst wieder, die mich in der Nacht schon mehrmals befallen hat. Was ist mit ihnen passiert? Leben sie noch? Gab es einen Zwischenfall? All diese Gedanken schwirren mir jetzt immer schneller im Kopf herum.

Um zwölf Minuten nach vier Uhr halte ich es nicht mehr aus und benachrichtige mit dem Parolenwort „August" den Kommandostand. Wir erhalten die Order, auf gar keinen Fall unsere Stellung zu verlassen. Stattdessen wird eine Streife losgeschickt, die sich mit der neuen Sachlage beschäftigt. Minuten später ist der Spähtrupp bei uns. Wir informieren die vier Kameraden und fast zeitgleich verlassen sie unsere Stellung und verschwinden in der Nacht. Gespannt warten Dieter und ich in unserem Erdloch. Keiner spricht ein Wort. Jeder hofft und betet, dass unseren Freunden nichts passiert ist. Dieses Schweigen macht die Nacht wieder geheimnisvoll. Die Zeit will nicht vergehen und meine Hoffnung, Bernhard und Christian noch einmal lebendig zu sehen, sinkt immer weiter. Wie gelähmt starre ich in die Dunkelheit und bin nicht ansprechbar. Nur durch einen Stoß in meine Seite reagiere ich auf die Frage von Dieter: „Wie ist es, wenn man stirbt?" Alles will ich in diesem Moment hören, nur nicht die Frage nach dem Sterben. Ich ignoriere die Frage einfach und mein Blick fixiert weiter die Leere der Dunkelheit. Dieter erkennt wohl, dass die Frage nach dem Tod nicht passend ist, denn er fragt nicht nach und lässt mich weiter sinnieren.

Langsam dämmert es und die morgendlichen Nebelschwaden lösen sich allmählich auf. Schemenhaft erkenne ich die Stelle, an der der Bachlauf einen kleinen Knick macht. Dort sind mehrere deutsche Soldaten versammelt, die sich gebückt in einem Pulk befinden. Die Situation bestätigt meine böse Vorahnung. Die Helligkeit verbreitet sich jetzt immer schneller und wir sehen schon überall große Betriebsamkeit. Ein Melder berichtet uns von zwei Partisanenüberfällen auf das deutsche Basislager. Bei den lautlos begangenen Angriffen fanden zwölf deutsche Soldaten den Tod. Zwei der Toten kannte ich sehr gut. Bernhard und Christian waren mir sehr ans Herz gewachsen. Es waren meine engsten Freunde und mit so einer Nachricht kann ich an diesem Morgen nicht umgehen.

Selbst die Ablösung bekomme ich nicht bewusst mit. Ich trotte mit den verbliebenen jungen Panzerjägern zu unserem Kommandostand und trete zum Appell an. Die Lücken neben mir werden immer größer. Von unserer Ausbildungskompanie sind von ursprünglich einhundertzwanzig Panzerjägern nur noch achtundvierzig am Leben. Keiner ist älter als siebzehn Jahre alt geworden. Keiner hat sein Leben leben dürfen. Unter Tränen lasse ich den Appell über mich ergehen. Innerlich gebe ich heute auf. Ich kann nicht mehr. Die Befehle nehme ich alle zur Kenntnis. Ich bewege mich wie ferngesteuert an diesem 10. Mai

1945. An ein Schlafen ist gar nicht zu denken, da meine Fantasie ein Einschlafen zu einem Horrorerlebnis gestalten würde. Ich will nur alleine sein.

Unser Basislager löst sich langsam auf. Immer mehr Offiziere sammeln ihre Soldaten um sich und verlassen unsere Stellung. Sie schlagen sich irgendwie durch, um noch rechtzeitig durch den rettenden Tunnel zu gelangen. Unser Problem ist die kaum noch vorhandene Sollstärke, die nötig wäre, um den Kommandostand über einen längeren Zeitpunkt zu halten. Es kommen immer noch versprengte Soldaten zu uns, aber weitaus mehr setzen ihren Rückzug schnellstmöglich fort. Neben den Panzerjägern der Brandenburger Einheit stehen noch Soldaten aus den verschiedensten Waffengattungen zur wohl letzten Abwehrschlacht bereit. Abgeschossene Piloten, Sanitätssoldaten, Reitereinheiten und selbst Marinesoldaten warten auf den Überfall der jugoslawischen Partisanen, die sich mittlerweile mit weiteren Verbänden vereint haben. An Disziplin ist da wohl nicht zu denken, weil sie alle kriegsmüde sind und schnellstmöglich nach Hause wollen. Es macht sich eine schlechte Stimmung im Lager breit, die nur durch einige hektische Befehle unterbrochen wird. Glücklicherweise bekomme ich das Treiben im Lager nicht bewusst mit, da meine Gedanken weiter bei meinen gerade verstorbenen Kameraden sind. Wie im Film spulen sich in meinem Kopf die letzten gemeinsamen Erlebnisse mit Bernhard und Christian ab. Ich sehe das herzergreifende Lachen von Christian, der sich bei ein bisschen Alkohol sein Privatleben zurückholte und uns durch seine lustige Art mehrmals den Krieg vergessen ließ. Seine Hilfsbereitschaft, die mir in einigen schwierigen Situationen sehr geholfen hat. Seine Art der Kommunikation belebte jede Gruppe, in der er sich gerade aufhielt. Die Knie angezogen und fest niedergekauert sitze ich auf meinem Feldbett, als ich mich noch einmal von meinen Freunden verabschiede. Das einsetzende Weinen lässt die Tränen nur so über meine Wangen rollen. Mit zunehmender Zeit kann ich mich wieder etwas sammeln, wische mir das feuchte Gesicht ab und laufe ohne Ziel durch das Lager. Hätte ich gestern Nacht ein anderes Holzstück gezogen, dann würde Morgen früh der Kasernenkommandant von Lagerlechfeld vor der Tür meiner Eltern stehen und ihnen meinen Heldentod melden. Diesen Gedankengang habe ich noch nicht ganz zu Ende gedacht, als mich ein kalter Schauer überläuft. „Nein, das kann ich meinen Eltern nicht antun", sage ich leise zu mir und schwöre mir, den Krieg irgendwie zu überstehen.

Gedanklich immer noch verwirrt, geselle ich mich zu einer Gruppe von Soldaten, die sich ihre schlimmen Erlebnisse schildern und von vielen Verlusten ihrer Kameraden sprechen. Das tröstet mich nicht. Ich reiße mich jetzt aber besser zusammen, da ich mich bei Gleichgesinnten befinde, die ihr Schicksal nicht so nach außen tragen. Schroffe Falten im Gesicht umrahmen die tiefen Höhlen, aus denen Augen schauen, die kein Leben mehr zeigen. In den Blicken der Männer, die bis zu fünf Jahre im Krieg ihr Leben riskiert haben, ist die Resignation allgegenwärtig. Alle haben nur noch ein Ziel: nach Hause! Die Geschichten festigen jetzt mein Innenleben, und so langsam komme ich wieder in der realen Welt an. Ich nehme die

Uhrzeit wieder wahr und mein Überlebensinstinkt meldet sich wieder. Ich bin wieder bereit, dafür zu kämpfen. Jetzt kämpfe ich nicht mehr für das deutsche Vaterland, nein, jetzt kämpfe ich ums Überleben, ums nackte Überleben. Die weitere Nacht verbringe ich sitzend auf meinem Feldbett, ohne meine Augen auch nur einmal zu schließen. Viel zu aufgekratzt sind meine Gedanken. So lausche ich dem nächtlichen Treiben an der Front zu den Partisanen. Laute Einschläge, pfeifende Mörsergranaten und kurzfristiges Kampfgebrüll lassen in mir den Feind allgegenwärtig sein. In dieser fast aussichtslosen Stimmung meldet sich mein Gewissen und ich denke an meine Heimat Lagerlechfeld. Alle meine Freunde erscheinen mir in dieser Nacht. Mit jedem spreche ich, aber keiner kann mir etwas sagen. Steht das Haus meiner Eltern noch? Leben sie noch? Leben meine Geschwister noch? Wie oft wurde der Flugplatz bombardiert? Diesen Fragen folgen keine Antworten. Jeder sagt etwas, aber ich kann die Sprache nicht verstehen. Dieser Gedanke macht mich fast wahnsinnig. Das Familienfoto, das mittlerweile fast vollkommen aufgelöst ist, beruhigt mich wieder. Der Anblick meiner Eltern auf dem Bild lässt sie zumindest bei mir real erscheinen und so beruhige ich mich ein letztes Mal. Irgendwie habe ich diese mental schwere Nacht hinter mich gebracht.

Beim morgendlichen Antreten vergrößern sich die Lücken in unserer Restkompanie weiter und beim Übergeben der Erkennungsmarken läuft es mir wieder kalt den Rücken hinunter. Erschwerend kommt noch hinzu, dass sich weitere Soldaten selbständig von der Truppe entfernt haben und unsere Mannschaftsstärke wohl nicht mehr lange ausreichen wird, den Feind noch einmal zurückzuschlagen. Der Zustand beunruhigt auch den Befehlsstand. Zwei Stunden später wird der Befehl zum kompletten Abzug gegeben.

12. Mai 1945,
Loiblpass

Am 12. Mai 1945 um zehn Uhr enden die letzten Bemühungen der deutschen Wehrmacht, Jugoslawien weiter zu besetzen. Gegen zwölf Uhr ist der Tross bereit, die letzte Etappe über den Loiblpass in Richtung deutsches Vaterland zu gehen. Wenig militärisch, mit großer Angst im Nacken nehmen wir als letzte deutsche Soldaten den lange hinausgezögerten Rückmarsch in Angriff. Wir müssen von Oberloibl kommend den noch ungefähr sieben Kilometer entfernten Tunnel erreichen, um nicht in Gefangenschaft zu geraten. Allein der Gedanke, nach Sibirien verschleppt zu werden, mobilisiert bei uns noch einmal alle Kräfte. Unsere komplette Ausrüstung, alle großen Waffen und auch den gesamten Proviant lassen wir zurück. Kurze Zeit später sind wir auf der Rückzugsstraße, die wir in den letzten Tagen gesichert haben. Unkontrolliert und durcheinander bewegt sich der Rest der deutschen Wehrmacht auf der rettenden Straße, die zu dem Tunnel führt, der uns Richtung Klagenfurt bringen soll. Alle Dienstgrade und Soldaten aus allen Waffengattungen sind zu sehen. Und genau in diesem Getümmel bewege ich mich mit einem Teil der Brandenburger Panzerjäger. Die Straße ist das große Ziel für die vielen Raketen und Granaten, mit denen uns die jugoslawischen Partisanen noch einmal nach dem Leben trachten. Scheuende Pferdegespanne, defekte Lastwagen und liegen gelassene Waffen säumen mittlerweile den Straßenrand. Wegen der großen Schlaglöcher, die sich immer tiefer durch den sandigen Untergrund ziehen, ist es jetzt für viele Gespanne lebensgefährlich geworden, weiterzufahren. Man spannt die Rösser aus und lässt die Wagen einfach am Wegrand stehen. Die ersten zwei Kilometer kommen wir ohne Verluste dem rettenden Tunnel näher, obwohl sich die Pferde aufbäumen oder unkontrolliert mit ihren Hufen nach hinten ausschlagen. Wie uns zu Ohren kommt, wird der Eingang zum Tunnel von mehreren Granatwerfern massiv unter Beschuss genommen, sodass es sich immer weiter nach hinten staut. Dieses „auf der Straße stehen bleiben" kann für uns tödlich sein. Aus dem Hinterhalt werden immer mehr MG-Salven abgefeuert, denen weitere Kameraden zum Opfer fallen. Leicht verstört bewege ich mich in einem der armseligen Haufen, die nur noch den rettenden Tunnel erreichen wollen. Das Ziel der Partisanen ist klar: den Eingang zum Tunnel zu verbarrikadieren und auf die wartenden Soldaten das Feuer zu eröffnen, um noch so viele wie möglich zu töten. Minuten später geht es wieder weiter. Auf dem nächsten Kilometer fallen eine Unmenge von meinen Kameraden. Vor mir kann ich das dunkle Loch in dem Felsen schon erkennen, das uns vor den heftigen Angriffen der Partisanen Schutz bieten könnte. Durch diese Erkenntnis beginnt jetzt mein persönlicher Wettlauf gegen das Töten. Immer schneller, fordert jetzt meine innere Stimme. Aus einem zügigen Gehen wird übergangslos ein Laufen, das wenig später in ein Rennen übergeht. Das Gefährliche bei dieser Geschwindigkeit ist das Überspringen der Gegenstände am Boden, die oft weit nach oben ragen. Mein Schnaufen wird immer lauter und kurzatmiger, und langsam merke ich die Erschöpfung. Doch der Wille zum Überleben spornt mich weiter an, nicht aufzugeben und immer weiterzulaufen. Aus den Augenwinkeln kann ich am Rande des Weges auch noch viele Kameraden liegen sehen, auf die jetzt niemand mehr achtet, und die man ihrem Schicksal überlässt. Nach zwei, drei Stürzen erreiche ich den Pulk Soldaten, der vor dem Tunnel steht und noch nicht hinein kann. Völlig am Ende ringe ich nach Luft, um mein schnell schlagendes Herz weiter mit Blut zu versorgen. Gebückt und die Hände auf die Oberschenkel gestützt harre ich aus. Jetzt bemerke ich auch das MG-Feuer, das aus dem Hinterhalt ohne Unterbrechung schießt. Glücklicherweise sind wir nicht im Schwenkbereich des Schützen und so pfeifen die Kugeln weit über unseren Köpfen in die Felswand. Das Gefährliche dabei sind die Querschläger, die immer wieder einen Kameraden treffen. In Minutenabständen geht es weiter. Wieder bei Atem, aber mit einer gehörigen Portion Angst, hoffe ich inniglich auf meine Rettung. Rationelles Denken ist nicht mehr vorhanden. Hier gilt nur noch das Recht des Stärkeren und so spielen sich am Eingang zum Tunnel albtraumhafte Szenen ab. Selbst Schusswaffen werden gegen die Kameraden eingesetzt, wenn es ums eigene Überleben geht.

Mit einem Soldaten, der eine Pilotenkombi trägt, finde ich ein Loch ins Dunkel des Tunnels, um aus der Schusslinie zu gelangen. Meine Augen können nichts erkennen, da der schnelle Wechsel vom grellen Tageslicht in den schwarzen Tunnel mich fast blind macht. Instinktiv bewege ich mich weiter. Der holprige Weg in dem Felsmassiv ist gerade drei Meter breit. Hunderttausende sind in den letzten Wochen durch dieses Nadelöhr gegangen und haben natürlich auch ihre Spuren hinterlassen. Metertiefe Schlaglöcher und morastartiger Untergrund müssen erst einmal überwunden werden. Mit zunehmender Zeit erholen sich meine Augen wieder und ich kann die Konturen besser erkennen. Das Ende des Tunnels ist noch nicht sichtbar. Laut Aussage meiner Kameraden hat der dunkle Weg durch das Gestein eine Länge von eintausendfünfhundert Metern. Das Maschinengewehrfeuer erreicht meine Ohren immer weniger, es dröhnt nur noch entfernt aus dem Tunnel. Den rettenden Punkt vor Augen, lässt das Adrenalin in meinem Körper etwas nach und ich spüre große Schmerzen an meinem rechten Knie. In meiner panischen Flucht muss ich mich irgendwo heftig angeschlagen haben. Das jetzt durch die Hose dringende Blut macht den Schmerz auch optisch erkennbar. Die Rettung vor Augen, kann mich das aber nicht aufhalten. Ich unterdrücke die Schmerzen und bewege mich weiter Richtung Tunnelende. Ängstliche Menschen wehren sich gegen das Sterben und dadurch entsteht in dem engen, dunklen Schacht eine besondere Stimmung. Noch geschockt von den grausamen Feindseligkeiten auf der Frontseite, beruhigen sich die vermeintlich Geretteten auf unterschiedlichste Weise.

Es herrscht eine eigenartige Atmosphäre in dem stickig riechenden Tunnel. Viele hallende Geräusche, die sich mehrmals brechen, erreichen mein Ohr. Nur mühsam kann ich mich in eine kleine Seitennische ziehen, in der ich jetzt das Gefühl habe, ein bisschen alleine zu sein. Mit beiden Händen halte ich mir die Ohren zu und bekomme langsam meine innere Ruhe zurück. Leicht erholt meldet sich wenig später mein lädiertes Knie. Der Schmerz, der sich jetzt stark pulsierend bemerkbar macht, lässt nichts Gutes erhoffen. In meinen aufgesetzten Hosentaschen habe ich eine Kerze und Streichhölzer deponiert, damit ich im Notfall mein Gesicht schwärzen kann. Jetzt brauche ich diese zwei Gegenstände, um mit dem Licht meine Wunde zu inspizieren.

Nur schwer kann ich das Hosenbein meines Kampfanzugs nach oben schieben. Das Reiben der Hose an der Wunde verursacht mir große Schmerzen. Kurze Zeit später kann ich die Wunde im schummrigen Kerzenlicht erkennen. Durch das Hochziehen der Hose hat sich der nur noch an zwei Punkten gehaltene Hautfetzen nach oben geschoben. Ich kann das Fleisch, die Sehnen und auch meine Kniescheibe sehen. Geistesgegenwärtig drücke ich mit meiner rechten Hand den etwa acht Zentimeter langen Hautfetzen wieder auf die Wunde und presse meine beiden Hände auf das Knie. Noch geschockt, hole ich aus einer anderen Hosentasche eine Nadel, die ich schon im Vorfeld mit einem Faden versehen hatte. Mit eisernem Willen steche ich in die stark schmerzende Wunde, und nur mit großer Überwindung kann ich den Hautlappen auf der anderen Seite mit zwei Stichen fixieren. Langsam spüre ich ein Gefühl der Ohnmacht in mir aufsteigen und schlage mir mit der flachen Hand mehrmals ins Gesicht. Es gelingt mir, die gerade notdürftig zusammengeflickte Wunde noch weiter zu versorgen. Mein Halstuch nehme ich ab, lege es mehrmals zusammen und binde es fest um mein rechtes Knie. Kaum fertig damit, gibt mein Kreislauf auf und lässt mich in den Schlaf gleiten.

Leichte Schläge auf meine Wangen lassen mich wieder wach werden. Leicht verwirrt und nur langsam komme ich zu mir. Die lauten Geräusche sind verhallt, und ich nehme jetzt den Tunnel ganz anders wahr. Zwei alte Landser mit ramponierten Kampfanzügen und grauen Bärten stehen vor mir und überreden mich, mit ihnen weiterzuziehen. Die beiden Feldwebel sind unter den letzten, die in den rettenden Tunnel gelangt sind und haben mich nur gefunden, weil ich vor mich hinfantasierte. Mit meinen lauten Schreien „Hinlegen, den Mund weit öffnen und die Ohren zuhalten" konnten die beiden nichts anfangen. Georg und Hans, so heißen die beiden, fragen auch nicht nach und so gehen wir schwerfällig weiter. Bei jedem Schritt habe ich das Gefühl, dass mir mit einem Messer ins Knie gestochen wird. Der wortlose Marsch in dem fast menschenleeren Tunnel wirkt richtig gespenstisch, und so bin ich mit allem einverstanden, was mich am Ende des Tunnels erwartet. Das kleine helle Loch am Ende unseres Weges wird immer größer und auch die Betriebsamkeit nimmt wieder zu. Laute harte Worte in englischer Sprache erreichen unsere Ohren. Die zackigen Kommandos geben uns schnell zu verstehen, dass wir jetzt klein beigeben müssen. Mit einem Abstand von fünf Metern und mit erhobenen Händen erreichen wir das Tunnelende. Jeder von uns wird durchsucht und entwaffnet.

13. Mai 1945,
Drau-Brücke bei Klagenfurt

Auf einem Trampelpfad laufen wir stundenlang bis zur Drau-Brücke zu einer großen Wiese, die mit mehreren Tausend deutschen Soldaten bereits völlig überfüllt ist. Heute ist der 13. Mai 1945. Ich habe das Gefühl, dass sich Georg und Hans, die beide meine Väter sein könnten, rührend um mich kümmern. Hans gibt mir eine Decke, auf die ich mich jetzt legen kann, um mein lädiertes Bein zu schonen. Georg sucht verzweifelt einen deutschen Sanitäter, der meine Wunde weiter versorgen kann. Nach Stunden gelingt es ihm, einen deutschen Feldarzt zu finden, den er zu mir bringt. Neben einem Operationsnotbesteck hat er auch etwas Morphium bei sich, das meine starken Schmerzen lindert. Gekonnt behandelt der Arzt meine Wunde und ich kann beruhigt weitersehen.

Die hereinbrechende Nacht mit rund zehntausend Kameraden auf einer Wiese zu verbringen ist ein einmaliges Schauspiel für mich. Kein Essen, kein Trinken, und die Notdurft muss ja auch verrichtet werden. Der Vollmond leuchtet wie ein Scheinwerfer, die Stimmung ist gespenstisch. Weinen, Wimmern, Schluchzen, aber auch Freudengesänge erreichen mein Ohr. Am meisten freue ich mich über eine Meldung, die seit Stunden im Lager herumgeht, dass wir am nächsten Morgen nach Deutschland transportiert werden.

Sonne empfängt uns am nächsten Tag. Wir werden auf Lastwagen verladen und nach Klagenfurt gebracht.

Dort stehen bereits mehrere Züge bereit, die uns in unsere Heimat bringen sollen. Hoffnungsfroh besteigen wir am Abend die Züge. Mit heimatlichen Liedern wird die Zugfahrt in den Güterwagons zu einer einmaligen Angelegenheit. Erst gegen Mitternacht verstummen die Gesänge meiner Kameraden und irgendwann schlafen alle deutschen Soldaten. Ein starkes Bremsgeräusch weckt mich auf und ich freue mich schon riesig auf das Wiedersehen mit meiner Familie. Ruckartig werden die großen Tore aufgerissen und zu meinem Entsetzen lese ich auf dem Bahnhofsschild „Udine". Eine Welt bricht für mich zusammen. Zwei Tage später erreichen wir unser Gefangenenlager in Rimini. Ich werde dem Lager 11 zugeteilt, und weitere zwei Monate später werden wir in der Nähe von Bari in einem großen Gefangenenlager untergebracht.

9. Oktober 1945,
Tarent/Italien

Knapp fünf Monate später werde ich aus der Gefangenschaft entlassen. Mit weiteren achthundert Kameraden steige ich am 9. Oktober 1945 in Süditalien in den Güterzug ein, der uns endlich in die sehnlichst erwünschte Freiheit bringen soll. Mit vierzig Mann im Wagon geht es in dem holprigen Gefährt nur sehr langsam voran. In jedem Bahnhof stehen wir länger, unsere Reise in die Freiheit wird immer mehr zur Tortur. Die spärlichen Verpflegungsrationen lassen uns Soldaten noch einmal schwer leiden. Nur mit dem Ziel, die Freiheit wiederzuerlangen, halte ich weiter durch und motiviere so auch meine Kameraden. Alle acht Stunden bleibt der Zug stehen und wir haben kurz Gelegenheit, uns aus der Enge des Wagens zu befreien, wobei das Antreten vor dem Zug nicht immer ganz ungefährlich ist. In mehreren Bahnhöfen werden wir von aufgebrachten Italienern mit faulem Obst und Steinen beworfen. Unverständliche und emotional vorgetragene Beschimpfungen begleiten diesen Vorgang.

Durch das monotone Gerüttel im Güterwagon versinke ich bei der Weiterfahrt in Gedanken. Meiner innerlichen Vorfreude auf die Freiheit begegnet immer intensiver die Frage nach meinen Eltern und Geschwistern. Leben sie noch? Sind meine Schwester und mein Bruder gesund aus dem Krieg zurückgekehrt? Leben meine Schulfreude noch? Trotz der vielen tausend Soldaten, die ich in der Gefangenschaft nach Lagerlechfeld befragt habe, konnte mir keiner etwas darüber erzählen. Die einzige Information, die mir zu Ohren gekommen ist, war die des schweren Bombenangriffs am 4. März 1945 auf Schwabmünchen. Das gleichmäßige Schlagen der schweren Eisenräder auf die Schienenkörper lassen jeden Schlafversuch scheitern. Die große Unsicherheit über das Schicksal meiner Familie dominiert mit zunehmender Zeit meine Gedankengänge.

11. Oktober 1945,
Bad Aibling

Nach weiteren achtundzwanzig Stunden erreichen wir am 11. Oktober 1945 Bad Aibling und somit wieder deutschen Boden. Dort werden wir nach unseren Heimatorten aufgeteilt und auf Militärlaster verladen. Diese Transporte werden jetzt von der amerikanischen Armee übernommen. Drei Stunden später erreiche ich München, das schwere Gebäudeschäden aufweist. Dort werde ich auf einen anderen Militärlaster verfrachtet. Der jetzt in Richtung Stuttgart fahrende Transporter hat nur noch acht Kameraden auf der Ladefläche, sodass meine letzte Etappe gut auszuhalten ist. Nördlich von Augsburg bleibt unser Fahrzeug stehen und man lässt mich und drei andere aussteigen. Mit großer Vorfreude und einem unbändigen Verlangen nach Wasser und Brot gehe ich jetzt völlig abgemagert den letzten Abschnitt zu Fuß. Nach einer Stunde erreichen wir eine Straßenbahnhaltestelle. Hier können wir den von den Amerikanern ausgestellten Freifahrtschein nutzen.

Für Aufsehen sorge ich, als ich dem Schaffner mein Reiseziel nenne. „Adolf-Hitler-Platz", sage ich, ohne lange nachzudenken. „Ja bist du verrückt?", entgegnet der mir spontan, „den Namen solltest du in der nächsten Zeit nicht mehr in den Mund nehmen. Der heißt jetzt wieder Königsplatz", fügt er jetzt etwas ruhiger hinzu. Nachdem ich diese Lektion gelernt habe, laufe ich übers Hochfeld in Richtung Haunstetten. Jetzt bin ich auf mich allein gestellt. Meine Kameraden haben sich am Roten Tor von mir verabschiedet. Die letzten zwanzig Kilometer gehe ich zu Fuß. In Königsbrunn verlassen mich meine Kräfte und ich lege mich ins Gras, um mich ein bisschen auszuruhen.

Fünf Minuten später kommt aus einem gegenüberliegenden Bauernhof eine alte Bäuerin auf mich zu und reicht mir eine Schale mit Milch und Brot, das ich gierig herunterschlinge. Sie streichelt meinen Arm ein wenig und fängt dann ganz leise zu weinen an. Schluchzend erzählt sie mit leiser Stimme, dass ihre zwei Söhne in Russland gefallen sind. Nur schwer kann ich der leidgeprüften Frau helfen, da ich selbst nicht weiß, ob meine Familie noch am Leben ist.

11. Oktober 1945,
Lagerlechfeld

Wenige Minuten später bedanke ich mich bei ihr und
trete das letzte Stück meiner Reise an. Am Ortsende von
Königsbrunn hält ein großer amerikanischer Militärlaster
an und lässt mich bis Lagerlechfeld mitfahren. Zu meiner
Überraschung ist der Fahrer ein Deutscher, der im Fliegerhorst als Zivilist bei den Amerikanern arbeitet. Da es
ihm verboten ist, fremde Menschen mitzunehmen, lässt
er mich kurz vor dem Ortsschild von Lagerlechfeld aussteigen.

Auf der linken Seite sehe ich die völlig zerstörten Werft-
hallen des Flugplatzes. Der Wasserturm ist ebenfalls
schwer beschädigt. Nach diesen ersten Eindrücken gehe
ich langsam weiter und überquere die Bahnschienen, um
in den Ort zu gelangen. Zum Glück sind die Häuser an
der Ortsstraße nur leicht beschädigt. Die Straße ist men-
schenleer und ich komme, ohne jemandem begegnet zu
sein, an die Ortsverbindungstrasse nach Graben. Von hier
aus kann ich den Bahnhof sehen, der schwere Schäden aufweist. Wie versteinert schaue ich auf den Bahnsteig, von
dem aus ich letzten Herbst meinen Heimatort verlassen
hatte. Insgeheim denke ich noch an die Worte vom Bahn-
hofsvorsteher Müller, der mir bei der Abfahrt versprochen
hatte, mich bei der Ankunft in Lagerlechfeld wieder zu
begrüßen. In Gedanken versunken verweile ich noch eine
geraume Zeit an dieser Stelle. Es kommt eine eigenartige
Stimmung in mir auf. Mein sehnlichster Wunsch, Eltern

und Geschwister schnellstmöglich in die Arme zu schließen, wird von der Vorstellung geprägt, dass ihnen etwas
zugestoßen sein könnte. Sehr verunsichert laufe ich die
Ortsstraße weiter und erreiche nach zweihundert Metern
den Ortskern.

In der Bäckerei sind einige Kunden, ich scheue mich
aber hineinzugehen, obwohl mein Hungergefühl dies mit
einem lauten Knurren fordert. Viel wichtiger für mich ist
der Anblick meines Elternhauses, das jetzt nur noch einhundertfünfzig Meter entfernt ist. Die Häuser des Laza-
retts, die von einer Mauer umgeben sind, stehen alle noch.
Das lässt in mir die Hoffnung auf ein Wiedersehen größer
werden. Jetzt gibt es kein Halten mehr und mit schnellen Schritten nähere ich mich dem Haus Nummer 46. In
dem roten Backsteinhaus haben wir unsere Wohnung im
ersten Stock. Die Eingangstür, die Treppe und die Wohnungstür sind mir sofort wieder vertraut und mit letzter
Kraft stürme ich die Treppen hinauf. Mein Herz schlägt
wie wild vor Aufregung und von der letzten Anstrengung,
sodass ich noch kurz verharre, bis ich mit meiner rechten
Hand zweimal an die Tür klopfe. Als sich nichts tut, klopfe ich ein weiteres Mal. Wieder regt sich nichts. Meine
Hoffnung kehrt sich wieder in Zweifel um. Meine Mutter
müsste doch da sein, denke ich. Enttäuscht und trotzig
setze ich mich auf den Fußboden und lehne mich mit
dem Rücken an die Wohnungstür. Minuten später höre
ich ein Geräusch im Treppenhaus. Ein schweres Stapfen,
das immer lauter wird. Da ich die ersten acht Stufen nicht
einsehen kann, steigt meine Spannung weiter an. Auf
dem Zwischenpodest verstummen die Schrittgeräusche,

ich höre ein schweres Schnaufen. Das Atmen normalisiert sich wieder und ich höre wieder die schweren Schritte auf der Treppe.

Jetzt kann ich sie erkennen! Meine Mutter! Ich will nach ihr rufen, aber die Stimme verlässt mich und ich schaue nur zu, wie sie in gebückter Haltung, den Kopf leicht nach unten gerichtet und in jeder Hand eine Tasche tragend den ersten Stock erreicht. Schnell richte ich mich auf und laufe ihr entgegen. Ich sehe in ihr Gesicht und erkenne in Sekundenbruchteilen, wie aus einem traurigen und sorgenvollen Blick ein strahlendes Lächeln entsteht. Die Umarmung meiner Mutter und ihre Wärme spüren zu dürfen, wecken in mir Gefühle, die ich so sehr vermisst hatte. Als sie mir wenig später ins Ohr flüstert, dass ich der Letzte sei, der aus dem Krieg unbeschadet zurückgekommen ist, gibt es für mich kein Halten mehr und die Tränen rollen mir nur noch so über die Wangen.

Richards Biografie

Richard Blaß wurde am 23.07.1928 in Lagerlechfeld geboren. Seine Kindheit erlebte er auf dem Lechfeld. Nach der Machtübernahme von Adolf Hitler konnte er den rasanten Wiederaufbau der Wehrmacht selbst miterleben. Seine Ausgeglichenheit prägte ihn schon damals, als er sowohl Ministrant als auch Mitglied in der Hitlerjugend war. Mit sechzehn Jahren zog er in den Krieg, den er durch viele glückliche Umstände unversehrt überstehen konnte. Auch seine Eltern und Geschwister haben den Krieg überlebt. Als er im Oktober 1945 von der Gefangenschaft nach Hause kam, konnte er sich durch verschiedene Arbeiten über Wasser halten. 1951 heiratete er. Aus der Ehe gingen zwei Kinder hervor. Von 1951 bis 1958 arbeitete er in Augsburg bei der amerikanischen Armee. Von 1958 bis 1991 verdiente er sein Geld auf dem Flugplatz Lagerlechfeld. Schreiner, Personalvorsitzender, Beisitzer beim Verwaltungs- und Arbeitsgericht prägten seinen langen und erfolgreichen Berufsweg. Parallel dazu war Richard von 1966 bis 1990 sehr engagiert in der Kommunalpolitik tätig.

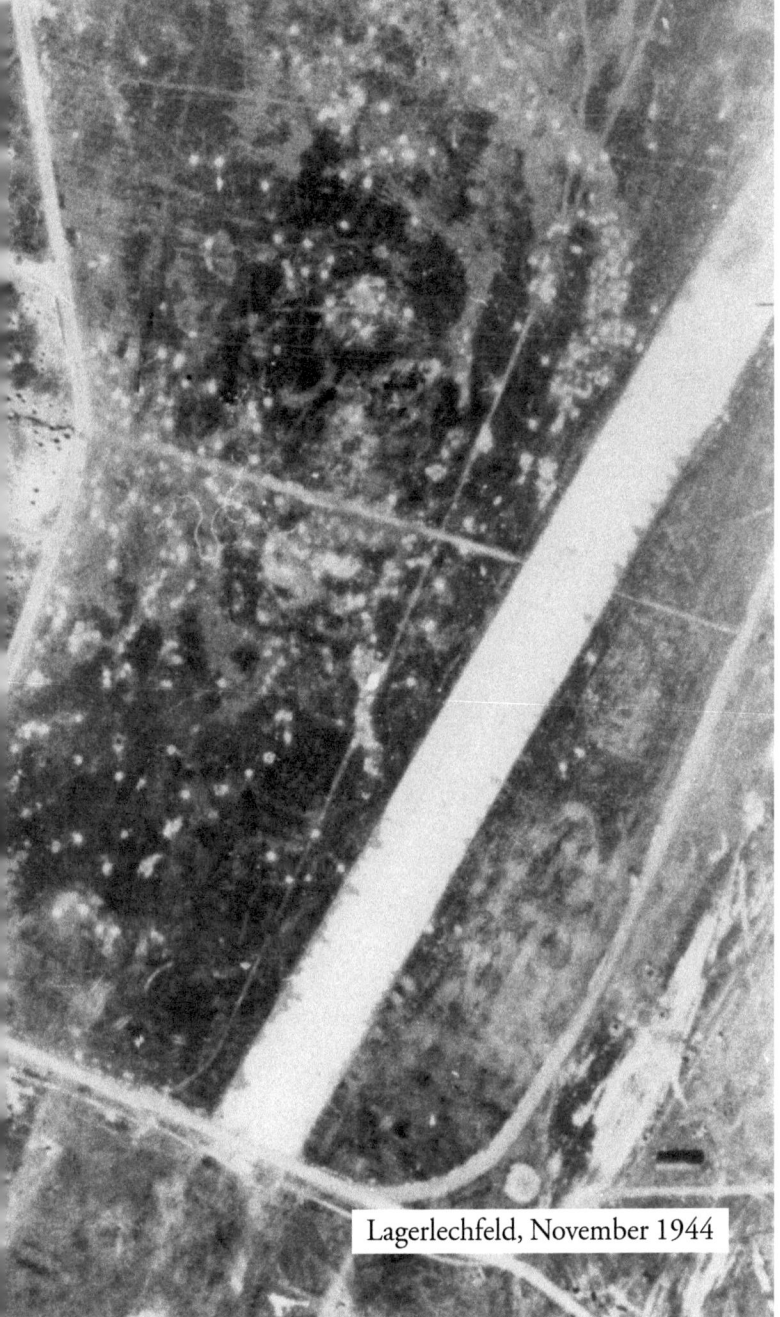

Lagerlechfeld, November 1944

Die Ortsstraße bei Richards Ankunft in Lagerlechfeld

FINLEY MOUNTAIN

DER MORGEN KRISTALL

THETARÓ

FANTASY

BOOKS ON DEMAND GMBH

Bibliografische Information Der Deutschen Bibliothek
Die Deutsche Bibliothek verzeichnet diese Publikation in der Deut-
schen Nationalbibliografie; detaillierte bibliografische Daten sind im
Internet über http://dnb.ddb.de abrufbar.

Buch 1 – Mondpfade
Buch 2 – Labyrinth
Buch 3 – Visionen
Buch 4 – Intervention

Covergestaltung: Finley Mountain
Lektorat: Ingrid Schaar
Herstellung und Verlag: BoD-Books on Demand, Norderstedt
Printed in Germany

ISBN 978-3-7448-3278-6

FÜR I.

HANDLUNGEN UND PERSONEN SIND FREI ERFUNDEN.
JEDE ÄHNLICHKEIT IST REIN ZUFÄLLIG UND UNBEABSICHTIGT.

Eins

»Waylon!«

Der Schrei reißt ihn aus dem Schlaf. Es ist tiefste Nacht. Gleichmäßig rauscht das Meer. Wellen schlagen an Land. Lau spielt der Wind mit den Blättern, vertreibt die Schwüle des vergangenen Tages nur mäßig. Draußen ist es stockfinstere Nacht. Es muss ein Traum gewesen sein. Keine Menschenseele weit und breit.

»Waylon!«

Schon wieder! Lauter und – verdammt nah.

Verschlafen setzt er sich auf. Er lauscht. Waren da eben Schrittgeräusche? Blieb er bisher ruhig, erfasst ihn jetzt ein ungutes, schwer definierbares Bauchgefühl. Im Unterbewusstsein arbeitet etwas, und das macht ihm Angst.

»Waylon! WAYLON!«

Verräterische Geräusche vermeidend, schleicht er ans Fenster, dass jede Nacht geöffnet bleibt. Im Schutze der Dunkelheit beugt er sich soweit vor, bis der Platz vor dem Baumhaus einsehbar ist.

Er glaubt eine Bewegung ausgemacht zu haben. Fahl reflektieren versprengte Wolken das tagsüber gespeicherte Licht. Aus mangelndem Kontrast schaut er in einen dunklen Schlund.

»Waylon! Bist du da?«

Direkt neben dem Stamm *muss* jemand stehen. Da sicherheitshalber die Flechtleiter immer eingezogen wird, besteht keine Gefahr. Wer kann das sein? Träumt er etwa immer noch?

»Wenn du hier bist, *micinksi*, zeige dich!«

Aber … das ist … Dako! Nein, das gibt's nicht! Haben sie nicht vereinbart, dass er auf Waynúpa, Waylons Pendant in 1978, aufpasst? Es sind doch erst vier Tage her … Oder ist etwas passiert?

»Bist du es wirklich?«

»Sicher! Wer sonst? Oder hast du Besuch?«

»Nein, nein«, beeilt Waylon zu versichern. »Es ist nur so –

ich hab deine Stimme nicht erkannt. Du klingst – anders …«

»Kommst du runter, oder soll ich zu dir hochklettern?«

»Moment. Ich lass die Leiter runter.«

In der beeindruckenden Stille, die einem einsamen Ort auszeichnet, werden Klänge menschlichen Tuns laut.

» Achtung …«

Haarscharf verfehlt die Flechtleiter Dako. Auch für den Naturmenschen ist es schwierig, sich in der Finsternis zurechtzufinden. Vor allem kennt er die hiesigen Verhältnisse nicht so wie Waylon.

Sportlich erklimmt Dako den Aufstieg.

»Es muss wichtig sein, dass du Strapazen auf dich nimmst.«

»Lass uns drinnen reden.«

Waylon zieht die Leiter wieder hoch, folgt den alten Freund und setzt das Türgeflecht ein.

Licht flammt auf, entzündet die bereitstehende Kerze. Geblendet schirmt Waylon seine Augen ab.

»Es ist erstaunlich, wie wohl du dich hier fühlst«, beginnt Dako. »Kein Vergleich zu deinem alten Leben.«

»Wer braucht schon Luxus«, erwidert Waylon. »Der macht uns bloß träge. Aber jetzt sag, was dich zu mir führt.«

»Den Lebensstil von euch Weißen, werde ich nie gutheißen. Er ist verachtend. Deswegen erfreue ich mich an …«

»Dako! Komm zur Sache! Zu dieser Stunde vertrag ich keine Philosophie!«

»Entschuldige, *micinksi*.«

»Schon gut, schon gut. Fang einfach an, auf den Punkt zu kommen!«

»Nun gut, wie du willst, Waylon.«

»Mach es doch nicht spannender, als es wirklich ist, Dako. Für Konversation bin ich einfach zu müde.«

»Deswegen bin ich nicht gekommen, das versichere ich dir.«

»Weswegen dann?« Waylon wird ärgerlich.

»Wegen dir …«, sagt Dako ernst. »Beziehungsweise deinem *anderen* Ich …«

»Was ist passiert!?«

»Nun …«, Dako sucht nach Worten. »… er ist … Waynúpa ist …«

Waylons Alarmglocken schrillen. Seine Augen hängen an Dakos Lippen.

»… verschwunden …«

* * *

Fünf Tage zuvor.

Der Gleiter landet. Ohne gesehen zu werden setzt er im Wald auf. Die Bordautomatik hat ein Gebiet ausgewählt, das relativ unzugänglich ist. Seit dem Eintritt ins Sonnensystem flogen sie im Tarnschirm-Modus. So wird ein Aufspüren durch die Überwachung des Orbits verhindert. Weder NASA, ESA, noch die Russen oder China bemerken den Eintritt.

Dako überprüft aus alter Gewohnheit die Gegend, um auch das Restrisiko zu minimieren. Erst dann öffnet er das Außenschott.

Es ist kurz vor Mittag. Nach den Tagen im Gleiter ist es eine Wohltat, ungefilterte Luft zu atmen.

»Dann wollen wir mal.«

Im Freien genießt er die wiedergewonnene Freiheit. Dako murmelt ein Gebet, der all seine Urahnen mit einbezieht, und dankt dem *Großen Geist* für die überstandenen Prüfungen.

Im nahen Unterholz steht ein äsendes Reh. Es hebt seinen Kopf, als es den Dakota bemerkt, kaut aber unbeeindruckt weiter. Keine Gefahr spürend zieht es weiter, senkt den Kopf und zupft an einem saftigen Grasbüschel.

Die Stille ist einzigartig. Wie die Natur selbst auch. Die Balance und Ausgewogenheit wirkt stärkend aufs Gemüt. Ein Grund mehr, alles zu tun, um solche Oasen zu erhalten.

Nachdem er mehrmals durchgeatmet hat, bemerkt er eine seltsame innere Unruhe. Etwas ist anders. Hintergründig versucht das Unterbewusstsein eine Tür zu öffnen, die ihn etwas zeigen möchte. Doch es misslingt. Stattdessen tritt eine Empfindung in den Vordergrund, die nichts Gutes verheißt. Ob es an Dakos ausgeprägter Intuition liegt, oder es sich *nur* um eine Art Vorahnung handelt, weiß er selbst nicht. Jedenfalls ist es mit der Ruhe schlagartig vorbei. Sein Gespür hat ihn nie getrogen, weshalb nun dieses Spiel?

Nicht fassbare Gedanken kreisen in seinem Kopf. Was ist bloß los? Gravierendes liegt unheilvoll in der Luft. Er kann es regelrecht riechen!

Blitzschnell wendet er sich um, betritt den Gleiter und schließt das Schott. Dako beschleicht immer mehr das Bedürfnis, darüber zu reden. Natürlich! Vielleicht hat Waynúpa ja eine Idee! Das ihm das nicht gleich eingefallen ist! Manchmal klärt sich vieles, wenn es angesprochen und darüber diskutiert wird. Oft hat es Dako erlebt, dass sich die Dinge dadurch leichter lösen. Vermeintliche Probleme verschwinden, schaffen Platz für angenehmere Gedanken.

»Waynúpa!«, ruft er unvermittelt aus. Im Grunde genommen kann Dako auf diese Anrede verzichten, da sich nur einer von beiden an Bord aufhält.

»Waylon!«

Schnellen Fußes begibt er sich zu dessen Kabine. ›Eigenartig‹, denkt Dako noch, ›sonst reagiert Way gleich, wenn auch nicht immer wie erwartet.‹

Ohne zu zögern betätigt Dako den Öffnungsmechanismus der Kabinentür.

»Verzeih mein Eindringen, aber ich …«

In der Kabine ist kein Waylon. Sie ist leer.

›Wo steckt *der* bloß wieder!‹

Ungestüm, wie Waynúpa ist, traut Dako diesem so einiges zu.

»Waynú … Waylon!«

Ärgerlich durchsucht Dako den Gleiter. Er lässt keinen Winkel aus, selbst in den zugänglichen Hauptluftschacht wirft er einen Blick. Doch Waylon ist und bleibt verschwunden. In seiner Not weiß er nicht weiter. Sogar ein erweiterter Umgebungsscan bleibt erfolglos.

* * *

»… brach ich auf«, endet der sichtlich aufgewühlte Dakota. »Karoline öffnete die Tür, erkannte mich aber nicht. Auf meiner Nachfrage reagierte sie ungehalten. Sie betonte, sie kenne keinen Mr Latham und der wohne hier auch nicht. Energisch servierte sie mich ab, schloss die Tür. Dann sah ich es, das Schild an der Tür. Da stand ‹Fryer›.«

Waylon ist geschockt. Karoline hat noch ihren Mädchennamen an der Tür stehen? Er hätte schwören können, dass er das Richtige montiert hatte. Dass er sich so geirrt haben soll … Oder hat sich Karoline von ihm abgewandt? Mein Gott, dass ist über vierzig Jahre her! Wer hat da schon alles noch auf den Schirm?!

»Ich habe die Befürchtung, dass dir – äh … ich meine Waynúpa – was passiert sein muss … Du kannst dir vorstellen, wie froh ich bin, dich hier gefunden zu haben …«

»Du sagtest, er war nicht im Gleiter. Kann er ausgestiegen sein, ohne dass du es bemerktest?«

»Möglich. Aber unwahrscheinlich.«

»Gab es Streit?«

»Nein. Ich war in der Zentrale. Er zog sich zurück.«

»Hm. Sich einfach so davonzustehlen hätte ich nie getan.«

»Du kannst nicht von *dir* selbst ausgehen. Und schon gar nicht, als *du* dreißig warst.«

Waylon runzelt die Stirn.

»Ich weiß nicht, was du meinst …«

»Als du 1978 lebtest, bin ich nicht aufgetaucht, oder?«

»Verstehe«, nickt Waylon. »Nein. Bist du nicht. Ich kann mich auch nicht daran … erinnern … nur, das mit dem Unfall …«

»Das beweist doch, dass Waynúpas Zeit nicht hundert prozentig mit deinem Leben zusammenhängt.«

»Wahrscheinlich. – Paradox, nicht wahr?«

»Es ist jedenfalls sehr außergewöhnlich«, sinniert Dako. »Angenommen, eure beider Leben verlaufen tatsächlich unterschiedlich – was natürlich zugegeben weit hergeholt ist –, wo ist er?«

»Da ich noch da bin, und auch eine Erinnerung habe, beweist eines, nämlich das er real ist. Dies wiederum scheint deine Schlussfolgerung zu bestätigen. Ich suche nur nach der *Unbekannten* in der Gleichung.«

Eine Weile vergeht in vollkommener Stille. Dako seufzt laut.

»Es hat mit mir zu tun«, stellt er fest. »Irgendwann ist irgendetwas eingetreten, von dem ich im Moment keinen blassen Schimmer habe …«

»Ich habe eher den *Kraken* in Verdacht. Warum taucht jemand auf, um *Nichts* zu tun und verschwindet dann wieder? Oder sind die auf Uridräo etwa gelandet?«

»Das hätten die Sensoren gemeldet«, bestätigt Dako.

»Genau. – Es sei denn … es sei denn, die *Kraken*-Technik wäre der arimeanischen überlegen …«

Der Dakota sinkt in sich zusammen.

»Wer weiß schon, ob es Arimea überhaupt noch gibt«, sagt Dako mit rauer Stimme. »Das, was wir als ›moderne Technik‹ bezeichnen ist … *uralt* …«

»Und was ist mit Aiden, Callum und den Anderen?«, wirft Waylon ein.

»Wir haben leider nie geklärt, aus welcher Zeitebene sie wirklich kommen …«

Nachdenklich sieht Waylon starr auf den Boden. »Wie alt ist die Technik eigentlich?«

Dako zuckt mit den Schultern.

»Hundert Jahre, tausend … hunderttausend?«

Der Alte stöhnt.

»Solange wir nicht wissen, wann – nach unseren Maßstäben – die Arimeaner alles erbaut haben, können wir davon ausgehen, dass es sie noch gibt. Ich denke da an den Fortschritt.«

»Oder ich habe etwas verändert …«

»Irgendwas stört mich an deiner These, Dako. Glaubst du nicht, das hätte andere, dramatischere Auswirkungen? – Nein! Ich stütze mich auf meine Erinnerungen. Sie sind da. Also hat meine Vergangenheit nichts damit zu tun. Du kannst dich auch erinnern. Ergo: Wir haben damit nichts zu tun!«

Waylon springt auf. Jetzt ist er hellwach.

»Dako, ich sage dir eins: Das Raumschiff hat damit zu tun! Daran gibt's keinen Zweifel!«

»Und wie?«

»Das gilt es herauszufinden.« Der Boden schwankt unter Waylons Hin-und-her-Gehen. »Ist nur die Frage: Wie!«

»Nehmen wir also an, dass was du sagst, trifft zu. Klingt logisch. Zuerst verschwand die Glaskabine, dann Waynúpa. Was verschwindet als Nächstes? Du? Ich? Der Gleiter? Und was dann?«

»Daran hab ich nicht gedacht«, gesteht Waylon. »Aber wir *müssen* etwas unternehmen …«

»Leicht gesagt …«

»Moment … einen Augenblick … Wir waren doch in der Pyramide, um nach den Kabinen zu sehen. Was haben wir gefunden?«

»Die Säulen!«

»Richtig, die Säulen! Und was fehlt?«

»Der letzte Stein?«

»*Yapp*. Der Neunte Kristall!«

Nun ist auch Dako von Waylons Euphorie angesteckt.

»Ein Puzzle … Es ist wie ein Puzzle …«

»Dann sollten wir anfangen, dieses Puzzle zu lösen!«

Zwei

Arimea, Inselenklave Methua, Erdzeit minus 154 Millionen Jahren.

Der aufgewühlte breiige Ozean macht die Passage unpassierbar. Spitze Klippen ragen drohend aus dem rotbraunen Meer. Seit Urzeiten ist die Insel unangetastetes Gebiet. In der isolierten Oase gedeihen Pflanzen und Bäume wie in der Frühzeit des Planeten. Durch hohe Berge umringt, ist ein einzigartiges Ökosystem entstanden. Ähnlich wie Burali mit keinem natürlichen Zugang versehen, blieb die Insel bis ins Technikzeitalter unbetretenes Land. Erst mit dem Aufkommen der Gleiter kamen verwegene Arimeaner hierher. Doch das Schicksal hatte eigene Pläne.

Quallenflügler sind die Herren der Lüfte. Am Boden jagen Sumpfläufer. Nur ein Teil im Nordosten der Insel bleibt von beiden vorherrschenden Spezies verschont. Dorthin zogen sich vier Alt-Arimeaner zurück, deren biblisches Alter die Gesellschaft beeinträchtigt hatte. Ein defektes Gen, das vor zweitausend Jahren zufällig entdeckt wurde, ist für die Langlebigkeit dieser Vier verantwortlich. Der Älteste unter ihnen ist Rhobal. Nach außen hin wirkt er wie ein Teenager. Trotzdem zählt er über vierzehnhundert Jahre.

Urio ist die Zweitälteste. Knapp eintausend Jahre verbringt sie auf Arimea. Noch immer trägt sie die Haare lang, so wie es damals Mode war. Sie hält den kleinen Trupp zusammen, kocht noch nach alten Rezepten. Dem neumodischen Zeugs traut Urio nicht. Zwar kann der Hydromator sämtliche Gerichte herstellen und sorgt somit für eine ausgewogene Ernährung, dennoch hat Urio ein Problem mit den künstlich gezüchteten Zutaten. Lieber sammelt sie *lebendige* Früchte, oder jagt auch mal einen Springschnorchler.

Dritter ist Sho-Ril, vom Inneren Ring. Lang weigerte sich seine Mutter, die Identität ihres Sohnes preiszugeben. Kurz vor ihrem Tod fehlte ihr die Kraft des ständigen Umziehens und

Reisens. Als die Behörde dahinter kam, wurde er in die Enklave gebracht. Hier lebt er sehr zurückgezogen.

Bei Sulantrea wurde mit zweiundzwanzig der Gen-Defekt diagnostiziert. Verliefen die darauffolgenden Jahre normal weiter, entfaltete sich die Veränderung in der DNA erst mit Sulantreas achtunddreißigsten Geburtstag. Die Auswirkungen waren verheerend, und sie nicht in der Lage, damit umzugehen. Suizid gefährdet wurde sie umgehen in die Enklave geflogen.

Ausgeschlossen aus der Gemeinschaft, fristen sie ihr Dasein auf zweieinhalb Quadratkilometer bewohnbare Enklave. Kein Besuch, keine Verwanden. Und dennoch hat sich das ungewöhnliche Quartett mit dem Leben arrangiert.

Üblicherweise geht Sho-Ril einmal pro Tag ins Rogalit-Gewölbe. Heute betritt er zum zweiten Male die Leuchtgrotte. Eine innere Stimme drängt ihn dazu. Sho-Ril ist vertraut mit dem Kristallgestein. Er weiß um die bedeutsame Geschichte des Rogalits, das in Legenden die Zeit überdauerte.

Seine Mutter las ihm als Kind oft aus dem Arimeanischen Almanach vor. Dort drin waren alle überlieferten Geschichten enthalten, die man sich je erzählt hatte. Das ist mittlerweile fast vierhundert Jahre her. Später durchblätterte Ril selbst das Buch.

Wehmut befällt sein Herz, wenn er daran denkt. Allein der Geruch des Lhymholzes, der Jahre später noch am Papier haftete, löst angenehme Erinnerungen aus. Mittlerweile gibt es keine Bücher mehr. Alles gespeichert in hochwertigem Rogalit. Millionen von Wälzern finden Platz in drei Quadratzentimeter! Ril hat seine gesamte Bibliothek um den Hals hängen.

Doch deswegen ist Sho-Ril nicht ins Gewölbe gegangen. Er folgt einem seltsamen *Ruf* des Gesteins. Denn er ist der ›Kristall-Flüsterer‹. Diesen Namen hat er sich nicht selbst zugelegt, sondern Urio, die Sho-Ril leidenschaftlich gern bei seinen

»meditierenden Unterredungen« zusieht. Genau beschreiben kann es Ril auch nicht, was er da tut. Er vergleicht es eher mit Telepathie. Allerdings gilt auf Arimea ein Grundsatz: Gedankenübertragung ist ausschließlich mit einem Lebewesen möglich, das mindestens ansatzweise über Bewusstsein verfügt. Demzufolge gelten, laut Urios Auslegung, Rogaliten als lebensfähige Materie. Darüber streiten und philosophieren die Zwei sehr häufig. Ril ist bisher nicht fähig, Urios Standpunkt handfest zu widerlegen. Insgeheim ist er mehr als einmal geneigt, der Leidensgenossin Glaube zu schenken.

Aber deswegen ist er, wie erwähnt, nicht hergekommen. Entschlossen folgt Sho-Ril die schmalen Stufen. Je näher er dem Gewölbe kommt, umso lauter die innere Stimme. Früher hat diese *Stimme* ihn beinahe in die Irre geführt. Mit der Zeit hat er gelernt, sie richtig zu deuten und auch zu würdigen. Die Artikulation erfolgt niemals mittels Worte oder Silben. Vielmehr werden – so vermutet Sho-Ril – über feine Stimulanzien Moleküle seiner Nerven angesprochen, die diese dann als Gefühl interpretiert weitergeben. Den Rest erledigt das Gehirn.

Der eigentliche Zugang ist ziemlich tief und er muss sich bücken. Ein vom Kristall abgegebenes Eigenleuchten taucht Sho-Ril in ein wundersames Licht. Jeder auch noch so zarte Strahl beeindruckt durch eine wundersame, sanft-zärtliche Berührung. Jedes Mal berührt ihn diese Art aufs Neue. Fast scheint es, ein guter Freund begrüße ihn.

In seinem Kopf reagieren die angeregten Zellen mit der Arbeit. Er empfindet es wie ein wisperndes Flüstern, nur unverständlich. Seitlich des Einganges bilden Rogaliten einen sitzähnlichen Platz. Hier setzt er sich und beginnt zu entspannen. Mit geschlossenen Augen nimmt er die Rogalitenenergie auf, gibt sich ihr hin. Aus dem Wispern werden begreifbare Gefühlsregungen. Gleichmäßig atmend schließt er die Augen und lauscht.

Sei willkommen, Sho-Ril, gaukelt sein Hirn ihm eine sanfte Stimme vor. Anfangs erschrak er darüber heftig. Mittlerweile akzeptiert Ril dieses Phänomen, wonach auch die Auseinandersetzung mit Urio einen wesentlichen Beitrag geleistet hat.

›Ich bin deinem Ruf gefolgt‹, formt er gedanklich.

Dafür danke ich dir.

›Ich verstehe nur nicht, was so dringend sein kann.‹

Alles ist von Wichtigkeit umgeben. Unser Sein braucht diesen Antrieb.

›Du bist eine Lebensform?‹

Es gibt unterschiedliche Formen, die bewusst ihre Umwelt wahrnehmen. Nicht alle würdest du als Leben *bezeichnen. Existenzen kennen keine Grenzen. Sie sind überall vertreten, auch wenn du sie nicht siehst oder hören kannst.*

›Weshalb wähltest du mich?‹

Die Antwort kennst du, Sho-Ril.

›Sagst du es mir dennoch?‹

In seinem Kopf beginnt ein Rauschen.

Hast du dich schon Mal gefragt, warum du mich hören kannst?

Das hat er wirklich.

›Ja.‹

Zu welcher Erkenntnis bist du gekommen?

›Keine konkrete, um ehrlich zu sein.‹

Einige Minuten der Leere entsteht. Es fühlt sich wie ein Loch an, in das Sho-Ril hinein gezogen wird.

Bald wirst du es verstehen. Deswegen bat ich dich aber nicht zu mir.

›Weswegen dann?‹

Auf dieser Welt ist das, was du Rogalit *nennst, überall vorhanden. Deinen Gedanken kann ich entnehmen, dass du darüber gut informiert bist. Sogar der Kern besteht zu dreißig Prozent aus diesem Mineral. Als euer Volk den Planeten eroberte, trieb es riesige Stollen in den Fels, um Rogalit zu fördern. Daraus erwuchs eine weltumspannende Industrie, die tiefe Narben hinterließen. Heute nutzt ihr es, seid aber immer noch unwissend.*

›Inwiefern?‹

Auch das wird sich dir bald offenbaren.

Es folgt eine Pause, in der es Sho-Ril gelingt, an nichts zu denken.

In einer eurer Provinzen gibt es einen Rogaliten, der in der Anfangszeit dieses Planeten entstand. Dieser Kristall ist nun mit mir in Kontakt getreten.

›Es muss sich um etwas sehr wichtigem handeln.‹

Ja, Sho-Ril. Und es ist mir eine Ehre, vom ersten Rogaliten eingeweiht worden zu sein. – Doch nun zu meinem Anliegen. Mein Mineralium teilte mir mit, dass es einen weiteren von euch dort gibt.

›Noch einen? Wer?‹

Es ist ein Methelem *namens Orinario.*

›Ich glaube, den Namen bereits schon einmal vernommen zu haben …‹

Dieser Methelem *hat große Gedanken. Ihr solltet miteinander in Verbindung treten.*

›Welcher Art von Gedanken?‹

Gedanken, die euch gebührend geltend machen werden.

Drei

Er musste *ihr* einfach in die Augen schauen! Musste sich selbst überzeugen, dass *sie* ihn nicht kennt! Erst jetzt kann er es glauben.

Waylon steht teilnahmslos vor dem Panoramaschirm. In seiner Zeit lebte er von Karoline getrennt. Eine zweite Chance bot sich, als das Schicksal sein vierzig Jahre jüngeres Pendant seinen Weg kreuzen ließ. Nun ist alles anders. Nicht einmal ihn selbst gibt es noch …

Eine Welt ist zusammengebrochen. Seine Welt. Haben denn all die Erinnerungen daran noch den angemessenen Stellenwert? Sind sie echt, oder doch nur Wunschträume? Lebt er überhaupt? Ein Alptraum kann nicht schlimmer sein!

Unter ihnen zieht Uridräo seine Bahn. Er ist ein Ort von kosmischer Wichtigkeit. Wie anders ist sonst zu erklären, dass alle Wege hierher führen? Haben die alten Arimeaner etwa von dessen Bedeutung gewusst und deshalb als Stützpunkt erwählt?

Irgendwo und irgendwann entglitt die Geschichte völlig. Auch Dako ist niedergeschmettert und steht vor den Trümmern. Seiner Meinung nach liegt ein Fehler darin, dass er Cloe zum *ahbleza* berief. Es ist das erste Mal, dass er dies eingesteht. Was natürlich am derzeitigen Stand der Dinge nichts ändert. Aber altes rückgängig zu machen ist nahezu unmöglich geworden. Der Glaskabine beraubt, stehen beide Männer vor den angerichteten Scherbenhaufen gescheiterter Existenzen.

Von der *Krake* ist nichts zu sehen. In ausweglosen Situationen einen klaren Kopf zu behalten ist fast unmöglich. Dako kennt solche zur Genüge, hat jedoch ebenfalls immer seine Probleme damit. War er früher immer allein, fühlt er nun gegenüber Waylon eine gewisse fürsorgliche Pflicht. Was hat den Dakota bloß geritten, den eigenen Sohn mit hineinzuziehen? Der Gedanke martert sein Gehirn. Es gab Zeiten, in denen solche Menschen dafür an den Marterpfahl kamen. Heutzutage werden sie aus der Gemeinschaft ausgeschlossen und dürfen nie zurückkehren.

Das Gesetz der Wildnis ist hart, dennoch gerecht; denn nur die Starken können überleben. Nur wenn alle an einem Strang ziehen, kann der Stamm überleben und den Feinden strotzen. Schon komisch, was die Zeit verändert …

Auch Dako hat sich verändert. Nicht gerade positiv, wie er sich eingesteht. Nach dem Aufeinandertreffen der beiden Waylons überlegte er ernsthaft, ebenfalls sein jüngeres Ich aufzusuchen. Für einen Augenblick sah Dako darin die einzige Möglichkeit, zu ändern, was angerichtet wurde. Doch dann verwarf er es wieder, stellte es *ad absurdum*. Dafür aber reicht die Kraft nicht mehr aus.

Sanft und nahezu geräuschlos setzt der Gleiter nahe des Baumhauses auf. Nicht sofort steigen die Insassen aus. Geraume Zeit vergeht, bis Dako schließlich hinaus geht, gefolgt von Waylon. Beiden ist deren Niedergeschlagenheit anzusehen; ihr Gang ist schleppend, die Gesichter müde. Ohne ein einziges Wort treten sie hinaus und schlagen unterschiedliche Richtungen ein. Nichts deutet auf gemeinsame Ziele hin.

Unweit des Gleiters lässt sich Dako in den Sand sinken. Sein leerer Blick starr aufs Meer gerichtet, versucht er die Kopfleere mit Leben zu füllen.

Waylon geht es ähnlich. Nach einigen Metern bleibt er stehen. Um Jahre gealtert, fehlt von seiner bisherigen Rüstigkeit jegliche Spur. Ihm geht der Atem aus. Erschöpft setzt auch er sich nieder. Eine bleierne Schwere bemächtigt sich seiner. Gefühlt lasten Tonnen auf Waylon, die ihn zu erdrücken drohen. Ihm wird schlecht, der Untergrund wankt. Dann kippt er seitlich weg …

Ähnlich ergeht es Dako, den eine plötzliche Müdigkeit ereilt, mit dem Unterschied, dass er im Sitzen einschläft. Übergangslos sind Vater und Sohn ins Reich der Träume abgetriftet. Was löste dies aus?

Zehn Minuten früher. In der Stützpunktzentrale herrscht

Hochbetrieb. Das Überwachungssystem löst einen gellenden Alarm aus.

»Eindringlinge«, ruft Jayden. »Sektor zwölf.«

»Wieviele?«

»Mindestens zwei, Callum.«

Die *Wächter* überprüfen nochmals den Scan.

»Airbugs?«

Callum nickt als Zeichen des Einverständnisses. Diese winzig kleinen Nano-Käfer übernehmen die Luftaufklärung. Sollten die Eindringlinge böse Absichten haben, führen die Bugs eine unangenehme Überraschung mit sich.

»Sind es Arimeaner?«

»Nein, auch wenn es sich um einen uralten Gleiter unseres Planeten handelt.«

»Bilder?«

»Noch nicht. Aber sie sind ausgestiegen.«

»Wir gehen kein Risiko ein. Schick die Bugs und setz sie außer Gefecht.«

Jayden bestätigt.

So fliegen ein halbes Dutzend der Nanoaufklärer los. Unbemerkt erreichen die kleinen Bugs den Landeplatz. Da es sich um Huminide handelt, aber nicht um Arimeaner, setzen sie sogleich zum Angriff an. Ein kurzer Stich in der Nackenpartie genügt, um ein einschläferndes Mittel zu injizieren. Die Folgen sind bekannt. Nach erfolgreicher Tat schwirren sie wieder in den Stützpunkt zurück.

Die kahlen Wände irritieren Waylon erst einmal. Mehrmalige Augenaufschläge vergehen, bis er erkennt, wo er sich befindet. Es ist die selbe Unterkunft wie damals, als Karoline, Sophie und Elionor hier waren. Wie lang ist das eigentlich her? Ein Jahr oder zehn? Waylon weiß es nicht. Durch die verwirrten Geschehnisse hat er sein normalerweise gutes Zeitgefühl verloren. Aber was macht das schon?! Zeit ist eben doch nur relativ. Für den einen vergeht sie schnell, für andere viel zu langsam.

Waylon gähnt herzhaft. Im weichen Bett hat er lang nicht mehr gelegen. Es ist wohltuend und er will gar nicht aufstehen. Müde und benommen dreht er sich auf die Seite. Nur noch fünf Minuten! Das sollte eigentlich drin sein.

Da fällt ihn ein, was Waylon am liebsten verdrängen möchte, nämlich weshalb es sie wieder nach Uridräo verschlagen hat. Hellwach springt er auf. Schnell wird klar, dass sich niemand im Raum befindet. Rasch sucht er die Nasszelle auf und macht sich fertig. Endlich wieder einmal als Mensch fühlen!

Frisch verlässt Waylon seine Unterkunft und wendet sich in Richtung Zentrale. Ihm kommt es vor, als sei es gestern gewesen, dass er hier war. So vertraut ist alles.

»Schön dich zu sehen, Waylon«, begrüßt ihn Callum wirklich herzlich.

»Ach, wirklich? Nach allem was passiert ist?«

Natürlich hat Waylon nicht vergessen, dass Callum Karoline entführte um den Kristall zu erpressen.

»Was hast du, Waylon? Habe ich dir etwas getan?«

›Ist das sein Ernst?!‹, denkt Waylon mit einem aufkeimenden Wutgefühl. Laut fragt er: »Warst du schonmal auf der Erde?«

»Erde? Was ist das?«

Blitzartig erscheint in Waylons Geist das Bild des vermeintlichen Callum. Was sagte der damals noch? Waylon erinnert sich: »*Mistel Latham! Ich weiß nicht, was Sie fül ein Spiel spielen! Sie wollen mich kennen, und ich kann mich nicht entsinnen, mit Ihnen jemals eine Untelhaltung gefühlt zu haben. Besinnen wil uns stattdessen auf unsel heutiges Anliegen, und lassen Flüheles luhen!*«

Jetzt, da Callum direkt vor ihm steht und beides vergleicht, kommen Zweifel.

»Sorry, aber das ist alles so verwirrend …«

»Nicht der Rede wert«, beschwichtigt Callum mit einem gütigen Lächeln. »Seitdem du aufgebrochen bist haben wir uns nicht mehr gesehen.«

Waylon nickt traurig.

»Ich glaube, ich bin dir eine Erklärung schuldig.«

Und Waylon berichtet den verblüfften *Wächtern* ausführlich von seinem Scheitern. Je länger er spricht, umso mehr kommt er zu dem Schluss, wie sinnlos sein Unterfangen von Anfang an war. Er *musste* einfach scheitern!

Doch dann verstummt Waylon mitten im Satz, denn ihn kommt plötzlich ein Gedanke.

»Als ich von hier startete, wurde Uridräo vernichtet. Wie kann es sein, dass ihr …«

»Vernichtet?«, schaltet sich Jayden ein. »Du musst dich irren, Waylon!«

»Ich hab's deutlich gesehen! Ich irre mich nicht!«, ereifert sich Waylon.

»Aber es ist alles so wie immer«, ergänzt Callum. »Sonst wären wir nicht mehr hier.«

Das ist eindeutig zuviel für Waylon. Er versinkt in schwindelerregende Grübeleien, einem nicht mehr zu entfliehen könnenden Morast selbstzerfleischenden Geistes.

Ruhig und gelassen bleibt dagegen Callum, der auf den Freund beruhigend einredet.

»Als du aufbrachst, war es sehr früh am Morgen. Du musst einer optischen Täuschung erlegen sein.«

»War es schon hell?«

»Nein, dunkel«, antwortet Jayden. »Du könntest es kaum erwarten, den Gleiter …«

»Ha!«, schreit Waylon. »Es war hell und ich nahm die Glaskabi …« Er verstummt und es entsteht eine unheimlich laute Stille. Alles in ihm schreit auf! Innerlich neigt er zur Hysterie, beherrscht sich aber soweit, dass er äußerlich ruhig bleibt.

»Ich bin mit keinem Gleiter gestartet damals«, sagt er jedes Wort betonend. »Sondern mit dem Transmitter.«

»Nein, Waylon. Ganz bestimmt hast du den Gleiter genommen. Wir haben keine *Kabinen*!« Jayden klingt überzeugend.

»Das mögt ihr vielleicht denken. Aber es war alles anders.«

Callum bleibt ruhig, doch in seinem Gesicht arbeitet es. Lang und eindringlich schaut er Waylon in die Augen. Der erwidert aktiv den Blickkontakt.

Während Jayden an seiner Version festhält und Waylon überzeugen möchte, versucht jeder in den Augen des Anderen zu lesen.

»Du kennst Transmitter, nicht wahr, Callum?«

»Nicht persönlich. Aber vor Jahrtausenden hat es einen Prototypen auf Arimea gegeben.«

»Und mit so einem Ding war ich unterwegs.« Waylon spricht sehr leise, aber klar und deutlich. Jayden will aufbrausend protestieren, wird von Callum jedoch zurück gehalten.

»Er sagt die Wahrheit, Jayden. Ich seh es in seinen Augen. Fragt sich nur, woher er den Transmitter hatte – und wo er jetzt ist.«

»Das kann ich euch sagen. Aus der Pyramide. Leider ist er vor zwei Tagen spurlos verschwunden. In Luft aufgelöst – weg.«

* * *

Nach der Diskussion benötigt jeder von ihnen frische Luft. Auf dem Felsvorsprung stehend, erzählt Waylon bruchstückhaft und ohne zeitliche Reihenfolge einige der für ihn einschneidendsten Erlebnisse. Immer wieder stockt er, wenn ungläubige Blicke ihn treffen. Besonders der hitzköpfige Jayden bringt ihn aus den Konzept.

Was Waylon jedoch am meisten verstört ist Callums gelassene Art, ganz so, als wisse er mehr. Der Dakota hingegen hält sich auffallend zurück, überlässt es Waylon zu sprechen. Stattdessen schlendert er in der Gegend umher. Insgeheim hofft er, durch einen Spaziergang den Kopf wieder freizubekommen. Inzwischen liegen dreißig Schritt zwischen Dako und der kleinen Gruppe.

Am Übergang zum Dschungel angekommen, werden auch dessen Geräusche vernehmlicher. Blätter wiegen sich im lauem Wind, stimmen ihn wehmütig. Ein Gefühl der Sehnsucht nach Heimat erwacht. In all den Jahren hat er seine Wurzeln verleugnet. Als *ahbleza* wollte er Gutes tun, stattdessen hat er alles verkompliziert. Nun steht Dako vorm hinterlassenen Scherbenhaufen und die scharfen Splitter drohen noch tiefere Wunden zu hinterlassen.

Ein ruckartiges Rascheln unterbricht die schmerzhaften Überlegungen. Erschrocken schaut Dako auf. Außer der grünen Pflanzenwand kann er nichts auffälliges entdecken. Vielleicht hat sich nur eine Spannung im Geschling gelöst, die der letzte Sturm hinterlassen hat. Mit diesem Gedanken wendet Dako sich ab und schlendert wieder zurück.

Da durchbricht etwas Schweres die Ranken und Dako zieht instinktiv den Kopf ein. Für den Moment verfällt er in eine Starre, bleibt regungslos stehen und lauscht. Er steht ohne Deckung da. Was immer hinter ihm steht, hat leichtes Spiel.

War das eben ein Fauchen? Aber hier gibt es doch so gut wie keine Raubtiere! Damals ein gewichtiger Grund, als Rebecca Uridräo auswählte.

Da – wieder!

Sich zur inneren Ruhe zwingend, dreht Dako ein wenig den Kopf. Im Augenwinkel kann er nichts sehen. Erleichtert wendet er den Kopf noch ein Stück weiter. War es nur Einbildung? Und dann trifft sein Blick den des Mohrenmakis.

Das Weibchen hat dich auf die Hinterpfoten gestellt und mit den Vorderpfoten vollführt es winkähnliche Bewegungen.

»Wihakayda! Du bist es!«

Erst jetzt erklingt das überschwängliche *Flippern* der Kleinen. Scheinbar hat ihr Dakos ungewöhnliches Verhalten sosehr irritiert, dass sich das Maki-Weibchen ebenso ruhig und abwartend verhielt. Nun aber gibt es kein Halten mehr und die Freude durchbricht alle vorherigen vermeintlichen Schranken. Und seine Stimmung verbessert sich schlagartig.

Neuen Mutes gehen Dako und Wihakayda zu den anderen zurück. Gerade beendet Waylon seine Geschichte.

»Es steckt viel Wahrheit in deinen Worten. Auch wenn ich nicht alles nachvollziehen kann. Dennoch glaube ich dir.«

»Danke, Callum.«

»Aber du glaubst ihn doch nicht wirklich?!«

»Vieles von dem, was Waylon erzählt hat, erinnert mich an die alten Legenden. Besonders das er von Dingen berichtet, die es nicht geben dürfte.«

»Aber es sind doch nur Legenden! Niemand kann sie bestätigen.«

»Aber doch gibt es sie, Jayden. Wenn Sie sich über all die Jahrtausende halten konnten, steckt mehr dahinter.«

»Für mich sind das allenfalls Märchen.«

»Die einen Ursprung haben. Und wir bewahren Sie, Jayden.«

»Was gedenkst du zu tun?«

»Unserem Kodex folgen. Waylon und Dako sind der Schlüssel dazu.«

»Schlüssel zu was?«

»Die Zeitirritation!«, murmelt Dako.

»Der normale Zeitstrahl wurde gestört. Und eine dunkle Ahnung in mir weist uns den Weg.«

Verblüfftes Schweigen begleitet fragende, auf Callum gerichtete Blicke.

»Waylon, Dako und ich werden heute noch aufbrechen.«

»Und wohin?«

»Zum Ursprung der Legenden, Waylon.«

Gänsehaut lässt Waylon frösteln.

»Und wohin genau?«

»Nach Arimea.«

Sie kommen aus den Staunen nicht mehr heraus.

»Mit einem Raumschiff?«

»Nein, Dako. Ein Schiff brauchen wir nicht. Wir nehmen

Vier

Arimea, Provinz Arkonim, Erdzeit minus 154 Millionen Jahren.
Tuteno geht noch einmal den Plan durch. Alle bisherigen Experimente versprechen endlich den lang ersehnten Durchbruch. Die Crew der »Sternengral« hat gute Arbeit geleistet. Milas Einsatz hat sich gelohnt, besonders ihr Mut, arimeanisches Erbgut zu verwenden. In absehbarer Zeit wird Lokar mit dem ›RZG‹ starten. Dann wird man sehen, welche Fortschritte das Leben des Randplaneten gemacht hat.

Alte Träume könnten bald wahr werden. Wenn alles gut geht, würden bald in einem fernen Universum arimeanischähnliche Wesen die Geschicke des Randplaneten lenken. Somit entstünde ein zweites Arimea, ganz im Sinne der Ahnen. Doch Tuteno denkt noch weiter. Er würde alles daran setzen, weitere Planeten zu finden und dort ebenfalls eigenes Leben einhauchen. Damit soll ein Siegeszug seiner Rasse das gesamte Universum durchziehen und ein Imperium entstehen, das unbesiegbar sein wird.

Bisher hat Tuteno noch mit keinem Vertrauten darüber gesprochen. Zuerst muss die Allianz weiter gestärkt und der Randplanet besiedelt werden. Dafür müssen neue, ungewöhnliche Wege gegangen werden. Dass sich bereits Individuen entwickelt haben, stört ihn nicht. Nichts deutet auf Intelligenz an. Selbst wenn, wird der eingeschlagene Weg unbeirrt weiter verfolgt. Daran besteht kein Zweifel. Solange wird er gegenüber der Öffentlichkeit schweigen.

Der Plan ist gut, befindet Tuteno selbstzufrieden. Und in der Crew hat er wichtige Verbündete gefunden. Lokar ist hochmotiviert und ein treuer Vasall. Solch aufstrebende loyale

Männer braucht die Sache! Und Tuteno wird alles daran setzen, die Paladine weiter zu ermutigen.

Auch Orinario gedenkt er, auf seine Seite ziehen zu können. Wenn Tuteno nur dahinter käme, was der Älteste in seinen Gemächern treibt! Hierbei muss es sich um etwas gewaltig wichtiges handeln. Anders ist nicht erklärbar, weshalb Orinario manchmal über Tage seine Wohnwaben nicht verlässt. Dass den *Wächter*-Ältesten ein Geheimnis umgibt, ist offensichtlich. Nur welches?

Wenn er mehr herausfinden will, muss Tuteno bedacht vorgehen. Mit einem unerfahrenen Lokar gibt es keine Probleme. Bei Orinario, dem einiges nachgesagt wird, verhält es sich anders. Ein Umstand, der schwierig händelbar sein wird.

Tuteno atmet aus. ›Der Reihe nach‹, ruft er sich zur Ordnung. ›Schicken wir erstmal Lokar los.‹

Der Kommunikator an Lokars Arm summt. Auf kürzestem Wege geht er in seine Kabine, schließt die Luke. Dann erst nimmt er das Gespräch an.

Das Gesicht des Vorsitzenden des *Wächter*-Magistrats erscheint lebensgroß. Kurz und bündig fordert Tuteno ihn auf, sofort eine weitere Erkundungsreise zu unternehmen.

»Zu niemand ein Wort«, beschwört ihn Tuteno. »Ich habe die Befürchtung, dass die *Blender* sehr aktiv sind. Trau also niemandem!«

Lokar liegt eine Frage auf der Zunge, kommt allerdings nicht dazu. Die Verbindung ist längst unterbrochen.

Weitestgehend hat er freie Hand, was die Mission zum Erfolg führt. Neben Tuteno wurde er umfangreich von Orinario instruiert. Demzufolge überrascht es ihn nicht, dass die *Blender* die Ziele des Magistrats durchkreuzen wollen. Somit findet er die Geheimhaltung gerechtfertigt und legitim.

Natürlich entgehen Teasar die Vorbereitungen nicht.

»Gehts wieder los?«

Sichtlich erschrickt Lokar.

»Sieht so aus«, antwortet er kühl.

»Steht viel auf dem Spiel, nicht wahr?«

»Sieht so aus …«

»Richtig gesprächig bist du nicht. Schade.«

»Hab's einfach eilig.«

»Ich will dich auch nicht aufhalten, Lokar. Wollte dir einfach nur Glück wünschen …«

»Danke.«

»Und soll dich lieb grüßen von Amerona …«

Jetzt schaut Lokar ein wenig irritiert seinen Freund an.

»… oh … Sie spricht noch mit dir?«

»Warum denn nicht?«, lacht Teasar auf. »Sie freut sich für mich.«

»Das … das ist schön …«

»Finde ich auch. Frage mich nur die ganze Zeit, weshalb sie des Kommandos enthoben wurde …«

Lokar wird es unbehaglich zumute.

»Ach, wurde sie das?« Es sollte überrascht klingen, was Lokar nicht gelang.

»Es kam von höchster Ebene. Kann mir nur nicht vorstellen, dass der Patriarch sich selbst darum kümmert.«

»Patriarch Dharidma?«, nun ist Lokar tatsächlich verwundert.

»Allerdings glaube ich es auch nicht. Vielmehr habe ich den *Kreis* im Verdacht …«

»Wer soll denn etwas gegen Amerona haben? Sie ist stets loyal und zuverlässig gewesen.«

»Seh ich auch so. Aber vielleicht liegt es auch nur daran, dass ihr ehemaliger Gefährte zu den *Blendern* übergetreten ist.«

»Davon weiß ich nichts, Teasar.«

»Vielleicht … ich dachte … ich habe gedacht, weil du doch jetzt zum … Kreis gehörst … vielleicht könntest du dich mal umhören …«

Lokar nickt nachdenklich.

»Ich halte die Augen offen.«

»Also dann … viel Glück …«

Ohne Umschweife startet Lokar den ›Raum-Zeit-Gleiter‹.

In der Vogelperspektive gibt es den besten Überblick. Es müssen Millionen Jahre für den Planeten vergangen sein. Lokar erblickt eine unendliche Fülle pflanzlichen Wachstums. Scheinbar jedes Fleckchen Land haben fremdartige grüne Gewächse erobert. Zum Teil sind sie gigantisch hoch. Doch nirgendwo eine Spur von Leben …

Lokar geht tiefer. Die *Insel*, wie die Arimeaner die gewaltige Landmasse nennen, zerbricht immer mehr. Tiefe Spalten sind mit Wasser gefüllt. An der Stelle, an der die »Sternengral« landete, hat sich alles verändert. Rotflüssiges Erdgestein ist ausgetreten, hüllt die Gegend mit dichtem giftigen Dampf ein. Wenig später erkennt Lokar, dass es kein Dampf, sondern vielmehr Asche ist. Der Planet erfährt tiefgreifende Veränderungen, die es dem Leben schwermachen!

Im ›RZG‹ spürt Lokar nichts von den feindlichen Einflüssen draußen. Von Neugierde getrieben, korrigiert er den Kurs. Sein Interesse gilt dem mächtigen Ozean. Am Ufer ragen zerklüftete Klippen empor. An einer Landung ist nicht zu denken, was Lokar sowieso nicht vorhat. Der Überflug ist wichtig für den Scan, damit seine Leute an die Auswertung gehen können.

Inmitten all des Wassers, das sich von Horizont zu Horizont erstreckt, melden die Sensoren Unterwasserleben. Seltsame Kreaturen gleiten durch Strömungen, sind auf Jagd oder werden gefressen. Auch die Vielfalt der dortigen Pflanzen ist enorm und farbenprächtig.

Stundenlang überfliegt Lokar den Ozean in Echtzeit. Beobachtet dicke, aus dem Wasser aufsteigende Qualm- und

Aschewolken, versetzt mit Schwefel und anderen Gasen. Erkundet einen gewaltigen Sturm, der hunderte von Metern das Wasser aufwirbelt. Kehrt anschließend zurück zur *Insel*. Hinter einem Farngürtel erblickt er dutzende der vierbeinigen Riesenkreaturen grasen. Plötzlich recken alle die Köpfe in die Höhe, halten inne. Lokar glaubt zuerst, dass sie ihn bemerkt haben, wird aber sofort eines besseren belehrt. Ein kleiner Riese steht bedrohlich und angriffslustig in unmittelbarer Nähe. Eine Welle hastig eingeleiteter schwerfällig wirkender Bewegungsabläufe geht durch die friedlichen Pflanzenfresser. Der Neuankömmling reißt sein mit unzähligen spitzen Zähnen bestücktes Maul auf.

»Der wird doch nicht …«

Und ob er will. Trotz der gewaltigen Größe setzt der Koloss sich behände in Bewegung. Gebannt schaut Lokar zu, wie einer der Pflanzenfresser zurückbleibt, strauchelt und dadurch der Jäger rasant aufholt. Wenige Sprünge später hat der Verfolger das zurückgebliebene Tier erreicht, das ein Biss in die Kehle außer Gefecht setzt. Blut spritzt auf.

Angewidert wendet sich Lokar ab. Sein Gemüt verkraftet solch einen barbarischen Akt nicht. Kurzentschlossen wählt er einen neuen Zeitpunkt in der Zukunft. Angeekelt kann er den Blick nicht abwenden. Bis die Entmaterialisierung das Bild in Nebel auflöst, muss er doch genau hinsehen.

Laut Anzeige sind über fünfzig Millionen Jahre seit dem Start vergangen, ein für Arimeaner unermesslich langer Zeitraum. Von der *Insel* ist nichts übrig geblieben. Breite, mit Wasser gefüllte Gräben teilen die einstige Landmasse in mehrere Kontinente. Ein Unterwasservulkan speit glühende Magma mehrere hundert Meter empor, begleitet von heftigen Eruptionen und einer monströse Aschewolke.

Automatisch wird die Oberfläche gescannt und als Computermodell visualisiert. Zusätzliche Außenaufnahmen runden das Bild ab. Was Lokar nur am Rande wahrnimmt sind vereinzelt fliegende Schatten, denen er allerdings keinerlei Bedeutung zumisst.

Es ist müßig die Mission auf diese Weise zu erfüllen. Schnell hat Lokar seinen Enthusiasmus verloren. Leider fehlt ihm nötiges Wissen, welches die Prozesse erklärt. Nur als Beobachter durch die Zeit zu reisen, wird auf die Dauer langweilig.

Durch seinen Kopf schießen die wildesten Fantasien. Ob etwas gegen eine Landung spricht? Die atmosphärischen Werte zeigen einen erhöhten Sauerstoffgehalt, der allerdings ungefährlich ist. Für einige Momente kein Problem. Lokar hätte eine Maske mitnehmen sollen; doch daran hat er mit keiner Silbe gedacht.

›Vielleicht sollte ich darauf verzichten.‹

Ihm kommt der Aufprall wieder in den Sinn, der ihn beinahe zum Verhängnis geworden wäre. Zwar führt die Kapsel ein transportables IATRA mit. Doch reicht es auch für schwerwiegendere Notfälle?

Ein Gefühl von Furcht bemächtigt sich Lokar. Abenteuer hin oder her. Noch ein Sprung nimmt er sich vor, dann reicht es für heute!

Bereits die Materialisierung bringt Lokar zum Staunen. Er ist nicht allein! Mehrere fliegende Wesen, deren Spannweite auf über einen Meter zu schätzen sind, haben die Lüfte erobert. Besonders eine Kreatur erweckt Lokars Aufmerksamkeit. Es hat einen recht hohen, dreiecksgeformten Kamm auf dem Kopf und abstehende Auswüchse, die wohl Ohren sind. Mehr als siebzig Millionen Jahre in der Zukunft werden Wissenschaftler diese Flugsaurierart *Caiuajara dobruskii* nennen.

Davon ahnt Lokar jedoch nichts. Ihm geht es darum, die Mission zu beenden, und zwar erfolgreich im Sinne des *Wächter*-Magistrats. Er entdeckt noch zwei weitere Saurier, weniger auffällig aber ausgezeichnete Flugkünstler. Einhundertzwanzig Meter Entfernung misst der Abstandssensor. Lokar bekommt Gänsehaut.

»Das ist doch nicht wahr ...«

Eigentlich wirken alle diese Flugwesen gleich groß. Doch nun bekommt Lokar es mit der Angst zu tun. Das Riesending kommt direkt auf ihn zu! Und mit jedem zurückgelegten Meter wird das Ausmaß seiner Größe gewaltiger. Lokars Unterkiefer klappt herunter. Staunend ist er unfähig, rechtzeitig zu reagieren. Die Kreatur wird größer und größer. Das Warnmeldesystem gibt die Wahrscheinlichkeit eines Zusammenpralls bei Beibehaltung des jetzigen Kurses von 99 Prozent an. Zusätzlich ertönt ein schneidender Ton. Schwitzend betätigt Lokar den virtuellen Knopf des Autopiloten. Gerade rechtzeitig! Die Automatik korrigiert den Kurs nach unten, und zwar im Freiflug. Stabilisatoren verhindern ein Abtrudeln.

Der Reisende hat nur Augen für den Flugkoloss. Zehn Meter und mehr misst die Flügelspannweite des Himmelsgiganten. Majestätisch gleitet er über den Gleiter hinweg, verschwindet aus Lokars Blickfeld.

Erst jetzt, der Katastrophe knapp entkommen, begreift er. Atemnot setzt ein. Hysterisch verschafft er sich Luft, droht zu hyperventilieren. Seine Werte sinken und er droht bewusstlos zu werden. Sofort beginnt das IATRA mit der Arbeit. Da Lokar nicht in der Lage ist zu handeln, leitet das System selbstständig die Rückkehr ein. Fünf Sekunden nach der Entmaterialisierung kehrt sich der Vorgang um. Teasar will gerade gehen, als der ›RZG‹ wieder erscheint.

»Das ging aber schnell«, sagt Teasar leichthin. Dann sieht er, in welcher Verfassung sich Lokar befindet ...

Fünf

Unterirdisch erreichen sie, von Callum geführt, den Raum unter der Glocke. Alles ist noch so, wie Waylon in Erinnerung hat. Sogar die vier Mumien verharren in ihrer erstarrten Haltung. Ähnlich wie damals fröstelt ihn. Callum scheint sich nicht daran zu stören, und wenn doch, dann überspielt er es hervorragend.

Schräg rechts befindet sich die rostige Wendeltreppe, die Waylon damals benutzte. Und die Linien und Zeichen fluoreszieren ihn schummrig entgegen.

»Hat das irgendeine Bedeutung?«

Callum sieht ihn musternd an.

»Ich dachte nur ...«, stammelt Waylon eingeschüchtert.

»Alles hat eine Bedeutung, Waylon. Und jetzt bleibt stehen und rührt euch nicht, bis ich es sage!«

Tonfall und die unterstreichende, entschieden angespannte Körperhaltung lassen keinen Widerspruch zu. Angewurzelt verharren Dako und Waylon. Sogar der Maki, der sich auf des Dakotas Schulter anschmiegt, scheint zu spüren, wie ernst es dem *Wächter* ist. Vater und Sohn wechseln einen vielsagenden, stummen Blick.

Callum konzentriert sich. Unvermittelt dringt ein Brummen aus den Tiefen des Berges. Aus dem schummrigen Licht an der Wand wird ein klar Leuchtendes. Das Geräusch schwillt an, verändert seine Dynamik und Tonart. Leicht zittert der Fels unter ihren Füßen.

»Was geschieht hier?«, fragt flüsternd Waylon.

»Ich weiß es nicht«, wispert Dako zurück, der den *Wächter* nicht aus den Augen lässt.

Die Felswände beginnen wellenförmig zu atmen. Der anschwellende Ton erreicht die Ultraschallfrequenz. Gelb-blaue Blitze züngeln um den kleinen Trupp, ohne diese zu berühren. Danach entsteht am Boden ein türkises fluoreszierendes Feld, in dem verschiedene Zeichen entstehen. Nacheinander wechseln sie. Die Zeichenfolge stellt den Countdown dar, wie Waylon zu erkennen glaubt. An den Rändern des Lichtfeldes entsteht ein Kraftfeld, welches sich kuppelförmig um sie schließt. Hierauf wechselt die Farbe zu marineblau.

Waylon spürt es im ganzen Körper kribbeln. Es ist ein fremdartiges Gefühl, jedoch nicht unangenehm. Er bemerkt, wie die Beine von einem nicht identifizierbaren Material gehalten werden, das zudem noch durchsichtig ist.

Ein kurzer prägnanter Ruck folgt, begleitet von grellen Lichtblitzen. Dann wird es schlagartig dunkel.

* * *

Blau-funkelndes Licht erhellt die Umgebung. Es herrscht ein angenehmes warmes Klima, mit einem tropischen Touch. Fremdartige Würze liegt in der Luft. Es riecht nach einem Gemisch exotischster Kräuter, ohne dass die Bestandteile einzeln bestimmt werden können. In den Ohren knackt es. Der Boden ist mit einer Moosart überzogen, die aus dem Umgebungslicht die Blauanteile herauszieht und ebenso bläulich schimmert. Darauf geht es sich besonders leicht, wie die beiden Erdbewohner sogleich feststellen.

»Willkommen in Aquoras«, spricht Callum besonders feierlich. »Ich begrüße die ersten Menschen auf Arimea herzlich!« Befremdlich sonderbar klingt seine Stimme. Als erahne er Waylons und Dakos Überlegungen, erklärt er: »Meine Stimme mag für euch sehr ungewöhnlich klingen. Dies liegt am Gehalt eines zugesetzten Gases, welches die Luft sauber hält und Bakterien abtötet. Außerdem befinden wir uns in einer Unterwasserstadt, dreitausend Meter tief.«

Waylon zieht augenblicklich den Kopf ein.

»Keine Sorge«, beruhigt Callum. »Es ist die älteste Stadt auf Arimea.«

»Der Druck … der muss doch unermesslich sein …«

»Turbinen erzeugen einen Gegendruck, damit die Kuppel

nicht bricht. Übrigens besteht die Kuppel aus mehreren Schichten.«

Damit ist die offizielle Begrüßungszeremonie beendet. Aufrechten Ganges geht Callum zu einem schwebenden Podest.

»Eine Führung gefällig?«

Zögernd treten sie näher, stellen sich neben ihren Gastgeber.

Sanft nimmt das Podest an Fahrt auf. In schwindelerregender Höhe stoppt er an einer Haltebucht.

»Welch ein fantastischer Ausblick«, schwärmt Waylon. Jetzt fällt ihm auf, dass er nur schwer die gegenüberliegende Wand sehen kann. Was für eine architektonische Leistung!

»Das dort hinten ist nur eine von insgesamt neun Zwischenwänden. Die Architekten mussten die Kuppel in Segmente unterteilen, damit sie hält.«

»Alle sind so ... so ... riesig wie die hier?«

»Die Wohnraumsegmente sind noch größer.«

Sie folgen Callum über eine Empore, die ringsherum führt. In regelmäßigen Abständen erreichen sie einen Tunnelschlauch, der die Segmente miteinander verbindet. Durch alle Wände kann man hindurch auf den Meeresboden sehen. Dieser hat kaum Ähnlichkeit mit dem irdischen. Kaum Wasserpflanzen, sondern nur Schlick und auffällige Deformationen. Waylon drängen sich Gedanken wie steril und leblos auf.

»Hier befinden wir uns im Zentrum von Aquoras. Von hier aus sind alle Bereiche direkt erreichbar.«

Weiter führt sie Callum durch das Labyrinth von Tunnel, Gängen und Plätzen. Von der blau glitzernden Außenwand abgesehen, vergisst man ganz schnell, dass man sich unter Wasser befindet. Konzeption und Ausführung sind vertraut, wobei die Art und Anordnung eindeutig nicht menschlicher Köpfe entstammen. Als Leitsystem dienen leuchtende Zeichen auf dem Boden. Waylon vergleicht es mit Venedig, dessen bekanntes Grätenmuster immer zum Zentrum zeigt.

»Wo sind eigentlich die Bewohner?«, fragt Waylon ganz

nebenbei. »Sieht aus, wie verlassen.«

Er kann nicht ahnen, was die Frage in Callum auslöst. Der ist eh schon seit einigen Minuten ziemlich still. Statt zu antworten beschleunigt der *Wächter*. Anhand seines Alters hätte Waylon ihm diese Fitness nicht zugetraut. Er jedenfalls hat Mühe hinterherzukommen.

Eine geschlagene viertel Stunde laufen sie Callum treu und brav hinterher, wie ein Hund seinem Herrchen. Diese planlose, irrsinnige Lauferei geht Waylon gegen den Strich. Er bleibt einfach stehen.

»Es reicht«, ruft er. »Was ist hier los?«

Auf der Stelle bleibt auch Callum stehen. Beinahe läuft Dako gegen ihn, kann aber noch rechtzeitig ausweichen. Etwas pikiert rümpft er die Nase.

»Callum, ich warte!« Waylon verschärft den Ton absichtlich.

»Worauf wartest du!«, erklingt die tiefe Stimme Callums feindlich.

»Auf eine Antwort!«

Langsam dreht sich daraufhin der *Wächter* um. Die Stirn durchfurchen tiefe Falten. Ob aus Sorge oder vor Wut sei dahingestellt.

»Welche Antwort?!«

Waylon atmet tief. Er muss sich zügeln, um nicht auf der Stelle zu platzen. So ruhig wie möglich fragt er zum zweiten Mal.

»Wo sind deine Leute?«

»Du willst das wissen?« Callums Augen sprühen. Wie ein wildes Tier auf der Flucht schaut er sich hektisch um. »Siehst du sie denn nicht?«

Vom *Wächter* angesteckt sieht sich Waylon ebenfalls gehetzt um.

»Was ist denn los? Callum, bitte!«

Fahrig geht Callum ein Stück vor, wieder zurück. Wechselt die Richtung, wiederholt das Ganze. Der Arimeaner ist sichtlich nervös. Unbesonnen wandert er umher, bleibt stehen, geht weiter.

»Verdammt«, schreit er. »Verdammt!«

Vorsichtshalber schweigt Waylon, um nicht Öl ins Feuer zu gießen. Dako ist nicht anzusehen, was er gerade denkt oder vorhat. Der Mohrenmaki, Wihakayda, verhält sich ebenfalls mucksmäuschenstill. In der Luft liegt unverhohlene Feindseligkeit.

»Nun sag du doch auch mal was, Dako«, fordert Waylon.

Der Dakota verzieht keine Miene. »Unser Freund weiß, was er tut, auch wenn er nicht versteht.«

»Was?«

»Geben wir ihn die Zeit die er braucht, *micinksi*. Zeigen wir ihm, dass wir seine Freunde sind.«

Inzwischen steht Callum merkwürdig in sich versunken da. Die Hände in die Seiten gestemmt, arbeitet es in ihm. Der *Wächter* kann sich nicht mehr erinnern, wann er zuletzt auf dem Planeten war. In der Unterwasserstadt war er gewesen, da war er noch ein Kind. Er ließ sich vom hiesigen Ambiente verzaubern, träumte davon, einmal selbst hier zu leben. Aquoras sprühte nur so vor Leben. Kinder spielten vergnügt und ausgelassen. Die Erwachsenen gingen Verpflichtungen nach oder freizeitlichen Vergnügungen. Täglich dockte das Unterwassershuttle an, brachte unzählige Besucher und Umsiedler. Das neue Lebensgefühl war berauschend. Glücklich und zufrieden pulsierte die Stadt.

Jetzt ist alles anders. Aquoras musste evakuiert werden. Callum hörte nur davon, dachte noch, dies wäre vorübergehend. Offensichtlich war dem nicht so. Seit die Wanderung beschlossen wurde, konnte die Sicherheit nicht mehr für Aquoras gewährleistet werden. Enorme Kräfte lasten auf der Kuppel, die beherrscht werden wollen.

Alle Systeme arbeiten wider Erwarten einwandfrei. Der Druck hat sich, wenn überhaupt dann nur minimal geändert. Warum also ist niemand hier? Nicht einmal das Wartungspersonal scheint zugegen zu sein.

»Kommt mit«, fordert Callum forsch. »Wir müssen etwas nachsehen ...«

Unter der Kuppel verlaufen unzählige Wartungsröhren, die die Stadt mit allem versorgen. Ein natürlich entstandener Graben darunter wurde umbaut und dient als Steuerungsraum. Wartungsfreie Turbinen erzeugen den erforderlichen Strom. Luftfilter und Wasseraufbereitung werden von hier aus gesteuert. Die Schnittstelle besitzt einen Andockbereich für Versorgungsboote. Lifte sorgen für den Transport in die dafür vorgesehenen Verteilbereiche. Dies alles geschieht automatisch.

»Was hoffen wir hier zu finden?«, fragt Waylon vorsichtig.

»Einen Wartungstrupp«, kommt prompt als Antwort. »Jede Technik benötigt Überwachung und, falls notwendig, ein sofortiges Eingreifen. Tausende Arimeaner sind davon abhängig.«

»Gab es denn schon einmal einen Notfall?«

»Nein.«

Staunend pfeift Waylon leise.

»Ist das bei euch anders?« Callum ist stehengeblieben.

»Was Technik betrifft, nein.«

»Eure Unterwasserstädte arbeiten anders?«

Waylon macht große Augen, schaut hilfesuchend zu Dako.

»Wir ... wir haben ... sowas nicht ...«

Die Augen zu einem schmalen geschlossen, traut Callum nicht, was er soeben gehört hat. *Sind es wirklich nur Primitive, diese Menschen?*

»Ihr habt keine?!«

Dako und Waylon schütteln mit dem Kopf.

»Euer Planet muss riesig sein, wenn ihr alle Platz habt.«

»Na ja«, hüstelt Waylon verlegen. »Wir haben Ballungsräume mit über zwanzig Millionen Einwohner und mehr ...«

»Hört sich gut an«, lässt Callum verlauten.

»Wo arbeiten denn die Wartungsleute?«, lenkt Dako das Gespräch wieder zum Kern.

»Am Ende des Tunnels sind Werkstätten und Unterkünfte.«

»Dann los.«

Der *Wächter* übernimmt wieder die Führung. Es geht vorbei an geschlossene Schotts, zwei Bullaugen, gut sortierte Kabelstränge. Auffällig ist die allgemeine Sauberkeit. Alles ist hell und gepflegt. Fast klinisch!

»Hinter dieser Tür«, Callum deutet darauf, »ist immer jemand. Dies ist das Herzstück.«

»Dann sollten wir nachsehen«, sagt Waylon und geht einen Schritt vor.

»Halt. Wenn Sie einen Nicht-Arimeaner sehen, glauben sie möglicherweise an einen Überfall. Ich gehe.«

»Gab es sowas öfters?«

Callum denkt nach.

»Nein«, entgegnet er. Zittert da etwa seine Stimme? »Ich gehe vor. Haltet euch dicht bei mir.«

Sobald sich Callum dem Schott nähert, gleitet es zur Seite. Mit erhöhtem Herzschlag tritt er ein. Doch was er vorfindet, raubt ihm um ein Haar den Verstand.

Sechs

Randplanet, 154 Millionen Jahren in der Vergangenheit.

»Ich fasse also noch einmal zusammen«, sagt Mila müde. »All unsere Bemühungen habe keinerlei Auswirkungen. Dann bin ich überfragt.«

Gemurmel wird laut. Sowas wie »Kann doch nicht sein«, »Ich hab's doch gleich gesagt« oder »Kehren wir heim« machen die Runde. Nur Teasar und Lokar verhalten sich abwartend ruhig. Ersterer, um eine Entscheidung zu finden und letzterer aus Versagensvorwürfen. Der Kommandant sieht keinen Sinn in der Fortführung der Mission. Was würde Amerona an seiner Stelle tun? Sie ist stark, hat mehr als einmal klaren Kopf bewiesen. Wie würde sie jetzt reagieren? Rücksprache halten? Doch wer ist der richtige Ansprechpartner? Das Sternenministerium, das für die Unternehmung verantwortlich ist oder den Magistrat, der die Fäden im Hintergrund zieht?

»Unsere bescheidenen Mittel reichen nicht aus«, ergänzt resigniert Mila. »Wir können nur warten.«

»Es ist auch nicht so ungefährlich, was Lokar macht«, meldet sich Teasar nun doch zu Wort. »Wenn ihm etwas passiert, ist er hilflos.«

Alle sehen gleichermaßen mitleidig auf den Verunglückten. Im Mittelpunkt zu stehen ist Lokar peinlich. Dafür ist er nicht geschaffen. Verlegene Röte schießt ihn ins Gesicht. Er hört Milas Gekichere, die es vermutlich süß findet, ihn so zu sehen. Könnte er nur in den Boden versinken!

»Wie dem auch sei«, fährt Treasar fort. »So kann es nicht weitergehen. – Mila? Welche Tests müssen noch durchgeführt werden?«

Die Angesprochene denkt nach.

»Es sind etwa noch ein Dutzend. Drei Tage …«

»Gut. Du hast einen Tag!«

»Und zwei Versuche sind noch notwendig; die benötigen mindestens ebenfalls drei Tage, Kommandant.«

»Maximal zwei sind drin, Biologin Mila.«

»Aye …«

Gütig sieht Teasar über Milas Gebaren hinweg.

»Die anderen beenden ihre Tätigkeiten und helfen Mila. Und du, Lokar, ruhst dich aus.«

»Mir geht es gut, Teas …«

»Dies ist ein Befehl!«

Völlig ausgelaugt begibt sich Lokar in seine Kabine. Bleierne Müdigkeit überfällt ihn. Insgeheim ist er froh, freigestellt worden zu sein. ›Mila wird es schon packen‹, geistert es durch seinen Kopf. Wenn die taffe Frau etwas im Griff hatte, dann ihre Arbeit und die Helfer. Unter Milas Anleitung gelingt das Unmögliche. *Sie schafft das schon …*

Pochender Kopfschmerz hämmert in Lokar. Träge realisiert er zeitverzögert den eigenartigen Zustand. Ihm ist schwindlig. Ein unbändiges Rauschen erfüllt ihn zunehmend. Irgendwas stammelt er, dass jedoch kein Gehör findet. Fahrig unkontrolliert gleiten seine Hände hilflos übers Gesicht. Es ist so dunkel. Schwer die Lider, die nicht gehorchen wollen. Er seufzt gequält auf. Alles ist still; zu still. Kein Laut dringt an seine Ohren.

Nicht mehr Herr eigener Sinne und des Körpers, wälzt er sich umständlich vom Rücken auf die Seite. Dabei stößt er gegen eine harte Fläche. Sekunden später drängt mit voller Wucht der Schmerz in sein Bewusstsein. Er will schreien. Langsam dämmert es Lokar, dass dies kein Traum ist. Das Zeitempfinden völlig verloren, greift panische Angst nach ihn.

Blind ertastet Lokar die erreichbare Fläche. Die ist angenehm kühl und glatt. Woher kennt er nur, was er gerade ertastet? Diese Oberfläche kommt ihn vertraut vor.

›Streng dich an!‹, fordert Lokar sich selbst auf.

Alle Anstrengung ist momentan vergebliche Liebesmüh. Seine Welt ist nicht konform mit der realen Welt! Dieser Einsicht folgend gibt Lokar auf. Fehlende Kraft und unzureichend ausgeprägter Wille lassen den Geschundenen resignieren. Demütig ergibt sich Lokar dem Schicksal …

◎

Ruckartige, unrhythmische Bewegungen erschüttern das Schiff. Sofort springt Lokar hoch. Leichte Vibrationen des Bodens zeugen von einer gewaltigen Energie. Verschlafen schaut er sich um. Etwas ist anders! Zischend geht die Tür auf und wieder zu. Niemand betätigt den Sensor, weder von außen noch von drinnen. Unbegreiflich! Wiederholt erbebt die »Sternengral«, diesmal heftiger und erschreckend oberflächennah.

Endgültig reißt es Lokar aus dessen lethargischer Gleichgültigkeit. Mit einem Satz ist er auf den Beinen. Er wundert sich noch darüber, nimmt es aber schnell als gegeben hin. Erst später fällt ihm auf, dass er nicht in der Schlafröhre gelegen hat. Dies erklärt auch das ständige Auf und Zu der Kabinentür, da er im Abtastbereich des Sensors lag.

Wieder und wieder erzittert der Raumkreuzer unter vehementen Stößen. Kaum ist es Lokar möglich, auf den Beinen zu bleiben. Alle Kraft aufbietend rennt er hinaus in den Korridor. Dann weiter in die leere Zentrale.

»Hallo?«

Aufgeregt sprintet er hinaus durch das geöffnete Außenschott.

»Wo seid ihr?!«

Sein Ruf verklingt unbeantwortet unter einem sehr starken Erdstoß. Taumelnd bekommt Lokar gerade noch den Griff seitlich zu fassen. Aus einem Erdspalt dringt ätzender Rauch heraus. Tief unter der Oberfläche rumort es immerfort.

»Teasar! Mila! – Hallo!«

Lokar bleibt im Schiff. Kleine Spalten reißen unter extremen Getöse auf. Sollte die Crew noch draußen sein, hat sie keine Chance. Gebannt starrt er auf den Fels, der immer mehr zerbricht.

Ohne weiter nachzudenken schließt er das Schott. Die Zeit drängt. Eine gewisse Schieflage der »Sternengral« ist nicht mehr zu übersehen. Will er das Schiff retten, muss schnell gehandelt werden.

Für Notfälle gibt es den Auto-Start, der bei Gefahr alle notwendigen Maßnahmen einleitet. Warum dies noch nicht geschehen ist, bleibt ein Rätsel. Zur Grundausbildung gehört für jedes Mitglied ein Kurs, der solch ein Szenario simuliert. So gelingt Lokar, der sich aufgetanen Hölle, zu entkommen.

Stundenlang umkreist das Schiff im Orbit den Randplaneten. Feuerzungen erhellen auf der Nachtseite gespensterhaft die Ausbruchstellen. Der alte Landeplatz ist umringt von speiender Magma. Ein faszinierender und tödlicher Anblick. Derartige geologische Prozesse gibt es auf Arimea nicht. Im Gegensatz zu dem feurigen Jungplaneten, dessen Veränderungen mit lauten Getöse einhergeht, hat Lokars Heimatplanet diese Phase längst überwunden. Wenn, dann geschehen diese Veränderungen unbemerkt tief im Inneren.

Aufgrund der stattfindenden Tragödie, erinnert das wandelnde Antlitz an eine vor Äonen entstandene Legende. Die brennenden Spalten ähneln der züngelnden Zunge des viergehörnten Basilisken. Der Vergleich drängt sich regelrecht in sein Bewusstsein. Und so verwundert es wohl kaum, dass Lokar fortan den Planeten Aremodon nennt; der Heimat von Rogal.

Jede Minute die Lokar opfern kann, streift er durchs Schiff. Keiner seiner Crew ist auffindbar! Immer wieder sagt er sich, dass sie noch auf Aremodon sein *müssen*! Eine andere Erklärung will ihm nicht in den Kopf. Leider war die Zeit zu knapp. Und den Kreuzer brauchen sie. Trotzdem bereut er irgendwie die Entscheidung. Zwar hat er keine Konsequenzen zu fürchten, dennoch ist Lokar etwas flau in der Magengegend.

Nachdem es einwandfrei feststeht, dass er *wirklich* allein an Bord der »Sternengral« ist, versucht er unermüdlich Funkkontakt herzustellen. Zermürbend, wenn keine Antwort kommt. Allmählich droht die Hoffnung zu sterben, die Freunde zu finden.

Es ist zu früh, um über eine Landung nachzudenken. Der Planet ist in Aufruhr, das eingerichtete Camp mit hoher Wahrscheinlichkeit von heißem Lavastrom verschlungen. Die Pause nutzt Lokar, um darüber nachzusinnen.

Versunken in Gedanken und einer nicht beschreibbaren Unruhe, geht er zum x-ten Mal von Kabine zu Kabine. Er will einfach nicht akzeptieren. Und er muss etwas tun. Ohne es geplant zu haben, befindet er sich wider Erwarten im Frachtraum. Stirnrunzelnd betrachtet er die übergebliebenen Sachen. Sein Blick überfliegt halbleere Kisten, Gegenstände, die nicht gebraucht wurden, diverse Artikel. Alles andere befindet sich draußen im Camp.

Das Camp! Der Gedanke bereitet Lokar Bauchschmerzen. Ob sie sich haben in Sicherheit bringen können? Wenn ja, wo? Krampfhaft versucht Lokar sich in Erinnerung zu rufen, was er sah. Ziemlich viel Rauchwolken und die aufberstende Erde. Dies hat ihn völlig aus der Bahn geworfen. Wären da nicht irgendwelche Schatten? Warum kam aber keine Antwort? Das Zischen aus den Felsspalten! Ja, es war extrem laut! Lokar hat nicht den Erfahrungsschatz, dass er sich in eine ähnliche hinein versetzen kann. *Verdammt!*

Um das Gebiet des Camps brodelt es, wie ein prüfender Blick bestätigt. Für die »Sternengral« zu gefährlich. Die Parameter zeigen, dass das Gebiet unbegehbar geworden ist.

Mit einem kleineren Gefährt, wie etwa ein Gleiter, wäre Lokar wendiger und bei Bedarf in der Lage, Überlebende aufzunehmen. Ein Problem, welches ihn einen Stein in den Weg legt: Es ist kein Gleiter verfügbar!

›Der *RZG*!‹

Das er nicht sofort daran gedacht hat! Eilig kehrt der von Unruhe geplagte Arimeaner zum Frachtraum zurück. Dort fährt ihn der Schreck in die Glieder. Der Platz, an dem der ›Raum-Zeit-Gleiter‹ abgestellt wurde, ist leer …

◎

Zwei Jahre später. Arimea, Innere Insel.

Im Regierungspalast herrscht Aufregung. Alle gewählten Vertreter sind versammelt, um ein neues Gesetz auf den Weg zu bringen. Gegner und Befürworter treffen aufeinander, verschaffen sich lautstark Gehör und werben für ihre Ansicht. Worte fliegen nur so umher, der den Tumult mit einem verbalen Teppich unterlegt.

Im Palast ist reger Durchgangsverkehr. Das Patriarchenpaar wird erwartet, um die Gesetzgebung zu leiten. Politisch betrachtet steht es an der Spitze des Apparates, muss sich der Mehrheit allerdings beugen. Wird gegen das bestehende Recht verstoßen, hat der Patriarch die Pflicht einzuschreiten. Alleingänge der Herrscherfamilie werden grundlegend geächtet und mit einer horrenden Strafe geahndet.

Patriarch Dharidma ist überall beliebt und gilt als gerechter, gütiger Monarch. Wo er sich aufhält herrscht eine ausgelassene Stimmung. Unter den Wartenden ist auch Orinario. Er ist Zeuge.

Doch der Patriarch lädt nie kurzfristig ohne Grund ein. Als letzte Instanz überwacht er neben die Geschicke des Planeten auch die Entwicklung der Gesellschaft. Gütig heißt nicht gleich nachlässig! Und oft hat Dharidma Fehlentscheidungen verhindert oder sogar rückgängig gemacht.

Diesmal haben seine Getreuen ihn aufmerksam gemacht, dass im inneren Zirkel des Kreises ungeheuerliches vorgehe. Genaueres sei nicht bekannt, habe wahrscheinlich mit einer ominösen Erfindung zu tun, die nicht gemeldet wurde. Ein Fauxpas! Und Majestätsbeleidigung, die es in dieser hinterhältigen Form nie gegeben hat.

Hinterhältig deswegen, weil es ein ungeschriebenes Gesetz gibt, das besagt, alle Neuerungen mit möglichem gesellschaftlichen Potential müssen gemeldet werden. Damit behält sich das Patriarchenpaar vor, über eine offizielle Freigabe für den allgemeinen Nutzung nachzudenken und den Rat einzuberufen. Denn alle Arimeaner haben ein Anrecht auf sämtliche, jemals entwickelte Geräte bis zur Größe eines Viersitz-Gleiters.

Orinario glaubt zu wissen, dass die *Blender* das Gerücht in die Welt setzten, welches sich schließlich verselbstständigte. In den letzten vier Zyklen des vergangenen Jahres verschärfte sich die Auseinandersetzung und die öffentliche Meinung begann, zu Ungunsten der *Wächter*, zu kippen. Plötzlich stehen *sie* am Pranger! Der Älteste sieht eine Gefahr am geistigen Horizont, die unwiederbringlich *ihr* Image auf lange Zeitperioden hinaus zerstört.

Es gilt zu handeln. Die Zeit hierfür ist knapp. Orinario gelang es, dem Patriarchen milde zu stimmen. Hochangesehen setzt er viel aufs Spiel. Noch ist unklar, *wer* dafür verantwortlich ist. Bald wird er es wissen …

Sieben

Ein abgestandener, süßlicher Verwesungsgeruch raubt Callum den Atem. Sofort setzt der Würgereiz ein. Trotz, oder gerade wegen des Anblicks ist er außerstande, sich abzuwenden. Überall im Raum liegen und sitzen stark verunstaltete Leichen. Es muss alle von der Wartungsmannschaft getroffen haben. Einige sind mehr oder weniger gut erhalten. Größtenteils sind die Überreste einfach nur widerlich verunstaltet.

Länger hält es Callum nicht aus und übergibt sich auf der Stelle.

Einmal freigesetzt dringt der Gestank ungehindert aus dem Raum. Ganz offenbar funktioniert das Filtersystem nicht richtig. Wurde es etwa absichtlich abgestellt? Waylon bekommt eine volle Ladung ab und rümpft die Nase. Das Maki-Weibchen indes springt, Dakos Ruf missachtend, ohne Berührungsängste in den Raum. Dort verschwindet es aus dem Blickfeld.

»Mein Gott«, raunt Waylon fassungslos. Die Gesichter der am Boden liegenden Leichen sind absonderlich verzerrt. »Was mag passiert sein?«

Stoisch, wie es Waylon vorkommt, geht Dako auf eine sitzende Leiche zu. Es ist ein Mann mit einem befremdlichen Gewand, das sich von den anderen deutlich unterscheidet. Aufgestickte Ornamente deuten auf einen Würdenträger hin. Hals und Handgelenke ziert ein bronzefarbener Schmuck. Am Gürtel hängt ein kleiner Beutel.

Etwas murmelnd beugt sich Dako vor. Skeptisch beäugt Waylon die Szene. Was kommt jetzt? Mit angehaltenem Atem gewahrt er, wie der Dakota den kleinen Gegenstand dem Verblichenem abnimmt.

»Was tust du«, raunt Waylon schockiert.

»Es sieht nach einem Medizinbeutel aus«, erwidert Dako ebenso leise.

»Medizin?«

»Ein Schamane trägt darin heilige Gegenstände mit.«

Callums Magen geht es besser, doch im Gesicht steht dem *Wächter* der Schock noch geschrieben. Blitzschnell lässt Dako den Beutel in einer seiner Taschen verschwinden. Er weiß nicht, wie Callum reagiert, wenn der es bemerkt. An einem Streit liegt dem Dakota nichts.

»Was könnte nur passiert sein«, spricht Callum gequält seinen Gedanken aus.

»Ein Unglück?«

So wie die Toten angeordnet sind, sieht es nach einem Unfall aus. Es hat sie unvorbereitet erwischt.

»Ein Abadon«, wispert Callum nachdenklich und lässt dabei seinen Blick nachdenklich schweifen. Er scheint diese Möglichkeit ernsthaft in Erwägung zu ziehen. Seine Augen dagegen sprechen eine andere Sprache.

»Wozu dient dieser Raum genau?«

»Es ist Mannschafts- und Unterkunftsraum zugleich. Man will vermeiden, dass es zu Ausfällen kommt.«

Waylon nickt. Nachvollziehbar, wenn die Mannschaft in Nähe von den zu überwachenden Anlagen untergebracht sind. Ein Fehler in der Sauerstoffproduktion zum Beispiel hätte fatale Folgen.

»Kennst du jemanden?«

Nach einer Weile verneint Callum, dem es schwerfällt, in die Gesichter zu schauen. Außerdem ist es lange her, dass er sich auf Arimea aufhielt.

»Was ist mit den übrigen Bewohnern?«

»Evakuiert.«

»Ich weiß, du hast es erzählt. Aber wenn alle evakuiert wurden, weshalb gibt es dann so eine hohe Anzahl von Wartungsleuten?!«

»Kann ich nicht sagen, Waylon. Seit der Wanderung hat sich vieles geändert.«

»*Wanderung*? Was bedeutet das?«

Callum runzelt die Stirn. Für den *Wächter* ist es selbstverständlich, davon zu sprechen, da er die Geschichte kennt. Seine Gäste wissen damit nichts anzufangen. Andersherum wäre es genauso, wenn Waylon von den alten Ägyptern oder der Römer berichten würde.

»Vor Äonen gab es einen Zwischenfall, den wir den Ersten Urigorischen Krieg nennen. Ihr müsst wissen, dass wir auf Arimea bis dahin nichts von Gewalt und Gegengewalt wussten. Unser Planet ist friedliebend. Über die Jahrtausende hinweg griffen die Urigoren uns immer wieder an. Arimea besaß damals keinerlei Abwehr. Auch von der Kriegsführung hatten wir keinen blassen Schimmer. So siegten die Urigoren und begannen uns zu unterjochen. Nach einem Zyklus gelang es uns, das kriegerische Volk zu verjagen. Tausende tapfere Arimeaner starben. Mit einem Gegenschlag unsererseits hatten sie nicht gerechnet. In Hast und Eile flohen die Urigoren, hinterließen aber einige Kriegsschiffe. Zum Glück kehrten sie nicht wieder, jedenfalls nicht sofort, sonst hätten sie Arimea besiegt.

So blieb Zeit, den Krieg zu studieren. Ganze Horden von Beobachtern wurden ausgesandt, um zu beobachten und zu lernen. An Expeditionen nahmen immer mehr Militäranhänger teil, bald darauf überwog deren Zahl. Die Suche nach einer Spezies, die genauso primitiv wie die Urigoren sind, war dringendes Gebot. Kurz: Wir suchten dringend nach Verbündeten. Doch es lief alles anders.

Die entdeckten Planeten trugen kein huminides Leben. Kaum einer war in seiner Entwicklung soweit, dass dort etwas entstehen konnte. Wissenschaftler stritten miteinander, wo die Ursachen liegen konnten. Der Prozess verlief schleichend und keiner konnte erahnen, dass sich plötzlich zwei Lager bildeten. Die Einen begannen zu forschen, die Anderen behinderten die Ersten. Daraus entstanden im Grunde genommen die *Wächter*, und die Widersacher wurden als *Blender* bekannt.

Zu dieser Zeit des Wandels begann der Zweite Krieg mit den Urigoren. Aus dem Hinterhalt griffen sie an. Jetzt rächte sich, dass Arimea noch keine Raumschiffe besaß! Nur einen Zufall ist es zu verdanken, dass die nicht siegten. In unser System eindringende Asteroiden schlugen die Urigoren in die Flucht. Wir waren also noch einmal davongekommen!

Dann kam ein neuer Patriarch. Er war jung, abenteuerlustig. Ein Industriezweig entstand. Wir produzierten endlich Waffen und Raumkreuzer. Somit konnten wir wenigstens die Angriffe halbwegs erfolgreich abwehren. Die Technik wurde vorangetrieben. Und ab dem sechsten Krieg verlief die Abwehr vollautomatisch.

Angriff folgte auf Angriff. Auch unsere Feinde entwickelten sich weiter. Keines unserer Expeditionsschiffe war mehr sicher. Sie waren stets zur gleichen Zeit am selben Ort. Arimea war sicher, dafür aber starben andere Planeten.

Wir waren ratlos. Unterließen weitere Expeditionen. Stattdessen trieben wir die Forschungen voran. Bis in die Gegenwart.«

»Wieviele Kriege gab es eigentlich?«, nutzt Waylon die Erzählpause des *Wächters*.

»Tausende. Alle fünfhundert arimeanische Jahre mindestens einen!«

»Und was hat es nun mit dieser *Wanderung* zu tun?«

»Aus den genannten Gründen, Waylon. Wir hatten den Urigoren nichts entgegenzusetzen, außer unser weit vorangeschrittenes technische Wissen! Aber unsere Waffen konnten nichts ausrichten! Hierzu gehört ein beständiger Wille zur Zerstörung. Ein Ausweg musste also gefunden werden. Es entwickelte sich aus einer spontanen Idee. *Methelem* Orinario ist es zuzuschreiben, dass aus dieser einfachen Idee ein Plan wurde. Und ausführbar dazu.

Zeit seines Lebens widmete sich Orinario der Umsetzung. Vieles lief im geheimen ab. Denn ein Grundsatz durfte nie gebrochen werden: Die Technologie muss jedem Arimeaner zugänglich sein! Kein leichtes Unterfangen. Aber es gelang. Mithilfe der Rogaliten, einem sehr festen Mineral auf Arimea, dessen Vorkommen schier unergiebig ist, war es vor etwa viertausend Jahren soweit. Arimea verließ die Heimatgalaxie.«

Waylon fühlt einen imaginären Hammer auf den Kopf sausen, der ihn nach Luft Ringen lässt. Hat er sich verhört? Das muss er wohl!

Indes spricht Callum weiter: »Seitdem sind zwei künstliche Sonne unsere ständigen Begleiter. Die Urigoren können uns nicht mehr finden. Längst hat Arimea deren Einflussbereich verlassen.«

Das Kinn klappt Waylon unkontrolliert herab. Wie vom Donner gerührt, sieht er sich außerstande einer Entgegnung, geschweige seinem Unglauben kundzutun. Zu fantastisch klingen Callums Aussagen. Dem Menschen eröffnet sich eine völlig andere, fremdartige Welt! Bekannte Naturgesetze, einst mühselig erlernt, werden auf den Kopf gestellt. Durch Callums Kurzfassung arimeanischer Historie bekommt Waylon Einblicke, die sein Gehirn nicht annähernd verarbeiten kann, wie es ihnen gebührt. Fehlendes naturwissenschaftliches Wissen verhindert geistiges Eindringen in die Materie. So muss es sich angefühlt haben, als aus der Erdscheibe eine Kugel wurde. Ketzerei im wahrsten Sinne des Wortes.

Ein Quantum Intelligenz allerdings nimmt Waylon für sich in Anspruch, auch wenn sie an diesem Punkt momentan scheitert. Er stammt schließlich aus einer Zeit, die Aufklärung betreibt. Und zwar in sämtlichen Bereichen. Jeden Tag werden Dinge entdeckt, korrigiert, fallengelassen, die in seiner Schulzeit noch als unumstößlich galten. Aus ›fürs Leben lernen‹ ist ein ›mit dem Leben lernen‹ geworden. Dabei machte die Industrie im letzten Jahrhundert einen Quantensprung. Im nun beginnenden einundzwanzigsten Jahrhundert moderner menschlicher Zeitrechnung, scheint es einfach alles zu geben.

Und nun wird Waylon eine gewisse Rückständigkeit suggeriert.

»Das ... das ...«, stammelt Waylon schweißgebadet, »widerspricht ... allem ... ist nicht logisch ...«

»Logik? Sei beruhigt, ist reine mathematische Physik.«

»Für die Menschen ist es nur schwer nachvollziehbar«, mischt sich Dako ein, »wie deine Spezies dies alles bewerkstelligt hat. Was wir über die Astronomie wissen, mag noch in den Kinderschuhen stecken und euch rückständig vorkommen. Doch deine Geschichte hebelt Grundsätzliches aus.«

Nun ist es an Callum, Unverständnis zu zeigen.

»Ja, genau«, greift Waylon den Gedanken auf. »Ein Planet dreht sich um die eigene Achse und um die Sonne. Dadurch entsteht die Schwerkraft, die alles festhält.«

»Wo liegt das Problem?«, fragt der *Wächter*.

Waylon nimmt all sein astronomisches Wissen zusammen.

»Durch die Eigenrotation bleibt alles an Ort und Stelle … Auch die Atmosphäre …«

»Ich stimme euch zu«, antwortet Callum fast gönnerhaft. »Daran hat sich nichts geändert.«

Acht

Arimea, Vergangenheit.

Im ›Saal des Wortes‹, wie der Volksmund die herrschaftliche Halle nennt, kehrt langsam Ruhe ein. Auf der Inselempore über dem Eingang thront das Patriarchenpaar. Darüber prangt fluoreszierend das Familien-Wappen. Ähnelt der Bau augenscheinlich einem pompösen Gebäude, wie im alten römischen Reich die Cäsaren ihre Macht zur Schau stellten.

Neun aufwändig gestaltete, mit Ornamenten verzierte, schwere Pfeiler stützen das durchsichtige Rogalit-Kuppeldach. Der Übergang zum Gemäuer bildet der schwungvoll, detailreich gestaltete Basiliskenkörper. Links neben der Patriarchen-Empore mündet die schlangengleiche Form in den viergehörnten Kopf des Legenden-Wesens, rechter Hand dessen mit einem Stachel besetzten Schwanzes. Das geöffnete Maul wirkt lebensecht, aber nicht bedrohlich. Laut Legende war der Basilisk des Sprechens mittels Geistes mächtig, sodass er mit jedem Wesen sprachlichen Kontakt aufnehmen konnte. Diese Darstellung soll den ersten Kontakt mit den Arimeanern zeigen, denen er wohl gesonnen in allen Lagen beistand.

Gegenüber des Einganges, steht in urarimeanischen, aus Kristall geformten Lettern der Name des in Stein Geehrten: Rogal. Fällt zu einem bestimmten Zeitpunkt des Jahres das Licht der Sonne in den Raum, erstrahlt dessen Name auf wundersamer Weise. Das ist der Tag der Geburt Rogals. Dann sind in der Kuppel auch Nuyems zarte Konturen in der Struktur erkennbar; eine architektonische Meisterleistung.

Das Gemurmel verstummt. Alle Augen richten sich auf den Patriarchen, der, wie immer, eine Rede halten wird. Nur Orinario sucht in der Menge nach Anhaltspunkten, um endlich einen Hinweis darauf zu erhalten, wer gegen den *Kreis* aussagen wird. Dicht gedrängt stehen die Zuschauer im Halbkreis, die auch die Empore bildet. Direkt darunter bleibt der Platz frei.

Dort wird es zum Schlagabtausch kommen. Damit jeder in der Halle die Vorgeladenen sehen kann, werden später überall schwebende Bilder die Live-Übertragung übertragen.

Bei Beginn der Anhörung wird auf der freigehaltenen Stelle eine Bühne aus dem Boden ausgefahren. Die Plattform ist zweigeteilt; für jeder Partei eine Seite. Den Disput wird der Patriarch heute selbst leiten. Eine Aufgabe, die bisher stets Orinario vorbehalten war. Deshalb weiß der Älteste auch nichts näheres; ein Grundsatz dieser Konstitution, um frei von Vorurteil in die Auseinandersetzung gehen zu können.

Patriarch Dharidma erhebt das Wort. Sofort enden die letzten noch stattfindenden Gespräche.

»Arimeaner! Die heute anberaumte Audienz dient der Klärung. Es stehen Vorwürfe im Raum, die dringend ausgeräumt werden müssen, um unsere Gesellschaft nicht weiter zu destabilisieren. Ich dulde keine hier vorgetragenen Anfeindungen! Was zählt sind Fakten und die reine Wahrheit!«

Stumme Gesichter sehen gebannt zum Patriarchen empor. Der nutzt die Pause, damit seine Worte wirken können.

»Nun denn: Es mag beginnen!«

Vor dem Halbkreis beginnt eine energetische Wand zu flimmern. Dahinter funkelt ein weiteres, andersfarbiges Energiefeld. Gleichzeitig entstofflicht auf der Empore der Patriarch und taucht auf der Audienzbühne wieder auf.

»Aus Gründen der Vorsicht habe ich beschlossen, den Zeugen über Hologramm zuzuschalten«, erklärt Dharidma. »Wenn ihr ihn seht, begreift ihr auch, warum.«

Fragendes Geraune erstickt der Patriarch mit seiner ihm eigenen majestätischen Handbewegung, die keinen Widerspruch erlaubt.

Orinario schaut wie die Anderen gebannt auf das nun entstehende Hologramm. Die Zuschauer beginnen zu tuscheln, rätseln, wer dieser Mann ist. Sie kommen zu keinem Ergebnis. Dem Ältesten der *Wächter* ergeht es ebenso.

»Darf ich vorstellen: *Methelem* Sho-Ril.«

Ein *Methelem*? Was hat so einer damit zu tun? Der einsetzende Unmut scheint ihm Recht zugeben. Vielen ist der Ausdruck nicht einmal ein Begriff. Durch die jahrhundertelange Geheimhaltung kein Wunder. Es bestanden zwar immer Gerüchte, aber ohne jeglichen Beweis. Und die Enklave selbst kann keine Privatperson erreichen; sie erscheint auch auf keiner einzigen Karte.

Wir zuvor hebt Dharidma die Hand.

»Beruhigt euch«, fährt er fort. »Ich wählte diesen Schritt, um ein unvoreingenommenes Ergebnis zu erzielen. Einige unter euch werden nichts von der Existenz der *Methelems* wissen.«

Zustimmendes Nicken bestätigt Dharidmas Worte. Gebannt lauschen die Umstehenden der kurzen Erklärung. Des Patriarchen Mentoren befürchteten im Vorfeld einen Eklat, der Arimea erschüttern würde. Wider Erwarten nehmen die Anwesenden ihm seinen Vorstoß nicht übel.

»*Methelems* verfügen über ungeahnte Eigenschaften. Sho-Ril kann zum Beispiel mit den Rogaliten Kontakt über den Geist aufnehmen. Dies ist der Grund seiner holographischen Anwesenheit.«

Allgemeines Staunen folgt. Fragende Blicke mustern Sho-Ril neugierig. Seine Erscheinung gleicht der eines Arimeaners, nichts ungewöhnliches also. In einer Menge fiele er keineswegs auf. Dennoch versprüht seine Aura eine Art energetisches Empathiefeld. Wenn sein Abbild bereits derartiges hervorruft, was passiert dann bei einer körperlichen Präsenz?

»Danke, Eure Hoheit«, ertönt Sho-Rils Stimme. »Wie Patriarch Dharidma erwähnte, habe ich euch einiges vorzutragen. Es fällt mir nicht leicht, dies zu tun. Aber es ist unvermeidbar. Wie ich sehe, ist ebenfalls der *Wächter*-Älteste anwesend. Ich bitte ihn vorzutreten.«

Orinario wird es heiß. Nicht, weil jetzt sämtliche Augenpaare auf ihm richten; das ist er gewohnt und genießt es. Nein. Er hätte lieber erst einmal die Ausführungen des *Methelems* gehört. So wird er der Vorbereitung beraubt, die Orinario sich erhoffte.

Äußerlich gelassen, dafür innerlich von Beben erschüttert, schreitet er langsam zur Audienzbühne. Ehrfurchtsvoll verbeugt er sich vor dem Patriarchen, dann nimmt er aufrechten Hauptes Platz.

»Nun denn, Ältester, höre meine Worte!« Sho-Rils Stimme nimmt an Schärfe zu. »Wir beide sind uns nie begegnet. Trifft dies zu?«

»So ist es, *Methelem*.«

»Wie ist dein Name?«

»Ich bin weithin als Orinario bekannt …«

»Gut, Orinario. Als Ältester genießt du sicherlich einiges an Ansehen unter den deinen.«

»Nicht nur da, Sho-Ril.«

»Dagegen ist nichts einzuwenden, jedenfalls nicht bis heute.«

Orinario hört auf. Was kommt jetzt? Er fühlt sich mittlerweile nicht mehr als Zeuge, sondern eher wie ein Angeklagter. Soll er vorgeführt werden?

»Da du dich nicht äußerst, fahre ich nunmehr fort. Dich umgibt ein großes Geheimnis, Orinario. Ich denke, dass es niemand kennt.«

Selbstgefällig ringt Orinario sich ein Lächeln ab.

»Was soll das, Sho-Ril! Hat nicht ein Jeder irgend etwas, wovon keiner weiß?«

»Ihr Arimeaner vielleicht. Ein *Methelem* nicht …«

»Du bezeichnest dich also nicht als Arimeaner?« Orinario nutzt diese Aussage, um so vielleicht das Blatt zu wenden.

»Nein.«

Laute Rufe der Zuschauer schwellen an. Bevor Dharidma für Ruhe sorgen kann, entgegnet Orinario: »So, so. Du bist kein Arimeaner! Was dann?«

»Ein *Methelem*.«

»Das sagtest du bereits. Aber wenn ich nicht irre, ist dies

nur eine Bezeichnung deines mutierten Genom. Geboren wurdest du auf Arimea.«

»Ja.«

»Weshalb bestehst du dann darauf, dich als Nicht-arimeanisch zu bezeichnen?«

»Weil es die logische Erkenntnis dessen ist, was der Defekt bewirkt. Er hindert mich auch, was du Lüge nennst, auszusprechen.«

Der *Wächter* ist platt. Einer Lüge bezichtigt zu werden ist infam und frech obendrein! Vor allem ihm, dessen Weitsicht überall gilt.

»Ich benötige dein Einverständnis, Orinario. Ohne deine Zustimmung, dein gehütetes Geheimnis preiszugeben, kann ich nicht fortfahren.«

Daher also weht der Wind! Man will ihn fertig machen! Innerhalb von Sekunden wägt er ab. Stimmt Orinario nicht zu, wäre diese Farce beendet. Doch ein großes ›Aber‹ bliebe bestehen. Man würde ihm nicht länger trauen. Zeit seines Lebens plädiert er immer für eine offene Umgangsform; besonders, als die *Blender* mitmischten.

Was passiert, wenn alle wissen, was er unter seiner Wohnwabe verbirgt? Würde dies nicht ebenfalls sein Image zerstören, oder wenigstens ankratzen?

»Weshalb ist es dir so wichtig?«, fragt der Patriarch Sho-Ril. Offenbar spürt Dharidma die Zerrissenheit des *Wächters*.

»Wie ich bereits sagte, ist es für die Aufklärung wichtig, Eure Hoheit.«

»Es sei. Antworte, Orinario.«

In die Enge getrieben stimmt der Älteste nickend zu.

»Du beweist Mut, das gefällt mir.«

›Fang endlich an‹, denkt Orinario genervt.

Der *Methelem* beschreibt ausführlich Orinarios Wohnwabe und die verborgene Kuppel-Grotte. Er erwähnt den lebenswichtigen Apparat und dessen Wirksamkeit auf den zu Behandelnden.

»Orinario kann ohne Zellerneuerung nicht überleben«, schließt der *Methelem* diesen Teil seiner Aussage ab.

Es herrscht gespannte Ruhe. Orinario fühlt, wie sein Blutdruck steigt, lässt sich aber immer noch nichts anmerken. Seine Gesichtszüge sind weich und von einem Lächeln durchzogen. Der erwartete Krawall bleibt aus.

»Der Rogalit der Kuppel-Grotte nahm mit mir Verbindung auf. Er gewährte mir Einblick, als sei ich selbst vor Ort.«

Die Anwesenden warten auf eine patriarchische Stellungnahme, aber Dharidma schweigt vornehm.

»Der Rogalit weiß um eine Erfindung des *Kreises*, dessen Prototyp über Perioden hinweg im Einsatz war. Besonders auf dem neu erkundeten Planeten Aremodon. Hierbei handelt es sich um einen Flugkörper, der durch Zeit und Raum reist.«

Blieb es bis jetzt ruhig in der Halle, bricht es nun heraus. Tumultartig redet und ruft die Menge durcheinander. Zu diesem Zeitpunkt betritt Lokar den ›Saal des Wortes‹. Lang hat er damit gerungen, ob er an der Audienz teilnehmen soll. Da die Zusammenkunft öffentlich stattfindet, entschied er dann doch kurzfristig hinzugehen. Das Shuttle war überfüllt, und große Massen meidet Lokar. Also nahm er das Nächste. Zähneknirschend nahm er die Verspätung in Kauf.

Interessiert schaut Lokar in die Runde. Bekannte entdeckt er nicht, jedenfalls unter den Zuschauern, die aufgeregt Meinungen kundtun und währenddessen hemmungslos gestikulieren. Als er den viergehörnten Basiliskenkopf sieht, geht ein Schauer über seinen Rücken. Eiskalt und Gefahr verheißend!

Noch die aufgerichteten Haare im Nacken, erkennt Lokar, durch eine schmale, sich gerade bildende Gasse hindurch, Orinario. Überrascht bahnt Lokar sich einen Weg, verharrt in der dritten Reihe.

»Was hast du dazu zu sagen, Ältester?« Des Patriarchen Stimme übertönt den Intonationslärm um ein Vielfaches. Dementsprechend verstummen meinungsäußernde Stimmen.

»Ich frage mich, wie kommt der *Methelem* dazu, uns derartiges zu unterstellen! Zugegeben: Es gab solche Pläne. Dies kann und will ich nicht leugnen. Aber zur Ausführung kam es nie! Weil nämlich ein Problem unlösbar ist. Deshalb haben wir auch den sogenannten Prototypen verloren.«

»Von welchem Problem sprichst du?«

»Vom Problem der Rückkehr. Richtig ist, dass das Gerät verschwand, sich in Nichts auflöste. Das war's auch schon.«

Gespannte Ruhe setzt ein. Einer unter den Anwesenden weiß um die verdrehte Wahrheit. Lokar duckt sich schuldbewusst. Als er aufschaut treffen seine Augen auf Orinarios stechend prüfenden Blick.

Neun

Das ungleiche Trio sitzt erschöpft in der ‹Lounge›; einen Bereich, der zum Verweilen einlädt und kein Raum im eigentlichen Sinne ist. Seltsame Pflanzen teilen einen Abschnitt mit Sitzgelegenheiten und kleinen Tischen ab. Es riecht angenehm frisch und würzig. Über ein ausgeklügeltes System, fürs Auge unsichtbar, werden die Gewächse mit Wasser versorgt. Gleichzeitig lockern diese Oasen das futuristisch-sterile Bild auf.

Weit und breit gibt es keine Arimeaner. Kaum vorstellbar, dass hier das Leben einmal pulsierte. Und doch funktioniert das künstliche Ökosystem weiterhin tadellos.

Nach dem Waylon den Schock halbwegs verdaut hat, haben sich einige Bilder fest ins Gehirn gebrannt. Dementsprechend niedergeschlagen und gedankenvoll vergehen Stunden eines alles verschlingen wollenden Schweigens.

Einzig Wihakayda erfreut sich des Lebens, indem sie im rankenden Pflanzenwuchs klettert und voll in ihrem Element ist; ein Lichtblick für die Seele. Bewundernd beobachtet Waylon das Äffchen. In schwindelerregender Höhe turnt es flink und sicher umher, balanciert gekonnt über einen dünnen, unter seinem Gewicht stark schwankenden Trieb, und erreicht oben angelangt junge, knospenhafte Keimlinge, an denen es alsbald nagt.

Schlagartig bekommt Waylon Hunger. Wie lange sind sie bereits hier? Ein Blick auf die Uhr bringt Waylon nicht weiter, denn der analoge Zeitmesser am Handgelenk ist dummerweise stehengeblieben. Entweder ist die Batterie leer, was natürlich immer zum unpassendsten Moment geschieht, oder die Kuppel trägt dafür Verantwortung. Wobei, wenn er länger darüber nachsinnt, auch eine Art Strahlung *Schuld* sein kann, die es in der Unterwasserstadt vielleicht gibt.

Leise dringen Fressgeräusche an Waylons Ohr. Wieder meldet sich der Hunger und der Magen knurrt fordernd.

»Gibt es irgendwo was zu Essen?«, durchbricht er die Stille.

»Wie?«, reagiert Callum einen Tick später, als erwartet.

»Ich bin hungrig. Hab auch nichts dabei …«, antwortet entschuldigend Waylon.

»Sicher … Eine gute Gelegenheit, auf andere Gedanken zu kommen … Folgt mir.«

Das hellblaue Licht taucht die Umgebung in einen schattenlosen, tänzelnden Teppich, den das Material des Kuppelbaus zig-fach reflektiert. Obwohl ein unermesslicher Druck am Meeresboden herrschen muss, fühlt sich Waylon ziemlich sicher.

Callum führt seine Besucher über einen breit angelegten, leicht nach oben gewölbten Steg, der einen wasserführenden Kanal quert. Anschließend geht es durch ein Schott in den Wohnbereich. Der unterscheidet sich in der Vielzahl exakt ineinander passenden, gestapelter Waben mit Gleittüren vom Rest der Stadt. Die Etagen des Konstrukts sind über Schwebelifte erreichbar. Zudem gehört zu jedem dritten Stockwerk ein reich bepflanztes Terrain.

Soweit Waylon schauen kann gibt es diese Waben.

»Das müssen Abertausende sein«, formuliert er überwältigt.

Unbeeindruckt steuert Callum einen der Liftplateaus an. »In der Stadt haben Millionen Platz«, brummt der *Wächter* beifällig.

»Millionen?« Der Vergleich mit einem Ameisenhaufen drängt sich auf.

»Wie bringt ihr Menschen denn all die Leute unter?«

Waylon zuckt zusammen. In Riesenstädten wie Tokio, Mexiko-Stadt, Lagos, Istanbul, São Paulo leben die Menschen ebenfalls dicht gedrängt.

Sanft gleitet das Plateau in die Höhe. Ab etwa zwanzig Metern sichert ein ausgefahrenes Geländer den Lift gegen Absturz. Es geht stetig nach oben und ein Ende der Fahrt ist nicht absehbar. Die Wabenfront vor Augen hat es Waylon längst aufgegeben, die Etagen zu zählen. Schätzungsweise sind es mehr als dreihundert …

»Schonmal jemand abgestürzt?«, fragt Waylon die Angst unterdrückend. Diese Höhe ist ihm eindeutig suspekt.

»Nicht das ich wüsste. Deshalb gibt es ja den Schirm.«

»Schirm?«

Callum grinst. »Das, woran du dich gerade festhältst …«

Wenn er es hätte können, hätte Waylon sofort losgelassen. Wie sich herausstellt, ist das vermeintliche Geländer nur ein eingefärbtes Kraftfeld, dessen Oberkante sich verstofflicht. Endlich angekommen, ist Waylon der Erste, der den Schweber verlässt. Glücklich, auf festen Boden zu stehen, hält er ordentlich Abstand zum Geländer.

»Hier oben ist alles aus fester Materie, Waylon. Man wollte kein unnötiges Risiko eingehen. Nur der Schwebelift bedarf einer gewissen Mobilität.«

Hörbar atmet er erleichtert auf. Nach einigen Metern verschwindet Waylons Höhenangst und weicht gesunden Respekts.

Inzwischen sind sie in einer frei zugänglichen Wabe eingetreten. Wie draußen, erhellt das Innere ebenso hellblaues Licht wie überall in Aquoras. In der Wand eingelassene Würfel stellen wahrscheinlich hiesige Schränke dar. Nirgends kann Waylon Speisen entdecken. Er will nicht vorwitzig sein, so bleibt er ruhig und beobachtet Callums Tun. Der schickt sich nämlich an, einpaar Tasten in einer bestimmten Reihenfolge zu drücken. Beim genaueren Hinsehen stellt er fest, dass es sich wirklich um Knöpfe handelt und nicht um virtuellen Schnickschnack.

›Endlich mal was handfestes! – Aber eine kleine Einführung wäre wirklich nett gewesen.‹

Callum denkt nicht daran. Ganz selbstverständlich bedient er irgend so ein Gerät, dem man nicht ansieht, welchen Zweck es dient.

Nach dem letzten Tastendruck wird einer der vielen Würfel

mit einer wabernden Wand verdunkelt, die wie eine Folie aussieht. Kurz leuchtet es darin auf und die *Folie* verschwindet wieder. Jetzt befindet sich im Würfel, auf einem dünnen, länglichen Teller, ein duftender Brei.

»Ähm ... was ist das?«

»Toumu«, erwidert Callum sich setzend.

»Na ja. Toumu ... Aber kann ich das auch essen? Ehrlich hab ich Appetit auf was ... herzhaftes ...«

Sichtlich genervt schaut Callum ihn an. Schon wähnt er angeschnauzt zu werden, oder sowas in der Art. Doch dem *Wächter* scheint langsam seine Nachlässigkeit zu dämmern, denn der Gesichtsausdruck entspannt sich.

»Verzeiht mein Versäumnis. Ihr müsst mich ja für einen Idioten halten. Hab vergessen ...«

»Schon gut, Callum«, beschwichtigt Dako. »Mir ginge es genauso.«

»Die Apparatur ist ganz simpel. Es gibt neun Tasten. Eine für Fisch, die Nächste für pflanzliches, die Dritte für synthetisches. Tasten vier bis neun stehen für Getränke.«

»Kein Fleisch?«, blufft Waylon.

»Nicht in Aquoras. Dafür ist nicht genug Platz.«

»Und was ist das für ein Fisch?«

»Der schmeckt sehr gut. Lebt in der Tiefsee, ganz in der Nähe.«

»Wie siehts mit Beilagen aus?«

»Beilagen?«

»Ja! Kartoffeln, Pommes oder Reis, Püree? ... Gemüse?«

»Sämtliche Speisen decken alles ab, was wir brauchen«, erklärt Callum zwischen zwei Bissen.

Die Wangen aufpustend tritt Waylon an den Apparat und drückt ‹Fisch› sowie die Taste acht. Er denkt noch, dass bei den Getränken wenig falsch gemacht werden kann. Dann wiederholt sich die Prozedur und ein wabbelndes Etwas dampft auf einer Platte und in einem schmalen Becher perlt es quirlig.

Dako entscheidet sich für ein pflanzliches Gericht, verzichtet vorerst aufs Getränk.

Wiederstrebend nimmt Waylon den dabei liegenden Stab zur Hand und stochert im Fisch herum. So sehr er sich anstrengt, es bleibt nichts am Stab hängen.

Callum kommt ihn zu Hilfe. Er deutet auf den Stab auf drei angedeutete Punkte und drückt den Ersten. Wie von Geisterhand erscheinen vier Zinken am vorderen Teil. Eine Gabel! Sobald Callum allerdings den Stab loslässt, verschwinden die Zinken.

»Universalbesteck«, lacht Waylon. »Praktisch.«

Nach dem Geschmackstest befindet er den Fisch als sehr schmackhaft. Trotz großem Hunger und Appetits schafft Waylon nicht alles. Die trübe Flüssigkeit des Bechers dagegen schmeckt abgestanden und liegt schwer im Bauch.

»Was machen wir jetzt?«, greift Waylon den eigentlichen Grund ihrer Anwesenheit auf.

»Wir müssen an die Oberfläche«, antwortet Callum.

»Und wie?«

»Mit einem Wassershuttle. Ich schlage vor, wir übernachten hier. Morgen früh geht es los.«

Waylon sieht auf. »Übernachten? Aber es ist doch noch hell?«

»Bald setzt die Dämmerung ein. Bis dahin will ich ein Wasserfahrzeug finden, mit dem wir in den Inneren Ring kommen.«

»Und wo schlafen wir?«

»Gleich da drüben grenzt ein Hoteltrakt an die Waben. Ich glaube, dass noch ein Bett für uns zu haben sein wird.«

Dank Callums Ortskenntnisse kann das Shuttle schnell gefunden werden. Durch ein Schott gelangen sie zu gleich vier Fahrzeugen, die sicherlich von der Wartungsmannschaft benutzt worden waren. Eine Überprüfung der Funktionalität ist schnell abgeschlossen, und ein Boot für tauglich befunden. Um Nahrungsmittelvorräte braucht sich niemand zu kümmern, da es an Bord genauso eine Essenszubereitungsanlage gibt, die sie soeben benutzt haben. Nur eben kleiner und mobiler.

Sorgsam verschließt der *Wächter* das Unterwasserschiff. Er begründet diese Vorsicht, da man ja nicht sicher sein kann, ob vielleicht doch noch jemand in Aquoras lebt. Anschließend gehen sie zu den erwähnten Hoteltrakt. Waylon kann es kaum fassen, wie sehr sich doch Arimeaner und Menschen einander ähneln. Da es so etwas wie ein Hotel gibt, reist die Bevölkerung gern. Auch ein Zeichen einer entwickelten sozialen Gemeinschaft.

Jedoch sucht Waylon vergeblich nach einer Rezeption mit Schlüsselausgabe. Anstatt Tresen und Aufsteller werden die Drei von schwebenden Bildern begrüßt, die nach Eintreten aufleuchten. Ein gewisses Urlaubsfeeling kommt auf. Im Hintergrund läuft fremdartige, für menschliche Ohren missstimmige Musik, die nach einer Weile als wohlwollend empfunden wird. Unvergleichbare Klänge mit unbekannten Instrumenten – und doch hat sie etwas beruhigend anmutendes.

Die Zimmer – Callum wählt einen mittleren Stock aus –, empfangen die Gäste im freundlichen Flair. Ist von außen die Wabenkonstruktion klar zu erkennen, fällt sie innen kaum auf. Harmonisch passt sich die spartanische Inneneinrichtung den Wänden an oder nutzt diese platzsparend aus. Was Waylon verwundert, ist eine paradoxe Röhre, deren Sinn sich ihm nicht erschließen will. Seine Nachfrage löst das Problem lapidar: Es ist eine Schlafröhre, die im geöffneten oder geschlossenem Zustand benutzt werden kann. Callum empfiehlt seinem Gast sie geschlossen zu nutzen.

Dort, wo auf der Erde ein Fenster dem Blick nach draußen gewährt, schwebt, die gesamte Breite ausnutzend, ein Bildausschnitt einer ländlichen Landschaft. Gerade will Waylon die Nasszelle aufsuchen, als Dako durch die offene Tür eintritt.

»Ist Wihakayda bei dir?«

»Nein. Ich dachte bei dir!«

Besorgt verneint der Dakota. Beide beschließen, den Maki gemeinsam zu suchen. Weit kann das Tier nicht sein. Zuletzt kletterte es vergnügt in der Pflanzenoase. Leichter gesagt, als getan. Zu ihrem Leidwesen verlaufen sich Dako und Waylon auch noch im Gewirr der endlosen Weite und fehlenden Anhaltspunkten. Darüber hinaus gibt es an jeder Ecke die grünen Oasen. Ziellos umherirrend geht Ihnen bald die Puste aus.

»Gehen wir in diese Richtung«, schnauft Waylon, dem die *Kleine* ebenso ans Herz gewachsen ist wie Dako. Er könnte sich in den Hintern beißen, so wütend ist Waylon auf sich. In der Fremde darf man keinen Gefährten verlieren! Ein Affront ohne gleichen! Zunehmend verspürt Waylon eine innere Unruhe, die er vergeblich versucht, beiseite zu schieben. Ihm ist die Leere der Stadt selbst unheimlich.

»Was, wenn wir die *Kleine* nicht finden?«

Dako schweigt. Sein siebter Sinn alarmiert ihn. Wovor kann er jedoch nicht deuten. An der x-ten Oase angekommen, ruft der Dakota nach dem Maki. Ein Rascheln verrät Bewegung im oberen Bereich der ominösen Rankenpflanze. Dicke Blätter, in der Größe eines Kinderkopfes, Wanken verräterisch. Immer wieder lockt Dako mit diakonischen Ausdrücken, die für Waylon unverständlich sind. Ein kleiner Kopf mit dem bekannten Glubschaugenblick taucht alsbald zwischen den Blättern auf. Nun besteht kein Zweifel mehr, dass es Wihakayda ist, denn freudig erklingt ihr frohes *Flippern*.

»Da bist du ja, meine *Kleine*«, ruft Waylon mit feuchten Augen. Zur Begrüßung springt der Maki gekonnt auf seine Schulter und hält dich zärtlich am Hals fest. Waylon glaubt ein leichtes Zittern zu spüren, schenkt dem aber weiter keine Beachtung.

»Machen wir uns auf den Rückweg«, sagt Dako bewegt. »Es soll bald dunkeln und wir wissen nicht, wie lange wir brauchen.«

Die freudige Stimmung hält nur bis zum nächsten Abzweig, den sie in der Hoffnung einschlagen, dass dies der richtige Weg ist. Beide bleibt das ausgelassene Lachen im Halse stecken. Denn mitten auf dem Weg steht völlig unerwartet eine

Glaskabine!

Zehn

Arimea, Vergangenheit, Audienzhalle.

Lokar hält den Atem an. War er doch Zeuge einer Lüge geworden! Wie Schuppen fällt es dem jungen *Wächter*-Paladin von den Augen. Deswegen war Orinario im Vorfeld nicht zu sprechen! Ein abgekartetes Spiel! Weshalb sagt Orinario nicht die Wahrheit? Was ist daran verwerflich, wenn er einfach zugibt, dass es den ›RZG‹ tatsächlich gibt und erfolgreiche Einsätze flog? Er, Lokar, ist doch Beweis genug, dass der Zeitgleiter keine Gefahr darstellt.

Sein Wissen über die wirklichen Hintergründe sind begrenzt, eigentlich gleich Null. Obliegt ihm dann ein gerechtfertigtes Eingreifen? Darf er den Sachverhalt richtigstellen, und den Ältesten öffentlich brüskieren? Käme einem Hochverrat gleich, das spürt Lokar. Trotzdem hadert er, angesichts der geschaffenen Fakten.

»Der Rogalit sprach aber anders«, erwidert Sho-Ril ruhig.

»Dann hat er nicht die volle Wahrheit gesprochen, *Methelem*. Oder du hast es falsch verstanden.«

»Du irrst, Orinario. Rogaliten lügen nicht. Rogaliten nehmen wahr und speichern.«

»Und wenn der Rogalit nur den Beginn gespeichert hat und nicht die ganze Geschichte?«

»Unmöglich, Ältester!«

»Ich erinnere bloß an einige Speicherrogaliten, die fehlerhafte Daten speicherten. Vielleicht ist es hier genauso geschehen.«

Sho-Rils Hologramm schweigt.

»Was hast du uns noch mitzuteilen, *Methelem*?«, fragt Dharidma.

»Mir ist zu Ohren gekommen, dass der Vorsitzende des *Wächters*-Magistrats Tuteno einen Plan entwickelt, um einen Planeten mit Leben zu injizieren.«

»Das ist mir allbekannt«, sagt der Patriarch. »Eine gängige Praxis.«

»Dann sind Euch sämtliche Details ebenfalls bekannt, Hoheit?«

Dharidmas Zögern beweist das Gegenteil.

»Majestät, mit Verlaub. Seid wann werden Experimente mit arimeanischen Erbgut durchgeführt?«

»Das ist pure Verleumdung«, hört sich Lokar rufen, der daraufhin alle Blicke auf sich spürt.

»Wer bist du, dass du dir erlaubst, dass Wort zu ergreifen?«

»Dass, Majestät, ist Palladin Lokar«, übernimmt Sho-Ril die Antwort. »Treuer Vasall von Orinario und dessen Vertrauter!«

Unter den Zuschauern werden erstaunte Ausrufe laut.

»Sprich, Lokar, wenn es die Wahrheit ist!«

»Majestät«, Lokar deutet eine Verbeugung an. »Die *Wächter* haben dem Kodex Treue geschworen, der der Wahrheit dient. *Wächter* beschützen die Errungenschaften und dienen allein den Arimeanern. Uns liegt es fern, weder Euch, Majestät, noch den Bewohnern Unrecht angedeihen zu lassen oder gar Schlimmeres. Unser Ziel ist es, dass Leben, wie wir es kennen, zu bewahren. Es ist kostbar und einzigartig! Seid unserer vollen Integrität und Loyalität versichert.«

»Sage uns, Lokar, was geschah.«

Umständlich räuspert er.

»Herr, ich kann nur Orinarios Worte bestätigen.«

Der Patriarch schaut ihm stechenden Blicks in die Augen.

»Du sagst die Wahrheit, Lokar. Nur der, der reinen Gewissens ist, tritt so forsch auf wie du.«

Ein siegessicheres Lächeln umspielt die Mundwinkel des Ältesten. Sho-Ril verzieht keine Miene.

»Hört meinen Entschluss! Hiermit erkläre ich, dass die vorgebrachten Vorwürfe widerlegt und haltlos sind. Diese sind zukünftig zu unterlassen. Die Audienz ist beendet.«

Aufbrausender Beifall bestätigt allgemeine Zustimmung. Dharidma entmaterialisiert und erscheint auf der Empore. Gemeinsam mit seiner Frau erhebt er sich und sie verlassen gemeinsam den Thron.

Kurz bevor die Verbindung nach Methua unterbrochen wird, besteht eifriger Blickkontakt zwischen Lokar und Sho-Ril. Letzter formt stumm mit den Lippen: ›Bewahre dich‹, dann erlischt das Hologramm.

Provinz Arkonim.

In allen Landesteile wurde Patriarch Dharidmas Audienz übertragen. So erfuhr auch Tuteno, Vorsitzender des *Wächter*-Magistrats, vom Verlauf. Nach Orinarios und Lukars Rückkehr begeben sich beide umgehend zu Tuteno.

»Was hältst du davon«, kommt Tuteno ohne Umschweife zum Kern.

»Schwer zu sagen. Dieser *Methelem* ist klug.«

»Wir müssen vorsichtiger sein. Dies gilt besonders für dich, Lokar!«

»Für mich? Ich habe doch nichts weiter getan!«

»Außer dich eingemischt …«

»… und das sehr gut«, ergänzt Orinario.

»Das war nur Glück!« Tuteno braust ungehalten auf. »Was haben diese *Methelems* vor?«

»*Blender*?«

»Wird sich zeigen. Bleiben wir wachsam.«

In der darauffolgenden Nacht schleicht eine eingehüllte Gestalt leisen Schritts herum. Darauf bedacht, nicht gesehen zu werden, durchstreift sie die Katakomben. Kleinste Geräusche verstärkt das Gewölbe. Dadurch kommt die verhüllte Gestalt sehr langsam vorwärts. Jede Gelegenheit ausnutzend und Schutz suchend, dauert es, bis sie den Schweber erreicht. Ausgerechnet jetzt kommt eine weitere Person um die Ecke, die die Gestalt nur schemenhaft sehen kann und bleibt vor dem Lift wartend stehen.

Die zwei Nachtwandler trennen nur wenige Meter. Jeder verhält sich ruhig. Endlos lang zieht sich die Zeit hin, in der beide lautlos harrend durch die Dunkelheit starren. Nur einer weiß vom Anderen. Kostbare Minuten verrinnen. Plötzlich nähern sich wieder Schritte. Ein weiterer Schatten erscheint im Blickfeld der Gestalt. Der zweite Schatten tritt an den bereits Wartenden heran, wechseln miteinander flüsternd einpaar Worte. Dann gehen beide zusammen weg.

Die Gestalt atmet schwer auf. Wartet einige Zeit, bis auch sie sich in Bewegung setzt. Am Schweber angelangt, lauscht sie angestrengt, ehe sie sein Podest betritt und aufwärts rauscht.

Leise geht die Gestalt zur angepeilten Tür. Sich noch einmal überzeugend, allein zu sein, klopft sie das vereinbarte Zeichen. Daraufhin wird die Wabentür geöffnet und sie huscht geheimnisvoll hinein.

»Hat dich jemand gesehen?«

»Nein, Orinario. Aber es sind noch zwei unterwegs.«

»Könntest du sehen, wer?«

»Zu dunkel.«

Der Älteste grübelt.

»Ich habe schon lange den Verdacht, dass sie uns unterwandern. Höchste Zeit, etwas dagegen zu tun.«

»Und du glaubst, es funktioniert?«

»Ja, mein Freund. Das wird es. Bist du bereit?«

Der späte Gast nickt.

»Gehen wir hinab in die Grotte.«

Niemals zuvor, in seinem jungen Leben, sah er solch prachtvolle Strukturen. Glänzend begrüßen tausende Rogaliten Lokar, ummanteln mit ihrem uralten Schein den jungen Arimeaner. Eine ungebändigte Energie strömt auf ihn ein, der alles Bisherige vergessen macht.

»Halte dich an unseren Plan«, verlautbart Orinario, dem Lokars Staunen nicht entgeht. »Du bist die letzte Hoffnung.«

»Fantastisch …«

»Hörst du zu?«

»Welch eine Schönheit …«

»Lokar! Die Pflicht ruft!«

Herausgerissen aus dem tragenden Moment fühlbaren Seins, vergisst Lokar allen Anstand. Ihn hat ein tranceähnlicher Zustand gepackt, der Erinnerungen und die Gegenwart seltsam verschmelzen lässt. Wortlos folgt er dem Ältesten, bis sie vor dem Zeitgleiter stehen.

»Also los, Lokar. Du weißt, was zu tun ist.«

Eigenartig berührt kann der *Wächter*-Jüngerer nur nicken. Wie in Watte gepackt nimmt Lokar nur am Rande wahr, wie er einsteigt und das Gefährt bedient. Sein letzter Blick gilt dem wahren Wunder Arimeas – dem Rogalit-Kristall.

Arimea, abgeschirmte Inselenklave Methua, zur gleichen Zeit.

Ein verlorener Kampf ist nicht gleichbedeutend auch die Schlacht verloren zu haben. Wunden heilen, davon kann Sho-Ril viele Geschichten erzählen. Es kommt darauf an, Niederlagen zu nutzen, um den nächsten Schlag zu planen. Die *Wächter des Kreises* sind gewarnt! Damit kann er leben. Was er sich wahrscheinlich nie verzeihen wird: Er hat den Rogaliten enttäuscht! Dadurch wird er das Vertrauen zu ihm empfindlich gestört haben.

Zufrieden stimmt ihn, dass nun wenigstens einer der Hintermänner bekannt ist. Nicht nur namentlich, sondern visuell. Es ist wichtig, den Gegner zu kennen, einmal gesehen zu haben. Dadurch bekommt das Bild eine ganz neue Dimension. Dieser Lokar ist ziemlich jung, um dem *Kreis* beizutreten.

Was qualifiziert jemanden zum *Wächter*? Welche Eigenschaften muss der Kandidat mitbringen, außer Gefolgschaft?

Martere nicht dein Hirn, Sho-Ril, erklingt eine angenehme Stimme. *Dich trägt keine Schuld. Ich habe es nicht anders erwartet.*

›Es fällt schwer, dies zu glauben.‹

Die Zeit wird für uns sein, Methelem.

›Haben wir sie?‹

In Sho-Rils Kopf bleibt es still.

Richtig zu sich kommt Lokar erst viel später. Unsichtbar durchreist der ›RZG‹ in die Vergangenheit. Allen Naturgesetzmäßigkeiten zum Trotz, eilt das Gefährt durch Zeit und Raum. Lokar geht der Kristall nicht mehr aus dem Sinn. Magisch angezogen von einer unbekannten Macht, drehen sich die Gedanken nur um den Rogaliten. Wann hat man schon das Glück, den legendären Tränenfall des Basilisken hautnah erleben zu dürfen? Ein wagemutiger Entschluss keimt.

›Wenn es doch eine Möglichkeit gäbe‹, drängt sich Lokar der Gedanke auf. ›Hätte ich mehr Zeit zur Verfügung, dann ...‹

Was war das gerade? *Zeit?!* Das, wovon er genügend hat!

Beseelt von der Erleuchtung trifft er einen folgenschweren Entschluss. In diesem Moment ist Lokar nicht mehr er selbst. Wie ferngesteuert ändert er die Zieldaten. Gleich wird er wieder bei ihm sein ... beim sagenumwobenen Kristall!

Elf

Wie angewurzelt starren Waylon und Dako den verloren geglaubten Zeittransmitter an. Fassungslos seines Erscheinens wegen, glauben sie nicht, was da direkt vor ihnen steht. Zaghaft berührt Waylon die Kabine. Das gleiche Material, die selbe Form – eindeutig ist es das, für was er es hält.

»Wie kommt sie hierher?«

»Also haben wir keine Halluzinationen gehabt.«

»Nein, *micinksi*. Mit Sicherheit nicht.«

»Callum! Er sollte es erfahren.«

»Ja. Aber nicht sofort.«

»Was meinst du?«

»Fühlst du das auch?«

Waylon überlegt.

»Nein …«

»Es ist kälter als eben … Jemand ist hier …«

Anstatt zu entgegnen: *Du spinnst!*, bemerkt Waylon es ebenfalls. Doch ob es wirklich kühler ist, bezweifelt er. Viel eher spürt er ein Kribbeln auf der Haut. Zeichen einer Veränderung des direkten Umfeldes oder Einbildung? Dass etwas nicht stimmt, begreift Waylon in Nanosekunden.

»Die Glaskabine ist ungesichert …«, flüstert Dako.

»Dann werd ich das übernehmen … Hilfst du mir?«

Gemeinsam ziehen sie das Gefährt in eine Einbuchtung der Fassade. Mit geübten Handgriffen hinterlegt Waylon sein eigenes Muster, das den Zugang für Fremdbenutzung abschirmt. Als nächstes verblasst die Glaskabine und wird nur auf Waylon oder einem verwundeten Arimeaner zugänglich sein.

Fehlende Merkmale in der Wandstruktur bringen Waylon auf eine Idee. Er kehrt zur Oase zurück, knickt einfach mehrere Pflanzentriebe ab. Jetzt sollte jederzeit die Stelle wieder gefunden werden!

»Können wir?«, fragt Waylon den verdatterten Dako im Vorbeigehen. Einmal den richtigen Abzweig genommen, finden sie rasch das Hotel. Vor Callums Zimmer hält ihn Dako zurück.

»Was, wenn er dahintersteckt?«

»Callum? Glaub ich nicht.«

»Denk doch mal nach!«, wispert der Dakota eindringlich. »Er kennt sich hier verdammt gut aus. Und doch will er als Kind das letzte Mal hier gewesen sein?«

»Vielleicht haben die Arimeaner nur ein sehr gutes Gedächtnis.«

»Und wenn nicht?«

Waylon denkt nach. Ganz ausgeschlossen sind Dakos Befürchtungen nicht. Dagegen spricht Callums Verhalten. Bedenkt er es besser, dann ist gerade dieses Verhalten doch merkwürdig. Könnte aber mit dem Wartungsraum zusammenhängen …

»Warte hier«, flüstert Waylon. »Ich will wissen, wie er reagiert.«

»Gut. Doch sieh dich vor, *micinksi*!«

Nach einem kurzen Klopfen gleitet die Tür auf. Drinnen empfängt Waylon fahles Licht. Keine Spur von Callum. So leise wie möglich sieht er sich um. Ähnlich eingerichtet wie sein Zimmer, deutet nichts auf die Anwesenheit eines Arimeaners hin. Wiederum meldet die innere Stimme Alarm.

Vorsichtig öffnet er die Nasszelle. Leer, wie alles andere auch. Bleibt nur noch die komische Röhre. Laut schlägt sein Herz, dass er befürchten muss, es höre auch der potentielle Eindringling. Flach atmend versucht Waylon sich zu beruhigen. Es gelingt nur oberflächlich.

An der Röhre angekommen, checkt er nochmals ausgiebig die Lage. Das Ding ist verschlossen, stellt er entnervt fest. Wie soll er da nachschauen? Da erblickt er ein halbes Spiralzeichen, dessen zweite Hälfte unbeleuchtet nur erahnt werden kann. Einer Eingebung folgend legt Waylon den Daumen darauf.

Unmerklich vibriert die Röhre. Andere Zeichen erscheinen, die er vom Zeittransmitter her kennt. Hierauf klacken unsichtbare Magneten und der obere Teil gibt die Sicht frei. Zum Vorschein kommt ein blasses Gesicht.

»Callum«, stößt Waylon heraus. »Was ist mit dir?«

Schon die Farbe der Haut lässt nichts Gutes erahnen. Erleichtert fühlt er den Puls.

›Gottseidank, er lebt!‹

Der *Wächter* ist bewusstlos. Dako denkt, dass er am nächsten Tag wieder zu sich kommen wird. Sie verschließen die Röhre wieder und bleiben die Nacht über im Zimmer. An Schlaf ist sowieso nicht zu denken. Viel zu sehr beschäftigt die Glaskabine die Gemüter. Es ist schon lang dunkel, als Waylon einnickt.

Für Menschen verlängert sich ein Tag auf Arimea um mehrere Stunden. Längerer Tag bedeutet auch eine längere Nacht. Es ist noch finster. Relativ ausgeschlafen schlägt Waylon die Augen auf. Gewohnt sieht er auf die Armbanduhr, doch die ist ja stehengeblieben.

Bis er vollkommen wach wird, vergeht eine Weile. Verschlafen reibt er sich über die Augen. Langsam erkennt Waylon Einzelheiten im Zimmer. Die Gewöhnung hält an, da verspürt er ein dringendes menschliches Bedürfnis. Anhalten hilft nichts. Wohl oder über muss er aufstehen.

Natürlich stößt er mit dem Schienbein gegen etwas hartes! Den Schmerz fluchend unterdrückend, humpelt Waylon in die Nasszelle. Vergeblich tastet seine Hand nach dem Lichtschalter. Inzwischen drückt seine Blase bedrohlich, was durch dem Schmerz am Bein verstärkt wird.

»Wo ist nur der verdammte Schalter!«, murmelt Waylon grimmig.

An der anderen Wand vielleicht? Tastend schlurft er in die gewähnte Richtung. Von den genauen Maßen absolut keine Vorstellung, bleibt der nächste Rempler nicht aus.

»Verdammt, verdammt!«, entfährt es ihn. »Wo ist denn der bescheuerte *Licht*schalter!«

Auf Stichwort erglimmt eine Wand im zarten Türkis. Natürlich! Es muss nur daran gedacht werden! An diese Bedienung wird er sich wohl niemals gewöhnen. In der Mitte der Nasszelle ist eine Kugel halb im Boden eingelassen, etwa so groß wie ein Wasserball. Am gegenüberliegenden Ende des Badezimmers ist der anpassbare Schalensitz angebracht.

Der Urinstrahl macht das typische Geräusch, wenn Wasser auf Wasser trifft. Erleichtert tappt er zurück zu seinem Nachtlager. Ganz in der Nähe schnarcht Dako leise. Auf dessen Schoß schläft der Maki. Seit langem verbringen sie eine Nacht in zivilisierten Gefilden. Ein Grund mehr auszuschlafen. Entspannt schließt Waylon die Augen.

Hartes Poltern, ein wütender, halbunterdrückter Schrei und ein *flippernder* Maki wecken Waylon. Wasser tröpfelt. Aus dem Bad fällt ein schwacher Lichtstrahl, der die ansonsten alles verschluckende Dunkelheit wie ein Feuerschwert zerteilt. Benommen erhebt er sich. Er muss noch einmal tief eingeschlafen sein. Was doch Ruhe und eine gepflegte Unterkunft ausmachen!

Der Dakota murmelt etwas, das in Waylons Ohren nach einem Fluch klingt, da erlischt das Licht.

»Mach doch das Licht an«, raunt Waylon. »Sonst brichst du dir noch was.«

»Du bist wach?«

»Bei dem Lärm, den eine Bisonherde verursacht?«

»Verzeih.«

»Schon gut. Vielleicht sollten wir sowieso aufstehen …«

»Diese langen Nächte machen mich krank.«

»Werden uns dran gewöhnen müssen. Die Tage werden auch nicht kürzer sein.«

»Lass uns noch ein wenig ruhen. Wer weiß, was uns erwartet.«

Sanftes, gleichmäßiges Atmen verrät, dass Dako eingeschlummert ist. Waylon liegt mit offenen Augen da und denkt nach. Überraschenderweise fühlt er eine tiefgründige Entspannung. Wo sonst Bilder auftauchen, die während seines Grübelns immer wieder vom Unterbewusstsein hervorgekramt werden, herrscht jetzt totale Leere. Müde flackern seine Augenlieder.

Traum kann man es nicht nennen. Meist kommt einem das Geträumte bekannt vor, da das Gehirn Erlebtes mit Vorstellungen zu einer neuen Geschichte vermischt. Experten reden von Aufarbeitung. Gewiss werden auch nebensächliche, unwichtige Dinge aussortiert. In Waylons Kopf geschehen nun Prozesse, die ihm den Weg ebnen werden. Den künftigen Weg.

Er fällt in einen tiefen komatösen Schlaf.

Nach und nach wird es heller. Der tiefe innere Friede ist geblieben. Gut behütet fühlt er sich frei von allen Zwängen.

Sei gegrüßt, Waylon. Ich habe dich bereits erwartet.

Etwas sagt ihm, er müsse sich nicht fürchten. Und er ängstigt sich keineswegs. Ihm geht es sehr gut und die Ansprache erweckt positive Gefühle.

Du hast mich lang warten lassen.

So, als sei es das Selbstverständlichste von der Welt, denkt er seine Antwort.

›Ich habe nicht geahnt, dass du mich erwartest.‹

Zeit ist bedeutungslos.

›Für dich vielleicht, aber nicht für mich.‹

Denke nicht in deiner Sphäre!

›Wie dann?‹

In der Unsrigen.

›Das kann ich nicht.‹

Befreie dich! Lass deine Ebene los!

›Du sprichst in Rätseln.‹

Wenn du loslässt, wirst du verstehen.

Darauf weiß Waylon nichts zu entgegnen.

Du hast noch einen weiten Weg vor dir. Beschreite ihn mit Bedacht.

›Was ist mit Callum geschehen?‹

Finde es heraus.

›Und all die Toten?‹

Vieles entspricht nicht dem, wie es der Anschein vermittelt.

›Ich brauche Antworten …‹

… die du bald erhalten wirst.

›Weshalb bin ich dann hier, wenn du mir nicht hilfst?‹

Das habe ich bereits, Waylon.

Zwölf

Arimea in tiefer Vergangenheit, Provinz Arkonim.

Im Aural-Modus materialisiert der ›Raum-Zeit-Gleiter‹ an dem Platz, an dem er kurz vorher startete. Außer einer leicht fluoreszierenden Aura bleibt er unsichtbar. Abgelenkte Lichtwellen täuschen biologische Augen insoweit, dass nur eine minimale Luftverwirbelung übrig bleibt.

Wie erwartet hat Orinario das Rogalit-Gewölbe wieder verlassen. Nach kurzem Zögern deaktiviert Lokar den Schutzmodus und entsteigt dem Gefährt.

Die Kristalle üben eine magische Anziehung auf ihn aus. Langsam tritt er mit ausgestreckten Arm vor. Entzückt vom mystischem Glanz erreicht er einen, in seinen Augen, schönsten, vollkommensten Kristall, den das Universum jemals gesehen hat. Mit jeder weiteren Annäherung beginnt der Rogalit heller zu leuchten. Längst ist aus dem anfänglichen Glimmen ein grelles Licht geworden, und es wird intensiver.

Lokar empfindet ein wohltuendes, unbeschreibliches Gefühl von nie enden wollender Geborgenheit. Er will mehr! Vergessen ist das, was war, was gerade ist oder sein wird. Zeit schmilzt dahin, als sei sie nicht existent. Gemurmel von undefinierbaren Stimmen erfüllt ihn. Sie sprechen zu Lokar, der jedoch nichts versteht, denn alle reden gleichzeitig. Getragen eines übermächtigen Hochgefühls erfasst seine Hand den auserkornen Kristall.

Sämtliche im Rogalit gespeicherte Energien fließen in den Körper des jungen Arimeaners. Muskeln bäumen sich auf, drohen zu zerreißen. Das Blut erhitzt die Adern. Hautporen dehnen sich aus. Die Extremitäten verkrampfen unter der gewaltigen Energieexplosion. Die Lungen blähen auf. Nur der Geist bleibt hellwach und nimmt eine fremde Realität wahr, die mit seinem Zustand nicht vereinbar ist. Nach Lokars Berührung ist die Grotte voll gleißendem Lichts erfüllt. Kontrastlos und ohne Schatten. Das Licht gleißt so stark, dass es sogar Lokars Körper verschlingt. Während der Körper unarimeanische Torturen erfährt, gleitet seine Seele durch kristallene Sphären. Auf dem Höhepunkt implodiert das Licht. Und alles ist wie vorher – fast …

◎

Ein unbändiger Drang, sofort hinunter in die Grotte zu gehen, erfasst Orinario. Dabei ist er eben erst dort gewesen. Er hat plötzlich das Gefühl, als hätte er etwas vergessen …

Von Unruhe gepackt, macht er sich auf den Weg. Auf den Schwebelift stehend, kann er es kaum erwarten, in die Kuppelgrotte zu kommen. In seinem Körper sind Turbulenzen am Werk, die Orinario völlig aus den Takt bringen. Den Boden wieder unter den Füßen, bleibt er erst einmal stehen und verschafft sich einen Überblick. Alles ist an seinem Platz. Der Zellstrahler ist bereit für die nächste Sitzung. Gegenüber steht der Zeitgleiter. Bei allem, was Recht ist – aber etwas stört …

Orinario nimmt einen feinen eigentümlichen Geruch wahr, der eindeutig *nicht* hierher gehört. Es riecht nach verbranntes Gestein. Als Jugendlicher hat auch Orinario gern mit Steinen gespielt, wenn eine Naturexkursion dies zuließ. Mit der Zeit hat er so eine ansprechende Sammlung zusammengetragen. Eine Gesteinsart, die aus der Entstehung des Planeten stammt, hinterließ einen ähnlichen Geruch, wenn man sie aneinander rieb oder schlug.

Gedankenvoll betrachtet er die auffälligsten Kristalle. Einer, der Orinario bis jetzt nicht aufgefallen war, zeigt eine deutlich dunklere Färbung, als die Übrigen. Sein Eigenleuchten wirkt eine Nuance matter.

»Was soll das?!«

Ist ihm in all den Jahren etwa diese nicht unwesentliche Tatsache entgangen? Kaum vorstellbar! Besonders seine ureigene Detailliebe!

»Was ist hier passiert!«, grummelt er vor sich hin.

Abermals läßt er den Blick schweifen. Orinario kann es regelrecht spüren, das etwas anders ist. Nur was?! Das Aroma in der Luft hält sich standhaft. Es ist zum Verrücktwerden! Wird er etwa sklerotisch? Jedenfalls fühlt er sich gerade alt und geistig umnachtet.

Ratlos und selbstzweifelnd nimmt Orinario auf der Schalenwanne Platz. Monologe sind eigentlich nicht sein Ding. Aber in der jetzigen Extremsituation ein notwendiges Ventil. Eigengespräche können oftmals auch bewirken, dass ein bestehendes Chaos im Kopf strukturiert geordnet wird. Somit bekommt man eine andere Sicht auf die eingefahrene Situation. Punkte können abgearbeitet werden, die wie Felsen schwer auf den schmalen Weg der Erkenntnis liegen. Sie werden zertrümmert, bis der Schutt zu Staub zerfällt. Und genau das tritt ein.

»Wo kommt der Gleiter her«, fragt Orinario laut und wundert sich. Unvermittelt bekommt alles irgendwie einen Sinn – wenn auch nicht ganz. Wieso wollte ihm nicht gleich Lokars wichtige Mission einfallen? Hat der sich etwa umentschieden?

Mit einem kräftigen Satz ist Orinario wieder auf den Beinen. Fast rennend überbrückt er die kurze Entfernung. Heftig atmend und einem Wutausbruch nahe, überzeugt sich der Älteste davon, dass es sich wirklich um den Gleiter handelt, den Lokar benutzen sollte. Er ist es!

»Was hast du getan?!«, schreit Orinario aus Leibeskräften. »Du Versager! Wo bist du!? – Elender Verräter!«

Echauffiert geht er, hart auftretend, hin und her. Er könnte explodieren!

»So ein Nichtskönner! Verfluchter Niemand! Niederträchtiger Heuchler!«

Andere Ausdrücke kommen Orinario in den Sinn, die er bisher nicht einmal gekannt hat, sie aber – seiner Stellung unwürdig – runter schluckte. Eines Ältesten unwürdig, wagt er sie nicht auszusprechen.

Gedemütigt fühlt er einen heftigen Schmerz. Keinen organisch bedingten, sondern einen, der die Seele traktiert. Die darauf folgende Traurigkeit reißt ihn in ein emotionales Chaos. Höhen und Tiefen gleichzeitig erfahrend, lässt er sich erschöpft und geschlagen auf den Gleitersitz nieder. Alles ist verloren! Aus und vorbei! Ein für alle Mal kann der hinterlassene Schaden nie mehr aus der Welt geschafft werden. Und Orinario erahnt, dass viel mehr, als nur eine Narbe zurückbleibt.

All seine Weisheit und überall geschätzte Intelligenz versagen maßlos. Was wiegt schwerer, als festzustellen, enttäuscht und hintergangen worden zu sein? Selbstgeißelung wäre eine Option, um die erfahrene Schmach zu sühnen. Denn er fühlt eine Mitschuld auf sich lasten. *Er* machte Lokar zu seinem engen Vertrauten! *Ihm* oblag dessen Führung! *Seine* Arimeanerkenntnis hat schlichtweg versagt!

Wie kann man nur so mit Blindheit geschlagen sein …

Man wird mit den Fingern auf ihn zeigen. Wird hinter seinem Rücken flüstern, was er doch in Wirklichkeit für ein Dummkopf ist! Er wird in Ungnade fallen und irgendwo den Rest seines Daseins fristen. Allein. Ausgestoßen. Ausgelacht. Einsam … Was für eine Pein.

Orinario ist elend zumute. Was für eine Wendung. Entkräftet sinkt er weiter in sich zusammen. Wie konnte es bloß soweit kommen …

Wie hat Sho-Ril Lokar genannt? Paladin? Wenn es Orinario bedenkt, war Lokar wie ein Sohn für ihn. Leistete gute Arbeit, brachte sie ein gutes Stück nach vorn. Das hat er wahrlich nicht verdient.

Langsam kehren die Lebensgeister des *Wächter*-Ältesten zurück. Geistig dem Jetzt entrückt, überkommt ihm die Anwandlung eines flüchtigen Eindrucks, etwas übersehen zu haben. Und dies hat etwas mit seinem Sicherheitsbedürfnis zu tun.

»Der Überwachungs-Rogalit!«

Wenn hier etwas unvorhergesehenes vonstatten ging, dann

sollte es Aufzeichnungen geben. Nachsehen kostet nichts und der Aufwand ist nicht der Rede wert.

Augenblicke darauf wird Orinario Zeuge des ungeheuren Vorfalls …

◎

Er hat alles gut durchdacht. Orinario gibt die Zeitkoordinaten von Lokars Ankunft ein. Die Rogalit-Aufzeichnung speicherte präzise die notwendigen Daten. Somit gibt es eine reele Chance, Lokar zu retten, und mit ihm die Mission.

Die nächsten Stunden macht sich Orinario mit dem Gefährt vertraut. So bleibt ihm nicht der Tarnmodus verborgen, der es ermöglichen sollte, solang unbemerkt zu bleiben, bis Lokar verstofflicht und aussteigt. Dann kann das dringend notwendige Gespräch stattfinden, und Orinario hofft inständig, dass sein ›Paladin‹ einsichtig sein und begreifen wird.

Um eine mögliche Kollision auszuschließen – Start- und Landeplatz sind immerhin identisch –, nimmt Orinario vorsorglich einen Platzwechsel vor. Dann beginnt seine erste eigene Reise ins Gestern.

Im Bruchteil eines vollendeten Lidschlages wird Lokars ›RZG‹ sichtbar. Es gibt einen riesigen Unterschied, wenn man etwas aus der Konserve betrachtet, dass – so naturgetreu es auch dargestellt wird – doch leblos wirkt, und der reellen Betrachtung. Auf diese Weise gelingt es Orinario viel besser, die Beweggründe zu verstehen.

Als Lokar einen der Kristalle auserkoren hat, der ihn besonders anzuziehen scheint, bekommt die Szene eine völlig neue Wendung. Dieses Licht, was der Rogalit ausstrahlt, hat Orinario noch niemals gesehen! Atemberaubend bezaubernd und fulminant! Eine facettenreiche Helligkeit, voller Wärme und Hoffnung. Erhaben bekommt das Leben plötzlich einen anderen, viel tieferen Sinn.

Erschrocken über seine Erstarrung, gewährt Orinario, dass

Lokars Hand gleich den Rogaliten berührt. Was dann geschieht, hat der alte *Wächter* immer und immer wieder angesehen.

Orinario schaltet den Aral-Modus aus und springt aus dem Zeitgleiter.

»Nicht!«, ruft er mit gedämpfter Stimme. »Halte ein!«

Lokar fährt zusammenzuckend herum und taumelt. In seinen Augen steht blankes Entsetzen.

»Woher …«

»Ruhig. Es ist alles gut.«

Als sei Orinario ein Geist, weicht der Jüngerer wankend weiter zurück.

»Du … du bist … hier …«, stammelt Lokar und bestätigt den Eindruck.

»Ja, ich bin hier. Und das ist gut so.«

Irritiert starrt Lokar seinen Mentor an. Allmählich bekommt er die Fassung zurück.

»Hör mir zu, Lokar. Ich weiß, was du vorhast. Ich sah es. Du rennst ins Verderb!«

»Du … du weißt …«

Orinario nickt wissend; über das *Wie* schweigt er jedoch. Dies zeigt Wirkung. Verlegen, und voller Schuldbewusstsein, senkt Lokar sein Haupt.

»Es war eine törichte Idee.«

»Ja, das ist sie wirklich und nicht entschuldbar. Dennoch möchte ich dir eine zweite Chance geben.«

»Die habe ich nicht … nicht verdient …«

»Jeder verdient eine, mein Paladin.«

»Mein Geist war geblendet …«

»Das verstehe ich nur zu gut. So erging es auch mir, als ich diese Grotte entdeckte. Ich war auf der Suche nach einem stillen Ort, nachdem ich damals den Zellerneuerer brauchte. Zufällig fand ich ein Loch im Fels, der an meiner Wabe anschließt. Du kannst dir sicherlich vorstellen, was ich empfand.«

»Ich wünschte mir immer, die Tränen von Rogal zu sehen.

Mutter erzählte darüber die wundersamsten Geschichten.«

»Es war mein Fehler, Lokar. Ich hätte dich nicht herbringen dürfen. Aber ich vertraue dir. Und du hast eine Mission.«

»Ich werde mich deines Vertrauens als würdig erweisen.«

Lang treffen sich ihre Blicke.

»Vom Erfolg hängt alles ab, ob die *Methelems* gewinnen oder wir. Vergiss nicht deine Bestimmung, Paladin.«

»Werde ich nicht«, bekräftigt Lokar selbstbewusst und steigt ein.

Dreizehn

Leise klackend öffnet sich die Röhre. Callum entsteigt ihr und ist nicht wenig überrascht, in die schlafenden Gesichter der Gefährten zu blicken. Hierfür will ihm kein plausibler Grund einfallen.

›Wird schon seine Bewandtnis haben‹, denkt er noch.

Wie immer belebt ihn die Berieselung mit Sauerstoff versetzten Wassers. Ritualisiert verbringt er damit Morgens immer eine beachtliche Zeit. Danach ist er wie neugeboren und für anstehende Aufgaben ausreichend gerüstet.

Im Anschluß legt Callum beide Handflächen auf die im Boden befindliche Kugel.

Als er den Raum wieder betritt, sind auch Waylon und Dako wach.

»Für einen Nicht-Arimeaner habt ihr einen gesunden Schlaf«, begrüßt Callum beide.

»Nicht wirklich«, gähnt Waylon. »War oft wach. – Was ist das überhaupt für ein *Ding* da?«

»Dieses *Ding*, wie du es bezeichnest, stellt meine Erholungsphase sicher.«

»Ah«, entfleucht Waylon Kehle.

»Wie schlaft ihr denn? Ich meine, daheim ...«

»In kuschlig warmen und weichen Betten.«

»Ach ja. Diese vorsintflutlichen Gestelle hab ich ganz vergessen.«

»Aber ... Warte mal ... Im Stützpunkt von Uridräo habt ihr sie doch auch ...«

»Das sind Überbleibsel einer längst überwundenen epochalen Ära.«

»Sag mal, macht es etwa dich an, auf unsere Gefühle herumzutrampeln?«

»Mich ›anmachen‹? Wie meinst du das?«

Waylon winkt ab.

»Vergiss es einfach ...«

»Ich will euch nicht ärgern, sondern die Augen öffnen. Wisst ihr, was das für unhygienische Möbel sind?«

»Ja, ja. Jetzt kommt die Mitleidstour!«

»Du irrst dich, Waylon.«

»Wenn diese wunderschönen warmen Betten so eine Bakterienschleuder ist, dann sag mir einen Grund, warum sie noch auf Uridräo stehen. Funktionstüchtig, versteht sich!«

»Die Räume werden von uns nicht mehr genutzt, Waylon. Für die Sauberkeit gibt es die Roboter.«

»Leute, es gibt Wichtigeres, als sich über kulturelle Unterschiede zu streiten«, unterbricht Dako beschwichtigend. »Denken wir stattdessen mal an gestern Abend.«

Die Einlassung gilt eindeutig Waylon.

»Was war da!« Callums Interesse ist geweckt und er lauscht aufmerksam dem Bericht. Kaum zu glauben, was seinen Ohren offenbart wird.

Einen Moment später stehen sie an der Stelle, an der Waylon den Transmitter verbracht und gesichert hat. Gleichwohl weiß Callum nicht, weshalb er Waylon glaubt. Liegt es an dessen leidenschaftliche Inbrunst, mit der er erzählt?

»Und jetzt aufgepasst!«

Nervös entsperrt Waylon die Sicherung und der vermeintlich nicht existente Gleiter erscheint vor einem verblüfften Callum.

Ohne weiter Zeit zu verlieren brechen sie auf. Dako wird Callum im U-Boot begleiten, während Waylon mit der *Kleinen* den Transmitter benutzt. Der *Wächter* teilt ihm noch die Zielkoordinaten mit, dann trennen sie sich. Kaum verabschiedet verschwindet die Glaskabine. Der plötzliche Aufbruch ist notwendig geworden, da sie kein Risiko eines erneuten Verlustes des Zeitgefährtes hinnehmen wollen. Besonders Waylon verspricht sich neue Impulse und Erleichterung der noch vor ihnen liegenden Aufgabe. Entstand der Transmitter doch einer weit entrückten Ära Arimeas.

Das könnte sich von Nutzen erweisen. Da es sich um den Prototypen handeln muss, denn sämtliche bekannten Kabinen sind eindeutig verschwunden, beherbergt sie vielleicht einen Hinweis auf den Neunten Kristall.

Bis das Boot ankommen wird, dauert es noch. Selbst mit einem Hyperantrieb muss es der Physik des Planeten folgen. Alles andere wäre leichtsinnig.

Was Waylon sofort auffällt, verschlägt ihn auch die Sprache. Laut Callum wandert Arimea ohne Heimatgestirn durch den Raum. Gerade deshalb dürfte es nicht geben, was sich seinen Augen darbietet. Ein funktionsfähiges Biotop mit strahlendem Sonnenschein! Entweder er träumt oder Callum hat gelogen. Niemals kann eine künstliche Sonne derartiges Licht ausstrahlen, die das Leben aufrecht erhält. Obwohl – die Arimeaner haben ihre technische Überlegenheit mehrfach bewiesen. Doch ein Planet ist kein austauschbarer Spielball! Hierzu gehört mehr – viel mehr …

Das bordeigene Warnsystem meldet ein arimeanisches Tauchboot der Wartungsklasse. Ankunft in zehn Minuten Ortszeit. Diese Zeitspanne nutzt Waylon ausgiebig zum umschauen.

Eine unendlich Weite empfängt den ersten Menschen an

Land. Ist auf der Erde eine leichte Krümmungen am Horizont erkennbar, sucht Waylon hier vergebens danach. Ergo muss Arimea größer, mächtiger sein! Wie kommt es aber, dass er – vom leicht aromatisch-würzigen Geruch abgesehen – die gleiche Luft atmet wie zuhause? Auch die Schwerkraft unterscheidet sich nur geringfügig. Es gibt Wasser, das zwar einen violett-samtenen Schimmer aufweist und Pflanzen, mit blassorangenem Stängeln sowie dunkelbrauner Blüten. Aber sonst fühlt es sich alles andere als *fremd* an.

Andere Planeten stellte er sich früher immer extrem anders vor. Mit den schlimmsten Kreaturen, die zähnefletschend Jagd auf alles sich bewegende machen. Seine Lieblingstiere waren – wie könnte es anders sein – Dinosaurier. Nicht ein besonderer, wobei die Raptoren schon etwas animalisches haben. Vielleicht liegt's ja daran. Und jetzt ist alles was ihn umgibt nur eine anders gefärbte Welt!

»Hallo Waylon!«

In seinen Gedanken unterbrochen bemerkt er Dako näher kommen.

»Wo ist Callum?«

»Sichert das U-Boot.«

Freudig erregt macht Wihakayda auf sich aufmerksam. So kurz die Trennung auch währt, die *Kleine* freut sich stets über ein Wiedersehen.

»Das Gleiche solltest du auch mit der Glaskabine tun.«

»Schau dir diese Endlichkeit an! Ist sie nicht himmlisch'?«

»Imposant trifft es eher.«

»Ja, dass trifft es eher«, flüstert Waylon verträumt.

»Da kommt er ja schon, unser ›Reiseführer‹!«

Der als Witz gedachte Kommentar verpufft.

»Hast du schon mal daran gedacht, dich niederzulassen?«

Dako ist baff.

»Mit dem Gedanken hab ich schonmal gespielt …«

»Dies wäre ein passender Ort dafür.«

»Way, du wirst doch nicht etwa sentimental?!«

»Vielleicht, Dako. Aber ich werde müde.«

Unterdessen hat Callum die Wartenden erreicht.

»Gibt's was Neues?«

»Waylon hat gerade seine fünf Minuten. Sonst ist alles klar.«

Mit dieser Begründung kann Callum gar nichts anfangen.

»Dann weiter. Es wird ein langer Marsch.«

In der Unterwasserstadt Aquoras irrt schwer gezeichnet Lokar umher. Getrieben von Neugier verließ er nach der Ankunft entdeckungslustig und planlos den ›RZG‹. Jugendlicher Euphorie folgend, unterließ er es, sich markante Punkte einzuprägen. Merkwürdig auch, dass er in Arimea der Zukunft ankam.

Aller Vorsicht zum Trotz, lief er los. Bald fiel ihm auf, dass es keine Einwohner gab. Von da an erfüllte Lokar Angst. In jedem Winkel schaute er nach, in der Hoffnung, nicht ganz allein zu sein.

Die Architektur brachte Lokar dazu, genauer nachzudenken. Manches Konstrukt dürfte es nicht geben. Weder Proportionen noch Statik entsprechen den Bauten seiner Zeit. Und dann bröckelte die ihn abschirmende Blindheit. Die Frage durfte nicht heißen: Wo bin ich? Eindeutig Arimea! Lokar formulierte sie laut: »Wann bin ich!«

Diese Erkenntnis lähmte ihn. Bis es dämmerte verbrachte er in einem wahren Gedankenchaos. Als die Dunkelheit ihn umhüllt, war es zu spät, zum Gleiter zurückzukehren.

Gleich am Morgen setzte Lokar die Suche fort. Das Terrain bot soviel Neues, dass er sich haltlos verlief. Abgelenkt verlor er die Richtung, und nicht nur einmal verfehlte er den Gleiter nur knapp.

Irgendwann gelangte Lokar in den Wohntrackt. Immer noch hoffte er jemanden zu finden. Müde und ausgelaugt betrat er einen Schweber. Lokar musste den Ruck unterschätzt haben, der unwillkürlich einsetzt, wenn der Lift sich in Bewegung setzt, oder es war einfach nur plötzlich einsetzende Ermüdung.

Aus knapp drei Metern Höhe konnten ihn seine Beine nicht mehr halten. Seitlich kippte er um und griff ins Leere.

◎

In der Provinz Arkonim kennt sich Callum leidlich aus. Gern spricht er über die Zeit seiner Ausbildung. Offensichtlich verbindet er diese Zeit mit schönen Erinnerungen. Dennoch schwebt über ihnen eine dunkle Wolke getrübter Stimmung. Der Grund ist simpler Natur: Leere Straßen, leere Wohneinheiten. Callums Sorge wird immer größer, je näher sie dem Zentrum der *Wächter*-Hochburg kommen.

»Ungewöhnlich«, lässt er verlautbaren. »Hier ist immer etwas los.«

Weit und breit kein lebendes Wesen. Alles ist wie ausgekehrt.

»Sieht verlassen aus«, stellt Waylon fest und spricht aus, was im Grunde jeder denkt. Arimea und verlassen? Ein Ding der Unmöglichkeit!

»Es gibt einen ganz einfachen Grund dafür. Ganz bestimmt.«

Die zwei Erdenmenschen schauen sich verstohlen an. Wie würden sie reagieren, wenn sie Callums Situation eins zu eins erleben müssten? Zusammenbrechen? Unermüdlich nach Menschen suchen?

Waylon betritt eine kleine Wohnwabe, deren Tür offen steht. Ein abgestandener Geruch schlägt ihm entgegen. Auf dem staubigen Boden sind einwandfreie Fußabdrücke zu erkennen. Erwartungsvoll folgt Waylon der Spur.

Die Wabe hat ein einziges Zimmer. Mit wahrscheinlicher Sicherheit ist es keine herkömmliche Wohnwabe, wie Waylon anfangs vermutete. Allerdings fehlt die Inneneinrichtung, um weitere Schlüsse anzustellen. Steht er etwa in einer Baustelle?

Mitten im Raum verschwinden Abdrücke und Staub. Eine exakte gerade Linie teilt den Boden in sauber und verdreckt.

»Was gefunden?«, hört Waylon Callum hinter sich eintreten.

»Spuren, Dreck und das da ... Verstehst du das?«

»Ein Kraftfeld«, antwortet Callum mit einem seltsamen Unterton, der Waylon kalte Schauer bereitet.

Vierzehn

Arimea in dunkler Vergangenheit.

Der ›Raum-Zeit-Gleiter‹ bringt Lokar direkt und ohne eigenmächtige Abstecher in die von Orinario aufgetragene Zeit. Die Mission ist eindeutig. Es kommt nicht auf Schnelligkeit, sondern auf den Erfolg an. Ausschlaggebend sind die zunehmenden Verunglimpfungen seitens der *Blender* und der Auftritt des *Methelem* Sho-Ril in der Audienz. Die öffentliche Meinung droht zu kippen. Bisher gelang es ohne viel Aufheben, das Ansehen des *Wächter*-Kreises zu steigern oder wenigstens konstant zu halten. Durch Orinarios Aussage gerät das Magistrat unter gewaltigen Beschuss. Der Vorwurf allein, im Besitz einer revolutionären Technologie zu sein, ist schon ein Frevel. Der Bogen wird aber noch durch deren Einsatz maßlos überspannt. Von Verrat wird hinter vorgehaltener Hand gemunkelt.

Als einzigen Ausweg sieht der *Wächter*-Magistrat nur den Radikalschnitt: Die Vernichtung des ›RZG‹-Prototypen! Damit soll verhindert werden, dass diese Technologie weiterentwickelt oder gar in Serie produziert wird. Schweren Herzens stimmte auch Orinario in der geheimen Sitzung zu. Was hätte man nicht alles damit erreichen können?

Hätte man erstmal den Prototypen verhieße dies einen Zeitgewinn. In Ruhe können dann die Experimente auf dem Randplaneten Aremodon abgeschlossen werden. Spätere Generationen würden die Bemühungen schon postum zu schätzen wissen.

Lokar schaltet auf Aural-Modus. Sondiert aufmerksam die Lage, prägt sich Einzelheiten ein. Er befindet sich in einem endlos langen Tunnel mit recht vager Beleuchtung. Eigentlich kann von einer Beleuchtung nicht gesprochen werden; es brennen nur vier Leuchtkörper.

Nach Orinarios Meinung kommt es äußerst selten vor, dass Mitarbeiter sich hier aufhalten. Der Tunnel liegt in der untersten Ebene der Anlage und dient wohl hauptsächlich als Lager für ausrangierte Gerätschaften. Und dementsprechend sieht es auch aus!

Hinter einem Wandbehang, soll eine verborgene Tür sein. Dahinter führt eine schmale Leiter zwei Etagen höher. Dort befindet sich ein geheimer Einstieg ins Labor. Soweit Lokar es überblicken kann, gibt es aber keinen Wandbehang!

›Soviel zum Erinnerungsvermögen …‹

«Vergiss nicht die Pläne», hallen Orinarios beschwörende Worte in seinem Schädel. «Ohne die Pläne ist der Gleiter nicht viel wert.»

Genauer erinnert sich der Älteste leider nicht mehr daran. Seine Reminiszenz ist getrübt. Dadurch wird die Hauptaufgabe Lokar zuteil.

«Besinne ich mich recht», ruft er weitere Details des Ältesten ins Gedächtnis, «gab es ein Labor, in dem das Kernstück produziert wurde. Aber es wird nicht leicht zu finden. Halte die Augen offen. Der verantwortliche Ingenieur heißt Cheror. Nimm dich vor dem in Acht. Er ist ein Raubein gewesen, kennt keine Manieren. Soweit ich informiert bin, macht Cheror kaum Pause, schläft quasi neben seinem Schreibtisch.»

Das Kernstück! Das kann alles sein! Wie soll er es finden? Aber vielleicht braucht er es garnicht finden, auch wenn ohne dies Teil keinen Zeitgleiter geben wird. Wenn er eine Chance hat, dann braucht er nur die Gleiter auszutauschen. Und dann weg! Ach ja, die Pläne …

Wohl oder übel muss er seine Deckung verlassen. Erschwerend kommt dazu, dass er keine genaueren Kenntnisse über Tagesabläufe und Arbeitsweisen besitzt.

Lokar atmet tief ein. Die ihm auferlegte Mission überfordert Lokar bereits jetzt. Ein Schweißausbruch jagt den nächsten. Ist er dem gewachsen? Er zweifelt. In seiner Hilflosigkeit vergräbt er resigniert das Gesicht.

Manchmal hält das Leben überraschende Fügungen parat. Sie kommen unverhofft und sind leicht zu übersehen. Nicht so diese, die Lokar sich soeben bietet. Eine Seitentür wird geöffnet. Zwei ältere Männer kommen in angeregter Unterhaltung herein.

»Der Alte spinnt«, sagt der etwas Kräftigere echauffiert. »Brummt uns Arbeit ohne Ende auf!«

»Er ist der Boss.«

»Der behandelt uns doch wie Dreck!«

»Du änderst aber nichts!«

»Das wollen wir erst mal sehen!«

»Komm mal runter, Vyn! Wenn der Alte dahinter kommt, fliegst du!«

Vyn hat einen hochroten Kopf vor Erregung. Sein Kollege dagegen ist die Ruhe in persona.

»Na und! Ich hab's satt. Bin nicht sein Diener.«

»Cheror meint das sicherlich nicht so, wie es sich's gerade anhörte. Er braucht uns. Dich! Ja.«

»Meinst du?«

»Das ist so. Glaub's mir. Wirst sehen. Morgen hat er sich beruhigt.«

Vyn atmet durch.

»Und wenn wir heute noch losschlagen?«, fragt Vyn seinen Kollegen deutlich gedämpfter.

»Wir dürfen nichts übereilen. In der anderen Abteilung sind sie noch nicht soweit.«

»Verstecken wir schnell die Pläne, dann gehen wir zurück.«

Vyn kommt direkt in Lokars Richtung.

›Verdammt. Muss das sein!‹

Wie durch ein Wunder geht Vyn einen knappen Meter an den unsichtbaren Gleiter vorbei, seinen Kollegen im Schlepp.

›Das war knapp …‹

Noch im Umdrehen begriffen, sieht Lokar besagten Wandbehang im Augenwinkel. Seiner Nachlässigkeit sich scheltend, beobachtet er die Zwei, wie sie hinter dem Vorhang verschwinden. Stünde die Tür nicht halb offen, würde Lokar glauben, geträumt zu haben.

Die Wartezeit ausnutzend, bewegt er den ›RZG‹ um einige Meter, damit nicht doch noch einer dagegen rennt. Keine Sekunde zu früh. Ohne ersichtlichen Anlass wird der Behang bewegt. Einige Finger einer Hand kommen zum Vorschein, dann ein Stück Kopf mit einem Auge. Vyn und der Kollege kommen zurück, überzeugen sich davon, ob die Luft rein ist.

»Komm schon. Wir müssen wieder hoch!«, zischt der Kollege Vyn zu. Mit schnellen Schritten überwinden sie etwa dreihundert Meter bis zum anderen Ende des Tunnels. Leise fällt die Tür ins Schloss und wird verriegelt.

Lokar wartet, ehe er aussteigt. Innerlich aufgeregt fühlt er sich absolut unwohl. Er fühlt sich nicht nur als Eindringling n er ist einer! Intensiv lauscht Lokar den abflauenden Geräuschen hinterher.

Ohne lange zu überlegen geht er zum Wandbehang, schiebt ihn beiseite und erkennt im Halbdunkel eine ausgefranste Aussparung im Mauerwerk. Flink huscht er hinein und verharrt regungslos.

Trügt ihm sein Gehör, oder war da tatsächlich ein Laut gerade gewesen? Lokar hält verkrampft die Luft an. Beruhigt stellt er nach einer gefühlten Ewigkeit fest, dass er sich verhört hat. Oder doch nicht? Die nachfolgende Ewigkeit fällt bedeutend kürzer aus. Was er vernimmt ist der eigene, auf Hochtouren arbeitende, Herzschlag.

Er lacht kurz auf. Wie die Erkenntnis lindert das Lachen die Anspannung.

Nicht gerade vertrauenswürdig wirkt die Strickleiter, die hoch führt. Am oberen Ende erhellt ein Schein als kleiner Punkt die Ausstiegsstelle. Sich überwindend setzt Lokar einen Fuß auf eine der untersten Sprossen. Schwankend verliert das Konstrukt weiter an Vertrauen.

»Ich hoffe, ich weiß was ich tue«, flüstert Lokar Mut erheischend zu.

Ruckartig und wellenschlagend hält das überalterte Material den Aufstieg aus. Gewöhnungsbedürftig, da stets in Bewegung, aber Lokar kommt voran. Hat man den Dreh einmal heraus, besser gesagt den Takt, überwindet man ziemlich sicher die vorgegebene Höhe.

Ein eingelassener Griff erleichtert den Übersteig in einen niedrigen Gang. Gebückt und breitbeinig gehend erreicht er ein engmaschiges Gitter. Mühelos kann es Lokar aufstoßen. Sich durchzwängend gelangt Lokar in eine quadratischen Kammer.

In einer Wand ist eine rundliche Abdeckung angebracht, die beweglich ist und eine Aussparung freigibt. Lokar zögert, wirft dann aber doch einen Blick hindurch. Undeutlich sind Bewegungen auszumachen. Da ist also jemand. Jedes auch noch so kleinste Geräusch vermeidend, verschließt Lokar das Loch wieder.

Kein Laut dringt von der anderen Seite herüber. Schallschutz! Das Labor ist gedämmt! Lokar denkt nach. Wie lang brauchte Vyn und der Andere bis sie wieder auftauchten? Wenn im Labor gearbeitet wird – und danach sieht es aus –, kann das Versteck nicht weit sein. Lokar benötigte zum Aufstieg einige Minuten. Er kennt sich nicht aus und musste erstmal alles checken. Kennt man sich aus, braucht man höchstens die Hälfte an Zeit. Irgendwo zwischen dem Behang bis zur jetzigen Stelle sollte das Versteck zu finden sein.

Ermutigt sucht Lokar jeden Zentimeter tastend ab. Die Kammer stellt eine Art Verbindung zum Gang dar, offenbar erst viel später errichtet. Es gibt keinen Anhaltspunkt, etwas zu finden, was nicht hierher gehört.

Im niedrigen Gang sieht es ähnlich aus. Der wurde grob aus dem Fels geschlagen. Bleibt der Strickleiter-Schacht. Es kostet schon einiges an Überwindung überzusteigen. Kaum Halt versprechend schlägt die Sprossenstiege rhythmische, unter Lokars Tritten verstärkende Wellen. Die ersten Meter bringen keine neuen Aufschlüsse. Der Schacht wurde an einigen Stellen provisorisch erweitert, ansonsten sind seine Wände glatt. Könnte ursprünglich eine Felsspalte gewesen sein, die für diesen Zweck hervorragend geeignet ist.

An einer Position bemerkt Lokar rücklings eine Gesteinsnische. Sie liegt im Dunkeln, lässt jedoch gut den natürlichen Ursprung erkennen. In seiner derzeitigen Haltung und ohne Licht kommt er nicht ausreichend heran. Entweder hatte Vyn eine mobile Leuchtquelle parat, was nicht auszuschließen ist, oder aber es bedarf keiner visuellen Hilfe.

Lokar strekt einen Arm aus. Eigentlich bezweifelt er sein Tun, will dennoch nichts unversucht lassen. Viel zulange schon verbringt er mit der Suche. Was, wenn Vyn wiederkommt? Zwangsläufig würden sie aufeinander treffen. Was dann geschähe, will er sich nicht vorstellen.

Da berühren seine Fingerspitzen etwas blechernes. Euphorisch wähnt er zumindest auf den richtigen Weg zu sein. Unbedacht stemmt er sich weiter ab. Lokar verliert die Kontrolle und rutscht ab.

Fünfzehn

Arimea, Gegenwart.

»Nicht anfassen!«

Der *Wächter* packt Waylon schmerzhaft am Arm.

»Die Berührung ist tödlich!«

Gebannt starrt Waylon auf den Boden.

»Woher willst du wissen, dass es ein Kraftfeld ist?«

»Du glaubst mir nicht! Dann pass mal auf!«

Auf einer Ablage ergreift Callum einen undefinierbaren Gegenstand und wirft ihn auf die vermutete Energiewand. Vier Augenpaare folgen dem Flug, denn Dako ist, den Maki auf der Schulter, inzwischen auch hereingekommen. Kaum berührt der Gegenstand die imaginäre Wand, pulverisiert er. Nur eine unscheinbare Wolke bleibt.

»Das … das …«

»Dieses Kraftfeld dient nicht nur zum Schutz. Es vernichtet auch.«

Unwillkürlich hält Dako seine Wihakayda fest. Wenn das Äffchen sich aus irgendeinem Grund erschreckt und das Feld berührt, gibt es keine Rettung mehr.

»Gibt's das öfters hier?«

»Nicht in den Privatwaben«, erklärt Callum.

»Sondern?«

Der Gesichtsausdruck des Arimeaners verdüstert sich.

»Militärwaben«, stößt er zischend hervor.

»Was!?«

Callum legt seinem menschlichen Freund vertraut die Hand auf die Schulter.

»Wir müssen gehen«, flüstert er eindringlich, kein Widerwort duldend. »Sie wissen, dass wir da sind.«

Perplex über die Wendung verlassen Dako und Waylon die Wabe. Callum lässt auf sich warten. Als er erscheint und neben den Wartenden steht, geht die Tür zu.

»Was geht hier vor?«, hält Waylon es nicht länger aus.

»Nicht jetzt, mein Freund. Kommt, wir reden später.«

Schweigend folgt der kleine Trupp einem samtweichen Weg, dessen Beschaffenheit ein Rätsel ist. Sieht aus wie anthrazitfarbenes Moos, scheint aber nicht organisch. Für Kunststoff besitzt es eine zu komplexe Struktur. Eine Probe würde Aufschluss darüber geben, doch deswegen sind sie nicht da.

Am Wegesrand bedeckt ein Geflecht den Boden, das Waylon bekannt erscheint. Dünne einzelne Fasern bilden regelmäßige Knoten, die wiederum teilen sich mehrfach auf. Dadurch entsteht ein geflochtener Effekt mit einem zarten Schuppenmuster. Es erinnert weitläufig an Waylons *Appartement* auf Uridräo.

Er bleibt stehen. Dies bedeute ja, Rebecca war ebenfalls auf Arimea! Und zwar *bevor* das Baumhaus entstand! Seiner Überlegung folgt ein rhythmisches Lachen, indem der Maki *flippernd* einsteigt.

Callum bleibt stehen.

»Was belustigt dich?«, fragt er strengen Blicks.

Abwinkend lacht Waylon weiter. Dieses Zeichen für »alles okay!« stößt bei dem *Wächter* auf Misstrauen. Dako entgeht der Mentalitätsunterschied nicht. Ruhig fordert er Waylon auf, sie doch teilhaben zu lassen.

»Hab nur gerade mit einem Stück Vergangenheit Frieden geschlossen«, beruhigt Waylon die Gefährten. »Und meine kleine Freundin hier ist Teil davon.«

»Verstehe«, brummt Callum. »Hoffentlich kannst du das auch gegenwärtig.«

»Klar!«

Sich damit zufrieden gebend, marschiert Callum weiter.

»Worüber hast du gelacht«, fragt wispernd Dako.

»Jetzt ergibt vieles einen Sinn.«

»Was gibt Sinn? Sprich nicht in Rätseln, *micinksi*!«

»Sieh dich doch mal um, dann erkennst du es.«

Sprach's und folgt den Vorausgehenden. Damit ist fürs Erste alles notwendige gesagt. Mehr will Waylon noch nicht preisgeben. Wehr weiß schon, was noch kommt.

Unmerklich steigt das Gelände an. Auf der Hügelkuppe wechselt die Landschaft. Vor ihnen liegt ein breiter Wasserarm, der einen flachen Berg sanft umspült. Rechtsseitig versperren baumähnliche Pflanzen den Blick. Oberhalb am Horizont erstreckt dich ein gewaltiges Bergmassiv.

»Dies, meine Freunde, ist die Provinz Arkonim«, sagt Callum stolz. »Dort sind wir sicher.«

»Und wie kommen wir rüber?«

»Wartet's ab …«

Dreihundert Meter weiter erreichen sie eine silberglänzende, schwimmende Plattform mit einem angedeuteten Schachbrettmuster. Leicht plätschern sanfte Wellen dagegen. Der Stahlkoloss liegt ruhig im Wasser. Callum betritt über einen breiten Steg die Plattform.

»Schippern wir etwa mit dieser ›Fähre‹ hinüber?«

»Ich gebe zu, dass mir deine sarkastische Art missfällt, Waylon«, antwortet Callum mit erhobener Stimme. Eine gewisse Spannung liegt knisternd in der Luft.

»Warum zögerst du? Kein Vertrauen?«

Ohne Waylon weiter zu beachten, betrit der Arimeaner die stählerne Platte. Zufällig beobachtet Waylon, wie Callums Schuhe schmutzige Spuren auf der ansonsten tadellos sauberen Fläche hinterlassen. Nicht ein einziger Rostansatz, keine Nahtstellen. Sicher, es sind nur ein paar Krümel, die der Wind bald davongetragen haben wird. Aber es nicht das, was ihn gebannt hinsehen lässt. Die Flecken beginnen sich aufzulösen.

Bevor der *Wächter* ein bestimmtes Quadrad erreicht hat, wendet er sich um und bemerkt Waylons fragenden Blick.

»Organische Oberfläche«, erwähnt er beifällig. »Sie zersetzt Bakterien und jederart von Verunreinigung, teilt sie in einzelne Atome auf.«

»Das … das ist … perfekt …«

Callum schmunzelt selbstgefällig.

»Das ist arimeanische Kultur!«

»Ich hab ja verstanden, Callum«, erwidert Waylon seinen Fehler einsehend. Sie werden miteinander wohl reden müssen, um all die Missverständnisse auszuräumen. Bleibt nur der richtige Zeitpunkt.

In der Zwischenzeit hantiert Callum an einem Armband herum, infolgedessen sich zwei vor ihn liegende Quadrate seitlich aufklappen. Aus der entstandenen Bodenöffnung wird ein Gleiter, auf einem die Öffnung vollständig ausfüllenden Platte, empor gehoben.

»Ein Hangar …«, kommt es über Waylons Lippen. Bewundernd kann er nichts weiter dazu sagen. Dafür spielen die Gedanken endgültig verrückt.

»Kommst du?«

Immer näher kommen sie der Berginsel. Das Gestein leuchtet beige und hebt sich allein dadurch vom mächtigen Felsmassiv deutlich ab. Hinzu wird der Eindruck verstärkt, dass die Insel künstlich erschaffen wurde. Kein einziger Grashalm wächst an den Steilhängen. Auch vom allgegenwärtigen moosigen Geflecht ist nichts, dafür ins Massiv eingekerbte verwitterte Signaturen, zu sehen.

»Zeichen der *Wächter*-Gilde«, hört Waylon den Arimeaner sagen.

Nirgends Anzeichen von Arimeanerseelen. Wie ausgekehrt.

Callum fliegt einen großen Bogen um die Insel. Auf der anderen Bergseite erwartet sie ein gegenteiliges Bild. Gesplitterte Baumriesen vermodern. Wildwucherndes Gestrüpp überzieht alles im Weg befindliche. Trümmerteile liegen verstreut herum. Im Sichtfeld erscheint die frische Bruchstelle, an der bis vor kurzem noch ein abstehender Fels stand.

An Bord herrscht getrübte Stimmung.

Sogar der Ozean scheint verändert. Ein Teppich undefinierbaren Abfalls treibt auf dem spiegelglatten Wasser. Weiter entfernt treiben zerrissene Kadaver.

»Sind das …«, Waylon wagt nicht, die Frage auszusprechen.

»Unterentwickelte Meeresbewohner«, antwortet Callum kalt.

»Was mag sie so zugerichtet haben?«

Den Bogen ausweitend, steuert der *Wächter* weiter hinaus aufs Meer. Richtung Horizont nimmt das grünschimmernde Wasser eine violette Färbung an. Aus Callums Mund dringen grollende Laute voller Entsetzen. Luftblasen bringen den Ozean zum Brodeln. An den auslaufenden Rändern der schwarzbraunen Gischt werden weitere tote Meerestiere sichtbar.

Genug gesehen ändert Callum den Kurs und fliegt endlich die Insel der *Wächter* an. In deren Reichweite öffnet sich automatisch das Zugangsschott. Der Gleiter wurde des *Kreises* zugehörig identifiziert.

Ein riesiges Gewölbe empfängt die Reisenden. An unzähligen Punkten wird am Gewölbedach mittels grünen Rogalitsplitter der gesamte Komplex erhellt. Waylon spürt zum ersten Mal des Kristalls ureigene Kraft. In der Ferne erhebt sich schwebend eine Rogalitfackel. Sie muss immens sein, wenn schon jetzt ihr Anblick gewaltig erscheint.

»Nur wenigen Nichteingeweihten wird Zutritt gewährt, Waylon. Erweise dich würdig!«

Es ist ein unbeschreiblich schönes, erhebendes Gefühl, die heiligen Hallen einer Legende zu betreten. Keiner Religion angehörend, hegt Waylon nun doch das Verlangen, an etwas Höheres zu glauben. Mit dem entscheidenden Unterschied: Es sind keine Götter, sondern intelligente, menschenähnliche Geschöpfe – und ein Nachfahre von diesem hochentwickelten Volk weilt unter ihnen.

Nun sieht er Callum mit anderen Augen. Was kann er nicht alles von ihm lernen! Letztendlich ein Zugewinn für die ganze Erde. Erfahrungen von unüberschaubaren Millionen von Jahren lebendig gehaltener Geschichte! Wie konnten die Arimeaner über all der Zeit hinweg die Existenz sichern? Welche gesellschaftlichen Aspekte bestimmen ihr Zusammenleben? Haben sie Gesetze und wie setzen sie diese um? Was, alles in der Welt, hat diese Kristallfackel zu bedeuten?

Innerhalb von einem Atemzug überfallen Waylon weitere Fragen, die weniger in Worte gefasst werden, sondern sich auf der Gefühlsebene abspielen und dadurch kaum greifbar sind. So wie erschienen, verflüchtigen sich die Gedanken wieder.

Als Waylon wieder in der Realität weilt, ist Callum verschwunden. Dako bewundert inzwischen eine Kaskade, einem jener wundersamen Wasserfälle, der so gar nicht hierher gehören will. Liegt es daran, dass diese herrliche Halle ein Stück Natur beherbergt? Waylons Neugier obsiegt.

Am Fuße der Kaskade wird das Wasser in einem Becken aufgefangen und gesammelt. Überschüssiges fließt durch ein offenes Kanalsystem ab. Waylon glaubt eine Bewegung ausgemacht zu haben. Im Schutz des Schattens kräuselt sich das Wasser. Wenn er keiner Täuschung unterliegt, ist das eine Flosse. Also werden im Becken Fische gehalten.

»Wo ist eigentlich Callum hin?«

Dako steht neben ihn.

»Keine Ahnung«, gibt er zu. »Wird nach seinen Leuten sehen.«

»Ist es nicht seltsam, dass sich niemand blicken lässt?«

»Wie mann's nimmt.«

»Es heißt, dass die *Wächter*-Provinz immer besetzt ist.«

»Ach ja? Und wo sind dann alle? Beim Meeting?«

»Ich befürchte eher, das sie ›ausgestorben‹ sind …«

Darauf weiß auch ein nicht auf den Mund gefallener Waylon einmal nichts zu sagen.

Zwischenzeitlich klettert Wihakayda an Dako hinab. Elastisch hüpft der Mohrenmaki direkt an den Beckenrand, macht sich lang und – trinkt. Dort, wo er die Lippen eintaucht, entstehen Kreise. Dadurch unbemerkt bleiben andere Wasserbewegungen. Eben noch ragte das Stabilisierungsorgan eines Chordatieres aus dem Wasser, ist es jetzt verschwunden. Die

Kleine trinkt sich, an nichts störend, gleichgültig satt.

Knall auf Fall geschieht das Unvermeidliche. Eruptiv steigt eine Wasserfontäne auf, aus der eine breitmaulige Kreatur herausschießt, Wangen- und Seitenflossen aufstellt und durch die Luft segelt. Unterhalb des Kopfes hängen zwei Tentakeln schlaff herab, die, je näher am Opfer, ein mysteriöses Eigenleben entwickeln. Ein dumpfer Aufprall lässt Waylon und Dako aufschrecken.

Sechzehn

Arimea, vor sehr langer Zeit.

Manche Tage gleichen einem Höhenflug, an denen alles gelingt. Andere hingegen führen im freien Fall in bodenlose Tiefe. So einen hat Lokar erwischt; ein Tag, an dem so vieles schiefgeht. Begonnen, voller Hoffnung und Tatendrang, hängt der Unglückselige kopfüber wegen seiner fehlbaren, unüberlegten Handlungsweise. Beobachter würden es als ›jugendlichen Leichtsinn‹ bezeichnen. Er selbst betitelt sich als versagenden Nichtskönner!

Es hilft alles nichts. Irgendwie muss er einen Weg finden, um aus der Falle zu kommen. Das Blut steigt ihn bereits zu Kopf und er wird müde. Bisherige Anstrengungen verpufften, mangels Unbeweglichkeit, die der Enge Schacht erfordert, um die Schlinge am Fuß zu lösen. Wäre Lokar nicht so leichtsinnig gewesen, hätte er den Sturz vermeiden können. Im Nachhinein nützt es wenig, klüger zu sein. Dies ist höchstens etwas für zukünftige Tage. Zur Stunde zählen nur Fakten. Und die sehen nicht rosig aus.

Sein linker Knöchel ist so unglücklich während des Sturzes hängengeblieben, dass er sich mindestens einmal im Seil verheddert hat. Durch Lokars Körpergewicht wird die Blutzufuhr abgeschnürt. Da er verkehrt herum hängt, begünstigt die Schwerkraft die mangelnde Durchblutung. Taubheit und Schmerz sind die Folge, letztgenannter in willkürlichen Abständen.

Mit seinen ein Meter neunzig schafft er es nicht, sich in der Schachtenge hoch zu ziehen. Dazu bräuchte es mehr Platz. Bei jedem Versuch stößt er entweder mit dem Kopf am Fels an, oder die Schulter ist im Weg. Die ganzen Blessuren spürt Lokar schon gar nicht mehr. Aus panischen Befreiungsversuchen werden halbherzige Bemühungen, ein wenig die Schmerzen zu lindern.

Den rechten Fußspann auf die nächsthöhere Sprosse schiebend, winkelt er den Fuß Richtung Kopf. Dadurch wird der in Mitleidenschaft gezogene Knöchel zumindest minimal entlastet. Alles fluchen hilft nichts, und der Kopf ist leer. Lang kann er aber die gegensätzliche Spannung nicht aufrecht erhalten.

Eine Idee blitzt auf. Wenn es gelänge, mit dem freien Fuß zwei, drei Sprossen höher zu erreichen, könnte es machbar sein, diesen so zu verkeilen, dass mit entsprechender Kraftverlagerung halbwegs senkrecht nach oben kommt und die Hände einsetzen kann.

Vom Gedanken beflügelt, versucht Lokar das linke Knie zu beugen. Wie schnell die Kraft schwindet, hat er nicht erahnen können. Nun macht er eine prägende Erfahrung. Mehrmals wiederholt er den Versuch. Heißer Schmerz lässt ihn erstickt aufschreien. Je öfters das Knie bewegt wird, umso beweglicher wird es. Aber der Druck auf den Knöchel steigt über proportional.

Lokar schnappt nach Luft. Die Zeit drängt. Immer häufiger werden die Blitzpunkte im Hirn. Jetzt oder nie!

Alle Energie aufbringend, die man in solch einer Situation bündeln kann, dazu die Luft anhaltend, dass er meint, der Schädel platzt gleich, zieht Lokar das Bein an. Unsäglich schmerzhaft wehren sich die erlahmten und unterversorgten Muskeln der Anstrengung. Millimeter um Millimeter erklimmt er unter Aufbringung sämtlicher Reserven die erste Sprosse. Mit beiden Händen ebenfalls Längs- und Querseil ergreifend, unterstützt er die Gewichtsverlagerung. Es gelingt besser als gedacht. Sogar atmen funktioniert! Nur keine unnötigen langen Pausen! Ein Arm rutscht über das Seil hinweg, sodass der Unterarm darauf zu liegen kommt. Dadurch bekommt er einen Kraftschub und erreicht eine weitere Seilstufe. So abgestützt versucht er mit der anderen Hand den Eingeklemmten Knöchel zu erreichen. Zehn Zentimeter fehlen. Zehn verdammte Zentimeter!

Mit einem falsch justierten Schwung gleitet er mit dem freien Fuß ab, der das Bein gegen die vor Lokar liegende Felswand schleudert. Im letzten Moment kann er durch geschicktes Ausbalancieren die Stellung halten.

›Jetzt nur keinen Fehler machen und die Nerven behalten!‹

Schnell atmend mobilisiert er nochmals seine Kräfte. Die Muskeln aufs Äußerste gespannt, gelingt Lokar schier Unmögliches. Konzentriert gibt er gedankliche Anweisungen an Bein, Fuß, Hand, Arm. Genau diese Konsequenz bringt ihn die letzten zehn Zentimeter weiter.

Ruckartig bekommt Lokar das rettende Querseil zu fassen. Ein erneuter Ruck ermöglicht das Nachfassen. Danach zieht er sich mit letzter Kraftreserve soweit empor, dass er den Knöchel dem Strick entwinden kann.

Vor Erschöpfung zittert er am ganzen Leib. Krampfhaft umklammert er die Leiter und atmet mehrfach durch. Er befindet sich auf gleicher Höhe zur Gesteinsnische. Wider Erwarten reicht die Armlänge jetzt aus, hinein zu fassen. Auf Anhieb erwischt Lokar eine Röhre aus Blech, die er umständlich in den Hosenbund schiebt.

Als Lokar festen Boden erreicht, wollen ihm die Beine den Dienst versagen. Dennoch will er zum Gleiter; zuviel Zeit ist draufgegangen, und Vyn kann jeden Augenblick wieder auftauchen. Wankend schleppt er sich weiter, lugt vorsichtig hinter dem Wandbehang vor. Die fünfzehn Meter zum ›RZG‹

kommen ihn vor wie fünfzehn Kilometer. Doch auch das schafft Lokar.

Allen Erfindungen liegen Träume zugrunde, etwas zu haben, womit man spezielle Dinge machen kann. Man stellt sich dann vor, wie es wäre, dieses unausgegorene *Etwas* einzusetzen. Je nach Alter des Träumenden spielt dabei sicherlich auch die Anerkennung anderer dabei eine wesentliche Rolle. Geschlechtsspezifisch träumen Jungen und Mädchen unterschiedlich. Sieht man von den einzelnen Beweggründen ab, bieten derartige Träumereien den Grundstock, weiter in die Materie einzudringen. Natürlich hat nicht Jeder die dafür notwendigen Mittel parat. Auch das Umfeld beeinflusst nachhaltig wie es weitergeht. Vielen Leuten entgleiten allerdings im Laufe der Zeit ihre fantastischen Ideen, und bedenkt man eine gewisse Realisierbarkeit, bleibt ein Viertel davon unentdeckt.

Im vorliegenden Fall liegt die Idee für eine Maschine, mit der man auf kürzesten Weg von ›A‹ nach ›B‹ gelangt, viele Jahre zurück. Es bedarf schon eines Genies, der all die Grundlagen kennt, die zur Ausführung notwendig sind. Damals galt der Junge noch nicht als Genie, aber als hochintelligent und wissensdurstig. Frühzeitig interessierte er sich für komplexe Themen. Rasche Auffassungsgabe, lernwillig und ungebändigte Fantasie verknüpften sich zu einer beeindruckenden geistigen Symbiose.

Der Junge war auch mit einem Zeichentalent gesegnet. Intuitive Strichführung entlockte der Hand schwungvolle, detailreiche Arbeiten. Waren es anfangs *nur* Zeichnungen von real existierenden Gebilden, kamen immer mehr eigene Kreationen durch. Seine Bilder verblüfften und gaben Raum für Spekulationen.

Angeregte Fantasien ruhen niemals. Wenn dem Jungen etwas durch den Kopf ging, skizzierte er es. Ein Bild sagt mehr aus, als umständliche Beschreibungen, die so oder so ausgelegt werden können. Visualisiert dagegen ist der Ausgangspunkt für alle Betrachter gleich.

Eines Tages entstand eine sehr merkwürdige Zeichnung, die niemand deuten, geschweige denn verstehen konnte. Möglich, dass sie es nicht verstehen *wollten*. Dem Jungen war das gleich. Auf Fragen, wie er darauf gekommen sei, antwortete er stets, er habe nur seine ›Geistreisen‹ beobachtet. Natürlich wurde er belächelt. Doch die Antworten blieben dieselben.

Auf Arimea gibt es zwei Arten von Schrift. Eine, die im Alltag benutzt wird und die ursprüngliche Bilderschrift, die von den Ur-Arimeanern entwickelt wurde und interpretationswürdig ist. Diese aus Glyphen bestehende Zeichenschrift nutzt der Junge sehr gern, um notwendige Beschreibungen anzufügen.

Einige vermuteten bereits, dass besagte groteske Zeichnung mit bizarr anmutenden Details der dunklen Vergangenheit entstammt und der Junge nur ein altes Dokument kopiert habe. Darüber kann er nur lachen. Amüsiert lauscht er den abenteuerlustigsten Auslegungen seiner Arbeit.

Die Zeit blieb nicht stehen und aus dem Jungen wurde ein Mann. Mit Zwanzig holte ihn die Realität ein; ihm wurden wichtige Aufgaben übertragen. Da blieb keine Zeit mehr, Fantasien hinterher zu jagen.

Jahre später holten sie den inzwischen gereiften Manne, mit ganzer Macht ein. Bestimmte Ereignisse begünstigten und beschleunigten die daraus resultierende, logische Fortsetzung der unterbrochenen Arbeit. Aus dem Traum war eine Idee geworden, die letztendlich weiterführende Forschungen vorantrieb.

Einen Zufall ist zu verdanken, dass aus dem schnellen Transportmittel, welches A mit B verbindet, ein zeitunabhängiges Gefährt wurde. Jetzt war es nicht nur möglich von A nach B zu reisen, sondern auch der Zeitpunkt war frei wählbar. Eine eigens dafür eingerichtete Forschungsgruppe, die dem

Manne loyal gegenübersteht, löste das Problem des konstant bleibenden, sogenannten *Zeitaufbruches*.

Es muss nicht betont werden, dass sämtliche Arbeiten im geheimen stattfanden. Der Mann musste um sein Ansehen fürchten. Fatal, wenn vorzeitig Einzelheiten die Labormauern verließen.

Die Pläne wurden weggesperrt und an einem sicheren Ort aufbewahrt. Zu diesem Zeitpunkt kam Orinario ins Spiel. Gerissen und klug agierte er im Hintergrund, wählte einen einsamen Ort für die Endfertigung und deponierte in einer abgelegenen, nicht erreichbaren Felsspalte alle Unterlagen.

Der »Fall der Fälle« ist, schneller als gedacht, eingetreten. Lokar hält das runde Behältnis in Händen. Im Schutze des Tarnmodus vor Entdeckung sicher, entnimmt er zitternd die Pläne. Ein wesentlicher Teil von Lokars Mission ist erfolgreich geschafft. Oberflächlich überzeugt er sich davon, dass es die Originalpläne sind. Orinario hat ihm das entsprechende Signet genau beschrieben, das unter allen Blättern an gleicher Stelle steht. Jetzt, als es Lokar schwarz auf weiß sieht, stockt ihm der Atem. Der Erfinder des Zeitgleiters ist kein geringerer als Patriarch Dharidma …

Siebzehn

Provinz Arkonim, Refugium der Wächter, Gegenwart.

Aufschäumendes Wasser ist das Einzige, was die beiden Männer sehen können. Keiner denkt an einen Kampf zweier ungleicher Geschöpfe. Unbewusst treten sie ein Stück zurück. Es ist zwar ziemlich schwül, aber geduscht will diesen Umständen niemand. Außerdem ist es fraglich, ob das Wasser verträglich ist, was sich verständlicherweise nahezu aufdrängt.

Ein etwa ein Meter langer Körper taucht auf und verschwindet sofort wieder. Waylon konnte einen kurzen Moment ein breites Maul und die lange spitz-zackige Rückenflosse sehen.

Hier werden tatsächlich Fische gehalten!

»Hast du diesen ›Kaventsmann‹ gesehen?«

»Nur was glitschiges. Wo ist Wihakayda?«

Der Maki! Himmelherrgott! Der wird doch nicht …

Beide stürzen synchron ans Becken. Der glitschige Fischleib jagt ein undefinierbares Fellknäuel.

»Da! Das muss sie sein!«

Oder weiteres Nachdenken stürzt sich Waylon ins Wasser. Gerade taucht japsend ein kleiner Kopf auf. Kurzerhand erwischt Waylon das nasse Elend und zieht es an sich. Ein Moment der Unachtsamkeit! Zeit genug für das Fischmonstrum, der nun ein größeres Opfer anvisiert.

»Dako, rasch!«

Der Dakota nimmt Wihakayda entgegen und bringt sie in Sicherheit. Waylon setzt an um über den Rand zu springen, da schießt das Fischmonster empor. Nur knapp entgeht er den nach vorn aufgestellten Tentakeln, dreht sich auf der Stelle um die halbe Achse und verliert das Gleichgewicht. Wasser spritzt auf, schwappt über. Er rappelt sich auf, was nicht einfach ist, bei dem schmierigen Untergrund.

»Pass auf!«, erklingt warnend Dakos Ruf und eilt herbei.

Die Zacken der Rückenflosse ragen drohend aus dem Wasser. Zwei Schritt sind es bis zum rettenden Fels. Das Tier im Auge, geht Waylon langsam rückwärts. Er erwartet einen erneuten Angriff und ahnt, dass er diesmal nicht so glimpflich davonkommen wird. Am Kopf des angriffslustigen Fisches gewahrt er eine Veränderung. Doch er hat keine Zeit für Studien. Noch ein Schritt!

Alles gebend, vollführt Waylon eine Halbdrehung und setzt an zum Sprung. Gleichzeitig rauscht der Fisch rasant heran, zappelt wild und springt ebenfalls. Dako erfasst Waylons Arm, zieht mit aller Kraft. Direkt neben Dako fliegt, sich schlängelnd, der Mohrenmaki vorbei, landet auf dem Fisch und beißt diesen in den Nacken. Sogleich erschlaffen die Tentakeln. Waylon rutscht aus, stößt hart mit dem Schienbein gegen den Beckenrand. Fisch und Mensch landen nebeneinander klatschend auf dem Steinfußboden. Der Dakota hat alle Mühe, nicht mitgerissen zu werden. Nur die *Kleine* bleibt scheinbar gelassen, beißt unaufhörlich weiter, bis das schwabbelige Schuppentier nicht mehr zappelt.

Callum schaut nicht schlecht drein, als er am Kaskadenbecken ankommt. Seinen Worten nach ist der Fisch ein *Dotekalum*, eines der ältesten Geschöpfe Arimeas. Aus Respekt gegenüber der altehrwürdigen Lebensform, werden diese Tiere gehalten. Die Evolution hat die *Dotekalum* so belassen, wie sie ursprünglich entstand. Andere Meeresbewohner erlebten tiefgreifendere Wandlungen, um sich den jeweiligen Gegebenheiten anzupassen. Arimeaner, ebenfalls von evolutionsbedingten Maßnahmen verschont, sehen sich in der Pflicht, der Spezies beizustehen. Dadurch gibt es bis in die Gegenwart den Urfisch *Dotekalum*.

»Er ist – war – einer der Letzten seiner Art«, endet Callum betrübt. Unter anderen Umständen hätte der Arimeaner getobt und einen höllischen Aufstand gemacht. »Ein schlechtes Omen.«

»Und unsere *Kleine* hat ihn erlegt«, bringt es Waylon auf den Punkt. »Ihr Eingreifen hat mich gerettet ...«

Ein abfälliger Blick mustert den nassen, strubbeligen, viel schlanker wirkenden Maki.

»Kaum zu glauben.«

Wihakayda spürt, dass sie im Mittelpunkt des Gesprächs steht. Ist es etwa Stolz, was Waylon in ihrem Verhalten gerade wahrnimmt?

»Ist jetzt auch egal«, fügt Callum hinzu.

»Hast du was herausgefunden?«

»Kann man wohl sagen. Und es ist nicht erfreulich.«

»Was ist es, Callum?«

»Die Frequenz von Arimea hat sich drastisch verändert.«

»Frequenz?«

Die beiden Erdenmänner erfahren, dass jeder Planet eine eigene Schwingung hat. Sie verbindet alle Lebewesen die darauf geboren wurden mit einem Schwingungsband, ohne den sie nicht leben können. Organismen nutzen die elektromagnetischen Felder ihrer Körper und stehen somit im steten Kontakt mit der Umwelt. Die Arimeaner nennen es auch Lebensband. Ändert sich das Schwingungsverhalten, zum Beispiel bei einer Umpolung oder längeren Weltraumreisen, wird der Organismus geschädigt. Deswegen simulieren Raumkreuzer den Pulsschlag Arimeas.

»Wie wirkt sich sowas aus?«

Waylon hört das erste Mal von solch einer ›Planet-Nabelschnur‹. Mag für einen zivilisierten Menschen naiv klingen, doch er hat davon keine Ahnung.

»Man bekommt den Eindruck, alles verlangsamt sich, hat aber keine greifbaren Anhaltspunkte.«

›Das ganze Gegenteil von der Erde‹, drängt sich Waylon auf. Dort hat er den Eindruck schon seit längerem gehabt, alles vergehe schneller.

»Kann dagegen etwas unternommen werden?«

»Der Schwingungsangleicher funktioniert nicht auf Arimea.

Der Planet ist zu groß. Das Gerät kann nur einen begrenzten Radius abdecken.«

Alles können die Arimeaner also doch nicht! Irgendwie beängstigend, aber auch beruhigend. So kommt niemand in Versuchung das Volk in den Gottstatus zu erheben.

Callum scheint aufgegeben zu haben. Er beugt sich dem Schicksal, den keiner entkommen kann. Zuerst sterben Arimeaner, dann die Tiere und zum Schluß jede einzelne Bakterie. Das Land wird zur Wüste, da das Wasser alles vergiftet.

An das Problem hatten die Herrschaften aus der Wissenschaft nicht gedacht, als die *Wandlung* beschlossen wurde. Gebracht hat es eine friedliche Zeitspanne. Beinahe vollkommen! Aber die Schattenseite lauerte bereits im Kern.

Was also bleibt?

»Ich weiß, es ist der falsche Zeitpunkt«, beginnt Dako zögernd, »aber du sagtest etwas von ›sie sind hier‹. Wen meintest du?«

In Callums Augen zuckt es.

»Urigoren«, antwortet er kalt und mit Abscheu in der Stimme.

»Könnten Sie dahinter stecken?«

Energisch verneint der *Wächter*.

»Damit beschäftigen die sich nicht. Die wollen erobern der Ressourcen willen «

»Wenn die Urigoren auf den Planeten sind«, setzt Dako seine Überlegung fort, »warum sehen wir keinen von denen?«

Schulterzucken.

»Wir sollten daran denken, warum wir überhaupt hier sind«, mahnt Waylon. »Wie heißt es so treffend? ›Eins nach dem Anderen!‹«

Wie vom Blitz berührt springt Callum auf.

»Das bringt doch nichts!«

Arkonim beherbergt alles, was auch eine Kleinstadt auf der Erde zu bieten hat. Geschäfte, Plätze, Wohnungen, Freizeiteinrichtungen, Kinos. Ausgelegt für bis zu zehntausend Arimeaner. Und alles ist in den Katakomben des Berges untergebracht. Eine Meisterleistung!

Callum hat sich zurückgezogen. Dako und Waylon durchstreifen ein überschaubares Areal, das sie jederzeit die Kaskade wiederfinden.

Neben bereitstehenden Schwebern gibt es Rundwege, die höher gelegene Etagen zu Fuß erreichbar machen. Anscheinend gibt es einen Bedarf dafür. Einen dieser Wege hat Waylon unbewusst eingeschlagen. Vorbei geht es an Waben, deren gesamte Front verglast ist. Trotzdem kann er drinnen nichts erkennen. Ein Stück weiter steht eine Tür offen. Verstohlen wirft er einen Blick hinein. Ihm wird unbehaglich zumute, fühlt sich plötzlich gehemmt einzutreten. Es ist, als seien die Hausherren präsent!

»Siehst du etwas?«

»Nein … Es ist nichts …«

Wortlos gehen sie weiter. Am Ende des einsehbaren Weges macht Waylon an der Wand etwas aus. Es ist zu winzig, um mehr zu erkennen. Demzufolge kann er die Augen kaum abwenden, aus Furcht, er bilde es sich nur ein. Unbewusst wird er schneller.

Weit vor Dako erreicht er ein funkelndes Symbol. Ein Kreis, der im unteren Teil ein Drittel fehlt. Von der Mitte aus reicht ein dicker Balken durch die Unterbrechung. Mit etwas Fantasie liest Waylon ein O.

»Was gefunden?«, schnauft Dako.

»An was erinnert mich das nur …«, brummelt er nur.

»Ori irgendwas, so hieß doch ein bedeutender *Wächter*«, sinniert Dako.

»Er muss *sehr* bedeutend gewesen sein!«

»Wollen wir rein?«

Waylon denkt an das komische Gefühl an der offenen Tür, entscheidet sich jedoch dafür. Nur dubios, dass auch diese Tür unverschlossen ist! So, als käme gleich der Eigentümer um die

Ecke. Ehrerbietig überschreiten sie die Schwelle. Wieder überkommt ihm eine suspekte Gefühlswallung, die, unbeschreiblich reell, mindestens eine weitere Person suggeriert. Waylon atmet flach. Die Präsenz ist enorm. Schon bereut er eingetreten zu sein. Es ist ungewöhnlich still, auch für einen verlassenen Ort. Fast schon unheimlich.

An der Wand steht eine Schlafröhre; genauso eine, wie Callum sie im Hotel benutzt hat. Einen Spalt geöffnet, dass man meinen könnte, in ihr schläft jemand. Da Waylon zögert, übernimmt es Dako nachzusehen. Kurzerhand öffnet er die Abdeckung. Gespannt erwartet Waylon bereits einen Körper, der aufspringen und sie zum Teufel jagen wird. Soll er beten oder gleich flüchten?

»Niemand Zuhause«, sagt Dako und ein wenig bebt seine Stimme.

Erleichtert geht Waylon weiter vor. Hinter jeder Ecke, oder im Halbschatten verborgen, vermutet er jemanden. Auf einer Tischablage liegen Papiere herum. Daneben eine Halbkugel. Ein Stück entfernt ein leerer Becher.

»Sicher, dass keiner da ist?«, entlockt ihn der Fund.

Ein Hauch kalter Luft streift ihn. Es fühlt sich an, wenn jemand dicht vorbei geht. Doch Dako steht drei Meter von Waylon entfernt. Seine Nerven liegen blank. Sowas ist nichts für seines Vaters Sohn! Als ob das nicht genüge, bekommt er Gänsehaut.

Hinter dem Tisch, den Waylon als Arbeitsplatz wähnt, entdeckt er schließlich eine nur ungenügend abgedeckte Aussparung in der Wand.

»Dako«, ruft er lauter als gewollt. Um nicht ganz den Feigling erkennen zu lassen, tritt er forsch vor. Aus einem sauber gearbeiteten Spalt dringt in Bodennähe eine helle Lichtpyramide. Vorsichtig drückt er dagegen.

»Es bewegt sich«, presst Waylon hervor. Dako tut es ihm gleich und gemeinsam schieben sie den dicken Fels. Aus dem hellen Schein wird grelles Licht, welches aus der Tiefe empor strahlt. Kurzzeitig sind sie geblendet.

»Was ist das?«

Waylon hält blinzelnd noch zusätzlich die Hand vor. Was er sieht ist so einmalig, dass er alles andere vergisst. Ergriffen sinkt sein Arm. Unter ihnen leuchten und funkeln und strahlen hunderte von Kristallen!

Über eine Brücke gelangen sie zu einen Schweber, der sie nach unten bringt. Beeindruckt nimmt Waylon alles in sich auf. Es sind nicht hundert Kristalle! Das müssen tausende sein! Jeder ist besonderer als der nebenan. Fantastisch! Wie *Alice im Wunderland* dreht er sich um die eigene Achse, ja um nur alles sehen zu können.

Während des schwärmenden Betrachtens verglimmen die meisten Kristalle. Was ist los? Auch Dako wirkt verwundert. Und dann rutscht ihm fast das Herz in die Hose.

Achtzehn

Arimea, vier Jahre vorher.

Er muss eingeschlafen sein. Lokar zuckt auf. Im Tunnel ist alles ruhig. Einer der Pläne ist heruntergefallen. Umständlich hebt er das Blatt auf. Dabei legt er den Kopf mit der Wangenseite aufs Knie, um das Papier zu erreichen. Ohne Vorwarnung bemerkt Lokar eine weibliche Gestalt schräg hinter sich. Völlig entgeistert entgleiten ihn nun alle Pläne des ›RZG‹. Er flucht. Die Frau kommt ihm bekannt vor und sie sieht geradewegs in seine Augen. Der aufgefangene Blick durchzuckt Lokar zutiefst. Etwas haarig überprüft er die Tarnung. Der Aural-Modus ist aktiv. Sie *kann* ihn also nicht sehen. Und dennoch …

Wenn er bloß wüsste, woher er diese Frau kennt! Lokar folgt jede ihrer Bewegungen. Ihre Gangart versetzt seine Gedanken in einen kreisenden Sturm. Irgendwo am geistigen Horizont rauschen, die sie betreffenden Erinnerungen, schemenhaft vorüber. Außer einzelnen undeutlichen Fragmenten ist keine davon greifbar.

Die Frau verschwindet hinter dem Wandbehang. Gehört sie etwa zu Vyn? Hoffentlich bemerkt sie nicht, dass die Pläne fehlen! Lokar wird es heiß. Was soll er tun? Er ist unsichtbar, das muss sich doch ausnutzen lassen können!

Und wenn nun seine Tarnung auffliegt? Spontan fallen ihm etliche Gründe ein, die alles zunichte machen können! Auf keinen Fall dürfen die Pläne verloren gehen. Um dies zu verhindern, gibt es nur einen Ausweg.

Ohne Umschweife und voreilig verlässt Lokar diese Zeit, kehrt in die Grotte zurück, legt das Behältnis mit den Plänen auf den Zellerneuerer und taucht sekundengleich im Tunnel vor vier Jahren wieder auf.

Nachdem er sich überzeugt hat, ob der Aural-Modus funktioniert, hakt er innerlich diesen Teil des Planes ab. Jetzt kann der nächste Teil angegriffen werden.

Die Frau erscheint hinter dem Wandbehang, geht lässig an Lokar vorbei, der sie nicht aus den Augen lässt. Plötzlich wendet sie sich in seine Richtung.

›Folge mir‹, formt sie mit den Lippen. Zur Unterstreichung macht sie die entsprechende Kopfbewegung. Dann setzt sie ihren Weg bedächtigen Schrittes fort.

Lokar zögert. Hat diese Frau wirklich *ihn* gemeint? Sonst ist je keiner da, wie der Rundblick beweist. Kann sie ihn wirklich sehen?

Inzwischen ist sie am anderen Ende des Tunnels angekommen. Wider Erwarten dreht sie sich noch einmal um. Und jetzt fällt der Groschen! Diese Frau ist Amerona! Teasars Mädchen und vormalige Kommandantin der »Sternengral«!

Ein Gedankenstrudel droht Lokar einzusaugen. Es kostet unwahrscheinliche Kraft nicht gänzlich abzudriften. Eine Idee flammt auf. Er hat doch nichts zu verlieren! Ausgestattet mit hochmoderner Technologie, an dem genau in diesem Moment eifrig geforscht und gearbeitet wird, ist es möglich, Amerona zu folgen. Lokar aktiviert die Sensoren, die die Kommandantin scannen. An jetzt wird er sie immer finden können.

Auf einem zusätzlichen Schwebeschirm wird Ameronas digitale Abbild naturgetreu dargestellt, sowie prägnante Punkte ihrer unmittelbaren Umgebung. Wie er bemerkt, nimmt sie einen Weg, den der ›RZG‹ mühelos passieren kann. Auffällig ist, dass die Ex-Kommandantin schmale Flure meidet. Nach einem angemessenen Vorsprung, den Lokar zur Beruhigung sich sicherheitshalber einräumt, beginnt er die Verfolgung.

Technikassistent Vyn beginnt mit dem Testlauf. Das Rogolit, ein strapazierfähiges, sehr robustes Material, bringt die besten Eigenschaften für das Zeitgefährt mit. Schätzungsweise in zwei Monaten können die allerletzten Versuchsreihen abgeschlossen und mit dem eigentlichen Bau begonnen werden. Vyn hofft, dann eines der ersten Modelle selbst testen zu können.

Er arbeitet im oberen Teil des Labors. Es gibt nur eine Handvoll Personen, die das Projekt in allen Einzelheit kennen. Offiziell gehört der Technikassistent nicht dazu. Er ist für allgemeinere Aufgaben zuständig. Hätte Vyn nicht die Pläne gesehen, wäre er wahrscheinlich längst abgesprungen.

In keinen der mit dem Netzwerk verbundenen Prismencomputern sind die Pläne abgespeichert. Es existieren nur die Originale und die sind in seinem Besitz. Insgeheim bereitet es ihm Freude. Alle Abteilungen sind mit den Arbeiten durch, sodass die Pläne niemand braucht.

Seit Wochen hat Vyn auf diesen Tag gewartet. Den heißen Tipp bekam er am Morgen. Sein Freund Barum hat einen zuverlässigen Informanten. Vyn kennt diesen nicht persönlich, noch weiß er seinen Namen. Aber es muss ein größeres Tier sein. In der letzten Periode zum Beispiel warnte der Informant sie in letzter Minute.

Vom Informanten kam damals auch der Hinweis, wo genau sie suchen mussten. Leider war nur ein Zugang zur Felsspalte vorhanden, und der ist rund um die Uhr überwacht. Man muss schon genaue Kenntnisse der Örtlichkeit haben. Erleichternd war auch die Tatsache, dass im alten Tunnel der Anlage sich der Durchbruch sehr leicht bewerkstelligen ließ. Ohne viel Aufhebens konnten Vyn und Barum in jeder freien Minute daran arbeiten.

Zufrieden kontrolliert Vyn die Ergebnisse. Gutgelaunt und beschwingt geht ihm die Arbeit viel leichter von der Hand.

Auffällig ist Ameronas Gespür, zufälligen Begegnungen aus dem Weg zu gehen. Lokar hätte nie vermutet, so einfach durch die Gänge zu schweben. Der ganze Komplex ist großzügig erbaut worden. Ein enormer Aufwand! Nie wäre es ihm in den Sinn gekommen, welch Maschinerie dahinter steckt.

Die stumme Vereinbarung zwischen Lokar und Amerona funktioniert tadellos. An einen Zufall glaubt Lokar hingegen nicht. Nach einiger Zeit bleibt die Frau vor einem riesigen Tor stehen und sieht sich unauffällig um.

»Lokar?«

›Sie weiß, dass ich da bin!‹

»Lokar?! Ich muss jetzt wissen, ob du da bist!«

Irgendwo ganz in der Nähe sind Schritte zu hören. Eine Entscheidung muss her! Jetzt oder nie!

Lokar deaktiviert die Tarnung.

»Woher …«

»Nicht jetzt, Lokar. Ein gemeinsamer Freund.«

Also doch! Ein großer Stein fällt ihm vom Herzen.

»Wir müssen ins unterste Labor. Ich hoffe«, sie deutet auf den Zeitgleiter, »du kannst mit dem da umgehen …«

Lokar versichert es ihr. So richtig weiß er nicht, wie er sich Amerona gegenüber verhalten soll.

»Ich hab's nicht glauben wollen«, fährt sie fort. Er glaubt, dass ein gewisses Staunen in ihrer Stimme mitschwingt. »Bin stolz auf dich, Lokar.«

»Danke, Kommandantin.« Er lächelt verlegen.

»Schon gut. Also: Ich lenke ab und verschaffe dir Zeit. Handle schnell! Nimm auf mich keine Rücksicht! Egal was passiert, schnapp dir das Teil und ab damit!«

Lokar nickt.

»Ach. Noch etwas«, druckst Amerona herum. »Ich hab dir nie vertraut. Dafür möchte ich mich entschuldigen. Danke für deine Loyalität.«

Ihr Geständnis verblüfft.

»Ich hab dich auch verdächtigt …«

Die Schritte wechseln die Richtung und kommen eindeutig näher.

»Keine Sentimentalitäten«, flüstert sie. »Gehen wir. Bis in vier Jahren.«

Lokar hört die letzten Worte nicht mehr, da er aus Vorsicht

bereits den Aural-Modus zugeschaltet hat. Aber er sieht ihre Lippenbewegung und versteht.

»Hallo, Vyn«, grüßt Amerona. »Bringst du wieder die Zahlen durcheinander?«

»Hallo. Kennst mich doch. Man tut, was man kann.«

»Ich bin dann mal unten.«

»Überstunden? Das kann nicht gesund sein.«

Amerona lacht. »Gesund ist was anderes. Aber der Boss hängt uns im Nacken. Mir bleibt nichts anderes übrig, als die Nacht durchzuarbeiten.«

»Armes Mädchen«, neckt Vyn sie. »Wenn du einsam bist und Hilfe brauchst … ich stehe zur Verfügung.«

»Nur keine falschen Versprechungen!« Amerona zwinkert verschmitzt. »Aber im Ernst. Ist Otoria schon unten?«

Vyn verzieht das Gesicht.

»Nicht das ich wüsste. Mit *der* hast du Nachtschicht?«

»Ja, mit *ihr*. Sie ist eine Koryphäe und schwätzt nicht soviel.«

»Also eine ganz normale Frauengruppe!«

»Denk du einfach an deine Zahlen, Playboy! Ein Fehler könnte *heiß* werden.«

»Viel Spaß euch Zweien!«

Schon ist Amerona unterwegs. Im Gehen hebt sie nochmal die Hand und winkt, aber ohne sich umzudrehen. Dafür schaut ihr Vyn nach. Er zwinkert. Irgendwie hat er was im Auge, denn Amerona wirkt diffus unscharf.

Großflächige Türen erleichtern ungemein den Zutritt. Jedenfalls wenn es sich um überbreite oder sehr hohe Materialien handelt. Ein einzelner Amerianer geht darin verloren. Für Lokars Mission das Beste, was geschehen kann.

Während Amerona die Stufen nimmt, schwebt Lokar genüsslich den dreißig Meter Höhenunterschied hinab. Die einzige Möglichkeit einen tieferen Eindruck zu erhaschen. Im normalen Leben hätte er niemals das Areal betreten.

Hinter einer mobilen Aufstellwand steht das gute Stück. Abgedeckt mit einer durchsichtigen Plane. Daneben ausreichend Platz für seinen Gleiter. Lokar sieht nach der Kommandantin. Etwa die Hälfte der Treppe hat die noch vor sich. Gekonnt bugsiert er das Zeitgefährt direkt neben dem Prototypen. Von der Stellwand verdeckt, ist der Tausch einfach und simpel ausführbar. Tarnung aufheben – hinüber und die Abdeckung abnehmen – starten und ab die Post! Wirklich einfach!

In Gedanken spielt Lokar das Szenario durch und schätzt die dabei ablaufende Zeit. Wenn alles auf Anhieb klappt drei Minuten vielleicht. Alle Labormitarbeiter sind in ihre jeweiligen Aufgaben vertieft.

Sein Puls gleicht einem Rammbock, der immer schneller werdend gegen ein Hindernis klopft. In Wahrheit schlägt Lokars Herz so stark, dass er meint, es zerspringe jeden Augenblick.

»Ruhig! Alles im Griff!«, macht er sich Mut. »Rüber und weg! Ganz einfach …«

Den Finger auf der Aural-Taste hadert Lokar. Einmal gedrückt wird er sichtbar. Käme dann zufällig jemand auf den Gedanken, gerade jetzt hinter die Stellwand zu kommen …

Unbewusst schaut er in die entsprechende Richtung. Sein Herz überschlägt sich beinahe, als er Amerona erkennt. Sie gibt Lokar unmissverständliche Handzeichen.

Rasch folgt ein Schritt auf den Nächsten. Wie vorher mehrfach im Geiste durchgespielt und mit möglichen Folgen ausgemalt. Daran will er jetzt nicht denken! Die Plane ist nur aufgestülpt, lässt sich leicht entfernen. Und schon sitzt Lokar im allerersten Zeitgleiter! Eigentlich eine Ehre, aber für eine diesbezügliche Ehrerbietung wirklich der unpassendste Zeitpunkt.

Die virtuelle Tastatur wirkt ein wenig antiquiert; sie ist kleiner und die Zeichen weichen in ihrer Darstellung ab. Lokar startet. Schwebebildschirme erscheinen. Nach der Zieleingabe wirft er noch einen Blick auf Amerona. Kurz nickend, löst er den Startvorgang aus.

Eine Winzigkeit ist anders. Es tritt eine Verzögerung ein, die zwar im Sekundenbereich liegt, aber folgenschwer wiegt. Ein Mitarbeiter tritt hinter die Stellwand. Was auch immer er sucht, lässt ihn erschaudern, als er Lokar zuschaut, wie dieser sich langsam in Luft auflöst.

Was Orinarios Paladin nicht mehr mitbekommt, betrifft jedoch auch ihn. Noch ahnt er nichts davon. Doch die Dinge nehmen ihren eigenen Lauf.

Amerona versetzt den unfreiwilligen Zeugen einen derben Hieb. Dadurch werden auch andere aufmerksam. Sie muss schnell handeln und stürzt in den zurückgelassenen Zeitgleiter. Ohne sich darüber bewußt zu sein, dass sie über keinerlei Erfahrungen mit dem Gefährt hat, löst sie durch den Start eine fatale Kettenreaktion aus.

Neunzehn

Provinz Arkonim, Gegenwart.

Eine Bewegung irritiert Waylon. Mitten im Raum schlägt die Luft Wellen, die dahinter liegenden Wände werden unscharf. Wieder streift ihn ein Windhauch und auch Dako macht ein erschrockenes Gesicht. Die Luftmoleküle sind in Aufruhr, folgen einer unsichtbaren Kraft, die den bestehenden Gaszustand ändert. Immer wieder formen sich Abbilder, zerfallen, ordnen sich neu. Was jetzt folgt haben sie noch nicht erlebt. Ein menschlicher Körper kristallisiert sich heraus, bleibt aber durchsichtig. Waylon hat den Eindruck einer geisterhaften Erscheinung, will nicht glauben was er sieht.

Ein recht junger Mann kommt in ihre Richtung, geht auf einem Kristall zu, der seine Farbe mehrfach ändert. Dann hebt der junge Mann den Arm, berührt den Rogalit und verschwindet in einer erschreckenden Lichtexplosion. Trotz des Halbbildes blendet das grelle Aufblitzen Waylon. Es bedarf einer Weile, bis der Fleck von der Netzhaut halbwegs durchlässig wird und die Sicht aufklart.

»Was war das denn?«

»Jedenfalls kein Traum, *micinksi*.«

Wieder regt sich was in der Luft. Auf unerklärbare Weise entsteht eine Glaskabine vor ihren Augen. Von Waylon ausgesehen rechts materialisiert eine Glaskabine, dessen Insasse Waylon als den, aus der vorherigen Szene verschwundenen, jungen Mann identifiziert. Unglaublich!

Die unfreiwilligen Zuschauer werden Zeuge, wie der Angekommene aussteigt und wieder auf den Kristall zugeht. Plötzlich ertönt eine donnernde Stimme: «Nicht! Halte ein!»

Wie der junge Mann, fahren auch Waylon und Dako herum. An der linksseitigen Wand steht plötzlich noch eine Glaskabine, die einen älteren Mann mit gewichtiger Miene beherbergt. Der Gesichtsausdruck des Alten lässt eine hohe Position vermuten. Sein langer Umhang scheint es zu unterstreichen.

«Hör mir zu, Lokar. Ich weiß, was du vorhast. Ich sah es. Du rennst ins Verderb.»

Der junge Mann, der den Namen Lokar trägt, erschrickt bis ins Mark. Langsam dämmert es in Waylon. Der Spuk ist nichts anderes, als eine Aufzeichnung, die irgendwann in der Grotte stattfand. Er tippt Dako an und flüstert ihm seine Erkenntnis zu. Doch der Dakota schaut gebannt zu.

«… habe ich nicht … nicht verdient …», hören sie diesen Lokar sagen.

«Jeder verdient eine, mein Paladin», erwidert der Alte im verstehenden Tonfall.

«Mein Geist war geblendet …»

Der Alte berichtet von der Entdeckung der Grotte, in der sie sich befinden. Von einem Zellerneuerer ist die Rede, von dem fehlt aber jede Spur.

«Ich wünschte mir immer, die Tränen von Rogal zu sehen. Mutter erzählte darüber die wundersamsten Geschichten.»

Rogal? Tränen?

«Es war mein Fehler, Lokar. Ich hätte dich nicht herbringen dürfen. Aber ich vertraue dir. Und du hast eine Mission.»

«Ich werde mich deinem Vertrauen als würdig erweisen», verspricht Lokar feierlich.

«Vom Erfolg hängt alles ab, ob die *Methelems* gewinnen oder wir. Vergiss nie deine Bestimmung, Paladin.»

Methelems? Wer sind denn *Methelems*?!

«Werde ich nicht.» Der junge Lokar steigt in die Glaskabine und beide lösen sich auf. Zurück bleibt der nachdenkliche Alte. Langsam verblasst auch der.

Allmählich verschwinden die Luftwirbel und die Normalisierung setzt ein. Verschwunden ist auch das Gefühl des Nicht-alleinseins …

* * *

Arimea ist ein Planet der Inseln. Kein Kontinent ist größer als Australien. Die meisten Inseln haben eine Fläche, die derer von Neuseeland entspricht. Alle haben eins gemeinsam: Ihre ringförmige Anordnung. Es gibt einen inneren, mittleren und äußeren Ring. Der Äußere besteht aus unzähligen Eilanden, von denen etwa die Hälfte unbewohnbar ist. Umschlossen werden sie von einem Ozean, dessen Salzgehalt durchschnittlich nicht einmal ein Viertel der irdischen Meere ausmacht.

Im Jahresmittel beträgt die Temperatur dreiundzwanzig, die des Wassers konstant fünfundzwanzig Grad Celsius. Für Menschen paradiesische Zustände! Das alles wird getürmt von einer unnormalen Leere.

Gegen Mittag betritt die Gruppe vor die Tür. Zwei Monde sind aufgegangen. Callum erörtert, dass den Planeten sieben Monde begleiten. Eigentlich waren es einmal acht. Vor mehr als sechzig Millionen Jahren, so glaubt Callum es zu wissen, geriet der achte Mond ins Trudeln und war bald im All verschwunden.

»Ungewöhnlich, dass ein Trabant die Umlaufbahn verlässt.«

»Manche vermuteten darin eine Instabilität seiner Bahn, die durch ein größeres Objekt weiter gestört wurde. Damals kam so was häufiger vor.«

Waylon fällt der Glanz eines der Monde auf.

»Das ist Rogalit«, erklärt Callum weiter. »Das Reinste, was es im Universum zu finden ist. Deswegen nennen wir ihn auch Rogal, nach einer uralten Legende.«

Waylon erinnert sich an eine Äußerung in der Grotte.

»Dieser Lokar sagte etwas von ›Tränen von Rogal‹.«

»Laut Überlieferung weinte Rogal bitterliche Tränen, bevor er starb. Daraus sollen die ersten Kristalle entstanden sein.«

»Einer der *Methelems* wird nachgesagt, er habe mit den Rogaliten *sprechen* können?« Dako beschäftigt diese Arimeaner, seit er um sie weiß.

»Das ist bloß Gerede. Vieles wurde überliefert, das nicht

unbedingt wahr ist.«

»Aber die ›Tränen‹ gibt es, oder habe ich dich falsch verstanden?«

Callum gibt zu, stark mit diesem Glauben verwachsen zu sein.

»Es ist eine Enklave, weit draußen im Ozean gelegen.«

»Bring uns hin, Callum.«

Der *Wächter* denkt nach.

»Ich weiß nicht, was ihr dort zu finden euch erhofft.«

»Wir wollen nichts unversucht lassen.«

»In Ordnung.« Überzeugt klingt er nicht.

* * *

Es ist eine völlig andere Welt! Dichter Pflanzenwuchs, überdimensionierte Bäume, Fels. Während des Anfluges lässt Callum den Gleiter über der Insel kreisen. Selbst für ihn, der die Enklave nicht kennt, ein überaus befremdlicher Eindruck.

Die Wildnis ist beeindruckend. Waylon kann nicht anders, als an die frühgeschichtliche Erde denken; genauso musste es ausgesehen haben. Jederzeit erwartet er einen Dinosaurier hervor preschen. Am Südzipfel der Felseninsel ragen riesige Farne und Schachtelhalm weit über die Kronen des Hauptwaldes.

Spitz ragen scharfe Felsen kilometerweit gen Himmel. Callum hatte Recht: Auf den Seeweg ist Methua unerreichbar. Es gibt noch nicht einmal eine Möglichkeit, mit dem Schiff anzulegen. Und es gibt noch ein Problem, wenn man daran denkt, einen Hafen künstlich zu errichten. Der Ozean ist an dieser Stelle ausgesprochen tief.

Eine letzte Schleife fliegend, zieht Callum den Gleiter herum. Durch dieses Manöver kommen sie aus nordwestlicher Richtung.

»Seht mal«, ruft Waylon aus und deutet zu einem Felssturz.

Ein Haufen von Felsstaub und Trümmerstücken liegen herum. Das entstandene Loch weist eine oval-rundliche Form auf, an deren mittleren Rändern glatte Oberflächen einem Felssturz widersprechen. Waylon spricht dies laut aus. Seiner Meinung nach wurde hier ein Durchbruch künstlich erschaffen.

»Fragt sich nur durch wen und wozu!«, schließt er seine Überlegung ab.

Kurzentschlossen steuert Callum den Gleiter durch die Öffnung. Jetzt wird ihnen die Dimension richtig verdeutlicht. An den Innenrändern ist der Fels regelrecht herauskatapultiert worden. Alles in unmittelbarer Nähe wurde in Mitleidenschaft gezogen. Ein Baum steht noch zur Hälfte, von den Anderen ist nichts zu sehen. Das Ausmaß der Schäden ist katastrophal, und bekräftigt Waylons Schlussfolgerung.

»Hoffentlich war kein Arimeaner da«, raunt Dako betroffen.

»Laut Abtastung ist Methua unbewohnt«, sagt Callum, der langsam seine Fassung wieder erlangt.

Durch einen Mangrovenwald führt eine Schneise der Vernichtung. In der Mitte existieren keinerlei Rückstände, zu den Seiten hin häuft sich gesplittertes Holz.

»Welche Waffe verursacht derlei Schäden?«

»Da fällt mir einiges ein, Dako. Laser, Torpedo, Schallwaffe.«

»Woher kennst du dich damit so gut aus?«, fragt Callum ziemlich schockiert.

»Würdest du die Menschen kennen, wäre diese Frage überflüssig.«

Betroffen mustert ihn Callum mit finsteren Augen.

»Keine Sorge, ich gehöre nicht zu den Lobbyisten.«

Sie folgen der Schneise, die mindestens drei Kilometer weit ins Inland reicht. Überall Pflanzenreste und Gesteinsstaub.

»*Wakan Tanka* sei Dank«, stößt Dako aus. »Keine Opfer …«

Menschliche Redewendungen erstaunen Callum immer wieder. Von anderen Spezies hat er schon manches gehört.

Ehrlich gesagt, hat der *Wächter* noch keine andere Gattung so kennengelernt, wie Waylon und eben diesen Dako, dessen Kultur viele Fragen aufwirft. Dass nicht nur ein Gott diesen Namen trägt kann Callum nicht wissen. Gern hätte er darüber mehr erfahren. Dies wird durch ein seltsames Objekt jedoch verhindert.

»Es ist metallisch«, stellt Waylon fest.

Methua wurde so belassen, wie es vor Urzeiten entstand. Fauna und Flora entwickelten sich seither vom Rest Arimeas abgeschnitten zu einem bemerkenswerten Biotop. Abgesehen von den verbannten *Methelems* gab es zu keiner Zeit Arimean-er an diesen Ort.

»Ein Raumschiff?«

Callum zieht es noch mehr die Farbe aus dem Gesicht.

»Urigoren …«

Der Arimeaner überprüft das Gelände.

»Kein Anzeichen von Leben«, gibt er schließlich Entwarnung. »Das will ich mit eigenen Augen sehen.«

»Wir begleiten dich«, sagt Dako ernst. »Drei Augenpaare sehen mehr.«

Unweit des Fundes setzt der Gleiter auf.

Zwanzig

Irgendwann in der Zeit.

Beim Start eines ›Raum-Zeit-Gleiters‹ werden notgedrungen enorme Energien benötigt, um den Raum zu krümmen. Diese Energiemengen werden gebündelt, um einen künstlichen Energietunnel zu erzeugen und den vorhandenen Raum aufzubrechen. Vergleichbar mit einem Blatt Papier, welches solang gebogen wird, bis Start- und Zielpunkt genau übereinander liegen. Und das innerhalb einer kaum merklichen Zeitspanne.

Bei dem Model, das Lokar eingetauscht hat, wird der hohe Energieverbrauch nur unzureichend abgeschirmt. Schwierig, wenn fast zeitgleich ein weiterer Zeitgleiter die gleiche Menge produziert. Es kommt unweigerlich zu einer Wechselwirkung. Blitze zucken, greifen ineinander über. Weder Lokar noch Amerona sind sich dessen bewusst.

Der geschlagene und zu Boden gegangene Mitarbeiter rappelt sich auf, erkennt die Situation und stürzt auf Amerona zu. So einfach soll sie nicht davonkommen! Seine Hand bekommt beinahe die Kommandantin zu fassen. Sie kann es nur dadurch verhindern, dass sie sich blitzschnell nach hinten fallen lässt. Dabei berührt Ameronas Fuß den hereinragenden Arm, der wiederum gegen die virtuelle Tastatur gedrückt wird. Eine Umkehr in der Zeitfolge, ohne die vorherigen Zielkoordinaten zu löschen, lässt Ameronas Zeitgleiter erbeben. Für den Moment steht die Zeit still. Dann löst sich alles in einer gleißenden Explosion auf …

Der von Lokar gesteuerte Prototyp ist dabei, die dreidimensionale Dimension zu verlassen, als die Protonen der Energieeruption ihn erreichen. Alle seine Systeme fallen aus. Hart erfasst die Dimensionsdruckwelle Lokar.

Die Ereignisse haben Lokar in einen seltsamen Zustand versetzt. Er kann nicht sagen, ob er wacht oder schläft. Er weiß noch nicht einmal, ob er überhaupt noch lebt. Unsichtbare Kräfte zerren an ihn, wirbeln Lokar umher.

Bin ich noch? Kann nichts sehen, nichts hören. Unendliche, befreiende Leichtigkeit. Schwebe ich?

Es existiert kein Gestern oder Morgen, kein Oben und kein Unten. Im Zustand einzigen Seins verliert alles seinen Schrecken.

Ein plötzlicher Ruck!

Darauf unvorbereitet folgt grenzenloser Schmerz. Dunkelheit. Unheilverheißende Stille.

Nach einer ewig währenden Zeit kehrt Lokars Bewusstsein auf einen Schlag zurück. Verdreht liegt er auf dem Sitz. Die unnatürliche Körperhaltung lässt angespannte Muskeln wie Feuer brennen. Ihm ist glühend heiß. Es kostet mehrere Minuten, bis sich Lokar halbwegs sortiert hat.

Benommen schaut er auf. Fahles Licht erleuchtet die Umgebung rings um den ›RZG‹. Anhand einiger aus dem Dunkel hervorstechende Umrisse wird ihm klar, wo er jetzt ist: Im Frachtraum der »Sternengral«! Es will nicht in seinen Kopf! Wie kommt er *hierher*? Was ist schief gelaufen? Die Koordinaten! Es müssen die Koordinaten sein!

Die virtuellen Anzeigen sind außer Betrieb, die Schwebebildschirme reagieren nicht.

Das erste Mal verflucht Lokar den Zeitgleiter! Anfangs fand er die Erfindung reizvoll und erfüllend, wird sie nun zunehmend zur Last. Abenteuerlustig und stolz begann er Reisen, die er normal hätte nicht machen dürfen. Und immer öfters enden sie in einem Fiasko.

Wütend steigt er aus. Er kann nicht mehr. Soll der Alte doch denken, was er will! Auch die *Gilde* kann ihn mal! Aus und vorbei!

Das Stehen fällt Lokar schwer. Das gesamte Skelett ist gestaucht. Wenigstens kennt er sich an Bord aus. Komisch nur, dass er an derselben Stelle aufgetaucht ist, an der sein alter ›RZG‹ stand. Sei's drum! Erst mal ins Bett; wofür hat man denn eine eigene Kabine.

Mit weichen Knien schwankt er zu seiner Kajüte. Öffnet das Schott, geht hinein. Gedanklich liegt er bereits in der Schlafröhre. Ausschlafen und Erholung finden, was braucht man schon mehr.

Das Geräusch eines Schlafenden nimmt er zwar am Rande wahr, realisiert es aber nicht richtig. Die Beine wollen ihn nicht länger gehorchen. Sie fühlen sich wie zwei Holzstelzen an, die machen, was sie wollen. Er sehnt sich danach, gleich zu legen und schlafen zu können. Und wehe es weckt ihn irgendeiner vorzeitig!

Nanu? Der Röhrendeckel ist offen? Hat er etwa vergessen – entgegen seiner Gewohnheit – ihn zu schließen?

Ausgepowert lehnt Lokar gegen den ersehnten Schlafplatz. Gedankenschwer holt er Luft. Vergangene Szenen ziehen am inneren Auge vorüber. Bei Ameronas Bild verharrt er. Hat sie es geschafft? Da war der eine Typ. Was der wohl wollte?

Schlapp sinkt er langsam zurück.

Ein verstörtes röchelndes Schnarch-Geräusch bringt Lokar in die Gegenwart. Konsterniert tastet er behutsam in die Röhre. Gleich verschluckt er sich an der eigenen Spucke. Da liegt doch jemand! Ein nicht enden wollender Flashhusten beendet die nächtliche Stille. Der Körper in Lokars Schlafröhre bewegt sich ruckartig.

»Was ist los? Bist du das, Teasar?«

Lokar hält den Atem an, presst eine Hand auf den Mund und unterdrückt angestrengt den Hustenreiz, was den Reiz stickend verstärkt.

»Weshalb weckst du mich?«

Diese Stimme! Die Art der Wortauswahl und die Betonung!

»Teasar, sag doch was!«

›Eindeutig, das … das bin *ich* …‹, denkt Lokar fassungslos.

Licht flammt auf. Der *andere* Lokar hält mitten in der Bewegung inne, starrt mit Froschaugen auf den nächtlichen Störenfried. Beide liefern sich ein stummes Duell mit überforderten Blicken. Der liegende Lokar erfasst die Situation um Millisekunden schneller. Unerwartet springt er aus der Röhre.

»Das ... das ... das geht ... nicht!«, ruft er außer Atem.
»Du ... ich ...«

Nun kann der Hustenreiz nicht länger unterdrückt werden. Laut und unkontrolliert bricht es aus ihm heraus. Er hustet was das Zeug hält.

»Das ist ... krass ...«, stottert der in dieser Zeitebene heimische Lokar und seine Stimme überschlägt sich.

»Willst ... du, dass dich ... jemand ... hört?«, hustet der Zeitreisende.

»Das müssen sie sehen!«

»Nein! Niemand ... niemand darf ... davon erfahren!«

Der hiesige Lokar stutzt.

»Warum? Das glaubt mir sonst keiner!«

Jetzt reicht es den eben angekommenen Lokar. Bedrohlich hustet er abschließend und geht auf den Anderen langsam zu.

»Hey! Du bist doch ich ... ich meine ... ich bin ... bin doch du ...«

»Sei still! Niemand darf davon erfahren!«

»Niemand?«

»Niemand!«

Zu allem entschlossen und sichtlich angesäuert, baut sich Lokar vor sich auf. Eine Armlänge trennt beide voneinander. Was der Angekommene nicht bemerkt, kann der ansässige Lokar umso besser sehen. Um den Eingedrungenen entsteht eine leuchtende Korona, deren Ränder von feinen Blitzen dämonenhaft aufgehellt werden.

»Ich bin schrecklich müde«, setzt er im zornigen Ton hinzu. »Also bring mich nicht noch mehr in Rage!«

Er stupst den völlig verstörten anderen Lokar mit den Finger an. Dabei wird ein Teil der koronarer Energieaura auf den hiesigen Lokar übertragen, der daraufhin das Bewusstsein verliert.

Jetzt bemerkt Lokar die körpereigenen Energieausstöße. Erschüttert bekommt er Panik. Raus hier!

Mit seinen allerletzten Kraftreserven erreicht er den Zeitgleiter. Kaum hat er Platz genommen, entmaterialisiert der Prototyp ohne jegliches Zutun.

Es kommt Lokar unreell, wie ein böser Traum vor. In Flugrichtung herrscht Chaos. Aufblitzende Protonen rauschen sich windend in Lichtgeschwindigkeit vorbei. Das, was er erblickt, ist das Innere des Energietunnels. Seine Augen erfassen nur einen geringen Teil des Teilchenstromes.

Einzelne Partikel erscheinen mit der Zeit klarer. Lokar hat sich mittlerweile aufgerappelt und versucht die virtuelle Tastatur zu aktivieren. Ein Schwebeschirm reagiert wieder, doch das äußere Energiefeld stört empfindlich.

Mehrere Frequenzüberlagerungen verhindern die einwandfreie Funktion des ›RZG‹-Computers. Was kann er tun? Jetzt erweist es sich als schweren Fehler, einem Arimeaner den Zeitgleiter überlassen zu haben, der von Aufbau und Technik keine Ahnung hat. Demzufolge konfus sind auch Lokars Eingaben.

Da wird das Gefährt durchgeschüttelt. Die Schwingungen sind kaum auszuhalten. Lokar schreit auf. Ihm wird schwindlig.

Das Rogalit der Außenhaut knirscht verdächtig. Draußen ändert sich das Farbverhalten. Etwas kommt auf Lokar zu, oder besser – *er* rast darauf mit ungeminderter Geschwindigkeit zu.

Im Eintauchen noch erwartet er das endgültige Ende. Stattdessen umlodern ihn züngelnde Flammen. Das übernatürliche Licht ist heller, als das der hellsten Sonne im Universum.

Gefühlt hält die Lichtflut unendlich lang an. Nur allmählich kehrt sein Sehvermögen zurück. Langsam erkennt Lokar Strukturen von Gestein und vereinzelt stehenden Pflanzen. Er wendet den Kopf und sieht in zwei vertraute Augen.

»Eliwor«, kommt es über seine Lippen.

So unvermutet die Freundin auftaucht, verschwindet sie

wieder. Der ›RZG‹ erbebt, verliert an Stabilität, vibriert erneut. Der zu überwindende Widerstand entlockt dem Zeitgleiter ungewöhnliche Geräusche. Jeden Augenblick droht er auseinander zu brechen. Lokar bekommt Angst! Schreckliche Angst! Dies ändert sich auch nicht, als Lokar wieder materialisiert. Die Panik noch spürend, verlässt er fluchtartig den inzwischen verhassten Prototypen.

Einundzwanzig

Arimea, Inselenklave Methua, Gegenwart.

Vom Boden aus gesehen ist der Mangrovenwald einfach nur gigantisch. Sie kommen gut voran. Die Schneise liegt ein gutes Stück hinter ihnen. Dort haben sie auch den Gleiter zwischen gebrochenem Holz geparkt. Callum geht nicht davon aus, Besuch zu bekommen; aber sicher ist sicher.

Was Waylon auffällt ist die allgemeine Sauberkeit. Kaum abgestorbene Bäume, kaum Bruch – sieht man von der Verwüstung einmal ab. Ein einzigartiges Ökosystem. Völlig unberührte Natur.

Nichtsdestotrotz ist vor einiger Zeit ein Raumschiff abgestürzt. Ob die Verwüstung damit im Zusammenhang steht, ist aus jetziger Sicht nicht zu sagen. Trümmerteile zeugen von einem Aufprall, der so gewaltig war, dass die Außenhaut des Schiffs zerfetzte. Winzige Bruchstücke übersäen eine, vom Boden aus betrachtet, nicht überschaubare Fläche. Waylon, Dako und Callum erreichen eine Stelle, aus der feine Spitzen herausragen und den Weg versperren. Soweit das Auge reicht, ist der Waldboden voller Metallsplitter.

»Fest, wie eingewachsen«, sagt Waylon. Stumm tritt er vorsichtig zwischen den nächsten Splittern, deren Freiraum genügend Platz für seinen Fuß lassen.

»Das dort könnte ein Teil des Rumpfes sein.« Callum zeigt auf ein glänzendes Stück, das vom Flechtmoos überwuchert wird.

»Wo ist Dako?«

Sie sind gemeinsam aufgebrochen und vertiefen sich in die Trümmer.

»Ich bin hier«, hören sie Dako rufen.

Bei aller Anstrengung gelingt es Waylon nicht, den Dakota zu entdecken.

»Höher, Way! Hier oben!«

Auf einem dicken Stamm stehend winkt Dako lässig herab. Zeit zum Wundern bleibt Waylon nicht. Auf dem zweiten Blick wird die ungestellte Frage, die Waylon auf den Lippen liegt, beim Anblick eines abgebrochenen und stark deformierten Gestänges beantwortet. Und noch etwas drängt sich auf; es sind Bilder, die Uridräo lieferte. Das fremde *Kraken*-Schiff!

Liegt die Antwort nach der Herkunft etwa vor ihnen?

Von weitem hat es wie Ranken ausgesehen. Jetzt, aus einer anderen Perspektive, ist die metallene Struktur deutlicher erkennbar.

»Denkst du das Gleiche wie ich?«

»Ja, Dako. Die *Krake* …«

»Es könnte ein Zubringer sein.«

»Du meinst, es ist nicht die *Krake*?«

»Überleg doch mal, Way. Allein die Größe«, schüttelt Dako den Kopf. »Nein, nein. Aber ich denke, es hat was mit dem Schiff zu tun.«

»Ihr kennt es?«

Kurz weiht der Dakota Callum darin ein. Wie der Kreuzer plötzlich im Orbit von Uridräo auftauchte, wie sie ihn beobachteten, dass er ebenso plötzlich wieder verschwand.

Der *Wächter* sinniert lang über das Gehörte nach.

»Das sind keine Urigoren«, schlussfolgert Callum schließlich. »Deren Technik ist nicht so fortgeschritten.«

»Dann stehen wir wieder am Anfang?« Waylon verdreht die Augen.

»Nicht unbedingt. Wenn wir in den Rumpf könnten …«

Am schnellsten kommt der Mohrenmaki vorwärts. Das Äffchen ist voll in seinem Element. Hangelt und springt, springt und hangelt. Klettert gewandt und flink in schwindelerregende Höhen. Waylon und Callum dagegen müssen aufpassen, wohin sie treten. Selbst das Moosgeflecht konnte den spitzen Metallsplittern noch nichts anhaben. Scharf wie Rasierklingen würde bei einem Sturz der Körper durchbohrt werden; mit schlimmen Folgen.

Dako nimmt den Mittelweg, nutzt größtenteils abgebrochene Elemente für seine Zwecke aus, oder macht es Wihakayda gleich. Eine gute Figur macht er nicht gerade, aber er legt ungefähr das Doppelte in der Zeit des Weges zurück, wie Waylon und Callum.

Irgendwie spürt der Maki etwas. Es liegt in der Luft. Auf einem hohen Ast, zwischen dichten Blättern, hält er inne. Nur seine feine Nase ragt heraus, die erregt hin und her geht. Es ist nur eine Nuance eines Duftes. Aber die hat es in sich. Darin liegt Vertrautes und doch auch Befremdendes. Letzteres überwiegt, macht das Tier vorsichtig neugierig.

Gefahr lauert in der Wildnis überall und hat verschiedene Gesichter. Des Makis Instinkt fordert zu überlegten Handeln auf. Hilfesuchend hält er Ausschau nach Waylon und Dako. Das wird dauern, mag er denken. Er reckt wieder die Nase in den Wind, diesmal ein klein wenig weiter.

Zwischen all den kleinen Trümmern werden die Wrackteile nun größer. Dass Callum darauf besteht, ins Innere des Schiffs zu gelangen, kann nur ein Ziel haben, nämlich die Klärung nach der Herkunft. Waylon kann da nicht mitreden, obwohl er auch gern wüsste, mit wem er es zu tun hat. Bis dahin wird es noch ein steinerner Weg. Oder besser, ein metallener. Er grinst.

Ein nicht hierhergehörender Geruch wird heran geweht. Die Nase rümpfend sucht Waylon nach der Ursache. Vom Metall kommt es nicht. Aber nach was riecht es? Er schließt die Augen. Könnten faule Eier sein. Was um alles …

Ein greller Schrei ertönt. Unbewusst hebt Waylon den Kopf. Es klang nach dem Ruf eines Vogels. Erst jetzt fällt ihm auf, dass jegliches Leben in den Lüften fehlt. Kein einziger Vogel am Himmel, nicht einmal Insekten, die es auf der Erde in vergleichbarer klimatischer Umgebung gibt.

Es raschelt. Dann erklingt der Schrei erneut.

»Was ist das?« Callum ist nervös.

»Ein Adler oder Bussard«, antwortet Waylon.

Mit dieser Bezeichnung kann der *Wächter* unmöglich etwas anfangen. Dementsprechend ratlos ist seine Miene.

Mehrmals hintereinander kreischt es. Langsam dämmert es Waylon.

»Moment! Das ist Dako!«

»Dako?!«

»In seinem Stamm ist es üblich, die eigenen Leute zu warnen.«

»Zu warnen? Vor was?«

Waylon macht ein düsteres Gesicht. Dann antwortet er unheilvoll: »Vor Gefahr …«

Ein paar Minuten früher. Über dicke Stämme gelingt es Dako in den tiefen Wald vorzudringen, ohne dass Trümmer den Weg behindern. Das Gehölz ist breit genug, um bequem darüber zu gehen. Manche Stellen müssen dennoch geschickt umklettert werden, doch das ist für den Dakota kein Problem. Agil und durchtrainiert überwindet er die Hürden.

Auch ihm entgeht nicht der eigentümliche Geruch. Er tippt auf Schwefel, ist sich jedoch unsicher. Zu viele unbekannte Faktoren. Arimea ist nun mal nicht seine Welt. Erfahrungen hinsichtlich über Klima, Wetter und Geologie fehlen. Für den Gestank können auch natürliche Ursachen verantwortlich sein. Vielleicht gibt es seismische Aktivitäten, und durch eine Spalte gelangen Gase an die Oberfläche.

Die umgestürzten Mangroven erwecken nicht den Eindruck, dass der Absturz in jüngster Vergangenheit stattgefunden hat. Dako hat von oben einen guten Überblick. Rankende Pflanzen haben ihren angestammten Lebensraum wieder erobert. Größere Teile sind vom Geflecht überzogen. Ein wahrer Urwald.

Auf den Boden mehren sich die Anzeichen von zunehmender Versumpfung. Kleine Wasserlachen, von denen ein verwesender Fäulnisgeruch ausgeht, sind irritierend in dieser ansonsten aufgeräumten Welt. Um diese Lachen fehlt das Bakterienfressende Moosgeflecht.

Etwa zehn Meter weiter erkennt Dako einen Schlammtümpel, auf dem Pflanzenreste treiben. Als er näher kommt umweht den Dakota ein bestialischer Gestank. Der Tümpel umfasst ein unüberschaubares Gebiet. Abgestorbenes Holz ist von einer Art Pilz befallen. Es riecht muffig, abgestanden, moderig und faulig. Kurz über den Boden schweben kleine Sporen.

Hinter der nächsten Baumkrone liegt es, relativ gut erhalten, wenn auch stark verbeult und mitgenommen. Behutsam klettert Dako auf eine trockene Bodenerhebung herab. Unten angekommen, empfängt ihn eine feuchte Schwüle, die Dako den Atem nimmt und den Geschmack von Erbrochenen hinterlässt. Er hält sich ein Tuch vor Mund und Nase.

Um den Tümpel herum führt ein Erdwall, vermutlich durch den Aufprall entstanden. Darauf geht Dako vorsichtig weiter. Herunterhängende Ranken und Mangrovenäste bilden stellenweise einen schier unüberwindbaren Pflanzenvorhang. Es kostet dem Dakota einiges an Zeit und Ausdauer, hindurch zu schlüpfen. Widerspenstiges Geäst ritzt markante Kratzmuster in seinen Arm. Dennoch kämpft er sich tapfer weiter vor.

Neben den Rumpf des fremden Flugobjekts steckt etwas Undefinierbares im Morast. Dako bricht einen fingerdicken Ast ab und stochert im Schlamm herum. Zehn Zentimeter ist es tief. Vorsorglich zieht er sich die Schuhe aus, krempelt die Hosen übers Knie. In der einen Hand den Stock, mit der Anderen ausbalancierend stapft er in den warmen Tümpel. Zieht er einen Fuß nach, verursacht der schmatzende Laute. Glücklicherweise rutscht er nicht auf den schmierigen Untergrund aus, wenn er auch mehr als einmal beinahe die Grätsche macht. Es dauert, bis Dako den Gegenstand erreicht. Und noch einmal, diesen herauszuziehen. Auf dem Rückweg passiert es dann doch. Ein zu weit ausgeführter Schritt und der Fuß gleitet haltlos nach vorn.

Der Länge nach aufschlagend, hält Dako seinen Fund krampfhaft fest. Zähflüssiger Schlamm spritzt auf. Auf kurzer Distanz zu dieser *Brühe* wird dem Hartgesottenen doch übel. Geistesgegenwärtig hält er den Atem an und presst die Lippen fest aufeinander. In der Situation die Nerven zu behalten ist eine Kunst für sich.

Am Rand angekommen, sieht er erst mal in die Richtung, in der er Waylon und Callum vermutet. Den Fund fest an sich drückend setzt er die Umrandung fort. Vielleicht findet er ja sauberes Wasser, um die verschlammte Kleidung zu säubern; außerdem hat er Durst.

Der Wall, der durch das Eintauchen des Schiffs in die Erde aufgetürmt ist, weicht deformiertem Gestein mit scharfen Kanten. Breite Risse, in denen es blubbert und dampft, erschweren ein Vorwärtskommen. Dahinter wechselt der Fels sein Antlitz. Wellenförmige, dunkle Strukturen sind erkennbar. Sie ergießen sich vom Einschlagskrater weg. Rechter Hand gähnt eine schwarze Öffnung im Schiff. Das Eingangsschott!

Dakos Herz beginnt schneller zu schlagen. Sind das dort nicht – Spuren? Drei Abdrücke im Schlamm deuten darauf hin, dass der Pilot überlebt hat und sich irgendwo auf der Enklave herumtreibt.

Ohne Zeit zu verlieren macht er kehrt. Jedes Geräusch verunsichert Dako und lässt ihn schneller gehen. Er fühlt sich beobachtet!

In sicherer Entfernung zum Raumschiffwrack erklimmt der Dakota wieder die umgestürzten Stämme. Die Blätter bieten einen guten Sichtschutz. Dann imitiert der Naturmensch den Ruf eines Seeadlers. Wenn er Waylon richtig einschätzt, dann weiß der ihn zu deuten und wird umsichtig handeln.

Zweiundzwanzig

Millionen Jahre vorher.

Der gleißende Lichtblitz blendet Amerona. Mit enormer Wucht gerät sie in den alles mit sich ziehendem Zeitstrudel. Die Explosion vernichtet den halben Berg, indem das Labor errichtet worden war. Eines hat das Ereignis erreicht, welches durch Lokars Eingreifen ausgelöst wurde: Der ›Raum-Zeit-Gleiter‹ geht nie in Produktion. Es bleibt bei einem Traum.

Davon ahnen jedoch beide nichts. Lokar ist irgendwo in ferner Zukunft gestrandet, und Amerona kann noch nicht einmal sagen, ob sie noch lebt. Die Flut aus hellstem weißem Licht, das arimeanische Augen je ertragen können, verhindert klare Gedanken. Benommen sitzt sie in dem Zeitgleiter, den bis vor kurzem noch Lokar steuerte. Als Amerona wieder sehen kann, glaubt sie ihren Augen nicht.

Es ist ein schöner Tag. Blauer Himmel, frische würzige Luft. Wäre da nicht dieser strebsamer Arbeitseifer, dann wäre es ein Ort von idyllischer Ruhe. Zwischen dem Platz, an dem Amerona gerade verstofflicht, und dem Raumkreuzer »Sternengral« liegt das Camp. Von dort dringen Stimmen herüber. Die Stimmung ist ausgelassen. Es fehlt Amerona am notwendigen Ernst. Ab und an sind glucksende Laute zu hören. Was geht hier vor?

Sachte schleicht sie näher. Die Crew ist so sehr mit sich selbst beschäftigt, dass niemand Amerona bemerkt. Außerdem wird sie von einzelnen Gewächsen ziemlich gut geschützt. Neben dem Eingangsschott des Kreuzers steht mit verschränkten Armen Teasar. Er wirkt abwesend, schaut in Abständen ins Schiff, so, als warte er auf jemanden. Im provisorisch abgedeckten Camp stehen Tragen. Ein ihr unbekannter Mann filmt die Szene.

Es gibt zwei Tragen. Die eine fixiert ein haariges Wesen, das Amerona keiner bekannten Spezies zuordnen kann. Auf der anderen liegt ein Arimeaner, dem Mila gerade Blut abnimmt. Die behaarte Kreatur ist ruhiggestellt und hängt an einen Tropf. Schläuche versorgen den schlaffen Körper mit Sauerstoff und Blut. Amerona überkommt ein Schaudern! Wieso greift Teasar nicht ein? Unter ihrer Leitung wüsste sie dagegen vorzugehen. So etwas hat doch nichts mehr mit Forschung zu tun! Wo bleibt da der Respekt gegenüber dem Leben?

Amerona ist erschüttert. Es wirkt wie ein Event, nicht wie seriöse Arbeit. Einer Expedition im Zeichen der »Sternengral« unwürdig! Empört will sie dazwischen gehen, da erbebt die Erde unter ihren Füßen. Mühevoll hält sie sich auf den Beinen. Das begleitende Rumoren bewirkt Panik. Alle laufen nach dem ersten Schreck durcheinander. Vom fröhlichen Gelächter und scherzhaften Anmerkungen ist nichts mehr zu hören.

Das Wesen auf der Trage liegt regungslos und apathisch da. Offenbar ist seine Wahrnehmung dermaßen getrübt, dass nichts von alledem in sein Bewusstsein dringt. Andernfalls bliebe es nicht so ruhig.

Amerona bemerkt hinter sich langsame Bewegungen. Zuerst begreift sie nicht. Allmählich nur nimmt sie wahr, was nun passiert.

Um den ›RZG‹ beginnt ein waberndes Flimmern, dass auch in Wüsten entsteht, wenn es zu heiß wird. Die Luftmoleküle werden gasförmiger. Die jetzt sichtbare Korona dehnt sich unaufhaltsam aus. Farben, die Amerona nicht benennen kann, die sie aber in Bann ziehen, lodern – gleich einer mächtigen Feuerkugel – strahlenförmig in alle Richtungen.

Damit einhergehende Erdstöße beweisen den unmittelbaren Zusammenhang beider Phänomene. Es muss mit der übergesprungenen Energie zu tun haben, die Amerona in übergrelles Licht tauchte. Sie bekommt Angst, existenzielle Angst! Tausend Dinge schwirren in ihren Kopf. Hat es Lokar geschafft? Wenn ja, was wird jetzt geschehen? Was wird aus *ihr*? Wenn der Prototyp tatsächlich in der Zeitachse seines Entstehens verschwindet, was wird dann sein? Für einen Moment erkennt sie die unheimliche Tragweite. Fragmente davon brennen sich ins Gehirn der jungen Kommandantin a. D. ein.

Schlag auf Schlag erfassen sie die Ereignisse. Zwar läuft alles zeitverzögert ab, dafür jedoch wird es das Letze sein, was sie in ihrem derzeitigen Leben beobachten wird. Amerona ist nur noch Beobachtende. Unfähig jeglicher Regung schaut sie dem Ende offenes Auges zu.

Die Feuerkugel erwächst zur Unendlichkeit. Alles was mit der Korona in Berührung kommt, erfährt deren wahre Macht. Nicht in diese Zeit gehörendes verschwindet im Chaos alles verschlingender Leere. Der gesamte Randplanet, der von den Arimeanern Aremodon genannt wird, wird im Quadrilliardstel einer Nanosekunde umhüllt von dieser bereinigenden Kraft. Denn der ›RZG‹ wird niemals gebaut werden und somit finden die Forschungsreisen der »Sternengral« auch niemals unter diesen Vorzeichen statt. Amerona und die Ihren werden von einem Plasmastrom regelrecht verschlungen.

Inselenklave Methua, gleiche Zeit.
Außergewöhnliche Aktivitäten bleiben meist verborgen, es sei denn, es gibt im Moment des Geschehens Zeugen. Als auf Aremodon die Ereignisse stattfinden, bekommt Sho-Ril telepathisch mitgeteilt, sich in der Leuchtgrotte einzufinden. Auffällig ist der gefühlte Ton des Rogaliten. Der Kristallflüsterer unterbricht seine Arbeit und macht sich auf den Weg.

Es ist etwas geschehen, was unsere Pläne durchkreuzt, beginnt die Stimme in seinem Kopf ohne Umschweife.

›Wir haben Pläne?‹

Einen Augenblick lang schweigt der Rogalit.

Du kannst nicht wissen, was nicht geschah.

›Was ist nicht geschehen?‹

Es gab im Gefüge einen Bruch. Der ist verantwortlich, dass du nichts mehr weißt.

›Ich verstehe nicht …‹

Es gibt mehrere Ebenen in der Zeit, Sho-Ril. In einer davon wurde ein Gerät erbaut, der durch die Zeit reisen konnte. Vor kurzem gab es eine heftige Explosion in dem geheimen Labor. Alles wurde vernichtet. Da nun das Gerät nie gebaut wird, existiert die alte Zeitlinie nicht mehr. Die Zukunft wurde verändert.

Es klingt absonderlich diffus, was Sho-Ril an Information erreicht.

›Zukunft … verändert …?‹

Vertrau mir. Es ist so. Du wirst es nicht verstehen. Dennoch möchte ich Dich einweihen.

›Du sagst, ich kann davon nichts wissen … wie kommt es dann, das du es …‹

Wir Rogaliten speichern alles, was sich einmal ereignet hat. In uns befindet sich die gesamte Geschichte dieses Planeten.

Sho-Ril fühlt sich überfordert.

›Weshalb weihst du mich ein? Ich bin nur ein Arimeaner.‹

Du bist das erste organische Wesen, das mit uns Kontakt aufnehmen konnte. Dir gehört die Ehre, dass wir unser Wissen teilen.

›Was nützt es euch? Ich meine …‹

Bisher haben wir nur eine Sicht auf die Dinge, nämlich die Unsrige. Es wäre eine Bereicherung, wenn sich die Betrachtungsweise objektivieren könnte.

›Eigentlich logisch‹, denkt der Flüsterer.

Ja, das ist es. Und vielleicht können wir euch dann nicht nur besser verstehen …

›Gegeben den Fall, ich begreife euer Wissen.‹

Dafür sorgen unsere gemeinsamen Gespräche, Sho-Ril.

›Und was hast du als nächstes vor?‹

Ich weihe dich in der von uns gespeicherten Geschichte ein. Mit deinem Verstand hoffen wir, eine objektive Analyse zu erhalten.

›Mit welchem Ziel?‹

Um die Arimeaner besser zu verstehen. Weshalb handelt ihr so, wie ihr handelt? Was treibt euch dazu? Für uns ist organisches Leben nicht nachvollziehbar. Wir wollen von euch lernen.

Sho-Ril ist geschmeichelt. Bietet sich doch eine einmalige Chance, hinter die Kulissen der Gesellschaft und deren komplizierten Strukturen zu schauen. Mithilfe des Rogaliten kämen die *Methelem* wieder zurück ins gesellschaftliche Leben.

Deine Gedanken deute ich als Zustimmung.

Daran kann sich Sho-Ril vermutlich nie gewöhnen, vom Kristall belauscht zu werden.

Eure Gedanken können wir immer lesen, erklärt ihm die Stimme im Kopf, *solang ihr euch auf Arimea aufhaltet.*

›Und warum braucht ihr mich dann noch?‹

Um zu verstehen, Sho-Ril. Einzig und allein deswegen. Denn wir sind die Ur-Hüter des Planeten.

›Ich gebe zu, dass ich Probleme damit habe, dass alles, was ich denke, von dir wahrgenommen werden kann.‹

Das verstehe ich. Erweise dich als würdig. Dann werde ich dir sagen, wie du es verhindern kannst.

Dreiundzwanzig

Arimea, Inselenklave Methua, Gegenwart.

So gut es geht und jede Deckungsmöglichkeit ausnutzend, schleichen Waylon und Callum weiter durchs Dickicht. Die selten werdenden Metallsplitter in der Erde erleichtern ihr Vordringen. Wachsam beobachten sie die einsehbare Umgebung, verharren bei jedem Knacken oder Quietschen, was durch die entwurzelten Mangroven herrührt. Waylon zerbricht sich den Kopf darüber, was Dako wohl entdeckt haben wird, dass er es für nötig hielt, sie zu warnen. Hat er es etwa bis zum Rumpf geschafft? Bisher ist nicht klar, dass es ihn überhaupt gibt. Es basiert hauptsächlich auf Callums Vermutung. Er hält inne. Das würde ja bedeuten, es besteht die Möglichkeit, dass es mindestens einen Insassen geben kann!

Waylon wischt den Gedanken kopfschüttelnd weg. Absurd! Es müssen Jahrzehnte seit dem Absturz vergangen sein. Unglaubwürdig jetzt noch Überlebende zu finden. Das Raumschiff ist bei der Bruchlandung stark beschädigt worden. Fraglich bleibt, welches Luftgemisch die Eindringlinge atmen. Deutet Waylon die Wrackteile richtig, dann ist die Schutzhülle gebrochen. In der verbleibenden Zeit zwischen Absturz und Aufschlag, bei der es sich wahrscheinlich nur um Sekunden gehandelt hat, hält er es für ausgeschlossen, dass sie die Raumanzüge haben anlegen können. Es sei denn – es sei denn, die Spezies hat den Schutzpanzer generell nicht abgelegt. Dafür kann es mehrere Gründe geben. Darüber zu spekulieren bringt kein Licht ins Dunkel.

Bleibt nur der heftige Aufprall. Den wird kein Wesen, wie immer es auch geartet ist, ohne weiteres wegstecken. Dennoch scheint Dako es nicht für unmöglich zu halten, dass einer überlebt hat. Aus der Luft wird der Dakota diese Annahme nicht belegen können! Dafür ist er zu besonnen. Also was veranlasst Dako anzunehmen …

»Es muss einen Beweis geben«, sagt Waylon laut, nicht bedenkend, dass es für seinen arimeanischen Begleiter sehr seltsam aussieht, wenn er ohne äußeren Anlass drauflos spricht. Callum schaut auch irritiert herüber, sagt allerdings nichts. Aber sein Gesichtsausdruck deutet auf dessen innere Befindlichkeit hin.

Zur besseren Verständigung weiht Waylon den *Wächter* in seine Überlegungen ein.

»Als ein Mensch verfügst du über eine erstaunliche Kombinationsgabe«, stellt Callum fest.

»Ich fasse deine Worte als Kompliment auf«, entgegnet Waylon.

Callum nickt.

»Ihr seid intelligent und wissbegierig, uns ebenbürtiger als ich gedacht habe. Ich hab dich unterschätzt, Waylon von der Erde.«

Über den beiden Männern knackt es bedenklich. Zwischen dem Grün der Baumkronen kommen ein Paar Beine zum Vorschein.

»Euch kann man meilenweit hören!«, ertönt die strenge Stimme Dakos. »Ich habe dich für klüger gehalten, *micinksi*!«

»Von dir haben wir eben gesprochen«, erwidert Waylon bissig. »Würdest du die Güte haben, uns aufzuklären?«

»Ich habe Spuren gefunden …«

»Das ist alles?«

»Nicht ganz«, grinst Dako hintergründig. »Ich hab noch das hier!« Wie eine Trophäe hält der Dakota einen Gegenstand in der Hand.

»Was ist das?«

»Wenn ihr mir helft runter zu kommen, können wir zusammen nachsehen.«

»Wie siehst du überhaupt aus? Schon mal was von *waschen* gehört?«

»Witzbold! Hab selten so gelacht! – Jetzt hilf mir doch endlich!«

Auf Waylons Lippen liegt eine weitere Spitze, die er allerdings sich verkneift. Breit grinst er und hält die Arme stützend empor.

»Aus deiner Miene schließe ich auf eine untergründige Amüsiertheit, *micinksi*. Lass mich erst mal wieder sicheren Boden unter den Füßen haben ...«

»Na dann komm erst mal herunter.«

Dako hat kein Wasser gefunden, um die Rückstände seines unfreiwilligen Schlammbades zu beseitigen. Demzufolge geht von der verschmutzten Kleidung ein nicht als angenehm zu bezeichnender Geruch aus, der nicht nur Waylon auf den Magen schlägt.

»Eine Jauchegrube ist reinstes Parfüm dagegen«, bemängelt Waylon den Kopf abwendend. »Pervers ... bah ...«

»Das ist Natur pur! Aber lassen wir das.«

Dako berichtet über seine Entdeckung und Vermutung, die ihn dazu bewogen hat, sie zu warnen. Den Fund, der genauso stinkt, beachtet im Moment niemand. Auch Callum kann ein Lächeln nicht unterdrücken, als Dako sein Schlammbad erwähnt.

Aber das mit der Spur stimmt sie nachdenklich. Hin und her überlegt das ungleiche Trio, stellt die unmöglichsten Hypothesen an, verwirft sie. Es entsteht ein Disput, der sich rasch aufschaukelt. Der damit einhergehende Geräuschpegel lockt sogar den Maki an. Da niemand die *Kleine* beachtet, macht sie sich am verschmutzten Gegenstand zu schaffen, den Dako für wichtig hält und der jetzt achtlos am Boden liegt.

Wihakayda untersucht das längliche Behältnis. seitlich sind Knöpfe angebracht, die durch die Kruste des Schlammes kaum zu sehen sind. Geduldig und immer wieder zu den Dreien schauend, kratzt sie kleine Bröckchen der Dreckschicht weg. Zwischendurch dreht und wendet Wihakayda den Behälter, der eine gewisse Schwere hat. Unter der Dreckkruste kommen seltsam farbige Linien zum Vorschein. Davon angespornt, kratzt Wihakayda neugierig weiter. Unter der permanenten Bearbeitung ihrer flinken und geschickten Hände, kommt ein graviertes Muster auf polierter Platte zum Vorschein. Die Knöpfe an der Seite haben am meisten unter den Schlamm gelitten; deutlich korrodiert sind sie starr und unbeweglich. Das Äffchen hat das Interesse bald verloren. Mit einem Satz springt es auf Waylons Schulter, für den das plötzliche Auftauchen mit einem ungeheuren Schrecken verbunden ist. Blass starrt er die *Kleine* an.

»Was …«

Das Äffchen quittiert mit einem gackernden *Flippern*, das nach Schadenfreude klingt. Ärgerlich hebt Waylon die zur Faust geballte Hand. Wihakayda zuckt mit keiner Wimper, *flippert* aber umso mehr.

»Lass sie, Way«, ruft Dako scharf. Er hat Waylon noch nie so erlebt.

»Ich tu ihr schon nichts«, murmelt Waylon verbissen. »Aber ich kann auf den Tod nicht ausstehen, mich derartig zu erschrecken!«

»Sie hat aber Recht, uns besonnener zu verhalten. Nenn es tierische Intuition.«

»Tierische … Na ja, sie ist ja auch ein Weib …«

Damit ist die Sache für Waylon beendet. Seine verärgerte Mimik bleibt. Wihakayda spürt, sie ist zu weit gegangen. Sie kuschelt sich an und umschlingt liebevoll seinen Hals. Er ärgert sich über seinen Ausbruch. Waylon drückt sie sanft an sich. Das Äffchen gluckst, löst die Umarmung und zupft Waylon in den Haaren.

»Sie liebt dich, *micinksi*«, sagt Dako strengen Blicks. Ihm ist nicht Waylons Anspannung entgangen. »Sonst würde sie dich nicht lausen.«

»Ich weiß es schon zu schätzen.«

Amüsiert beobachtet Callum das Spiel.

»Was ist da drin?«

»Steckte im Schlammtümpel«, antwortet Dako. »Sehen wir's uns an.«

Die Drei bilden einen Ring um Dakos Fund und gehen in

die Hocke. Sie überlassen Callum die nähere Untersuchung. Er ist besser informiert über technische Entwicklungen in diesen Teil der Galaxie. Stumm schauen Waylon und Dako zu. Die feinen Linien legt Callum mit dem Daumennagel kratzend gänzlich frei.

»Das überrascht«, sagt er erstaunt.

»Du kennst das?«

»Das Zeichen der *Methelems* …«

»Die Verstoßenen?«

Der *Wächter* nickt bedächtig.

»Ich hielt sie, wie so vieles, für Legende. Etwas, womit man fantastisches verbindet, was nicht erklärbar ist.«

»Und was ist da drin?«

»Das, was wir suchen: Der Neunte Kristall.«

Waylon bläst die Wangen auf, Dako hält die Luft an. Nach der langen beschwerlichen Reise liegt das gesuchte Artefakt nun vor ihnen. Was haben sie nicht alles durchgestanden, um hierher zu kommen! Und dann findet, ganz wie nebenbei wohlgemerkt, der Dakota zufällig den Kristall, und trägt ihn nichtsahnend mit sich herum. Ein Grund zur Freude! Eigentlich. Etwas stört Waylon …

»Willst du es nicht öffnen?«, fragt er mit aufkeimender Unruhe.

»Man sagt«, beginnt Callum gedehnt, »dass nur der Gewahrer den Kode kennt.«

Verblüfft schaut Waylon auf.

»Aber du bist ein *Wächter*!«

»Manches Geheimnis kennt nur ein Gewahrer. Aber das kannst du nicht wissen, Erdenmensch.«

Seltsam, dass gerade jetzt Callum den Gewahrer erwähnt. Doch es ergibt Sinn.

»Dako – sag was!«

»*micinksi* … Das ist vorbei …«

»Was ist vorbei?!« Callum ist hellhörig geworden.

Da der alte Dakota nicht reagiert, übernimmt die Antwort

Waylon.

»*Er* ist ein Gewahrer gewesen! …«

Vierundzwanzig

Burali, vor 154 Millionen Jahren.

Amerona erwacht. Verschlafen blinzelt sie in den erwachenden Tag. In ihrem Kopf herrscht dumpfe Leere. Wie eine Fremde schaut Amerona auf die Einrichtung. Seit einigen Wochen wohnt sie im Röhrengebäude. Scheinbar ist sie innerlich doch noch nicht angekommen.

Quälend langsam kommt Amerona auf. Sie fühlt sich ausgelaugt. Ihr will einfach nicht einfallen, warum sie so müde ist. Gestern war ein ganz normaler Tag gewesen. Jedenfalls glaubt sie es. Irgendwie funktioniert ihr Erinnerungsvermögen nicht. Dieser Eindruck verstärkt sich, als Amerona versucht, auch die vorherigen Tage zu rekonstruieren. Alles liegt so weit zurück!

Am Fenster bleibt sie stehen. Übersieht sie etwa was? Auch der inzwischen gewohnte Blick auf Burali wirkt befremdlich. Vielleicht hat sie ja auch nur einen Traum gehabt, der sie ganz woanders hingebracht hat. Mit dieser Vermutung tut sie es halbherzig ab. Es widerstrebt Amerona zutiefst, etwaige Hintergründe nicht aufzudecken. Aber im Moment bleibt ihr keine andere Wahl. Eine kalte Dusche wird sie schon wieder zu sich bringen.

Nach der morgendlichen Wellness sieht Amerona klarer. Das Gefühl von Fremdheit ist gewichen und macht Platz für alltägliche Belange. Mit einem ausgiebigen Frühstück werden die Reste des Traumes verfliegen. Und schließlich lacht ein neuer Tag.

»Guten Morgen, Rona«, erklingt zart eine weibliche Stimme. Die Angesprochene fährt herum.

»Eli!«, ruft sie überrascht aus. »Was machst ...«

»Offenbar haben wir es gestern ein wenig übertrieben«, lächelt Eliwor. »Früher hast du mehr vertragen.«

Amerona runzelt die Stirn. Bei aller Liebe! Was ist los?!

»Ich bin's, deine alte Freundin!«

»Entschuldige ... stehe heute neben mir ...«

Eliwor verzieht das Gesicht.

»Alles in Ordnung?«

Das Lächeln missglückt.

»Hab einfach schlecht geschlafen. Wird schon wieder ... Frühstück?«

»Gute Idee«, nickt Eliwor.

Inselenklave Methua zur gleichen Zeit.

Geräuschlos zieht der Quallenflügler seine Kreise. Die Herde Sumpfläufer bleibt gelassen, denn der Jäger ist unentdeckt. Geschickt nutzt dieser den Aufwind, der an den steilen Berghängen stetig herrscht. Am Boden des Kessels haben die scheuen Tiere ihr Mahl vollendet. Im Morast des Sumpfes wimmelt es nur so vom kleineren Getier. Die Population ist gut genährt. Kräftige Tiere, denen aufgrund des Überangebots von eiweißhaltiger Nahrung es an nichts fehlt. Nur durch die starre Barriere des Felsens ist ihr Lebensraum begrenzt.

Die gut im Futter stehende Spezies ist für die Herrscher der Lüfte auf Methua ein Leckerbissen. Quallenflügler sind wendige Flugkünstler. Die blau schimmernden Flügel sind von einem blutroten Rand umgeben, der während des Fluges ein seltsam anmutendes Muster abgibt. Das Tier wirkt schwerfällig, ist aber in der Lage, rasant und unerwartete Richtungswechsel durchführen.

Einer der Sumpfläufer steht abseits und ist mit einem trägen Sumpfling, beschäftigt. Gerade beißt der Läufer in den etwa zwanzig Zentimeter langen Wurm, als der Quallenflügler wie ein Stein herabstürzt. Kurz vorm Aufprall fängt der Jäger den freien Fall abrupt ab, und seine Mundwerkzeuge dringen in sein Opfer. Mühelos erhebt sich der Quallenflügler in die Luft und verschwindet aus dem Sichtbereich.

Rhobal beobachtet fasziniert das blutrünstige Gebaren. Wann immer es ihm möglich ist, sitzt er auf den kahlen Fels und schaut mit großen Augen zu. Gern würde Rho mehr sehen. Die Quallenflügler imponieren ihm. Zahlreiche Versuche einen zu fangen sind gescheitert. Am Arm ist die Bisswunde deutlich zu sehen, obwohl sie schon vor sehr langer Zeit verheilt ist.

In dreißig Metern Tiefe huscht etwas durchs Gestrüpp.

»Verdammt«, schimpft er.

Eilig beginnt er mit dem Abstieg. Im Kopf malt er sich bereits aus, was er nicht hofft vorzufinden. Wenn ihr etwas passiert – und Rho hat es ihr immer wieder versucht einzubläuen – , wird er sich es selbst nie verzeihen können!

Während des Abstiegs flucht er heftig.

»Urio und ihre Eskapaden! Die Frau bringt mich noch um den Verstand!«

Dass die alles fressenden Sprinter gefährlich sind, weiß Urio. Wie oft hat er es ihr erklärt? Zum Verrücktwerden!

Auf halbem Wege stellt er fest, dass im unten liegenden Erdgraben völlige Ruhe herrscht. Keine einzige Bewegung verrät die Anwesenheit irgendeiner Lebensform. Hat er geirrt?

Rho verweilt einen Augenblick, lauscht hinab. Alles wie es sein soll. Er schellt sich ein Dummkopf. Aus Sorge um Urio hat er panische Angst um sie bekommen. Zu ihr hingezogen fühlt er sich schon immer. Doch als Urio ihn nach einem Unfall gepflegt hat, ist es um sie geschehen. Äußerlich wirkt sie wie Rhos ältere Schwester, doch in Wahrheit ist er es, der älter ist. Sein Körper ähnelt dem eines Teenagers auf Arimea. Drahtig und muskulös und ausdauernd. Auch vor strapaziösen Aufgaben schreckt er nicht zurück und bewältigt diese mit der Leichtigkeit eines Jugendlichen.

So kommt er jetzt am Boden an. Ihn ist nicht anzumerken,

welche Leistung er gerade vollbracht hat; sogar sein Atem ist nur wenig erhöht.

»Du bist ein guter Kletterer«, hört er Urios Stimme zwischen den Pflanzen. »Und ein hervorragender Beobachter obendrein. Ich hätte das nicht so schnell geschafft.«

Rho weiß nicht, über was er sich mehr ärgern soll. Über sich, weil er sich hat täuschen lassen, oder über ihre naive Art.

»Du bist wahnsinnig, hier schutzlos herumzuspazieren!«

»Ich hab aufgepasst. Ob du es glaubst oder nicht, kein Sprinter weit und breit …«

»Die können überall sein, Urio! Sprinter sind Meister der Täuschung. Der Ast dort könnte einer sein.«

»Der da?«

Mit gespieltem Interesse untersucht Urio den von Rho bezeichneten Ast.

»Gutes Holz«, meint sie leichthin. »Strapazierfähig, gleichmäßig gemasert.«

»Urio, du weißt, wie ich es meine!«

»Nein, mein Lieber. Weiß ich wirklich nicht.«

Sie wendet Rho den Rücken zu, damit er ihre Augen nicht sehen kann. Amüsiert über seine Fürsorglichkeit will Urio das Spiel noch ein wenig weiter spielen.

»Traust du mir nicht zu, Holz von einem Sprinter zu unterscheiden?«

»Ja … Nein!«

»Wie!« Empört sieht sie ihm ins Gesicht. »Du nimmst mich auf den Arm, oder?«

»Tue ich nicht, aber sie sind gefährlich.«

»Mag ja sein. Ich sehe aber keine von deinen Raubtieren.«

Schnippisch dreht sie sich wieder um. Greift lässig nach dem Ast, biegt diesen, um ihn dann zurückschnellen zu lassen. Jedoch fühlt es sich nicht an wie normales Holz. Urio bleibt der Überraschungsschrei im Hals stecken. In der Bewegung innehaltend bemerkt sie, wie der Ast lebendig wird. Zwei Augenpaare starren sie hypnotisierend an. Das spitze Maul, welches sie irrtümlich als einen jungen Zweigtrieb gehalten hat, öffnet sich um Millimeter. Die zum Vorschein kommenden Zahnreihen paralysiert sie.

Rho erkennt die Gefahr auf Anhieb. Er handelt sofort, zieht sein dreischneidiges Messer hervor und schlägt zu. Blut spritzt. Urio hält wie versteinert den länglichen Körper fest, der im Tod seine Spannung behält. Rhos blitzschnelles Eingreifen kam für den lauernden Sprinter zu plötzlich. Der Kopf liegt abgetrennt in gleicher Haltung am Boden, wie Urio ihn einen Moment vorher noch lebend vor sich hatte.

Im Gebiet der *Methelems* im Nordosten der Insel sucht Sho-Ril Sulantrea auf. Beide mögen sich nicht besonders. Es fällt ihm daher schwer, den schmalen Pfad hinab zu gehen, der zu Sulantreas Unterkunft führt. Sho-Rils Kopf schwirrt noch von dem, was der Rogalit mitgeteilt hat. Die Ausführungen hören sich verrückt an! Ungläubig ist er außerstande, eine eigene objektive Meinung zu bilden. Damit hat der Rogalit ganz offensichtlich gerechnet; er fordert von Sho-Ril keine Gegenleistung. Zu Sho-Rils Erstaunen ist das Gegenteil der Fall und er erfährt auch noch, wie er sich abschirmen kann, um private Gedanken zu schützen.

Deswegen will er mit Sulantrea reden. Sie hat den Schlüssel! Den Schlüssel für den Geistes-Schutzschirm.

»Sulantrea! Bist du da?«

Es ist still. Anscheinend ist sie nicht da. Sho-Ril klopft. Da die Antwort ausbleibt, klopft er nochmal.

»Ich bin's – Sho!«

Die Tür ist angelehnt. Nochmals klopfend, stößt er sie auf. Einfallendes Tageslicht durchschneidet das Halbdunkel des Raumes. Winzige Staubpartikel schweben umher.

»Sulantrea?«

Im hinteren Teil des Raumes, den Sulantrea ähnlich ihrer

alten Wohnung im Ring gestaltet hat, bemerkt Sho-Ril eine weitere Tür. Davor stehend sucht er vergebens nach einer Türklinke oder einem anderen Öffnungsmechanismus. Niedergeschlagen des bevorstehenden Misserfolgs, sucht er mit den Augen nach etwaigen Hinweisen über Sulantreas Verbleib.

Es fällt schon schwer genug, die Jüngste der *Methelem* aufzusuchen, und jetzt das! So kann Sho-Ril es nicht akzeptieren. Doch wo mag sie stecken?

Überwachung gibt es nicht. Nur mit dem Nötigsten ausgestattet, was man zum Leben benötigt, fehlt jegliche Technik in der Enklave. Man hat für sie keine andere Verwendung! *Methelems* werden als ein Übel angesehen und sind deshalb inmitten der arimeanischen Gesellschaft unerwünscht.

Die randlose Tür erweckt Sho-Rils Aufmerksamkeit. Neben der primitiv wirkenden, unebenen Fläche des Türblatts, existiert eine erst vor kurzem angebrachte Gravur. Selbst für einen Arimeaner ergibt das Piktogramm keinen Sinn. Soviel Sho davon versteht, stammt die Darstellung nicht von Arimea. Beim genaueren Betrachten überkommt er den Eindruck, dass die Gravur während des Glättens sichtbar wurde. Erhebungen im Gestein verdeutlichen dies. Ein endgültiger Beweis ist es zwar nicht, aber es lässt darauf schließen.

Doch Sho beschäftigt mehr die Herkunft des Piktogramms. Wenn es nicht von Arimea stammt, woher dann? Die erste Intelligenz waren die Arimeaner; das konnte zweifelsfrei bewiesen werden. Von großen Katastrophen verschont, entfaltete sich das Leben explosionsartig. Daraus hervor ging der huminide Arimeaner.

Sollte er Recht behalten, dann würde die Geschichte umgeschrieben werden müssen.

»Sho?«

Aus den Gedanken gerissen, erschrickt er.

»Entschuldige ... die Tür ... sie stand offen ...«

»Du brauchst dich nicht zu entschuldigen, Sho. Ich freue mich über deinen Besuch, wenn ich auch nicht darauf vorbereitet bin.«

Sie lächelt verlegen.

»Diese Gravur … Woher …«

»War nur eine Frage der Zeit, dass sie jemand entdeckt«, sagt sie. Sho-Ril kommt es vor, eine gewisse Erleichterung in ihrer Stimme herauszuhören.

»Was meinst du?«

»Es wird dir nicht gefallen.«

»Magst du erzählen?«

»Gern, Sho. Aber …«

»Was aber?«

»Es ist schon seltsam, dass du mich gerade jetzt aufsuchst. Was führt dich her?«

»Wegen einer deiner Fähigkeiten, Sulantrea.«

»Oh.«

»Überrascht?«

»Das bin ich wirklich. Woher …«

Sho-Ril teilt Sulantrea mit, was er vom Rogalit erfahren hatte. Anfänglich stockend sprudelt es bald aus ihm nur so heraus. Endlich hat er die Möglichkeit sich mitzuteilen. Und das nutzt er gnadenlos aus.

Danach wird es still. Sulantrea versucht in seinen Augen zu lesen. Oft liegt die Wahrheit tief im Inneren verborgen. Dort sucht sie und wird fündig.

»Es hat dich Überwindung gekostet, zu mir zu kommen. Unser *Verhältnis* zueinander war oft von Irrtümern und Misstrauen bestimmt. Ich gebe zu, ich hab dich nie richtig gemocht. Umso erstaunter bin ich jetzt, dass ich meine Meinung revidieren sollte.«

»Mir ergeht es ebenso«, erwidert er beschämt. Schon komisch, wie Dinge und Ansichten sich ändern können.

»Selbstverständlich helfe ich dir, Sho. Bleibt ja nichts anderes übrig. Wir sollten alle zusammenhalten. Für die *Anderen* sind wir doch nur Ballast.«

Insgeheim stimmt er Sulantrea zu. Noch traut er ihr nicht

ganz. Vielleicht liegt es auch nur an die neue Situation, an der er sich erst noch gewöhnen muss. Der erste Schritt ist jedenfalls getan.

»Die Zeit wird uns helfen. Da bin ich mir sicher.«

Langsam geht Sulantrea auf das eingravierte Symbol zu.

»Die Enge hier hat mich verrückt gemacht«, beginnt sie leise. »Mein Leben verlief ganz normal. Bis eines Tages dann alles auf den Kopf gestellt wurde. Abgestempelt zeigten alle mit dem Finger auf mir. Das war zu viel! Ich kam damit nicht zurecht. – Nach dem Zwischenfall fand ich mich hier wieder. Abgeschoben, auf mich allein gestellt. Vergessen.

Tag und Nacht hab ich gegrübelt. Ich wollte zurück. Naiv, nicht?! Doch es ging nicht. Um mich zu beschäftigen, begann ich mein neues Zuhause umzugestalten. Eine eigene Note setzen. Aber das reichte mir nicht. Ich bin fast wahnsinnig geworden. So beschloss ich, mein Reich zu erweitern. Das Gestein ist weicher, als der übrige Fels. Und dann stieß ich auf die Einkerbungen.«

»Ich dachte, da gäbe es eine Tür …«

Sulantrea nickt. »Es ist eine. Was dahinter verborgen ist, bedarf nur einer genaueren Prüfung.«

»Was ist da?«

»Schwer zu beschreiben. Aber es muss etwas *Großes* sein.«

Ihre Stimme bewirkt, dass sich Sho-Rils Nackenhärchen aufstellen. Von der Gravur geht plötzlich etwas aus, was nicht greifbar ist und die Atmosphäre beeinflusst.

Dass niemand – und Sho-Ril nimmt sich davon nicht aus – von Sulantreas Treiben etwas mitbekommen hat, ist beschämend. Sie alle sind eben nur mit sich selbst beschäftigt. Tragen eigene Lasten, die schwer bürden. Es ist an der Zeit, die Kräfte zu bündeln …

Fünfundzwanzig

Inselenklave Methua, Gegenwart.

Fassungslos starrt Callum den Dakota an. Das kann nicht sein! Unmöglich! Dem Alten hätte er niemals zugetraut, dass er den inneren Kreis angehört haben soll. Noch dazu, weil er von einem anderen Planeten kommt. Das geht nicht! Nein!

Dako hadert. Seit er Rebecca in die Geheimnisse eingeweiht hatte, zog er sich zurück. Er fühlte sich der Verantwortung nicht länger gewachsen. Dass er nun wieder damit konfrontiert wird, passt ihm ganz und gar nicht. Mit der einhergehenden Erinnerung setzen auch die damaligen Ängste wieder ein. Ihm wird mulmig. Allein Callums Blick und Waylons Anwesenheit hindern Dako daran, einfach aufzustehen und zu gehen. Der Tag ist gekommen, sich mit Vergangenem auseinanderzusetzen.

»Es ist seitdem viel geschehen«, wendet Dako mit brüchiger Stimme ein. »Ich kann nicht einmal sagen, was von alldem noch Bestand hat.«

Callums Augen weiten sich.

»Was hast du getan?!«, zischt er, ungeheures erahnend, mit unterschwelliger Feindseligkeit.

»Nichts hat er getan«, mischt sich Waylon ein. »Er diente ausschließlich dem Kodex.«

»Way, lass gut sein. Ich habe versagt. Auf ganzer Linie.«

Was Callum jetzt erfährt macht die Sache nicht einfacher. Erstaunt darüber, dass auf der weit entfernten Erde ein Gewahrer existiert, verschlägt dem *Wächter* glatt die Sprache. Es ist noch gar nicht so lange her, da erfuhr er erstmalig von dem Planeten der Menschen.

Der verstört wirkende *Wächter* unterbricht Dako nicht.

›Was geht dem Kerl bloß durch den Kopf?‹, denkt Waylon, der den Arimeaner aus den Augenwinkeln beobachtet. Gesichtszüge und Körperhaltung sind angespannt, die sich jederzeit entladen können.

»Wenn du wirklich ein Gewahrer gewesen bist, dann obliegt es auch dir, das Rätsel des Behälters zu lösen.« Callum betont jedes Wort. Den skeptischen Blick Dakos ignoriert er. Stattdessen schiebt Callum demonstrativ das Artefakt auf des Dakotas Seite. »Zeige mir, dass du würdig bist.«

Sichtlich überfordert nimmt Dako das Behältnis des Neunten Kristalls in die Hände. Das Zeichen ist ihm fremd. Er zählt fünf Knöpfe an der Längsseite. Daneben sind vier flache Einwölbungen angebracht. Die freigelegten Linien ergeben ein unfertiges Muster; mehrfach unterbrochen sind nur kleine Teile eingefärbt. Er erkennt fünf Bereiche mit abweichender Farbnuance. Vorsichtig wischt Dako mit einer sauberen Stelle seines Hemdes über die Fläche. Zwischen den Linien werden hauchdünne Spalten sichtbar, die hauptverantwortlich sind für die nahtlose Weiterführung der Gravur.

Auf den Knöpfen sind ebenfalls Einkerbungen angebracht, die nach einer gründlicheren Reinigung zum Vorschein kommen. Darin erkennt Dako fünf Richtungsangaben; mittig ist jeweils eine senkrechte Kerbe angebracht, also beschreibt sie die jeweilige Richtung. Auf dem linken Knopf gibt es neben der senkrechten eine um 45 Grad nach links versetzte kleinere Kerbe, mit darunter liegendem Halbkreis. Beim Zweiten wird das erste Abbild horizontal gespiegelt und auf den rechten Knöpfen sind die Kerben rechtsseitig, wobei der Halbkreis beim Letzten fehlt.

Dako atmet tief ein. Eine Ahnung bekommt langsam Gestalt. Ohne aufzusehen betätigt der alte Gewahrer den mittleren Knopf. Nichts.

›Denk nach!‹, spukt es durch seinem Kopf. ›Du hast nur *eine* Chance!‹

Winzige Schweißtropfen rinnen an seiner Stirn entlang, vereinen sich an der vom Wetter gegerbten Stirn und werden zum Sturzbach. Steht er vor einem unlösbaren Rätsel?

›Diese Einwölbungen … Wofür sollen die gut sein …‹

Dako hält den Behälter waagerecht und legt vier Finger der

linken Hand in die Einwölbung, der Daumen kommt dadurch auf einen Punkt zu liegen, den er erst jetzt wahrnimmt. Dieser Punkt ist eine Darstellung eines Kreises, mit erdähnlichen Kontinenten aus der Frühzeit. Sein Herz beginnt in einem erwartungsvollen Rhythmus heftig zu schlagen. Jetzt drückt er noch einmal den mittleren Knopf. Ein leichtes Kribbeln durchströmt seinen Körper und die feinen Linien verändern die Position. Dann betätigt er links beginnend die Knöpfe der Reihe nach, lässt jedoch den Mittleren aus. Das Kribbeln wird stärker. Aus der unterbrochenen Linienstruktur wird ein farbenprächtiges Muster. Innerlich triumphiert Dako bereits. Aber irgendetwas stimmt nicht!

Was nun?

Aufmerksam folgt er der Linienführung. Soweit er es einschätzen kann, sind alle miteinander verbunden. Aber warum öffnet sich der Behälter nicht? Hat er etwas übersehen? So muss es sein! Im unteren Teil des Linienbildes fehlt ein Anschluss. An der Stelle kleben noch winzige Schlammrückstände, die wellenförmig eine ungenaue senkrechte Linie ergeben. Ist dies der entscheidende Hinweis?

Dakos rechter Zeigefinger nähert sich leicht zitternd dem Knopf in der Mitte.

* * *

Ausgelaugt kann Lokar nicht mehr. Inzwischen hat er jeden Winkel abgesucht. Vom ›Raum-Zeit-Gleiter‹ fehlt jede Spur. Anstelle des Gefährts findet Lokar die toten Wartungsleute. Geruch und Anblick lassen ihn panisch hinaus laufen. Er kommt nur einige Schritte, dann übergibt er sich.

Schwankend bringt er Distanz zwischen sich und den Toten. Die Bilder wollen nicht weichen; schaut er länger auf etwas, treten sie gnadenlos hervor und überlagern hartnäckig das Sichtfeld.

Zufällig kommt Lokar am Schott vorbei, hinter dem er einen Ausgang dieser Hölle vermutet. Umständlich versucht er es zu öffnen, was sich schwieriger erweist, als erhofft, und dementsprechend ziemlich langwierig ist. Unkonzentriert und mit fahrigen, unkontrollierten Handgriffen gelingt es Lokar schließlich doch.

Hektisch springt er hindurch, kommt unglücklich auf, wobei der linke Knöchel umknickt. Schmerz durchflutet ihn. Vom Adrenalin aufgeputscht, ignoriert er die Pein. Ebenso stressig verschließt er das Schott.

Allmählich kommt Lokar zu sich. Die blaue Färbung des einfallenden Lichts beruhigt ihn. Eine große durchsichtige Wand gibt die Sicht auf die unendliche Weite arimeanischer Unterwasserwelt frei. Lichtspiegelungen tänzeln an den Innenwänden. Teilweise wirken sie befreiend auf den Gezeichneten, andererseits engen sie ein.

Unterhalb der Panoramawand gibt es mehrere Andock-Schleusen, von denen drei geöffnet sind. Vor Lokar erstreckt sich ein schmaler, röhrenförmiger Korridor. Das Ende liegt im Dunkeln und ist daher nicht erkennbar.

Lokar steuert humpelnd das am nächsten liegende Schott an. Jeder Schritt bereitet ihm unsägliche Qualen. Dennoch treibt ihn eine Mischung aus Unruhe und Neugier weiter.

»Ein Unterwasser-Shuttle«, stellt er fest. Plötzlich wird ihm klar, dass er sich irgendwo auf dem Meeresboden befindet. Kein Wunder, dass kein Ausgang zu finden ist!

Er steigt mit einem weiten Schritt über. Paranoid wie er ist, schließt Lokar auch dieses Schott. Nachdem er sich eingehend überzeugt hat, dass es geschlossen ist, überkommt ihn die geballte Ladung Emotion. Kurz aufstöhnend bricht er auf der Stelle zusammen. Tränen rinnen ungehindert über seine Wangen. Er schluchzt. Die Knie zittern und er verliert zusehends den Halt. Sich den Schmerz hingebend, sinkt er langsam zu Boden. Dort nimmt er die ursichere Stellung eines Fötusses ein …

Die Zeit verstreicht. Lokar hat keinen Bezug zu ihr. Für ihn gilt nur der Moment des Augenblicks. Was einmal war oder noch sein wird, gelangt nicht mehr in sein Bewusstsein. Er fühlt den intensiven seelischen Schmerz, geht in ihm auf. So können Minuten, Stunden oder sogar Tage vergangen sein, als er sich endlich erhebt.

* * *

Kaum hat der Finger Kontakt, verebbt das Kribbeln im Körper. Die letzte Linie des Musters verändert die bisherige starre Position und vervollständigt das Bild. Ein Leuchten setzt ein, das Dako und die Umstehenden umhüllt. Angenehme Wärme erfasst sie. Von einem Schwall Glücksgefühl erfasst, sind sie außerstande, sich zu regen, geschweige denn etwas zu sagen.

Klack.

Das Leuchten verschwindet. Ebenso das farbige Muster.

»Was ist?«, durchbricht Waylon das anhaltende Schweigen.

Unsicher legt Dako den Behälter vor sich auf den Boden.

»Callum wird es uns sagen.«

Der *Wächter* überlegt. Im Taumel des eben Erfahrenen spürt er eine ungeahnte Präsenz. Ehrerbietig kniet er nieder. Öffnet langsam den aufgesprungenen Deckel.

»Du bist *der* Gewahrer«, flüstert Callum leise, aber klar vernehmlich. »Nimm meine Abbitte in Empfang.«

Dako kniet ebenfalls nieder.

»Es gibt nichts, für was du um Vergebung bitten musst. Vielleicht bin ich es wirklich. Doch du bist der würdigste Wächter, den ich jemals begegnet bin.«

»Du beschämst mich …«

»Nein, mein Freund. Ich zolle dir nur den angemessenen Respekt.«

Der Kristall-Behälter offenbart seinen gut behüteten Inhalt. Neben dem Kristall, der einer blühenden Lilie nachempfunden ist, beinhaltet er noch drei weitere, in der Form sich gleichende, Kleinkristalle.

»Wozu sind die denn?« Waylon ist ein wenig enttäuscht. Unter den Neunten Kristall hat er sich etwas anderes, spektakuläreres vorgestellt.

»Das, Waylon, sind Speicher-Rogaliten«, erklärt Callum bereitwillig. »Darauf ist die gesamte Geschichte gespeichert.«

»Ein Geschichtsbuch?«

»Nicht ganz. Es sind bewegte Bilder.«

»Ein Video?«

Dako wirft Waylon einen warnenden Blick zu.

»Wir sind am Ziel, *micinksi*. Nur das zählt.«

Sechsundzwanzig

Arimea, 154 Millionen Jahre vorher.

Patriarch Dharidma kocht vor Wut. Nirgends sind seine Aufzeichnungen auffindbar, die er jetzt, mit den notwendigen Mitteln ausgestattet, verwirklichen will. Die Idee eines revolutionierenden Gefährtes ist ein für alle Mal verloren. Damit hätte er seine Macht weiter ausbauen und stärken können. Wenn er nur wüsste, wen er dafür zur Rechenschaft ziehen könnte! Aber die Erinnerung daran ist wie ausgelöscht, als hat es sie nie gegeben!

Auch die Skizzen verblassen. In der Retrospektive sind es nicht mehr als unvollständiges Gekrakel eines jugendlichen Möchtegern-Erfinders. Dabei sagt Dharidma die innere Stimme, dass da mehr war als Einbildung.

»Wo bleibt Orinario?!«, brüllt er erbost.

Es ist niemand da, der antworten könnte. Außer dem eigenen Echo, welches von den Wänden plappernd widerhallt, ist der Herrscher allein.

Das Eingangsportal wird geöffnet. Laut hallen eilige Schritte.

»Na endlich!«, tönt Dharidma.

»Ich kam, so schnell ich konnte«, entgegnet Orinario ge-hetzt.

»Du kommst allein?«

»Ja, Majestät.«

Wohlwollend lächelt Dharidma.

»Gehen wir spazieren. Es gibt einiges zu klären, das unauf-schiebbar ist.«

Durch eine Geheimtür in der Wand gelangen sie in einen Tunnel, der unweit des Palastes ins Freie führt. Dichtes Buschwerk grenzt eine Wiese ein. Hier können sie ungestört reden.

Inselenklave Methua.

Zu viert sitzen sie in gelockerter Atmosphäre beieinander in Sulantreas Unterkunft. Sho-Ril hat sie gebeten, alle einzuladen und hier zu empfangen. Der Grund ist simpel: Die Gravur-Tür!

Für das leibliche Wohl sorgt Urio. Es gibt geschmorte Wurzel mit Areel, eine sehr schmackhafte Beere. Dazu reicht sie einen säuerlichen Kräutersud, der durch mehrfaches Aufko-chen sein aromatisches Aroma voll entfaltet und heiß serviert berauschend wirkt.

Mit Sulantreas Einverständnis kommt Sho anschließend zur Sache. Er betont ihr einsames Leben und die dazu geführten Umstände. Seine wortgewandte Beschreibung trifft voll ins Schwarze. Dann umreißt er kurz die einzelnen Schicksale der Anwesenden.

»Und deshalb sollten wir zukünftig zusammenhalten«, schließt er den ersten Teil der Ansprache. »Die Herrschaften wollen uns nicht. Also werden sie auf uns generell verzichten müssen. Und zwar in jeder Hinsicht.«

»Die sind doch froh, dass sie uns los sind«, lallt Rho.

»Richtig«, ruft Urio.

»Also können wir tun und lassen was wir wollen!«

Die Zustimmung ist ihm gewiss. Gemeinsam stoßen sie an.

»Wir zeigen 's denen!«, johlt Roh.

»Wie wär's, wenn wir gleich jetzt damit anfangen?«

Der Tumult verstummt augenblicklich.

»Wie willst du das bewerkstelligen?«

Sho-Ril macht eine Kunstpause.

»Deswegen seid ihr hier. Sulantrea, gehst du vor?«

Die Hausherrin erhebt sich. Alle folgen ihr mit den Augen.

»Kommt schon«, ermuntert Sulantrea ihre Gäste.

Interessiert folgen sie und versammeln sich im Halbkreis vor der unscheinbaren Tür. Sulantrea übernimmt weitere Erläuterungen. Sie beschreibt, wie es zu der Entdeckung kam. Erwähnt ehrlich und ungeschönt die dazu geführten Gründe. Dass sie mehr Platz schaffen wollte und das weiche Gestein vorfand.

»Und dann fand ich das vor …«

Sulantrea stößt die Tür auf. Dunkelheit schlägt ihnen entgegen, als sie eintreten. Dies ändert sich schlagartig, nachdem Sulantrea die Tür von innen schließt. Äonen von winzigen Lichtpunkten erstrahlen an der Decke. Vertraute Sternbilder sind zu sehen und Planetenkonstellationen aus dem erforschten Universum.

Nachdem das erste Staunen abklingt, verändern sich die Punkte. Die Hellsten werden größer und man erkennt, dass es nicht nur Sterne sind, sondern Galaxien. Eine kommt im rasanten Tempo näher. Rho steht ihr am nächsten und weicht einen Schritt zurück. Eine Armlänge vor ihm im Raum kreisen Planeten um eine Sonne. Detailreich erkennt man jede Einzelheit über die Himmelskörper.

»Eine Sternenkarte?«

»So was ähnliches«, antwortet Sulantrea. »Es ist ein Observatorium.«

»Wer hat es gebaut?« Auf diese Frage hat Sho-Ril gewartet.

»Die Darstellung des Universum ist einzigartig«, beginnt er. »Wie ihr sehen könnt, haben wir unser System vor uns.

Schaut mal genau hin, vielleicht fällt es euch auf.«

»Das da ist Arimea mit seinen Monden. Die Sonne und die inneren heißen Planeten.«

»Stimmt. Wie viele Monde umkreisen Arimea?«

»Neun«, sagt Urio.

»Wirklich?«

»Ich weiß, dass es neun sind, Sho.«

»Meine Frage läuft nicht darauf hinaus, was du weißt, Urio. Sondern wie viel du *jetzt* zählst.«

Ein leiser Aufschrei folgt.

»Das sind mehr als ein Dutzend«, murmelt Rhobal.

»Und was können wir daraus schließen?«

»Die Darstellung wird wohl nicht die Zukunft zeigen. Wir haben derzeit aber neun Monde. Die Wissenschaft ist dich darüber einig, dass unser Heimatplanet immer neun Monde hatte. Stimmt das Abbild hier, dann muss es aus einer längst vergessenen Zeit stammen.«

»Besser hätte ich es nicht sagen können, Rho. Es muss viele Jahrmillionen alt sein.«

Zeitgleich im Palast des Patriarchen.

Dharidma und Orinario diskutieren teils heftig miteinander. Keiner von beiden hat passende Antworten parat. In einem sind sie sich einig: Etwas Unvorstellbares geht vor!

»Mein Erinnerungsvermögen war immer ausgezeichnet. Jetzt glaub ich, es spielt mir Streiche.«

»Patriarch, mit deinem Gedächtnis ist alles in Ordnung.«

»Aber einiges ist nicht mehr so ... so ... greifbar. Fast wie nach einem intensiven Traum ... wenn alles verblasst ...«

Orinario versteht Dharidma nur allzu gut. Ähnlich geht es den Ältesten. Doch darüber schweigt er.

»Ich erinnere mich an Dinge, die vielleicht gar nicht geschehen sind, Orinario! Was geht hier vor? Bin ich senil?«

»So darfst du nicht reden, Patriarch.«

»Wie denn dann?! Wie soll ich unterscheiden, was wahr und was falsch ist?«

Am gestrigen Abend noch dachte Orinario, alles im Griff zu haben. Die Welt war in Ordnung. Alles verlief wie erwartet. Heute Morgen dann der Schock. Hintergründige Gefühle drängen sich auf, die nicht deutbar sind. Dharidmas Worte treffen also auch auf ihn, Orinario, zu.

»Ich sag's dir, Ältester: Es liegt was in der Luft, und das gefällt mir ganz und gar nicht.«

Auf Methua hat man indes andere Probleme. Diese sind ein Ergebnis der Begehung in Sulantreas Unterkunft. Ein Disput über das Alter des Fundes ist im vollen Gange. Auch als Ausgestoßene sind sie doch tief verwurzelt im System. Es ist auch ihre Heimat, um die es geht. Funktioniert auch die Gesellschaft nicht so, wie man es gern hätte, so bleiben Arimeaner doch die erste intellektuelle Lebensform überhaupt. Daran zu rütteln ist Frevel und gehört sich nicht.

Sho-Ril fühlt eigene Überlegungen bestätigt. Bestätigt sich die These, käme es einem Affront gleich. Eine Art *Gotteslästerung* steht im Raume, wie es bei niederen Kulturen üblich ist, Herkunft und Unerklärliches einem Gott zuzuschreiben. Arimeaner haben kein personifiziertes Überwesen, das angebetet wird. Glaubt man alten Überlieferungen entwickelte sich Shos Art konstant zu der wissbegierigen, forschenden und verstehenden Spezies, die heute den Planeten beherrscht.

»Mit einem Schlag können wir den *Großen* und *Mächtigen* zeigen, wie fehlbar sie sind«, sagt Sho in die Diskussion hinein.

»Und stellen uns damit selbst infrage«, kommentiert kratzbürstig Urio.

»Es ist doch offensichtlich, dass dies hier nicht von unseren

Vorfahren kommt.«

»Warum nicht?« Urio steigert sich hinein. »Vielleicht haben sie sich geirrt bei der Zählung der Monde, und es wurde später klammheimlich revidiert. Wenn das alles ist …«

»Ist es nicht«, sagt Sulantrea leise, die bisher auffällig still dem Disput folgte.

Selbst für Sho-Ril kommen die Worte überraschend.

»Jetzt schaut mich nicht so an! Klar gibt es mehr!«

Rhobal entgleitet ein erstauntes Pfeifen.

»Unter dem Boden existiert eine ganze Anlage.«

Die Unterredung mit Patriarch Dharidma setzt ihm zu. Es ist ungewohnt, Probleme nicht enträtseln zu können. Was bleibt, sind nagende Zweifel; Zweifel an der eigenen Intelligenz. Orinario spürt wie alles zerbricht. Besonders seine Stellung wankt. Muss er fürchten, in ein tiefes Seelenloch zu fallen?

Geräuschlos bringt der Kurzstreckengleiter ihn nach Arkonim. Dort wird er sich in seine Gemächer zurückziehen und nachdenken.

Siebenundzwanzig

Inselenklave Methua, Gegenwart.

Am Rumpf des Raumschiffes angekommen, geht Dako vor und führt sie über den Erdwall sicher auf die andere Seite. Kurzerhand brennt Callum mit einem Laserstrahl seiner Waffe in den Pflanzenvorhang einen Durchgang. Dann sehen sie es: Das offene Eingangsschott und die drei Abdrücke.

»Ob das jemand überlebt hat?«

»Die Spur führt vom Rumpf weg«, denkt Waylon laut. »Der Aufprall war zwar heftig, doch es ist durchaus denkbar.«

»Allzu tief scheint der Tümpel an der Stelle nicht zu sein.« Callum sieht sich nach geeignetem Material für einen Steg um. Er will nicht Dakos Schicksal teilen. Genügend Bruchholz liegt ja herum.

»Wo mag er hingegangen sein?«

»Wer sagt, dass es ein Mann war?«

Waylon schaut auf.

»Eine Frau?«

»Ich glaube, du solltest gewisse Vorbehalte gegenüber dem ›schwachen Geschlecht‹ langsam ablegen, Way.«

»Wie kommst du darauf?«

»Die Spuren sind nicht tief. Daraus schließe ich, dass die Person relativ leicht ist. Die Abdrücke selbst sind zierlich, nicht massiv genug, um von einem Mann zu stammen. Da wir ein Kind ausschließen, tippe ich auf eine weibliche Insassin.«

»Einen kleinen Denkfehler deckt deine Theorie aber nicht ab.«

»Welchen?«

»Was, wenn der oder die Ankömmlinge von kleinen Wuchs sind?«

»Ziemlich scharfsinnig, *micinksi*«, lächelt Dako.

Inzwischen hat Callum einige Holzreste ausgelegt, auf denen sie trocken zum Eingangsschott gelangen. Vorsichtig überquert Dako die provisorische Brücke und kommt als Letzter hinüber.

Wieder ist es der *Wächter*, der vorgeht. Diesmal hält er seinen Strahler offen in der Hand. Waylon wird mulmig. Der finstere Schlund des Schotts hat einen eigenartigen bedrohlichen Effekt. Sein Brustkorb zieht sich zusammen, und das Atmen fällt schwerer. Ein Anflug von panischer Beklemmung will übermächtig werden. Hörbar zieht er die Luft ein.

Es riecht seltsam. Keine Ahnung nach was. Süßlich? Nicht ganz treffend, auch wenn etwas Derartiges den Molekülen anhaftet. Bei jedem Atemzug glaubt er ein anderes Aroma identifiziert zu haben. Thymian? Minze?

Seltsam ruhig und ebenso verängstigt verhält sich Wihakayda auf Dakos Schulter. Das Äffchen schnüffelt auffällig intensiv.

In Waylons Stirnhöhlen beginnt ein Ziehen. So, als würde er eine Kräutermischung inhalieren, um den Schnupfen zu kurieren. Unbewusst fasst er sich an die Stirn.

Es sieht wüst aus. Zerfetzte Apparaturen, deren Sinn wohl für alle Ewigkeiten verborgen bleiben wird. Überall hängen Kabel heraus. Zerborstenes Glas liegt über den Boden verstreut. Der Aufprall hat ganze Arbeit geleistet!

»Heftig. Da ist nicht viel heil geblieben …«, resümiert Waylon. »Das kann doch keiner überlebt haben.«

Ein zerfetztes Innenschott versperrt den Weg. Scharfkantige Metalltrümmer machen es unmöglich, diesen Bereich zu betreten. Auf der gegenüberliegenden Seite ist ein weiteres Schott verschlossen. Daneben ragen flexible Schläuche aus der Wand.

»Die Hydraulik ist unbrauchbar. Und Strom gibt's auch nicht.«

Callum legt Hand an. Hoffnungslos. Auch mit vereinten Kräften keine Chance.

Unverrichteter Dinge machen sie kehrt.

»Wenn wir nur Licht hätten …«

»Hier ist nichts, Waylon.«

»Mich interessiert, was sich da dahinter befindet. Eine Taschenlampe wäre nicht schlecht.« Eine Idee kommt auf. »Kannst du damit leuchten?«

Verblüfft folgt Callum Waylons Fingerzeig.

»Ich kann den ›kalten Strahl‹ aktivieren«, antwortet der *Wächter* verdutzt.

»Kalten Strahl. Was immer das auch sein möge.«

»›Kalt‹ bedeutet, der Strahler verursacht keine Schäden.«

»Okay. Tu es …«

Callum verändert die Einstellung. Dann reicht er den handtellergroßen Apparat Waylon mit den Worten: »Nimm, Sohn des Gewahrers.«

Waylons Irritation ist perfekt.

»Aber … ich … Woher weißt du …«

»Ich bin nicht blind.« Als ob der Arimeaner die Gedanken lesen könnte, fügt er noch rasch hinzu: »Der Strahler beißt nicht.«

Interessanterweise nimmt Waylon kommentarlos die Waffe. Da er jetzt sicher sein kann, niemanden verletzen zu können, empfindet er keinerlei Skrupel.

Vergeblich sucht Waylon den Einschaltknopf.

»Und wie funktioniert es?«

»Denk das, was du tun möchtest.«

Da ist es wieder, dieses unbeschreibliche Gefühl, die arimeanische Technik nie begreifen zu können.

»Halte es in die Richtung, die dich interessiert«, fügt Callum lapidar hinzu.

»Aber du sagtest doch, es könne nichts passieren?!«

»Man kann nie sicher sein.« Das begleitende Augenzwinkern des *Wächters* nimmt Waylon gar nicht erst wahr.

Einige zaghafte Versuche geistiger Übermittlungen später, erhellt ein weißblauer Lichtkegel den in Dunkelheit liegenden Bereich. Die Zerstörung setzt sich fort. Von einstigen Gerätschaften blieben nur winzig kleine Überreste. Zentimeterweise wandert das Licht weiter.

»Schrecklich, einfach nur schrecklich«, murmelt er betrübt.

Schläuche, Rohrfetzen, ausgerissene Kabel, Knochen, Glassplitter. Nichts als Verwüstung …

Knochen? Hat er richtig gesehen?

Hastig leuchtet Waylon zurück. Knochen! Und noch einer! Ihm wird speiübel. Sich zusammenreißend, folgt er den Knochen. Eine Hand. Reste von Kleidung. Ist das ein Knie? Jedenfalls könnte es eines gewesen sein. Abscheulich! Widerlich! Etwas im Hintergrund widerspiegelt den Lichtstrahl. Deutlich ist die Form eines Kopfes erkennbar.

Die Faszination des Anblicks führt seine Hand zu weiteren gespenstischen Details. Wie ein Voyeur ergötzt sich Waylon am geschundenen Körper des Insassen, der hier den Tod fand.

»Siehst du was?«

Waylon reagiert nicht. Erst nachdem Dako die Frage zum dritten Mal stellt, schaut er auf.

Da er nichts sagt und seine Gesichtszüge auch nichts Gutes erahnen lassen, nimmt Callum den Strahler Waylon ab. Wenige Augenblicke vergehen, dann schickt er beide ohne eine Begründung hinaus.

Blass und mit in weite Ferne gerichteten Augen steht Waylon vor dem Rumpf. Dako ist vollkommen klar: Sein Sohn hat eine schreckliche Entdeckung gemacht.

Drinnen ertönen mehrere zischende Schüsse. Eine leichte Erschütterung folgt. Rumoren wird laut. Schleifgeräusche. Stille. Nach endlos erscheinenden Momenten vollendeter Ruhe erscheint Callum in der Luke. In Händen hält er einen weiteren Behälter.

»Was war das für eine Erschütterung?«

»Der Laser«, sagt Callum. »Ich hab das Loch vergrößert, weil ich das haben wollte.« Er reckt den Behälter empor.

Ehe Waylon nachhaken kann, dringt aus den Tiefen unter ihnen ein dumpfes Grollen. Die ausgelegten Stämme verrutschen. Pflanzen zittern. Das Wrack ächzt.

Ein Erdbeben!

Bange Augenblicke des Wartens vergehen. Der Maki beginnt unruhig zu werden, vollführt einen regelrechten Tanz. Seine dabei kurz hintereinander ausgestoßenen Schreie erreichen, dass die Männer das Terrain verlassen. Gehetzt laufen sie zum Erdwall zurück. Auf der dünnen Wasserschicht des Tümpels blubbern Blasen. Ein untrügliches Zeichen geologischer Aktivität!

Von innerlicher Angst getrieben, versuchen sie, soweit wie möglich von hier wegzukommen. Während der überstürzten Flucht entgeht ihnen eine Kleinigkeit: Die Erde beruhigt sich wieder. Callum wird langsamer. Von Waylons und Dakos plötzlichen Davonlaufens angesteckt, erobert Logik sein Denken.

»Rennt doch nicht so«, ruft er.

»Aber das Beben …« Auf Waylons Gesicht steht die pure Angst geschrieben.

»So etwas gibt's hier nicht.«

Mitten im Lauf bremst Waylon ab.

»Und wie nennst du das?«

»Ich werde es ausgelöst haben.«

Baff stemmt Waylon die Hände in die Seiten. Doch anstatt eines bösen Blickes erbleicht er wieder.

Die aufsteigenden Luftblasen blubbern unaufhörlich. Unterirdisch knirscht Fels. Wenn es kein Erdbeben ist, dann droht ein Bergsturz!

Ein Ruck geht durchs Wrack. Metall reibt auf Metall. Abwartend und das Schlimmste befürchtend, stehen sie auf dem Fleck, jederzeit bereit, dem Unausweichlichen zu begegnen.

»Seht nur!« Der Dakota zeigt aufs Wasser, das eindeutig an Volumen verliert. Im freigelegten Schlamm werden erste Risse sichtbar.

Unter ihren Füßen nimmt die Spannung zu. Wihakayda zetert wie wild. Springt aus dem Stand auf und ab wie eine Feder. Derweil ist das Wasser ganz abgeflossen. Nur eine Lache bleibt zurück.

Wiedereinsetzendes Getöse übertönt alle anderen Geräusche. Die Vibrationen sind oberflächennah. Mit Mühe kann sich Waylon auf den Beinen halten. Jeder Stoß fällt heftiger aus.

Plötzlich reißt mit ohrenbetäubendem Lärm die Erde auf.

Achtundzwanzig

Inselenklave Methua vor 154 Millionen Jahren.

Eine schmale, ungesicherte Steintreppe führt hinab in unvorstellbarer Tiefe. Ebenso unvorstellbar, dass das Ganze nicht einfach zusammenbricht. Allein der Bau ist ein gelungener Mix aus natürlich entstandener Höhle und architektonischer Meisterleistung.

Ihnen schlägt warme, trockene Luft entgegen. Die Anlage, wie Sulantrea das Areal nennt, ist auf den ersten Blick nichts weiter, als ein finstrer Schlund, der regelmäßig durch eine unbekannte Lichtquelle in den Stufen aufgehellt wird. So viel sich Sho-Ril auch Mühe gibt, das Geheimnis zu lüften, bleibt es ein unverständliches Mysterium. Weder eine externe, noch interne Energiequelle ist erkennbar. Sho denkt an ein fluoreszierendes Gas, kann jedoch keine derartigen Beweise finden. Ist das Licht auch nicht grell, reicht es dennoch aus, um sicher und unversehrt hinabzusteigen.

Urio hat einige Probleme mit der Höhe. Die Treppe ist gerade mal so breit, dass eine Person passieren kann. Und das auf eine unüberschaubare Distanz. Solange der Fels ihr eine Stütze gibt, ist noch alles in Ordnung. Schwieriger wird es, nachdem der Fels gähnender Leere weicht. Bis hierher hat sich Sulantrea vorgewagt.

Oftmals schlängelt sich die Treppe scheinbar wahllos durch die Richtungen. Die Neigung bleibt dabei konstant.

»Wie weit ist es noch?«

»Soweit bin ich auch noch nicht gewesen, Rhobal.«

»Nein?!«

»Allein fand ich nicht den Mut«, gesteht Sulantrea.

»Also ich versteh das«, sagt Urio. »Hier kann man sich ja den Hals brechen ...«

»Ich hab mal etwas fallen gelassen. Nur um zu wissen, wie tief es ist.«

»Und?«

»Ließ sich nicht ermitteln ...«

»Du meinst ...«

»Was war es denn?«

»Ein kopfgroßer Stein, Sho. Den Aufprall hätte ich hören müssen.«

Mittlerweile haben sie, im Gänsemarsch gehend, einen Höhenunterschied von zweihundert Metern überwunden.

»Kommt einen gar nicht so viel vor«, meint Rhobal.

»Wenn wir nur schon wieder oben wären.«

»Der Aufstieg ist nicht schwerer, als das hier, Urio.«

»Ich nehme dich beim Wort, Sulantrea. Sonst darfst du mich gerne tragen.«

Jetzt erreicht Sho-Ril, der den kleinen Trupp anführt, eine neunzig Grad Kurve. Das Konstrukt macht keinen stabilen Eindruck. Die Ränder sind teilweise ausgebrochen und Staub bedeckt die Stufen. Notgedrungen bleibt er stehen.

Urio schwankt wegen des abrupten Halts. Ihr Gleichgewichtssinn kommt durcheinander. Beide Arme ausstreckend, balanciert Urio. Links und rechts den Abgrund vor Augen – der Grund ist nach wie vor nicht zu sehen –, wird ihr schwindelig. Ein Aufschrei verlässt ihre Kehle.

Rhobal der hinter ihr herging, erfasst Urios Taille.

»Ich halte dich«, sagt er im beruhigenden Ton. »Sieh einfach nur geradeaus.«

»Ich war ... noch nie ... gut ... über ... über Abgründe zu ... zu gehen ...«

»Du machst das sehr gut. Achte einfach auf Sho. Der ist

jetzt *dein* Horizont.«

Es hilft. Urio bekommt festeren Stand.

»Tust du mir noch einen Gefallen, Rho?«

»Wenn ich das kann …«

»Nur du kannst es. Jedenfalls im Augenblick. Lass mich einfach nicht los. Versprochen?«

»Keine Sorge. Ich lass nicht los.« Seine Mundwinkel umspielt ein sanftes Lächeln.

Sho-Ril setzt einen Fuß vor, um die Festigkeit zu testen. Trotz des kräftigen Auftretens ist die Steintreppenbrücke stabil. Einige Meter weiter bleibt er stehen, stampft etwas derber auf. Er dreht sich um.

»Gehen wir weiter. Seid aber vorsichtig.«

»Ich tu nichts anderes«, lacht Urio auf.

Schritt für Schritt geht es weiter. Der Staub hinterlässt Spuren; die Hintermänner treten vorsichtshalber in die Stapfen des Vordermannes. Urio schlägt sich tapfer und wächst über sich hinaus. Sie lässt Sho-Ril nicht aus den Augen, nutzt dessen Kontur als imaginäres Halteseil.

Das Gefälle der Kurve ist um ein Grad steiler; am Ende verschwinden die Stufen und es geht waagerecht weiter. Langsam ändert sich der bisher von Dunkelheit dominierte Schlund. Immer mehr Lichter nehmen den Schrecken, obwohl jetzt die wahre Höhe der Treppe ersichtlich wird. Aus Rücksicht auf Urio schweigen sie allerdings, verlieren darüber kein einziges Wort.

»Seht mal!«, stößt Rhobal aus.

Wenige Armlängen entfernt, schwebt ein Stein, der Schwerkraft trotzend, auf Treppenhöhe in der Luft. Sulantrea glaubt, den Brocken zu erkennen, gleicht er doch dem, den sie hinab geworfen hatte. Sho-Ril bleibt stehen. Kurz nachsinnend, sucht er etwas in seiner Hosentasche.

»Was ist?«

»Gleich, Urio. Ich hab eine Idee.«

»Hält uns *deine* Idee länger auf?«

»Oh nein, keineswegs. Bin gleich soweit.«

Er findet, wonach er suchte. Aus der Tasche holt er ein kugelartiges Objekt. Den Stein anvisierend, wirft Sho-Ril diesen. Ein leises Geräusch verrät den Treffer.

»Was soll das denn?«, fragt Rhobal genervt. »Wir sind doch nicht auf der Spielwiese!«

»Das nicht. Aber schau doch mal genau hin. Was siehst du?«

»Was soll ich schon sehen! Einen Felsbrocken und eine Murmel ...«

Sogar Urio wagt einen Blick, der sie kurzzeitig die Angst vergessen lässt. Denn was sich ihnen bietet, ist wider der Vernunft.

Neben dem Stein pendelt die eben geworfene Kugel.

»Ein Kraftfeld«, murmelt Sho-Ril. Und an die anderen gewandt: »Hat noch jemand einen Gegenstand?«

Allgemeines Suchen beginnt, an der auch Urio nicht nachstehen will. Bald darauf schweben unzählige Dinge in Nähe des Steins.

»Was bedeutet das?«

»Ganz einfach, Rhobal. Das ist eine unsichtbare Absturzsicherung.«

»Du meinst ...«

»Spürt ihr denn nicht, wie leicht es sich geht?«

Seine Mitstreiter sind verblüfft. Bisher ist es nicht aufgefallen, doch Sho-Ril hat Recht.

»Du meinst ... mir ... ich meine ... *uns* kann nichts ... ?«

»Außer einen Schrecken – nein.«

Hörbar atmet Urio auf. Mit der Zeit gehen sie immer schneller, seitdem das Energiepolster bekannt ist. Somit verlagert sich das Interesse auf die nähere Umgebung. Ins besonders steigt die Spannung, was denn die ›Anlage‹ so bietet.

Sprachlos bestaunen und bewundern die *Methelems* eine befremdliche Maschinerie. Unverkennbar sind nur die glatten

Säulen, die die Energie liefern. Alles andere entzieht sich jeglicher Vorstellungskraft.

Fantasielos sind Arimeaner keineswegs. Eifrig suchen sie Erklärungen für den Nutzeffekt. Von diffus bis irrational verträumt entstehen diverse Thesen. Keine erscheint logisch. Wie die Wahrheit auch aussehen mag, sie werden ohne entsprechendes Wissen niemals weiterkommen. Wie auch, gibt es doch nichts Vergleichbares!

»Wie weit unten sind wir eigentlich?«

Eine berechtigte Frage. Rings um die Enklave ist nur Wasser. Welche Technologie ist in der Lage, solchen Massen zu trotzen? Zudem ist es angenehm warm. Eigentlich könnte man meinen, dass zumindest eine hohe Luftfeuchtigkeit vorhanden sein muss. Aber nichts dergleichen ist der Fall.

Niemand der Anwesenden kann die Frage beantworten. Sho-Ril geht ein paar Schritte durch einen der vielen Gänge, zu den auf beiden Seiten Apparaturen flankieren.

»Wie eine Fabrik. Nur – was wurde hergestellt?«

Zwischen einzelnen, in Blöcken montierten, Apparaturen findet Sho-Ril so etwas wie ein Terminal.

»Endlich was Vertrautes.«

Sulantrea, Urio und Rhobal versammeln sich darum.

»Keine Tasten … Stimmensteuerung?«

»Wir kennen nicht deren Sprache«, wendet Rhobal ein.

Sho-Ril denkt nach. Da fällt ihm etwas ein. Seitdem er mit dem Rogaliten in Kontakt steht, tragt Sho einen Kristallsplitter bei sich. Diesen fand er außerhalb der Höhle. Damals hat er sich noch gewundert, wie ein Stück Rogalit dorthin kommt.

Er zieht den Splitter aus der Tasche. Ob es etwas bringt ist fraglich. Kaum in der Hand, beginnt das Material sich zu verfärben. Einen Schritt nur steht Sho-Ril vom Terminal entfernt. Keinem fällt auf, dass er den Splitter weiter heran hält.

Die Verfärbung nimmt zu. Und dann erklingt eine helle Stimme. Am Terminal beginnen Dioden aufzublinken. Oberhalb entsteht ein Digital-Hexaeder – ein *Sechsflächler* – mit dem bewegten Abbild einer hellhäutigen Frau.

«Sei gegrüßt, Bewohner des Planeten. Mein Name ist Khrill. Ich komme vom weit entfernten Sternensystem Mondrĕum.»

Sho-Ril weicht zurück.

»Habt ihr das gehört?!«

Aufgeregt dreht er sich um. Zu seinem Erstaunen sind alle mit anderem beschäftigt. Nur Urio schaut herüber.

»Was sollen wir gehört haben?«

»Das Bild spricht!«

Sie runzelt die Stirn. »Welches *Bild*?«

»Na, das da!«

Von Urios Standort ausgesehen, zeigt Sho-Ril ins Leere, das als einziges über den brusthohen Terminal thront.

Schulterzuckend sagt sie nur: »Da ist nichts« und setzt ihrerseits die Erkundung fort.

»Aber …«

Die *Methelem* hört gar nicht mehr zu. Rhobal schwadroniert in zwanzig Meter Entfernung durch die Apparaturen-Gasse. Sulantrea ist nirgends zu sehen.

Spinnt er etwa? Sho-Ril wiederholt die Prozedur. Wieder erscheint das Bild und die Fremde beginnt das Gleiche zu sagen.

«… Von dort aus sind wir aufgebrochen, um einen neuen Lebensraum zu finden. Eine Sternenexplosion wird in drei Generationen unser System vernichten.»

Khrill macht eine Pause. Es ist ihr anzusehen, wie die drohenden Ereignisse sie mitnehmen.

«Ich gehörte zur Vorhut. Wir bauten diese Anlage, um diesen Planeten unseren Bedürfnissen anzupassen. Klima und Atmosphäre werden hierdurch stabilisiert. Außerdem verringern wir gerade die Distanz zur Sonne. In der nächsten Generation bringen wir unsere siebzehn Monde mit.»

Siebzehn? Er denkt an die Darstellung oben. Waren es siebzehn Monde?

Ein kalter Schauer überzieht seinen Rücken.

»Träumst du?«

Plötzlich steht Sulantrea neben ihm.

»Was?«

»Fantastisch, nicht wahr? Was hältst du von der Anlage?«

Sho-Ril muss sich erst wieder zurechtfinden. Vollkommen neben der Spur, kann er Sulantrea nicht folgen.

Unbeirrt schwärmt sie weiter. »Es ist einfach nur wundervoll. Diese Gigantomanie! Herrlich …«

Noch immer schweigt Sho-Ril. Fragen stürmen auf ihn ein. Wieso versteht er Khrill? Ist sie vielleicht doch eine Arimeanerin gewesen? Das wäre *die* Entdeckung! Aber warum hat Urio nichts mitbekommen?

Ein Entschluss bahnt sich einen Weg.

»Und ich hab sie entdeckt …«, endet Sulantrea beschwingt.

»Ja, dass hast du.«

Sie nickt überglücklich. Ihren Zustand ausnutzend, legt er Sulantrea den Arm um die Schulter und leitet sie sanft ans Terminal heran.

»Hey, Sho! Was hast denn vor?« Grinsend erwidert sie seine vermeintlichen Annäherungsversuche. Sho-Ril ergreift zärtlich Sulantreas Hand, drückt ihr den Rogalitsplitter hinein und presst sie zur Faust zusammen.

Neunundzwanzig

Gegenwart, Methua.

Die Einbruchstelle umfasst etwas mehr als Länge und Breite des Wracks. Genaugenommen passt es exakt in die Spalte. Durch die Wucht, die der Absturz inne gehabt hat, wurde so viel Energie freigesetzt, dass die darunter liegende Erdformation instabil wurde. Durch Callums Schuss geriet letzten Endes alles in Bewegung.

Mit äußerster Vorsicht gehen sie zurück. Anstelle des Wracks klafft ein tiefes Loch. Der Rumpf ist darin vollständig versunken. Bis knapp an den Rand wagen sie sich vor. Feuchte, stinkende Luft entweicht der Erdspalte.

Das ist's also! Sie haben den Rumpf zwar gefunden, dennoch kann nicht geklärt werden, woher das Schiff gekommen ist. Einen Anhaltspunkt könnten die Überreste des verbliebenen Insassen liefern. Doch auch die sind vermutlich mit versunken.

»Kehren wir um?« Waylon klingt niedergeschlagen.

Betroffen sehen die Männer hinunter. Es ist verdammt knapp gewesen. Viel hat nicht gefehlt …

Einzig Callum kann einen Kleinerfolg verzeichnen.

»Wenigstens haben wir was gefunden«, sagt er, ebenfalls bedrückt. Der zweite Behälter gleicht einer Phiole. Auch ist er nicht gesichert, was auf einen bedeutungslosen Fund schließen lässt. Wie bedeutungslos, wird sich noch herausstellen. »Wollen wir gleich nachsehen?«

Dako nickt. Eine gute Gelegenheit, wenigstens etwas die Hintergründe zu beleuchten.

»Wo ist überhaupt der Kristall?«

Waylons Frage kommt unerwartet. Im ganzen Stress hat Dako den Überblick verloren. Deswegen schlägt die Frage ein wie eine Bombe. Er wird bleich.

»Ich habe den Neunten drüben neben einen Stamm gelegt«, klärt sie Callum auf.

Der Schreck will nicht weichen.

»Ohne Aufsicht?« Es will Waylon nicht in den Kopf, wie nachlässig der *Wächter* eigentlich ist.

»Es ist niemand hier«, verteidigt sich Callum gelassen. »Außerdem hab ich ihn abgedeckt.«

Misstrauisch wirft Waylon dem Arimeaner einen Blick zu, der feindseliger nicht sein kann, lässt es aber dabei bewenden. Zugunsten des Friedens geht er ein Stück weiter. Sollen die Zwei doch machen, er hat jetzt keine Lust zum Streiten.

Demonstrativ bringt Waylon eine große Distanz zwischen sich und den Beiden. Heimlich beobachtet er sie. Er fühlt sich als fünftes Rad am Wagen. Das braucht Waylon jetzt nicht! Da ist ihm diese Erdspalte schon lieber.

Glatter Durchbruch. Saubere Ränder. Das Loch ist so tief, dass der Rumpf nur andeutungsweise zu sehen ist. Waylon schätzt auf eine Tiefe um die dreißig Meter. Heftig. Sie hätten mitgerissen werden können und keine Chance gehabt.

In Gedanken versunken umrundet er das entstandene Erdloch. Dabei fallen ihm die unterschiedlichen Erdschichten auf. Neugierig hockt er sich nieder. Die Erde ist bereits ausgetrocknet. Nichts ist mehr da.

Callum und Dako haben die Phiole geöffnet. Wie sie das Ding jetzt halten, scheint es doch wichtig zu sein. Jedenfalls wichtig genug, um daraus ein Thema zu machen. Waylon schüttelt den Kopf. Schon eigenartig, wie erwachsene Männer debattieren können. Und komisch, wie sehr es ihn selbst kaum berührt. Er ist müde geworden. Schwindendes Interesse am Abenteuer. Wie sehr sehnt er sich doch nach Ruhe und Erholung! Nach seinem Heim. Vertraute Umgebung. Nach Land und Leuten.

Langsam macht Waylon kehrt. Der Abgrund macht ihn nachdenklich, stimmt traurig. Das liegt daran, weil das Loch bodenlos wirkt. Wie sein Innerstes. Vor lauter Aufgaben und Ziele hat er sich selbst aus den Augen verloren. Hat sich verzettelt. Und nun wird ihm die Rechnung präsentiert.

Lustlos kickt er einen kleinen Stein, folgt gelangweilt dessen Flug. Am gegenüberliegenden Rand prallt er ab und stürzt in die Tiefe. Naturgemäß ist das menschliche Auge träge und die Fallgeschwindigkeit höher, als ein kleines Objekt länger zu verfolgen. Der Stein ist schon längst außer Sichtweite, als Waylon von etwas anderen abgelenkt wird. Kann das sein, was seine müden Augen da sehen? Ist das eine … Stufe?

»Way? Willst du nicht wissen, was in der Phiole ist?«

Er hebt den Kopf.

»Wollt ihr nicht sehen, was ich hier habe?« Es soll trotzig klingen, misslingt aber völlig.

»Warte … wir kommen …«

Callum schließt die Phiole und steckt sie ein.

Gemeinsam untersuchen sie die Neuentdeckung. Und Waylon analysiert eifrig mit. Vergessen ist der depressive Anflug von eben.

»Zu weit weg«, sagt Dako. »Da kommen wir nicht heran.«

»Vorschläge?«

Der *Wächter* holt den Strahler hervor.

»Tretet beiseite!«

»Löst du alles mit Gewalt?«

Zischend verlässt der Laser das Handgerät. Staub wirbelt auf. Ein weiterer, tiefer angelegter Schuss. Wie ein Revolverheld aus einem Western blinzelt Callum aufs Ergebnis und befindet es als gut.

»Nur, wenn's nicht anders geht, Waylon.«

Die Strahlenwaffe hat sauber gearbeitet und ein Teilstück einer freitragenden Treppe freigelegt; für den Einstieg Platz genug.

»Wenn ihr mich fragt, mach ich den Anfang.«

Natürlich will Waylon dem *Wächter* in nichts nachstehen. Behäbig klettert er den entstandenen Abhang hinunter. Kurz *flippernd* springt der Maki hinterher. Am Übergang zu den Stufen dauert es länger, festen Stand zu bekommen. Drinnen ist es erwartungsgemäß finster und die Augen benötigen einige

Zeit der Gewöhnung. Dann verschwinden beide aus der Sicht.

»Kommt ihr?!«, hallt es. »Ich geh schon mal vor!«

In Etappen geht Waylon über die freischwingende Steintreppe. Er muss sich zusammen reißen. Die schmalen Stufen suggerieren jederzeit abzustürzen. Und es ist nicht einmal der Boden zu sehen. Als er merkt, dass Dako ihm folgt, geht Waylon einfach konzentriert weiter.

»Ich hätte mich darauf nicht einlassen dürfen«, brummt er. »Ich und meine große Schnauze!«

Die vorauseilende Wihakayda dreht sich zu ihm um, und *flippert* zustimmend.

»Du hast gut lachen, *Kleine*. Komm erst mal in mein Alter!« Alte Verhaltens- und Denkmuster brechen hervor. »Du machst ja auch den ganzen Tag nichts anderes …«

Der Mohrenmaki gackert.

»Ja, ja. Mach nur weiter so …«

Als Letzter betritt Callum nach einer Weile die Treppe. Angstfrei holen sie Waylon schnell ein, der wie ein Seiltänzer die Arme schwingt.

»Geh ganz normal, *micinksi*«, raunt Dako. »Stell dir einfach vor, unter dir fließt ein Bach.«

In diesem Moment setzt der Maki zu einem Sprung an. Es ist ein riesiger Satz, den er macht. Waylon ist verblüfft. Das Tier scheint Gefallen daran zu finden, denn es springt von nun an öfters. Graziös fliegt Wihakayda durch die Luft, überwindet auf diese Art fast fünfzehn Meter.

»Herrscht hier eine andere Schwerkraft?«

»Das finden wir heraus«, antwortet Callum Waylon. »Wohin diese Treppe uns auch führen mag, die Antwort ist dort zu finden.«

»Wenn wir dort je ankommen …«, murmelt er zähneknirschend.

»Was meinst du?«

»Ach nix, Callum«, ruft er nach hinten. »War nur so dahin gesagt.«

Dank der akrobatischen Einlagen des Äffchens getraut sich Waylon mehr zu und wird lockerer. Unterwegs wundert er sich des Öfteren, wie die Treppe so frei schweben kann. Derartiges sieht in der Planung ganz nett aus. In der Umsetzung allerdings würde es allein wegen der Statik scheitern. Dazu kommen die zahlreichen Kurven.

Ebenso beschleicht ein paradoxes Gefühl von Leichtigkeit die Männer, je weiter sie nach unten kommen. Das Einzige was Waylon als störend empfindet ist die enorm hohe Luftfeuchtigkeit. Wie in einer Sauna! Dadurch ist die Luft ziemlich zäh und das Atmen fällt schwer. Liegt da unten etwa ein unterirdischer See?

Die Zeit verstreicht. Langsam ärgert der langwierige Abstieg Waylon.

»Warum gibt's denn keinen Aufzug! Auf eurer Welt wimmelt es doch von Gleitern und Schwebern.«

»Falls es dich interessiert, Waylon: Ich hatte keine Ahnung von dieser Höhle. Die Enklave ist so was wie ein Sperrgebiet.«

»Verfluchte Geheimniskrämerei«, meint Waylon abwertend. »Ihr seid nicht besser, als unsere Geheimdienste.«

Der Wächter seufzt.

»Methua ist nur schwer zugänglich. Von Natur aus besiedelten unsere Ahnen das Stück Land nicht. Weder zu Fuß noch über dem Wasser ist es erreichbar. Und die ersten Gleiter waren zu groß. Man beschloss, die Insel im ursprünglichen Zustand zu belassen.«

»Ein Naturschutzgebiet also.«

»So ähnlich.«

»Auf der Erde kaum vorstellbar. Da ist fast jedes Stückchen bewohnbares Land besiedelt.«

»Ihr Menschen müsst ja unendliche Ressourcen haben.«

»Wieso?«

»Wenn ihr den Planeten so dicht besiedelt habt, braucht ihr doch genügend an Nahrung und Energie.«

Ein heikles Thema. Callum glaubt tatsächlich, dass der

Mensch alles bestens im Griff hat! Wie kommt Waylon nur wieder aus dieser Nummer heraus? Der Zufall eilt ihn zu Hilfe. Sie erreichen den Boden.

Dreißig

Inselenklave Methua, 154 Millionen Jahre zuvor.

Sulantreas Aufschrei alarmiert Urio und Rhobal, die sofort herbeieilen. Sie finden Sulantrea in Sho-Rils fester Umklammerung. Eine pikante Situation, wie sie erst meinen. Doch dann sehen sie Sulantreas Antlitz. Die Frau starrt mit offenem Mund auf einer Stelle über dem Terminal. Nur – dort ist nichts zu sehen!

Sho-Ril hebt die Hand. Das soll bedeuten, einen Augenblick zu warten. Er will unbedingt Sulantrea als Zeugin haben. Und sie scheint die gleichen Bilder zu sehen wie er.

»Das ... das ...« Sulantrea findet keine Beschreibung. Das, was sie gerade erfahren hat, entlarvt den Anspruch Arimeas auf Erstintelligenz als Irrtum.

»Hast du's gesehen?!«

Sulantrea reagiert nicht. Er hält sie noch immer am Arm fest. Ihre Mimik verrät eine imponierende Erfahrung.

»Sag was!«

Die *Methelem* ist weit der Realität entrückt. Sho-Ril erreicht sie nicht. Verunsichert lässt er sie los.

»Was hat sie?«, fragt Urio.

»Sie hat eine Botschaft erhalten.«

»Sulantrea hat was?!«

»Das Terminal ... ein Bericht ... von Fremden ...«

Sho-Rils Gestammel wirkt konfus; Urio und Rhobal werden daraus nicht schlau.

»Welche Fremden? Von was sprichst du?«

Sulantrea starrt ins Leere. Den Splitter fest umschlungen, versucht sie die empfangenen Information zu verarbeiten. Gedanken toben ihr durch den Kopf. Kein einziger davon ist fassbar. Einmal aufgetaucht, entgleitet er sofort wieder wie Sandkörner in der Hand. Sie fühlt das Besondere, doch erfasst nicht wirklich deren Bedeutung. Am geistigen Horizont wabern die Gedanken im Meer noch zu entdeckender Eindrücke. Wie soll Sulantrea sich darin zurecht finden? Oder sich davor schützen? Mit Erschrecken nimmt sie ein Detail wahr, was die so gar nicht einordnen kann. Eine Mauer dieses Gedankenmeeres wird größer. Sie kann den Blick nicht abwenden. Gebannt beobachtet sie das Aufbäumen. Noch kann Sulantrea den drohenden Gedankentsunami zurückhalten. Die Masse pulsiert. Einzelne auffällige Punkte beginnen zu glimmen. Strukturen eines Netzes werden erkennbar, deren Knotenpunkte hell aufleuchten.

Donnerhallend erklingt Khrills Stimme: «Eine Sternenexplosion wird in drei Generationen unser System vernichten.»

Kaum verhallen ihre Worte, bricht der Tsunami über Sulantrea herein. Dem nicht gewachsen, verliert sie das Bewusstsein. Gerade noch rechtzeitig fängt Sho-Ril Sulantrea auf, um einen Sturz zu vermeiden.

»Helft mir …«

Rhobal ist blass geworden. Die beiden Männer bringen Sulantrea in eine Sitzposition.

»Und jetzt klär uns endlich auf!«

Als Sulantrea zusammenbrach, entglitt ihr der Rogalitsplitter aus ihrer erschlafften Hand. Sho-Ril nimmt diesen an sich, reicht ihn Rhobal.

»Mach dich auf was gefasst«, sagt er ernst.

Erschöpft öffnet Orinario die Augen. Er benötigt einige Zeit, bis er sich orientiert hat. Das Kristallgewölbe beschleunigt sein Wohlgefühl; er ist in Sicherheit. Sicherheit? Wie kommt er darauf? Schließlich ist die Grotte der sicherste Ort überhaupt! Nur ihm bekannt.

Zweifelsohne überkommt Orinario ein Gefühl, *erwischt* worden zu sein. Und dabei tut er nichts generell Verbotenes. Es geht einzig und allein ums Ansehen. Dennoch fühlt er eine aufkeimende Schuld.

Träge verlässt er den Zellerneuerer. Schlaff hat er Mühe, sich aufzurichten. Was ist bloß los? Hat der Erneuerer versagt?

Ihm ist schwindlig. Mit den Händen Halt suchend, atmet er durch. Der Schwindel will nicht weichen. Und hinzu kommt heimtückisch hintergründige Übelkeit.

Schwach sinkt der Älteste in den Erneuerer. Die Zeit wird eine Freundin sein.

Alle *Methelems* – einschließlich Sho-Ril, der den Rest bisher noch nicht kennt – sehen Khrills Bericht. Tief beeindruckt beginnt anschließend eine Zeit selbstvergessenen Schweigens.

Inzwischen ist Sulantrea wieder bei Besinnung. Schwerfällig steht sie auf. Nirgends sieht sie einen der Ihren.

»Sho?«, ruft sie mit heiserer Stimme. »Rhobal? Urio? – Wo seid ihr?«

Von weit her hallen Schritte. Irgendwo tropft Wasser. Stimmen schwellen an, verebben wieder.

»Sho!«

Ihr Ruf scheint nicht weit genug zu reichen, gleichwohl Sulantreas Stimme, für ihr Verständnis, sehr klar und zudem laut ist.

Offensichtlich ›schlucken‹ die ganzen Apparaturen den Schall. Die Akustik kommt ihr schon ein wenig merkwürdig vor. Wieso ist das Plätschern des Wassertropfens so vordergründig? Zwangsläufig bekommt Sulantrea Durst. Und was für einen! Einen ganzen Bottich könnte sie jetzt leeren.

»Hier bist du ja.« Urio kommt gerade um die Ecke.

»Wo wart ihr? Habt ihr mich nicht rufen hören?«

»Wir sind gleich dort drüben, Sulantrea. Du hast gerufen?«

Ohne Antwort geht Sulantrea in die ihr gedeutete Richtung. Und wirklich: Etwa fünf Meter weiter stehen Sho-Ril und Rhobal im anregenden Gespräch.

»Seid ihr etwa taub?!«, schreit sie aus Leibeskräften. »Mir hätte sonst was passiert sein können!«

Weder Sho noch Rhobal scheinen sie zu hören.

»Du warst besinnungslos, Sulantrea. Dir fehlte nichts, außer ein wenig Ruhe.«

»Wieso hören die mich nicht …«

»Genau darüber diskutieren unsere Männer. Innerhalb weniger Meter verebbt der Schall.«

Während Urio erklärt, geht Sulantrea weiter auf die Männer zu. Und tatsächlich hört die plötzlich, was sie sagen. Zur Probe macht sie einen Schritt zurück. Die Stimmen sind wie abgeschnitten. Sulantrea tritt aus dem Akustikschatten heraus.

Langsam weicht das Schwindelgefühl. Sicherheitshalber bleibt Orinario noch etwas liegen. Er will kein unnötiges Risiko eingehen. Das ist das, was er jetzt nicht gebrauchen kann. Schlimm genug, dass in letzter Zeit alles drunter und drüber geht. Immer öfter bekommt er den Eindruck, etwas vergessen zu haben. Das Gefühl ist manchmal so stark, dass er glaubt, den Gedanken fassen zu können. Doch so sehr er sich anstrengt, es gelingt nicht. Orinario wird derartiges in Zukunft wohl ignorieren.

Mit behutsamen Bewegungen gelingt es ihm, das Kristallgewölbe zu verlassen; schweißgebadet erreicht er die darüber liegende Wabe. Sorgfältig verschließt er die geheime Öffnung und stellt den Zustand wieder her, der nichts verrät. Er rechnet zwar nicht mit Besuch, will aber darauf vorbereitet sein. Zwei voneinander unabhängig arbeitende Türen verriegeln, die im normalen Abstand der Wände zweier Waben so angebracht sind, wie normal aneinander gebaute Wohnwaben; auf diese Weise ist der Zugang optimal getarnt.

Nach einer Stärkung macht sich Orinario auf den Weg nach draußen.

Rhobal sondert sich ab. Während der Diskussion mit Sho-Ril kann einfach kein Konsens erzielt werden. Nun zählt er die Terminals und untersucht deren Anordnung. Endlich kann er sein phänomenales Gedächtnis einbringen. Damit wird er eine Weile beschäftigt sein.

Sho-Ril hingegen sucht nach Computern oder etwas vergleichbaren. Vielleicht gelingt es, die Anlage in Betrieb zu nehmen, oder wenigstens die Funktionsweise verstehen.

Stunden vergehen. Genauso bleiben die Frauen nicht untätig. Urio schaut sich nach analogen Hinterlassenschaften um, wie handschriftliche oder gedruckte Schriften. Es ist denkbar, das solches viele Jahrhunderte überstehen kann, wenn die Lagerung stimmt. Viel verspricht sie sich nicht. Wer kann schon sagen, wann die Anlage entstand.

Sulantrea versucht ihr Glück an den Terminals. Drei hat sie bereits entdeckt, wovon aber nur einer, und zwar der Erste, funktioniert. Es ist also Zufall, die — für arimeanische Verhältnisse — brisanten Informationen von Khrill erhalten zu haben. Später wird klar, dass es das einzige Terminal ist, das von der Anordnung her am ehesten gefunden wird. Eine technisch und mental sehr hoch entwickelte Intelligenz, die darauf aus ist, *gefunden* zu werden. Und das über einen außerordentlich langen Zeitraum. Genial!

»Habt ihr auch Hunger?«

All die Eindrücke haben sie die Zeit vergessen lassen. Allmählich melden sich die ureigenen Bedürfnisse. Eine Weile können diese verdrängt und hintenan geschoben werden; wird dann davon gesprochen, drängen sie mit aller Macht hervor.

»Hier bekommen wir nichts«, sagt Urio. »Dafür müssen wir wieder hoch.«

Rhobal bläst die Wangen auf.

»Das dauert ja eine Ewigkeit«, murrt er.

»Was haltet ihr davon, wenn wir uns aufteilen? Ihr Männer bleibt und Sulantrea und ich holen etwas zu essen.«

Nach reiflichen Überlegungen brechen die Vier schließlich gemeinsam auf. Sich zu trennen berge zu viele Gefahren.

Frische Luft und Sonne bewirken oft Wunder. Bis eben noch etwas schwach auf den Beinen, findet Orinario bald Kraft. Gedankenabwesend geht er ein Stück. So bemerkt er nicht den Arimeaner-Auflauf am Ufer. Bedächtig schreitet der Älteste den Pfad empor, der zu dem am West-Hang ruhig gelegenen Plateau führt. Dorthin zieht es Orinario. Dieser Platz ist ein Rückzugsort auf der ansonsten überlaufenen Insel. Kaum jemand verirrt sich dorthin.

Heute aber ist es anders. Alle Angehörigen des *Kreises* scheinen auf den Beinen zu sein. Schon von weitem sieht Orinario die Ansammlung. Als man ihn bemerkt, wird eine ehrfürchtige Gasse gebildet. Fragende Gesichter schauen auf ihn, wechseln dann aber den Blick gen Himmel.

Es herrscht gespenstische Ruhe. Etwas Drohendes liegt in der Luft. All die Versammelten folgen dem Gesetz des Gruppenzwanges. Dem kann auch der Älteste sich nicht länger verwehren.

Er erstarrt. Kurz über dem Horizont taucht die Sichel eines Mondes auf. Doch dort befindet sich kein Himmelskörper, der Arimea begleitenden Monde! Gebannt starrt Orinario auf das Spektakel. Die sichtbare Sichel schimmert blau, lässt eine

Wolkendecke erahnen. Von der Größe her ist das kein Mond, sondern ein Planet!

Ein Raunen geht durch die Arimeaner. Hinter der undeutlichen Blauen Sichel erscheint ein weniger prägnantes Himmelsgebilde. Orinario erbleicht. Für einen Augenblick sieht er klarer. Auch wenn dieser Moment sogleich wieder vergehen wird, bleibt das Gefühl von Wissen.

Beide Himmelskörper gehören nicht dem arimeanischen System an, ja noch nicht einmal der Galaxie! Lichtjahre voneinander entfernt und nun sichtbar, kann nur eines bedeuten: Ein Zeitenbeben!

Einunddreißig

Inselenklave Methua, Gegenwart.

Ein dünner, stinkender Wasserfilm überdeckt den Boden. Sie müssen aufpassen, denn jeder Fehltritt hat unweigerlich einen Sturz zur Folge.

Im fahlen, diffusen Licht wirkt die fremdartige Anlage noch geheimnisvoller. Sie will so ganz und gar nicht hierher passen. Fügt sich widerwillig den begrenzten Gegebenheiten. Wurde die Anlage etwa erst viel später eingeschlossen?

Waylon verwirft diesen Gedanken, als zu absurd und unwahrscheinlich. Doch ganz bekommt er den Eindruck nicht los. Natürlich stellt sich auch ihnen die Frage, welche Funktion die gewaltige Höhle innehatte. Hier ist Callum gefragt und dessen Geschichtskenntnisse. Wie so oft im Leben, versagt dem *Wächter* an dieser Stelle sein Wissen. Nirgends sei davon die Rede gewesen, nichts in einschlägigen Büchern verzeichnet. Methua galt stets als unerreichbar und unberührt. Daran änderte sich auch nichts, nachdem die *Methelems* hierher abgeschoben worden sind und mit einem Federstrich die Insel zur Enklave erklärt wurde.

»Mehr ist mir nicht bekannt. Ich bin genau so überrascht wir ihr.«

»Ich kann mir nicht vorstellen«, meint Waylon, »dass niemand davon gewusst hat. So was kann nicht geheim gehalten werden! Nicht über eine längeren Zeit.«

»Unzugängliches Gebiet. Urwald. Kann ich mir schon vorstellen.« Dako denkt dabei an die Inka-Ruinen auf der Erde, die über Jahrtausende hinweg als verschollen galten. Nicht auszudenken, was die Pyramiden beherbergen könnten!

Überall ist der Boden nass und glitschig. An einigen Stellen steht das Wasser knöchelhoch und ist mit einem Algenteppich überzogen. Demzufolge sehen auch die Apparate aus. Rost blättert ab. Überall wohin man schaut wuchert Schimmel.

Wo ist denn das Moosgeflecht? Der Verfall ist inzwischen unumkehrbar. Ernüchtert halten sie inne, hatten sie doch mehr erwartet, als nutzlosen Schrott.

* * *

Nach einer Erholungsphase, in der Lokar ein bleierner Schlaf ereilte, geht er auf Entdeckungstour. Bald ist er sicher: er ist in einem unterseeischen Schiff, einem Tauchboot mit Panoramaglas. Zu seiner Zeit gab es nur eine Handvoll davon, und die waren klobig und nicht so geräumig. Ein weiterer Hinweis, dass er weit in der Zukunft gelandet ist.

Eine Idee gewinnt die Oberhand. Wenn es ihm gelänge, aufzutauchen und ans Festland zu kommen, stünden seine Chancen nicht schlecht. Den ›RZG‹ bereits abgeschrieben, geht es nun in erster Linie ums nackte Überleben. Noch jung und kräftig, kann Lokar es schaffen, in dieser Zeitebene Fuß zu fassen. Und mit etwas Glück gelangt er vielleicht sogar bis nach Arkonim. Er zweifelt nicht im Geringsten, dort einen kompetenten Magistrat vorzufinden. Nur er kann ihm helfen!

Neuen Mut fassend, sucht Lokar nach der Steuerung. Wer

ein Raumschiff fliegen kann, kann auch ein Tauchboot steuern. Viel Unterschied wird es nicht geben.

Schneller als erhofft sitzt er im Steuerraum. Schon länger dauert es, sich mit der Bedienung vertraut zu machen. Nach anfänglichen Fehlschlägen, gelingt es schließlich. Das Tauchboot startet. Beflügelt vom Erfolg beginnt Lokar die Unterwasserfahrt. Etwas schwerfällig bugsiert er das Boot von der Andockstelle.

Kristallklare Sicht erleichtert die Navigation. Im virtuellen Bedienelement leuchtet eine Warnung auf. Die starke Strömung zwingt ihn gegenzusteuern. Ein Riff kommt steuerbord bedrohlich näher. Lokar gibt die Korrektur ein. Es wird knapp. Der Alarm blinkt unübersehbar. Die Abstandssensoren melden höchste Warnstufe. Ängstlich beobachtet Lokar, wie das Riff näher kommt. Gleich werden sie kollidieren! Jeden Augenblick kann es soweit sein. Hoffentlich hält die Außenhaut! Er zieht den Kopf ein.

Nur Millimeter bleiben, bevor die Ruderdüsen greifen.

»Geht doch«, atmet Lokar erleichtert aus.

Vor dem Tauchboot öffnet sich die unendliche Weite des Ozeans. Genügend Zeit, um das Boot besser kennenzulernen. Lokar ruft das Menü auf. Er sucht die Logfile, das automatisch angelegte Logbuch der letzten Fahrten. Demzufolge dockte das Tauchboot vor mehr als einhundert Jahren an die Unterwasserstadt an. Seither gibt es keine Einträge.

Lokar wählt die Suchmaske. Es kann nicht schaden, in der bordeigenen Bibliothek zu stöbern. Eine Rückkehr schließt der Paladin aus, da ist es von Vorteil, mehr über die jetzigen Gepflogenheiten zu erfahren.

Zu seinem Entsetzen findet Lokar keine geschichtlichen Daten. Überhaupt fehlen sämtliche relevante Unterlagen, die — wenigsten zu seiner Zeit — in jedem Gefährt abrufbar sein mussten. Kurz überlegend, ruft er den kompletten Speicher auf. Die Auslastung liegt unter acht Prozent!

Auf diesem Wege kommt er also nicht weiter. Schon komisch. Hat da jemand ganze Arbeit geleistet und Relevantes gelöscht? Die Kristallspeicher arbeiten zuverlässig. Grundlos geht nichts verloren. Eine andere Ursache muss der Auslöser sein. Nur welcher? Vorläufig kann Lokar es nur als unabänderlich akzeptieren.

Die Geschwindigkeit beträgt dreißig Knoten. Lokar erhöht auf vierzig. Hindernisse werden von der Automatik erkannt, da braucht er nicht zu trödeln. Hauptsache schnell weg von der Unterwasserstadt und den Toten! Sofort jagen Lokar eiskalte Schauer über den Rücken, die ihn schaudern.

* * *

»Und du bist dir ganz sicher, Callum?«

»So sicher ich nur sein kann.«

Waylon ist anderer Meinung, doch die interessiert nicht.

»Okay, tu es.«

Der *Wächter* führt die acht Kabelenden-Paare zusammen. Eigentlich hätte jetzt der Strom fließen sollen. Es tut sich jedoch nichts. Noch einmal überprüft Callum die Verbindungen.

»Der Fehler liegt woanders.«

Seitdem er einen funktionstüchtigen Akkumulator gefunden hat, will Callum unbedingt eines der Terminals zum Laufen bringen. Er kann es nicht ausstehen, ohne ein Ergebnis die Exkursion abzubrechen. Trotz der hohen Luftfeuchtigkeit setzt er alles in Bewegung. Sogar den technisch nicht so versierten Dako hat er eingespannt.

Vom Terminal erwartet Callum einiges. Allerdings sträubt sich das Teil mit allen Mitteln.

»Alles ist nass oder wenigstens klamm, Callum. Das wird nie klappen!«

»Gibst du immer so schnell auf? Kein Wunder, dass dir vieles misslingt …«

Waylon liegt eine scharfe Bemerkung auf der Zunge, schluckt sie aber doch hinunter. Objektiv betrachtet, hat Callum Recht, auch wenn es Waylon an die Nieren geht. Von der eigenen Sicht aus überlagern subjektive Eindrücke.

»Ich hab's«, ruft Callum. »Aufpassen!«

Wie angewurzelt verharren Waylon und Dako in der Bewegung und halten gespannt die Luft an.

Ein leichtes Summen ertönt. Erwartungsvoll lässt keiner der Drei das Terminal aus den Augen. Fehlanzeige! Callum tritt an das Gerät, berührt es.

»Es arbeitet«, stellt er fest.

»Wär ein Wunder«, stichelt Waylon mürrisch.

* * *

Das Tauchboot wechselt mehrmalig selbstständig den Kurs. Lokar hat den Überblick schon längst verloren, welche Richtung ursprünglich eingeschlagen worden ist. Und ohne genaue Kenntnisse, wo die Unterwasserstadt liegt, ein Unding! Er kann nur hoffen, überhaupt irgendwo anzukommen.

Abermals leuchtet ein Warnsymbol auf. Daneben einen Code, die Lokar sehr bekannt ist: Defektes Filtersystem! Hektisch tippt er die Zahl an. Siebzig Prozent Leistung, abfallend. Das reicht keine viertel Stunde mehr! Sofort verringert er die Geschwindigkeit.

Alle anderen Systeme laufen einwandfrei.

Der Antrieb stottert. Leistungsabfall um weitere fünfundzwanzig Prozent.

Lokar schellt sich einen Naivling. Wie dumm kann man nur sein, unvorbereitet in ein unbekanntes Gefährt zu steigen! Er wird die Kontrolle verlieren. Und dann käme er niemals weg! Die rettende Kapsel würde zu seinem schwimmenden Sarkophag werden …

* * *

Über dem Terminal entstehen flackernd die Seiten eines virtuellen 3D-Hexaeders. Dazwischen versucht die Software ein Hologramm aufzubauen, was nur teilweise gelingt. Personen werden verpixelt und farblos dargestellt. Der Hintergrund ist gar nicht zu sehen. Im Sieben-Sekunden-Takt erfolgt eine diagonale Störung, die das Bild blitzartig zusammenfallen lässt, sich anschließend aber wieder beruhigt.

In der linken oberen Ecke schwebt ein transparenter Rundbutton. Waylon ist er gar nicht aufgefallen, als ihn Callum berührt. Sogleich verschwindet die Aufzeichnung und ein Rollmenü füllt den Bereich voll aus. Die Zeichen ähneln denen der Arimeaner, sind jedoch eindeutig älterer Herkunft.

Darüber zu sinnieren steht Waylon nicht der Sinn. Dies überlässt er liebend gern dem *Wächter*, der sich anscheinend zurechtfindet. Zweifelsohne besteht zwischen beiden Schriftzeichen ein unmittelbarer Zusammenhang. Sieht man von minimalen Abweichungen in der Symbolik ab, ist eine Verwandtschaft nicht zu leugnen.

»Was tust du?«

»Ich versuche in die Datenstruktur vorzudringen. Gelingt mir aber nicht.«

»War das eine Aufzeichnung?«

»Glaub schon.«

»Sicher bist du dir nicht, Callum?«

»Nein, Dako. Warum?«

»Es kam mir vor, dass die Szene hier in der Höhle sich abspielte …«

Der *Wächter* schaut verblüfft auf. Verstehend nicken sich die Männer zu. Einige Fingerzeige später, startet wieder das Hologramm.

* * *

Unglücklicherweise ist keine Rettungskapsel oder ähnliches zu finden. Ein Notfall kam für Lokars Nachfahren wahrscheinlich nicht infrage. Langsam wird die Situation brenzlig. Im letzten

Moment leitet er das Auftauchen ein. Durch die Panoramaverglasung beobachtet er den rasanten Auftrieb. Nur noch dumpf kann er Geräusche hören. Spät erkennt er seine bedrohliche Lage. Mit zitternder Hand drosselt Lokar die Geschwindigkeit. Dann legt er sich erschlafft zurück und schaut auf die langsam näherkommende Wasseroberfläche. Seltsames ist dort zu sehen. Ein unförmiges, schwarzes Gebilde wird als Schattenriss dargestellt, dessen ausgebreitete Arme ihn umschlingen wollen.

Zweiunddreißig

Inselenklave Methua vor 154 Millionen Jahren. Unterkunft Sulantreas.

Die Nacht bricht herein. Nach dem Aufstieg über die Steinbrücke, stellen sie fest, dass ihr Forschungsausflug sehr lang gedauert hat. Etwas müde und froh, wieder oben zu sein, bestimmen die Eindrücke den weiteren Tagesverlauf. Es ist ein einschneidendes Erlebnis, das ihr Leben tiefgreifend verändert hat.

Bisherige Denkweisen sind von einem Moment auf den Anderen zu Fall gebracht worden. Die einzig gültige und propagierte Weltanschauung zerplatzt wie eine Seifenblase. Und ähnlich wie diese, geschieht es einfach ohne Vorwarnung. Es ist noch nicht absehbar, welch Ausmaß die Informationen annehmen werden. Bis jetzt wissen nur die *Methelems* davon. Und als Ausgestoßene, unwillkommene Mitglieder einer elitären Gesellschaft, die sich anmaßt, alleinigen Anspruch auf den Status ›Erstintelligenz‹ zu erheben, gilt es, dass neu erworbene Wissen zum richtigen Zeitpunkt als Pfand einzusetzen. In Zukunft wird sich das Räderwerk andersherum drehen!

Keiner denkt daran jetzt schlafen zu gehen. Zum allerersten Mal verbringen die Vier die Nacht gemeinsam in freundschaftlicher Diskussionsrunde. Sulantrea hat vor ihrer Behausung ein Lagerfeuer entfacht und einen Kessel des köstlichen Kräutersuds aufgesetzt. Das süffige Heißgetränk ist so begehrt, dass Urio losgegangen ist, um neue Kräuter zu holen.

Als neue Erfahrung kann auch die ausgelassene Atmosphäre bezeichnet werden. Einsam verbrachten sie die meiste Zeit zurückgezogen ohne jeglichen Kontakt. Schmerzhaft verdaut Jeder den Teil der Biographie, der für alle Zeit verloren ist.

Ab heute wird alles ganz anders werden!

Hauptthema ist und bleibt Khills Bericht. Die tollkühnsten Theorien werden geradezu kreiert und ausgiebig gegeneinander abgewogen. Fast scheint ein Wettbewerb ausgebrochen zu sein, was natürlich der frohen Laune keinen Abbruch tut.

Kurz vor dem Morgengrauen verabschieden sie sich voneinander. Zusammengeschweißt durch einen Zufallsfund mit verbesserter Zukunftsperspektive gehen sie schlafen.

Auch für Orinario ist die Nacht zum Tag geworden. Geistesabwesend lässt er wieder und wieder die Aufnahmen der Überwachungskameras im Hexaeder abspielen. Zwei nicht systemzugehörige Himmelskörper – einer als Mond und der Andere als Planet klassifiziert – erscheinen am Firmament. Sogleich hat Patriarch Dharidma ein Bataillon Raumsonden losgesandt, um erste Analysen zu erhalten. Bis jetzt haben ihn noch keine Daten erreicht. Die Warterei macht mürbe. Aufgewühlt und schlecht gelaunt beginnt Orinario zu schimpfen.

»Wann kommen denn nun mal die Daten! Das kann doch wohl nicht wahr sein!«

Entnervt wandert er schwer auftretend durch seine Wohnwabe.

»Verdammt«, flucht er. Sein Ansehen würde schlagartig sinken, wenn er in der Öffentlichkeit derartige Wörter benutzen würde. Immer strahlt er überlegene Ruhe und weise Gelassenheit aus. Dafür ist Orinario beliebt.

»Arbeiten die ›Dinger‹ überhaupt?«

Sie arbeiten, würdiger Orinario.

Was war das?!

Der Älteste sieht sich mit hektischen Kopfbewegungen um. Das fehlte noch, ungebetenen Besuch bekommen zu haben! Indes vollführt sein Körper fahrige Bewegungen besonderer Art.

Er ist allein … Eine Sinnestäuschung! Das muss es sein. Wenigstens ist die gröbste Wut verraucht.

Das Hexaederbild verändert sich. Nicht viel, aber durch das permanente Abspielen fällt es sofort auf. Vor Aufregung bemerkt er nicht, dass es gar nicht mehr die Aufzeichnung ist, sondern ein Live-Bild. Bei Neuigkeiten erfolgt eine sofortige Umschaltung.

»Interessant«, flüstert er.

Zwischen blauer Halbsichel und unscharfen Mond erscheint noch ein fremdes Objekt. Anfangs denkt Orinario an einen Schattenwurf, verwirft dies aber wieder; dafür sind die Kanten zu sauber. Und woher soll der Schatten auch kommen! Nein, das ist es nicht …

Atmosphärische Störung schließt er ebenfalls aus. Bleibt nicht mehr viel. Der Form nach … ja … das ist künstlichen Ursprungs! Erschaffen von einer unbekannten Spezies. Ein Raumschiff! Urigoren?

Erschrocken springt er auf. Ein Angriff! Das muss sofort Dharidma erfahren! Wenn es diese verdammten Urigoren sind, ist es schlecht um Arimea bestellt. Das bedeutet Krieg!

Beruhige dich, Orinario.

Abermals rotiert sein Kopf.

Spielt ihm jemand einen Streich? Da hat garantiert irgendjemand einen Empfänger versteckt. Unmöglich! Die Wabe verfügt über eine neunfach Sicherung! Nur er selbst kennt den Code. Oder liegen einfach nur die Nerven blank? Wundern würde er sich nicht, bei all dem Trubel der letzten Zeit …

Doch warum hört er dann eine Stimme?

Weil ich dir meine Gedanken schenken möchte, Ältester, und nur auf einen geeigneten Zeitpunkt gewartet habe.

›Das gibt's doch nicht! Kann nur ein Traum sein!‹

Schon zwickt er sich heftig in den Arm.

»Ah«, stöhnt Orinario, als der Schmerz sein Bewusstsein erreicht.

Du musst dich nicht peinigen. Öffne deinen Geist!

»Geist öffnen? Ich mach nichts anderes!« Er fühlt sich verhöhnt und verspottet. Von wem auch immer! Nun gut.

Dein Geist ist nicht frei, Orinario.

Quatsch!

Du weigerst dich, das Naheliegende zu erkennen, als das, was es ist.

»Und was ist das ›Naheliegende‹, deiner Meinung nach?!«

An was dachtest du, als du die Erscheinungen bemerkt hast?

Eine unendliche Leere findet er in seinem Kopf diesbezüglich vor. Was war das nochmal?

Zwischenzeitlich ist soviel geschehen, dass das Kurzzeitgedächtnis nicht mehr hinterher kommt, die Erinnerung chronologisch abzulegen. Insgeheim hofft Orinario auf die Stimme, die ihm offenkundig anheim gefallen ist. Doch sie schweigt.

Konzentriert schließt er die Augen und ruft sich den Moment ins Gedächtnis. Der retrospektive Anblick erschaudert ihn erneut. Orinario erfasst eine heftige Gefühlswallung. Darauf ist er nicht vorbereitet gewesen; die Emotionsflut droht dem Ältesten schlichtweg zu übermannen. Es kostet einiges, dem entgegenzusteuern.

Lass Gefühlsregungen zu. Willst du allein sein?

Stumm nickt er nur.

Sein Sekretär weckt Patriarch Dharidma unsanft und unterrichtet ihn über die neuen Ereignisse. Sogleich eilt Dharidma zum Hexaeder, der ein dreidimensionales Abbild als Hologramm darstellt.

»Schon bekannt, was das ist?«

Der Sekretär verneint wahrheitsgemäß.

»Ruf Orinario!«

»Tut mir leid, Majestät. Der Älteste ist unerreichbar ...«

Dharidmas Miene versteinert.

»Tuteno?«

»Ebenfalls nicht.«

Das gab's noch nie, dass keiner der Beiden erreichbar ist.

»Versuch es weiter, Fuggarol. Ich brauche einen Entscheider des Magistrats.«

Fuggarol verbeugt sich unterwürfig und verlässt das Gemach.

Unruhig steht Sho-Ril noch einmal auf. Er findet keinen Schlaf, obwohl die Müdigkeit ihn eigentlich übermannen sollte. Der Kräutersud hat eine ungewohnt berauschende Nachwirkung. Hat er doch zu viel davon getrunken? Leichtes Kopfweh deutet darauf hin.

Frische Luft wird ihm guttun! Deswegen geht er vor die Tür und saugt die Nachtluft genussvoll ein. Dabei fällt sein Blick auf ein nie da gewesenes, spektakuläres Himmelsphänomen ...

Ganz Arkonim ist auf den Beinen. Tuteno ist damit beschäftigt, endlich aussagekräftige Daten zu bekommen. Doch die entsandten Sonden schweigen.

Alle Anwesenden des *Wächter*-Magistrats haben sich in der Haupthalle versammelt. Ein Disput ist entstanden, der für diese

Tageszeit sehr ungewöhnlich anmutet. Man wartet sehnsüchtig auf klare Aussagen. Begriffe wie Angriff und Krieg machen die Runde. Einige vermuten sogar das Ende des Universums, wenigstens jedoch eine bevorstehende Katastrophe.

Thesen, die Tuteno jetzt noch nervöser werden lassen. Zu allem Überdruss kann er Orinario nicht erreichen.

Unheil erahnend tritt der Vorsitzende des Magistrats vor die Versammelten. Als dringend notwendig erachtet Tuteno die Einhaltung der Ruhe. Viel kann er nicht mitteilen. Das Einzige was in seiner Macht steht ist, den Seinen eine brennende Ansprache zu halten.

»Hast du so etwas schon einmal gesehen?«

Eliwor geht unruhig vornweg. Die Nachrichten des arimeanischen Fernsehens sind mehr als beunruhigend. Alle Sender, auch die, die mit den *Blendern* sympathisieren, zeigen dieselben Bilder.

Sie hat es im Röhrengebäude nicht länger ausgehalten. Sie muss raus und es mit eigenen Augen sehen. Eliwor hat die Tageszeit völlig außer Acht gelassen – denn es ist mitten in der Nacht! Dieses Ereignis aber ist so brisant, dass sie einfach Amerona unsanft aus den Schlaf holt.

Jetzt jagen beide sensationsfiebrig durch die Dunkelheit. Wegen des Kesselgebirges rund um Burali, müssen sie, um etwas zu sehen, eine erhöhte Stelle aufsuchen.

Das Licht des Illuminationswerfers tanzt wild über den Erdboden.

»Gleich … gleich haben … wir es … geschafft …«, ruft Eliwor atemlos. Trotz guter körperlichen Verfassung kämpft sie tapfer gegen buralische Unannehmlichkeiten an. In dieser Gegend sind keine der sonst installierten Luftduschen vorhanden. Und vor lauter Hektik, haben sie die mobilen Kapseln schlichtweg vergessen. Nun rächt sich bitterlich ihr übereilter

Aufbruch.

»Mach … langsam, Eli«, mahnt die Freundin. »Sonst … machst du … schlapp …« Auch Amerona ist aus der Puste.

»Gleich … Rona … gleich …«

Mit überarimeanischen Kraftaufwand erreicht Eliwor entkräftet, aber überglücklich die Erhöhung. Von hier aus ist der Blick frei auf das absonderliche Spektakel. Erst als ein älterer Einheimischer auf sie zukommt, um Eliwor eine Luftkapsel reicht, gewahrt sie die anderen Leute. Dankbar nimmt sie einige Tiefe Atemzüge.

»Sie sollten besser auf sich aufpassen«, spricht der Mann sie an. »Burali hat seine Tücken, junge Frau.«

»Ich weiß … und bin … Ihnen dankbar … dass wenigstens Sie … daran … gedacht haben … Aber … «

»Die Erscheinung ließ Sie kopflos handeln. Ja, jung müsste man nochmal sein …«

Eliwor gibt der Freundin, die nun auch ankommt, die Kapsel weiter. Dann sieht sie fasziniert und ängstlich zugleich in den glimmenden Himmel.

»Man sagt«, beginnt der Alte von eben, »dass der ›Wanderer‹ heimkehrt.«

»Der ›Wanderer‹?«

»Er erscheint ohne ersichtlichen Grund«, spricht er im verschwörerischen Tonfall weiter, »und fordert seinen rechtmäßigen Platz.«

Amerona fasst Eliwor derb unter.

»Geh nicht darauf ein«, wispert sie. »Er will dir nur Angst machen, mit diesem alten Märchen.«

Orinario hat sich mehr oder weniger wieder im Griff. Die Flut auf ihn einbrechender Emotionen war gewaltig und überwältigend. Solch einen Ausbruch hat er schon lange nicht mehr gekannt. Allein daran zu denken, macht unendlich traurig.

Vernehme nun, was ich mit dir teilen möchte. Von Wissen, das deine Art so nicht kennt. Wenn du dazu bereit bist, gib mir ein Zeichen.

Der Kreisälteste nickt apathisch. So erfährt er alles, was den Rogalit auszeichnet. Orinario hört regungslos zu, nimmt auf, was seine Ohren wahrnehmen, dass Gehirn jedoch nur schwer einordnen kann. Da der Rogalit direkt über die Gehirnschwingungen kommuniziert, empfängt er auch die Gedankenfetzen seines *Gesprächspartners*. Geduldig und wortreich erklärt das Kristallwesen die Zusammenhänge. Über den Direktkontakt ist es möglich, auch Gefühle anzuregen. Auf diese Weise lernt Orinario eine neue, unbekannte Welt kennen, von der er stets geglaubt hat, dass er sie versteht.

Dreiunddreißig

Inselenklave Methua, Gegenwart.

Sie sind einstimmig der Meinung, dass die Aufnahmen dieselbe Stelle zeigen, an der sich Callum, Dako und Waylon im Moment befinden. Der schlechte Zustand des Videohologramms lässt kaum Details erkennen. Einen länglichen Gegenstand scheint eine der Frauen in der Hand zu halten, und Waylon glaubt zu wissen, was es ist.

»Ein Kristall?«, haucht Waylon skeptisch. So richtig will er es nicht wahrhaben.

Der *Wächter* versucht unentwegt die Qualität zu verbessern. Kurz kommt es zu Bildaussetzern. Grummelnd flucht Callum. Doch nach wenigen Sekunden können die Drei dem Geschehen weiter folgen. Im zwölf-Sekunden-Takt erscheinen vertikale Störstreifen.

»Besser geht es nicht.«

Die Szenen wirken etwas plastischer als zuvor. Callum hantiert weiter an den Einstellungen herum. Der Hexaeder wird schwarz. Dann ein blitzartiges Aufleuchten der gesamten Hologrammfläche. Nochmal stößt er einen heftigen Fluch aus.

»Wer mögen sie sein?«, fragt leise Dako.

»Können nur Ausgestoßene sein«, antwortet Waylon ebenso leise.

»Sie waren die einzigen Bewohner hier«, erinnert Dako.

Waylon schaut den Dakota prüfend in die Augen.

»Was, wenn diese Vier etwas herausgefunden haben? Zum Beispiel, wie das alles hier funktioniert?«

»Halte ich für ausgeschlossen«, mischt sich der *Wächter*, der aufmerksam zugehört hat, sich ein.

»Warum? Wäre doch möglich!«

»Theoretisch vielleicht, aber nicht in der Praxis.«

»Weil?«

»Das ist faktisch keine arimeanische Technologie!«

* * *

Innerhalb von Augenblicken muss Lokar eine Entscheidung treffen. Entweder sein Leben riskieren oder langsamer auftauchen, dadurch aber in Kauf nehmen, langsam zu ersticken. Er spürt bereits die fehlende Durchblutung des Gehirns, denn das Denken fällt bereits ungemein schwer. Dagegen hat sich die Herzfrequenz um ein Vielfaches erhöht und die Beine sind schwer wie Blei. Lokar wählt den Mittelweg. Die Muskeln bis zum Äußersten gespannt und mit ungebrochener Willenskraft gelingt ihm fast unmögliches. Er schafft es, den Auftrieb um die Hälfte zu verlangsamen.

* * *

Der Hexaeder zeigt eigenwillige, ineinander verschlungene Symbole. Selbst Callum hat absolut keine Ahnung, um was für welche es sich handeln könnte. Seltsam berührt, weicht er zurück.

»Was ist?«, fragt Waylon, dem des *Wächters* Reaktion suspekt ist. Doch etwas sagt ihm, dass er keine Antwort darauf erhalten wird.

Im Gegensatz zur Videosequenz ist die Darstellung der Sinnbilder exakt und farbenfroh. Es gibt nichts vergleichbares auf den zwei Welten. Unstrukturiert und keiner bekannten Logik folgend, lässt sich nichts daraus deuten oder hinein interpretieren.

»Wenn man wüsste, was wohin gehört«, meint Dako nachdenklich.

»Ohne jeglichen Anhaltspunkt?« Waylon schüttelt kategorisch mit den Kopf. »Für mich ist es eher ein schlechter Versuch, eines misslungenen Stereobildes.«

Dako wird noch ruhiger, als er schon ist.

»Wiederhol das noch mal«, fordert er Waylon mit unterschwelliger Stimme.

»Was soll ich wiederholen?«

»Das, was du hast gerade gesagt hast!«

Waylon versteht jetzt gar nichts mehr. Hört Dako schlecht?!

»Es wirkt auf mich wie gewollt, aber nicht gekonnt!«

»Wortwörtlich … bitte …«

Eigentlich haben Sie anderes zu tun, als sich über Gesagtes oder Nichtgesagtes auseinanderzusetzen. Und jetzt will es Waylon partout nicht einfallen, was er gerade eben verlauten ließ! In seinem Kopf herrscht eines von diesem mysteriösen Vakuums, das sich immer dann einstellt, wenn es darauf ankommt. Oder, wenn eine Idee einem fasziniert und im nächsten Augenblick einfach verschwunden ist.

»Stereoskopie«, murmelt Dako vor sich hin. »Du erwähntest Stereobilder …«

»Du meinst diese bunten Fantasiebilder?«

Dako nickt, hebt aber gleichzeitig die Hand, um anzuzeigen, in Ruhe gelassen zu werden.

Callum und Waylon wechseln fragende Blicke.

Der Dakota geht ganz nah an den Hexaeder heran. Ändert mehrmals den horizontalen Abstand und starrt auf die miteinander verwundenen Symbole. Die Augen entspannend, sucht er nach dem imaginären Horizont, also den Punkt, der am weitesten im Hintergrund des Bildnisses liegt. Kurzzeitig hat er den Eindruck, etwas zu erkennen, was frei vor den Symbolen schwebt. Allerdings verschwindet der Eindruck sofort wieder. Es gehört schon einiges an Übung dazu, im Gewirr der Linien und Punkte Verborgenes zu erkennen, das trotz zweidimensionaler Darstellung einen dreidimensionalen Effekt bewirkt. Hinzu kommt, dass er nicht weiß, wonach er sucht! Außerdem strengt diese Art des Sehens unwahrscheinlich an.

Dako reibt sich die Augen. Dann wiederholt er das Ganze nochmal.

Eine räumliche Tiefe entsteht vor ihm. An den Rändern flimmert es, was an der ungeübten Fokussierung liegen mag. Davon lässt er sich nicht stören. Und tatsächlich erwächst für Sekunden ein Emblem oder Logo hervor.

Er lacht auf, was Waylon wiederum skeptisch als Halberfolg deutet.

»Und?!«

»Du hattest Recht, *micinksi*. Es funktioniert wie ein Stereobild …«

* * *

Lokar bekommt kaum noch Luft. Quälend langsam kommt das schwarze Ungetüm näher. Leichter Wellengang verzerrt dessen Ränder, das sich da oben aufhält. Lauernd wartet es auf seine Beute. Was es ist, kann Lokar nicht sagen. Aber er benutzt es als Anhaltspunkt, des ansonsten nicht erkennbaren endlosen Wasserhorizonts.

Vom Sauerstoffmangel ermüdet, schafft es Lokar nicht länger, die Augen offen zu halten. Erschöpft ergibt er sich ins unausweichliche, ihn vorbehaltenem Schicksal …

* * *

Dako erkennt sieben Objekte in der Symbolstruktur. Drei ›schweben‹ oben auf, die restlichen, jeweils versetzt, darunter. Irritierend ist eine nicht zu leugnende Beweglichkeit der Objekte, die mit den Augenbewegungen auch ihre Positionen zu verändern scheinen. Erst glaubt er an eine Sinnestäuschung, jedoch gelingt es ihn bald eines der oben liegenden Objekte ruckweise zu bewegen.

Augensteuerung!

Das ist es! Von Augen gesteuerte Gesten übernimmt das System und wandelt es um. Genial wäre untertrieben. Das ist ausgeklügelter Perfektionismus pur! Unvergleichbare intelligente Umsetzung einer Schnittstelle zwischen biologischen Wesen und Technologie! Überwältigend!

Dako tritt vom Hexaeder zurück. Auf seine Begleiter wirkt er erschöpft und desorientiert. Die rotunterlaufenden Augen sprechen für sich.

* * *

Der Ruck ist heftig. Lokar reißt die Augen auf. Das Tauchboot schippert auf den Wellen. Über ihn erstrahlt der Himmel. Doch die Sonne wird verdeckt. Ein stehender Schatten verdeckt größtenteils die Sonne.

Zum Glück springen seitlich angebrachte Luken selbstständig auf und gewährleisten ungehindert den Luftaustausch.

Ziemlich schnell verfliegt Lokars Müdigkeit. Die Anzeige des fehlerhaften Filters prangt mahnend auf dem Schirm. Daneben die Meldung, gefahrlos aussteigen zu können.

In seinen Beinen kribbelt es unangenehm. Jede Regung verursacht einen kurzen, aber sehr intensiven Schmerz. Mühevoll legt er die Beine hoch.

›Nochmal gut gegangen‹, denkt Lokar erleichtert, und

macht einen tiefen Atemzug. Er spürt, wie das Blut in den Oberkörper zurückfließt. Lauscht seinem sich beruhigenden Herzschlag. Versunken in Gedanken, die die letzten Minuten betreffen, pumpt er unbewusst mit den Händen; ein automatischer Reflex des Körpers.

Kühle Meeresluft vertreibt endgültig die mit Kohlendioxid belastete Luft. Die frische, würzige Brise liefert den Impuls, wieder klarer zu denken.

›Was bist du?‹

Die stille Frage ist an das die Sonne abschirmende Objekt am Himmel gerichtet. Daneben ist im von Dunst umgeben, eine Planetensichel zu sehen.

Der ungewöhnliche Anblick bringt Lokar auf die Beine. Wenn er es nicht besser wüsste, würde er annehmen, dass dieser Planet nicht Arimea sein kann. Solch nahen Begleiter besitzt der Heimatplanet nicht. Jedenfalls nicht zu seiner Zeit!

Hat irgendeine Katastrophe in der Vergangenheit stattgefunden, die aus seiner Sicht dennoch in der Zukunft liegt, und Arimea aus der Bahn geworfen? Dies würde die Toten in der Unterwasserstadt erklären, vor denen er Hals über Kopf *geflüchtet* ist. Und dabei kam er von einem Extrem ins Andere.

Dagegen spricht der Fortbestand des Planeten. Die Luftqualität ist ausgesprochen gut. Ebenso funktioniert die Schwerkraft.

Lokar erhebt sich. Noch zittern ihm die Beine, aber mit bedachtsam ausgeführten Schritten kommt er sicher ans Panoramafenster.

* * *

Dakos unermüdliche Experimentierfreudigkeit verblüfft. Je öfter er probiert und je länger die Hexaederprojektion betrachtet, umso mehr Einzelheiten macht er aus. Haben die Erbauer des Konstrukts hier so etwas wie ein Betriebssystem eines Rechners entwickelt? Das liegt nahe, lässt sich doch eine gewisse Menüführung nicht ganz ableugnen.

Alle Aufmerksamkeit ist auf den Hexaeder und Dako gerichtet. Keiner achtet auf den Maki, der gelangweilt in die Gegend starrt. Dem Äffchen ist jede Apparatur egal. Hier unten gibt es nicht einmal Bäume, an deren Ästen genagt werden könnte. Dem Geruch nach zu urteilen, ist das Loch schlichtweg eine stinkende Kloake. Was die Menschen daran finden, ist Wihakayda schleierhaft. Stundenlang begaffen sie das Ding.

Unbemerkt macht die *Kleine* sich aus dem Staub. Irgendwo gibt es bestimmt interessanteres und vielleicht etwas zum Fressen. Den Zweibeinern wird es nicht auffallen; die sind ja immer so sehr mit sich beschäftigt und ergeben sich in unendlich langem zeterndem Palaver.

Wenigstens feuchtes Moos gibt es. Wo Moos wächst, sind meist Bäume nicht weit! Angespornt der vielversprechenden Aussicht, überwindet Wihakayda die künstlichen Schluchten in weiten Sätzen.

* * *

Unweit des jetzigen Standortes erhebt sich ein Bergmassiv aus den Fluten. Rund um die Felseninsel ist das Wasser charakteristisch dunkler, ähnelt einer schlammigen Masse.

»Methua«, entfährt es Lokar respektvoll. »Die sagenumwobene Insel, die niemals ein Arimeaner betreten kann.«

Es rankten sich seit Beginn der Besiedelung unzählige Gerüchte darum. Die Meisten waren weit hergeholt und allein überschwänglichen Fantasien entsprungen. Nun befindet er sich ganz in der Nähe. Ein Zufall?

Lokars Blick geht gen Himmel. Vage glimmen die Ränder der Objekte auf. Nun weiß er, was zu tun ist …

* * *

Während Dako weiter versucht, die Symbole seinen Mitstreitern halbwegs zu beschreiben, bekommt er einen noch besseren Einblick in die zweidimensionalen Tiefenwirkung. Insgesamt kann er drei Ebenen unterscheiden. Auch gibt es einen Zusammenhang zwischen sehen und denken. Will er eine ›Schaltfläche‹ betätigen, braucht Dako sich nur vorzustellen, was er tun will.

Callum fragt in Abständen nach, ob er richtig verstanden hat. Im Geiste entsteht so ein ebenbürtiges Abbild von dem, was der ehemalige Gewahrer sieht. Dabei kann jedes Detail von größter Bedeutung sein.

Plötzlich ein Knall. Dako zuckt auffällig zusammen, verändert ruckartig um ein Zehntel die Blickrichtung. Abrupt erlöschen die drei Ebenen und an ihrer Stelle erscheint großflächig ein Piktogramm. Dahinter zuckt und blitzt es unentwegt.

Vierunddreißig

Arimea vor 154 Millionen Jahre, Inselenklave Methua.

Die Himmelserscheinung bringt Unruhe über Gesamt-Arimea. Auf der Insel sind die *Methelems* geradezu schockiert. In der Nacht leuchtete das Firmament eigenartig. Blitzende Flammen züngelten an den Konturen. Vom Sternenhimmel war nichts zu sehen. Jetzt, bei Tageslicht, wird das glimmende Leuchten blasser, bleibt allerdings vorherrschend.

Rhobal schaut unentwegt in den Himmel. Er hat schon vieles gesehen. Doch dies sprengt alles Dagewesene. Besondere Aufmerksamkeit fordert ihn das schwarze Raumgefährt ab. Nach außen hin scheint es ein Schiff zu sein, erschaffen von einer überdurchschnittlich hohen Intelligenz. Aber etwas stört Rhobal. Nur was?

Sind es die flüssigen Bewegungen der riesigen Teleskop-Arme? Zu flüssig, empfindet er! Viel mehr wirkt das Ding eigenartig *lebendig*.

Ein lebender Organismus in dieser Größe? Unwahrscheinlich. Wovon sollte das Geschöpf denn leben? Außer kosmischer Strahlung existiert da draußen nur Leere. Einige der aufstrebenden modernen Wissenschaftler behaupten zwar, dass noch eine universelle Macht vorhanden sein *muss*; Beweise bleiben allerdings aus.

In der Rogaliten-Höhle sitzt Sho-Ril, der Kristallflüsterer. Zu seinem Leidwesen bleibt der Kontakt aus. Er braucht Antworten. Warum reagiert der Rogalit nicht? Ist daran etwa die Anomalie schuld?

Eine Verbindung kommt im Moment nicht zustande. Geknickt verlässt der Flüsterer die Grotte. Ihm geht es mental schlecht. Wenn er wenigstens den Grund kennen würde, weshalb der Kristall schweigt …

Provinz Arkonim.

Er spürt, dass er allein ist. Nie hätte er sich träumen lassen, so etwas jemals zu erleben. Gefühlsmäßig *durchlebt* er selbst die Geschichte, in die ihn der Rogalit einführt. Nicht in irgendeiner, dies wäre kein Grund, affektiv zu reagieren. Es ist *die* Geschichte schlechthin, über die Entstehung Arimeas. Und er mittendrin …

Orinario ist tief beeindruckt. Seine Meinung über die Anfänge sowie derer der *Methelems* hat sich grundlegend geändert. Plötzlich versteht er die enge Verquickung. Die Geschicke Arimeas werden bestimmt, durch die Verflechtung aller Dinge dieser Welt, nicht durch einzelne Denker. Diese können zwar einen Weg ebnen, doch wenn ihnen keiner folgt, dann ist es verlorene Liebesmüh. Jeder übernimmt die Aufgabe eines winzig kleinen Zahnrades.

Nicht alles ist mit Logik erklärbar. Eine neuartige Erfahrung, die Orinario bisher komplett vernachlässigte oder gar arrogant ignorierte. In den letzten Stunden hat ihn der Rogalit auf unkonventioneller Weise die Augen geöffnet.

Um zu verstehen, muss man die Vergangenheit kennen, um mutig Schlussfolgerungen daraus zu ziehen, dann kann die Gegenwart gestaltet werden und man ist für die Zukunft gerüstet.

Orinario begreift sein altes und gegenwärtiges Handeln, welches im unmittelbaren Zusammenhang steht. Und ihm wird bewußt, was er getan hat.

Deine Erkenntnis trifft zu. Ohne es bemerkt zu haben, ist die Stimme des allgegenwärtigen Rogaliten wieder da.

»Welche meinst du?«

Die des Zeitbebens.

Was hat er nur getan? Hat es etwas damit zu tun, dass er stets das Gefühl hat, etwas vergessen zu haben?

Die Weichen wurden neu gestellt, somit wurde die Zukunft verändert.

»Wann? Von wem?«

Das ist nicht relevant, Orinario.

»Für mich schon. Man könnte …«

Das ist nicht mehr möglich. Jedenfalls nicht hier von Arimea aus.

»Ich versteh nicht …«

Du wirst begreifen.

»Sprich nicht in Rätseln, Kristall! Hilf mir lieber!«

Habe ich das nicht bereits?

»Schon … ja … Aber es gibt noch mehr, dass ich wissen muss …«

Bist du des Wissens würdig, wirst du es ohne mein Zutun herausfinden.

Sich darüber einig, der Anomalie nichts entgegensetzen zu können, folgen sie Rhobals Vorschlag, weiter das unterirdische Arsenal zu untersuchen. Besser vorbereitet und gut versorgt, legen die *Methelems* den Weg über die steinerne Treppe zügig zurück.

»Kommt es nur mir so vor, oder sind wir wirklich schneller?«

»Wir sind schneller, Sulantrea.«

Dies als Tatsache im Hinterkopf, erreichen sie den Boden. Sofort nimmt jeder seine zuletzt ausgeführte Tätigkeit auf. Sie schlüpfen in die Rolle eines Forschers, Archäologen oder Amateurgelehrten.

Rhobal untersucht einen koffergroßen Gegenstand, der ihn das letzte Mal aufgefallen war. Um die fünfhundert Gramm schwer, ist der ovale Kasten eher unscheinbar. Keine Öffnungen, keine Verschraubungen. Rhobal fällt es schwer herauszufinden, was oben und was unten ist. Dann erkennt er auf der einen Fläche in der Mitte ein Loch. Schnell wird ihm klar, was er da in Händen hält.

Jählings blitzt es in der Höhle auf, gefolgt vom ärgerlichen Schimpfen Sho-Rils. Der Blitz war so grell, dass auf der Netzhaut längere Zeit ein weißer Punkt das Sehvermögen einschränkt.

»Sho?!«

»Nichts passiert«, beteuert der. »Gleich hab ich's …«

»Was machst du?«

Rhobal ist verstimmt, haben sie doch vereinbart, nichts ohne Absprache zu unternehmen. Offensichtlich hält sich Sho-Ril nicht daran; anders ist es nicht zu erklären.

Als Rhobal vergeblich auf Antwort wartet, wird es wie durch Zauberhand hell. Diesmal erfolgt kein Schimpfen.

»Werte Anwesende«, donnert Sho-Ril mit verstellter Stimme, »willkommen im Reiche des Lichts!«

Soweit das Auge reicht erstrahlt es Taghell. Von diesem Ausmaß der unterirdischen Anlage der fremden Spezies sind sie einfach nur grandios überwältigt. Sprachlos von dieser gewaltigen Ansammlung außerirdischer Apparaturen, bleibt nur fassungsloses Staunen.

Die nächsten Stunden bleibt der Rogalit stumm. Orinario nutzt die Zeit, sich zu sammeln. Eine kaum lösbare Aufgabe hat ihm der Kristall aufgetragen. Er, Orinario, solle sich als würdig erweisen! Je länger er darüber nachdenkt, umso irrealer kommt es ihm vor. Hat das Gespräch tatsächlich stattgefunden? Schließlich spielte sich alles nur im Kopf ab!

Der Älteste atmet tief ein und aus. Auf dem Schwebebildschirm prangt unverändert die Anomalie. Es erwächst der Eindruck, als ob die Objekte wachsen. Die blaue Sichel wird bauchiger. Noch verhindert Dunst die klare Sicht, doch auch der erscheint durchlässiger geworden zu sein.

Ein dringendes Bedürfnis bemächtigt sich seiner; kurzentschlossen verlässt er seine Wohnwabe.

Es sind jetzt weniger Arimeaner draußen, was nicht weiter verwundert, wird doch ein Live-Bild rund um die Uhr gesen-

det. Rasch erklimmt Orinario den Westhang hochschlängeln-
den Pfad und erreicht, ein bisschen außer Atem, das Plateau.

Am Geländer sich abstützend, richtet er den prüfenden
Blick empor. Die Himmelskörper wirken bedrohend nah. Ihm
kommt es vor, als brauche er nur den Arm auszustrecken und
könne sie berühren.

Ich spüre deine Furcht, erklingt die Stimme.

»Ja, die fühle ich ...«, sagt er mit heißerer Stimme.

*Fürchte dich nicht, Orinario! Es besteht keine Gefahr.
Nenne es ein Trugbild.*

»Trugbild?«

*Das Zeitbeben macht sie sichtbar. Sie stehen für Vergange-
nes und Zukünftiges. Deine Art wird in Abertausenden von
Jahren von einer Zeitirritation sprechen. Auch sie werden über
diesen Anblick erstaunt sein.*

»Wie ist das möglich?«

Es klingt ungeheuerlich!

*Ihr habt in die Zeit maßgeblich eingegriffen, und habt sie
dadurch destabilisiert. Du hast daran keine Erinnerung. Der
Riss in der Zeit verselbstständigte sich. Alle aufgetauchten
Himmelskörper sind davon betroffen. Den Mond Uridräo werden Arimeaner in weit entfernter Zukunft zu ihren Stützpunkt
machen. Der Blaue Planet ist ein Relikt aus dieser Zukunft.
Dort lebende Menschen sind das Ergebnis einer Unvorsichtig-
keit, die kurz bevorsteht.*

»Und das unförmige Gebilde ...«

... ist ein Raumschiff deiner Vorfahren ...

Orinario schluckt.

*Vor 52.000 Jahren besiedelten galaktische Flüchtlinge den
Planeten. Sie nannten ihn Arimurius, was so viel wie ›Rettende
Welt‹ bedeutet.*

Der Älteste umklammert fest das Geländer, um nicht um-
zukippen. Vom Schock gezeichnet wird er bleich. Monoton
und beinahe gleichgültig fährt die Stimme fort: *Ihr seid die
direkten Nachfahren dieser Spezies. Durch die ›Große Kata-*

strophe‹ wurde Arimurius verwüstet. Nur wenige überlebten. Daraus seid ihr entwachsen.

Der Rogalit macht eine Pause, um seine Worte wirken zu lassen. Wieder ereilen Orinario emotionale Ausbrüche. Unbeirrt berichtet der Rogalit weiter.

◎

Sho-Ril hat den Generator in Gang gesetzt! Davon selbst überrascht, bricht er in ein kindlich schallendes Gelächter aus. Vor Freude könnte er Luftsprünge vollführen, beherrscht sich aber.

»Das funktioniert!« Urio findet als Erste ihre Sprache wieder. »Elektrizität! Und es hieß immer, das ist auf der Insel unmöglich!«

»Und *wie* das funktioniert«, ruft Sho-Ril stolz.

»Und wozu dient die Anlage?«, fragt besorgt Sulantrea. »Damit wird doch bestimmt etwas betrieben!«

Unverzüglich kehrt Betroffene Stille ein. Auf Sho-Rils Stirn bildet sich eine tiefe Sorgenfalte. Hat er einen Fehler begangen? Nicht auszudenken, wenn Sulantreas Vermutung zuträfe!

»Nun seht mal nicht zu schwarz«, beruhigt Rhobal. »Ich kann mir nicht vorstellen, dass die Erbauer keine Sicherungen eingebaut haben. Wir haben Strom, das ist alles.«

»Was meinst du mit *Sicherungen*?«

»Das ich ausschließe, dass mit der Energiezufuhr gleich sämtliche Geräte anspringen.« Rhobal sagt dies mit einem Selbstverständnis, dass es logisch klingt und jeden einleuchtet.

Durch die perfekte Ausleuchtung erhalten sie rasch einen Gesamtüberblick. Bald steht fest, dass sich die Anlage fast unter der gesamten Insel erstreckt.

Natürlich wird Neugier geweckt. Nur wenige Minuten später sind sie ausgeschwärmt. Rhobal bleibt an Ort und Stelle, denn das vor ihm liegende Oval ist zum Leben erwacht.

◎

Was kann er bloß tun? Etwas muss getan werden, da besteht gar keine Frage. Orinario kann doch nicht einfach die Hände in den Schoß legen und so tun, als wäre nichts geschehen. Er erahnt die Tragweite. Die Worte des Rogaliten versetzen ihn auch jetzt, wenn er daran denkt, einen Stich im Herzen.

Seine Welt bricht zusammen. Alte Ideale lösen sich in einem zähen Nebel auf. Doch eine bessere Sicht bekommt Orinario deswegen auf die Dinge noch lange nicht. Sollte wirklich alles falsch gewesen sein? War alles vergebens?

Die Ziele der ›Sternenbruderschaft‹ stehen auf dem Prüfstand. Bleibt die Frage, wieviel weiß der politische Gegner?

»Ich werde mit Tuteno darüber sprechen«, murmelt er.

Er wird dir nicht glauben. Er wird dich einen Scharlatan schimpfen.

»Warum sollte er? Wir kennen uns ziemlich lang.«

Mag sein. Dennoch wäre ich an deiner Stelle vorsichtig. Wähle mit Bedacht deine Worte.

◎

Über dem ovalen Körper schwebt ein virtueller Schirm. Seltsame Bildzeichen füllen die Fläche. Rhobal schaut sich nach den Anderen um – doch er ist allein. Konzentriert starrt er auf die Anzeige.

Die vom Gerät ausgehende Wirkung ist beträchtlich. Er ist nicht in der Lage, den Blick abzuwenden. Von der Darstellung in einen eigenwilligen Bann gezogen, versteinert Rhogals Gesicht.

Aus dem Apparat dringt ein dumpfes Summen. Gleichzeitig beginnen die Ränder zu flackern. Im Zentrum erscheinen sich drehende, pulsierende Muster, die den Eindruck erwecken, in einen Strudel hineingezogen zu werden. Davon wird Rhobal paralysiert.

In der Mitte der Höhle baut sich ein mehrere Quadratmeter großes Hologramm auf. Es zeigt einen Ausschnitt, der die Fremdartigkeit einer alten Kultur unterstreicht. Ein Mann betritt das Sichtfeld. Er ist reich geschmückt und trägt einen nicht minder auffälligen Talar.

«Es ist an der Zeit zum Handeln», schallt seine kräftige Stimme. «Vernehmt meine Entscheidung! Angesichts der erfolgreichen Umgestaltung Arimurius' werden wir mit der Umsiedlung umgehend beginnen. Uns erwartet eine neue Welt, die uns alles bietet, was wir brauchen. Diese Welt ist für uns gemacht. Aus eigener Kraft haben wir bewiesen, wozu wir imstande sind. Unsere Kultur wird überleben! *Wir* werden überleben!»

Der aufbrandende Jubel bestätigt die dem Manne aufgetragene Führungsrolle. Im Hintergrund läuft ein Timer; jedenfalls glaubt Sho-Ril dies zu erkennen.

«Die Zukunft ist gesichert. Alle werden ein neues Zuhause finden; keiner bleibt zurück.»

Neben dem Redner fährt eine glänzende Säule aus dem Boden. Auf Brusthöhe bleibt sie stehen und der obere Teil öffnet sich. Zum Vorschein kommt ein handgroßer Kristall. Wieder setzt Jubel ein. Als der Mann seine Hand hebt, verstummen die Rufe. Gebannt folgt Sho-Ril der vollführten Bewegung.

«Dieses Mineral ist der Schlüssel», spricht der Mann betonend langsam. Auf wenige Zentimeter hat sich seine Hand dem Stein genähert.

»Leuchtet der Kristall etwa?«

Von Sho-Ril unbemerkt haben sich Urio und Sulantrea neben ihm eingefunden. Tatsächlich durchziehen leuchtende Linien das Mineral.

«Die Transformation beginnt!»

Der Mann umfasst den Stein. Sofort umgibt beide eine türkisene Korona. Das Leuchten nimmt stetig zu, bis das Objektiv überfordert ist und alles im grellen Weiß überstrahlt.

Parallel dazu steht Rhobal auf, geht zu einem Schaltschrank und öffnet diesen. Unzählige Lämpchen flimmern. Ganz unten schwebt ein ähnliches Mineral, wie das im Hologramm gezeigte, durch ein Minikraftfeld positioniert. Rechts daneben ist ein Schalthebel angebracht. Ohne Zeit zu verlieren, zieht Rhobal ihn nach oben …

Auf dem höchsten Berg der Insel öffnet sich ein Krater, der bis jetzt von einer Steinplatte verdeckt worden ist. Durch Rhobals Aktivierung nimmt die Anlage die Arbeit auf, und ein Energie-Netzwerk wird aufgebaut. Über ausgeklügelte Kanäle, die die natürlichen Hohlräume ausnutzt, beginnt der Atommeiler in der Höhle mit der Energieproduktion. Im vorprogrammierten Intervallen bündelt der diese in einem kalten Laserstrahl. Diese köhärente Lichtbündelung wird über Spiegel in den Orbit umgeleitet. Dort trifft es Sekunden später auf die Rogalitmonde. Nach einer halben Minute steht das Netzwerk.

Doch etwas stimmt nicht. Die Lichtbündelung gerät ins Stocken. Einer der Arimea begleitenden Monde trudelt. Über die Jahrtausende hinweg hat sich dessen Umlaufbahn um wenige Grad verändert. Dadurch gerät der etwa zehn Kilometer im Durchmesser große Trabant außer Kontrolle. Trudelnd verlässt er vollends die Umlaufbahn und entschwindet ins All. In neunundachtzig Millionen Jahren wird er seine ungeplante Reise vollenden und auf dem Randplaneten Aremodon einschlagen. Siebenundneunzig Prozent allen Lebens werden ausgelöscht werden. Aber es wird eine neue Spezies entstehen, die in der Intelligenz der Arimeaner in nicht nachstehen werden.

Sobald der Laserstrahl unterbrochen wird, fährt die Anlage wieder herunter. Weder die *Methelems* noch die Arimeaner werden jemals erfahren, was soeben wirklich vorging.

Fünfunddreißig

Arimea, Inselenklave.

Breiig schwappt der Ozean schwer gegen das Tauchboot. Ruckelnd treibt es die Strömung zur Felseninsel. Schwarze Klippen in Ufernähe verhindern das Anlegemanöver. Im sicheren Abstand steuert Lokar das Tauchboot um Methua herum.

Im Angesicht des Massivs fühlt er sich klein und unscheinbar. Es wundert Lokar nicht, dass die Insel unbewohnt ist. Steil steigen die Wände senkrecht bis zur Wolkendecke empor. Soweit es der Ozeansud zulässt, glaubt er zu erkennen, dass sie ebenso bis in die unermessliche Tiefe abfallen.

Langsam lässt Lokar das Tauchboot treiben. An der Südspitze muss er weiträumiger ausweichen, damit das Boot nicht leckschlägt. Besonders viele spitze Klippen ragen hier aus dem Ozean. Lokar nennt es ›Höllenmaul‹, was in Anbetracht der hohen Anzahl von Felsauswüchsen gut passt.

Nachdem Lokar diese Schwierigkeit bravourös gemeistert hat, schippert er langsam weiter. Die Strömung kommt jetzt von Backbord. Um auf Kurs zu bleiben muss er gegensteuern. Das Ufer fest im Blick, gewahrt Lokar erst recht spät das riesige Loch im Felsen. Beinahe kreisrund wirkt es wie hineingeschnitten. Weit kann er nicht hindurchschauen, da die Öffnung sich nicht auf Meeresniveau befindet, sondern mehrere Meter weiter oben. Einzig hochgewachsene Pflanzen kann Lokar erkennen.

Überraschend ist, dass es unterhalb keine Klippen zu geben scheint. Ein möglicher Platz um zu Ankern.

* * *

Dem ohrenbetäubenden Knall folgt ein greller Lichtblitz. Außer dem gleißenden Hell, das unweigerlich die Netzhaut überbeansprucht, sehen sie nichts. Der Maki hat sich erschrocken und in einem schmalen Zwischenraum des Technik-Mobiliars verkrochen. Minutenlang wirken Lichtblitz und Lärm nach.

Dako hat es nur indirekt erwischt. Demzufolge erlangt er sein Sehvermögen als Erster wieder. Callum und Waylon dagegen reiben sich verzweifelt die schmerzenden Augen.

Nachdem Dako wieder halbwegs sehen kann, sieht er verwirrt auf ein bekanntes Gesicht, welches den Hexaeder voll ausfüllt. Zuerst glaubt Dako an eine Täuschung. Kann das sein?

»Rebecca«, wispert er ungläubig. Er mustert das Gesicht, sucht in ihrem Blick nach Auffälligkeiten. Kein Zweifel: es ist Rebecca, die von ihm auserkorene Nachfolgerin!

Verblüfft kommt er ins Wanken, tritt torkelnd einige Schritte zurück.

An diese Szene erinnert er sich. Es war eine ihrer ersten Begegnungen. Das muss gewesen, als sie seinen alten Geschichten lauschte. Oh ist das lang her …

Die Sequenz ändert sich. Ein kleiner Junge wird von seiner Mutter im Arm gehalten. Auch die Frau lächelt ihn zärtlich an.

»Abhilasha!«

Ein heftiger Schwindelanfall erfasst Dako. Nur weil er mit dem Rücken an einem Apparat steht, stürzt er nicht hin.

Der kleine Junge ist kein anderer als Waylon, etwa dreijährig mit seiner Mutter, *Abhilasha* (Sehnsucht), wie er sie liebevoll nannte.

»Nein, nein, nein«, schreit Dako aus Leibeskräften. »Das kann nicht sein!«

»Oh Gott«, ruft Waylon. »Was ist denn passiert?«

Inzwischen ist seine Sehkraft ebenfalls wieder hergestellt. Man kann sich sein Entsetzen vorstellen, als er den Dakota völlig aufgelöst vorfindet.

»Das ist doch nicht möglich?!«

»Was ist nicht möglich? Beruhige dich, Dako!«

Ihm ist bisher das entgangen, was der Hexaeder darstellt. Dako zeigt mit dem Finger auf das Hologramm, und zwar so, wie man auf einem Geist deuten würde. Waylon folgt der Geste und – erstarrt!

* * *

Die Landung ist geglückt. Jetzt muss Lokar nur noch ans Land springen. Allerdings trennen den Arimeaner zwei meterbreit breiiges Wasser. An dieser Stelle erkennt er nicht die Tiefe. Sich deshalb scheuend, aufs Geratewohl loszuspringen, sucht er nach einer Art Planke. Das Risiko zu ertrinken, will Lokar von vorn herein ausschließen.

Lang braucht er auch nicht zu suchen. Er entfernt einfach die Oberschale eines Sitzbereichs und legt diese als Steg aus. Vorsichtig setzt Lokar einen Fuß darauf und testet so die Tragfähigkeit. Die Oberschale hält. Langsam verlagert er das Gewicht nach vorn. Mit jedem Schritt lotet er die verbleibende Entfernung aus.

Es geht gut. Seit seiner Landung auf Arimea setzt er zufrieden den Fuß aufs Festland. Endlich ist Lokar angekommen.

* * *

Der Dakota ist ruhiger geworden. Langsam setzt die Logik wieder ein. Callum ist dabei eine sehr große Hilfe. Der stellt auch gleich einen Zusammenhang her.

»Deiner Beschreibung nach scannte das Gerät dein Gehirn«, vermutet der *Wächter*.

»Sowas gibt's?«

Callum nickt.

»Unsere Wissenschaft hat ebenfalls einen Weg gefunden, über die Synapsen Erinnerungen abzurufen. Über einen komplizierten Prozess können dann Bilder ausgegeben werden.«

»Und wozu soll das gut sein?«

»Es ist wie ein Tagebuch, dass sich jemand anlegt, um die schönsten Erinnerungen aufzubewahren.«

Waylon überkommt ein komisches Gefühl.

»Es wäre ein willkommenes Werkzeug für unsere Geheimdienste«, sagt er kühl. »Dann wäre nichts mehr sicher.«

»Deswegen erlangte das Gerät auch nie die Serienreife. Außerdem könnte man dann auch umgekehrt ins Gehirn eingreifen und manipulieren.«

Waylon schüttelt sich. Erschreckend, dass andere, hochintelligente Spezies ähnliche Gedanken haben, wie der Mensch.

»Überwachung auf höchster Ebene.«

Was die Drei nur erahnen können, trifft tatsächlich zu. Der Apparat ist ein Erinnerungs-Visualisator, also ein Terminal, das das Gehirn des Benutzers nach Erinnerungen abscannt und diese im Hexaeder darstellt. Jedoch diente das Gerät nicht zur Spionage, sondern war ein beliebtes Übermittlungssystem. Wäre nicht die ›Große Katastrophe‹ eingetreten, hätte es sich garantiert in der neuen Welt etablieren können. So geriet es in Vergessenheit.

Sie lassen es dabei bewenden. Nach mehreren Versuchen gelingt es Callum, den Visualisator auszuschalten.

»Bleibt ein Problem«, erinnert Waylon. »Was war das für ein Knall?«

»Gegenfrage!« Waylon schaut sich auffällig um. »Wo ist eigentlich unsere *Kleine*?«

* * *

Körperlich fit und gut trainiert klettert Lokar etwa fünfzehn Meter an der Felswand empor. Überstehende Gesteinsschichten und Vertiefungen nutzt er wie eine Leiter. Gefährlicher wird es am Übergang, denn am Lochausschnitt ist die Oberfläche spiegelglatt. Mehrfach droht Lokar abzurutschen. Auf der anderen Seite ragt ein dicker Ast ein Stück heraus. Langsam verlassen ihn die Kräfte, doch er kommt sicher hinüber. Dort ergreift Lokar den Ast und zieht sich zentimeterweise vollends über die Hürde.

Geschafft!

Von hier oben empfindet er es als ziemlich hoch. Auf diesen Weg wird er nur schwer wieder zum Tauchboot gelangen. Aber soweit ist es ja noch nicht. Bis dahin wird er wohl um einiges klüger sein. Sich überhaupt nicht im klaren, weshalb er die Insel betreten wollte, oder erhoffte, hier zu finden, geht er ein gutes Stück weiter.

Lokar begutachtet interessiert die Schneise. Voller Gedanken bleibt er wie angewurzelt stehen, und kann sein Glück erst einmal nicht fassen.

»Ein Kurzstreckengleiter!«

Unwillkürlich zieht er den Kopf ein. Wo ein Gleiter ist, da sind auch Arimeaner! Dieser Grundsatz gilt zu jeder Zeit. Warum nicht in der Zukunft?

Lokar lässt Vorsicht walten. Man kann ja nie wissen, wem man da begegnet! Gewandt schleicht er geduckt zum Rand der Schneise. Hier bieten zersplitterte Baumreste den besten Schutz. Gleichzeitig kann er selbst die Umgebung in Ruhe beobachten.

* * *

Zögernd verlässt Wihakayda ihr Versteck. Elektrizität liegt in der Luft und es riecht verbrannt. Die gesamte Front einer Apparaturenzeile fehlt. Das Innenleben ist großflächig verschmort. An den heißesten Stellen steigen dünne Rauchsäulen auf. Ein irreparabler Schaden und unwiederbringliche Zerstörung.

Schuld daran ist der Maki nicht. Es liegt an der Überlagerung der unterschiedlichen Zeitebenen, also Vergangenheit, Gegenwart und Zukunft, die die Explosion auslösten. Durch diese Gleichzeitigkeit erhielt das System die Energie und sprang an. Feuchtigkeit und über die Jahrtausende einhergehende Korrosion und Alterung überforderten die Anlage.

Dies wissen die Anwesenden natürlich nicht, und ohne einschlägige Informationen wird es auch niemand mehr erfahren.

Dem Maki-Weibchen sind technische Sachen sowieso egal, was Wihakaydas Neugier aber nicht im geringsten mindert, wenn etwas glitzert und blinkt. Und solch ein Teil fordert nun ihre Aufmerksamkeit.

Durch die fehlenden Abdeckungen erstrahlt der im Minikraftfeld gehaltene Kristall besonders. Wihakayda hoppelt hin und setzt sich. Fasziniert schaut sie ins magisch-mystische Licht.

Waylon glaubt, das Äffchen vorhin gesehen zu haben, wie es durch den weiterführenden Gang gerannt ist. Allerdings ist er sich nicht ganz sicher.

»Wir sollten nachschauen«, sagt Dako. »Nicht, dass sie noch etwas anstellt.«

Ohne besonderen Grund – eigentlich unbewusst –, greift Waylon nach dem Behälter mit dem ›Neunten Kristall‹. Vermutlich will er einfach nur alles parat haben. Vorsorglich steckt er ihn in den Hosenbund. Dann folgt er Callum und Dako, die sich umschauend bereits auf den Weg gemacht haben.

Keine Minute später hört man Dako rufen, dass er den Maki gefunden hat. Es folgen Geräusche von schneller werdenden Schritten. Die plötzlich eintretende Hektik erfasst auch Waylon, der nun selbst auch beschleunigt. Es liegt etwas in der Luft, was er nicht einzuschätzen weis. Etwas sie alle betreffendes. Seine Intuition schreit förmlich, sich zu beeilen!

Und er beginnt zu rennen, fordert Callum barsch auf, es ihm gleichzutun.

Leise hört er Dako mit der *Kleinen* sprechen. Aber irgendwas ist anders als sonst. Dakos Stimme klingt – flehend! Es vergehen nur einige Sekunden, die Waylon wie Stunden vorkommen. Hinter sich hört er Callum laut atmen. Gleich haben beide Dako eingeholt.

Vom Dakota halb verdeckt, sieht er den schwebenden Kristall und ein nach vorn schnellendes, dünnes Ärmchen.

Er schreit »NEIN!«, doch hört die eigene Stimme nicht.

Dann gleißt der Kristall auf. Ein flammender Lichtbogen

dehnt sich in Bruchteile aus, erfasst alles Umstehende …

* * *

Soweit er es richtig einschätzt, ist niemand im Gleiter. Weiter Deckung suchend, schleicht er sich näher heran. Kein verräterisches Geräusch dringt an seine Ohren. Es ist eindeutig – er ist allein!

Im Schatten der Bäume kommt er zügig vorwärts. Seltsamerweise steht das Schott weit offen. Nochmals sucht Lokars Blick nach Spuren. Nichts!

Zaghaft traut er sich aus der Deckung. Sollte jemand im Gleiter sein, würde dieser Lokar jetzt sehen können. Er bleibt stehen. Überdenkt kurz das weitere Vorgehen. Ihm bleibt nichts anderes übrig, als weiter zu gehen. Jetzt ist es eh zu spät.

Mit weiten Schritten geht Lokar auf den Gleiter zu. Er ist so konzentriert, dass er die augenblickliche Veränderung nicht bemerkt. Auf halbem Weg überkommen ihn Zweifel, und er wird langsamer. Zuweilen bekommt man Angst vor der eigenen Courage. Und wenn sie einen trifft, dann mit brachialer Macht.

Doch darüber kann Lokar jetzt nicht mehr nachdenken. In der Atmosphäre spielen die Moleküle verrückt. Ein flimmernder Kreis elektrisch geladener Teilchen umschließt den Paladin.

Sechsunddreißig

Wegen der Lichtfülle desorientiert, harren sie geduldig in ihrer jeweiligen Position aus. Sie kennen genau das Gefühl der Entmaterialisierung und wissen damit umzugehen. Dennoch ist es diesmal viel intensiver. Jede Faser ihrer Körper nehmen das Ereignis bewußt in sich auf, speichern es für alle Zeit.

Nachdem die Helligkeit abgenommen hat, beendet jeder die vorher begonnene Bewegung. Dako redet mit dem Maki, Waylon hört seinen Schrei und Callum kann gerade rechtzeitig bremsen, um nicht gegen die Wand zu rennen.

Nach und nach realisieren sie den vollzogenen Ortswechsel. Einzig Wihakayda *Flippern* ist zu hören.

»Sind wir wieder im Glocken-Raum?«

»Ja«, bestätigt Callum. Ohne weiter zu warten, geht er zur Wendeltreppe.

»Wohin gehst du?«

»Weshalb sind wir denn hier?«, stellt er streng die Gegenfrage.

Waylon dämmert's. Der unvorhergesehene *Transport* durch Zeit und Raum hat wohl die Wahrnehmung stärker beeinflusst, als sonst. Alles erscheint so unwahr …

»Ja, geh'n wir«, entgegnet er nachdenklich.

Vertraut und doch fremd empfängt sie Uridräo an der Oberfläche. Die Sonne wärmt die etwas unterkühlten Ankömmlinge. Es war zwar nicht sehr kühl in der Höhle, aber sie merken schon den Unterschied.

Automatisch schlagen Sie den Weg zur Pyramide ein. Der Mohrenmaki folgt anderen Interessen und verschwindet *flippernd* im Urwald.

»Das war's dann also«, stellt Dako fest.

»Scheint so.«

Waylon spürt eine gewisse Wehmut. Wie oft dachten sie, man wäre am Ziel! Und wie oft wurden sie eines Besseren belehrt!

Erinnerungen erwachen. Waylon sieht sich am Strand liegen – damals, als alles begann. Erlebt noch einmal die Freude, als er das Pinienhaus fand. Die erste Begegnung des *Kleinen*, der sich später als eine SIE entpuppte. Dann das erhabene Gefühl, als er die Pyramide betrat und all die geheimnisvolle Technologie, einer längst untergegangen geglaubten Zivilisation, sah.

Inzwischen hat der kleine Trupp die Stufen erreicht.

»Was wirst du tun, wenn das alles vorbei ist?«

Die Frage richtet Dako an den *Wächter*.

»Wir haben auf den Kodex geschworen. Es ändert sich also nichts … Und bei euch?«

»Ich werde wieder in meine Heimat gehen«, antwortet der Dakota. »Dort gibt es ein schönes Plätzchen für mich.«

Währenddessen eilt Waylon vornweg und ist fast oben.

»Und du Waylon? Was hast du vor?«

Callums Ruf klingt hier oben leiser.

»Lasst uns erst die Aufgabe erfüllen, dann sehen wir weiter!«

»Weshalb die Eile?«

Waylon bleibt stehen und dreht sich um.

»Wer weiß denn schon, was uns noch erwartet!«, antwortet er im Gehen. »Erst die Arbeit, dann das Vergnügen.«

Er ist auch der Erste am Tor.

»Es ist verschlossen!«

Callum schließt zu Waylon auf.

»Hm«, macht er nur und zieht die Phiole hervor. Jetzt sieht Waylon sie das erste Mal genau an. Genaugenommen ist es gar keine echte Phiole, sondern eine aus irgendeinem Holz gefertigte Nachbildung. Auf der einen Längsseite sind zwei Messingscharniere angebracht worden. Im Querschnitt gegenüber ein einfaches Schloss.

Der *Wächter* entnimmt den Kristall, der dem ähnelt, den Waylon damals unter dem Baum fand, und setzt ihn in die Rundöffnung. Sogleich beginnt der Kristall die Form zu ändern. Aus nicht erklärbaren Gründen entsteht eine wundervolle Kristallblüte. Das bekannte Schleifgeräusch ertönt und der Steinquader gleitet in den Fels.

Die Vorhalle empfängt sie mit dem der Pyramide eigenem Halbdunkel und der matt glänzenden Lauffläche. Bis zur Treppe geht Waylon vor, bleibt stehen und dreht sich zu Dako.

»Ich glaube, dir gehört die Ehre …«, sagt er feierlich und mit einladender Geste.

Sichtlich erstaunt senkt der sein Haupt.

»Nein, *micinski*. Dieser Ehre bin ich unwürdig …«

Damit hat Waylon nicht gerechnet. Seiner Überzeugung nach obliegt es dem Dakota, sie nach unten zu führen und den ›Neunten Kristall‹ auf den vorgesehenen Sockel zu platzieren. Verlegen holt er das wertvolle Artefakt hervor und überreicht es nich weniger feierlich seinen Vater.

»Ich wüsste niemand besseren, als dich. Ohne dein Engagement und deine Sturheit, wären wir nicht hier.«

Dako wird unwohl zumute.

»Du hast die meiste Arbeit gehabt, *micinski*. Du hast uns gezeigt, was wahre Opferbereitschaft ist. Du bist zäh, bliebst stets auf den richtigen Weg. – Du bist der wahrere *ahbleza* von uns beiden.«

Hilflos und unangenehm berührt, senkt nun Waylon den Kopf.

»Ich stimme Dako zu, Erdenmensch«, ergänzt Callum. »Werden wir auch nie Freunde, achte ich deinen Verstand und dein Können. Dako hat Recht. Führe uns!«

Ergriffen stiehlt sich eine Träne aus den Augen, die er unmöglich weg blinzeln kann. Aufgewühlt bekämpft er die aufwallende Emotion durch tiefes, gleichmäßiges Atmen. Wortlos steckt er den Behälter zurück in den Hosenbund und schreitet mit zittrigen Knien die Stufen hinab.

Die silbernen Sterne schwirren nach wie vor schwerelos im Raum, und begleiten den Trupp bis in die Halle. Hier stehen sie nun, die neun Säulen, aufgereiht und warten auf ihre Vervollkommnung, die mit dem ›Neunten Kristall‹ abgeschlossen sein wird.

Unterhalb der gewölbten Decke streben die Silbersterne einen virtuellen Wirbel zu, werden aufgesaugt und erlöschen. Im Wirbelinneren vermengen sie sich zu neuen, abstrakten Konstellationen.

Waylon kniet vor der leeren Säule nieder und legt sanft den Behälter auf den Steinboden. Sein Herz hämmert gegen die Brust. Waylon sucht Dakos Blick, der wohlwollend lächelt. Er zaudert, weiß er doch, was passiert, wenn der Kristall mit bloßer Hand angefasst wird.

Es kostet Überwindung. Im Stillen hofft er auf eine *ungefährliche* Lösung. Doch dann denkt er, dass es schon nicht so schlimm kommen wird und fasst beherzt zu.

Der Kristall beginnt zu glimmen. Ein wohliges Kribbeln durchströmt Waylon. Er schließt die Augen, um das unvermeidbare tapfer zu ertragen. Es bleibt beim leichten Kribbeln.

Beidhändig umschließt Waylon das Artefakt. Hebt es an und stellt den Kristall in die vorgesehene Vertiefung. Angespannt tritt er zurück.

Abwechselnd beginnen die Kristalle zu leuchten; jeder in einer anderen Farbe. Waylon erkennt einen gewissen Rhythmus, wird aber gleich eines Besseren belehrt. Scheinbar wahllos gehen einige dazu über, die Leuchtintensität zu ändern, andere blinken unkontrolliert. Mehrere Minuten vergehen. Die Anwesenden schirmen ihre Augen ab, da der Lichtorgelstiel sie ungemein blendet.

Kaum haben sie sich daran gewöhnt, erlischt einer nach dem Anderen. Nur noch der ›Neunte‹ strahlt gleichmäßig.

Mit einem Mal pulsiert er im Viervierteltakt. Glimmt, leuchtet Matt, anschließend hell, dann gleißend. Immer wieder. Unwillkürlich zählt Waylon mit. Beim neunten Mal erlischt auch er.

Silberne Punkte drängen aus dem Wirbel unter der Decke.

Sammeln sich im kreisrund, während der Wirbel in ihrer Mitte verschwindet. Stattdessen wird ein Universum holographisch dargestellt. Ein Planet tritt in den Vordergrund, dann ein Zweiter. Deutlich erkennbar, dass der Letzte die Erde darstellt, deren Blau unverkennbar ist.

Beide Planeten kommen in Bewegung. Die virtuell nachgestellte Kamerafahrt folgt der Erde. Anfangs wird sie immer kleiner, bis erkennbar wird, dass sie in ihrem Heimatsystem angekommen ist.

Es folgt eine Totale. Nunmehr entspricht jeder Punkt einer Galaxy. Gleichzeitig senden die Kristalle einen Strahl aus, der jeweils auf einen Galaxypunkt trifft. Nachdem jeder Strahl ein Ziel gefunden hat, senden die Punkte jeweils neun weitere aus. Ein Gewirr von Laserlinien Überziehen den *Himmel*. Aus diesem Chaos entsteht mit der Zeit ein leuchtender Thetaether, ein neunseitiges Symbol. Callum erkennt sofort das alte dreidimensionale Zeichen eines Thetaró, den Meister-Rogaliten.

Um eine imaginäre Längsachse kommt der Thetaró horizontal ins Rotieren. Bald sind keine Einzelheiten mehr erkennbar. Neben der sich erhöhenden Geschwindigkeit pulsiert das Gebilde mit koronalen Ausbrüchen. Mit der erhöhten Rotation bekommt man den Eindruck eines wirklichen, überdimensionierten Kristalls.

Feinheiten des Materials werden sichtbar. Es entsteht immer mehr ein fein geschliffener Rogalit, mit allen facettenreichen Besonderheiten eines kunstvoll ausgeführten Schliffs.

Inmitten des Thetarós erscheinen Bild- und Videoeindrücke vergangener Ereignisse. Vieles vom Gezeigten haben sie selbst erlebt. Blitze zucken. Waylon bekommt es nur am Rande mit. Er ist gefesselt und innerlich aufgewühlt. Sie haben es wahrhaftig geschafft! Kaum zu glauben. Nach all der Zeit des Hoffen und Bangen steht er nun hier und wird Zeuge eines unglaublichen Spektakels. Ein tiefes Glücksgefühl beseelt ihn.

Plötzlich explodiert der Meister-Rogalit in Millionen von Stücken …

Siebenunddreißig

Seit kurzem ist Waylon Rentner. Zeit seines Lebens bestand sein Dasein aus Arbeit, Arbeit und Arbeit. Nun, es ist auf einer Seite sehr schön, sich einzubringen. Manchmal nervig, um nicht zu sagen: Es war stressig!

Dann wechselte eines Tages das Management. Zwei Monate hatte er noch. Eigentlich ... Eine allgemeine *Verjüngungskur* stand auf der Tagesordnung. Ob's am neuen Chef lag, der vielleicht mit dem Alter an sich auf Kriegsfuß stand, wurde zwar gemunkelt, aber nie bewiesen. Wozu auch! Somit hatten Waylon und sechs seiner Kollegen schlechte Karten. In einem Anfall von Galgenhumor nannten sie sich die Gefallenen Sieben, in Anlehnung des erfolgreichen Spielfilm in den Siebzigern. Ach ja, war ja im alten Jahrhundert. Seltsam, dass Filme – je älter sie werden – zu Klassikern werden ...

Sobald seine Gedanken in diese Richtung gehen, überfällt Waylon Wehmut. Nur selten gesteht er sich ein, in solchen depressiven Anfällen, nutz- und wertlos geworden zu sein. Plötzlich ist der Sinn des Lebens infrage gestellt.

Es ist schon eine Sache mit dem Alter. Erst kann man nicht schnell genug erwachsen werden und dann ...

»Großvater! Großvater!«

Die Tür springt auf und zwei kleine Kinder stürmen ins Haus.

»Hallo Kinder«, lacht Waylon vor Freude. »Ihr seid schon da?«

»Ma hat uns gefahren«, erklärt Amelia, die Jüngste. »Sollte eine Überraschung werden!«

»Das ist ja fantastisch. Da wird sich aber Großmutter freuen. Wie lange dürft ihr denn bleiben?«

»Eine ganze Woche«, ruft Jason, dabei auf und ab hüpfend. »Eine Woche!«

Liebevoll umarmt Waylon seine Enkel und herzt sie.

»Da muss ich doch mal nachdenken, was ich mit euch so anstelle.«

»Dürfen wir in den Garten?«

Waylon tut so, als denke er nach.

»Na geht schon! – Wo ist denn überhaupt eure Ma?«

»Sie bringt unsere Sachen rein!«, presst Amelie hervor und eilt ihren Bruder nach. »Jason! Du bist gemein …«

Der lacht nur, weil er der Erste an der neuen Schaukel sein wird.

Im Vorgarten hört Waylon zwei Stimmen. Karoline unterhält sich mit Olivia. Vorsichtig schiebt er die Tür auf. Beide stehen mit dem Rücken zu ihm. Den Schalk im Nacken, schleicht er sich an. Dann, aus heiterem Himmel, legt er seiner Frau und seiner Tochter den Arm um die Schulter und hält sie fest.

»Hab ich euch schon wieder beim Tratschen erwischt?!«

Olivia entfährt ein heller Schrei des Erschreckens, Karo unterdrückt diesen, fast sich stattdessen an die Brust.

»Way! Wie oft habe ich dir gesagt, du sollst das lassen!«

Schelmisch grinsend drückt er seiner Frau einen dicken Kuss auf die Wange.

Olivia lässt die schwere Tasche der Kinder fallen und fällt Waylon um den Hals.

»Hi Dad! Immer für eine *Überraschungen* gut!«

»Schön das du da bist«, erwidert er sanft. »Kennst doch deinen Vater, sonst wäre es ja langweilig.«

»Geht es in Ordnung, wenn ich die Kinder für eine Woche da lasse?«

»Fahrt ihr weg?«

»Benjamin hat kurzfristig frei bekommen«, erklärt Olivia glücklich. »Und hat mich zu einer Überraschungsreise eingeladen.« Seine Tochter löst sich aus der Umarmung und deutet mit den Händen Gänsefüßchen an.

»Und wohin soll's gehen?«

»Nun löchre sie doch nicht, mit deiner albernen Fragerei«,

unterbricht Karoline.

»Ich muss doch wissen, wie es meiner Lieblingstochter geht«, verteidigt sich Waylon augenzwinkernd.

»Vor allem, weil ich deine einzige Tochter bin …«

»Na ja«, grient Waylon schelmisch. »Wir arbeiten noch dran.«

»WAY«, ruft Karoline verlegen, aber ebenfalls mit einem Schmunzeln aus. »Was sollen denn die Nachbarn denken …«

»Also das liegt außerhalb meines Zuständigkeitbereiches. Übrigens: Rot steht dir sehr gut.«

Sie versetzt ihn ein Klaps und schiebt ihn demonstrativ von sich.

»Also, ich muss dann auch los. Packen.«

»Schönen Urlaub und grüß Benjamin.«

»Mach ich. – Bye Dad. Bye Mom.«

»Pass auf dich auf, hörst du?!«

An ihren freien Tag hat sie einige Besorgungen zu erledigen. Es ist nicht leicht, als Single alles unter einem Hut zu bringen. Einkaufen, Fitnessstudio, waschen, Hausputz, kochen. Da bleibt nicht viel Zeit für einen selbst.

Deborah liebt ihren Job. Er ist ihr ein und alles, füllt sie aus. Jeden Morgen geht die sportliche junge Frau eine Stunde lang joggen. Am heutigen Morgen ist sie spät dran. Schlecht geschlafen, will sie so gar nicht in die *Gänge* kommen. Alles hat sich um dreißig Minuten nach hinten verschoben. Deborah nimmt's gelassen. Sie kürzt einfach das Jogging-Programm und nimmt einen anderen Weg.

Auf Schleichpfaden gelangt sie um einiges früher als gedacht auf die Hauptstraße. Es sind nur wenige Fußgänger unterwegs und der Verkehr ist überschaubar. In gleichbleibender Geschwindigkeit läuft Deborah weiter. An einer Kreuzung fällt ihr ein Wagen auf. Nicht das Auto selbst, eher dem Fahrer gilt

Deborahs Aufmerksamkeit. Irgendwoher kennt sie diese Gesichtszüge. Abrupt stoppt sie. Fast aufdringlich mustert sie den älteren, wirklich gut aussehenden Herren.

Die Ampel zeigt Grün, der Wagen rollt an, beschleunigt. Sie kann den Blick nicht abwende. Im Halbkreis der Linksabbiegerspur folgend, haften ihre Augen auf das Profil des Fahrers. Flüchtig schaut er rüber zu Deborah, und für Millisekunden treffen sich ihre Blicke. Diese Augen! Woher kennt sie diesen Mann?

Fragmente von Bildern blitzen auf. Langer Zopf, geflochtener Bart. Gleiche Statur.

Deborah Sheffield verliert den Augenkontakt. Bestand der nur eine Lidschlaglänge, kommt es ihr doch vor wie eine Ewigkeit. Jetzt lenkt der Wagen auf die Hauptstraße. Im Wagen sitzt eine gleichaltrige Frau und auf dem Rücksitz zwei Kleinkinder. Gedankenvoll schaut Deborah ihnen noch eine Weile nach.

Immer wieder wollen Bilder in ihr Bewusstsein dringen, die es nie gegeben hat und es niemals geben wird. Oder etwa doch?

Der Wagen ist längst außer Sichtweite. Sie findet in die Gegenwart zurück. Senkt den Kopf. Flüchtig glaubt Deborah der Lösung nah gekommen zu sein, doch wie so oft in solch einer Situation, entgleitet der Gedanke den ihn erheischen wollenden Griff und wird wie Staub davongetragen.

Deborah Sheffield wendet auf der Stelle um hundertachtzig Grad. Dann setzt sie ihren Weg Lauf fort.

Am Nachmittag ist es draußen ungewohnt schön. Amelie und Jason toben im Garten. Mal spielen sie verstecken, dann klettert der Junge den Baum hoch, was seiner Schwester gar nicht passt. Karoline ruft sie mehrmals zur Ordnung, woraufhin für fünf Minuten es gediegener zugeht. Gegen fünf Uhr kehrt Ruhe ein. Es fällt den Großeltern nicht sofort auf, sind sie doch im Hause beschäftigt. Als die ungewöhnliche Stille aber anhält, macht sich Waylon dann doch seine Gedanken. Fürsorglich schaut er nach und betritt den gepflegten Garten.

Von den Kindern fehlt jede Spur. Weder auf noch unter dem Baum sieht er sie, auch die Schaukel ist leer.

»Amelie? Jason?«

Keine Antwort. Er hält nervös den Atem an.

»Amelie!«

War das eben nicht Amelies Stimme?

»AMELIE!«

Wispern. Es knarrt leise. Schritte.

Waylon bemerkt die leicht im Wind hin und her pendelnde Schuppentür. Daher rührt das Knarren, dem ein unterschwelliges Quietschen folgt.

»Seid ihr da drin?!«

Das Wispern ist verschwunden. Ebenfalls schweigen die längst überfällig zu ölenden Scharniere.

»Kinder?!«

Unbemerkt steht Karoline in der Verandatür, die ihren Mann hat rufen hören, verhält sich aber still.

Ganz langsam bewegt sich die Tür des Lagerschuppens. Der Wind kann es nicht sein. Wie angewurzelt und mit Gänsehaut im Nacken, wagt Waylon sich keinen Schritt weiter. Angespannt blendet er sämtliche Umgebungsgeräusche aus. Die Tür geht immer weiter auf. Niemand ist zu sehen. Ihm rutscht gleich das Herz in die Hose …

Hinter den alten zusammengezimmerten Türbrettern erscheint das ernste Gesicht von Jason. Der Junge lässt den Kopf traurig hängen.

»Was ist denn passiert?«

Vor Erleichterung fällt Waylon ein Stein vom Herzen. Ihm geht das Herz auf, wenn er den Kleinen so sieht.

Ein Schluchten unterdrückend, stammelt Jason kleinlaut: »Nicht … böse sein … Großvater … Wir … ich … wollte …

wollte das … nicht …«

»Ich bin doch nicht böse«, sagt Waylon leise. Er geht in die Hocke. »Nun erzähl mal.«

Jason erzählt, dass Amelie in den Schuppen gegangen sei. Er wollte es nicht, schimpfte mit ihr. Es entstand eine kleine Rangelei, bei der er die Schwester anpackte und herausziehen wollte. Doch Amelie hielt sich sträubend an dem Regal fest, bei dem er ja Waylon geholfen hatte, es zu bauen. Dann sei einfach eine Latte kaputtgegangen und das ganze Regal einge-stürzt.

»Ist euch was passiert?«, fragt Waylon erschrocken.

»Nein. Aber das Regal ist kaputt … Großvater … ich wollte das doch nicht …«

Nun kann Jason seine Tränen nicht länger unterdrücken. Auch Amelie, die sich nicht traut, dem Großvater unter die Augen zu treten, schluchzt haltlos.

»Du bist doch nicht Schuld. Das blöde Holz war sehr alt, Jason. Ich hätte damals eben neues kaufen sollen.«

»Du … du bist … uns … nicht … ich meine …«, weiter kommt der Junge nicht. Er wird regelrecht von einem Schluch-zanfall geschüttelt. Trösten nimmt Waylon ihn in den Arm. Er muss aufpassen, nicht mit zu heulen, sosehr geht es ihm ans Herz.

Aufmunterte Worte mindern die Folgen des unglücklichen Zwischenfalls. Nachdem er beide weitestgehend trösten kann, beruhigen sie sich.

Waylon schaut sich das *corpus delicti* näher an.

»Siehst du?«, erklärt er einfühlsam und nimmt das morsche Holz in die Hand. »Total verfault und von Holzwürmern zer-fressen. Das konnte ja nicht halten. Wenn einer Schuld daran ist, dann euer Großvater!«

»Wirklich?« Amelie hebt überrascht den Kopf und sieht Waylon mit großen, fragenden Augen an.

»Wirklich!«

»Indianer-Ehrenwort?«

Waylon setzt eine feierliche Mine auf und macht »How!«

Die Kinder lachen.

»Und jetzt werd ich hier aufräumen.«

»Wir helfen dir, wir helfen dir!«

Artig halten sie ihr Wort, schließlich sind sie ja kleine Indianer! Rasch sind die Regalreste nach draußen gebracht.

»Sieh mal, Großvater. Da ist was kaputt.«

Schlagartig wird Amelie wieder traurig.

»Ja. Dann sehen wir doch mal nach, was es ist.«

»Das dürfen wir?«

»Na klar!«

Waylon ist selbst neugierig. Es scheint eine kleine Holzkiste zu sein, deren Verzahnung gelitten hat. Er wüsste nicht, was es sein könnte und überlässt es den Enkelkindern, es aufzuklären.

Die nehmen die Kiste besonders vorsichtig in die kleinen Finger, damit nicht noch mehr *flöten* geht. Dabei bricht ein verrostetes Feinscharnier ab und der Deckel springt auf.

»Oh – sind das Bücher, Großvater?«

»Scheint so«, antwortet Waylon nachdenklich.

»Sind die alt!«, staunt Jason. »Wie alt sind die?«

Waylon klappt den Deckel hintenüber. Sorgfältig sind fünf Kladden im Inneren verwahrt worden. Er zieht eines heraus. Der Buchdeckel ist abgegriffen und teilweise zerkratzt. Eine Ahnung keimt auf.

»Was ist Großvater?« Jason klingt besorgt. »Willst du es nicht ansehen?« Natürlich brennt der Junge selbst darauf.

»Okay. Schlagen wir es auf!«

Ein knistern wird laut, als Waylon den Buchdeckel aufschlägt. Die Seiten sind an den Rändern stark vergilbt. Einige Flecken lassen auf häufigen Gebrauch schließen.

»Ist das da ein Fingerdruck?«

»Das heißt: Fingerabdruck«, verbessert Jason die kleine Schwester.

»Ist doch egal«, stupst sie Jason genervt an.

»Dazu kann ich nichts sagen. Ohne Brille ist das nur ein Fleck für mich.«

»Soll ich sie dir holen?«

Amelie springt auf und will an Waylon vorbei.

»Nein, nein«, lacht er. »Weißt du was?«

Amelie verneint kopfschüttelnd.

»Wir nehmen die Kiste mit ins Haus und sehn uns diese Bücher drinnen an.«

»Oh ja«, stimmt Jason zu und schnellt gleichfalls empor. »Dann kann auch Großmutter mit kucken.«

»Also los, Kinder.«

Nachdem die aufgeregte Bande endlich im Bett liegt und eine halbe Stunde später wirklich schläft, nimmt Waylon noch einmal eine der Kladden zur Hand.

»Ich wusste gar nicht, dass du mal Tagebuch geführt hast«, sagt Karoline.

»Das muss ich verdrängt haben. Aber es ist eindeutig meine Schrift …«

»Was hast du denn so geschrieben?«

»Das ist es ja gerade, was mich nicht glauben lässt, dass das von mir ist! Es ergibt keinen Sinn!«

»Lies doch mal vor! Vielleicht kann ich dir ja helfen.«

Waylon schlägt eine willkürliche Seite auf und liest: »*Seit zwei Tagen sind wir nun unterwegs. Es fällt mir nicht leicht, ständig meinem älteren Ich zu begegnen. Dako versucht zu vermitteln, mit mäßigen Erfolg. Was D. genau vorhat, entzieht sich meiner Kenntnis. Old Way scheint es auch nicht zu wissen. Ich halte mich die meiste Zeit in meiner Kabine auf. Brauche Ruhe, um nachzudenken …*«

»Das hört sich nicht unbedingt nach dir an.«

»Sag ich doch.«

»Komme ich da drin auch vor?«

Waylon blättert weiter vor. Dann nickt er.

»Hier, hör zu: … *Ach meine Karo … Unsere Ehe währt erst*

einpaar Wochen und schon steht unsre Zukunft auf den Spiel!
Was würde ich nicht alles tun ... Bin drauf und dran Karo
einen Brief zu schreiben. Einen, der alles erklärt. Aber ich sehe
keine Möglichkeit, dass er ankommt. So bleibe ich allein mit all
den zermürbenden Gedanken und wundervollen Erinnerungen
...«

Verträumt sieht Karoline ihn an.

»Das klingt ... romantisch ...«

»Geschwollen trifft es eher«, brummt Waylon.

»Also – mir gefällt's. – Damals waren wir noch jung und
verliebt ...«

Ihr Gesicht verklärt sich und sie schwelgt in ihre Erinnerungen.

»Lass uns schlafen gehen, Karo. Die Dinger laufen nicht
weg.«

Achtlos klatscht die Kladde auf den Tisch.

✦ ✧ ✦

Um Mitternacht, als es im Haus völlig ruhig ist und alles
schläft, erglimmt ein seltsames Leuchten im Wohnzimmer. Es
kommt aus Waylons Tagebuch, dass offen daliegt. Das Leuchten
schwächt ab, doch es erlischt nicht.

Drei Sätze erstrahlen silberblau.

«*Der Sturm zerrt an mir. Schwer lastet die Luft auf meinem*
Körper. Ich ringe nach Luft, drohe zu ersticken.»

E ∞ N ◎ D ∞ E

DER MORGENKRISTALL [6]
~ *SCHATTENRISS* ~
FINLEY MOUNTAIN

Vor zweiundsechzig Jahren sind die Weichen gestellt worden, die Waylon gerade noch, im wahrsten Sinne des Wortes, neu stellen konnte. Doch er soll nicht zur Ruhe kommen. Ihm kommt ein seltsam versiegelter Brief zu, der das Testament seines leiblichen Vaters beinhaltet. Darin wird er aufgefordert, die Geschicke in die Hand zu nehmen, die dieser nicht mehr vollenden konnte. Zur gleichen Zeit nimmt, viele hunderte Lichtjahre entfernt und von der Menschheit unbemerkt, ein Phänomen seinen Anfang, das auch auf die Erde Auswirkungen haben wird. Ein rivalisierendes, völlig gegensätzlich beschaffenes Universum streift das Unsrige. Im Zentrum der Berührungsfläche entsteht mitten auf Arimea eine Spiegelwelt, die gefahrlos betreten werden kann. Dessen ungeachtet vereint die Überlappung unterschiedlichen Raum und Zeit mit der arimeanischen Gegenwart. Was Waylon auf Uridräo erfährt und weshalb seine Tochter Olivia ebenfalls plötzlich dort auftaucht, wird im sechsten Buch des Morgenkristalls erzählt.

AB 4. QUARTAL 2017 IM HANDEL

Charaktere, Personen & Begriffe

Charaktere der Erde
(alphabetisch und chronologisch geordnet nach Erstnennung)

Wihakayda, die Kleine, Dakos indianischer Name für den Mohrenmaki

Band #1 – Mondpfade
Mrs *Elinor Pepper*, Waylons Nachbarin; *1911

Herbert, alter Bekannter von W.

Karoline Fryer, Waylons Ex-Frau

Waylon Latham, *1948; er findet den Morgenkristall und wird in dessen Bann gezogen

Rebecca, *1875, Ur-Ahnin von Elionor, Gewahrerin, verstößt mehrfach gegen den Kodex; nennt sich später *Cloe*

Band #2 – Labyrinth
Claire Cecily, Rebeccas Tochter

Mrs *Dewey*, W.'s Nachbarin

Madelaine Fryer, Karolines Tochter aus 2. Ehe

Sophia Pepper, Elionors Adoptivtochter

Riley Mortimer Scott, Vater von Rebeccas Kindern

Riley jr., Erstgeborener Rebeccas, verschwand spurlos

Arimea
Jayden, junger Wächter

Callum, alter Wächter

Aiden, Anführer der Vorhut auf dem Mond Uridräo

Band #3 – Visionen
Aylon, Waylon Latham stellt sich Riley Scott so vor

Mr Dako – Gewahrer im 19. Jahrhundert vom Stamm der Dakota, offiziell 1898 †; Waylons leiblicher Vater

Ryan Fryer, Karolines 2. Mann

Band #4 – Intervention
Deborah Sheffield, (27) Polizistin unter Inspektor Gomery, wird in #6 zum Gewahrer, ist im Besitz des Lichtwellen-Wandlers #7, wird in #8 von den Transfer-Hütern *Cheveyo*, ›Geisterkrieger‹, genannt

Waynúpa, »Zwei(ter)«, jüngeres Ich Waylons

Tokahe, »Doppelzopf«, älteres Ich Waylons

Der *Major*, Söldner-Boss

Toby (›Bulle‹), Söldner des Majors

Joshua Brown, Obdachloser, 32 Jahre alt

Irving-Anwesen, Hausruine, in der Joshua Unterschlupf findet

Hal Milan, Labormitarbeiter von New Scotland Yard

Nightingale, 86, Professor im Ruhestand

Arimea – Vor 154 Millionen und 3.500.74 Jahren, 5,75 Million Jahre Erdzeit
Amerona, Kommandantin des Raumkreuzers »Sternengral«

Teasar

Amedara, Partnerin von Teasar

Lokar, 16, Wächter in der 23. Generation

Eliwor, 18, Mitgliedsanwärterin des Kreises

Mila, Biologin

Orinario, momentan Ältester der Wächter

Tuteno, Vorsitzender des Wächter-Magistrats

Patriarch *Dharidma*, Herrscher von Arimea und Erfinder des Zeitgleiters

Matario, Schreiber der alten Überlieferungen

Band #5 – Thedaró

Olivia McGowan, Tochter von Karoline und Waylon

Benjamin McGowan, Olivias Mann

Amelia, jüngste Enkelin Waylons

Jason, Enkel Waylons

Tonweya – Scout (Kundschafter)

Arimea – Vor 154 Millionen und 3.500.74 Jahren und 5,75 Million Jahre nach Erdzeit

Khrill, Repräsentantin einer Intelligenz aus dem Sternensystem Mondrëum. Flüchten auf Planeten, den sie später Arimurius nennen. Nach der ›Großen Katastrophe‹ wird daraus *Arimea*.

Forulia, Heimatplanet der Ur-Intelligenz Khrill

Sho-Ril, 412 J., lebt zurückgezogen, Kristall-(Rogalit)-Flüsterer; Vorher-Seher, Mitglied des amtierenden *Wächter*-Magistrats

Shatlimya, Regentin (auf Lebenszeit) der Wächter und Vorsitzende des Magistrats sowie Kommandantin der »*Sternengral IV*« (#7)

Rhobal, ältester Einwohner (*Methelem* genannt) der Enklave (1421 Jahre alt), wirkt wie ein Teen

Urio, 997 J., Methelem

Sulantrea, Methelem

Vyn, Technikassistent

Begriffe:

Arimea – erster Leben tragender Planet im bekannten Universum

Arimeanischer *Almanach* – vierhundertjährige Sammlung sämtlicher überlieferter Geschichten

Thetaether, neunkantiges Symbol, was sich nach dem Einsetzen des ›Neunter Kristall‹ bildet und den Zeitentunnelriss schließt.

Thetaró ›Neunter Kristall‹, Meister-Rogalit

Neugenetisierung, heute: Inkarnation, Begriffsprägung durch Waylon

Geflügelter Turm, Ewigkeitsgemach

Rhogal, Name vom sagenumwobenen Basilisk in arimeanischer Mythologie

Rogalit, nach dem Basilisken genanntes Kristallvorkommen

viergehörnte beflügelte Schlange, Basilisk, der Legende nach entstammt sie der Ur-Sonne des Universums

Wächter

Blender, Gegner der Wächter, die im Untergrund (in Form von Falschmeldungen) agieren und die Regentschaft der ›Sternenbruderschaft‹ untergraben

Wanderer – »natürliche Arche« mit künstlichem Antrieb

Dakota (Lakota)

ahbleza – Gewahrer

Atius Tirana – der "Große Geist"

wakan – Mysterium, ein Unbekanntes

wakanhca – ein wahrer Seher, ein Denker

wakantanka – jedes große Mysterium, unentdecktes Gesetz

wakanya hibu yelo – auf geheimnisvolle Weise komme ich

wakicun, wakicunsa – Männer, die entscheiden, Entscheider

Urigoren

Troxodra, Kriegs- und Rachegott der Urigoren

Arrestant, Gefangener der Urigoren

Technik

Arimea

IATRA autarke, ausgeklügelte medizinische Dienstleistungseinheiten, die im Bereich der Nanobiologie arbeiten; die Lehre von der Heilkunst wird auch Iatrik genannt

Glaskabine, Glaskapsel, Zeittransmitter (von den Wächtern ›Raum-Zeit-Gleiter‹ [›RZG‹] auch *Zeitgleiter* genannt) mit diversen Modi, z. B. Zukunftsschau- und Aural-Modus; letzterer wird durch Lichtwellen-Verschiebung unsichtbar, bei dem nur eine leicht fluoreszierende Teil-Korona bzw. Aura bleibt. Der Zeitgleiter ist ein Fluggerät, das auf Patriarch Dharidma zurückgeht.

Lichtwellen-Tarneinheit – Tarnmodus für Zeitgleiter, auf Basis der Lichtwellen-Verschiebung

Veränderer, Lichtwellenwandler, verändert und passt die Wellenlänge an, damit Objekte sichtbar werden.

CrisCom, Kommunikation über Kristalltechnik

Lift-Kapsel, freischwebender Lift

Prismencomputer, arbeiten auf Rogalit-Basis

Erneuerer, Apparatur zur Zellerneuerung

Dimensionsgleiter – Fortentwicklung des Zeitgleiters

Dimensiolator – in einem Zeitgleiter integrierter Dimensions-Wechsler; Weiterentwicklung eines Zeit-Raum-Gleiters. Es gibt nur zwei Prototypen davon. Entwickelt von späteren Nachfahren der *Wächter* auf dem Wanderer Arimea.

›Anlage nichtarimeanischer Repräsentanten‹ Anlage einer frühzeitlichen Zivilisation

Synapsator – stellt eine Verbindung zwischen dem Gehirn des Probanden und Rechnereinheit her

Sequenz-Umkehr, RZG wird abgeschaltet und die Programm-Routine in umgekehrter Folge abgearbeitet *(Zeitumkehr)*

Holonav – holographischer Kleinprojektor zum Navigieren in fremder Umgebung

gepanzerter Schrein – Suggestion-Maschine, die nach Kontakt-Herstellung den Geist in die ursprüngliche Welt der Errichter verbringt.

Planeten & Ansiedlungen

Arimea – Planet mit erstem bekanntem Leben und des ›Mutterkristalls‹. 1 arimeanischen Jahr entspricht ca. 18,5 Monate der heutigen Erde. A. besitzt 7 Monde. Ein Mond wurde vor 65 Millionen Jahren zur Erde gelenkt, der dort einschlug und den Weg für höheres Leben bereitete, was beinahe danebenging. Der neunte Mond ist verschwunden.

Aquoras, Unterwasserstadt

Burali, Geburtsstätte von Lokar und Eliwor

Methua, abgeschirmte Inselenklave

Provinz *Arkonim*, Hauptsitz der Wächter auf Arimea

Zartak, Planet um den *Uridräo* kreist. Auf Uridräo wurde ein Stützpunkt einst von der ›Sternenbruderschaft‹ errichtet, später aber von ihr aufgegeben. Die Wächter haben ihn dann für sich entdeckt und nutzen ihn seither als Basis! Der Mond hat eine Atmosphäre und ein integres Ökosystem, welches aber kein irdisches Leben trägt. Die einstigen Ureinwohner – die *Anomaliten* – haben ihre Heimatwelt noch vor Eintreffen der Arimeaner verlassen.

Das Leben auf Zartak wurde durch unbedachtes und voreiliges Eingreifen der Atmane ausgelöscht.

Kontinente (Landmassen) *Zartaks*: Zoriak (dem Volk stammen die Anomaliten ab, Mutanten), *Tasrym* (beschäftigen sich hauptsächlich mit geistigen Themen; philosophisches Volk) und *Zykma* (leisteten als Einzige Widerstand gegen die Invasoren; können die Technik der Fremden bedienen)

Der Riesenplanet Zartak, den der Trabant elliptisch umrundet, zeigt sich von Uridräo aus als große, milchige Scheibe und verdeckt den Himmel bis zu einem Viertel. Dennoch taucht der Mutterplanet seinen Mond niemals in den eigenen Schatten, was an den einzigartigen Umlaufbahnen liegt.

Aremodon (Randplanet), laut arimeanischer Legende Ursprungsplanet der *Viergehörnten Schlange* (Basilisk Rogal); wird während einer der arimeanischen Expeditionen vor 5,75 Millionen Jahren Erdzeit Aremodon getauft; spätere Erde

Isidoria, Nebelplanet der *Oktopteriden* – Achtflügler (ähneln Schmetterlingen)

Urigoren, menschenähnliche kriegführende Rasse; besitzen Schallwellen-Technik, Energiestrahl aus Schall

Imunos-Welten, Planeten am äußersten Universum, die nie Leben beherbergen können; dazu gehört Atmanikum

Tiere, Pflanzen

Arimea

Springschnorchler

Dotekalum, Fisch mit breitem Maul, an Wangen und Seiten aufstellbare Flossen, unterhalb vom Kopf zwei Tentakel, die das Opfer lähmen

Areel, wohlbekömmliche und sehr schmackhafte Beerenart #5

Xokras, pilzähnliche Waldfrucht

Aus was besteht das Universum?
Materie, Energie, Elementarteilchen, großräumige Struktur (Galaxien)

Heutiges Universum besteht aus:
4,6 Prozent Atome
23 Prozent Dunkelmaterie
72 Prozent Dunkle Energie
> 1 Prozent Neutrinos

380.000 Jahre nach Urknall bestand es aus:
10 Prozent Neutrinos
12 Prozent Atome
63 Prozent Dunkelmaterie
15 Prozent Photonen
vernachlässigbar der Anteil der Dunklen Energie

Menschen sehen in welcher Wellenlänge?
Wellenlängenbereich: 380 nm (violett) - 780 nm (Rot)

Universum – universus »gesamt« unus versus »in eins gekehrt«

auch: Kosmos »Ordnung« – Gegenbegriff zum Chaos, Weltall
Es gibt kein »Außerhalb« oder »Davor«
Extrem-Bedingungen der ersten 10^{-43} Planck-Zeit (kleinstmöglicher Zeitintervall)

Urknall: aus Energie entsteht Materie
Eine Atombombe macht aus Materie Energie. Treffen Materie und Antimaterie aufeinander löschen sich beide aus
Higgs-Feld, Higgs-Boson ohne dies gäbe es keine Masse. Wird auch Gottesteilchen genannt!

Geschwindigkeit der Erde um die Sonne: mehr als 1000km/h (entspricht etwa 25.000 km; am Äquator 40.000 km/h
Die Sonne ums Zentrum der Milchstraße: ca. 30 km/s

Dark Flow – dunkle Strömung, die auf die Endlichkeit des Universums schließen lässt